Jahrhundertsturm

I0613525

Arne Weinz

Table of Contents

Copyright

Jahrhundertsturm

Copyright © 2025 Arne Weinz

(Defiance Press & Publishing, LLC)

Alle Rechte vorbehalten. Kein Teil dieser Veröffentlichung darf ohne vorherige schriftliche Genehmigung des Verlags in irgendeiner Form oder mit irgendwelchen Mitteln reproduziert, verbreitet oder übertragen werden, einschließlich Fotokopieren, Aufzeichnung oder anderen elektronischen oder mechanischen Verfahren, außer im Falle von kurzen Zitaten in kritischen Rezensionen und bestimmten anderen nichtkommerziellen Nutzungen, die durch das Urheberrecht gestattet sind.

Dieses Buch ist ein Werk der Fiktion. Namen, Charaktere, Orte und Ereignisse sind entweder Produkte der Fantasie des Autors oder werden fiktiv verwendet. Jede Ähnlichkeit mit tatsächlichen Personen, lebenden oder verstorbenen, oder Schauplätzen ist rein zufällig.

Published by Defiance Press & Publishing, LLC

Mengenbestellungen dieses Buches erhalten Sie durch Kontaktaufnahme mit Defiance Press & Publishing, LLC. www.defiancepress.com.

Defiance Press & Publishing, LLC

281-581-9300

info@defiancepress.com

Prolog: Schweden

Frühsommer 2032

Gerüchte schwirrten durch die Straßen und Arbeitsplätze Schwedens. Getuschel von einem unmittelbar bevorstehenden Krieg lag in der Luft. Würde es dem Militär gelingen, mit eiserner Faust die Kontrolle zurückzuerlangen? Oder würden sich die Hunderttausenden sogenannten *Heiligen Krieger* der Muslime durchsetzen, die sich für einen koordinierten Überfall auf das gesamte Land wappneten? Die Spekulationen griffen wild um sich. Gewissheit hatte niemand.

Inmitten der Unsicherheit erlebte die Bevölkerung eine stetige Abfolge von kleinen Gefechten, Straßenschlachten und heimlichen Zusammenstößen, die erschreckend regelmäßig Menschenleben forderten. In den Medien herrschte geradezu unheimliches Schweigen darüber. Sie durften nicht über die eskalierende, durch die Nation wütende Gewalt berichten.

Nacht für Nacht wurde die Ruhe von unheilvollen Detonationen zerschmettert – Handgranaten und Sprengladungen. Während das offizielle Narrativ auf Nazi-Fraktionen verwies, hegten die meisten Schweden einen anderen Verdacht – muslimische Terroristen. Die Polizeistreitkräfte und die schwedische Geheimpolizei SÄPO hüllten sich in Schweigen, gaben keinerlei Informationen heraus, um die Täter im Dunklen zu lassen.

Angst in der Bevölkerung verbreitete vor allem das Damoklesschwert von Selbstmordattentaten. Die ständige Gefahr eines plötzlichen, gewaltsamen Tods hing schwer in der Luft und sorgte für eine Atmosphäre von Misstrauen und Paranoia im Alltag. Der bloße Anblick einer traditionell nahöstlichen oder afrikanischen Aufmachung genügte, um Menschenmengen panisch auseinanderstieben zu lassen. Dasselbe bewirkten unerwartete Bewegungen oder Rufe.

Infolge der allgegenwärtigen Angst wurden öffentliche Räume gemieden. In vormals viel besuchten Sportarenen und Konzertsälen herrschten gähnende Leere und Stille. Shopping am Wochenende gehörte der Vergangenheit an. Einkaufszentren und Kaufhäuser fristeten ein gespenstisches, verwaistes Dasein. Die früher oft überfüllten öffentlichen

Verkehrsmittel fuhren leer herum, weil sich die Passagiere lieber abkapselten, als das Risiko einzugehen, sich Gefahr auszusetzen.

Der Abstieg ins Chaos war aus einer historischen Fehleinschätzung entstanden, das Ergebnis einer unverantwortlichen Migrationspolitik. Zu Beginn der 2010er-Jahre hatte Schweden Tür und Tor für Asylsuchende aus Nahost und Nordafrika geöffnet. Eine wahre Flut von Menschen wurde mit offenen Armen von Politikern empfangen, die sich als humanitär profilieren wollten.

Allerdings zog die durchaus menschliche Geste im Verlauf der Jahre eine Zuwanderungsschwemme ungeahnter Ausmaße nach sich. Durch lasche Grenzkontrollen und unzulängliche Überwachung verkam Schweden von einer Bastion der Stabilität zu einem Schlachtfeld mit von Gewalt und Unsicherheit heimgesuchten Straßen.

Die Lösung schien einfach zu sein – man erteilte massenhaft unbefristete Aufenthaltsgenehmigungen, auf die kurz danach die unkontrollierte Vergabe der Staatsbürgerschaft folgte. Allerdings tickte unter dem Anstrich der Großzügigkeit eine Zeitbombe, deren Explosion mit jedem verstreichenden Jahr näher rückte.

Obwohl die Politiker eine restriktivere Einwanderungspolitik versprachen, traf jährlich ein neuer Zustrom ein und ließ die Massen anschwellen. Unter den bunt zusammengewürfelten Neuankömmlingen befanden sich auch Berufsverbrecher und bekannte Terroristen. Das Mandat der schwedischen Einwanderungsbehörde beschränkte sich darauf, um jeden Preis die Ordnung aufrechtzuerhalten. Durch zahlreiche muslimische Sachbearbeiter triumphierte häufig Loyalität über Pflichtgefühl, und die Vorschriften der schwedischen Regierung wurden übergangen.

Dann kam der Sommer 2029 – ein von Überraschung und Beklommenheit geprägter Wendepunkt.

Flüchtlingsboote aus Nahost und Nordafrika änderten den Kurs und steuerten beispiellos verwegen direkt die Gestade Schwedens an. Bei der Ankunft erwarteten sie keine Begrüßungskomitees, sondern beklemmende Stille. Man überließ sie sich selbst, weil die überforderten Mühlen der Bürokratie zum Stillstand kamen.

Hinter den Kulissen zog eine Schattenkoalition globaler Einflussnehmer die Fäden und finanzierte den Zustrom über verschleierte

Kanäle. Die Open Society Foundations und geheime, vom Weltwirtschaftsforum kontrollierte Fonds verschworen sich durch ein Geflecht undurchsichtiger Organisationen wie der Bilderberg-Konferenz, der Trilateralen Kommission und dem Club of Rome dazu, Westeuropa zu destabilisieren. Als Waffe setzten sie dabei Massenimmigration ein.

Die seit dem Ausrufen des vorübergehenden Ausnahmezustands während der Zweiten Intifada im Jahr 2029 in Schweden bestehende Koalitionsregierung bemühte sich vergeblich, die Lage zu beruhigen. Sie blieb hochgradig angespannt und brisant. Die Rhetorik war hart und kompromisslos. Jeder wusste, dass es früher oder später unweigerlich in irgendeiner Form zu einer explosiven Entladung kommen würde. Damit hatten die Muslime genau das bekommen, was sie wollten.

Die muslimische Partei *Nyans* erlangte durch ihre Forderung nach verstärkter Zuwanderung ausgewählter Quotenflüchtlinge regen Zuwachs. Seit 2028 galten in den 284 autonomen Enklaven die Gesetze der Scharia. Die schwedischen Behörden mischten sich nicht ein, stellten nur umfangreiche finanzielle Unterstützung bereit – ein erzwungener Tribut, den die Schweden bezahlten, um Gewalt zu vermeiden.

Ohne diese Bereitstellung von Geld und Ressourcen hätte es den 2,7 Millionen Muslimen an Lebensmitteln, Gesundheitsversorgung und Schulen gemangelt. Die Politiker hielten es für das Beste, den Tribut klaglos zu leisten, um einen Bürgerkrieg zu verhindern.

Bis 2032 betrug das Gesamtvolumen 16 Prozent des Staatshaushalts. Dennoch verlangten die Muslime mehr. Als gute Gläubige betrachteten sie einen höheren Lebensstandard als die Schweden als ihr Recht.

Dass den Forderungen ständig nachgegeben wurde, schürte die Unzufriedenheit. Jedes Zugeständnis schaffte nur vorübergehend Abhilfe, zog jedoch einen Rattenschwanz neuer Missstände nach sich. Die schier endlose Liste legte zunehmend Zeugnis vom langsamen Verfall der schwedischen Souveränität ab.

Am schmerzlichsten für die Schweden wurde das Gleichstellungsgesetz von 2030, auch bekannt als »Ausverkauf« – damit wurde Arabisch als zweite Amtssprache neben Schwedisch eingeführt. Gleichzeitig wurde die Nationalfahne geändert. Laut dem mit knapper Mehrheit im Parlament verabschiedeten Entwurf musste das christliche Kreuz von der Flagge verschwinden, weil es ein Großteil der

Bevölkerung als beleidigend empfand. Offiziell galt Schweden als Land ohne Staatsreligion, wodurch sich die Entscheidung als logisch rechtfertigen ließ. Ab dem 1. Juli 2030 bestand die schwedische Flagge aus drei vertikalen Streifen in den Farben Blau-Gelb-Blau. Sie standen für Schwedens uraltes Nationalsymbol, die drei Kronen.

Auf den »Ausverkauf« folgte nur Wochen später das Blasphemiegesetz, das jegliche Kritik am Islam verbot. Wer als Nicht-Muslim schlecht über die Religion redete, wurde automatisch zu einer Haftstrafe von mindestens sechs Monaten verurteilt.

Der Weckruf, der die Schweden letztlich wachrüttelte und erkennen ließ, wie knapp sie davorstanden, ihr Land für immer zu verlieren, war der »Kleine Bürgerkrieg«, der kurz nach der Wahl im Herbst 2030 neun Tage lang tobte. Als er mit einem Waffenstillstandsabkommen und einer Generalamnestie endete, hatte er 1.249 Menschenleben gefordert.

Nach dem »Kleinen Bürgerkrieg« wurde den Schweden klar, dass es keine Alternative dazu gab, sich zu bewaffnen und für einen weiteren Konflikt zu wappnen, der deutlich umfangreicher zu werden drohte. Im November 2030 beschloss das Parlament, die Nationale Eingreiftruppe in eine paramilitärische, neuntausend Mann starke Streitkraft umzuwandeln, ausgestattet mit gepanzerten Fahrzeugen, Granatwerfern und Maschinengewehren. Sie sollte für Sicherheit auf den Straßen sorgen und direkt in Gefechte eingreifen können.

Der führenden Bürgermiliz namens Heimwehr, die schon lange eine landesweite Organisation werden wollte, wurde im Dezember 2031 durch einen parlamentarischen Beschluss der Status als Dachorganisation aller regionalen Bürgermilizen zugestanden.

Es hieß, dass Hunger immer zu Revolutionen führte, und darauf schien die Lage zuzusteuern. Die ersten Anzeichen auf den bevorstehenden Zusammenbruch der Wirtschaft stellten sich im Herbst 2029 ein, als die seit Jahren stotternden Sozialsysteme letztlich versagten. Im Gesundheitswesen gab es jahrelange Wartelisten. Renten wurden auf fünfundsiebzig Prozent ihrer eigentlichen Höhe gekürzt. Gehälter für öffentlich Bedienstete wurden nur noch sporadisch ausbezahlt. Das Chaos ging darauf zurück, dass einerseits die reichsten Bewohner das Land verließen, während andererseits Millionen neue Schweden von Sozialleistungen lebten.

Wie immer, wenn die Volkswirtschaft aus dem Ruder lief, beschleunigte die Zentralbank die Gelddruckmaschinen und gewährte Handelsbanken erweiterte Mandate zur Schaffung von neuem digitalem Geld – wodurch die Inflation auf 150 Prozent emporschoss. In den globalen Finanzmedien wurde Schweden spöttisch als »Venezuela des Nordens« bezeichnet. Der Wert der Krone stürzte im Devisenhandel ab wie ein Stein in freiem Fall.

Im Januar 2032 kostete ein US-Dollar 40 Kronen, was einen drastischen Rückgang der schwedischen Importe bewirkte. Daraus wiederum resultierten Engpässe bei Lebensmitteln, Medikamenten, Treibstoff und Konsumgütern. Viele Industriezweige stellten aufgrund von Rohstoffmangel den Betrieb ein oder fuhren die Fertigung zurück. Durch die sogenannten Just-in-time-Lieferungen, die 40 Jahre lang gut funktioniert hatten, reichten die minimalen Lagerbestände von Unternehmen gerade mal für wenige Produktionstage. Verschlimmert wurde die Lage durch wiederholte Stromausfälle, die ständige Produktionsausfälle nach sich zogen.

Der Strom der auswandernden wohlhabenden Schweden kam zum Erliegen, da es aufgrund der abgestürzten Krone unmöglich wurde, Immobilien im Ausland zu finanzieren und sich solche in Schweden nur noch zu Schleuderpreisen verkaufen ließen. Einer halben Million der Reichsten jedoch war es bereits gelungen, sich aus dem Land abzusetzen, was die Steuereinnahmen empfindlich verringerte. Tausende Unternehmen wurden geschlossen oder ihrem Schicksal überlassen, nachdem die Besitzer ins Exil gegangen waren. In manchen Fällen versuchten die Mitarbeiter, den Betrieb bestmöglich aufrechtzuerhalten, allerdings selten mit längerfristigem Erfolg.

Auf internationaler Ebene vollzogen sich dramatische Veränderungen. Am signifikantesten für Schweden war die Auflösung der NATO im Dezember 2031. Danach folgte der Abzug der letzten amerikanischen Truppen aus Deutschland nach 87 Jahren Präsenz seit dem Ende des Zweiten Weltkriegs.

In Südeuropa läutete der Zusammenbruch der EU das Ende der demokratischen Ära ein. Militärdiktaturen lösten bei weitgehend unblutigen Staatsstreichen in Frankreich, Spanien, Italien, Portugal, Kroatien, Slowenien und Griechenland die Parlamente ab. Aus der

Bevölkerung erhielten sie starken Zuspruch, da man den demokratisch gewählten Spitzenpolitikern, allen voran jenen der EU, die unbesonnene Islamisierungspolitik vorwarf.

Schweden stand in einer turbulenten Welt allein da und kämpfte mit unüberwindlichen inneren Problemen. Die zunehmend schnellere Spirale der Gewalt ließ sich unmöglich aufhalten. Einst wohlhabende Schweden standen geduldig in den Schlangen vor mit internationaler Hilfe finanzierten Suppenküchen an.

Der Tribut an die Muslime konnte nicht länger vollständig entrichtet werden, was die Spannungen weiter erhöhte. Immer häufiger gipfelten Unruhen auf den Straßen in Form von muslimischen Massendemonstrationen in offenen Zusammenstößen mit der Polizei und der Nationalgarde.

Dunkle Wolken verdichteten sich über dem Königreich Schweden, und der Wind zerstreute sie nicht mehr. Als für die Schweden zu Beginn des Sommers 2032 die langen Ferien anbrachen, mehrten sich die Vorzeichen, dass danach nichts mehr wie gewohnt sein könnte. Jedermann wusste, dass etwas Schreckliches unmittelbar bevorstand. Ein verheerender Sturm braute sich am Horizont zusammen.

Kapitel 1

Eine praktisch schlaflose Nacht

17. Juli 2032, 02.00 Uhr

Der Schlaf entzog sich ihm, obwohl es nach zwei Uhr nachts war. Ahmeds gesamter Körper vibrierte vor Anspannung ob der unmittelbar bevorstehenden Erfüllung der ihm von Allah auferlegten Aufgabe. Jahre akribischer Planung würden sich in wenigen Stunden in Taten entladen. Bald würde die Welt vor Grauen und Ehrfurcht taumeln. Nach Jahrhunderten voller Respektlosigkeit, Ausbeutung durch den Westen und Demütigungen nahte die Zeit der Vergeltung. Ahmed freute sich auf die Aussicht, seinen Namen in die Mauern der Geschichte zu ritzen, ein Vermächtnis, das ganze Zeitalter überdauern würde.

Er zerstampfte seine Zigarette unter dem Absatz seines Militärstiefels und saugte die frische Nachtluft tief in die Lunge. Am fernen Horizont im Nordosten bahnte sich verhalten die Morgendämmerung an, während das gigantische Kreuzfahrtschiff stetig durch das Kattegat in Richtung des Hafens von Göteborg pflügte. Er hatte die Geschwindigkeit bewusst auf vierzehn Knoten gedrosselt, um nicht verfrüht einzutreffen. Hinter ihm folgten zwei RoRo-Schiffe, randvoll mit gepanzerten Fahrzeugen, Panzern und mobiler Artillerie. Ihre Lichter und Laternen strahlten einen gespenstischen Schimmer ab, den Ahmed vom Brückendeck aus sehen konnte.

Ahmeds Gedanken kehrten in die verwinkelten Gassen seiner Kindheit zurück, in Casablancas Altstadt mit ihren geweißelten Fassaden, die von der Vergangenheit flüsterten. Als jüngstes von acht Kindern war Ahmed das Nesthäkchen seiner Eltern gewesen. Er hatte von klein auf außergewöhnliches Talent erkennen lassen, ergänzt um einen natürlichen, entwaffnenden Charme. Da Ahmed ein bestechend symmetrisches Gesicht, kluge, ausdrucksstarke Augen und ein verzauberndes Lächeln besaß, glaubte man, er wäre zu etwas Großem bestimmt – vielleicht als Dressman oder als Fußballtalent. Als Ahmed fünfzehn Jahre alt war, meinte sein Trainer in Casablanca, wo es eine organisierte Fußballliga gab, er wäre der Beste seiner Altersklasse. Allerdings stand dem Jungen der Sinn nach mehr als beengten Umkleideräumen und verschwitzten, johlenden Mannschaftskameraden. Ahmed wusste um sein einzigartiges Talent. Er spürte, dass Allah ihn zu einer höheren Bestimmung auserkoren hatte.

Sein Vater, ein bescheidener Obsthändler, arbeitete unermüdlich, um seine Ehefrau und seine acht Kinder zu versorgen. Es mangelte ständig am Nötigsten, doch damit ging es ihnen nicht anders als ihren Nachbarn. Die Kinder mussten schon früh arbeiten, um ihren Beitrag zu leisten, während die Mütter beim Führen des Haushalts jede Münze dreimal umdrehten.

Dennoch genoss die Familie Ben Barka ein höheres Ansehen als ihre Nachbarn, hob sich von ihnen ab. Was an Politik lag. Ahmeds Onkel, Anführer der Opposition gegen das drakonische Regime in Rabat, war zum Märtyrer geworden, als ihn Agenten der marokkanischen *Direction Générale de la Surveillance du Térritoire*, kurz *DGST*, im Zwangsexil in London ermordet hatten. Ahmed erinnerte sich noch lebhaft an jenen Tag im Frühling 2001. Mit blassem, tränennassen Gesicht war sein Vater nach Hause gekommen und hatte der Familie die tragische Neuigkeit überbracht.

Im bescheidenen Wohnzimmer hing nicht an prominenter Stelle, wie bei anderen marokkanischen Familien, das Porträt von König Muhammad VI, sondern ein Schwarz-Weiß-Foto eines bestechend gut aussehenden, scharfsinnigen Mannes in einem Silberrahmen. Sein sanftes und zugleich geheimnisvolles Lächeln erregte Aufmerksamkeit. Es handelte sich um den großen panarabischen ägyptischen Ex-Präsidenten Gamal Abdel Nasser. Ein ständiger Quell des Streits zwischen Ahmeds Eltern. Während sich seine Mutter sorgte, das Foto könnte sie in Schwierigkeiten bringen, falls ihnen je die Polizei einen Besuch abstattete, hielt sein Vater unerschütterlich an seiner Bewunderung von Nassers Vision von einer arabischen Einheit fest, in der er den Schlüssel zu ihrem Heil sah.

»Das Foto wird noch unser Untergang«, warnte Ahmeds Mutter wöchentlich. Sein Vater ließ sich von den Seitenhieben seiner Ehefrau gegen die verehrte Galionsfigur auf der abgenutzten Kommode nicht beirren.

»Wenn sich unsere arabischen Brüder nur vereinigen und zusammenstehen könnten, hätte der Westen keine Chance«, klagte er. »Wir besitzen so unglaubliche Stärke, und Nasser hat uns den Weg erhellt. Aber als Allah ihn zu sich gerufen hat, sind wir mit einem korrupten Nachfolger zurückgeblieben, der unsere Sache für Bündnisse mit Juden und Amerikanern verraten hat.« Man hörte ihm seine Frustration an, als er hinzufügte: »Sadat war nicht einmal ein richtiger Araber. Nur ein verdammter Nubier, noch dazu mit einer christlichen Mutter. Was konnte man von ihm schon erwarten?«

Wenn Ahmed an die bemerkenswerte Geschichte der arabischen Welt dachte, die ihm von Kindesbeinen an eingetrichtert worden war, schwoll sein Herz so vor Stolz an wie das seines Vaters und jedes Arabers. Vom Atlantik bis zum Schatt al-Arab im Arabischen Golf – den die Heiden den Persischen Golf zu nennen wagten –, hatte sich Arabisch gehalten, Vorbote der Einheit, zu der die Nationen unter einem starken Kalifen verschmelzen würden.

Als Ahmed die Tür zur kleinen Kabine neben dem Kontrollraum aufschwang, um vor dem Anlegen ein letztes Mal den Gebetsteppich auszurollen, begleitete ihn das Gefühl, dass der Tag vielleicht den Beginn des von allen Arabern herbeigesehnten goldenen Zeitalters markieren würde. Es zeichnete sich unausweichlich am Horizont ab.

Trotz seiner Vorbehalte gegen die Schia blieb der Gebetsteppich persisch. Er bestand aus feinster türkiser Seide und kunstvoll darin eingewobenen Goldfäden. In Sachen Religion mochten die Perser auf Irrwegen sein, doch vom Teppichweben verstanden sie etwas, das ließ sich nicht verleugnen. Dieses besondere, der Elite der Gesellschaft vorbehaltene Exemplar zeugte von höchster Handwerkskunst.

Zeig mir deinen Gebetsteppich, und ich sage dir, wer du bist. Das Sprichwort ging Ahmed durch den Kopf, als er sich hinkniete und vorbeugte. *Heute,* dachte er, *wäre der große Prophet mit Sicherheit stolz auf mich.*

»Oh, großer Prophet, sieh heute auf uns herab und führe uns im Kampf gegen die Heiden«, flüsterte er, als er mit der Stirn den Boden berührte.

Dabei spürte er die leichten, vom Schiffsmotor ausgehenden Schwingungen im Deck. Trotz der erhöhten Lage der Kabine drang das leise Brummen der mächtigen Antriebe an seine Ohren und entspannte ihn. Das Zusammenspiel der Vibrationen und der Laute beschwor ein Gefühl göttlicher Bestimmung in ihm herauf. Er empfand es als tröstlich, sich vorzustellen, wie das Schiff eine Streitmacht in Richtung einer ruhmreichen Zukunft beförderte – eine unaufhaltsame Streitmacht.

Nachdem er Allah seinen Dank ausgesprochen hatte, erhob er sich vom Boden und ließ sich auf einem der gepolsterten, dunkelgrünen Ledersessel nieder. Er lehnte den Kopf zurück und schloss die Augen. Zu Bildern von Casablanca sank er in einen tiefen Schlaf. 45 Minuten später erwachte er mit erfrischtem Geist und ausgeruhtem, einsatzbereiten Körper. Der Tag würde ein Höhepunkt in Ahmeds Dasein werden. Er durfte ihn nicht vergeuden.

Während er sich mental vorbereitete, riss ihn ein jähes, eindringliches Klopfen aus den Gedanken. Als er die Tür öffnete, stand sein loyaler Stellvertreter davor, das Gesicht gerötet vor Aufregung.

»Für die Luleå-Staffel braut sich Ärger zusammen – es ist dringend«, rief der Mann.

Ahmed bedeutete ihm ungerührt, fortzufahren. »Hassan, mein Freund. Erzähl mir, was passiert ist.«

Kapitel 2

Ankunft in Göteborg

17. Juli 2032, 03:00 Uhr

Ahmed atmete wieder die Nachtluft an Deck ein. Die schwedische Sommernacht war kühl, dennoch wärmer als die beißend kalten Wüstennächte in Nordafrika, wo sich die Hitze innerhalb weniger Minuten nach Sonnenuntergang verflüchtigte.

Er rauchte eine weitere marokkanische *Sobranie*, während er im Kopf die Route des Schiffs durchging wie schon viele Male zuvor im Simulator. Die Morgendämmerung brach rasch an. Mittlerweile konnte er von seiner Position vorn am Bug die Konturen Göteborgs ausmachen. Auf der Steuerbordseite passierten sie gerade die Insel Vasskären. Wenige Seemeilen voraus blinkte das ewige Signal des Hunneskärs-Leuchtturms – lang-kurz-kurz ... lang-kurz-kurz – wie ein pulsierendes Herz aus richtungsweisendem Licht. Bald konnte er die Einfahrt der Wasserstraße nach Göteborg erkennen, Göta Älv. In weniger als einer Stunde würde das große Kreuzfahrtschiff im Hafen von Skandia anlegen. Es würde ein entscheidender Moment werden. Wären die Schweden durch Geheimdienstberichte vorgewarnt, hätte ihre Marine längst angegriffen, denn Ahmeds kleiner Tross kreuzte seit Stunden durch schwedische Gewässer. Aber vielleicht lauerte ein U-Boot des Typs A26 in den Tiefen unter ihnen. Das leiseste U-Boot der Welt besaß einen luftunabhängigen Stirling-Antrieb, den man selbst dann kaum hörte, wenn man das Ohr direkt an ihn hielt – ein wahres Wunderwerk der Technik.

Befanden sie sich bereits im Fadenkreuz eines sechs Meter langen, über tausend Kilo schweren, topmodernen, zielsuchenden Torpedo 62, der demnächst in den Rumpf einschlagen und das Schiff in Minutenschnelle zum Meeresgrund schicken würde? Oder beobachtete sie unter der Oberfläche ein periskoploses A26 durch dessen optronisches Mastsystem? Ahmeds Blick wanderte konzentriert über das Wasser, so weit er sehen konnte, obwohl er wusste, dass man einen solchen Mast praktisch unmöglich erkennen konnte, nicht mal, wenn man die Aufmerksamkeit direkt darauf richtete.

Schweden gehörte nicht zufällig zu den weltweit führenden Waffenexporteuren. Die Ingenieure des Landes standen an der Spitze der globalen Rüstungsindustrie, obwohl sich die Schweden zum Gewissen der Welt ausgerufen hatten. Allerdings fragte sich Ahmed, wieso sie bereitwillig ihr Land verschenkten. *Warum?* Das konnte er nicht nachvollziehen. Niemand konnte das. Es war ein Rätsel. Vielleicht, weil es ihnen zu gut ging. Nichts, wofür man kämpfen musste. Wie ein verwöhntes Kind, das ein tadelloses Spielzeug in der Überzeugung wegwarf, es würde bald ein neues bekommen. Allerdings gab es nur ein Schweden. Die Bewohner hatten nur dieses eine Land, dennoch schienen sie nicht daran interessiert zu sein, es zu verteidigen. Gleichzeitig lieferten sie massenhaft Waffen an andere Nationen, die ihre Länder sehr wohl schützen wollten. Das ergab keinerlei Sinn. Wie schon so oft schüttelte Ahmed den Kopf, während er über die eigenartigen Schweden nachdachte.

Wenn ein Torpedo 62 abgefeuert wird, sind wir erledigt, dachte er mit dem letzten Zug an seiner *Sobranie. Oder wenn plötzlich schwedische JAS 39 Gripen am Horizont auftauchen und einen Angriff fliegen. Wir hätten keine Chance, zu entkommen. Sie müssten sich nicht mal am Horizont abzeichnen. Durch die aktive Zielerfassung würden uns ihre Raketen auch so mit hundertprozentiger Sicherheit treffen. Ob Torpedo oder Rakete, es wäre egal. Wir wären innerhalb einer Minute tot,* ging es Ahmed durch den Kopf. *Wir würden von der schwarzen Tiefe unter uns verschluckt. Unsere Zeit auf Erden als Märtyrer würde in einem eisigen Matrosengrab enden.* Bei dem Gedanken schauderte er. Zwar fürchtete er sich nicht davor, zu sterben und Allah zu begegnen, aber vorzugsweise nicht so. Die Tiefen des Ozeans mit ihrem kalten Wasser empfand Ahmed als fremd und erschreckend. Kein Vergleich mit den warmen blauen Wellen des Mittelmeers, in dem er so oft geschwommen war. Erwartete sie vielleicht ein Hinterhalt kurz vor dem Anlegen? In dem Fall wäre die gesamte Operation zum Scheitern verurteilt. Allerdings hatten weder die Beobachter vor Ort in den Häfen noch die ins Militär und die Geheimdienste Schwedens eingeschleusten Mitglieder der Muslimbruderschaft Hinweise darauf erkannt, dass die Schweden gewappnet dafür waren, was auf sie zukam. Weder da noch dort gab es ungewöhnliche Aktivitäten.

Sehr wohl jedoch hatten die wichtigsten schwedischen Nachrichtendienste FRA und MUST Warnungen ausgegeben. Sie schienen besorgt über – aus ihrer Sicht – isolierte Vorfälle zu sein, die in Wahrheit einige wenige von Hunderten Teilen des Gesamtbilds darstellten. So berichtete die schwedische Geheimpolizei SÄPO von ungewohnt regem Treiben unter den Salafisten Schwedens sowie auffallend viel Beteiligung an den jüngsten Freitagsgebeten. Trotz aller eingeschleusten Beobachter in den Moscheen konnten sie daraus keine Rückschlüsse ziehen.

Da die Muslime sämtliche Bereiche der schwedischen Gesellschaft unterwandert hatten, darunter die Sicherheitsdienste, kannten sie die meisten Regierungsagenten. Nur lief ihnen die Zeit davon. *Überläufer sind die Schlimmsten der Schlimmen*, dachte Ahmed. *Sie sollten gefasst und gnadenlos bestraft werden.* Wenn es den Schweden gelänge, vereinzelte Angriffe – von rund einhundert – aufzuhalten, würde sich dadurch am Gesamtergebnis nichts ändern. Ahmed würde den naiven, schlafenden Schweden die größte Überraschung ihrer Geschichte bescheren. Nicht umgekehrt.

Während sich seine Staffel Göteborg näherte, steuerten zwei fast identische mit einem weiteren Kreuzfahrtschiff und zwei RoRo-Schiffen auf die Ostküstenstädte Stockholm und Luleå zu. Der Bericht von der Luleå-Staffel war besorgniserregend. Aber es galt, sich an die geänderten Umstände anzupassen und zu improvisieren – wie es der große Saladin getan hätte und der Prophet in noch größerem Ausmaß erfolgreich getan hatte.

Aus dem Bericht ging hervor, dass es beim Kreuzfahrtschiff der Luleå-Staffel technische Probleme gab und es deshalb nur mit verringerter Geschwindigkeit vorankam. Da die beiden RoRo-Schiffe nicht vor dem Kreuzfahrtschiff in Luleå eintreffen durften, mussten auch sie das Tempo drosseln. Die Staffel würde Luleå erst gegen 05:15 Uhr erreichen, anderthalb Stunden hinter dem Zeitplan. Bis dahin würden bereits überall in Schweden Alarme schrillen. Somit würden die Ziele in Luleå vielleicht genug Zeit haben, um eine Verteidigung zu organisieren. Im schlimmsten Fall würden bei der Landung in Luleå kampfbereite Soldaten im südlichen Hafen oder an den Abladedocks im Hafen Viktoria vor Ort sein. Allerdings würde es sich selbst wahrscheinlich bloß um höchstens dreißig bis vierzig ältere Männer und Frauen der schwedischen Heimwehr handeln. Bewaffnet würden sie mit Gewehren oder bestenfalls halb antiken Maschinenpistolen sein – »k-pist«, wie die Schweden sie nannten. Bessere Steinschleudern im Vergleich zu modernen automatischen Waffen. Ein Kinderspiel für Ahmeds gut ausgebildete, kampferprobte Elitekrieger. Den Widerstand niederzuschlagen, würde sie vielleicht fünfzehn bis zwanzig Minuten zusätzlich kosten, schätzte er.

Allerdings sollte sich nichts so entfalten, wie Ahmed es vorhersah. Und niemand konnte die unerfreuliche Überraschung erahnen, die seine Heiligen Krieger bei der Landung in Luleå erwartete.

Die akribische Analyse der schwedischen Verteidigungsorganisation durch die Bruderschaft zeigte, dass es mindestens achtundvierzig Stunden dauern würde, bis effektive Gegenwehr einsetzen könnte. Bis dahin wäre es für die Schweden zu spät. Operation Jahrhundertsturm würde in der schwedischen Ferienzeit gestartet. Die meisten Entscheidungsträger würden sich in ihren Sommerhäusern aufhalten. Über viele würde die Überraschung hereinbrechen, während sie in ihren Betten schliefen. In dieser Nacht würden zahlreiche der führenden Persönlichkeiten Schwedens von muslimischen Agenten ermordet werden. Tatsächlich fand es bereits statt. Hatte nicht der Prophet gelehrt, dass der *Dschihad* so zu führen wäre? »Solange wir im Nachteil sind, lächeln wir unsere Feinde an. Wenn die Zeit reif ist, schlagen wir schnell und gnadenlos zu.«

Die unendliche Weisheit des Propheten ist zeitlos und gilt heute noch so wie vor tausendvierhundert Jahren, dachte Ahmed. »Greife immer kurz vor Sonnenaufgang an, wenn die Ungläubigen in ihren Betten schlafen!« Die arglosen Schweden hatten sich nie getraut, der Wahrheit ins Gesicht zu sehen, obwohl tief in ihrem Inneren alle geahnt hatten, was irgendwann passieren würde. Nun würden sie alle den Preis dafür bezahlen. Und jene schwedischen Entscheidungsträger, die sich noch im Ausland aufhielten, würden aus Feigheit dortbleiben. Selbst wenn sie mutig genug für eine Rückkehr wären, Ahmed würde sämtliche Flughäfen unter Kontrolle haben.

Seiner Ansicht nach konnten sie es sich nicht leisten, das Überraschungselement zu riskieren. Es hatte die Grundlage der sorgfältigen Planung gebildet. Über Funk befahl er hundertfünfzig bewaffneten Heiligen Kriegern, die in der Umgebung der neuen al-

Hakim-Moschee auf der Insel Herts in Luleå warteten, um 03:45 Uhr den Angriff auf F21 zu starten, den größten der drei schwedischen Luftkonvois.

Gleichzeitig würden dreißig weitere die riesigen Facebook-Rechenzentren in die Luft jagen, ein kleiner Bonus, der das Internet in weiten Teilen Nordeuropas lahmlegen würde. Um die Landung zu sichern, würden sich die restlichen hundert Heiligen Krieger in zivilen Fahrzeugen unauffällig um die Docks herum verteilen. 45 Krieger bildeten die Reserve. Sie verteilten sich auf fünf zivile Kleinbusse mit unterschiedlichen Firmennamen und Logos. Je einer kreuzte langsam und so unscheinbar wie möglich durch Viertel mit so exotischen Namen wie Mjölkudden, Bergnäset, Bergviken und Svartöstaden.

Alle Heiligen Krieger trugen blaue Overalls wie Fabrikpersonal. Niemand würde sie für etwas anderes als muslimische Arbeiter auf dem Weg zu ihrer Schicht oder nach Hause halten. Zusammen bildeten sie eine effektive Kampftruppe, die schnell eingesetzt werden konnte, wo und wann sie gebraucht wurde.

Ahmed war kein Mensch, der etwas dem Zufall überließ. Er kannte die Zufahrt zum Hafen von Göteborg wie seine Westentasche, besser als die meisten erfahrenen Seeleute. Und mit den Stadtplänen von Göteborg, Stockholm und Luleå war er vertrauter als deren Bewohner. Er hatte die Städte mehrfach als Tourist besucht, um ihre Atmosphäre zu verinnerlichen und sich auch physisch auf den Straßen zu orientieren. Als Befehlshaber von Operation Jahrhundertsturm musste er schnelle Entscheidungen treffen können. Dafür musste er das Terrain, das Straßennetz und alle wichtigen Gebäude kennen. Das traf auf Ahmed zu, weil Allah ihn mit einem fotografischen Gedächtnis gesegnet hatte. Er musste nur die Lider schließen, schon sah er die Stadtpläne mit den Straßennamen vor sich. Bücher las er nicht Zeile für Zeile, sondern Seite für Seite. Seine Augen schossen gleichsam Fotos davon, sein Gehirn speicherte alles ab, damit er später bestimmte Szenen umgehend abrufen konnte.

Manchmal dachte Ahmed an das Stipendium, das den Verlauf seines Lebens so radikal verändert hatte. Er hatte von einer Zukunft als Forscher im Bereich Fusionsenergie oder Astrophysik geträumt. Mit sechzehn war er als Doktorand an der Mathematischen Fakultät der Universität Rabat aufgenommen worden, wo er zehn Jahre ältere Studierende unterrichtet hatte. Dann fiel ihm das Angebot eines Stipendiums der Muslimbruderschaft wie ein Geschenk von Allah in den Schoß. Wenige Wochen später war er in Alexandria und schrieb sich an der führenden Militärakademie der arabischen Welt ein. Kostenlose Unterkunft, ein Auto mit persönlichem Chauffeur, ein bedeutend höheres Gehalt, als er es sich je hätte vorstellen können. Konnte es etwas Besseres geben, als in der Stadt Alexanders des Großen zu leben und zu studieren? Es war völlig anders als in seiner Heimat, wo er sich ständig unter Beobachtung gefühlt hatte, weil er unfreiwillig zu einer landesweiten Berühmtheit geworden war. »Marokkos Einstein«, hatten die Zeitungen getitelt. Aber wer wollte schon mit einem Juden verglichen werden, ganz gleich, welche wissenschaftlichen Entdeckungen er gemacht hatte? Wussten die Journalisten nicht, dass der Prophet die Juden zu den niedrigsten der Ungläubigen erklärt hatte, zu Ungeziefer, das es auszurotten galt? Hatten sie in den vielen Jahren des obligatorischen Koranstudiums gar nichts aus dem heiligen Buch gelernt? Ahmeds Vater hatte ihn gelehrt, dass die gesamte arabische Welt ihre Heimat darstellte und Ägypten nach wie vor das kulturelle und intellektuelle Zentrum der Araber war, auch wenn sich die wirtschaftliche und militärische Macht nach Osten zur anderen Seite des Roten Meers verlagert hatte, wo sich die reichen Ölstaaten befanden.

Ahmed wusste, dass er seine Wohltäter nicht enttäuschen würde. Jahr für Jahr schloss er mühelos als Klassenbester ab. Nun war endlich der Tag der Abrechnung gekommen. Wenn er Operation Jahrhundertsturm erfolgreich umsetzte, würden die Türen zu den höchsten Ebenen der Macht in Ägypten und der gesamten muslimischen Welt weit offenstehen. Ahmed Ben Barka war unübersehbar eine perfekte Schöpfung Allahs.

Nur etwas störte das Bild des brillanten Ideals eines Arabers. Ahmed hütete ein Geheimnis, das er nie jemandem anvertrauen konnte. Es durfte nie ans Licht kommen. Falls doch, wären seine stolzen Eltern enttäuscht von ihrem Sohn, dem Auserwählten.

Kapitel 3

Landung im Hafen von Skandia

17. Juli 2032, 03:45 Uhr

Ebba Hansson hatte schon bessere Nachtschichten erlebt. Sie hatte fürchterliche Laune. Ihr Urlaub in dem schlichten, aber bezaubernden Häuschen, das sie geerbt hatte, weit draußen auf der westlichen Öckerö-Insel im Archipel von Göteborg, war abrupt unterbrochen worden. Dort hatte sie abends mit ihrem Mann bei einem Glas Rotwein gesessen und beobachtet, wie die Sonne am Horizont langsam im Meer versank. Ein schlichtweg atemberaubender Anblick. »Unfassbar schön!«, wie es ihr geliebter Kalle stets beschrieb. Am vergangenen Abend hatte sie ihm und den Kindern zum Abschied gewunken, bevor sie in ihren alten, verbeulten Volvo V60 der letzten Generation der »Benzinschleudern« gestiegen war.

Der Vorstandsvorsitzende Lindberg hatte angerufen, ihr mitgeteilt, dass es einen Notfall bei der Arbeit gab und sie aufgefordert, die letzte Fähre zur Insel Varholmen zu nehmen. Ihr war keine andere Wahl geblieben, als sich zu fügen. *Hätte Lindberg den Fahrplan nicht gekannt, ich hätte wie gedruckt gelogen,* dachte Ebba, während sie am Computer überprüfte, welche Boote angelegt hatten und welche sich näherten. Es ließ sich nicht mehr ändern, und sie hatte eine Aufgabe zu erledigen.

Ebba arbeitete seit mehreren Jahren bei der Hafenmeisterei des Hafens Skandia. Sie hoffte, irgendwann die Leitung zu übernehmen, womit eine Verdoppelung ihres Gehalts einhergehen würde. Hinzu kam, dass der Posten, zumindest auf den ersten Blick, einen ruhigeren Arbeitsalltag versprach. Aber auf dem Weg dorthin musste man die schwierigen Zeiten ertragen und Loyalität beweisen. Hoffentlich würde es sich lohnen. Nach elf Jahren im Hafen hatte Ebba die ständigen Streiks und Arbeitsniederlegungen gründlich satt. Eigentlich war der Kommunismus bereits vor Jahrzehnten besiegt worden, nur galt das nicht für Göteborg und insbesondere nicht für den Hafen von Skandia. Dort hatten nach wie vor die alten Kommunisten das Sagen über die Gewerkschaft und die Arbeiter. *Der Teufel soll sie holen,* dachte sie und hämmerte unbewusst wuchtiger auf die Tastatur, brachte sie laut zum Klappern.

Dem nahenden Kreuzfahrtschiff, das sich seltsamerweise erst dreißig Stunden vor der Ankunft bei der schwedischen Schifffahrtsbehörde registriert hatte, waren gemäß Standardverfahren Schlepper zugewiesen worden, die den Koloss mit einigen Schwierigkeiten schließlich zum Pier manövriert hatten. Allerdings tat sich auf dem Schiff nichts. Keine Menschenseele befand sich an Deck. Es wurde keine Gangway ausgefahren. Totenstill lag es da. Irgendetwas an dem riesigen, unter panamaischer Flagge kreuzenden Schiff namens *Hymn of the Seventh Galaxy* mutete seltsam an. *Klingt nach Hindu oder so,* dachte Ebba, während sie konzentriert recherchierte.

Bei der Überprüfung der internationalen Aufzeichnungen fand sie kein auf den Namen registriertes Schiff. War es vielleicht umgebaut und umbenannt worden? Das galt als nicht ungewöhnlich, wenngleich es ihr in elf Jahren noch nie untergekommen war. Vor allem Schiffe dieser Größenordnung wiesen in der Regel eine Vorgeschichte auf oder waren dokumentiert.

Wenn ein Schiff mit mehreren Tausend Passagieren in den Hafen einlief, musste normalerweise viel bereitgestellt werden. Diesmal jedoch warteten keine Busse, keine Reinigungsfirmen, keine Essenslieferungen. Auch kein Betanken war angefordert worden. Seltsam. Die seit etlichen Jahren vorgeschriebene Abfalldeklaration der *Hymn of the Seventh Galaxy* stand noch aus. Ebba konnte im System zumindest erkennen, dass die vorläufige Vorauszahlung der Hafengebühr erfolgt war. Nur ließ sich nicht feststellen, von welchem Unternehmen das Geld eingegangen war. Eine weitere Auffälligkeit.

Alles an dem Schiff verursachte Chaos in den Abläufen. Aufräumen würden es wohl Ebba und ihre Kollegen müssen – als hätten sie sonst zu wenig zu tun.

»Wer diese Reederei auch ist, für die Fehler wird sie zahlen«, raunte Ebba mürrisch zum jungen Assistenten Glenn, der ihr am nächsten saß. »Die kriegen die höchstmöglichen Strafgebühren aufgebrummt, das kannst du mir glauben!«

»Verdient haben sie's«, gab Glenn knapp zurück. »Aber da brauen sich gerade neue Probleme zusammen.«

Er zeigte auf seinen Bildschirm. Die selbststeuernden Hafenkameras schwenkten auf ein RoRo-Schiff, das nur Minuten nach dem Kreuzfahrtschiff einlief.

Okay, und wo ist das Problem?, fragte sich Ebba und spürte, wie ihr Stresspegel stieg. Die Schicht verlief alles andere als üblich, sondern erheblich schlimmer.

»Sehen Sie sich diesen Kahn unter Georgetown-Flagge an«, sagte Glenn zu seiner Vorgesetzten. »Anscheinend heißt er *Inner Worlds*. Diese ganze Gruppe hat merkwürdige Namen. Das Schiff ist erst eine Stunde vor der Frist gemeldet worden, was an sich schon seltsam ist. Nur finde ich es in keinem der internationalen Systeme, und die an die Schifffahrtsbehörde übertragenen Daten scheinen falsch zu sein. Angeblich hat es nicht die 29.500 Tonnen, ab denen Schlepphilfe vorgeschrieben ist. Aber das Schiff liegt WEIT darüber!«

»Es hat mindestens 100.000 Tonnen, das sieht ein Blinder«, bestätigte Ebba, die sich zur Seite beugte, damit sie Glenns Bildschirm sehen konnte. »Funk sie an und stelle sie zu mir durch, wenn sie antworten!«

»Verstanden«, erwiderte Glenn und bemühte sich, ruhig zu bleiben. Dann zögerte er, bevor er plötzlich rief: »Moment, was ist das denn jetzt? Warnkamera 1 zeigt noch ein RoRo, das parallel zu den Knipple-Inseln einläuft. Das Schiff ist überhaupt nicht gemeldet, zumindest nicht, soweit ich es sehen kann! Mal den Namen überprüfen. Hmmm ... Auch keine Aufzeichnungen vorhanden!«

»Noch ein Geisterschiff? Das ist doch nicht zu fassen! Was zum Henker ist hie*rrr* los?« Sie rollte das »R« mit dem typischen Göteborger Akzent, wenn etwas betont werden sollte.

»Ruf die Planungsabteilung an, ich muss sofort mit denen reden!«

»Bettan ist auf Urlaub, könnte also schwierig werden«, erwiderte Glenn resigniert. »Irgendein Student von der Universität Chalmers hält inzwischen die Stellung. Bringt wahrscheinlich nichts.«

Ebbas Headset gab einen Piepton aus. Die Verbindung zum Kapitän des ersten RoRo-Schiffs war hergestellt. Nach elf Jahren beherrschte Ebba ausgezeichnetes maritimes Englisch und wusste, wie man als professionelle Vertreterin der Hafenmeisterei zu sprechen hatte. Diesmal kam sie direkt auf den Punkt und übersprang das eigentlich obligatorische *Willkommen im freundlichen Göteborg, dem Portal zu Schweden.*

»Hier die Hafenmeisterei. Die Tonnage eines Schiffs muss korrekt angegeben werden. Bei uns herrscht Schlepppflicht. Wir schicken umgehend Schlepphilfe zu Ihnen. Bitte um Bestätigung.«

Nach einigen Sekunden Stille meldete sich eine ungewöhnlich höfliche, kultivierte Stimme, die mehr nach dem Piloten einer Fluglinie als nach einem Kapitän zur See klang.

»Uns ist nicht ganz klar, was schiefgegangen sein könnte. Wir klären das, nachdem wir angelegt haben. Schlepphilfe bestätigt!« Der Mann hörte sich zuversichtlich an und hatte einen starken Akzent, den Ebba nicht recht einzuordnen vermochte.

»Wir haben noch mehr Bedenken. Ihr Schiff muss registriert werden, der Name ist unbekannt. Was ist da los? Und Sie haben die zum Anlegen erforderliche Hafengebühr nicht bezahlt.«

»Nicht registriert?« Die ruhige Stimme klang aufrichtig überrascht.

»Mir scheint, da liegt ein Problem mit Ihren Datensystemen vor. Das ist schon öfter vorgekommen. Keine Sorge, wir regeln das so schnell wie möglich. Natürlich ist die Hafengebühr zu bezahlen. Falls dabei etwas schiefgelaufen ist, bringen wir das umgehend in Ordnung. Wir setzen das Anlegen fort.«

»Na schön. Ich erteile Ihnen die Erlaubnis, obwohl Sie gegen die Regeln verstoßen haben. Ende.« Ebba wandte sich wieder Glenn zu.

Sie wünschte, sie könnte genauer recherchieren, doch mittlerweile strömte das Adrenalin, und ihr blieb keine Zeit dafür, da bereits das nächste Problem wartete.

»Hast du das andere RoRo angefunkt, Glenn?«

»Die antworten nicht. Die Leitung ist tot. Über die Kameras hab ich gesehen, dass der Name *Love & Eternity* lautet – übrigens auch eine seltsame Bezeichnung. Es kreuzt unter philippinischer Flagge. Was machen wir jetzt? Die können nicht einfach anlegen, ohne auf Funksprüche zu reagieren. Nur sind sie schon auf dem Weg herein. Wenden können sie nicht mehr.«

»Ja, was zum Henker machen wir jetzt?«, gab Ebba mit anschwellender Stimme zurück. »Am liebsten würde ich Torpedos auf die

Mistkerle abfeuern.« Ebba verspürte, dass sich ihr Stresspegel panischen Ausmaßen näherte.

»Hier läuft was entschieden Schräges. Sieh dir das Kreuzfahrtschiff an. Keine Menschenseele an Deck, obwohl sie schon seit über zehn Minuten da sind. Und dann die RoRo-Schiffe. Da passt nichts zusammen. Wir haben gleich DREI unbekannte Schiffe gleichzeitig, alle verdammt groß. Das ist unheimlich! Was machen wir nur, was machen wir nur?«, überlegte sie laut und zunehmend hektischer.

»Ist ja wie bei einem Sturmangriff«, meinte Glenn ruhig. »Aber es gibt sicher eine Erklärung dafür. Immerhin sind es zivile Schiffe. Soll ich den Notruf wählen und Alarm schlagen? Das wäre laut Handbuch die Vorgehensweise in einer solchen Situation. Bin eben erst mit Kursteil zwei fertig geworden«, fügte er hinzu.

»Ja, tu das. Schau, jetzt fahren sie Gangways vom Kreuzfahrtschiff aus. Ich gehe schnell runter und rede mit denen. Du hältst hier die Stellung, Glenn. Sorg dafür, dass die Polizei mit Blaulicht und Sirene mindestens ein Auto zu jedem Schiff schickt. Diese Typen sollen merken, dass wir uns hier nicht auf der Nase herumtanzen lassen!«

Mit schnellen Schritten lief Ebba die drei Treppenfluchten hinunter und sprang auf ihren Elektroroller. Das Kreuzfahrtschiff befand sich einen knappen Kilometer entfernt. So rasch wie möglich, ohne mit anderen Fahrzeugen und Hafenarbeitern zu kollidieren, fuhr sie das Dock hinunter, vorbei an gestapelten Containern und Ausrüstung. Nach anderthalb Minuten traf sie ein. Sie stellte den Roller vor der mittleren Gangway ab und ging zügig hinauf, bis ihr der Weg von einem Mann in Zivilkleidung versperrt wurde.

»Was kann ich für Sie?«

»Ich muss mit dem Kapitän reden. Sofort!«

»Wen darf ich ihm melden?«, erkundigte sich der Mann etwas unterkühlt und holte ein Funkgerät hervor.

»Die Hafenmeisterei. Sagen Sie ihm, es ist kritisch und dringend!«

Der Mann nickte, bevor er ins Funkgerät sprach. Für Ebba hörte es sich Arabisch an, doch sie konnte sich nicht sicher sein. Es klang ähnlich, wie wenn sich ihre Nachbarn aus Syrien miteinander unterhielten.

Die Sprache vermittelte immer etwas Aggressives, selbst wenn über Alltägliches geredet wurde. Ebba konnte es nicht leiden, ihnen zuzuhören, vor allem dann nicht, wenn der Mann seine Frau anschrie, was oft vorkam. Die beiden waren mit ein Grund, warum Ebba und ihr Mann beschlossen hatten, aus dem Wohngebäude in ein eigenes Haus zu ziehen, nicht zuletzt der Kinder wegen.

Mehrere Minuten verstrichen. Ebba sah sich um. Von ihrer Position aus erkannte sie, dass die Schlepphilfe mit dem ersten RoRo-Schiff fast fertig war. *Gut, dass es nicht windig ist,* dachte sie. In der Sommersaison standen nur drei Schlepper zur Verfügung. Zum Glück verlief das Anlegen reibungslos. Bald würde sich die Schlepphilfe dem zweiten RoRo-Schiff zuwenden können. Das hieß, sofern es auf Glenns Anrufe reagierte. *Würde mich nicht wundern, wenn die versuchen, einfach ohne Hilfe anzudocken.* An diesem Tag schien alles möglich zu sein.

Plötzlich stand der Kapitän vor ihr. Er trug eine makellose marineblaue Uniform, ein weißes Hemd, das frisch gebügelt wirkte, und eine edle weiße Mütze mit in Gold eingesticktem Anker an der Vorderseite. *Ziemlich attraktiv,* ging es Ebba trotz ihrer Verärgerung durch den Kopf.

Dann begannen Soldaten in khakifarbenen Kampfuniformen, über die anderen Gangways auszusteigen. Die meisten schienen Araber zu sein, doch es befanden sich auch etliche Schwarzafrikaner unter ihnen. Bei anderen ließen das glatte schwarze Haar und die leicht geschlitzten Augen auf eine Herkunft aus Zentralasien schließen. Manche stammten offensichtlich aus Fernost, vielleicht aus Indonesien oder Malaysia, vermutete die seit ihrer Jugend viel um die Welt gereiste Ebba. Hunderte Soldaten strömten auf das Dock heraus. Nein, eher Tausende!

»Was zum Teufel ist hier los?«, brüllte Ebba dem Kapitän mitten ins Gesicht und ignorierte dessen ausgestreckte Hand. »Das sieht ja wie eine Invasion aus!«

Der Kapitän blieb ungerührt und zog nur leicht die linke Augenbraue hoch, um Verblüffung anzudeuten. In die Rolle des Kapitäns war Ahmed geschlüpft, der sein charmantestes Lächeln aufblitzen ließ. Gleichzeitig schwenkte er abwiegelnd die rechte Hand.

»Ja. So *soll* es auch aussehen«, erwiderte er. »Sonst wäre es nicht realistisch. Mir scheint, Sie sind nicht informiert worden. Das überrascht mich. Hat man Sie wirklich nicht über die Militärübung *Polarkrieg* in Kenntnis gesetzt? Sie wird in diesem Augenblick in ganz Schweden durchgeführt. Bald werden Sie auch tief fliegende Kampfjets sehen«, log Ahmed, um Glaubwürdigkeit zu schaffen und die Frau vor ihm zu verunsichern.

Ebba traute ihren Augen nicht. Der Strom der aussteigenden Soldaten schien endlos zu sein. Sie marschierten einfach weiter wie mechanische Aufziehpuppen aus der Werkstatt des Weihnachtsmanns an Heiligabend. Alle trugen volle Kampfmontur, mit Helmen an den Rucksäcken und automatischen Gewehren über den Schultern – Kalaschnikows, soweit Ebba es beurteilen konnte. Sie erkannte die typisch gekrümmten Magazine von zahlreichen Kriegsdokumentationen, die sich ihr Mann immer mit ihr ansehen wollte.

Ihr Blick wanderte zu dem RoRo-Schiff namens *Inner Worlds*, das seine Rampe geöffnet hatte. Sie erkannte, dass es mit grün lackierten Militärfahrzeugen beladen war, die offensichtlich gleich herausfahren würden. Ihr wurde schwindlig und übel. Unwillkürlich fragte sie sich, ob sie in einen schrägen Traum geraten war. Das konnte nicht wirklich passieren.

»Ihre sogenannte Übung, von der ich nicht das Geringste gehört habe, ist mir egal. In diesem Hafen habe ich das Sagen!«, herrschte Ebba den Kapitän an und hieb ihm den rechten Zeigefinger ziemlich kräftig in die Brust. »Befehlen Sie den Soldaten, an Bord zurückzukehren. Sofort!«

»Ich kann Ihre Frustration nachvollziehen«, erwiderte Ahmed ruhig und freundlich, während er Ebbas Arm behutsam beiseiteschob. »Sosehr ich bedaure, Ihnen das anzutun, hier scheint ein Versehen meiner schwedischen Freunde vorzuliegen. Dafür kann ich nichts. Ich schlage vor, Sie begleiten mich an Bord zum schwedischen Verteidigungsminister. Dann können Sie von ihm persönlich alle nötigen Informationen erhalten.«

»Unser Verteidigungsminister ist an Bord? Wirklich?«, fragte Ebba verblüfft.

»Ja. Ein ausgesprochen reizender Mann. Bei ihm sind Oberbefehlshaber Daniel Gyllenstierna sowie einige weitere führende Persönlichkeiten des schwedischen Verteidigungsstabs. Sie sitzen alle in meiner Kapitänskabine, die während der Übung als Kommandozentrale dient. Das sollte Sie beruhigen. Sie haben nichts falsch gemacht. Kommen Sie, folgen Sie mir.«

Ebba schaute nach links zum RoRo-Schiff, während sie hinter Ahmed her die Gangway erklomm. Ungefähr zwanzig Militärfahrzeuge waren bereits auf den Kai gerollt, weitere lange Kolonnen warteten dahinter – gepanzerte Autos, Panzer und motorisierte Artillerie sowie Flugabwehrgeschütze. Sie wurde zunehmend überzeugter davon, dass etwas Ernstes vor sich ging.

Rechts bemerkte sie Blaulicht, das sich rasch näherte. Es schien von einem kleinen Konvoi aus vier Streifenwagen auszugehen. Plötzlich hörte sie die Knalle automatischer Schüsse und stellte fest, dass auf die Polizeiautos gefeuert wurde. Vor ihren Augen erloschen innerhalb kürzester Zeit sämtliche Blaulichter. Entsetzt drehte sie sich dem Kapitän zu, der eine silbrige Pistole in der rechten Hand hielt, den Lauf auf ihre Brust gerichtet.

»Tut mir leid. Sie sind eine so wunderschöne blonde Frau«, sagte Ahmed seelenruhig, drückte den Abzug und schoss ihr mitten ins Herz.

Der jähe, kurze Knall ging völlig im anschwellenden Lärm Tausender marschierender Stiefel, grollender Dieselmotoren und metallischer Laute unter, mit denen fünfzig Tonnen schwere Panzer von den Rampen der RoRo-Schiffe auf den Kai rollten.

Weiterer Schüsse bedurfte es nicht. Ahmed blies den Rauch von der Mündung der Pistole, wie er es von James Bond kannte, und steckte die Waffe zurück ins Schulterholster. Dann ergriff er das an seiner Hüfte hängende Funkgerät und drückte die Sprechtaste. Seine Stimme ertönte kraftvoll und gebieterisch.

»Achtung, alle Einheiten, Achtung! Bald schnellen die muslimischen Schwerter auf die Nacken der Ungläubigen herab. Die Zeit für Rache, für Vergeltung ist gekommen. Zeigen wir den treulosen, feigen schwedischen Hunden, was für Männer wir Muslime wirklich sind. Scheuen wir uns nicht davor, dem Märtyrertod ins Auge zu blicken und uns unseren Platz im Paradies zu verdienen! Im Namen des großen Propheten Muhammad: Vorwärts! So Gott will, werden wir siegen! *Inschallah!*«

Einige Sekunden lang stand Ahmed nachdenklich mit dem Funkgerät am Mund da. Nun gab es kein Zurück mehr. Alles hing von seiner Fähigkeit ab, die Operation zu leiten, und von der Moral und Entschlossenheit der Heiligen Krieger. Es fühlte sich monumental an, Geschichte zu schreiben. Belebend. Endlich, nach drei langen Jahren der

Vorbereitung, schritten sie zur Tat. Mit Ahmeds Plan – neunzig Prozent der Ideen stammten von ihm. Diesmal handelte es sich um keine der Übungen, die sie absolviert hatten. Diesmal wurde es ernst.

Erfüllt von Euphorie und Zuversicht eilte er zurück zur Kapitänskabine, wo sein treuer Adjutant Hassan bereits seine Sachen gepackt hatte. *Hassan weiß immer genau, was ich will und brauche,* dachte Ahmed. *Was würde ich nur ohne ihn machen?* Vor allem jedoch gefielen ihm an dem Mann dessen geniale Kochkünste. Die Landung in Göteborg war reibungslos verlaufen. Niemand würde sie nun noch aufhalten können. Laut Hassans prägnanten Berichten lief es in Stockholm gut. Auch dort hatten die schwedischen Heiligen Krieger die Docks gesichert und waren weitgehend ungestört an Land gegangen. Nur eine Handvoll Polizisten hatte einzuschreiten versucht, allerdings keine Ahnung von der Übermacht gehabt, mit der sie es zu tun hatten. Sie waren kurzerhand eliminiert worden.

Nur die Verspätung der Operation in Luleå bot Anlass zu etwas Sorge. Aber wahrscheinlich würde dort ebenfalls alles glatt verlaufen. Auf längere Sicht hatte Luleå keine strategische Bedeutung für Operation Jahrhundertsturm. An dem Ort galt es lediglich, zwei wichtige Ziele rasch auszuschalten. Dann spielte es keine große Rolle, was aus dem Gebiet im Norden würde. In fast allen Szenarien, die sie simuliert hatten, waren die Heiligen Krieger in Luleå letztlich überrannt worden. *Sie sind schon auf dem Weg ins Paradies,* dachte Ahmed. *Sie wissen es nur noch nicht.* Und bevor ihnen die Freude zuteilwürde, Allah zu begegnen, hatten sie eine entscheidende Mission zu erfüllen.

Die anderen Operationen, für die er soeben grünes Licht gegeben hatte und an denen insgesamt 127.300 Heilige Krieger mitwirkten, verursachten ihm kein Kopfzerbrechen. Jede wurde vor Ort von einem muslimischen Anführer geleitet, der eigenständig nach den von Ahmed maßgeblich beeinflussten Vorgaben vorging. Er wusste genau, was in den nächsten Stunden passieren würde. Danach lag es allein in Allahs Hand. Fünf weitere Drahtzieher hatten Zugriff auf den vollständigen Plan – seine rechte Hand Mahmoud sowie vier Anführer der Bruderschaft. Ahmed brauchte dafür nur die Augen zu schließen, schon konnte er die Tausenden Seiten mit Text und Skizzen aus dem fotografischen Gedächtnis abrufen.

Mittlerweile würden Angriffe auf die neun Militärzentren im Land begonnen haben. Das Ziel bestand darin, das gesamte schwedische Verteidigungsnetzwerk auf einen Schlag zu zerstören und lahmzulegen. Wichtige Kommunikationsknoten, sowohl physische als auch digitale, würden ausgeschaltet werden. Innerhalb einer Stunde würden keine Medien mehr funktionieren. Flughäfen, Bahnhöfe und Busbahnhöfe würden bombardiert werden. Gleichzeitig würden über das Land verteilt 353 Entscheidungsträger in ihren Häusern ermordet werden, von exakt 706 Heiligen Kriegern – zwei für jede auszuschaltende Person.

Bald würden die ahnungslosen, feigen Schweden aus dem Schlaf erwachen und überrascht feststellen, dass von ihrem sicheren Dasein nichts übrig war. Stattdessen würde ein Krieg toben. Sobald sie sich den Schlaf aus den Augen gerieben hätten, würden sie sich auf Straßen und Plätzen versammeln, um herauszufinden, was vor sich ging und was sie tun sollten. Dann würden die Selbstmordattentäter zuschlagen, das Chaos zusätzlich schüren und den Schweden blankes Grauen einflößen.

In wenigen Tagen würden sie erkennen, dass jeder Widerstand zwecklos war und sie ab sofort und dauerhaft vor ihren muslimischen Herrschern knien würden. Durchschnittsbürger, die konvertierten und sich dafür entschieden, gute Muslime zu werden, würden verschont und könnten in den Alltag zurückkehren. Christen und Juden, die sich dagegen verweigerten, erwartete ein ungewisses Dasein unter speziellen Gesetzen, die sie zwingen würden, sich den Muslimen unterzuordnen.

Außerdem würden sie natürlich die *Dschizya* zahlen müssen, eine hohe Steuer, die alle Andersgläubigen an die herrschenden Muslime zu entrichten hatten. Allerdings nur während einer Übergangszeit von fünfzehn bis zwanzig Jahren, bis es keinen Widerstand mehr gäbe und die uneingeschränkte Kontrolle erlangt wäre.

Soweit der Plan, dachte Ahmed. Aber in Anbetracht des tief verwurzelten Judenhasses der Heiligen Krieger würden die rund zwanzigtausend Juden in Schweden die Peitsche wahrscheinlich deutlich härter zu spüren bekommen als die Christen. Und so sollte es auch sein. Laut dem großen Propheten wusste das jeder, der den Koran richtig zu lesen verstand, *aw kayf*. Ahmed warf einen Blick auf die goldene Armbanduhr mit diamantbesetztem Zifferblatt. 04:16 Uhr.

Kapitel 4

Ankunft im Hafen von Stockholm und Angriff auf ausgewählte Ziele

17. Juli 2032, 03:49 Uhr

Das Anlegen des 220 Meter langen Kreuzfahrtschiffs mit dem eigenartigen Namen *Between Nothingness & Eternity* wurde um 03:49 Uhr abgeschlossen. Mittlerweile war es an Kai 2 des für die wichtigsten Schiffe reservierten Piers von Frihamnen vertäut. An Platz mangelte es nicht, da sich der Pier über satte 410 Meter erstreckte.

Die schwedische Schifffahrtsbehörde hatte die Ankunftsmeldung vor vier Monaten erhalten. Am selben Tag war die Hafengebühr bezahlt worden. Die Herkunft der Mittel war nicht angegeben worden, was jedoch keine Rolle spielte, solange die Gebühr entrichtet wurde. Alles schien völlig normal zu sein. Abgesehen davon, dass sich in keinem Register ein Schiff namens *Between Nothingness & Eternity* fand.

Voller wurde es im Hafen von Värtan, als das RoRo-Schiff *Love Devotion* knapp nach dem Kreuzfahrtschiff anlegte. Durch den regen Verkehr der finnischen Reederei Silja mit ihren Fähren galt es nicht als ungewöhnlich, dass sich große Schiffe den Platz im geräumigeren Teil des Hafens teilten. Obwohl die Fähren aus Finnland selbst keine Zwerge darstellten, nahmen sie sich im Vergleich zu Kreuzfahrtschiffen geradezu winzig aus. Der *Love Devotion* wurde Pier 5 zugeteilt.

Bei der Hafenmeisterei herrschte Hochbetrieb, da die beiden großen Schiffe fast gleichzeitig eintrafen. Verwirrung kam auf, weil beide Namen als nicht registriert ausgewiesen wurden.

»*Love Devotion*«, murmelte Sune, der reichlich Erfahrung besaß und in jener Nachtschicht für den Verkehr zuständig war. »Wieder so ein schräger Name. Als ich angefangen habe, hatten Schiffe noch Namen wie *M/S Helsinki* und *M/F Kvarnholmen*. Die Zeiten haben sich wohl geändert«, meinte er seufzend. »Ich komme mir richtig alt vor«, klagte er. »Gott sei Dank gehe ich bald in den Ruhestand.«

Bereits seit fünf Jahren zählte Sune sehnsüchtig die Tage bis dahin. Er hatte genug von den achtstündigen Schichten, die er zunehmend wie einen Gefängnisaufenthalt empfand. Nicht selten stahl er sich in die Behindertentoilette davon, um sich ein Schlückchen aus seinem kleinen

Flachmann zu genehmigen und die monotonen Nächte erträglicher zu gestalten. So auch in dieser Schicht. Es war kein großes Geheimnis. Alle wussten davon. Allerdings sah man darüber hinweg, weil Sune nie etwas vermasselte. Oft hatte er sogar einen recht hohen Pegel, aber er sorgte für frischen Atem, indem er regelmäßig Lutschtabletten benutzte. Wie so viele Alkoholiker litt er unter »Halsbeschwerden«.

»Lasst Sune in Frieden. Er soll stolz und angesehen in Rente gehen«, pflegte sein Vorgesetzter zu sagen, wenn jemand seine Trunksucht erwähnte. Durch seine langjährige Erfahrung spulte er seine Aufgaben wie auf Autopilot ab. Er musste dafür längst nicht mehr klar denken können. Mitunter bezeichnete er sich selbstironisch als funktionierenden Genusstrinker. Treffender wäre der Begriff Säufer gewesen, da sein Konsum in den vergangenen Jahren stetig zugenommen hatte. Aber Sune schämte sich nicht dafür.

»Ist wohl die Nacht der merkwürdigen Namen, Boss«, meinte seine jüngere Kollegin Anna.

»Sieh nur, da kommt die *Birds of Fire*. Noch ein RoRo, dessen Eigner sich für Poeten halten. Ist dir aufgefallen, dass keines der Schiffe in irgendeinem Register auftaucht?«

»Wovon redest du? In keinem Register?«, hakte Sune ruhig nach. »Das kann nicht stimmen, Süße. Aber wie du weißt, interessiert mich nur, ob die Zahlung auf unserem Konto eingegangen ist. Der Vorstand will immer das Geld, und dafür sorge ich ausnahmslos. Auch wenn's mir nie gedankt wird«, klagte er seufzend. »Der Rest wird sich schon früher oder später klären«, fügte er gelassen hinzu. »Außerdem gehe ich in weniger als einem Monat in Rente. Wen interessiert's also?«

»Warte mal!«, entfuhr es Anna plötzlich, als eine Eilmeldung auf ihrem Handy eingeblendet wurde. »Im Hafen Skandia in Göteborg wird geschossen«, las sie laut vor. »Zehn Polizisten sind tot. Auf dem Kai sind etliche ausländische Soldaten und Militärfahrzeuge. Weitere Informationen in Kürze. Die Nachricht ist um 04:12 Uhr eingegangen. Ganz schön beängstigend. Ist das eine Invasion oder was? Von wem? Gott sei Dank wenigstens in Göteborg und nicht hier.«

»Ja, klingt fast so, Anna. Aber jetzt funk erst mal die *Birds of Fire* an, damit wir ihr Anlegen zu Ende bringen können. Sie kriegt Pier 3. Zum Glück waren wir nicht voll, bevor die Gruppe da eingetroffen ist.«

Zehn Minuten später wimmelte es am Pier von Soldaten in khakifarbenen Einsatzuniformen samt Kampfausrüstung. Beide RoRo-Schiffe hatten gleichzeitig die Bugklappen geöffnet. Aus ihnen rollte ein steter Strom von Fahrzeugen über die Rampen auf die Kais.

»Anscheinend wird nicht nur Göteborg überfallen!«, brüllte Anna. »Ich glaube, ich spinne!«

Sune holte den Flachmann aus seiner Aktentasche, öffnete ihn und stürzte vor seiner Kollegin mehrere kräftige Schlucke hinunter. Dabei wirkte er panisch.

»Wir müssen sofort weg!«, brüllte er dann, stand abrupt auf, den Flachmann noch fest in der Hand. »Anna, du bist doch heute mit dem Auto gekommen, oder?«

Die beiden rasten die Treppe hinunter und überquerten den Parkplatz zu Annas kleinem Tesla.

»Drück auf die Tube, Anna. Anordnung von deinem Vorgesetzten!«, sagte Sune und grinste plötzlich breit. Endlich ein wenig Dramatik in seinem sonst so öden, ereignislosen Leben. So betrunken, wie er mittlerweile war, verspürte er keine Angst mehr, sondern fühlte sich wie in einem Actionstreifen aus Hollywood. Der Tesla beschleunigte nahezu lautlos und bewältigte die einen halben Kilometer lange Hafenhauptstraße innerhalb von Sekunden. Allerdings versperrten am Fährenterminal geschätzte hundert schwarz gekleidete Gestalten mit Sturmgewehren den Weg. Alles andere als eine wünschenswerte Lage. Panisch trat Anna auf die Bremse. Würde sie zuerst vergewaltigt und dann umgebracht werden?

»Oh Mann. Jetzt sind wir am Arsch«, merkte Sune seelenruhig an. »Man könnte meinen, die gesamte arabische Bevölkerung aus dem Ghetto von Rinkeby hätte sich für den Karneval verkleidet und hier eingefunden.«

Unmittelbar vor dem Auto brüllte ein großer Mann mit buschigem langem Bart irgendwelche Anweisungen auf Arabisch. Ein anderer, vielleicht sein Assistent, wiederholte sie auf Schwedisch. Plötzlich teilte sich die Masse, und der Assistent winkte den kleinen Tesla mit energischen Armbewegungen vorwärts. Viele der Soldaten zeigten den Daumen hoch und streckten ihre Kalaschnikows gen Himmel. Andere lachten laut und salutierten vor den beiden Schweden im Auto, während es durch die Menge rollte.

Die Soldaten vermittelten den Eindruck einer Fußballmannschaft bei einem gewonnenen Auswärtsspiel, wirkten erfreut und zuversichtlich. Überwiegend handelte es sich um junge Männer von Mitte zwanzig bis Mitte dreißig. Nur wenige schienen älter als vierzig zu sein. Die meisten hatten Bärte oder waren zumindest unrasiert, mit dichten Stoppeln in den Gesichtern. Viele trugen schwarze Baskenmützen, die an Che Guevara erinnerten, andere schwarze Stirnbänder. Es lag unverkennbar eine Revolutionsromantik in der Luft. Anna fiel auf, dass die meisten aus Nahost und Nordafrika zu stammen schienen. Bei einer eigenen Gruppe mit dunklerer Haut jedoch tippte Anna eher auf Männer aus Somalia.

Sune ließ das Fenster runter und winkte den Soldaten unbekümmert mit ausgestreckten Armen zu. Einige klatschten im Vorbeifahren mit ihm ab. Plötzlich wirkte es eher wie eine Triumphparade, nicht mehr wie die bedrückende Trauerprozession von vor wenigen Sekunden.

»Fahr, Süße. Es geschehen immer noch Zeichen und Wunder. Ich hätte nie gedacht, dass ISIS so cool sein könnte. Vielleicht wäre ein Kalifat gar nicht so schlimm!«

Sune lachte, als Anna beschleunigte. Sie blieben auf der Südroute des Hafens zum Anschluss in den Norden von Stockholm, wollten so schnell und so weit wie möglich weg. Plötzlich leuchtete der Himmel auf. Es folgte eine laute, dröhnende Explosion. Sie spürten die Schockwelle im Auto durch das geöffnete Beifahrerfenster. *Das ist aus dem Stockholmer Olympiastadion gekommen*, schoss es Anna durch den Kopf, während sie den Tesla hochkonzentriert mit hundert Sachen die schmale Straße entlangmanövrierte. »Das scheint vom Deppagon zu stammen«, meinte Sune. Als er Annas verständnislosen Blick bemerkte, erklärte er seinen Scherz. »Hat so geklungen, als hätte es beim schwedischen Pentagon für Deppen gescheppert, von manchen auch Landesverteidigungszentrale genannt. Das sieht nicht gut aus. Ob wir das Spiel in der zweiten Hälfte noch drehen können?« Er hob den halb vollen Flachmann an die Lippen, leerte ihn mit drei herzhaften Schlucken und warf ihn so beiläufig aus dem Fenster, als hätte er es schon oft gemacht.

Plötzlich sahen sie, dass sechshundert Meter vor ihnen ungefähr dreißig oder vierzig Soldaten die Straße blockierten, alle so schwarz gekleidet wie jene bei der ersten Sperre. Reglos und schwer bewaffnet standen sie da. Links bemerkten sie einige weitere Kämpfer, die am

Gebäude der Fernsehsender TV4 und Canal Digital in Deckung gegangen waren. Zwei weitere, kleinere Explosionen ertönten im Abstand von wenigen Sekunden. Anna trat auf die Bremse und wendete. Sie fuhr nach rechts auf eine Brücke über die Bahngleise, bog nach links auf die Tegeluddsvägen und beschleunigte auf über hundertzehn Stundenkilometer. So gelangten sie fast zurück in den Hafen, nur diesmal befanden sie sich höher über dem Wasser. Links sahen sie ungefähr fünfzig Militärfahrzeuge, die sich im Hafengebiet herumbewegten. Einige schwenkten nach rechts auf die südliche Hafenstraße, die Anna zuvor benutzt hatte, andere am Fährenterminal nach links auf die Straße, die zum Stadtzentrum von Stockholm führte. Zum Glück hatten sie noch nicht die Tegeluddsvägen erreicht, über die Anna den Tesla mittlerweile mit Vollgas jagte.

Soldaten, die eben erst das Kreuzfahrtschiff verlassen hatten, stiegen in Busse ein, die in einer langen Kolonne im Hafenbereich parkten. Bei den meisten handelte es sich um gecharterte Fahrzeuge mit verschiedenen Firmennamen an den Seiten. Weiter trafen ein, überwiegend gewöhnliche blaue Pendlerbusse, und holten wartende Soldaten ab. Anna verlangsamte die Fahrt und bemerkte, dass fast alle Fahrer dunkelhäutig waren und die meisten Baskenmützen oder Stirnbänder trugen.

Anna bog nach rechts auf die kleinere Lindarängsvägen in Richtung des breiten Boulevards namens Valhallavägen. Auf der großen Erholungsgrünfläche in Gärdet ging irgendetwas vor sich, doch sie konnte es nicht erkennen, weil sie sich aufs Fahren konzentrieren musste. Aber sie sah dichten schwarzen Rauch vom Gebäude des schwedischen Fernsehens aufsteigen. Es stand in Flammen. Entlang der Valhallavägen brannten mehrere Gebäude des Militärs. Als sie den Kreisverkehr am Beginn der Valhallavägen erreichten und mit halsbrecherischer Geschwindigkeit durchquerten, entging das Auto nur knapp einer Explosion keine hundert Meter rechts von ihnen.

»Jetzt haben sie auch das Pub namens *Zentrale* bombardiert«, kommentierte Sune. »Dort habe ich mir abends oft Fußball angeschaut. Was um alles in der Welt ist nur los? Kennen die nicht den Unterschied zwischen einer Kneipe und einer Militärzentrale? Wo soll ich jetzt abhängen, wenn ich im Ruhestand bin?«

Als Anna auf die Strandvägen einbog, erwies sich die breite Straße als so gut wie verwaist. In der Ferne sahen sie die rotierenden Blaulichter blau-gelber Kastenwagen und Pkw der Polizei, die eine Straßensperre an der Brücke Djurgården bildeten. Davor hatte sich eine kleine Autokolonne gebildet.

Polizisten mit automatischen Gewehren hatten sich hinter den Fahrzeugen verschanzt. Einige lagen neben dem Kanal auf dem Boden, die Waffen auf das Gebäude des schwedischen Nationalfernsehens gerichtet. Mehrere weitere Beamte lauerten hinter der Ecke der Narvavägen oder rannten in Richtung der Strandvägen, offenbar ahnungslos, dass eine Masse feindlicher Soldaten in ihre Richtung steuerte. Bald würde ihr Blut sinnlos vergossen werden.

Am Ende der Narvavägen beim großen Kreisverkehr des Karlaplan erkannte Anna einen Haufen weiterer Blaulichter und vermutete, dass es sich um noch eine hastig errichtete Straßensperre handelte. *Die Polizei hat wohl alles losgeschickt, was sie hat*, dachte sie. *Aber wann wacht das Militär auf? Und wo sind die nationale Einsatztruppe und die Heimwehr?* Obwohl Anna nicht religiös war, ertappte sie sich dabei, die verschwitzten Hände unter dem Lenkrad zu falten und zu flüstern: »Lieber Gott, bitte hilf uns!« Die Polizei arbeitete gründlich, leuchtete mit Taschenlampen in jedes Auto. In den umliegenden Gebäuden standen Menschen auf ihren Balkonen, geweckt von den Explosionen und Blaulichtern, verwirrt darüber, was vor sich ging.

»Seht nur, einer der Masten in Nacka kippt um«, rief eine ältere Frau in einem burgunderroten Morgenmantel mit scharfer, nasaler Stimme und deutete nach Süden, wo Schwedens hoch aufragende Funkmasten standen. »Was um alles in der Welt ist hier los? Kann mir das bitte jemand erklären? Jetzt fällt auch noch der andere Mast. Ach du meine Güte, was passiert hier nur?« Die verängstigte alte Dame brach in Tränen aus.

Als sie durch die Absperrung gelassen wurden, atmete Anna erleichtert durch und warf einen Blick auf die Uhr am Armaturenbrett. 05:01 Uhr.

»Ich denke, wir haben sie vorerst abgeschüttelt. Die Frage ist nur, wohin können wir?«, sagte sie und drehte sich Sune zu – der eingeschlafen war und mit auf die Brust gesunkenem Kinn schnarchte.

Kapitel 5

Attentatsversuch auf den Verteidigungsminister

17. Juli 2032

Als Mahjabeens Handy 03:45 Uhr anzeigte, stieg er die vier Stufen mit zwei Schritten hinauf und presste den rechten Zeigefinger kräftig auf die Türklingel. Er stand mit dem Rücken zum Geländer auf der Eingangstreppe, keinen Meter vor der alten braunen Doppeltür. Beide Flügel wiesen eine abgerundete Glasscheibe mit weißen Vorhängen auf.

Die Klingel reagierte pflichtbewusst mit einem lauten *Ding-Dong*. Das Geräusch hallte durch die ruhige, nur gelegentlich vom Lärm einer feuchtfröhlichen Party in der Nachbarschaft gestörten Stille der Sommernacht. Obwohl Abdikadir an dem auf der anderen Seite der schmalen Straße geparkten Auto kniete, hörte er es klar und deutlich. Seine Kalaschnikow war entsichert, der Schaft ruhte an seiner Schulter.

Mahjabeen und Abdikadir waren gläubige Muslime. Alkohol und betrunkene Nachtschwärmer verabscheuten sie. Abdikadir persönlich hätte mit Freuden die Tür bei der Party eingetreten und die feiernden Schweden niedergemäht. Aber das gehörte nicht zu ihrer Mission in Torekov.

Die ihnen zugeteilte Zielperson hatte entscheidende Bedeutung – niemand Geringerer als der schwedische Verteidigungsminister Daniel Gyllenstierna. Sie wussten, dass man sie dafür ausgewählt hatte, weil sie als erstklassige Scharfschützen mit Nerven aus Stahl galten. Beide hatten schon viele Male getötet und waren immer damit davongekommen. Sie empfanden aufrichtigen Stolz darauf, dass man es ihnen als Somaliern anvertraute, den ranghöchsten Offizier der schwedischen Streitkräfte zu eliminieren.

»Mit Somaliern legt man sich besser nicht an«, meinten sie oft und gern und übertrieben damit nicht. Jeder wusste, dass es stimmte. Somalier wurden besonders gefürchtet, weil sie bekannt dafür waren, schnell abzudrücken. Ein falsches, als herablassend oder zynisch empfundenes Wort zu einem Somalier konnte verheerende Folgen haben.

Es hatte nur wenige Minuten gedauert, online Gyllenstiernas Steuererklärungen zu finden, in denen sowohl sein Wohnsitz als auch sein

Sommerhaus aufgeführt waren. Zur Überprüfung hatten sie zudem das Fahrzeugregister der Verkehrsbehörde durchsucht. Darin entdeckten sie, dass Gyllenstierna zwei Autos besaß, einen anthrazitgrauen Mercedes GLE 450 AMG und einen schwarzen BMW X4.

»Keine üblen Karren«, meinte Abdikadir. »Der Alte hat eindeutig Geld. Weißt du, der Mercedes hat einen V6-Motor. Vielleicht sollten wir uns die Karre krallen, wenn wir schon mal dort sind.«

»Ha, du spinnst doch, Freund«, erwiderte Mahjabeen. »Dann wären wir die Nächsten.« Als Mahjabeen im Verteidigungsministerium in Stockholm anrief, teilte ihm die Sommervertretung in der Telefonzentrale unbedarft mit, dass sich Gyllenstierna auf Urlaub in seiner Sommerresidenz in Torekov befand und dort zwei Wochen bleiben würde. Mahjabeen bedankte sich in charmantem Ton und grinste Abdikadir dabei an. Volltreffer. Einfacher hätte es kaum sein können.

Zwei Tage zuvor hatten die beiden Freunde das unscheinbare, geweißelte Haus am Ende der Christopher-Barfoths-Straße ausgekundschaftet, um eine geeignete Stelle zum Parken des in Halmstad gestohlenen Motorrads zu finden. Um keinen Verdacht zu erregen, hatten sie ein gefälschtes Kennzeichen an der Triumph angebracht und den Benzintank schwarz besprüht, weil sie das ursprüngliche Gelb zu auffällig gefunden hatten.

Um unter der schwedischen Elite in deren sommerlichem Rückzugsort nicht aufzufallen, trugen sie Helme mit getönten Visieren und gaben sich als Biker auf Tour. Trotz der brütenden Hitze zogen sie die Motorradhandschuhe nicht aus, um nicht für Einbrecher oder Kidnapper beim Auskundschaften ihrer nächsten Ziele gehalten zu werden.

Nach der Entführung eines Topmanagers vergangenen Sommer waren die Schweden in der Gegend zunehmend misstrauischer geworden, insbesondere in Torekov. Die Täter damals waren Somalier gewesen. Deshalb war es umso wichtiger, dass sie ihr Aussehen verbargen. Mahjabeen und Abdikadir wussten, wer die Entführer waren, die das Opfer hingerichtet hatten, als das Lösegeld nicht rechtzeitig bezahlt worden war. Sie hatten innerhalb ihres Netzwerks von dem Vorfall gehört und erfahren, dass es der Polizei nie gelungen war, die Täter zu fassen.

In der Online-Ausgabe der Zeitung der Verteidigungsstreitkräfte hatten sie aus einem Artikel herausgelesen, dass Daniel Gyllenstierna im

Urlaub jeden Morgen um halb sechs einen Spaziergang zum Badesteg in Torekov unternahm. Eine wertvolle Information. Dazu hatte man ein Foto von Gyllenstierna in einem schäbigen grauen Frottee-Bademantel veröffentlicht, frisch gebadet, das Haar noch nass, ein breites Grinsen im Gesicht, an den Füßen blaue Badelatschen aus Kunststoff.

Unter den Leuten, die den Badesteg zum morgendlichen Schwimmen aufsuchten, galt es als Statussymbol, in einem abgenutzten alten Bademantel dort einzutreffen. Ein Sinnbild für langjährige Verbundenheit mit Torekov, unerschütterliches Selbstbewusstsein und – zumindest im Urlaub – Gleichgültigkeit gegenüber Äußerlichkeiten. Beim Kauf des Hauses vor siebzehn Jahren hatte Gyllenstierna den Bademantel in einem Schrank entdeckt. Mittlerweile war er in so schlechter Verfassung, dass er ihn kaum noch zu waschen wagte. Wenn es nach Mahjabeen und Abdikadir gegangen wäre, hätten sie Gyllenstierna auf dem Weg zum Badesteg erledigt. Aber ihre Befehle lauteten, exakt um 03:45 Uhr zuzuschlagen. Der Badesteg stellte nur den Ausweichplan dar, falls Gyllenstierna nicht auf das Klingeln an der Tür reagierte.

Und sollte Gyllenstierna auch dann bis sieben Uhr nicht auftauchen, würden sie eine der großen Glasscheiben der Eingangstür einschlagen, ins Haus einbrechen und ihn exekutieren. Sie würden Torekov erst verlassen, wenn die Zielperson ausgeschaltet wäre. Ein Fehlschlag kam für die beiden nicht infrage. Sie hatten noch nie versagt, außer in der Schule, die sie beide in der achten Klasse abgebrochen hatten. Allerdings hatten sie das nie als Versagen betrachtet. Sie hatten lediglich andere Pläne gehabt. Ein gewöhnlicher Job hatte sie nicht gereizt und wurde auch nicht gut bezahlt. Um die richtigen Frauen zu beeindrucken, brauchte man Geld, protzige Autos, das beste Gras und einen coolen Style.

Mahjabeen drückte erneut auf die Türklingel. Wieder bimmelte es. Nichts geschah. Anscheinend würden sie auf Plan B zurückgreifen müssen. Doch als Mahjabeen den Fuß hob, um die Treppe hinunterzusteigen, hörte er Schritte hinter der Doppeltür. Licht ging an. Eine Hand zog den Vorhang zurück. Gyllenstiernas erschrockenes Gesicht erschien hinter der Scheibe. »Bereithalten«, zischte Mahjabeen leise auf Somali. *Diayarisay!*

»Wieso klingeln Sie mitten in der Nacht bei mir?«, fragte Gyllenstierna scharf, ohne die Tür zu öffnen.

Durch die Scheibe erkannte Mahjabeen, dass der Mann mit der rechten Hand etwas hinter dem Rücken verbarg, wahrscheinlich eine Pistole. Da Mahjabeen keine gute Antwort auf Gyllenstiernas Frage hatte, trat er zur Seite und sprang geschmeidig die Treppe runter. Abdikadir entfesselte eine Salve von Schüssen, die Gyllenstierna wuchtig mit einem Scherbenregen zurückschleuderten, bis er außer Sicht verschwand.

»Das reicht!«, brüllte Mahjabeen und hob den Arm, damit Abdikadir aufhörte. Er kehrte auf die Veranda zurück und holte das Handy heraus, um die von ihnen geforderten Fotos zu schießen. Die Scheibe war vollständig verschwunden. Dahinter lag der leblose Minister mit dem Gesicht nach oben. Mahjabeen musste für die Aufnahmen nicht mal das Haus betreten. Danach sprang er hinunter zur Straße, sprintete zum Motorrad, schwang sich in den Sattel und startete den Motor. »Beeilung, wir müssen weg – *ugu dhakhsaha badan!*«

Sie bogen um die Ecke und bretterten die Hauptstraße hinunter. Dort hatte eine Gruppe Jugendlicher die Schüsse gehört und presste sich ängstlich an eine Mauer. Im Vorbeifahren brachte Abdikadir die Kalaschnikow in Anschlag und feuerte eine kurze Salve auf sie ab, verfehlte sie aber durch die rasante Beschleunigung.

Bald erreichten sie Landstraße 115 und fuhren zurück zu dem kleinen Dorf Andersberg in der Nähe von Halmstad, wo sie sich mit vier Freunden aus Somalia eine Wohnung teilten. Abdikadir klopfte Mahjabeen auf die Schulter, beugte sich vor und brüllte ihm ins Ohr:

»*Halkaas what ku slight Swede* – das war's für den schwedischen scheiß Trottel, ha-ha-ha.«

Abdikadir war sichtlich in Jubelstimmung, Mahjabeen hingegen konzentrierte sich bestmöglich aufs Fahren.

»Sauber die Kerzen ausgeblasen, ha-ha-ha! *Waxaan nahay kooxda horyaalka* – wir sind die Besten!«

Als sie sich mit einer konstanten Geschwindigkeit von 160 Stundenkilometern dem Dorf Gulbränna näherten, bemerkte Mahjabeen vor ihnen zwei Streifenwagen mit eingeschaltetem Blaulicht. Er machte Abdikadir darauf aufmerksam. Unter normalen Umständen wären sie rasch abgebogen und hätten die Straße verlassen. Aber es war kein gewöhnlicher Tag. Der Krieg hatte begonnen, und sie wollten zu ihren in der Moschee in Halmstad wartenden Brüdern, wo man sie als heldenhafte Muslime empfangen würde, als Heilige Krieger Gottes.

Mahjabeen steuerte neben den hinteren Streifenwagen, damit Abdikadir die beiden Polizisten darin mit einer Salve überziehen konnte. Dann beschleunigte er, und im Überholen beschoss sein Freund die Beamten im vorderen Wagen. Abdikadir schaute zurück und sah, wie beide Fahrzeuge in unterschiedliche Richtungen von der Straße abkamen und verunfallten.

»Ha-ha-ha!« Wieder brach er in Gelächter aus. »War das erste Mal, dass ich Bullen abgeknallt habe. Scheiße, das war cool. *Sebbisch!* Ist ja wie *Rauch!* Ha-ha-ha!«

Als sie auf die Straße nach Laholm schwenkten, entdeckten sie eine Bushaltestelle, an der mehrere Menschen warteten. Abdikadir bedeutete Mahjabeen, neben dem kleinen Unterstand anzuhalten.

»Geh nachschauen und zieh die Muslime beiseite. Um den Rest kümmere ich mich!«

Mahjabeen stieg ab und ging nach vorn zu der Bushaltestelle. Dort erkannte er fünf potenzielle Muslime. Der Rest sah bis auf zwei Zigeunerinnen nach Rumtreibern aus. Nach einem kurzen Wortwechsel auf Arabisch und Somali sonderte Mahjabeen vier von der Gruppe ab, die zweifellos Muslime waren.

Aus der Ferne beobachtete Abdikadir, wie ein Fünfter, der Pakistani, Inder oder Bangladescher zu sein schien, erst zögerte, bevor er sich der Gruppe anschloss und zur Seite trat. Vermutlich spürte er, dass irgendetwas nicht stimmte. Vielleicht hatte er auch gesehen, wie Abdikadir auf dem Soziussitz des Motorrads das Magazin gewechselt hatte.

Abdikadir marschierte zur Bushaltestelle, brüllte mit gebieterischer Stimme »*Allahu Akbar*« und brachte dabei die Kalaschnikow in Anschlag. Die Wartenden erstarrten und glotzten ihn verängstigt an. Niemand wagte, sich zu rühren. Vermutlich sahen sie die einzige Hoffnung auf Überleben darin, mit erhobenen Händen stillzustehen. Abdikadir zögerte kurz. Dann bedeutete er den beiden Zigeunerinnen, zur Seite zu gehen.

»Ihr habt uns nichts getan. Ihr dreckigen Schweden schon!«, schrie er, bevor er die acht Leute vor ihm gnadenlos niedermähte und das gesamte Magazin leerte.

Als sich Abdikadir der Gruppe der Muslime näherte, bemerkte er einen jungen Mann, der anfangs gezögert hatte und sich nun hinter den anderen zu verstecken versuchte. Sein olivfarbenes Gesicht war aschfahl geworden.

»Muhammad, Muhammed«, stammelte er und hämmerte sich mehrfach auf die Brust. »Muhammad, Muhammed«, wiederholte er verzweifelt.

Abdikadir bedeutete ihm, den Gürtel zu öffnen und die Hose runterzulassen. Der junge Mann sträubte sich, schüttelte vehement den Kopf und stieß auf Englisch hervor: »Nein, nein, nein ...«.

Ohne Vorwarnung näherte sich ihm Mahjabeen von hinten und drosch ihm den Lauf seiner jugoslawischen Armeepistole auf den Kopf.

Der Mann brach zusammen und hielt sich stöhnend mit beiden Händen den Schädel.

Abdikadir kauerte sich hin, öffnete den Gürtel, zog Hose und Unterwäsche warf einen Blick auf die Genitalien und schüttelte den Kopf.

»Ein ungläubiger Hund. Ich wusste es«, sagte Abdikadir und nickte seinem Partner zu. »Ein Christenschwein, das sich als braver Muslim ausgibt! Verdammt! Oder schlimmer noch, ein verfluchter Polytheist!«

Mahjabeen richtete die Waffe auf das Gesicht des jungen Mannes und feuerte einen Schuss ab, der in den Nasenrücken einschlug. Nach dem Geräusch des auf den Asphalt pochenden Schädels kehrte kurzzeitig Stille ein.

»Jetzt weiter zur Moschee an der Fredsgatan! Die Friedensstraße! Fre-e-e-dsgata-a-a-n, wir kommen!«, rief Abdikadir.

»*Allahu Akbar!* Was für ein glorreicher Tag!«, jubelte Mahjabeen.

Besser hätte der Krieg nicht beginnen können.

Kapitel 6

Operation Menschenjagd

17. Juli 2032

Der 17. Juli 2032 sollte ein denkwürdiges Datum werden und einen neuen Kurs für dieses Land im Norden mit seinen naiven, dekadenten Bewohnern vorgeben, die dringend einer vernünftigen Führung bedurften. *Eine muslimische Herrschaft nach den Gesetzen der* Scharia *wäre vorteilhaft und prägend für diese blonden, blauäugigen Mistkerle ohne jede Moral,* dachte Mahmoud während der Vorbereitungsarbeiten an Operation Menschenjagd. Anfangs würde Blut vergossen werden, aber das würde den Schweden guttun. Sie würden ewig dankbar sein, wenn sie erst die Freuden des Lebens nach den Vorgaben des Propheten erfahren hätten. Mahmoud wirkte voll Stolz daran mit, das Licht des Korans in dieses kalte, gottverlassene Land zu bringen.

Er war unverzichtbar für die Leitung von Operation Menschenjagd. Sein herausragendes Organisationsgeschick, seine fanatische Entschlossenheit, sein Mangel an Empathie – dadurch hatte Ahmed beim Besetzen dieser heftigen Operation sofort an ihn gedacht. Ja, Mahmoud verkörperte die offensichtliche Wahl. Darüber hinaus war er Ahmeds rechte Hand, und die erfolgreiche Durchführung der Operation würde entscheidend für einen schnellen Sieg über die Schweden sein.

Mahmoud hatte die Einzelheiten des Sturmangriffs ausgearbeitet, dessen Entwurf auf Ahmed zurückging. Ahmed hatte nichts an Mahmouds Plan geändert, der die Beseitigung von 353 prominenten Schweden vorsah, während die Invasion in Göteborg, Stockholm und Luleå anlief.

Die Liste der Namen stammte von Basir Kalpan, vormals Minister für Auslandshilfe in der schwedischen Regierung, danach Parlamentsabgeordneter der Linkspartei. Man hatte ihn ausgeschlossen, als ans Licht gekommen war, dass er enge Verbindungen zu muslimischen Extremisten unterhielt. Kalpans Liste wurde später von Karim Musama verfeinert und weiterentwickelt, dem ehemaligen Anführer von SUM, den jungen Muslimen Schwedens, der heimlich von Kalpan gegründeten extremistischen Organisation.

Für die Zusammenstellung hatte Mahmoud detaillierte Vorgaben
ausgearbeitet. Sie umfasste Politiker, Regierungsbeamte, Militärpersonal,
Kampfpiloten, Konzernleiter, kulturelle Persönlichkeiten,
Nachrichtensprecher und Moderatoren, die engsten Thronfolger der
Königsfamilie, Sporthelden und führende Meinungsmacher.

Die Idee hinter Operation Menschenjagd bestand darin, Personen zu
beseitigen, die sich als Anführer hervortun und Streitkräfte für Schweden
vereinen könnten. Ohne solche Galionsfiguren würden die Moral und
Gegenwehr der Bevölkerung schnell und effektiv zusammenbrechen.
Allein das Wissen, dass so viele Prominente ermordet worden waren,
würde Angst und Schrecken verbreiten.

Operation Menschenjagd sollte den schwedischen Widerstand im
Keim ersticken. Das Massaker würde skrupellos und gründlich
durchgeführt werden. Ahmeds Plan sah vor, den Krieg innerhalb von
sechs bis acht Wochen zu gewinnen, doch mit etwas Glück würden sich
die Schweden schon davor bedingungslos ergeben. Allerdings erforderte
eine Kapitulation politische Entscheidungen, und es bestanden Zweifel,
ob die Schweden sie ohne Führungspersönlichkeiten schnell treffen
können würden. Ein wahrscheinliches, oft diskutiertes Szenario war, dass
die Kämpfe an einzelnen Orten nachlassen und mit einem
Waffenstillstand enden würden, wenn die Schweden die
Aussichtslosigkeit ihrer Lage erkannten. Praktisch käme das einer
Kapitulation gleich und würde dementsprechend behandelt werden.

Am 17. Juli um 03:45 Uhr brach an Hunderten Orten überall in
Schweden und teilweise sogar im Ausland die Hölle los. Mahmoud hatte
je zwei schwedische Heilige Krieger mit der Beseitigung der 353
Zielpersonen beauftragt, insgesamt 706 Krieger auf einer Mission. In den
meisten Fällen handelte es sich um einfache Angelegenheiten, die ein
Krieger allein ebenso gut hätte bewältigen können, doch zwei für jeden
Einsatz brachten erhebliche Vorteile mit sich. Nicht nur die
Erfolgswahrscheinlichkeit stieg signifikant, auch die Berichterstattung
wurde zuverlässiger. Und es bestand kein Mangel an loyalen
Dschihadisten für die Erfüllung der Aufgabe.

Alles um Operation Menschenjagd herum war in Zellen organisiert,
bei denen die Krieger nicht voneinander wussten. Jedes Duett kannte nur
seinen Auftrag, eine bestimmte Person zu eliminieren. Viele vermuteten

zwar, Bestandteil einer größeren Operation zu sein, konnten sich jedoch nicht sicher sein. So sollte einer etwaigen Unterwanderung durch Agenten der SÄPO entgegengewirkt werden.

Sämtliche Zielpersonen wurden von je zwei Kriegern observiert, die ihnen diskret folgten und wussten, wo sie zu Hause oder in ihren Urlaubsdomizilen zu finden waren. Um Verwechslungen zu vermeiden, hatten die Vollstrecker Fotos ihrer Opfer erhalten. Die Krieger hatten überall dieselben, klaren Anweisungen für ihr Vorgehen. Sie sollten sich gewöhnlich kleiden, mit Jeans und Sommerhemden. Außerdem hatten sie frisch rasiert und gepflegt aufzutreten, um die Zielpersonen in falscher Sicherheit zu wiegen, damit sie unbedarft die Türen öffneten. Deshalb wurde bei der Auswahl der Krieger besonderes Augenmerk auf ein allgemein ansprechendes Erscheinungsbild gelegt. Auf den ersten Blick erkennbare Psychopathen und bedrohlich wirkende Individuen wurden von vornherein ausgeschlossen.

Wenn die Zielperson an die Tür kam, sollte sie umgehend mit einem Schuss ins Herz hingerichtet werden, ausgeführt mit der jugoslawischen Armeepistole, die jeder Heilige Krieger bekam. Bei Bedarf auch mit mehreren Schüssen. Danach sollte das Gesicht des am Boden liegenden Opfers fotografiert werden. Abschließend würde noch ein Schuss in jedes Auge folgen. Nichts würde dem Zufall überlassen bleiben – wie immer, wenn Mahmoud etwas plante.

Öffnete die Zielperson nicht die Tür, sondern spähte an einem Fenster heraus, um nachzusehen, wer klingelte, sollte sie vom zweiten Krieger, an geeigneter Stelle versteckt, beispielsweise hinter einer Hecke, mit einem Kugelhagel niedergestreckt werden.

Und stand die Zielperson hinter der Tür, ohne sie zu öffnen, würde der versteckte Krieger in Brusthöhe mit seinem AK-47 eine Salve auf die Tür abfeuern. Projektile aus einem Sturmgewehr durchschlugen jede Holztür, es sei denn, es handelte sich um ein Sicherheitsmodell mit eingebauter Stahlplatte, was jedoch als selten galt. Nach erfolgtem Anschlag sollte im Idealfall in das jeweilige Gebäude eingedrungen werden, um das Foto zu schießen und den Tod des Opfers zu bestätigen. Wurde auf das Klingeln nicht reagiert, sollte die Tür aufgebrochen oder ein Fenster eingeschlagen, das Gebäude betreten und die Zielperson drinnen erschossen werden.

Unabhängig von den Umständen würde eine Nahaufnahme des Gesichts den Beweis für die erfolgreiche Ausführung der Mission erbringen. Ohne das Foto würde sie als gescheitert angesehen werden. Falls Angehörige oder Nachbarn eingriffen, würden sie vom zweiten Heiligen Krieger eliminiert werden. Nach Erfüllung der Mission sollten die Krieger den Tatort rasch in geeigneter Weise verlassen, mit Mopeds oder Fahrrädern in Städten und Autos oder Motorrädern in ländlichen Gebieten. In einem Fall war ein Jetski dafür vorgesehen, da sich die Zielperson in deren Sommerresidenz auf einer kleinen Insel aufhielt.

Um elf Uhr am selben Tag erhielten Ahmed und die sechs anderen Befehlshaber des Kommandostabs eine Zusammenfassung der Ergebnisse der Operation, überbracht von Mahmoud. Sie befanden sich in der Kapitänskabine an Bord der *Hymn of the Seventh Galaxy*, die nach wie vor im Hafen Skandia in Göteborg lag. Stellvertreter Hassan servierte ihnen ein dringend benötigtes Mittagessen, während das Fazit der Operation analysiert wurde.

Von den sechs Befehlshabern stammte einer wie Mahmoud aus Ägypten, die anderen fünf aus Saudi-Arabien, Kuwait, Syrien, Jordanien und Tschetschenien. Alle waren zutiefst gläubige sunnitische Muslime und bekleideten hohe Positionen im geheimsten Gremium der Muslimbruderschaft, dem »Heiligen Komitee«. Nur wenige wussten von dessen Existenz. Eigentlich sollte sich der Kommandostab in die Suite Belle des Hotels Pigalle im Stadtteil Nordstan verlagern, einem sicherheitstechnisch besseren Standort. Allerdings hatte Ahmed die Zeit dafür gefehlt, weil ihn die Schwierigkeiten in Luleå stärker als erwartet beschäftigt hatten.

Die *Hymn of the Seventh Galaxy* stellte ein leichtes Ziel für Angriffe sowohl aus der Luft als auch über das Meer dar. Aber durch erfolgreiche Anschläge auf die Luftwaffenstützpunkte in Sotenäs, Ronneby und Luleå schätzte Ahmed das Risiko dafür eher gering ein. Bei dem Chaos überall in Schweden hielt sich die Gefahr in Grenzen, dass jemand das Ziel identifizieren und einen Angriff darauf starten würde. An achtundzwanzig Orten im Land tobten Gefechte. Wer also würde Zeit haben, Interesse für dieses Kreuzfahrtschiff zu entwickeln?

Mahmoud projizierte ein Bild mit Zahlen und schlicht gestalteten farbcodierten Tabellen auf die große Leinwand vor ihnen. Ahmed hätte die Übersicht genügt, um zu wissen, wer noch eliminiert werden musste, da er die 353 Personen der Kalpan-Liste im Kopf hatte. Die anderen mit ihrer begrenzten Gehirnkapazität hingegen brauchten Erläuterungen. Mahmoud verstaute die Packung Honigkekse mit Sonnenblumenkernen in der Brusttasche, schluckte den letzten Bissen runter und wischte sich mit dem Handrücken den Mund ab.

»Operation Menschenjagd läuft wie geplant und mit dem erwarteten Ergebnis«, begann er. »Ich denke, es ist nicht übertrieben, die Operation als unzweifelhaften Erfolg zu bezeichnen. Nur ist sie leider nicht zu 100 Prozent abgeschlossen – darauf komme ich noch zurück. Da wir an diesem historischen Tag alle wichtige Aufgaben haben, gehe ich zuerst die Ergebnisse durch. Unterbrecht mich ruhig, wenn ihr Fragen habt.«

Die sieben anwesenden Männer nickten, sichtlich gespannt.

»Von den 353 Zielpersonen sind 319 als tot bestätigt. Das entspricht einer Erfolgsquote von über 90 Prozent, etwas höher als erwartet. Hinzu kommen fünf wahrscheinliche Tote, allerdings ohne Fotobeweis. Wenn wir sie dazurechnen, liegt der Wert bei 92 Prozent.«

»Bravo! Davon erholen sich die Schweden nie«, ertönte eine Stimme aus dem kleinen Publikum. »Ein großer Erfolg. Glückwunsch, Mahmoud. Jetzt zu den Einzelheiten!«

Nach dem Lob für Mahmoud biss Ali, der Saudi, herzhaft von seinem Lammkebab ab. Er, Ahmed und Mahmoud besaßen den meisten Einfluss in der Gruppe.

Mahmoud trat näher zur Leinwand und zeigte mit einem dicken Zeigefinger auf die Tabellen, die sowohl die Anzahl der eliminierten Zielpersonen als auch die Todesumstände nannten.

• Insgesamt 184 Feinde wurden in Sommerresidenzen getötet, viele in Fårö, Torekov, Roslagen, Skåne und an verstreuten Orten des Stockholmer Archipels.

• 103 davon in ihren Häusern, ungefähr die Hälfte in Stockholm.

• 23 in Hotels oder sonstigen Ferienunterkünften in Schweden.

• 9 im Ausland.

• 5 Personen wurden ohne Bestätigung ihres Tods erschossen – keine fotografischen Beweise.

»Ihr bekommt in Kürze eine umfassende Liste mit dem Ergebnis für jede der 353 Zielpersonen samt deren Biografien, die ihr nach Lust und Laune durchsehen könnt. Ich will eure Zeit nicht verschwenden, alles mit euch durchzugehen, sondern liefere lediglich eine Zusammenfassung«, fuhr Mahmoud fort.

»Die 319 Eliminierten waren überwiegend Mitglieder der Regierung, unter anderem der Premierminister, der Außenminister, der Finanzminister und der Verteidigungsminister. Es sind nur noch ein paar der weniger bedeutenden Minister übrig. Auch 14 Staatssekretäre wurden ausgeschaltet. Beim Militär haben wir die bestätigte Beseitigung des Oberbefehlshabers und des Leiters der schwedischen Luftwaffe. Unter den fünf wahrscheinlich Eliminierten ist der Leiter der Marine, aber der Fotobeweis muss erst erbracht werden. In dem Fall ist nicht sicher, ob die richtige Person ausgelöscht worden ist.«

Zu dem Zeitpunkt konnte Mahmoud nicht wissen, dass der schwedische Oberbefehlshaber noch lebte, da aufgrund einer Verwechslung dessen jüngerer Bruder statt ihm umgekommen war. Durch puren Zufall hatte auch der Leiter der Marine wegen einer Identitätsverwechslung überlebt, wie sich später zeigen sollte.

»Im Wirtschaftsbereich haben wir die CEOs von Ericsson, Saab, SCA, SKF und Sandvik eliminiert, außerdem den Vorsitzenden des schwedischen Unternehmerverbands und die beiden einflussreichsten Mitglieder der Bankerfamilie Wallenberg.«

»Gute Arbeit, Mahmoud. Auf dich ist immer Verlass«, lobte Ahmed. »Aber klär uns vor dem Ende der Besprechung noch darüber auf, welche 29 entkommen sind und warum.« Sichtlich erfreut über die Anerkennung übernahm Mahmoud wieder das Wort, während seine Zuhörer eifrig Pita in traditionellen Beduinen-Lammeintopf tauchten und dazu Falafel-Salat, Bulgur und andere Köstlichkeiten aßen.

»29 Zielpersonen konnten nicht aufgespürt werden, weil sie entweder in vergangenen Tagen spurlos verschwunden sind oder aus unbekannten Gründen nicht dort waren, wo sie hätten schlafen sollen. Von fünf der fehlenden 29 wissen wir, dass sie mit eigenen oder fremden Booten unterwegs sind und nicht geortet werden können. Wenn sie zu ihren üblichen Liegeplätzen zurückkehren, erwartet sie die sofortige Beseitigung, aber wir glauben, dass wenigstens einer in Dänemark gelandet ist und einer Finnland ansteuert. Höchstwahrscheinlich haben sie inzwischen im Radio davon erfahren, was sich hier abspielt. Wir müssen davon ausgehen, dass mindestens vier der fünf entkommen werden.«

Mahmoud ließ den Blick über sein Publikum streichen, sichtlich zufrieden mit seinem Bericht.

»Zwei Zielpersonen sind zum Wandern in Bergregionen. Auch sie konnten wir nicht aufspüren. Eine Handvoll urlaubt im Ausland, wo wir vor Ort nicht ausreichend vertreten sind. Gibt es dazu irgendwelche Fragen? Nein? Dann wende ich mich zum Schluss dem Rest zu, der uns zur vollsten Zufriedenheit fehlt. Er betrifft die königliche Familie, von der drei erwachsene Geschwister eliminiert werden sollten.« Er holte tief Luft.

»Königin Victoria befindet sich leider bei einer Wohltätigkeitskonferenz in Kuala Lumpur, wo sie von einer Heerschar malaysischer Sicherheitskräfte geschützt wird. Wir glauben, dass sie wegen des in Schweden ausgebrochenen Kriegs die nächsten Tage dort bleiben wird. Über unsere Sympathisanten überall in Malaysia können wir trotz allem an sie heran. Wir haben Leute in der Küche ihres Hotels und werden es mit Gift versuchen. Weitere Berichte von dort folgen.«

Mahmoud verstummte kurz, holte einen Honigkeks aus der Tasche und steckte ihn zurück, ohne davon zu probieren. Zum ersten Mal während der Präsentation wirkte er etwas unbehaglich. Als er fortfuhr, schaute er nervös zu Ahmed.

»Prinz Carl Philip, der älteste Bruder der Königin, wurde zwar in Saint-Tropez aufgespürt, ist uns dort aber entwischt. Unsere Leute haben ihn aus den Augen verloren, als sein Gefolge unerwartet gegen 23 Uhr mit seinem Boot in See gestochen ist. Da die Operation erst um 03:45 Uhr begonnen hat, konnten wir zu dem Zeitpunkt noch nicht handeln. Wir gehen davon aus, dass wir ihn bei der Rückkehr zu seinem Haus in Sainte-Maxime erwischen. Es sei denn, er wird vorher gewarnt. Jedenfalls lauern unsere Leute sowohl an der Anlegestelle als auch bei seinem Anwesen. Prinzessin Madeleine, jüngste Tochter der Königin, ist in einem Luxusresort in Polynesien auf der Insel Bora-Bora. Leider haben wir dort keine Krieger.«

»Diese Adligen sollten bei lebendigem Leib gehäutet und in Öl gebraten werden. Der Prinz soll nicht mit einem bloßen Schuss davonkommen – er sollte zuerst gefoltert werden, um ein Exempel an ihm zu statuieren!«

»Hm. Die Neuigkeiten über das Königshaus sind wirklich nicht gut. Meiner Ansicht nach ist Prinz Carl Philip genauso wichtig wie die Königin. Prinzessin Madeleine weniger«, merkte Ahmed an.

»In dreißig Minuten verlagern wir uns zur neuen Kommandozentrale im Hotel Pigalle. An der Gangway werden gepanzerte Autos bereitstehen. Packt zusammen und seid pünktlich.« Mahmoud dankte seinem Publikum, bevor er den Honigkeks wieder hervorholte. Diesmal aß er ihn. Die Männer beendeten die Besprechung, indem sie sich hinknieten, die Stirn auf den Teppich drückten und um Allahs Beistand beteten.

Kapitel 7

Versuchtes Attentat auf Prinz Carl Philipp von Schweden

17. Juli 2032

Die engen, verwinkelten Straßen, die steil zur Kuppe des Hügels mit dem bekannten Haus der königlichen Dynastie Bernadotte führten, boten kein einfaches Versteck. Carl Philipps Vater, Carl XVI Gustaf, König von Schweden, hatte das Anwesen von seinem kinderlosen Onkel Prinz Bertil geerbt. Mittlerweile gehörte es gemeinschaftlich den drei erwachsenen Geschwistern. Je höher man sich am Hügel befand, desto geringer wurde der Verkehr. Oft passierte diese Sackstraße mit Parkverbot eine halbe Stunde lang kein Fahrzeug. Zwei Männer, die stundenlang in einem abgestellten Auto saßen, würden unweigerlich Aufmerksamkeit erregen.

Hohe Zäune umgaben die prunkvollen Villen. In den Gärten konnte man sich aufgrund von zahlreichen Kameras und Alarmanlagen unmöglich verbergen. Vermutlich gab es außerdem Wachhunde und Sicherheitspersonal mit scharfen Augen. Es kam schlichtweg nicht infrage. Auf dem Weg zum Meer hinunter bewunderten die beiden Attentäter unwillkürlich die herrliche Aussicht auf den Golf von Saint-Tropez. Der berühmte Nobelort zeichnete sich auf der anderen Seite der Bucht ab. Ein Ort, an den Hochadlige passten.

Die beiden Heiligen Krieger beschlossen, am Fuß des Hügels anzuhalten, wo es einen Parkplatz für etwa fünfzig Autos gab, einige Läden und eine gut besuchte Pizzeria, die mit den besten Pizzen in Sainte Maxime warb. Von ihrem Platz, nur zehn Meter von der Straße zur Residenz des Prinzen entfernt, würden die beiden Attentäter ihn bemerken, wenn er einträfe. Über ihre Handys blieben sie Verbindung mit den beiden anderen, die seinen Bootsanlegeplatz im Jachthafen überwachten. Vermutlich würde jemand anders das Boot zurückbringen. Nach einer Partynacht erschien es ihnen bequemer für den Prinzen, mit dem Auto nach Hause zurückzukehren. Die Annahme erwies sich als richtig.

Um 03:45 Uhr tauchte ein Fahrzeug auf. Ein weißer Elektro-SUV von BMW bremste scharf und bog vor ihnen nach links auf die Zufahrt ab. Sie konnten das Gesicht des Prinzen mit seinem charakteristischen grauen Bart erkennen und eine Beifahrerin, vermutlich seine Frau. Es bestand kein Zweifel. Sie rollten los und folgten dem BMW mit zweihundert Metern Abstand. Sie mussten nur an ihm dranbleiben, bis er nach links in die Einfahrt abbiegen und anhalten würde, während sich das automatische Tor öffnete. Dann wäre es ein Kinderspiel, aus dem Auto zu springen und einen Kugelhagel auf die Fahrerseite des BMW zu entfesseln. Der Prinz würde keine Chance haben, zu entkommen.

Langsam ging es über mehrere Kreuzungen bergauf. Die Attentäter achteten darauf, den Abstand nicht zu verringern. Einige Abschnitte der Straße bestanden aus Serpentinen, über die sie das Auto des Prinzen gelegentlich über ihnen sehen konnten. Bei jeder solchen Gelegenheit schien der Adlige sie so lange im Auge zu behalten, wie er konnte. Schöpfte er Verdacht? Die Attentäter beschlich der Eindruck, der Mann könnte auf der Hut sein, etwas ahnen. Als sich der BMW auf der Kuppe der Abzweigung zur Einfahrt näherte, beschleunigte der Wagen plötzlich und fuhr geradeaus weiter auf die Straße, die auf der anderen Seite hinunterführte.

»Er ist uns auf die Schliche gekommen. Hol ihn ein, ich schalte ihn durchs Seitenfenster mit dem AK aus.«

Mit halsbrecherischer Geschwindigkeit raste der BMW durch eine Kurve nach der anderen. Sosehr sie sich bemühten, zu dem Fahrzeug aufzuschließen, die Entfernung wuchs stattdessen mit jedem Meter.

»Verdammt, der kann echt fahren!«

Als erfahrener Autodieb aus Le Cannet war Massoud, der am Steuer saß, selbst alles andere als ein Amateur. Er hatte schon etliche Male die französische Polizei mit Luxuskarossen abgeschüttelt, die er an der Croisette in Cannes gestohlen hatte. Zu seiner Überraschung stellte der schwedische Prinz jeden französischen Cop in den Schatten, dem er je entkommen war. Und er fuhr besser als er selbst, wie er allmählich zur Kenntnis nehmen musste. Er wusste nicht, dass der Adlige mit passablem Erfolg schon an etlichen Autorennen teilgenommen hatte.

Mittlerweile war der Abstand auf dreihundert Meter angewachsen, und es gab keine Anzeichen dafür, dass sie den Mann einholen könnten. »Fahr einfach weiterhin, so schnell du kannst. Wenn ich bei der nächsten Rechtskurve freies Schussfeld habe, erwische ich sie«, sagte Massouds Beifahrer und streckte den Lauf des AK durch das Seitenfenster.

Im Augenblick rasten sie mit 160 Sachen einen geraden Abschnitt einer einspurigen Schotterstraße entlang, auf der ohnehin kein Überholen möglich wäre. Allerdings beschleunigte der Prinz erneut und verschwand mit einer Staubwolke um eine Linkskurve außer Sicht. Bevor seine Verfolger die Kurve erreichten, tauchte etwas aus dem Gebüsch am linken Straßenrand auf.

Eine Rotte ziemlich großer Wildschweine rannte plötzlich mitten auf die Fahrbahn. Die Kollision war brutal. Durch den heftigen Zusammenstoß mit den Körpern der Tiere geriet das Auto ins Schleudern und schlitterte seitwärts gegen die Leitplanken, die es durchschlug. Sie gaben nach wie bloße Streichhölzer, konnten das zwei Tonnen schwere Fahrzeug nicht bremsen. Es setzte den Weg in den Abgrund fort und stürzte sechzig Meter in die Tiefe auf ein kleines Plateau.

Somit war der Prinz dem für Operation Menschenjagd zuständigen Mahmoud entkommen. Und es sollte nicht das letzte Mal bleiben. Prinz Carl Philip war nun vorgewarnt und würde umso schwerer zu eliminieren sein. Mahmoud und Ahmed konnten noch nicht ahnen, was für eine entscheidende Rolle der Mann nur eine Woche später spielen sollte.

Kapitel 8

Überfall auf F21 in Luleå

17. Juli 2032, 03:43 Uhr

Um 03:43 Uhr pflügte ein schwerer Laster mit sechzig Stundenkilometern durch das verriegelte Tore von F21 in Luleå, Schwedens größtem Luftwaffenstützpunkt. Mit einem ohrenbetäubenden Krachen wurden die Torflügel aus den Angeln gerissen und vom Wagen mit einem funkensprühenden Kreischen über den Asphalt geschleift.

Der Angriff überraschte die beiden halb dösenden Neulinge in der Wachhütte. Dass der schwere Lkw mit ausgeschaltetem Licht auf sie zuraste, bemerkten sie erst, als das dumpfe Grollen des 16-Liter-Dieselmotors mit acht Zylindern sie erreichte. Als sie mitbekamen, was vor sich ging, befand sich der Truck nur noch Sekunden vom Tor entfernt. Sie hatten keine Chance, die Sicherheitsbarrieren rechtzeitig zu aktivieren. Einer der Soldaten besaß zumindest die Geistesgegenwart, den großen roten Alarmknopf zu drücken, der Sirenen überall auf dem Luftwaffenstützpunkt auslöste. Schlagartig gingen sämtliche Flutlichter und die Innenbeleuchtung der Basis an, auch die rot blinkenden Warnleuchten. Der Alarm verständigte automatisch die Wachmannschaftskaserne und den Notdienst unter der Nummer 112. Der Angriff erfolgte zwei Minuten vor dem geplanten Zeitpunkt und wurde der erste Aggressionsakt der muslimischen Offensive gegen Schweden.

Dem Laster folgte ein Konvoi aus vierzehn Minibussen und SUV, die 175 Heilige Krieger durch das aufgebrochene Tore beförderten. Die Fahrzeuge verteilten sich über das Flugfeld, rasten auf Hangars und Gebäude zu, wo die Insassen sofort zur Tat schritten. Sämtliche sichtbaren Fluggeräte wurden mit einem Kugelhagel aus automatischen Gewehren überzogen. Hangartore wurden mit schwedischen Granatwerfern m/49 Carl-Gustav aufgesprengt, bevor das Feuer auf die darin abgestellten JAS Gripen Jets gerichtet wurde.

Es dauerte 85 Sekunden, bis die Wachmannschaft aus der Kaserne gestürmt kam. So gut wie alle Soldaten gingen von einer ungewöhnlich heftigen Übung mit harmlosen Explosionen und Platzpatronen aus. Schon bald jedoch erkannten sie, dass sie es mit einem Ernstfall zu tun hatten.

Viele waren überrumpelt worden und hatten sich nicht mal richtig anziehen können. Knöpfe standen offen, Gürtel hingen lose aus Hosen, Stiefel waren nicht zugeschnürt, und einige Soldaten hatten keine Helme. Aber alle hatten ihre AK-5-Gewehre und die Taschen mit je fünf Reservemagazinen vollgestopft.

Normalerweise verteidigten zwei Trupps den Luftwaffenstützpunkt, insgesamt zwölf Mann, zu jenem Zeitpunkt jedoch waren doppelt so viele anwesend. Beim Schichtwechsel wurde kein Risiko eingegangen – zur Sicherheit blieb der vorherige Trupp nach dem Eintreffen der Ablöse immer über Nacht. Die 24 Schützen verteilten sich in Fächerformation, sanken zu Boden und begannen, mit scharfer Munition auf die unbekannten Fahrzeuge und Angreifer zu schießen. Innerhalb von Sekunden gingen über zehn der Eindringlinge schwer verwundet oder tot zu Boden.

Als die Angreifer erkannten, dass beschossen wurden, warfen sie sich auf den Asphalt und erwiderten das Feuer. In dem chaotischen Kugelhagel war es unabdinglich, tief geduckt zu bleiben. Zahlenmäßig waren die Angreifer den Verteidigern überlegen. Dem stand die erheblich bessere Ausbildung Letzterer gegenüber. Ihre Schüsse trafen, während die der Heiligen Krieger größtenteils harmlos über die Köpfe der Soldaten des Stützpunkts hinwegzischten. Heftigen Widerstand hatten die Angreifer nicht einkalkuliert. Man hatte ihnen mitgeteilt, sie würden auf wenig bis keine Gegenwehr stoßen. Und plötzlich befanden sie sich in einem wilden Feuergefecht, das ihre Reihen beträchtlich lichtete, bevor sie es überhaupt mitbekamen. Das Blatt hatte sich gewendet. Auf einmal wurden die Eindringlinge selbst von einem Überraschungsangriff überrumpelt.

»Alle mobilen Einheiten zum Luftwaffenstützpunkt Luleå!«, brüllte der ranghöchste Angreifer hektisch in sein Funkgerät. Die Aufforderung erreichte fünf durch verschiedene Stadtteile von Luleå kreuzende Minibusse mit je neun Kriegern.

»Lasst die Fahrzeuge vor dem Tor stehen. Zwei von uns kommen euch entgegen. Greift den Feind von hinten an! Beeilung! Wir stecken hier in Schwierigkeiten!«

In der Zwischenzeit liefen im an die Wachmannschaftskaserne angrenzenden Hangar 3 Vorbereitungen für den Start von vier JAS

Gripen. Er war bislang verschont geblieben, weil die Angreifer ihn für ein Verwaltungsgebäude hielten. Die vier Jets sollten um 04:30 Uhr paarweise zu Übungsflügen mit Zielen auf dem Meer aufbrechen. Da sich abgefeuerte Raketen empfindlich auf das Budget niederschlugen, sollten sie unbewaffnet abheben. Wie üblich befanden sich die Piloten bereits im Hangar, um die letzten Vorbereitungen persönlich zu überprüfen, bevor ihnen in die Cockpits geholfen wurde. Sie genossen jeden Moment in der Luft mit ihren Kampfjets. Die Vibrationen und das Gebrüll der Kraft von 40.000 Pferdestärken hinter sich zu spüren, kam einer Liebesbeziehung zwischen Pilot und Maschine gleich.

Während das Feuergefecht heftig tobte, wurde das Tor des nach wie vor in Dunkelheit gehüllten Hangars 3 geöffnet. Die Techniker hatten sämtliche Lichter darin und in der Umgebung ausgeschaltet, obwohl es kaum einen Unterschied bewirkte, da sich die Sonne bereits verhalten am nördlichen Himmel zeigte. Zwei Schleppfahrzeuge zogen die Jets mit gestarteten Triebwerken nach draußen und stellten sie nebeneinander ab. Die Piloten aktivierten den Schub, beschleunigten und starteten mit ohrenbetäubendem Gebrüll, bevor die Angreifer mitbekamen, was vor sich ging. Die in der Mitte des Hangars verbliebenen zwei Jets befeuerten ebenfalls die Triebwerke. Die Techniker hatten die unmittelbare Umgebung bereits verlassen, um den Turbinenstrahlen nicht ausgesetzt zu werden. Mittlerweile richteten die Angreifer den Beschuss auf das Tor des Hangars. Die Piloten beschleunigten hinaus, rasten über das Rollfeld und hoben gleichzeitig ab.

In einer Höhe von knapp 20 Metern neigte sich das linke Flugzeug plötzlich zur Seite und sackte ab. Die Tragfläche kam mit dem Boden in Berührung und explodierte zu einem Feuermeer, das ein Dutzend der Eindringlinge verschlang. Nach einigen weiteren Minuten des Gefechts trafen die beiden ersten mobilen Einheiten der Angreifer ein. 18 Heilige Krieger durchquerten im Laufschritt das offene Tor und schossen von hinten auf die am Boden liegenden Verteidiger. Weil sie aus von oben auf den Feind feuerten, ergab sich ein effektiver, tödlicher Schusswinkel. Verheerend für die Verteidiger, die bereits über die Hälfte ihrer Männer verloren und kaum noch Munition hatten. Einige preschten zur Kaserne los, um Nachschub zu holen. Als die dritte mobile Einheit der Angreifer eintraf, endeten die Schüsse, weil alle 24 Verteidiger für immer zum Schweigen gebracht waren.

Die Angreifer gingen dazu über, systematisch sämtliche Fluggeräte zu zerstören und alle Gebäude in Brand zu stecken. Von den 45 auf F21 stationierten JAS Gripen E wurden 42 beschädigt, ebenso alle sechs Helikopter. Die Operation wurde als bedeutender Erfolg betrachtet, da somit fast die Hälfte der schwedischen Luftwaffe auf dem Boden neutralisiert worden war. Allerdings hatten die Angreifer 72 Tote und rund ein Dutzend Schwerverletzte zu verzeichnen.

Auf den Luftwaffenstützpunkten Sotenäs und Ronneby waren alle JAS Gripen E mit minimalen Verlusten zerstört worden. Damit war die schwedische Luftwaffe ausgelöscht worden, bevor ihre Flieger in den Himmel aufsteigen konnten. Von der F21 in Luleå waren drei Jets der Start und die Flucht nach Kuopio in Finnland gelungen.

Eine der Maschinen erwies sich als von Schüssen irreparabel beschädigt. Es kam einem Wunder gleich, dass es das Flugzeug über die Bottenwiek geschafft hatte und in einem Stück landen konnte.

Zur Attacke auf Luleå gehörte auch ein Überfall auf die gigantischen Rechenzentren von Facebook. Die unglückseligen Mitarbeiter der größten Anlage des Konzerns außerhalb der USA wurden auf der Stelle erschossen, abgesehen von einigen, denen es rechtzeitig gelang, sich in den weitläufigen Serverhallen zu verstecken. Nach den Schüssen brachten die Techniker unter den Kriegern zig Kilo Sprengstoff über das Gebäude verteilt an und jagten es mit einer gewaltigen Explosion in die Luft, was zu Internetausfällen im Großteil Skandinaviens führte.

Nach dem Plan des muslimischen Befehlshabers Ahmed Ben Barka sollten um 03:45 Uhr die F21-Satellitenstützpunkte in Jokkmokk und Vidsel gleichzeitig mit allen anderen Zielen angegriffen werden. Muslimische Agenten bei der Luftwaffe hatten gemeldet, dass derzeit keine JAS Gripen in Jokkmokk stationiert waren, was von Beobachtern vor Ort bestätigt wurde. Daher wurde der Überfall auf Jokkmokk abgesagt. Allerdings wussten dieselben Agenten von zwei Gripen auf der Raketenbasis in Vidsel.

Auf dem Raketenversuchsgelände Vidsel, wie man es international nannte, befanden sich tatsächlich zwei Maschinen des Typs JAS Gripen E. Sie führten Testabschüsse des neuesten Flugkörpers mit Radar-

Suchkopf namens Meteor X durch, bestückt mit einem variablen Staustrahltriebwerk. Gleichzeitig nutzte eine Gruppe schwedischer und europäischer Rüstungsingenieure die Gelegenheit für einen inoffiziellen ersten Test des neuen Marschflugkörpers Taurus KEPD 375.

Als größte und modernste Testanlage hatte sich Vidsel als offensichtliche Wahl für die Erprobung der Meteor X angeboten, eines Gemeinschaftsprojekts fünf europäischer Länder. Als Plattform diente dabei die JAS Gripen E. Militärwaffeningenieure und Mathematiker aus Deutschland, Frankreich, Italien und den Niederlanden waren an jenem bedeutenden Abend anwesend, um die üppigen Messdaten zu analysieren, die ihre schwedischen Gastgeber aus den Tests generiert hatten. Die Flugkörper wurden sekundengenau von Hochgeschwindigkeitskameras und Sensoren begleitet, bis sie ihre Ziele trafen. Alles wurde aufgezeichnet und wiederholt abgespielt, bis die Ingenieure alles über die Reise der Raketen zu den bis zu 130 Kilometer entfernten Zielen wussten. Das variable Staustrahltriebwerk bot endlose Möglichkeiten zur Steuerung der Flugbahn der Raketen. Sie konnten sowohl weit ausscheren als auch rasant aufsteigen, bevor sie letztlich in den Sturzflug gingen und mit einer mächtigen Explosion einschlugen. Die Ingenieure freuten sich wie Kinder an Heiligabend. Alles hatte perfekt funktioniert. An jenem Abend sollte der Champagner in Strömen fließen.

Der Anschlag auf Vidsel sollte letztlich wegen Missverständnissen in der überhasteten, wortreichen Kommunikation zwischen dem Anführer der Angriffstruppe und dem muslimischen Oberbefehlshaber Ahmed Ben Barka fehlschlagen. Ahmed teilte dem Mann mit, dass die Staffel auf dem Weg nach Luleå ungefähr anderthalb Stunden später als geplant eintreffen würde. Was dieser so interpretierte, dass auch der Angriff auf die Raketenbasis anderthalb Stunden später erfolgen sollte.

Das Raketenversuchsgelände Vidsel lag mitten in Sumpfland ungefähr 48 Kilometer vom unscheinbaren Dorf Vidsel entfernt. In dem zerklüfteten, kargen Gelände befanden sich weit und breit keine Gebäude. Deshalb hatte man dort 1958 die Anlage errichtet, ursprünglich für Tests des damals hochmodernen Überschallkampfflugzeugs Saab 35 Draken.

Einen Bus mit 40 Heiligen Kriegern auf der einzigen Zufahrtsstraße der Raketenbasis zu parken, wäre riskant gewesen. Deshalb startete der Bus stattdessen von Boden aus, wo eine beträchtliche muslimische

Gemeinde lebte. Die Fahrzeit von dort nach Vidsel betrug knapp eine Stunde. Der auf dem Stützpunkt F21 in Luleå um 03:43 Uhr ausgelöste Alarm aktivierte automatisch Sicherheitsbarrieren auf der Raketenbasis Vidsel. Sechs Schützen gingen in Bunkern an den Barrieren in Stellung und stellten darin zwei schwere Maschinengewehre des schwedischen Modells Ksp 88 auf, geladen mit langen Gurten panzerbrechender Munition. Die Männer wurden informiert, dass auf F21 in Luleå ein Gefecht tobte und sie sich kampfbereit machen sollten, da der Feind jeden Moment auftauchen konnte. Die Lage wurde als extrem ernst beschrieben. Nach einer Stunde wurde ihnen gemeldet, dass sich ein feindlicher Bus näherte und jegliche Eindringlinge eliminiert werden sollten.

Es war ein wunderschöner, völlig ruhiger Sommertag. Die in angespannter Stille lauernden Schützen hörten nur das Summen von Wildbienen, die Nektar saugten und die Blumen im Sumpfgebiet bestäubten.

Dürfte ein gutes Torfbeerenjahr werden, dachte der vierundzwanzigjährige Leutnant, der die Gruppe leitete. Er ließ den Blick über die rot-gelb-weißen Torfbeerenpflanzen wandern, deren begehrte Früchte bald reifen und sich auf den Tellern in Restaurants in bare Münze verwandeln würden. *Ich bin verdammt gern in der Natur*, ging es ihm durch den Kopf. Nur wenige Meter vom Bunker entfernt war dem Leutnant ziemlich frischer Kot von einem der Braunbären in der Gegend aufgefallen. Wahrscheinlich war das Tier von den Überresten des Elchkadavers angelockt worden, den er in der Nähe gesehen hatte. Schönes Geweih, ein Vierzehnender, den anzutreffen jeder deutsche Tourist überglücklich gewesen wäre. Seine Gedanken kehrten zur gegenwärtigen Lage zurück. Schon bald würde er seine Gruppe im Kampf anführen – in einem Ernstfall. Es fühlte sich surreal an. So hatte er es sich nicht vorgestellt, als er im Alter von 17 Jahren beschlossen hatte, sich beim Militär zu verpflichten.

Nach über einer Stunde angespannten Wartens durchbrach schließlich das Geräusch von Gummireifen auf der Schotterpiste die Stille. Sonst hörte man von dem Elektrobus nichts, den die Verteidiger noch nicht sehen konnten, weil er sich hinter einer kleinen Anhöhe am Übergang eines lichten Kiefernwalds in offenes Sumpfland befand.

»Sobald ich den ersten Schuss abgebe, eröffnet ihr mit den Maschinengewehren das Feuer«, befahl der junge Leutnant mit nervöser, etwas schriller Stimme. »Schwenkt die Salve über den gesamten Bus!« Sicherheitshalber deutete er es mit dem AK-5 an. »Aber erst nach meinem Schuss, verstanden? Die anderen halten zurück und geben uns nach Bedarf Feuerschutz.«

Schließlich sichteten sie den Bus mit den Heiligen Kriegern auf der Kuppe des winzigen Hügels einen knappen halben Kilometer entfernt. Als sich das Fahrzeug nah genug befand, drückte der Leutnant den Abzug und gab eine kurze Salve auf die Fahrerposition ab. Seine Schüsse waren noch kaum verhallt, als die Maschinengewehre ratternd zum Leben erwachten, bedient von Schützen mit wildem Blick und zusammengebissenen Zähnen. Ein Hagel großkalibriger Munition prasselte auf den Bus ein und wanderte mit einer Rate von einem Schuss pro Sekunde die Seite entlang von hinten nach vorn. Das Fahrzeug scherte bereits nach der ersten Salve des Leutnants, der den Fahrer in Hals und Brust getroffen hatte, nach links aus und kam mit den rechten Rädern im flachen Straßengraben auf dem Hang zum Stehen. Der erbarmungslose, todbringende Beschuss der Maschinengewehre setzte sich noch eine Weile fort. Die Projektile durchschlugen den Bus mühelos und massakrierten die darin festsitzenden Passagiere gnadenlos. Die wenigen, die es durch die Tür nach draußen schafften, wurden von den anderen Schützen niedergestreckt.

»Feuer einstellen!«, brüllte der Leutnant. »Feuer einstellen!«

Plötzlich kehrte wieder Stille ein. Eine Minute lang verharrten die Schützen und beobachten, gewappnet für etwaiges Gegenfeuer. Allerdings rührte sich nichts, abgesehen von mehreren Rinnsalen, die aus dem Fahrzeug tropften, sich auf dem Boden sammelten und als roter Strom in den Graben flossen.

Der Leutnant erreichte den Bus als Erster. Er betrat das stark beschädigte Fahrzeug durch die Tür neben dem Fahrersitz. Ein grauenhafter Anblick erwartete ihn. Hunderte panzerbrechende Projektile waren abgefeuert worden und hatten alles menschliche Leben im Inneren bizarr entstellt. Der Leutnant watete durch Blut. Seine Stiefel traten auf zerfetzte Körper und Knochensplitter, Hirnmasse, Finger, Augen und Därme. Den Opfern mit Treffern im Gesicht fehlten Teile des Schädels.

Der übelkeitserregende Gestank von Blut und menschlichen Ausscheidungen ließ ihn aus dem Bus flüchten, bevor ihm Erbrochenes aus Mund und Nase spritzte. Eine für ihn unerwartete Reaktion – als leidenschaftlicher Jäger hatte er im Verlauf seines Lebens schon etliche verschiedene Tiere erlegt, ausgeweidet und zerstückelt. Doch das war etwas völlig anderes.

Als er wieder zu Atem gelangte, richtete er sich auf und ergriff mit blassem Gesicht das Wort. »Gute Arbeit, Leute. Aber beim nächsten Mal können wir ein wenig Munition sparen. Das Blutbad war etwas übertrieben.«

»Gut, dass wir nicht Bestatter in Älvsbyn sind«, meinte der Scherzbold des Trupps im Versuch, die Stimmung aufzulockern.

Niemand lachte.

Kapitel 9

Ankunft in Luleå

17. Juli 2032, 05:15 Uhr

Die wenigen Kreuzfahrtschiffe, die Luleå jeden Sommer besuchten, legten in der Regel am Kai von Svartö an, einem schmuddeligen ehemaligen Erzhafen mitten in einem Industriegebiet. Die 210 Meter lange *Apocalypse* jedoch erhielt die Sondergenehmigung, den Südhafen anzulaufen, einen saubereren Kai unmittelbar neben dem Stadtzentrum, nur 300 Meter von der Hauptstraße entfernt.

Das Entgegenkommen der Hafenbehörde ging darauf zurück, dass man an Bord der *Apocalypse* Hunderte wohlhabende, ausgabefreudige Araber vermutete – nicht Tausende Soldaten, die nur darauf warteten, in Luleå einzumarschieren. Der Südhafen war sauber, ordentlich und menschenleer, wie die Befehlshaber auf dem Schiff zufrieden feststellten. Im Nu lief das Aussteigen von 3.600 Soldaten an. Sie verließen das Schiff in langen Kolonnen und setzten sich dann zum Warten auf den Kai. Dabei verwunderte sie, dass bereits helles Tageslicht und angenehme Wärme herrschten. Anscheinend befanden sie sich nicht so weit nördlich, wie sie gedacht hatten. Die meisten hatten geglaubt, sie würden am Nordpol in Dunkelheit und Kälte landen. Das Wetter stellte daher eine willkommene Überraschung für sie dar.

Da sie unterwegs keinen Eisbergen begegnet waren, mussten sie sich woanders befinden. Hoffentlich würden sie nach der 17-tägigen Reise ihren Aufenthaltsort erfahren. Alle hatten geschworen, Allah im heiligen Krieg des Dschihad zu dienen. Viele freuten sich auf den Märtyrertod. Im Paradies erwarteten jeden von ihnen 72 Jungfrauen, ein Harem zu ihrem Vergnügen. Um den Südhafen herum warteten ungefähr hundert örtliche Heilige Krieger in verschiedenen Fahrzeugen auf Befehle, gegen etwaige Verteidiger vorzugehen. Bisher jedoch gab es keinerlei Widerstand. Von einer schwedischen Verteidigung fehlte jede Spur, obwohl die Invasion bereits vor anderthalb Stunden Alarm ausgelöst hatte.

Der schwedischen Heimwehr war es gelungen, 23 leicht bewaffnete Männer, Frauen und Teenager zum Flughafen Luleå zu entsenden, den die Muslime nach einem heftigen Feuergefecht gegen sie in ihre Gewalt gebracht hatten. Mit ihrer unzureichenden Bewaffnung hatten die Soldaten der Heimwehr nur hoffen können, militärische Ressourcen wären unterwegs. Hingegen hatte in den Wirren des frühen Morgens niemand vorgeschlagen, die Häfen von Luleå zu verteidigen, obwohl Meldungen vorlagen, dass die Invasion sowohl in Stockholm als auch in Göteborg vom Meer aus erfolgt war.

Etliche beabsichtigte Empfänger der Berichte, die hätten handeln können, schliefen noch oder schenkten sich gerade den Morgenkaffee ein und begannen erst zu begreifen, dass etwas ganz und gar nicht stimmte.

Als sie sich hinsetzten, um sich die Morgennachrichten anzusehen, stellten sie fest, dass der Fernsehbildschirm schwarz und stumm blieb. Ihr Unbehagen wuchs, als sie erkannten, dass auch das Internet und die Telefone nicht funktionierten.

Während der letzten Minuten der Fahrt in den Südhafen konnten alle an Bord der *Apocalypse* das Spektakel am Flughafen Luleå bezeugen. Gebäude standen in Flammen. Dichter Qualm kräuselte sich in den blauen Himmel. Sporadisch ertönten Schüsse. In einiger Entfernung hinter dem Stadtzentrum stieg eine mächtige Rauchwolke vom Standort der Facebook-Gebäude auf. Der Geruch reizte ihre Nasen, während sie begannen, sich zum Aussteigen in Gruppen zu organisieren.

Die Angreifer im Südhafen konnten beobachten, wie die ersten Fahrzeuge ihr Schiff über die RoRo-Rampe im Hafen Victoria verließen, wo ebenfalls 50 Heilige Krieger einsatzbereit auf der Lauer lagen. Aber auch dort gab es keine zu bekämpfenden Verteidiger. Aus der Kapitänskabine der *Apocalypse* beobachtete das fünfköpfige Team der Operationsleitung die Entwicklungen – oder vielmehr das Ausbleiben von Ereignissen. »Da heißt es immer, Krieg wäre kein Spaziergang«, meinte der Einsatzleiter, ein erfahrener Oberst aus Jordanien beduinischer Abstammung. »Aber das hier ist einer.« Er lachte. »Seht euch nur an, wie gemütlich es unsere Leute am Kai haben.« Kaum hatte der Oberst die Worte ausgesprochen, änderte sich die Lage schlagartig, als das Dröhnen von Kampfjets ertönte.

»Was ist das? Es sollten doch alle schwedischen Kampfflugzeuge ausgeschaltet sein. Woher kommen die?«

Er konnte sich nicht vorstellen, dass die 40 mit dem Angriff auf den Raketenstützpunkt Vidsel betrauten Heiligen Krieger versagt hatten.

Allerdings hatten sie das – so vollkommen, dass ihnen nicht mal die Zeit geblieben war, eine Meldung abzusetzen, bevor sie von Maschinengewehrfeuer massakriert worden waren.

Das gesamte Team der Operationsleitung eilte zur Fensterreihe auf der Steuerbordseite. Dort sahen sie, wie zwei JAS-Jets über der Bucht wendeten und in ihre Richtung zurückkehrten. Plötzlich verfiel das Team in Panik, stürmte aus der Kabine und den Niedergang hinunter, um das Schiff zu verlassen, bevor es zu spät wäre. Weit kamen sie nicht.

Die beiden koordinierten Jets verschafften sich mit dem Überflug des Hafens und der inneren Inseln einen Überblick über die Lage, ehe sie sich für eine Angriffsstrategie entschieden. Diesmal mussten sie dabei ohne Bodenkontrolle auskommen und die Flugleitung selbst übernehmen.

»Ist dasselbe, wie wir es aus Stockholm und Göteborg gehört haben«, meinte Lindroth, der leitende Pilot, zu seinem relativ neuen Wingman Lännholm. »Aus dem Passagierschiff im Südhafen steigen Soldaten aus, dazu zwei RoRo-Schiffe mit Fahrzeugen. Das erste ist schon am Entladen im Hafen Victoria.«

»Bist du sicher, dass es nicht unsere eigenen Leute sind?«, fragte Lännholm.

»Ja. Ich hab die Militärfahrzeuge gesehen. Keinerlei schwedischen Kennzeichen. Außerdem sind sie deutlich heller lackiert, wie man's bei Berichten über Wüstenkriege im Fernsehen sieht.«

»Okay.«

»Das zweite Boot kommt gerade über die Einfahrt Malmporten bei Klubbviken rein«, fügte Lindroth mit seinem trägen lappischen Akzent hinzu. »Wir greifen alle drei an. Gott sei Dank sind wir mit vier Raketen bestückt.« Nach einer kurzen Pause ergänzte Lindroth: »Hast du die Schlauchboote am Pier gesehen? Wozu die wohl gut sind? Sind vollgepackt mit Soldaten.«

»Ich hab keine Schlauchboote gesehen«, gab Lännholm zurück.

»Nein? Aber du *hast* gesehen, was die Drecksäcke mit unserem ehemaligen Stützpunkt gemacht haben, oder?«

»Ja, hab ich. Und dafür werden sie zahlen, glaub mir.«

Sie hatten jeweils nur zwei Meteor X geladen. Sonst stand in Vidsel nichts mehr zur Verfügung, weil sich die Testreihe bereits dem Ende zugeneigt hatte. Zusätzlich hatten sie die Bordkanonen, allerdings wie bei

61

Übungsflügen üblich nur mit 20 Prozent Munition geladen. Vor dem Start war die Feuerrate auf Kampfmodus umgestellt worden, fünfmal schneller als im Übungsmodus.

Lindroth schien stolz auf seine langsame, aber immer deutliche Sprechweise zu sein. Er blieb in jeder Lage seelenruhig. Wie die Amerikaner aus dem tiefen Süden, denen er im Fernsehen dabei zugesehen hatte, wie sie praktisch im Halbschlaf auf gemütlichen Sesseln Leben auslöschten, indem sie mit Drohnen auf der anderen Seite der Weltkugel feuerten. Trotz seines passiv klingenden Tonfalls besaß er eine blitzschnelle Auffassungsgabe. Wie alle Kampfpiloten konnte er außergewöhnlich gut den Überblick über mehrere Dinge gleichzeitig bewahren und eine Fülle von Informationen simultan verarbeiten.

»Ich übernehme mit zwei Raketen das Passagierschiff«, kündigte Lindroth an. »Bei der Größe wird eine nicht reichen. Du schaltest mit einer den Kahn im Hafen Victoria aus, dann fliegst du raus und feuerst die zweite auf das andere RoRo ab. Okay?«

»Verstanden! Ich übernehme erst das im Hafen Victoria, danach das bei Klubbviken.«

»Achte beim zweiten darauf, dass du das richtige ins Visier nimmst«, warnte Lindroth. »Dahinter ist noch ein Frachtschiff. Das Ziel ist das näher am Dock.«

»Bestätige. Ich schalte das dem Dock nähere aus.«

»Dann brauchen wir die Munition der Bordkanonen auf. Ich kümmere mich um den Südhafen und die Schlauchboote. Du übernimmst den Hafen Victoria. Ziel auf die Fahrzeuge, nicht auf das Schiff.«

»Verstanden. Nehme die Fahrzeuge im Hafen Victoria mit der Bordkanone unter Beschuss.«

»Wende vor dem Angriff. Flieg von der Stadt aus aufs Wasser zu, damit du nicht in Richtung der Stadt schießt.«

»Verstanden. Angriff aus der Richtung der Stadt.«

»Mal sehen, was die Meteor X im realen Einsatz drauf hat. Wird interessant. Los geht's!«

Eine halbe Minute später donnerten die beiden Kampfjets mit einer Geschwindigkeit von rund 1.800 Kilometern pro Stunde auf Luleå zu, der Wingman in einer Formation rechts hinter dem führenden Piloten. Als sie über ihren früheren, in Flammen stehenden Arbeitsplatz flogen,

Luftwaffenstützpunkt F21, teilten sie sich auf und feuerten wenige Sekunden danach ihre Raketen ab.

Die von Lindroth trafen die *Apocalypse* mit zwei heftigen Explosionen knapp oberhalb der Reling, eine näher am Heck, die andere vorn am Bug. Zusammen verursachten sie maximalen Schaden. Große Teile des Aufbaus wurden weggesprengt, und die *Apocalypse* verwandelte sich schlagartig in ein loderndes Inferno. Als Nächstes ereilte das RoRo-Schiff im Hafen Victoria dasselbe Schicksal durch einen direkten Treffer einer Meteor X, abgefeuert von Lännholm.

Lindroth drehte nach links ein und flog einen weiten, von Kondensstreifen gezeichneten Bogen für einen weiteren Angriff auf den Kai und die Schlauchboote. Als er den Halbkreis vollendete, sah er die Explosion von Lännholms zweiter Meteor X, die ihr Ziel in der Bucht von Klubbviken traf. Das RoRo-Schiff würde innerhalb von Minuten auf den Meeresgrund enden.

Als sich Lindroth dem Steg näherte, stellte er fest, dass sich die insgesamt sechs Schlauchboote bereits aufgeteilt hatten und vom Südhafen entfernten. Auf dem Boden erblickte er zig tote Soldaten. Viele andere suchten verzweifelt Deckung oder flüchteten so schnell wie möglich. Er drückte den Knopf zur Aktivierung der in Deutschland hergestellten Mauser-Bordkanone und entfesselte ein Sperrfeuer aus mit 28 Schuss pro Sekunde abgefeuerten 27-Millimeter-Geschossen. Damit erwischte er die letzten beiden Schlauchboote, bevor er die Soldaten auf dem Kai so lange unter Beschuss nahm, wie die Munition anhielt.

Danach übernahm Lindroth einen letzten Überflug, um die Szene zu fotografieren. Die verheerende Feuerkraft der Mauser-Kanone hatte zahlreiche Soldaten ausgeschaltet. Er schätzte die Zahl der verstreuten Leichen auf etwa 100. Als er aufschaute, sah er, wie sein Wingman die Bordkanone gegen die Militärfahrzeuge im Hafen Victoria zum Einsatz brachte. Die meisten in Sicht wurden von den vom Himmel prasselnden Salven zerstört. Innerhalb von Sekunden gingen Hunderte Miniaturgranaten auf sie nieder. *Das wird keines der Fahrzeuge überleben*, dachte Lindroth.

»Großartige Arbeit Lännholm! Vergiss nicht, die Ziele zu fotografieren – oder was davon übrig ist«, fügte er lachend hinzu. »Wir sehen uns in Kuopio! Heute Abend genehmigen wir uns mit unseren finnischen Kollegen ein paar Cocktails«, rief Lindroth.

»Oder vielleicht ein paar Flaschen Koskenkorva-Wodka. War ein höllischer Tag«, gab Lännholm zurück.

Einen Kampfjet zu fliegen, mag wie ein Rausch sein, aber nichts ist geiler, als mit scharfer Munition auf echte Menschen zu feuern, dachte Lindroth, als er für einen weiten Bogen nach Südosten eindrehte. Als er tief ausatmete, spürte er, wie sich sein Puls langsam normalisierte.

Kapitel 10

Schlauchboote auf dem Weg zu A9

17. Juli 2032, 09:00 Uhr

Als Rune wie gewohnt um fünf Uhr aufstand und die Jalousien hochzog, sah er Rauch vom Luftwaffenstützpunkt F21 aufsteigen, wo er in den 1980ern einige Jahre lang Kommandant gewesen war. *Was geht da vor sich?* Er hatte keine Explosionen gehört. Allerdings waren seine dreifach verglasten Fenster ziemlich gut schallisoliert und sein Gehör nicht mehr das, was es gewesen war. Vergangene Nacht hatte er lebhafte Träume von Krieg und Schlachten gehabt wie schon seit Jahren nicht mehr. Hatte das etwas zu bedeuten?

Trotz seiner 94 Jahre war Rune Larsson noch gut beisammen, so rüstig wie ein 75-jähriger. Aber Rune war auch kein Durchschnittsmensch. Er galt als legendärer Kampfpilot, wurde manchmal mit dem berühmten amerikanischen Testpiloten Chuck Yeager verglichen. Rune hatte sein Leben dafür aufs Spiel gesetzt, die Entwicklung von Saabs Kampfjets Draken und Viggen voranzutreiben. Selbstverständlich hatte er auch klassische Modelle von Saab geflogen wie die Tunnan und die Lansen aus der frühen Ära der Strahlantriebe, das jedoch eher zum Vergnügen. Natürlich durfte er in seinem Alter längst nicht mehr in ein Cockpit. Mit Yeager hatte er Freundschaft geschlossen, als der Mann einst Saab besucht hatte, um die Draken unter Runes Aufsicht zu fliegen. Chucks Erkenntnisse und Anmerkungen hatten ebenfalls einen wichtigen Beitrag zur Weiterentwicklung dieses Modells und der Viggen geleistet.

Durch sein Wohnzimmerfenster in der obersten Etage der Residensgatan 6 konnte der langjährige Oberst der Luftwaffe beobachten, was im Südhafen ablief. Rune verwirrte, was er sah. Eine beträchtliche Anzahl offenbar ausländischer Soldaten ging an Land. Weder die Uniformen noch das Aussehen der Männer deuteten auf Schweden hin. Sechs Festrumpfschlauchboote mit glasfaserverstärkten Rümpfen und Soldaten an Bord wurden zur Abfahrt vorbereitet. Wer waren sie und wohin wollten sie?

Dann erregten zwei den Hafen überfliegende JAS seine Aufmerksamkeit. *Was wäre es herrlich, diese Wunder der modernen Technik zu fliegen*, dachte er. Zu seiner Zeit hätte man von der Leistung und Technologie moderner Jets nicht mal zu träumen gewagt – reine Science-Fiction. *Heutzutage wird alles von Computern und verschiedenen Systemen gesteuert. Völlig anders als früher. Da war das Können des Piloten maßgeblich. Hat vermutlich mehr Spaß gemacht, als man noch kein Sklave der Steuerung war*, ging es ihm durch den Kopf.

Mit wachsender Besorgnis beobachtete Rune einen jähen Anstieg der Aktivität auf dem Kai nach dem Überflug der Jets. In die Leute dort kam Bewegung, und es staute sich im Bereich der Gangways, als die Nachrückenden schneller von Bord zu gehen versuchten. Offiziere brüllten Befehle und fuchtelten mit den Armen.

Plötzlich erzitterte das gesamte Gebäude durch die Schockwellen einer heftigen Detonation. Rune spürte die Vibrationen im Boden, als er sah, wie das große Kreuzfahrtschiff erschauderte und sich in ein Inferno verwandelte. Die Flammen erfassten jene flüchtenden Passagiere, die es noch nicht von Bord geschafft hatten. *Das waren meine Jungs*, dachte Rune über die Piloten, die soeben Raketen abgefeuert hatten. Rune wurde klar, dass sich vor seinen Augen ein reales Kampfgeschehen entfaltete. Aber wenn in Schweden ein Krieg ausgebrochen war, gegen wen? Und warum?

Rune beobachtete, wie die sechs Schlauchboote zu fliehen versuchten, als der Kai plötzlich von den Bordkanonen des Jas-Piloten unter Beschuss genommen wurde. Die beiden letzten Boote, die sich nicht weit genug entfernt hatten, wurden vom Kugelhagel erfasst, die Passagiere tot oder lebendig ins Wasser geschleudert. Wer noch lebte, wurde schnell von Kampfausrüstung, automatischen Gewehren, Handgranaten und Reservemagazinen in die Tiefe gezogen. Plötzlich wurde Rune klar, wohin die verbleibenden Schlauchboote wollten. Das Ziel konnte nur Militärregiment A9 in Boden sein, wo sich die gesamte schwedische Artillerie ballte. Er musste Alarm schlagen!

So schnell ihn die alten Beine trugen, eilte er den Flur hinunter und griff zum Telefon, einem alten, klassischen Kobra. Ein Smartphone hatte sich Rune nie zugelegt, dafür waren seine Finger zu dick und ungeschickt. Und selbst wenn es mit den Fingern geklappt hätte, wären die Zahlen und Buchstaben auf dem Display entschieden zu klein für seine 94 Jahre alten Augen gewesen.

Mit der Tastatur des alten Kobratelefons hatte er keine Probleme, als er hastig die 112 wählte. Die Leitung erwies sich als besetzt. Ratlos stand er da, in der rechten Hand das eigenwillig aussehende Kobra, der Zeigefinger der linken über der Tastatur an der Unterseite des Telefons. Wo könnte er anrufen? Die Nummer des Stützpunkts F21 kannte er immer noch auswendig, obwohl er vor fast 40 Jahren in den Ruhestand gegangen war. Er wählte sie – dort stellte sich die Leitung als tot heraus.

Dann fiel ihm Hugo ein, Leiter einer Elchjagdgruppe in Unbyn, 15 Kilometer flussaufwärts auf halbem Weg nach Boden, wo sich das A9 befand. Die Schlauchboote würden in ungefähr einer halben Stunde dort vorbeikommen. Runes letzte Elchjagd lag acht Jahre zurück, aber die Liste mit den Nummern der Gruppe hatte er immer noch am Telefontisch. Er wählte die des guten alten Hugo, der ihn nach wie vor jeden Herbst besuchte und ihm Elchfleisch mitbrachte.

»Hi, hier Rune. Es geht um einen dringenden Notfall! Bitte hör mir zu.«

Unbewusst benutzte Rune seinen früheren Ton als Befehlshaber beim Militär, den Hugo noch nie von ihm gehört hatte.

»Rune! Schieß los, ich bin ganz Ohr«, gab Hugo zurück.

»Schweden wird angegriffen. Am Kai im Südhafen direkt vor meinem Fenster tobt in diesem Augenblick ein Gefecht. Vier Schlauchboote mit Soldaten sind den Fluss hinauf losgefahren. Die wollen mit Sicherheit das A9 angreifen. Du musst die Jagdtruppe zusammentrommeln und versuchen, sie aufzuhalten, wenn sie bei euch vorbeifahren!«

»Verdammt. Mein Junge ist gerade von seiner Schicht nach Hause gekommen und hat erzählt, es hätte ausgesehen, als würde beim F21 gekämpft. Aber er hat es für eine Übung gehalten.«

»Du hast nur 20 bis 30 Minuten. Leg los. Treib so viele Männer wie möglich auf«, sagte Rune, bevor er das Kobra zurück auf den Tisch stellte.

***

Hugos Gedanken überschlugen sich, während er überlegte, welche Möglichkeiten er hatte. Wenn in Schweden ein Krieg ausgebrochen war, wollte er als alter Reservist bestmöglich seine Pflicht erfüllen.

Zuerst ging ihm durch den Kopf, seine Leute an der Fähranlegestelle in Avan zu versammeln und die Fähre selbst zu benutzen, um den Wasserweg teilweise zu blockieren. Dann jedoch erkannte er, dass die Zeit dafür nicht reichen würde. Er grübelte noch einige Sekunden, ehe er drei seiner erfahrensten Jagdkameraden anrief und eine Telefonkette in Gang setzte. Es war früh am Samstagmorgen, fast alle waren zu Hause.

»Wir haben's mit dem Ernstfall zu tun. Keine Zeit für Fragen. Wir sind im Krieg. Schnapp dir deine Gewehre, Munition und komm so schnell wie möglich nach Brinjan am Fluss. Wir müssen alle innerhalb von 15 Minuten dort sein!«

Hugo und sein Sohn rannten mit ihren Jagdgewehren und zwei in die Jackentaschen gestopften Reservemagazinen durch den Garten. Sie stiegen in Hugos verbeulten alten Volvo, gaben Gas und rasten die kurze Strecke zum Fluss hinab. Als sie dort eintrafen, sprangen sie aus dem Auto und liefen das Stück zum Ufer hinunter, wo sie anhielten und stromabwärts in Richtung Luleå spähten. Keine Boote in Sicht. Hugo warf einen Blick auf die Armbanduhr und stellte fest, dass seit Runes Anruf erst zwölf Minuten vergangen waren. *Hoffentlich schaffen es die anderen rechtzeitig*, dachte er, während er je vier Patronen in die Magazine lud.

Da sich eine bereits im Lager der Gewehre befand, konnten fünf Schuss abgegeben werden, bevor das Magazin gewechselt werden musste, was nur wenige Sekunden dauerte. Nach neun relativ schnellen Schüssen brauchte man rund 20 Sekunden, um vier neue Patronen in ein Magazin zu laden. Bis dahin würden die Boote wahrscheinlich außer Reichweite sein. Hugo und sein Sohn schoben ihr Fischerboot ins Wasser und starteten den alten 10-PS-Motor. Sonst nutzten sie das Gefährt zur Enten- und Gänsejagd. Diesmal hatten sie andere Ziele im Sinn.

Bald trafen weitere verwirrte Jäger voller Fragen ein.

»Was ist los, Hugo? Sind wir wirklich im Krieg, oder hast du jetzt endgültig den Verstand verloren?«

Hugo sah erneut auf die Armbanduhr. 18 Minuten seit Runes Anruf. Insgesamt hatten sie nur sieben Gewehre. Er hatte auf mehr gehofft.

»Ihr steigt ins Boot und legt euch am anderen Ufer auf die Lauer.«
Hugo zeigte auf zwei der Jäger und anschließend auf seinen Sohn, der
sich mit dem Boot auskannte.

»So drängen wir den Feind näher zu dieser Seite«, erklärte Hugo.
»Wenn sich die Boote nähern, steuert ihr langsam in unsere Richtung,
treibt sie zu uns. Dabei konzentriert ihr den Beschuss auf das vorderste
Boot, wir am Ufer nehmen das zweite ins Visier. Für mehr wird die Zeit
nicht reichen. Zielt auf den Mann am Steuer. Und achtet auf die
Schussrichtungen, damit wir uns nicht gegenseitig treffen. Aber daran
seid ihr ja von der Jagd gewöhnt.«

Hugo stieß das Boot mit den drei Jägern vom Ufer ab, bevor er ein
paar Sekunden lang beobachtete, wie es sich zur anderen Seite entfernte.
Danach zog er sich einige Schritte die Böschung hinauf zurück, ließ sich
im Gebüsch nieder und suchte eine gute Auflage für sein Gewehr.

Nach zehn ereignislosen Minuten fragte er sich allmählich, ob es
sich um falschen Alarm handelte. In der Zwischenzeit waren zwei weitere
Jäger eingetroffen, wodurch sie insgesamt auf neun Schützen kamen. In
ihrer Eile hatten sie keine Funkgeräte mitgenommen, deshalb konnten sie
sich nicht mit ihren drei Kameraden im Boot verständigen, das langsam
hin und her kreuzte, um nicht von der Strömung mitgerissen zu werden.

Plötzlich winkte Hugos Sohn hektisch mit der rechten Hand, bevor
er unter die Reling abtauchte.

»Haltet euch bereit – sie kommen!«, brüllte Hugo.

Sie befanden sich an einer Stelle, an der sich der Fluss
verschmälerte. Weiter unten an der Mündung ähnelte er einer ruhigen
Bucht. *Gute Stelle für einen Angriff auf Boote*, entschied Hugo, als sie
langsam ins Blickfeld der im Gebüsch versteckten Jäger gerieten.

Die vier schwer beladenen Schlauchboote fuhren hintereinander mit
einem Abstand von je ungefähr 40 Metern. Hugo schätzte die
Geschwindigkeit auf vielleicht 25 Knoten. *Kein einfaches Ziel für
Hobbyjäger mit Jagdgewehren. Noch schwieriger für die Jungs im
Fischerboot*, dachte Hugo.

Der Mann am Steuer des ersten Schlauchboots, der die Operation
leitete, kannte die Route gut. Wie erwartet sah er die Engstelle im Fluss.
Die Boote hielten sich rechts, weil sie entschieden hatten, auf dieser Seite
die kleine Insel in der Mitte zu umfahren.

Als sie das Eiland passierten, entdeckte er weiter vorn mitten im Weg ein offenes weißes Freizeitboot mit einer Gestalt darin.

Hobbyangler, dachte er und passte den Kurs nach links an, wo mehr Platz zum Vorbeifahren zur Verfügung stand. Kaum hatte er es getan, bewegte sich das fremde Boot ärgerlicherweise in Richtung des linken Ufers. Um es rechts zu passieren, wäre ein ziemlich starker Schwenk erforderlich gewesen. Deshalb entschied er, dennoch den Kurs nach links beizubehalten. Seiner Schätzung nach sollte der Platz selbst für das letzte ihrer Boote reichen. Im schlimmsten Fall müsste es einfach rechts an dem Freizeitgefährt vorbei, auch kein Problem.

Als sie sich noch etwa 30 Meter davon entfernt befanden, bemerkte er, wie sich der Mann darin duckte. Gleichzeitig vielen ihm Bewegungen auf, die weitere Personen in dem Boot erahnen ließen. Bevor er weiter darüber nachdenken konnte, flogen ihnen Kugeln um die Ohren. Zwei der Soldaten in seinem Boot brachen zusammen. Die anderen warfen sich hin, gingen in Deckung, während sie weiter vorwärtskreuzten.

Mittlerweile befanden sie sich fast auf Höhe des Freizeitboots. Einer der Soldaten vor ihm wurde in den Kopf getroffen. Der Schädel explodierte förmlich. Blut und Hirnmasse spritzten ihm ins Gesicht und raubten ihm vorübergehend die Sicht.

Während sie das Boot passierten, wischte er sich hastig das Gesicht ab und spuckte Knochensplitter aus, während ihm warmes graues Gewebe von der Wange tropfte. Entsetzt verlangsamte er die Fahrt und schaute zurück, um zu beobachten, was vor sich ging. Er sah, wie das Boot hinter ihm mit Volldampf auf das linke Ufer zuraste. Es war außer Kontrolle geraten, der Pilot hing erschlafft über dem Steuer.

Gleichzeitig hielt das dritte Schlauchboot auf das weiße Freizeitgefährt zu, beschoss es mit einem Kugelhagel aus den automatischen Karabinern, drehte dann ab und setzte die Fahrt nach vorn fort.

Das vierte und letzte Boot fuhr geradeaus weiter, ohne angegriffen zu werden.

Jenes hinter dem Befehlshaber pflügte rasant ans Ufer, überschlug sich und kam in einem nahen Gebüsch zum Liegen. Zivilisten mit Gewehren tauchten daraus auf und eröffneten das Feuer auf seine Männer, die aus dem zweiten Schlauchboot geschleudert worden waren.

Der Befehlshaber entschied, die Fahrt fortzusetzen, ohne sich auf einen Schusswechsel mit den bewaffneten Zivilisten am Ufer einzulassen. Den Überlebenden in seinem Boot bedeutete er, die drei Toten über Bord zu werfen.

***

Am Ufer wurden zwei überlebende feindliche Soldaten gefangen genommen. Gelähmt von ihren Verletzungen lagen sie da und warteten auf den Gnadenschuss, der ausblieb. Einer schien Araber zu sein, der andere hatte einen dunkleren Teint. Als sie auf Englisch angesprochen wurden, reagierten sie mit Kopfschütteln.

»Ich glaube, das sind scheiß Muslime«, sagte Alf, bei Jagdausflügen Hugos Assistent. »Annika Lundgren ist mit einem dieser Drecksäcke verheiratet. Bringen wir sie hin, vielleicht kann ihr Mann mit ihnen reden.«

Das zerschossene, halb gekenterte Fischerboot trieb langsam mit der Strömung flussabwärts. Alle wussten, dass keine Hoffnung darauf bestand, ihre Kameraden an Bord könnten überlebt haben. Totenstill beobachteten die sechs Männer, wie das Wrack davongetragen wurde. Niemand wagte, Hugos Blick zu begegnen.

»Mein Junge war erst neunzehn«, murmelte Hugo fast unhörbar. Er saß am Ufer, das Gesicht in den Händen vergraben. »Warum bin ich nicht mit dem Boot rausgefahren?«, brüllte er. »Warum nicht? Mir hätte klar sein müssen, dass es der gefährlichste Ort sein würde!«

Schließlich stand Hugo auf, wischte sich mit den Fingerspitzen die Tränen ab und übernahm wieder die Rolle des Jagdgruppenführers und Reservisten. »Jetzt ist keine Zeit zum Trauern. Ihr beide übernehmt die Gefangenen«, sagte er und zeigte auf zwei der Jäger. »Alf, bitte kümmere dich darum, das Boot zu bergen, damit wir unsere Jungs wenigstens anständig beerdigen können. Wir anderen fahren los zum Kraftwerk. Dort werden die Boote zwangsläufig landen. Wir müssen diese Schweine ausschalten«, erklärte Hugo und marschierte mit schnellen Schritten zum Auto los.

Innerhalb einer halben Stunde hatte der so unverhofft ausgebrochene Krieg Hugos Leben zerrüttet und war zu einer sehr persönlichen Angelegenheit für ihn geworden.

Wenige Minuten später bogen sie ab, verließen die schmale Asphaltstraße entlang der Südseite des Flusses und rasten auf den Bodfors-Weg. Für den letzten Abschnitt zum Kraftwerk Boden nahmen sie Nebenstraßen. Sie konnten nur hoffen, dass der Feind noch keine vollwertige Überwachung eingerichtet hatte. Hugo hielt am Waldrand an, um nicht entdeckt zu werden. Außerdem wendete er das Auto für den Fall, dass sie überhastet aufbrechen müssten.

Das letzte Stück zum Kraftwerk liefen sie tief geduckt. Wenige Meter vom Ufer entfernt gingen sie hinter Büschen in Deckung. Am Kraftwerk wies der Fluss eine Breite von nur 60 Metern auf. Am anderen Ufer befanden sich drei festgemachte Schlauchboote.

Zwischen den Birken auf der Böschung standen zwei Soldaten. Weiter oben auf der Straße kletterten die anderen gerade auf die Ladeflächen zweier großer Pick-ups, die sie wohl die letzten anderthalb Kilometer zu Regiment A9 bringen würden, das die gesamte schwedische Artillerie beherbergte.

Auf der anderen Straßenseite, die entlang der Staumauer des Kraftwerks verlief, standen sechs Soldaten in schwarzen Overalls. Mitten auf der Fahrbahn hatten sie ein Maschinengewehr aufgebaut.

»Wahrscheinlich wird die Heden-Brücke auch bewacht«, flüsterte Hugo zu seinen beiden Kameraden. »Wir werden's nicht auf die andere Seite schaffen. Also müssen wir von hier aus unser Bestes geben.« Nach einer kurzen Pause fuhr er fort. »Ihr übernehmt die Kerle links und rechts, ich den am Maschinengewehr. Sobald ihr eure Ziele erledigt habt, schießt ihr auch auf ihn. Falls wir die Chance dazu kriegen, feuern wir danach auf die Boote. Aber wenn es ihnen gelingt, das Maschinengewehr in Gang zu bekommen, rennen wir zum Auto und hauen ab. Lebend sind wir nützlicher als tot. Ich zähle bis drei, dann legen wir los, alles klar?«

Die drei Jäger ließen sich nieder und suchten eine gute Unterlage zum Schießen. Die Entfernung betrug kaum hundert Meter. Fast unmöglich, die Ziele aus dem Liegen zu verfehlen. Flach atmend richteten sie die Gewehre ein, bis sie die Ziele im Fadenkreuz hatten.

Nachdem Hugo heruntergezählt hatte, krachten die Schüsse gleichzeitig los. Die beiden Wachen an den Booten und der Dschihadist am Maschinengewehr starben auf der Stelle. Projektile des Kalibers 30.06

durchschlugen ihre Brustkörbe und verursachten eigelbgroße Austrittswunden.

Gewehre für die Elchjagd waren darauf ausgelegt, wesentlich robustere Geschöpfe als Menschen zu erlegen. Ein Treffer in den Oberkörper oder Kopf bedeutete den sofortigen Tod, an einem in die Gliedmaßen würde man innerhalb weniger Minuten verbluten.

Hugo gelang es, einen zweiten Schuss abzugeben, mit dem er einen weiteren Soldaten am Maschinengewehr traf, ehe die anderen in Deckung hechten konnten. Die Jäger feuerten weiter auf sie, konnten sie jedoch durch die niedrigere Lage nicht mehr erreichen. Dann sahen sie, wie das Maschinengewehr in ihre Richtung schwenkte. Bevor es feuern konnte, preschten sie bereits durch das Dickicht zurück zum Auto, sprangen hinein und rasten zurück zum Dorf Unbyn.

Kapitel 11

Der Angriff auf A9

17. Juli 2032

Der Plan sah einen Überraschungsangriff auf Regiment A9 in Boden vor. 150 örtliche Heilige Krieger hatten sich am Vortag diskret in der al-Masdschid-Moschee am Bodträsket-See versammelt.

Die Krieger sollten in vier Bussen über den Hedenbro-Weg direkt zum A9 transportiert werden. Dort sollten sie den Angriff zeitgleich mit ihren Elitesoldaten starten, die mit Schlauchbooten aus Luleå eintreffen würden.

Allerdings ging der Plan der Angreifer nicht wie vorgesehen auf. Die Bordkanone des JAS Gripen hatten zwei der sechs Boote beim Verlassen des Südhafens in Luleå ausgeschaltet. Ein weiteres war durch Schüsse einer Elchjagdgruppe aus dem Dorf Unbyn auf halbem Weg zum Ziel abgefangen worden. Nur etwas mehr als die Hälfte des Trupps schaffte es zum Kraftwerk in Boden. Noch enttäuschender war das verlorene Überraschungsmoment. Als die verbliebenen 30 muslimischen Elitesoldaten die Schlauchboote verließen und in die beiden Pick-ups am Kraftwerk von Boden stiegen, waren viereinhalb Stunden seit Beginn des Angriffs auf F21 vergangen. Die verspätete und missglückte Landung in Luleå hatte den Einheimischen in Boden Zeit verschafft, eine Verteidigung auf die Beine zu stellen. Die Pick-ups, die mit den Elitesoldaten den Åberg-Weg entlangfuhren, gerieten unter schweren Beschuss der Soldaten des Norrbotten-Bataillons der Heimwehr. Sie waren an der Kreuzung des Åberg-Wegs und der Svea-Straße mit AK-4-Karabinern, KSP-58-Maschinengewehren, M48-Granatwerfern und Panzerabwehrgeschützen in Stellung gegangen.

Die Angreifer hatten insofern Glück, als sich einige Verteidiger zu früh zeigten. Dadurch konnten sie sich außer Sicht zurückziehen, ohne beschossen zu werden. Allerdings prasselten kurz danach Schüsse von hinten auf sie ein, als plötzlich weitere Soldaten der Heimwehr auf der Straße auftauchten. Rasch verließen die muslimischen Elitesoldaten die Pick-ups und suchten Zuflucht in dem bewaldeten Gebiet westlich des Flüsschens Bodån. Nach ungefähr 300 Metern im Wald fanden sie einen

Graben, der ihnen Schutz vor dem feindlichen Beschuss bot. Nur saßen sie dort in der Falle, umgeben von den Flüssen Luleå, Bodån und einem feindlichen Bataillon. Und es gab kein Zurück – mittlerweile hatten die Soldaten der Heimwehr die Kontrolle über die Schlauchboote beim Kraftwerk. Die muslimischen Elitesoldaten konnten nur hoffen, dass die 150 Heiligen Krieger, die eintreffen sollten, das Blatt zu ihren Gunsten wenden würden, doch Garantie gab es dafür keine.

Am Kreisverkehr der Straßen Hedenbrogatan und Garnisonsgatan tobte ein heftiges Gefecht zwischen Soldaten der Heimwehr und Heiligen Kriegern. Beide Seiten schossen wild und ungezielt. Obwohl es sich um nur 35 Kämpfer der Heimwehr handelte, gelang es den nur mit AK-47 ausgerüsteten Heiligen Kriegern nicht, die schwerer bewaffneten Verteidiger zurückzudrängen.

In einer kurzen Feuerpause traf Verstärkung in Form von Infanteristen des Regiments I19 ein. Die Heiligen Krieger sahen ihre beste Chance darin, sich in die al-Masdschid-Moschee zurückzuziehen, wo sie sich besser verschanzen könnten.

Einer der Schützentrupps der Heimwehr war am Eingang der Migrationsbehörde in Stellung gegangen. Von dort sahen die Kämpfer mehrere ihrer verwundeten und toten Landsleute regungslos am Boden liegen. Als sich die Heiligen Krieger zurückzogen, richteten sich die Schützen auf und sahen sich um.

»Gottverdammt!«, brüllte einer der Soldaten, der soeben sein erstes Feuergefecht überlebt hatte. Im Adrenalinrausch feuerte er einen Schuss auf das große Schild der Behörde über dem Eingang ab.

»Was soll denn das? Sofort aufhören!«, befahl der Anführer des Trupps.

»Von da kommen diese Schweine!«, schrie der Soldat, der den Schuss abgegeben hatte, und entleerte das restliche Magazin durch die Glastüren. »Was haben die überhaupt in unserem Land verloren?«

Dass der erste Schütze ausgesprochen hatte, was sie alle dachten, kam einem Dammbruch gleich. Plötzlich wurde die Migrationsbehörde mit Panzerabwehrartillerie, Granaten und Schüssen aus Maschinen- und Sturmgewehren bombardiert. Die verantwortlichen Offiziere hatten keine Chance, es zu verhindern.

»Ha, darauf warte ich seit Jahren!«

»Jetzt kriegen die Pisser, was sie verdienen!«

Wenige Minuten später stieg aus dem zerschossenen Gebäude dichter schwarzer Rauch in den Himmel. Zum Glück war es ein Samstag. Die »Miggs«, wie man das Personal der Behörde nannte, verbrachten das Wochenende gemütlich und zufrieden zu Hause und hatten keine Ahnung, was in ihrem Büro vor sich ging.

»Falls jemand fragt, haben das die Muslime angerichtet!«, rief der Truppführer.

Indes hatten sich die Heiligen Krieger an zwei verschiedene Positionen zurückgezogen, von denen sie nicht wegkonnten. Die schwedischen Verteidiger hatten den ersten Ansturm abgewehrt, hatten aber noch keinen Angriffsplan gegen die verschanzten Muslime. Allerdings stießen immer mehr Soldaten in voller Kampfausrüstung dazu. Bei den meisten handelte es sich um in Boden lebende Militärangehörige. Im Verlauf des Tags organisierten sich weitere schwedische Infanteristen. Sogar die Ranger der Spezialeinheit I19 aus der alten Militärstadt Arvidsjaur bewaffneten sich und zogen in den Kampf.

Zeitweise schien es so, als hätten die Schweden die Lage dank stetig wachsender Ressourcen im Griff. Aber der Schein trog. Am selben Abend trafen zwei Bataillone mit 450 muslimischen Elitesoldaten in gepanzerten Fahrzeugen und Truppentransportern aus Luleå ein und kippten das Kräfteverhältnis zu ihren Gunsten.

Die Schlacht um Boden tobte mit Unterbrechungen drei Monate lang, ohne dass es einer Seite gelang, sich die vollständige Kontrolle über die Stadt zu sichern.

Am Ende bedurfte es sintflutartiger Regenfälle, um Boden am 2. November 2032 zu befreien. Als der Niederschlag und die Kämpfe letztlich endeten, stand die in Trümmern liegende Stadt unter Wasser.

Kapitel 12

Geleerte Militärdepots

17. Juli 2032. Abend.

Es galt, keine Zeit zu verlieren. Das A9 wurde angegriffen, und Hugo wusste, dass Tausende Soldaten in Luleå einmarschiert waren. Als Reservist kannte sich Hugo mit militärischen Operationen aus. Ihm war klar, dass es mehrere Tage dauern würde, eine organisierte Verteidigung auf die Beine zu stellen. Es lief auf ein Wettrennen zu den Waffendepots hinaus – sie als Erster zu erreichen, würde entscheidend sein.

Während Hugos Einsatz beim Kraftwerk von Boden mit seinen beiden Jagdkameraden hatte sich in Unbyn einiges getan. Bei ihrer Rückkehr hatten sich auf dem Platz vor dem Schulgebäude Männer und Frauen mit Verteidigungswaffen eingefunden. Hugo schätzte die Zahl auf rund 60.

Unter ihnen erkannte er Gesichter der Elchjagdgruppe aus dem Nachbarort Avan. Zwischen den beiden Dörfern herrschte eine anhaltende historische Fehde, die bis ins Mittelalter zurückreichte. Dokumente im Archiv des Kreisgerichts belegten, dass der Konflikt seit Jahrhunderten bestand. Er drehte sich um Landgrenzen und darum, wer das Recht hatte, Vieh auf üppigen Weiden grasen und aus umstrittenen Quellen trinken zu lassen. An diesem Tag jedoch wurde das Kriegsbeil begraben, und man vereinte sich gegen einen gemeinsamen Feind.

Einige Kämpfer saßen auf Bänken und hantierten mit den von den Angreifern aus dem gestrandeten Schlauchboot erbeuteten AK-47 Kalaschnikows. Sie stellten fest, dass sich die Waffen einfach bedienen ließen und sich nicht groß von schwedischen Sturmgewehren unterschieden, abgesehen vom Aussehen und Kaliber natürlich.

Als Hugo Engman aus seinem verbeulten Volvo S90 stieg, brach lautes Gemurmel aus. Mehrere Männer marschierten zielstrebig auf ihn zu. Alle schienen auf ihn gewartet zu haben. Dann sichtete er unter den Leuten die Person, nach der er Ausschau hielt – Allan. Der Mann war nicht nur sein Leben lang beim Militär gewesen, sondern bis zum Ruhestand vor ein paar Jahren auch zuständig für die Waffendepots in der Gegend.

»Allan, dich schickt der Himmel. Wir müssen uns die Waffendepots sichern, und du bist der mit den Schlüsseln.«

»Tja, Hugo, ich hab auch schon einen Plan. Um den Rödberget herum gibt's drei große Depots. Auf die sollten wir uns konzentrieren. Die anderen liegen auf der nördlichen Flussseite und sind schwerer zugänglich.«

»Können wir uns den Weg hinein freisprengen?«

»Möglich, aber wir reden hier von 25 Zentimeter dicken Stahltoren. Ich glaub nicht, dass wir den Sprengstoff dafür haben. Ist allerdings gar nicht nötig. Ich habe meine beiden Nachfolger angerufen. Sie haben mir die Zugangscodes gegeben. Sie treffen sich mit mir und bringen ihre Schlüssel mit, die wir auch brauchen. Wir fahren zum Depot Rödluvan. Nur wenige Leute wissen, wo es liegt. Dort lagern 8.000 AK-5, leichte und schwere Maschinengewehre, ungefähr tausend Handgranaten, mehrere Tonnen Sprengstoff und Panzerabwehrwaffen. Die beiden anderen Depots sind kleiner, enthalten aber dieselbe Ausrüstung.«

»Und ist alles einsatztauglich?«

»Oh ja, das kann ich garantieren! Ich war 20 Jahre lang für die Wartung zuständig. Wir haben nach einem gleitenden Plan stichprobenartig Funktionstests durchgeführt, von daher sollte es keine Probleme mit der Funktion geben. Nur die Handgranaten könnten ihr Ablaufdatum überschritten haben. Die Frage ist nur, wie wir so viele Waffen aus dem Depot transportieren.«

Hugo sah sich um und entdeckte Alf, der schweigend zuhörte.

»Alf, hast du das Boot mit unseren Gefallenen geborgen?«

»Ja. Alle drei waren noch an Bord«, antwortete Alf leise und mied Hugos Blick. »Sie sind im Elchkühlraum. Kein erfreulicher Anblick.«

»Okay. Ich möchte, dass du alle verfügbaren Fahrzeuge im Dorf auftreibst – Laster, Traktoranhänger, alles, was Waffen transportieren kann. Bei Johanssons Fuhrunternehmen gibt's zwei große Trucks – die brauchen wir unbedingt. In einer halben Stunde versammeln wir uns ein Stück die Straße runter und fahren als Konvoi Richtung Boden. Allan führt uns zu den Waffendepots. Wir brauchen alle verfügbaren Leute zum Verladen. Alle müssen anpacken!«

Als Hugo vor der Hütte mit dem Kühlraum aus dem Auto stieg, bemerkte er auf dem Boden kleine frische Blutlachen. Langsam öffnete er die schwere Tür und blieb am Eingang stehen. Seine Frau kniete mit dem Rücken zu ihm und streichelte sanft die Wange des vordersten Leichnams.

Die drei Toten lagen nebeneinander in der Mitte des Bodens, die teils verstümmelten Hände auf der Brust gefaltet. Alle waren von unzähligen Kugeln schwer entstellt und durchsiebt worden. Beim vordersten Leichnam handelte es sich um ihren geliebten Jungen, ihr einziges Kind. Bei Egon war im Gegensatz zu den beiden anderen zumindest das Gesicht unversehrt geblieben. Ihr Junge sah aus, als schliefe er friedlich, das weizenblonde Haar ordentlich frisiert. Aber die unschuldigen blauen Augen starrten weit aufgerissen blicklos an die Decke. Sogar im Tode war ihr Sohn wunderschön.

Schließlich trat der Konvoi die Fahrt in Richtung Boden an. Die Spitze bildeten die Pritschenwagen. Im ersten saßen Allan und Hugo. Unmittelbar dahinter folgten die Traktoren mit Anhängern. Navigieren mussten sie anhand von Allans handgezeichneten Karten, aber Wegweiser an neuralgischen Stellen im Wald würden ihnen helfen, sich zurechtzufinden.

Nach fünfzehn Minuten näherte sich der vorderste Wagen dem Depot Rödluvan. Hundert Meter von dem massiven Stahltor, das sie hinter Tarnnetzen ausmachen konnten, wurden sie überrascht. Mehrere Betonblöcke blockierten die Straße und zwangen sie zum Anhalten. Aus dem Unterholz tauchte eine Handvoll Soldaten auf, automatische Gewehre auf die Kabine gerichtet.

»Raus aus dem Wagen! Mit dem Gesicht nach unten auf den Boden! Wer seid ihr und was wollt ihr hier?«

Die Stimme der jungen Unteroffizierin ertönte scharf, aggressiv und durchdringend schrill. Die Männer senkten sich wie befohlen zu Boden.

»Wir sind hergekommen, damit das Depot nicht in feindliche Hände fällt«, erklärte Hugo. »Ich bin Hauptmann beim I19.«

»Sehen Sie mal, was die in der Kabine haben!«, rief einer der Soldaten und hielt zwei Kalaschnikows hoch, zeigte sie der Unteroffizierin.

Aus dem Augenwinkel sah Hugo den Finger der jungen Frau Feldwebel auf dem Abzug. Ihr AK-5 wies direkt auf seinen Schädel. Dann spürte er am Hinterkopf die Mündung, die sein Gesicht in den

Boden drückte. Er schwitzte heftig und hoffte, die Unteroffizierin würde ihre Nerven im Griff haben.

»Hauptmann beim I19? Seit wann benutzt die schwedische Armee Kalaschnikows?«, fragte sie höhnisch. »Sagen Sie mir, wer zum Teufel Sie sind, bevor ich Ihnen das Hirn wegpuste!«

Ehe Hugo antworten konnte, trafen die anderen Fahrzeuge ein und reihten sich die Straße entlang auf. Innerhalb weniger Augenblicke war die Truppe der Frau Feldwebel von 50 Jägern mit Gewehren im Anschlag umzingelt. Einige trugen Kalaschnikows wie jene, die der Soldat aus der Kabine geholt hatte.

»Lassen Sie ihn aufstehen. Wir stehen auf derselben Seite!«

»Und wir sehen mit Sicherheit nicht wie Araber aus!«

Die junge Unteroffizierin entfernte den Lauf der Waffe von Hugos Kopf und musterte die Gruppe der Jäger misstrauisch.

»Ihr seht zumindest nach Schweden aus.«

Hugo rappelte sich auf die Beine, stellte sich vor die Frau und legte ihr die rechte Hand auf die Schulter. Mit der linken wischte er sich Dreck aus dem Gesicht.

»Gute Arbeit. Genau, wie es sein sollte. Aber jetzt, Frau Feldwebel, müssen Sie das Kommando an Hauptmann Hugo Engman vom Norrbotten-Regiment I19 abtreten. Haltung einnehmen und ausführen!«, befahl er.

Die Frau Feldwebel und ihre fünf Schützen standen stramm.

»Ich übergebe den Befehl hiermit an Hauptmann Engman!«, sagte die Unteroffizierin.

»Und ich übernehme hiermit das Kommando. Ihre Aufgabe besteht ab sofort darin, die Straße zu sichern, während wir uns um das Waffenlager kümmern. Ausführen und Bewegung!«

Die sechs jungen Soldaten liefen die Straße runter los, um sich ein Versteck für einen Hinterhalt zu suchen, falls der Feind auftauchte.

Als sich Hugo umdrehte, stand das Tor bereits weit offen. Eine Reihe greller Industrieleuchten erhellte den Eingang zur Höhle.

»Sieht noch genau so aus, wie ich es übergeben habe«, hörte er Allans ruhige Stimme. »Alles in Ordnung. Fangen wir mit den schwereren Waffen hinten und in den Kisten rechts an. Da drüben sind

Hubwagen, und irgendwo sollte ein Gabelstapler sein. Wir beladen zuerst die zwei großen Laster. Den Gabelstapler kann ich bedienen.«

Allan übernahm die Rolle des Logistikleiters. Schon bald packten starke Arme an und trugen Ausrüstung, während Allan mit dem gelben Gabelstapler zu den Lastwagen und zurück pendelte. 20 Minuten später fuhr der erste Laster schwer beladen langsam in Richtung Unbyn los.

Kapitel 13

Schweden richtet Verteidigungszentrale ein

20. Juli 2032

Für den Kriegsfall verfügte die zivile und militärische Führung Schwedens einen Plan. Der sah vor, sich in einem streng geheimen Hauptquartier zu versammeln, das selten erwähnt wurde. Und wenn, dann nur unter der unscheinbaren Bezeichnung Zone 1. Sehr wenige Menschen wussten, wo sich der Ort befand. Aus Sicherheitsgründen waren nur ungefähr je ein Dutzend Politiker und hochrangige Militärs umfassend darüber informiert.

Etwas mehr Personen wussten von der Existenz von Zone 1 und ihrem Zweck. Damit keine ausländische Macht, insbesondere Russland, an Informationen darüber gelangen konnte, gab es keine schriftlichen Aufzeichnungen darüber. Konnte Zone 1 aus irgendwelchen Gründen nicht verwendet werden, gab es Zone 2 als Ausweichmöglichkeit. Letztere befand sich in der nördlichen Landschaft von Dalarna in dem dünn besiedelten Gebiet, das man als »finnische Wälder« bezeichnete, unweit des Dorfs Noppikoski. Von Zone 2 wussten noch weniger Menschen.

Beide Verteidigungszentralen wurden in den 1950ern während des Kalten Kriegs für den Fall eines Atomangriffs durch die Sowjetunion errichtet. Die Arbeiten wurden von einem unbekannten, angeblich mit Mineralienexploration befassten Privatunternehmen durchgeführt. Über eine Scheinfirma gehörte es dem schwedischen Staat. Die Arbeiter glaubten, Testsprengungen für einen möglichen Abbaubetrieb durchzuführen. Die Mannschaften wurden regelmäßig gewechselt, damit niemand zu viele Informationen erfuhr. Unter strenger Geheimhaltung wurden die Endarbeiten von Militärpersonal mit höchster Sicherheitsfreigabe fertiggestellt.

Trotz allem wussten die Russen von Anfang an über Zone 1 und Zone 2 Bescheid. Ganz zu schweigen von den einmarschierenden Muslimen, die Schweden über Jahrzehnte auf allen Ebenen infiltriert hatten. Sie kannten alle Einzelheiten über die laufende Wartung und Modernisierung der Hauptquartiere.

Die Budgetkürzungen für Sicherheitsausgaben, denen Anfang der 2000er-Jahre die Invasionsabwehr zum Opfer fiel, hatten sich nie auf Zone 1 oder Zone 2 ausgewirkt, da sie dem Schutz von Spitzenpolitikern dienten. Beide Hauptquartiere wurden laufend aufgerüstet und konnten jederzeit rund 200 Personen aufnehmen, die dort drei Wochen ohne Versorgung von außen überleben konnten.

Zone 1 und Zone 2 wurden rund um die Uhr von einer Kompanie aus 120 Infanteristen bewacht, die keine Ahnung hatten, warum sie ausgerechnet dort ihre Übungen absolvierten. Die Soldaten verfügten über solide Befestigungsanlagen sowie schwere Maschinengewehre und -kanonen. Die ins Land einfallenden Muslime wussten, dass der Versuch aussichtslos wäre, sie ausschließlich mit Sturmgewehren anzugreifen. Da Zone 1 und Zone 2 imposante Festungen darstellten, blieben sie vorerst bei der Invasion ausgespart. Selbst tausend Heilige Krieger hätten keine Chance gehabt, sie zu stürmen.

Am dritten Tag des ausgebrochenen Kriegs gelang es der politischen und militärischen Führung Schwedens letztlich, sich in Zone 1 tief im Nationalpark Tiveden in Östergötland 75 Meter unter der Erde einzufinden. Zumindest den spärlichen Überresten der Anführer, da der Großteil drei Tage zuvor von Mahmouds Killerkommandos ermordet worden war. Eine Gruppe von 22 sichtlich mitgenommenen Personen versammelte sich mit Instantkaffee um den ovalen Besprechungstisch. Die meisten der erschöpften Anwesenden waren nur knapp mit dem Leben davongekommen. Das Entsetzen und der Stress der vergangenen Tage standen ihnen in die Gesichter geschrieben.

Schwedens allseits bekannter und respektierter Oberbefehlshaber Daniel Gyllenstierna eröffnete die Sitzung. Im Gegensatz zu den anderen wirkte er so frisch und wach wie eh und je.

»Trotz der schwierigen Situation begrüße ich Sie alle sehr herzlich. Ich übergebe das Wort direkt an Justizministerin Anna-Lena Beckstedt. Sie wird uns zu Beginn einen kurzen Überblick über die politische Lage geben.«

»Hallo zusammen. Anna-Lena Beckstedt, Justizministerin, aber das wissen Sie ohnehin, wir haben uns ja bereits bei sicherheitsstrategischen Besprechungen kennengelernt.«

Alle am Tisch nickten bestätigend. »Natürlich.«; »Sicher.«

»Den spärlichen vorliegenden Informationen nach ist ein beträchtlicher Teil der schwedischen Führung in der Nacht des 17. Juli zu Hause ermordet worden. Darunter der Ministerpräsident, der Außenminister, der Finanzminister und der Verteidigungsminister, die ich alle als persönliche Freunde betrachtet habe.«

Beckstedt wischte sich mit dem Handrücken eine Träne aus dem rechten Augenwinkel und fuhr fort.

»Soweit ich weiß, stehe ich als Justizministerin an fünfter Stelle der Nachfolge und bin somit Ministerpräsidentin. Daher übernehme ich ab sofort das Ruder der politischen Führung unseres Lands. Sollte noch jemand vor mir in der Nachfolge auftauchen, übergebe ich die Zügel gern, vorläufig jedoch ist das der Stand der Dinge. Hat irgendjemand Einwände? Es darf keine Unklarheiten darüber geben, wer die oberste Entscheidungsbefugnis hat. Sind wir uns einig, dass sie bis auf Weiteres mir zufällt?«

Drückende Stille trat im Bunker ein. In Schweden bestanden seit Jahrzehnten intensive Spannungen zwischen Vertretern des Militärs und den regierenden politischen Globalisten. Erstere warfen Letzteren vor, Schweden zu zerstören und zu islamisieren. Das gegenseitige Misstrauen beeinträchtigte die Zusammenarbeit zwischen Militär und Politik schwer.

Beckstedt betrachtete man als vertrauenswürdiger als andere. Sie galt als typische Karrierepolitikerin und war aus den Reihen der Jugendorganisation ihrer Partei aufgestiegen. Als höchste Schulbildung hatte sie zwar lediglich zwei Jahre im Gymnasium vorzuweisen, aber sie besaß einen scharfen, wenn auch zynischen Verstand und ein bemerkenswertes Gespür für vorherrschende Gesinnungen und dafür, sich bei der richtigen Seite anzubiedern. Ihre ausgeprägten politischen Instinkte hatten sie in die höchsten Sphären der Regierung katapultiert.

Nach mehreren Sekunden setzte unter den Politikern am Tisch ein gedämpftes, zögerliches Raunen ein, bis die dröhnende Stimme von Heeresleiter Anton Brännström es unterbrach.

»Was wir jetzt brauchen, ist militärische Kompetenz, sonst nichts! Seit Jahrzehnten hat das Militär bei jeder Besprechung zur strategischen Sicherheit davor gewarnt, dass so etwas passieren könnte. Aber die Politiker haben nie darauf gehört und damit den Muslimen direkt in die Hände gespielt. Also kommen Sie mir nicht damit, das Ruder zu übernehmen, nachdem Sie und Ihresgleichen den Karren wissentlich an die Wand gefahren haben!«

»Ich würde Sie ersuchen, ein wenig auf Ihre Wortwahl zu achten«, ermahnte die selbsternannte Ministerpräsidentin. »Zunächst mal reden wir hier nicht von Muslimen, sondern von radikalen Islamisten. Wir haben viele anständige, loyale Muslime im Land. Vielleicht sogar gerade in diesem Raum, was wir uns besonders vor Augen halten sollten. Unterstellungen dieser Art verbiete ich mir!«

»Ich für meinen Teil sehe mich im Krieg gegen Muslime. Sie können sie nennen, wie Sie wollen«, konterte Brännström. »Unser Land ist seit drei Jahren im Ausnahmezustand. Wir treffen hier und jetzt in dieser Gruppe die notwendigen Entscheidungen ohne Zustimmung eines Parlaments. Wir brauchen keine realitätsfremden Politiker, die sich der Illusion hingeben, sie hätten alles im Griff!«

Die selbsternannte Ministerpräsidentin starrte den Heeresleiter eindringlich an.

»Das klingt gefährlich nach Hochverrat und einem Putschversuch. Ist Ihnen bewusst, was das bedeutet? Hinzufügen möchte ich, dass ab sofort Kriegsrecht und alles gilt, was damit verbunden ist.«

Oberbefehlshaber Gyllenstierna ging mit lauter Stimme dazwischen.

»Für interne Streitigkeiten ist keine Zeit, verdammt! Wenn wir so agieren, verlieren wir mit Sicherheit. Anton, ich fordere Sie als langjähriger Freund, vor allem aber als Ihr Vorgesetzter auf: Erledigen Sie Ihre Arbeit und überlassen Sie die Politik anderen! Frau Ministerpräsidentin, ich möchte hinzufügen, dass derzeit niemand die Kompetenz von Heeresleiter Brännström ersetzen kann. Anton ist unerlässlich für die Verteidigung, die wir umgehend lancieren müssen. Können wir fortfahren? Wir haben keine Zeit zu verlieren.«

»Na schön. Machen wir weiter«, lenkte Brännström ein. »Viel ist für die Politiker ohnehin nicht zum Verwalten übrig. Gut möglich, dass wir nicht mal mehr ein Land haben. Nur braucht mir keine Politikerin Hochverrat vorzuwerfen. Wir alle wissen, wer Schweden verraten hat – und das waren nicht wir schwedischen Nationalisten. Die Zeit wird weisen, wer den Verrat begangen hat. Anmerken möchte ich noch, werte Frau Beckstedt, dass ich Ihr Mandat als selbsternannte Ministerpräsidentin für fragwürdig halte«, sagte Brännström.

»Übergeben wir das Wort an Oberstleutnant Alfred Baksi, den amtierenden Stabschef, zuständig für Beschaffung und Analyse unserer nachrichtendienstlichen Informationen. Er hat für uns zusammengestellt, was wir bisher wissen. Bitte, Ali.«

Alfred Baksi aus einer bekannten kurdischen Politikerfamilie war in Diyarbakir im Südosten der Türkei geboren worden. Er war im Alter von zwei Jahren nach Schweden gekommen. Von Anfang an hatte er sich immer als Schwede gefühlt. Im vergeblichen Versuch, auch so wahrgenommen zu werden, hatte er seinen Namen in Alfred Baklander geändert. Als ihn jedoch eine Freundin darauf hingewiesen hatte, dass sich der Nachname wie ein bekanntes Gebäck im Nahen Osten anhörte, hatte er zurück zu Alfred Baksi gewechselt. Zu seinem Verdruss nannten ihn die meisten Menschen nach wie vor Ali.

Mittlerweile hatte er sich damit abgefunden, dass man ihn wohl nie als vollwertigen Schweden betrachten würde, weil er mit dichten schwarzen Locken, markanten Augenbrauen und einem pechschwarzen Bart geschlagen war. Allerdings spielte es neuerdings in seinen Augen keine große Rolle mehr, da Schweden mittlerweile ohnehin mehr einem nahöstlichen als einem skandinavischen Land ähnelte. Obwohl er immer noch wünschte, Schweden hätte sich seine nordische Identität und damit politische Stabilität und wirtschaftlichen Wohlstand bewahrt. Immerhin war seine Familie einst aus dem Nahen Osten in das Land geflohen. Allerdings wurden die Flüchtlinge von ihrer Herkunft und vom Islam verfolgt. Ein Trauma, das er mit vielen weltlichen Muslimen und mehr noch mit christlichen Flüchtlingen teilte. Alle hatten sich aus muslimischen Diktaturen abgesetzt, um in dem wohlhabenden, profanen und ungewöhnlich toleranten Land im Norden in Freiheit zu leben. Mittlerweile hatte sich alles verändert.

Wie viele andere Einwanderer hatten auch seine Familie und er mit dem Gedanken gespielt, das zunehmend verkommende Land dauerhaft zu verlassen. Da sie keine ausgeprägten schwedischen Wurzeln besaßen, war es verlockend, fernab der Islamisierung und des europäischen Bürgerkriegs in den USA oder Australien zu leben. Nur hatten sie es nicht rechtzeitig getan. Mittlerweile bekamen schwedische Staatsbürger kaum noch Visa. In den USA wäre er höchstens mit zwei Millionen Dollar als Investitionskapital willkommen. Geld, das er nicht aufbringen konnte.

Umso weniger, da nun ein Krieg in Schweden ausgebrochen war, durch den sein Haus unverkäuflich wäre.

Alfred ging im Raum nach vorn und begann mit seiner Präsentation, bei der er ein Bild nach dem anderen auf der großen Leinwand zeigte.

»Am frühen Morgen des 17. Juli ist Schweden von einer ausländischen Macht überfallen worden.

Wer die Drahtzieher sind, ist bislang unbekannt, aber wir wissen, dass es sich um Muslime aus zahlreichen Ländern handelt. Wir vermuten dahinter eher eine Organisation als ein Land – die meisten Anzeichen deuten auf die Muslimbruderschaft hin. Schweden gilt schon lange als vorrangiges Ziel für sie, und die Islamisierung hat ihr Interesse nur zusätzlich geschürt. Rund 300 Führungspersönlichkeiten aus Politik, Militär und Wirtschaft sind in der Nacht des 17. Juli in ihren Häusern ermordet worden. Wie wir bereits gehört haben, waren die Opfer mehrheitlich hochrangige Mitglieder der Regierung und des Militärs. Stockholm, Göteborg und Luleå wurden vom Meer aus überfallen. Dort ist der Feind mit jeweils rund 4.000 Soldaten und Hunderten gepanzerten Fahrzeugen gelandet. In Stockholm und Göteborg wurde kein Widerstand geleistet. In Luleå hingegen hat der Feind einen schweren Schlag erlitten und ungefähr die Hälfte seiner gelandeten Soldaten sowie den Großteil der Fahrzeuge verloren.«

Kurz verstummte Alfred und ließ den Blick über sein Publikum wandern. »Gibt es bisher Fragen?« Alle schwiegen, erschüttert vom Ernst der Lage. Alfred fuhr fort.

»Laut unserem Nachrichtendienst stammen die neun Invasionsschiffe aus neun verschiedenen Häfen. Bisher haben wir Tripolis, Alexandria, Rabat, Katar und die saudischen Städte al-Dschubail und Yanbu identifiziert. Woher die restlichen drei Schiffe gekommen sind, wissen wir noch nicht, gehen aber davon aus, dass unsere israelischen Freunde uns die Information bald liefern können. Der Mossad hat uns eine Zusammenfassung seiner Erkenntnisse zur Verfügung gestellt. Daraus geht hervor, dass die einfallenden Soldaten kampferprobte Elitetruppen mit Erfahrung von verschiedensten muslimischen Kriegsschauplätzen sind. Viele davon sind offenbar marokkanische Söldner, die lange als Sicherheitskräfte für die saudische Königsfamilie gedient haben. Falls Sie es nicht wissen, Soldaten gelten als Marokkos bedeutendstes Exportgut. Unsere schwedischen Muslime scheinen mit den Invasionsstreitkräften zusammenzuarbeiten und sie zu unterstützen. Wir schätzen, dass wir es mit 200.000 bis 300.000 bewaffneten Heiligen Kriegern zu tun haben, wie sie sich nennen. Derzeit leben in unserem Land rund zweieinhalb Millionen Muslime, die Mehrheit davon Männer in kampftauglichem Alter. Diese Krieger sind leidenschaftlich, enthusiastisch und opferbereit, haben aber keine militärische Ausbildung. Ihr Zugang zu Waffen beschränkt sich auf automatische Gewehre, Maschinengewehren, Handgranaten und teilweise Panzerabwehrwaffen.«

Plötzlich entbrannte eine lebhafte Diskussion im Raum.

»Wie um alles in der Welt haben sie sich unbemerkt so gewaltige Mengen an Waffen beschafft?«, fragte der Bildungsminister. »Haben unsere Nachrichtendienste geschlafen?«, rief er sichtlich aufgebracht im Dialekt seines Heimatorts.

»Das kann ich vielleicht aufklären«, meldete sich Bertil Wiklund zu Wort, Leiter des militärischen Nachrichtendiensts MUST. Er war den Killerkommandos nur knapp entgangen, weil er mit seinem kleinen Privatboot auf dem Vänernsee unterwegs gewesen war.

»Uns war seit Jahren bekannt, dass in den autonomen Enklaven große Waffendepots angelegt worden sind. Mittlerweile vermuten wir, dass praktisch jede Moschee als ein solches fungiert hat. Aber da von der Politik jegliche Patrouillen in den autonomen muslimischen Gebieten untersagt worden sind, können wir uns nicht sicher sein. Man wollte die Muslime nicht unnötig provozieren und dadurch womöglich einen Bürgerkrieg auslösen. 2030 hat unsere Schätzung bei rund 30.000 automatischen Gewehren in diesen Depots gelegen. Nur ist es seither zunehmend schwieriger geworden, Informationen zu beschaffen, weil sich die Enklaven abgeschottet und Nicht-Muslimen den Zugang verweigert haben.«

»Danke, Bertil«, ergriff Gyllenstierna das Wort. »Für diejenigen unter Ihnen, die mit unseren Nachrichtendiensten nicht vertraut sind, nur wenige Menschen haben so bedeutenden Einfluss auf die Sicherheit der Nation gehabt wie Bertil Wiklund, der MUST leitet.«

»Die Islamisten haben einige unserer Waffenlager geplündert«, fuhr Wiklund fort. »Noch mehr jedoch sind von Schweden geplündert worden, worauf ich später zurückkomme.«

»Die SÄPO stimmt weitgehend mit der Einschätzung von MUST überein«, kam von Bianca Popovic, amtierende Leiterin der Geheimpolizei, seit Killerkommandos ihre Vorgesetzten hingerichtet hatten.

»Demnach müssen über 90 Prozent der von den Heiligen Kriegern verwendeten Waffen von den Invasionsschiffen stammen. Uns vorliegende Zeugnisaussagen und Fotos erhärten den Verdacht. Uns liegen Meldungen vor, dass ungefähr einhundert Container entladen wurden. Vermutlich können wir davon ausgehen, dass auch die an Land gefahrenen gepanzerten Fahrzeuge randvoll mit Waffen waren. Früher dachten wir, die Zahl der Heiligen Krieger wäre im Fall eines Bürgerkriegs bewältigbar. Seither ist sie auf das Zehnfache explodiert. Mir ist nicht klar, wie wir mit diesen Massen fertig werden sollen. Was haben wir ihnen entgegenzusetzen?«

Oberbefehlshaber Gyllenstierna schaltete sich ein und hielt die Diskussion auf Kurs.

»Zur Fragerunde kommen wir noch«, versprach er. »Ali, bitte fahren Sie mit Ihren Ausführungen fort.«

»Die Heiligen Krieger haben alle Städte übernommen, in denen sich ihre Regimenter befinden, was weitgehend mit den Standorten ihrer Moscheen zusammenfällt«, ergriff Alfred Baksi wieder das Wort. »In vielen Städten wie Malmö und Helsingborg waren nicht mal Kampfhandlungen nötig. Dort hatten sie schon längst die Kontrolle über die Straßen. Nach derzeitigem Stand befinden sich die folgenden Städte und Regionen in der Hand der Muslime – Entschuldigung, der Islamisten. Von Westen nach Osten wären das ganz West-Skåne, große Teile von Halland mit Halmstad in der Mitte, das Gebiet Göteborg-Borås-Trollhättan-Uddevalla, Växjö, Kalmar, Jönköping, Norrköping, Skövde, Karlstad, die westlichen Vororte von Stockholm, Uppsala, die Region Eskilstuna-Västerås-Arboga-Köping, Falun-Borlänge, Gävle, Sundsvall, Härnösand, Umeå, Skellefteå und Luleå-Boden.«

»Das klingt nach nahezu allen großen Stadtzentren«, merkte der 67-jährige Landwirtschaftsminister an und nippte an seinem kalten Kaffee. »Aber warum nicht Linköping? Die sogenannten ›Bärtigen‹ in Skäggetorp gelten als die militantesten unserer Muslime, und das will etwas heißen.«

»Das kann ich beantworten«, kam vom amtierenden Luftwaffenleiter William Wennergren, der sein Leben lang in Linköping gewohnt hatte. »Ich war dort. Die Bärtigen hatten das Pech, dass die Hälfte der nationalen Einsatztruppe gerade zu einer Großübung in Ljungsbro und Motala war. Die Islamisten hatten es mit über 4.000 Soldaten der Einsatztruppe zu tun, die ins Stadtzentrum eingedrungen sind und es verteidigt haben. Nach wenigen Stunden war es vorbei. Als mehrere Hundert Bärtige tot auf den Straßen verstreut gelegen haben, hat sich der Rest mit erhobenen Armen ergeben. 340 von ihnen sind derzeit in Medevi Brunn, einem Internierungslager. Ich habe eine Nachricht von Björn Väster, dem Leiter der Einsatztruppe. Er ersucht um Erlaubnis, die Gefangenen hinzurichten.«

»Gefangene hinrichten? Hat er vollkommen den Verstand verloren?«, entfuhr es der selbsternannten Ministerpräsidentin. »Wir halten uns natürlich an die Genfer Konventionen! Schweden hat eine stolze Tradition innerhalb der UNO. Dieser abscheuliche Nazi Väster muss weg, und zwar rasch. Er ist ein Sicherheitsrisiko!«

»Danke für die Information, William. Machen wir weiter, Ali«, ergriff Gyllenstierna das Wort und ignorierte die Anmerkung der Ministerpräsidentin.

»Ich denke, ich bin vorerst fertig«, erwiderte Alfred. »Zwar gibt es noch etliche Informationen, die wir durchgehen müssen, aber das kann bis später warten.«

»Na schön«, sagte Gyllenstierna. »Was wir an Gegenmaßnahmen auf Lager haben, stellen uns die Leiter des Heers, der Luftwaffe und der Marine vor. Anton, da auf Sie in den nächsten Monaten am meisten zukommen dürfte, fangen Sie an.«

Anton Brännström saß am Computer neben der großen Leinwand und begann in seinem charakteristischen Dialekt aus Luleå mit Hintergrundinformationen.

»Wie Sie wohl erkannt haben, ist die Lage noch etwas unklar. Vorläufig müssen wir mit dem arbeiten, was wir haben. Trotz der jüngst angekurbelten Rekrutierung könnte die Zahl der einsatzbereiten Soldaten besser sein. Aber diejenigen, die wir haben, sind hochmotiviert, bestens ausgebildet und gut bewaffnet. Unsere verfügbaren Infanteristen und Ranger sind auf Augenhöhe mit den einmarschierten Heiligen Kriegern, die sich offenbar auf ungefähr 10.000 belaufen. Dabei ist anzumerken, dass einer unserer Soldaten im Kampf wohl in etwa so effektiv wie mindestens zehn von deren Kriegern ist. Viele unserer Leute besitzen Einsatzerfahrung von unseren Missionen als Friedenstruppen in Afrika, im Nahen Osten und in Zentralasien. Anders und neu für uns ist, dass wir überwiegend in einem urbanen Umfeld kämpfen werden. Wir wollen unsere Gemeinden nicht unnötig zerstören. Unsere Strategien sind auf Gefechte zu Wasser, in der Luft und in ländlichen Gebieten ausgelegt. Der Schwerpunkt unserer Verteidigung liegt auf hochmodernen Waffensystemen mit beträchtlicher Zerstörungskraft, die keinen hohen Personaleinsatz erfordern. Was wir jetzt brauchen, sind Bodentruppen, klassische Infanteristen. Obwohl unsere Politiker dachten, sie wären überflüssig geworden.«

Brännström projizierte die erste seiner drei Folien auf die Leinwand.

»Fangen wir mit unseren Eliteeinheiten an, den Rangers – das als Küstenranger bekannte Amphibische Regiment in Berga zählt rund 800 Mann. Das K3 in Karlsborg besteht aus 1.200 regulären Fallschirmjägern und einer luftgestützten schnellen Eingreiftruppe mit 400. Das F17 in Kallinge umfasst 500 Ranger. Zu guter Letzt haben wir noch das Ranger-Bataillon I19 in Boden mit etwa 3.000 Soldaten. Davon sind um die 800 in Arvidsjaur beim alten K4 stationiert. Sofort verfügbar haben wir etwas mehr als 6.000 Ranger.

Was sich innerhalb von ein bis zwei Wochen mit den Reservisten verdoppeln ließe.«

»Großer Gott. 6.000 Mann sind alles, was wir gegen die 300.000 des Feindes aufbringen können?« Die Ministerpräsidentin stöhnte.

»Ja. Das Ergebnis von 30 Jahren Budgetkürzungen im Verteidigungsbereich, die Ihre Politikerkollegen durchgesetzt haben«, erwiderte Brännström. »Aber ich habe auch gesagt, dass wir in höchstens zwei Wochen 12.000 Ranger haben. Zusätzlich können wir kurzfristig rund 20.000 gewöhnliche Infanteristen aufstellen und sie ebenfalls innerhalb weniger Wochen verdoppeln.«

»Sofern es nicht bekannt ist, über ein Fünftel unserer Soldaten – sowohl Ranger als auch Infanteristen – sind Frauen. Sie sind hochmotiviert und ihren männlichen Kollegen mindestens gleichwertig. Zusammenfassend werden wir in den nächsten zwei Wochen 12.000

Ranger und 40.000 Infanteristen zur Verfügung haben. Dem stehen 10.000 Elitesoldaten des Feinds und vielleicht 300.000 Heiligen Krieger gegenüber. Viele werden wahrscheinlich in muslimisch kontrollierten Gebieten festsitzen. Im schlimmsten Fall könnten die Zahlen also deutlich geringer ausfallen. Wir haben zusätzlich 9.000 Mann in der paramilitärischen nationalen Eingreiftruppe – die einzigen für den Einsatz in Städten ausgebildeten Soldaten, was sich in Linköping bereits als sehr nützlich erwiesen hat. Daniel und ich haben schon darüber geredet, wie diese Ressourcen eingesetzt werden sollten. Darauf kommen wir noch zurück.«

»Das kann nicht funktionieren!«, rief die Ministerpräsidentin. »Niemals. Wir brauchen internationale Hilfe. Außerdem untersteht die nationale Eingreiftruppe einer zivilen Führung – und so sollte es auch bleiben. Wir haben diese Streitkraft eigens als Gegengewicht zu Ihrer wachsenden militärischen Macht ausgeweitet und aufgerüstet.«

»Wer würde uns wohl jetzt zu Hilfe kommen, da wir den Krieg schon im Land haben – der übrigens in ganz Westeuropa ausgebrochen sein könnte?«, gab Brännström zurück. »Nein, vorläufig müssen wir alles nutzen, was wir an Ressourcen haben. Aber es besteht ein Hoffnungsschimmer, dass wir die Überzahl der Heiligen Krieger ausgleichen können. Uns liegen Berichte vor, dass beträchtliche Mengen an Waffen von Schweden aus Depots geholt wurden, insbesondere in Stockholm, Göteborg, Norrköping, Skövde und Boden. Die Informationen deuten darauf hin, dass zwischen 30.000 und 40.000 Schweden gerade lokale Verteidigungsgruppen bilden, die wir zwar derzeit nicht kontrollieren können, die aber zweifellos auf unserer Seite gegen die Muslime kämpfen.«

»Islamisten«, warf die Ministerpräsidentin ein. »Das klingt für mich, als würden wir demnächst unkontrollierbare Warlords im Land haben. Das ist unzumutbar. Wer die Waffendepots geplündert hat, muss verhaftet und vor Gericht gestellt werden.«

»In der aktuellen Lage ist mir jede Streitkraft recht, die auf unserer Seite kämpft«, konterte Brännström. »Aber Sie können ja versuchen, sie zu verhaften, wenn Sie es wirklich für eine gute Idee halten, unsere begrenzten militärischen Ressourcen dafür zu vergeuden. Wenn ich Sie richtig verstehe, sollen wir den Muslimen offenbar noch Schützenhilfe leisten, indem wir gegen unsere Landsleute vorgehen.«

»Sie meinen Islamisten«, beharrte die Ministerpräsidentin stur und funkelte Brännström feindselig an.

»Ich würde jetzt gern Oberst William Wennergren, den amtierenden Leiter unserer Luftwaffe, um seine Einschätzung der Lage bitten«, ging Gyllenstierna dazwischen.

»Ich fürchte, ich habe keine Folien«, kam von Wennergren. »De facto haben wir keine Luftwaffe mehr. Unsere Fluggeräte wurden so gut wie restlos vom Feind auf dem Boden zerstört, abgesehen von fünf JAS Gripen E, die sich derzeit in Kuopio in Finnland aufhalten. Und ob sie noch kampftauglich sind, ist unbekannt. Auf jeden Fall fehlt ihnen Bewaffnung. Die würde sich vielleicht mit Hilfe unserer finnischen Freunde beschaffen lassen. Nur wird das Zeit in Anspruch nehmen. Schwedische Techniker aus Linköping sind bereits unterwegs nach Kuopio. Sobald ich Neuigkeiten erfahre, informiere ich Sie darüber. Dank der hervorragenden Arbeit der nationalen Eingreiftruppe konnte zumindest das Flugzeugwerk in Malmslätt gerettet werden. Sie ist dort eingetroffen, als die Islamisten ihren Angriff gerade starten wollten. Zum Glück haben wir noch Anführer wie Björn Väster! Ich schätze, drei bis vier Maschinen dürften in der Endphase der Montage und in Kürze einsatzbereit sein. Vielleicht. Einige Jets sind für den Austausch wichtiger Teile oder Aufrüstungen dort. Auch sie sollten schnell kampftauglich gemacht werden können. Informationen darüber sollte ich bald haben. Im besten Fall stehen uns innerhalb eines Monats sieben bis acht JAS Gripen E zur Verfügung. Außer die Muslime schaffen es, das Werk in Malmslätt doch noch zu erobern und zu vernichten. So viel von meiner Seite.«

»Danke, William. Wir haben wohl alle auf eine günstigere Situation bei der Luftwaffe gehofft. Wenden wir uns jetzt Fred Bergström zu«, sagte Gyllenstierna.

»Im Vergleich zur Luftwaffe steht die Marine noch relativ gut da«, begann Bergström. »Unsere Stützpunkte in Berga und Karlskrona sind zwar angegriffen und teilweise zerstört worden, trotzdem haben wir Glück. Brännström ist zuversichtlich, dass die restlichen Islamisten dort rasch eliminiert werden können, und ich bin geneigt, ihm zu glauben. Nur eine unserer sieben Korvetten ist ausgelöscht. Drei waren auf See und sind völlig unversehrt, die übrigen drei haben nur Schäden durch Treffer mit gewöhnlicher und panzerbrechender Munition erlitten. Wenn sie nicht bereits kampfbereit sind, können sie es in Kürze sein. Insgesamt werden wir sechs Korvetten sowie etwa 30 kleinere herkömmliche Überwasserschiffe mit unterschiedlicher Bewaffnung haben. Leider sind die Schiffe mit veralteter Technik aus dem 20. Jahrhundert ausgestattet. Trotzdem können sie im Gefecht tödlich sein. Eines der Minenräumboote hat ein Brand zerstört, eines war bereits für langfristige Reparaturen und Aufrüstungen außer Dienst gestellt, somit haben wir nur drei funktionstüchtige. Außerdem steht uns ein neues, voll einsatzfähiges A26-U-Boot zur Verfügung. Die Waffensysteme an Bord sind erstklassig, und wie Sie wahrscheinlich wissen, kann es sowohl offensiv für Bodenoperationen als auch für die Bekämpfung von Zielen auf dem Meer mit Supertorpedos eingesetzt werden. Es ist mit 30 amerikanisch-britischen Tomahawk Marschflugkörpern ausgestattet, die unter Wasser vertikal abgefeuert werden können. Darüber hinaus haben wir sechs unlängst aufgerüstete mittelgroße U-Boote der Gotland-Klasse mit vernünftiger Kampfkraft. Interessanterweise haben wir kürzlich acht unbemannte Wasserfahrzeuge verschiedener Größen in Betrieb genommen. Die Gruppe – oder ›Herde‹«, wie wir sie nennen – heißt ›Orcas‹ und ist intakt, aber nicht vollständig getestet. Wir haben dafür bereits Bestellungen unterschiedlicher Konfigurationen und Bewaffnungen. Ironischerweise alle aus Saudi-Arabien und Katar, die wahrscheinlich am Angriff auf unser Land beteiligt waren. Da es ein streng geheimes Projekt war, gehe ich davon aus, dass Sie die Einzelheiten nicht kennen. Wir verfügen als Erste weltweit über unbemannte, aus der Kommandozentrale in Berga gesteuerte Kampfboote. Den Arabern haben wir angeboten, ihre Herde mit ihrem Personal ebenfalls von dort aus zu betreiben, bis sie eigene Zentralen gebaut hätten. Dazu wird es jetzt wohl nicht mehr kommen ... Fällt das Leitboot aus, übernimmt sofort ein anderes dessen Funktion. Die Herde kann komplexe, koordinierte Operationen ausführen, sofern die Ziele ins System einprogrammiert sind. Dank dieser kleinen, schnellen, gut bewaffneten Boote können wir mit bisher nie gekannter Flexibilität Missionen durchführen, die früher ohne Risiko für unsere Leute undenkbar gewesen wären. Es wird ausgesprochen interessant, wozu die

Orcas im Praxiseinsatz fähig sind. Durch schwedische Marinetechnologie werden große Überwasserschiffe für künftige Operationen überflüssig. Die kleinsten Boote der Herde sind gerade mal zweieinhalb Meter lang, aber mit genug Sprengkraft ausgestattet, um einen Flugzeugträger zu versenken. Der größte Orca misst 45 Meter. Die nächste Phase besteht darin, eine Herde zu schaffen, die Kampfjets, Drohnen und U-Boote umfasst – um unbemannte, hochgradig flexible, koordinierte Angriffe zu Wasser, unter Wasser und aus der Luft mit autonomer Zielerfassung durchzuführen.«

Die Zuhörer verlagerten unbehaglich das Gewicht und sahen sich gegenseitig an.

»Nennen Sie mir einen Feind, der sich gegen Massenangriffe superschneller, intelligenter Angriffsgeräte verteidigen kann. Es käme dem Versuch gleich, einen wütenden Bienenschwarm mit einer Fliegenklatsche abzuwehren. Ich kann Ihnen mitteilen, dass Saab in Linköping bereits eine Flotte von Fluggeräten namens Wildgänse testet. In drei bis vier Jahren sollte eine multifunktionale Flotte koordinierter Kampffluggeräte einsatzbereit sein.«

Bergström wirkte sichtlich zufrieden und war bei der Präsentation seines Lieblingsthemas zunehmend lebhafter geworden. Als er aufschaute, verstummte er abrupt, als ihm bewusst wurde, dass seine Begeisterung für Technologie und Zukunftsvisionen ihn etwas vom Thema abgebracht hatten.

»Hoffentlich war das nicht zu futuristisch«, fügte Bergström hinzu.

»Es ist beruhigend zu wissen, dass unsere Marine weitgehend intakt ist«, merkte Gyllenstierna an. »Allerdings sollten wir uns wohl mit Zukunftsszenarien zurückhalten und uns auf das konzentrieren, was uns derzeit zur Verfügung steht. Und damit können wir den Feind zumindest daran hindern, Verstärkung auf dem Seeweg ins Land zu bringen. Für den Kampf in städtischen Gebieten sind die Seestreitkräfte leider nicht hilfreich.«

»Richtig«, räumte Bergström ein. »Wir könnten allerdings jederzeit die feindlichen Invasionsschiffe versenken, die nach wie vor in Stockholm und Göteborg sind. Nur stellt sich die Frage, was es bringen würde. Jetzt sind es nur noch verwaiste zivile Schiffe. Tatsächlich könnten sie sich als nützlich erweisen, wenn wir die Häfen zurückerobern. *Falls* wir sie zurückerobern«, ergänzte er zögerlich. »Auf jeden Fall können wir die Zufahrten zu unseren großen Hafenstädten blockieren. Schade, dass unsere vorgefertigten Minenanlagen entfernt wurden. Jetzt könnten wir sie gut gebrauchen.«

»Was passiert ist, ist passiert«, erwiderte Gyllenstierna. »Wir müssen die Lage so nehmen, wie sie ist. Anton, wie sieht's mit unserer Artillerie und Flugabwehr aus?«

»Die gesamte Artillerie und Hunderte gepanzerte Fahrzeuge sind beim A9 in Boden. Dort haben 150 Heilige Krieger aus der Region mit Unterstützung muslimischer Elitesoldaten, die in Schlauchbooten über den Lule gekommen sind, einen Angriff versucht. Aber A9 ist inzwischen gesichert. Geschätzte 90 Prozent unserer Ressourcen dort sind einsatzbereit. Wie allgemein bekannt ist, bin ich seit Jahren ein entschiedener Gegner der Entscheidung, die gesamte Artillerie an einem Ort zu ballen, noch dazu weit entfernt von Gebieten, wo sie gebraucht würde. Wie sollen wir die Waffen jetzt transportieren? Der Feind kontrolliert die Eisenbahnverbindungen und mehrere Städte entlang der Europastraße 4. Die Waffen stecken dort fest. Aus militärischer Sicht hätte es keinen großen Unterschied gemacht, wenn A9 zerstört worden wäre. Für die Flugabwehr hat man sich darauf verlassen, dass unsere Luftwaffe effektiv genug sein würde, um kaum je Flugabwehrgeschütze zu brauchen. Aber uns stehen sechs mobile Patriot-Batterien zur Verfügung. Sie sind mit den effizientesten Raketen auf dem Markt ausgestattet, den israelischen. Damit können wir feindliche Flugzeuge und sowohl Marsch- als auch ballistische Flugkörper abfangen, obwohl ich einen solchen Angriff derzeit eher für unwahrscheinlich halte.«

Gyllenstierna stand auf und sah den Anwesenden nacheinander in die Augen.

»Wir beschließen damit die Sitzung und gehen zur Arbeit in kleineren Gruppen über. Dabei hat das Militär auch ohne politische Zustimmung die volle Entscheidungsgewalt. Die Leiter der einzelnen Teilstreitkräfte sind mir direkt unterstellt. Richtig, Frau Ministerpräsidentin?«

Beckstedt wirkte zwar unzufrieden, dennoch nickte sie unter den eindringlichen, kritischen Blicken kurz und verhalten. *Was würde passieren, wenn ich mich weigere?*, fragte sie sich insgeheim.

»Bitte teilen Sie Björn Väster mit, dass die nationale Eingreiftruppe ab sofort dem Befehl der Armee untersteht und er selbst direkt Heeresleiter Brännström unterstellt ist. Ersuchen Sie Väster, so bald wie möglich zu uns zu stoßen. Er ist ein kompetenter Anführer und gehört dringend mit an diesen Tisch. Morgen und danach täglich treffen wir uns um dieselbe Zeit hier, um neue Informationen von außen durchzugehen. Lassen Sie uns tun, was in unserer Macht steht, um diesen ungerechten, unprovozierten und unerwünschten Krieg zu gewinnen. Erfüllen wir alle unsere Pflicht für Schweden, Freiheit und Demokratie! Und für die Königin!«

»Für Schweden, bis die letzte Patrone abgefeuert ist!«, rief Brännström, bevor die gesamte Gruppe mit einstimmte. Sogar die Ministerpräsidentin ließ volltönend vernehmen: »Für Schweden!«

»Für Demokratie und multikulturelle Gesellschaft!«, fügte Bildungsminister Gustav hinzu, womit er sich missbilligende Blicke aller Uniformierten im Raum einhandelte.

Somit stand fest, wer fortan das Sagen hatte, und dennoch wurde die Demokratie am Leben erhalten. Als die Anwesenden den Raum in kleinen Gruppen verließen, entbrannten dabei bereits intensive Diskussionen.

Kapitel 14

Besprechung in der Verteidigungszentrale

24. Juli 2032, Zone 1

»Allmählich bekommen wir ein einigermaßen verlässliches Bild von der Lage«, sagte Alfred Baksi, Informationsbeauftragter des Stabschefs. »Wir haben eine Menge hilfreiche Satellitenbilder aus Kiruna, wo zumindest vorerst alles zu funktionieren scheint. Aber die meisten nützlichen Informationen erhalten wir nach wie vor von Lokalreportern aus dem ganzen Land. Noch besser wird es mit Zugriff auf die Spionagesatelliten des National Reconnaissance Office NRO. Umgeleitet sind sie bereits. Ich stehe in Verbindung mit einer US-Militärattachée, einer guten Freundin. Sie hat uns volle Unterstützung der NRO, DIA, der Defense Intelligence Agency und der CIA zugesagt. Obwohl die USA ihre militärische Präsenz aus Europa zurückgezogen haben, reicht ihnen nachrichtendienstlich niemand das Wasser, außer vielleicht den Russen. Außerdem weiß ich, dass Rudolf Enbom, Leiter der FRA, der Funkeinrichtung für nationale Verteidigung, eine Besprechung mit seinem amerikanischen Amtskollegen bei der NSA angesetzt hat.«

»Schwedens Zusammenarbeit mit der NSA reicht bis zum Ende des Zweiten Weltkriegs zurück und ist von Offenheit auf beiden Seiten geprägt. Die USA profitieren von Schwedens strategischer Lage für Signalaufklärung gegen die Russen. Schweden schöpft daraus den Vorteil, immer Zugang zur besten Technologie zu haben. Die FRA ist seit ihrer Gründung 1942 eng mit der NSA verbunden.«

Die Tür öffnete sich, und ein Servierwagen aus Edelstahl rollte herein, ein willkommener Anblick für die müden, hungrigen Anwesenden. Gyllenstierna zeigte auf schlichte Teller und hellgelbe Plastikbecher.

»Heute gibt es schwedische Kartoffelpuffer mit Speck und Preiselbeermarmelade. Ich denke, inzwischen sind wir alle recht hungrig. Essen wir einen Happen, während wir weitermachen.«

Rasch bildete sich eine kleine Schlange vor dem Wagen. Die Speckscheiben und die Kartoffelpuffer wirkten so lasch und ausgelaugt wie die Sitzungsteilnehmer, außerdem war das Essen kalt geworden.

»Was denn, Sie essen Speck, Ali?«, fragte der Landwirtschaftsminister, als er den Hebel an einem Fünf-Liter-Behälter betätigte und einen Plastikbecher mit eiskalter Milch füllte. »Wir haben noch Milch von schwedischen Kühen«, rief er erfreut und prostete in Baksis Richtung. »Köstlich und nahrhaft! Wirklich köstlich! Milch von schwedischen Flachlandrindern – Holstein-Rindern. Man kann die wunderschönen schwarz-weißen Tiere regelrecht fühlen.«

»Ja, was denken Sie denn? Wir feiern zu Hause schon mein Leben lang Weihnachten mit Schinken und allem Drum und Dran.«

Ali verkniff sich, was er von Milch als Getränk zum Essen hielt.

»Überrascht mich«, erwiderte der Landwirtschaftsminister.

»Vermutlich wissen Sie so einiges nicht – und treffen über mich noch mehr falsche Annahmen«, gab Alfred sarkastisch zurück. »Im Ramadan fasten wir. Die gesamte Familie. Nur, damit Sie es wissen.«

Gyllenstierna entschied sich für die vegetarische Option, gebratene, wie die Kartoffelpuffer an den Rändern verbrannte Sojasteaks. Die Küche gehörte zweifellos zu den ersten anzugehenden Bereichen bei der nächsten Aufrüstung und Modernisierung des Militärs. Vielleicht würden sich die vegetarischen Optionen über Sojasteaks hinaus erweitern lassen. Beim Blick über das Buffet fragte er sich, ob in den überfüllten Gefängnissen und neuen Internierungslagern Mahlzeiten ohne Schweinefleisch angeboten werden sollten. Vielleicht sollte auch die am Donnerstag traditionelle Erbsensuppe mit Schweinefleisch überdacht werden.

Allerdings wäre es der falsche Zeitpunkt, das Thema anzusprechen. Vielleicht würde sich das Problem von selbst lösen, wenn ganz Schweden dauerhaft frei von Schweinefleisch wäre, dachte er düster. Die Lage an den verschiedenen Fronten stimmte alles andere als zuversichtlich.

»Ja, das sollte ... gut ... schmecken«, murmelte er auf dem Weg zurück an seinen Platz.

»Uns ist mittlerweile bekannt, dass der Feind weiß, wo sich Zone 1 und Zone 2 befinden«, fuhr Alfred Baksi fort, bevor er das Wort an Heeresleiter Brännström übergab.

»Wir beobachten, dass der Feind von Jönköping das Westufer des Vätternsees entlang nach Norden vorrückt. Vermutlich ist Zone 1 das Ziel, aber wir sind guter Dinge, ihn aufhalten zu können«, begann der

Heeresleiter. »Die Kämpfer sind in zivilen Autos unterwegs, die sich leicht in die Luft jagen lassen. Außerdem sehen wir, dass sie ihr Territorium um den Mälarsee erweitern. Inzwischen kontrollieren sie das gesamte Gebiet von Västerås-Eskilstuna westlich von Örebro. Die versuchen, uns einzukreisen. Sie wollen die Europastraße 18 entlang bis zum Vänernsee bei Kristinehamn und uns so die Rückzugsroute nach Norden abschneiden. Allerdings werden sie auf unsere Infanterieeinheiten rund um Karlskoga und Hallsberg stoßen und höchstwahrscheinlich von ihnen aufgehalten. Dort haben wir mit dem Zug bald Zugang zu 20 Leopard-Panzern. Leider haben wir Informationen erhalten, dass sich ein Frachtschiff unter panamaischer Flagge über den Mälarsee eingeschlichen und rund 30 gepanzerte Fahrzeuge in Köping abgeladen hat. Zwölf davon sind hochmoderne amerikanische Abrams-Kampfpanzer, Modell M1A2, mit sogenannter TUSK-Bewaffnung.«

Die meisten Anwesenden wussten über den amerikanischen Abrams-Panzer und dessen erstklassige Waffensysteme Bescheid. Weniger bekannt war, dass TUSK für »Tank Urban Survival Kit« stand, ein Zurüstsatz, der bewirkte, dass panzerbrechende Geschosse vorzeitig explodierten. Allerdings wollte sich keiner der uninformierten Anwesenden die Wissenslücke anmerken lassen.

»Leider müssen wir uns eingestehen, dass unsere deutschen Leopards veraltet sind und mit den Abrams und ihrer überlegenen Zielerfassung, ihren Lenkwaffen und ihrer Reichweite nicht mithalten können. Unsere Einheiten in der Region haben zwölf unbemannte Panzerabwehrroboter und 59 Geschütze auf Spezialfahrzeugen. Zusätzlich verfügen wir über Hunderte Granatwerfer M86. Es besteht also die Chance, ohne Luftunterstützung mit den Abrams fertig zu werden. Trotzdem ist die Lage alles andere als rosig«, merkte er zerstreut an und warf einen langen Blick auf Luftwaffenoberst Wennergren.

»Wir haben Tausende M86 in verschiedene Länder verkauft und haben somit reichlich Daten über die Effektivität im Praxiseinsatz. Allerdings sind sie teilweise widersprüchlich. Kurzum, wir sind uns nicht sicher, wie wirksam sie gegen die mit TUSK ausgestatteten Abrams wirklich sind. Wir glauben, es wären sechs Treffer nötig, wobei der erste den Panzer diagonal von vorn oder direkt von der Seite erwischen müsste. Allerdings verfügt der Abrams über eine verheerende Bewaffnung. Die

Männer an den Granatwerfern würden nicht lange überleben. Für die Panzerabwehr braucht man nicht nur Nerven aus Stahl, man muss auch eine gewisse Todessehnsucht haben – das sind oft Selbstmordmissionen. Ein Vorteil von Modell 86 ist, dass es in beengten Umgebungen abgefeuert werden kann – ideal für den Einsatz in Städten«, erklärte Heeresleiter Brännström.

»Wieso zum Teufel haben wir feindliche Schiffe in den Mälarsee gelassen?«, entfuhr es der Ministerpräsidentin wütend. »Bergström, haben Sie nicht gesagt, die Marine könnte mühelos alle wichtigen Zufahrten blockieren? Und jetzt lädt der Feind seine nahezu unzerstörbaren Abram-Panzer in Mälaren ab.«

Bertil Wiklund, Leiter von MUST, verteidigte Bergström, bevor der reagieren konnte.

»Unseren Informationen nach ist das Schiff schon am 16. Juli, einen Tag vor Kriegsausbruch, über den Södertälje-Kanal in den Mälarsee gelangt. Dort hat es mit angeblichen Maschinenproblemen vor Kungsör geankert, Unterstützung abgelehnt und behauptet, Ersatzteile wären bereits unterwegs. Niemand hat sich was dabei gedacht. Das Schiff ist ungestört dort geblieben, bis es am 21. Juli in Köping angelegt hat. Die Stadt ist unser größter Seehafen und war zu dem Zeitpunkt fest in den Händen der Heiligen Krieger.«

Gyllenstierna bedeutete Brännström, fortzufahren.

»Wir haben 4.000 Mann der schnellen Eingreiftruppe in Linköping und Motala stationiert. Die 1.800 in Motala könnten wir wohl nutzen, indem wir sie nach Norden zu den Truppen in Hallsberg verlegen oder per Boot über den Vätternsee nach Karlsborg bringen. Vorerst belassen wir sie als Reserve in Motala, bis sich herauskristallisiert, wo sie gebraucht werden. Es steht noch nicht fest, ob sie überhaupt benötigt werden, um Zone 1 zu verteidigen. Uns plagen etliche andere Sorgen, beispielsweise unsere Hauptstadt, wo die Lage ziemlich düster ist«, sagte Brännström und sah dabei Major Gunhild Svartenbrandt an, zuständig für Operationen in Stockholm und den Vororten.

»Übrigens habe ich die 2.200 Mann der in Linköping stationierten nationalen Eingreiftruppe vergessen. Unserer Einschätzung nach sind sie dort in einer guten Position, um zu verhindern, dass die Flugzeugfabrik in

Malmslätt in muslimische Hände fällt. Ebenso können sie die Muslime davon abhalten, von Norrköping nach Westen vorzudringen.«

Major Svartenbrandt projizierte eine Karte des Gebiets »08« auf die Leinwand – dabei handelte es sich um die alte Vorwahl von Stockholm, die man immer noch als Bezeichnung für die Gegend benutzte. Sie stellte sich daneben und zeigte mit ihrem Kugelschreiber darauf, während sie sprach.

»Der Krieg hat heute vor einer Woche begonnen, und wir sehen mittlerweile eine gewisse Stabilisierung – obwohl die Lage nach wie vor chaotisch und verwirrend ist, um es harmlos auszudrücken. Der Feind gewinnt immer noch fast überall an Boden, obwohl es uns gelungen ist, Kampfgruppen aufzustellen. Allerdings sind sie nach wie vor nicht voll einsatzfähig. Hut ab vor der nationalen Eingreiftruppe, die als Erste mobilisiert hat«, sagte sie und lächelte deren Befehlshaber Björn Väster an, der links von Brännström saß. »Keine Ahnung, wie wir die ersten Tage ohne Sie überstanden hätten.«

Väster wirkte erfreut, erwiderte jedoch nichts. Er trug eine schwarze Generaluniform, die er selbst mitgestaltet hatte, mit Schulterklappen, schmalen Streifen und goldenen Knöpfen. Zu beiden Seiten des Kragens schimmerte ein goldener Blitz, das Symbol der nationalen Eingreiftruppe. *Generalissimo* Väster, wie er sich selbst in der dritten Person nannte, eine alte Gewohnheit, hatte einen guten Start in den Krieg hingelegt. Er wirkte zufrieden wie eine schnurrende Katze, während er bequem zurückgelehnt auf dem Stuhl schaukelte, die Hände im Nacken verschränkt. Er spürte, dass seine Zeit nahte und der Krieg zu einer umfassenden, endgültigen Machtübernahme führen könnte.

»Kurz zusammengefasst kontrollieren wir die nördlichen Vororte einschließlich Europastraße 4 und den Flughafen Arlanda sowie Europastraße 18 bis Norrtälje«, fuhr Svartenbrandt fort. »Der Feind hat Uppsala und Umgebung in der Hand. Die Islamisten beherrschen die westlichen Vororte und sogar den Flughafen Bromma, was angesichts möglicher Verstärkung ein wenig besorgniserregend ist. Wir setzen alles daran, Bromma zurückzuerobern, und bereiten heute Abend einen Angriff auf breiter Front vor, der im Morgengrauen beginnt. In den zentraleren Gebieten kontrolliert der Feind Kungsholmen, Gamla Stan,

Reimersholme, Långholmen und die Essinge-Inseln. Auch Östermalm und Djurgården sind in gegnerischer Hand.«

»Bitte etwas langsamer, damit wir anderen folgen können. Nicht alle hier kennen die Gegend wie ihre Westentasche«, warf der Landwirtschaftsminister in seinem unverwechselbaren finnisch-schwedischen Akzent ein.

»In der Stockholmer Innenstadt bei Kungsholmen und in den nördlichen Teilen von Vasastan toben heftige Kämpfe. Großes Kopfzerbrechen bereiten uns Selbstmordattentäter, die einerseits die Moral untergraben und andererseits allgemeine Panik auslösen. Ungefähr 20 davon ist es bereits gelungen, sich in die Luft zu jagen, und es ist kein Ende in Sicht. Soweit ich weiß, ist es in Göteborg sogar noch schlimmer. Wir stehen kurz davor, die Hauptstadt zu verlieren. Ich sehe nur eine Möglichkeit, das Blatt zu wenden – den Einsatz des gesamten gemischten Gefechtsverbands und des Bataillons aus Gotland, der in drei bis vier Tagen arrangiert werden könnte.«

»Und die gesamte Insel Gotland völlig schutzlos zurücklassen?«, warf der Bildungsminister ein.

»Ja«, bestätigte Svartenbrandt. »Wie wir es schon mal zwölf Jahre lang hatten, als Politiker so verrückt waren, alles von dort abzuziehen, bis wir Gotland 2017 remilitarisiert haben. Zum Glück ist in den zwölf Jahren nichts passiert. Es sollte reichen, 30 Infanteristen für den Fall dort zu lassen, dass die Muslime etwas versuchen. Ich glaube nicht, dass sie auf Gotland stark präsent sind. Die Insel würde ihnen auch nicht viel bringen.«

»Die Idee hat etwas für sich«, befand Brännström. »Wir reden hier von mindestens 450 bestens ausgebildeten, gut ausgerüsteten Soldaten. Natürlich sollten wir sie für den Kampf um unsere Hauptstadt einsetzen. Sie könnten den Ausschlag zu unseren Gunsten geben und über das Endergebnis entscheiden – nicht nur für Stockholm, sondern für den gesamten Krieg.«

»Aber wenn sich die Russen rühren, wäre Gotland völlig wehrlos«, gab der Bildungsminister zu bedenken. »Wir wissen, dass sie seit dem Mittelalter, als die Dänen die Insel besetzt hatten, scharf darauf sind.«

»Wladimir Putin hatte zwölf Jahre, um etwas zu unternehmen, und hat es nicht getan«, merkte Marineleiter Bergström an. »Damals hatten die Politiker beinah die gesamte Marine aufgelöst. Wir hätten ihm nichts entgegenzusetzen gehabt. Aber es ist nichts passiert. Ich bin dafür«, sagte er und hob die Hand.

»Ich auch«, kam von der Ministerpräsidentin, die alle überraschte, indem sie ebenfalls die Hand hob, obwohl sie in der Regel gegen das Militär stimmte.

»Demnach sind wir uns einig«, fasste Gyllenstierna zusammen. »Lassen wir Svartenbrandt die Truppen aus Gotland so schnell wie möglich in Bewegung setzen. Dann machen wir den Muslimen die Hölle heiß!«

Dabei schien Gyllenstierna zu vergessen, dass er selbst ein Muslim war, wenn auch ein blau-gelber.

Kapitel 15

30. Juli 2032, gegen Mittag

Ein Nieselregen ging träge auf die Rücken der Menschen in Luleå nieder. Zehntausende knieten zum Freitagsgebet auf dem Boden, die Stirnen auf den feuchten Asphalt der Straßen gedrückt.

Die muslimischen Herrscher hatten Gebetsmatten für alle versprochen, doch bisher waren keine bereitgestellt worden. Vor rund zwei Wochen, wenige Tage nach Beginn der Besatzung, waren stattdessen Schleier verteilt worden. Schwarzer Stoff verhüllte die Köpfe von Frauen. Und sobald die Lieferungen einträfen, würden sie vollwertige schwarze Burkas tragen. Männer durften sich nicht mehr rasieren und begannen allmählich, ansatzweise so auszusehen, wie es muslimische Männer sollten. Wer sich dem Rasierverbot widersetzte, wurden von der Moralpolizei mit Schlagstöcken verprügelt oder öffentlich an eigens dafür auf der Hauptstraße der Stadt errichteten Pfosten ausgepeitscht. Manche wurden kommentarlos erschossen.

Wer gegen das Tabak- oder Alkoholverbot verstieß, wurde an Laternenpfählen aufgeknüpft. Die baumelnden Leichen ließ man als Warnung für andere hängen. Nach einigen Tagen, wenn ihnen Vögel längst die Augen ausgepickt hatten, wurden sie heruntergeholt, um die Gefahr sich ausbreitender Seuchen zu verhindern. Überall an Eingängen und entlang der wichtigsten Straßen baumelten Tote. Niemand sollte daran zweifeln, wer die Macht hatte oder was jenen blühte, die ihr trotzten. Nicht mal Kinder wurden verschont. Etliche Teenager und sogar Zehnjährige hingen an Laternenpfählen, weil man sie mit Schnupftabak unter den Lippen erwischt hatte.

An diesem bewölkten Freitag waren sämtliche Arbeitsplätze und Schulen geschlossen. So würde es künftig immer sein, weil es der neue Ruhetag der Woche war. Die Menschen in Luleå hatten die Anweisung, sich bis spätestens mittags im Stadtzentrum an ihnen zugewiesenen Plätzen einzufinden. Für Ungehorsam drohten drakonische Strafen bis hin zur Exekution. Die meisten fügten sich deshalb.

Die Viertel um das Zentrum herum waren verwaist, abgesehen von muslimischen Moralpolizisten, die durch die Wohngebiete patrouillierten und sicherstellten, dass sich niemand zu Hause versteckte. Unterstützt wurden sie dabei von einigen Hundert Bewohnern, die rasch erkannt hatten, woher der Wind wehte. Sie hatten darum ersucht, konvertieren und ihren neuen Herren dienen zu dürfen. Wer sich freiwillig dem Islam zuwandte, wurde mit offenen Armen empfangen, um andere zu ermutigen, dem Beispiel zu folgen. Für sie gab es ein Lächeln statt Prügel. Die Entscheidung dafür schien einfach und bequem zu sein. Indem man konvertierte, ersparte man sich Bestrafung und zahlreiche andere Probleme. Dafür musste man lediglich die muslimische Glaubenserklärung rezitieren, die *Schahada* – oder zumindest behaupten, es getan zu haben. Zeugen oder einer Dokumentation bedurfte es nicht. Mit einem simplen Satz wurde man muslimisch. Natürlich musste man sich danach bestmöglich dementsprechend kleiden und verhalten. Kleine Fehler sah man Neulingen nach, solange sie sich bemühten und Fortschritte erkennen ließen.

An den Gebeten hatte ausnahmslos jeder teilzunehmen. Dennoch setzten Hunderte Bewohner von Luleå ihr Leben aufs Spiel, indem sie sich in ihren Häusern versteckten, statt in der Innenstadt aufzukreuzen. Einige hatten sich ihre Schnapsvorräte mit dem Wissen gegönnt, dass es die letzten Tropfen für lange Zeit sein würden, da der staatliche Alkoholmonopolist Systembolaget in die Luft gesprengt worden war und es in keinem Lokal mehr etwas gab. Alkohol herzustellen oder auch nur ein Destilliergerät zu besitzen, wurde mit öffentlicher Enthauptung bestraft. Dem gingen hundert Peitschenhiebe voraus, verabreicht von muslimischen Henkern, die man heimlich im Keller der al-Hakim-Moschee auf der Insel Hertsön vor Luleå ausgebildet hatte. Darunter befanden sich sogar Einheimische, die seit Generationen in der Gegend lebten.

Manchmal dröhnte ein vereinzelter Schuss durch die Luft, der in jemandes Schädel einschlug. Das geschah immer dann, wenn es jemand wagte, aufzuschauen und sich umzusehen, obwohl er im Gebet verharren sollte, Stirn auf dem Boden, Hintern hochgestreckt. Oder wie manche zynisch meinten: mit dem Gesicht zum Teufel und dem Arsch zu Gott. Nach 20 Minuten des Gebets stapften die Heiligen Krieger mit pochenden

Militärstiefeln umher und stupsten die Ungläubigen mit den Läufen ihrer Gewehre, das Zeichen für sie, sich wieder zu erheben. »Auf, auf, auf. Rasch! *Jalla-jalla-jalla!*« Wer nicht schnell genug reagierte, bekam einen Schlagstock zu spüren. Die frisch konvertierten Einheimischen in den Diensten der Muslime brachten sie besonders gern zum Einsatz, um den neuen Herren ihre Loyalität zu verdeutlichen. So kam es zu bizarren Situationen, in denen hellhäutige Luleåner in knöchellangen *Thawbs* und mit *Kufiyas* auf den Köpfen auf ihre ungläubigen Nachbarn und ehemalige Freunde eindroschen. Die konnten kaum fassen, dass sie von Leuten, mit denen sie vor wenigen Wochen noch gescherzt, geplaudert und getrunken hatten, so behandelt wurden.

Auf großen Fernsehbildschirmen konnten sich die Bewohner von Luleå den bekannten Imam Abd al Haqq Bielat ansehen. Jahrzehntelang hatte man ihm gestattet, in den lokalen Medien seine Behauptung zu verbreiten, der Islam wäre die Religion des Friedens und der Liebe. Seine Botschaft lautete, Muslime würden Christen und Juden als Leute des Buchs respektieren. Um die heimischen Muslime nicht zu beleidigen, waren seine Äußerungen kein einziges Mal öffentlich in Frage gestellt worden. Zu spät offenbarte sich den Bewohnern Luleås der wahre Wert der Worte des Imams. Nach fünfundzwanzig Jahren in Schweden beherrschte er die Landessprache perfekt. Dennoch begann er stets mit einigen Sätzen auf Arabisch, während er seinem vor Angst wie gelähmten Publikum auf der Hauptstraße zuwinkte. Er schwelgte in seiner Macht. Durch die Entscheidungsgewalt über Leben und Tod fühlte er sich beinah gottgleich.

»*Allahu Akbar!* Meine lieben Bewohner von Luleå! Heute ist der bedeutendste Tag eures Lebens. Durch den allsehenden, allwissenden Allah wird euch endlich Licht, Weisheit, Liebe und Reinheit des Geistes und der Herzen zuteil. Genießt den Tag und behaltet ihn als den wunderbarsten eures Lebens in Erinnerung! In weniger als einer Stunde werdet ihr alle als Muslime wiedergeboren, wenn wir gemeinsam unser Glaubensbekenntnis rezitieren. Mehr ist nicht nötig, um die Reise hin zu einem guten Muslim anzutreten. Bald bricht der Beginn eures neuen Lebens an. Zuerst jedoch möchten wir euch über einige andere Dinge aufklären. Bitte seht euch auf den Bildschirmen an, was vor sich geht!«

Die viergeteilte Darstellung darauf zeigte die Kathedrale, die Kirche von Örnäs, die Kirche von Mjölkudden und die Missionskirche. Zehn Sekunden später ertönte ein gewaltiger Knall über Luleå, als drei der Gotteshäuser gleichzeitig in Stücke gesprengt wurden. Viele Bewohner der Stadt wurden von umherfliegenden Trümmern und Steinen verletzt oder sogar getötet. Die Muslime hingegen waren rechtzeitig in Deckung gegangen und blieben unversehrt. Ganz nach dem Willen und den Geboten des Propheten litten allein die Ungläubigen.

»Gott ist groß!«, fuhr der Imam fort. »In seiner unendlichen Weisheit hat Allah beschlossen, die Kirche von Mjölkudden zu bewahren und in eine ursprünglich mit einem Minarett entworfene Moschee zu verwandeln. Auf den Arealen der drei zerstörten Teufelshöhlen werden neue große Moscheen errichtet, finanziert von unseren wohlhabenden Freunden in Saudi-Arabien. Der Freitag ist ab sofort der Ruhetag. Wer dabei erwischt wird, sich Mohammeds Anweisungen zu widersetzen, wird bestraft. Freitagsgebete sind verpflichtend. Bis die Moscheen gebaut sind, versammeln wir uns an improvisierten Orten. Sie werden an Anschlagtafeln in euren Wohngebieten bekanntgegeben. Samstags und sonntags arbeiten wir wie üblich. Der Verzehr von Schweinefleisch ist verboten. Die große Schweinefarm in Alvik wurde niedergebrannt. Ich kann euch versichern, dass kein einziges Schwein den Flammen entkommen ist, auch nicht die Besitzer. Viele Jahre lang haben sie Unmengen an Dreck verbreitet, der die Seelen und Körper der Menschen vergiftet hat. Hunde als Haustiere sind nicht länger gestattet. Vorhandene sind umgehend einzuschläfern. Wer sich dem widersetzt, wird hart bestraft. Toilettenpapier und Hundefutter wurde aus Geschäften entfernt und verbrannt. Intimhygiene erfolgt mit Wasser und der linken Hand. Alles andere ist *haram*. Ebenso ist wichtig, die Toilette immer mit dem rechten Fuß zuerst zu verlassen – ja, ihr habt noch viel zu lernen, ihr steht alle erst am Beginn! Aber als euer guter Vater führe ich euch mit Freuden auf den rechten Weg. Kostenlose Korane auf Schwedisch werden an alle Familien verteilt, allerdings nur für die Übergangszeit. Danach werden sie von Ausgaben in Arabisch abgelöst. Die al-Hakim-Moschee startet ein intensives Bildungsprogramm namens ›Mit Arabisch zum Paradies‹. Das Ziel besteht darin, es allen Bewohnern von Luleå innerhalb von drei Jahren zu ermöglichen, den Koran in seiner wunderschönen

Originalsprache zu lesen. Bereits seit dem 2025 verabschiedeten Gleichstellungsgesetz bietet die Gemeinde sämtliche Dienste und Informationen auf Schwedisch und Arabisch an. In zwei Jahren wird es nur noch Arabisch geben. Schwedisch wird verschwinden. Ihr tut also gut daran, Zeit und Energie ins Erlernen der Sprache zu investieren. Von der al-Hakim-Moschee entsandte Lehrer werden Schulen und Kindertagesstätten leiten. Der Übergang zu Arabisch erfolgt dort mit Beginn des Herbstsemesters in drei Wochen. Es ist für euch Bewohner von Luleå ein großes Privileg, in den riesigen, wachsenden muslimisch-arabischen Kulturraum einbezogen zu werden. Schon bald könnt ihr euch mit Brüdern und Schwestern in 25 arabischsprachigen Ländern unterhalten.

Muslimische Ärzte werden Kliniken in jeder Gegend unterhalten, um allen Männern das Privileg der kostenlosen Beschneidung zu ermöglichen.

Die schlimmsten Sünder müssen wir beseitigen, bevor wir gemeinsam unsere wunderbare neue Welt errichten. Auch wenn ich bedaure, dass wir dabei streng sein müssen, so hat es unser großer Prophet verfügt. Erwachsene und Kinder, die nicht verstehen, was *halal* und *haram* bedeutet, werden gleich behandelt. Zu ihrem eigenen Wohl müssen sie zum Gehorsam geprügelt werden. Sonst sind sie zur ewigen Hölle verdammt. *Inschallah!* Eine Moschee darf niemals auf einem verdorbenen Fundament errichtet werden. Ihr seid alle unrein und habt bisher in Sünde gelebt. Allah ist in der Tat streng, aber wunderbar und barmherzig zu allen, die konvertieren und zu guten Muslimen werden. Ihr könnt von euren Sünden gereinigt werden. Es ist nie zu spät, euch zu bessern und Allahs Gnade zu erlangen. Nach dem weisen Gebot des Propheten werden wir die Unreinsten der Unreinen beseitigen, die menschlichen Krebsgeschwüre, die entfernt werden müssen. Beginnen werden wir mit den dreckigen Hunden, die Sex mit anderen ungläubigen Hunden des gleichen Geschlechts haben.«

Die al-Hakim-Moschee pflegte seit Jahren eine Datenbank von offen queer lebenden Menschen. Ausgangsbasis war das Register des Schwedischen Verbands für Sexualerziehung gewesen, ergänzt um Personen, die regelmäßig das Schwulencafé im Stadtviertel Skurholmen besuchten. Die Datenbank umfasste 146 Personen, von denen nur 45 gefasst worden waren. Die anderen hatten erkannt, was ihnen blühte, und waren untergetaucht.

Auf den großen Bildschirmen wurde das neungeschossige ehemalige Rathaus von Luleå eingeblendet, auch bekannt als »Marmorpalast«. In der unteren Hälfte sah man die gesamte Fassade des Gebäudes aus der Perspektive der Straße, in der oberen die Straße von oben durch eine Kamera auf dem Dach. Das erste gefesselte Opfer wurde mit verbundenen Augen von zwei Heiligen Kriegern zur Dachkante geführt. Ohne nur eine Sekunde zu zögern, stießen sie den Mann zwischen ihnen in die Tiefe. Über mehrere Etagen installierte Mikrofone erfassten sowohl den grauenhaften Schrei als auch den dumpfen Schlag des Körpers am Boden. Der Vorgang wiederholte sich 45 Mal. Als das letzte Opfer vom Dach gestoßen wurde, türmten sich die Leichen unten bis zum ersten Stock.

»*Allahu akbar*«, verkündete der Imam. »Jetzt reinigen wir die Stadt von jenen, die euch von ihren hohen Rössern zu euren Sünden verleitet und ermutigt haben. Die Verantwortlichen eurer Gemeinde haben viel zu sühnen. Hier sind die ersten 38, die das Schwert zu kosten bekommen.« Bei den letzten Worten lächelte der Imam und verwies auf die Bildschirme, die nun ein Schafott auf der Hauptstraße gegenüber dem City Hotel zeigten. Einer nach dem anderen wurden die gefesselten Opfer vorwärts geführt, für die Enthauptung jedoch trugen sie keine Augenbinde. Die Gruppe bestand aus Politikern, Journalisten, Redakteuren und Führungskräften der Kreis- und Gemeindeverwaltung. Ebenfalls darunter befanden sich der Bischof, zwei Priesterinnen, bekannte Unternehmer sowie – überraschenderweise – vier Schulleiter, ein örtlicher Eishockeystar und eine schwarze Basketballspielerin.

Als Ersten erwartete das Schafott den Vorsitzenden des Stadtrats, Niklas Nordträsk – ironischerweise hatte ausgerechnet er den Weg für die Etablierung der Muslime in Luleå geebnet und dafür gesorgt, dass mit Steuergeldern die Moschee gebaut worden war. Nordträsk war oft als »muslimischer Kriegsherr von Norrbotten« bezeichnet worden, weil die Unterstützung der muslimischen Expansion in seiner Heimatstadt seine politische Laufbahn stark geprägt hatte.

Nordträsk wusste nicht, dass der Islam Verräter zutiefst verabscheute. Seit der Zeit Mohammeds waren ihre Kollaborateure immer als Erste hingerichtet worden. Damit begründete sich auch, warum kaum je Muslime ihrer Religion entsagten – es kam praktisch einem Todesurteil gleich. Auf dem Weg zum Schafott schaute Nordträsk verzweifelt im Versuch hin und her, Blickkontakt mit irgendeinem hochrangigen Muslim herzustellen, der ihn retten könnte. Schließlich gelang es ihm beim zweiten Imam der Stadt, der allerdings belustigt wirkte und Nordträsk nur spöttisch zunickte.

»Hilf mir, Mohamed!«, brüllte Nordträsk panisch. »Wir sind alte Freunde! Du hast mich erst vor ein paar Wochen in meinem Sommerhaus besucht. Erinnerst du dich nicht? Das muss ein Missverständnis sein. *Ich bin's, Niklas!* Siehst du das denn nicht?«

Der stellvertretende Imam winkte nur verhalten zum Abschied. Nordträsk schien nicht glauben zu können, was gleich mit ihm passieren würde. Die Erkenntnis holte ihn erst ein, als ihn vier starke Hände auf das Gerüst niederdrückten und er das herabsausende Schwert spürte.

Der Vorgang wurde 38 Mal wiederholt. Die Opfer wurden mit dem Gesicht nach unten auf der Holzbank platziert, ein Heiliger Krieger packte es am Haar und fixierte den Kopf, der Henker schlug mit dem Schwert zu.

Ein kleiner Tumult entstand, als der kahlköpfige, kräftig gebaute Leiter der Feuerwehr an die Reihe kam. Er brüllte, zappelte und warf den Kopf hin und her, bevor er schließlich durch ein paar wuchtige Schläge mit einem Knüppel auf den Hinterkopf gebändigt werden konnte. Die meisten erforderten zwei Hiebe, um den Schädel vollständig vom Rumpf zu trennen, bei einer Handvoll jedoch gelang es mit einem. So auch beim Leiter der Feuerwehr, trotz dessen ungewöhnlich dicken, muskulösen Nackens.

»Damit haben wir die schlimmsten Sünder in die Hölle geschickt«, verkündete der Imam seelenruhig. »Dort werden sie in alle Ewigkeit brennen. Endlich ist es an der Zeit für euch alle, ein Leben als gute Muslime zu beginnen. Wir sagen jetzt die *Schahada* auf, die islamische Glaubenserklärung, wie sie in Sure 37, 47 und 48 des Korans geschrieben steht. Ich spreche sie auf Arabisch vor. *La ilaha illallah. Muhammad rasul Allah.* Jetzt sprecht mir nach. Es sind nur wenige Worte. Sprecht so laut und deutlich, dass die neben euch es hören können. Wer sich weigert oder nur die Lippen bewegt, wird auf der Stelle mit einer Kugel in den

Kopf in die Hölle verbannt. Macht euch bereit! Es gibt keinen anderen Gott als Allah, und Mohammed ist sein Gesandter.«

Gehorsam wiederholte die Menge die Worte, die als lautes Raunen durch die Stadt hallten.

Gleich darauf knallten mehrere Schüsse für diejenigen, die einen schnellen, schmerzlosen Tod der Kapitulation vor den Muslimen vorzogen. Danach lächelte der Imam breit und wirkte zum ersten Mal aufrichtig erfreut. Er nickte seinem Publikum sogar zum Dank zu. Voll Stolz dachte er, dass nicht mal der Prophet so viele Seelen auf einmal gerettet hatte wie er. Ihm war es bei über 50.000 gelungen. Und wer hätte je gedacht, dass sich die Lehren des Propheten fast bis zum Nordpol ausbreiten würden?

Gott würde ihm die große Tat bestimmt danken, wenn er ihm einst gegenüberträte. Er hatte sich seinen Platz im Paradies vielfach gesichert. In dieser Nacht würde er besser schlafen als je zuvor.

»Herzlichen Glückwunsch! Aus tiefster Seele! Wir sind jetzt alle Muslime. Ab sofort wird euch völlig anderer Respekt entgegengebracht als in eurem früheren sündhaften Leben als ungläubige Hunde. Ich hoffe aufrichtig, dass wir keine weiteren Leichen an den Laternenpfählen sehen werden. Die dort Baumelnden werden heute abgenommen. Wir belassen lediglich das Schafott vor dem City Hotel. Hoffentlich genügt das, obwohl vermutlich etliche Auspeitschungen nötig sein werden. Jedenfalls ist heute der glücklichste Tag meines Lebens! Mein Herz jubelt darüber, so viele neue Seelen auf einmal zu empfangen! Geht jetzt nach Hause und tut, wonach euch der Sinn steht. Genießt die Ruhe des Freitags, kümmert euch gut um eure Familien! Doch denkt stets, in jedem Moment daran, so zu leben, wie es sich für gute Muslime gehört. Sonst verdient ihr den Respekt und die Freiheit nicht. Und Allah sieht und weiß alles! Gott ist gnädig den Gläubigen gegenüber, aber erbarmungslos zu jenen, die sich Ihm widersetzen! Ich freue mich schon, euch alle in einer Woche wieder zum Freitagsgebet zu sehen. Dann stelle ich euch die dem Islam innewohnende Liebe und Barmherzigkeit vor. Danke fürs Kommen! Habt noch einen wunderschönen Freitagabend!«

Die schockierten Bewohner Luleås schauten sich überrascht um und sahen sich gegenseitig verblüfft an, ehe sie rasch und schweigend so schnell wie möglich von dannen zogen. War der Albtraum vorbei? Waren sie wirklich frei?

Vielleicht würde ein normales Leben unter den neuen Herrschern möglich sein, solange man sich um seine eigenen Angelegenheiten kümmerte und am Freitagsgebet teilnahm.

Kapitel 16

Exilregierung in Helsinki

3. August 2032

Der Kriegsausbruch am 17. Juli führte zu beispiellosem Chaos und Verwirrung in der schwedischen Hauptstadt. Am ersten Tag wurde sie fluchtartig von Zehntausenden verängstigten Bewohnern verlassen, um der Gewalt zu entkommen, meist ohne klare Vorstellung, wohin sie sollten. Viele glaubten, auf dem Land wäre es sicherer. Wie sich herausstellen sollte, hatten sie damit recht.

Besonders dringend wollten Menschen in Machtpositionen weg, allen voran Politiker. Es hatte sich das leicht übertriebene Gerücht verbreitet, dass Tausende prominente Schweden in der ersten Nacht des Kriegs zu Hause ermordet worden waren und Tausende weitere auf Todeslisten standen. Da die muslimischen Besatzer rasch die Kontrolle über das Zentrum und den südlichen Stadtteil Södermalm übernahmen, verliefen die meisten Flüchtlingsströme nach Norden. Explosionen, anhaltende Schüsse und Rauch aus brennenden Gebäuden im Osten der Stadt sprachen Bände. Zu fliehen, solange man noch konnte, war alternativlos.

Wer glaubte, vielleicht auf der Todesliste zu stehen, entschied sich für die Hauptverkehrsader Roslagsvägen, die von Stockholm nordwärts nach Norrtälje führte, um sich per Boot nach Finnland in Sicherheit zu bringen. Unter ihnen befand sich Schwedens Sozialministerin Annika Strandberg. Trotz der verstopften Straßen gelang es ihr, die Brücke über den Stocksund zu überqueren, bevor sie von schwedischen Pionieren gesprengt wurde. In weiser Voraussicht hatte sie einen kleinen Rucksack mit Lebensmitteln aus dem Kühlschrank gepackt und ihre Laufschuhe angezogen, ehe sie ihre Wohnung nahe Fridhemsplan in Kungsholmen verlassen hatte. Ihr neu gekauftes Elektroauto musste sie auf der Sankt Eriksgatan zurücklassen, nachdem sie dort stundenlang keinen Zentimeter vorangekommen war. Der Lärm und Rauch von detonierenden Granaten im nächsten Block erleichterten ihr die Entscheidung, das teure Fahrzeug aufzugeben. Da Strandberg seit einem Jahr für die Teilnahme am Stockholmer Halbmarathon trainiert hatte, war sie körperlich in Bestform, brach zu Fuß nach Norden auf und war zuversichtlich, dass die Beine sie weit tragen würden. Kopfzerbrechen bereitete ihr vor allem ihre persönliche Sicherheit. Frauen konnten sich seit Jahren nicht mehr frei bewegen, nicht ohne männliche Begleiter. Und wenn, dann höchstens in belebten Gegenden. Keine Frau würde sich mehr allein in den Wald wagen, um Pilze zu sammeln oder zu joggen. Aber da der Flüchtlingsstrom Zehntausende gewöhnliche Menschen umfasste, würde sie Schutz in der Menge suchen wie ein Fisch in einem Schwarm. Der Stau auf der Roslagsvägen erstreckte sich über etliche Kilometer. Strandberg marschierte schneller als die meisten anderen. Nur gelegentlich hielt sie an, um Wasser aus Seen und Bächen zu trinken und sich bei der Gelegenheit mit einem kleinen Happen zu stärken. Gutherzig, wie sie war, teilte sie den Inhalt ihres Rucksacks großzügig mit anderen, die ihn dringender brauchten als sie. Und davon gab es viele.

Leider ging ihr Proviant dadurch schneller als erwartet zur Neige.

Das Wetter blieb trotz wechselnder Bewölkung trocken. Ihr Ziel war der Hafen von Kapellskär knapp hundert Kilometer nördlich. Sie wollte mit der Fähre auf die finnische Insel Åland und in deren Hauptstadt Mariehamn, um Zuflucht in Finnland zu suchen. Da vermutlich viele Menschen denselben Plan verfolgten, beeilte sie sich, um nicht Tausende vor sich zu haben, wenn sie Kapellskär erreichte. Die Kolonne der stehenden Fahrzeuge mit ausgeschalteten Motoren schien endlos zu sein. Etliche waren verwaist, offensichtlich von den Besitzern verlassen, um den Weg zu Fuß fortzusetzen. Rauchgeruch aus der brennenden, zerbombten Stadt begleitete Strandberg nach wie vor, obwohl Stockholm mittlerweile 30 Kilometer hinter ihr lag. Als sie sich umdrehte und zurückschaute, erblickte sie eine gigantische schwarze Rauchwolke über der Stadt, die sich noch auszudehnen schien.

Kurz vor dem Dorf Brottby holte sie zwei prominente Gewerkschaftsvertreter ein, die sie flüchtig kannte, und schloss sich ihnen an. Die Männer hatten denselben Fluchtplan wie sie, wollten mit der Fähre aus Kapellskär nach Mariehamn. Obwohl beide übergewichtig und ein wenig alt dafür waren, sie gegen mögliche Angreifer zu verteidigen, würde sie sich nachts in männlicher Begleitung trotzdem sicherer fühlen. Zwar kam sie deutlich langsamer voran, dafür verging die Zeit mit jemandem zum Reden umso schneller.

115

Als sie Brottby erreichten, verstopfte eine Menschenansammlung die Straße. Die drei stellten fest, dass sich Hunderte darauf und daneben niedergelassen hatten und aßen. Bald erkannten sie auch den Grund dafür. Mitten auf der Straße stapelten sich Lebensmittel, an denen man sich bedienen konnte. Zwei Männer mittleren Alters pendelten zwischen der Stelle und dem Lebensmittelladen in Brottby hin und her. Dort hatten sie die Eingangstür aufgebrochen und holten Proviant für die zu Fuß Flüchtenden heraus.

Die drei griffen sich Käse, einige Dosen Thunfisch und Sardinen sowie eine Plastiktüte mit dünnem Weißbrot. Nach 22 Stunden Wanderung erreichten Strandberg und ihre erschöpften Begleiter den Fährhafen in Kapellskär, mussten sie jedoch mit Hunderten anderen feststellen, dass von einer Fähre jede Spur fehlte. Ein handschriftliches Schild verkündete, dass der Betrieb aus Sicherheitsgründen auf unbestimmte Zeit eingestellt war. In Wahrheit hatten die schwedischen Streitkräfte die Fähre im Hafen von Visby beschlagnahmt. Sie sollte sich später als nützlich für den Transport des gemischten Gefechtsverbands Gotland aufs Festland erweisen.

Die meisten dachten angesichts der eingestellten Fährverbindung spontan daran, den Weg durch Roslagen nach Norden fortzusetzen, allerdings lag der lang gezogene See Norrtäljeviken im Weg. Man musste erst 25 Kilometer in westlicher Richtung nach Norrtälje, bevor man sich nach Norden wenden konnte. Alle waren erschöpft, die Umstände trist. In Kapellskär gab es keine Lebensmittelvorräte. Die einzige Alternative schien Norrtälje zu sein, wo man auf die organisierte Verteilung von Rationen oder Hilfe von Freiwilligen hoffen konnte.

Allerdings griff das Schicksal mit einer besseren Möglichkeit ein. Ein Stück abseits des Piers befand sich ein kleineres Segelboot unter deutscher Flagge. Strandberg erkannte, dass es aus Kiel stammte. Die Deutschen legten offenbar deshalb nicht an, weil sie fürchteten, die verzweifelten schwedischen Flüchtlinge würden ihr Boot kapern.

Stattdessen ankerten sie in sicherem Abstand von ungefähr 30 Metern zum Pier. Strandberg versuchte, ihnen zuzurufen.

»Ich bin Ministerin der schwedischen Regierung und in Lebensgefahr. Bitte helfen Sie mir und meinen Begleitern!« Das deutsche Paar an Bord schüttelte den Kopf und gestikulierte abweisend. Man hatte die beiden bereits mindestens fünfzigmal gefragt, zudem fanden sie nicht, dass die Frau wie ein Mitglied der schwedischen Regierung aussah, obwohl es ohnehin keine große Rolle spielte. Dann überraschte sie einer der Gewerkschafter, indem er das Wort ergriff und sich in fließendem Deutsch an das Paar auf dem Boot wandte.

»Kommt ihr aus Kiel? Das ist meine Heimatstadt.«

Der deutsche Mann auf dem Segelboot wirkte wie vom Donner gerührt. Mehrere Sekunden lang starrte er den Gewerkschafter sprachlos an.

»Herrgott! Kann das wahr sein? Du musst der Schwede sein!«

»Natürlich bin ich Schwede wie alle hier.«

Wie so oft erwies sich die Welt als klein. Der Gewerkschafter hatte in seiner Jugend jedes Jahr mehrere Wochen im Sommer bei seiner deutschen Großmutter in Kiel verbracht. Dort hatte er oft Fußball mit den Jungen aus der Nachbarschaft gespielt. Der Mann an Bord des Boots erwies sich als einer davon. An den Namen konnte sich der Gewerkschafter nicht erinnern, doch das spielte keine Rolle. Sehr wohl jedoch wusste er noch, dass seine deutschen Spielkameraden ihn vor einem halben Jahrhundert immer »der Schwede« genannt hatten.

Der Mann an Bord ließ das Beiboot zu Wasser und ruderte zum Dock. Das Boot war so klein, dass er zweimal übersetzen musste, doch bald konnten sich die drei erschöpften Flüchtlinge auf Kojen in der beengten Kabine ausstrecken.

»Lebt deine Großmutter noch?«, erkundigte sich der Deutsche namens Sven.

»Nein, leider ist sie vor ein paar Jahren verstorben.«

»Wie traurig. Elsa war eine so nette Frau. Ich weiß noch, dass sie immer Orangensaft und Brötchen gebracht hat, wenn wir gekickt haben. Jetzt habe ich vielleicht die Gelegenheit, ihr die Großzügigkeit zu danken. Wohin wollt ihr?«

Die Deutschen versprachen, sie nach Mariehamn zu bringen, aber zuerst würden sie in das malerische Schärendorf Grisslehamn anfahren, um sich dort mit ebenfalls aus Kiel hergesegelten Freunden zu treffen. Bevor das Mobilfunknetz ausgefallen war, hatten sie über Textnachrichten ein Treffen im Havsbaden Hotel vereinbart, wo das andere Paar eingecheckt hatte, um sich ein bequemes Bett an Land zu gönnen.

Zwei Tage später stachen 38 Freizeitboote unterschiedlicher Art und Größe von Grisslehamn nach Mariehamn und Åland in See, darunter zwei Segelboote unter deutscher Flagge. Bei dem sommerlichen Wetter waren die 30 Kilometer über die Ålandsee einfach zu bewältigen. Am 22. Juli legten sämtliche Boote in Mariehamn an – in der Freiheit Finnlands. 80 Jahre davor hatte Flüchtlingsverkehr in die andere Richtung über die Ostsee geherrscht. Damals hatten Hunderte Balten in Ruderbooten eine wesentlich riskantere Überfahrt nach Gotland gewagt, um dem Krieg zu entkommen.

Als Ministerin wurde Strandberg bevorzugt behandelt und erhielt zusammen mit den beiden Gewerkschaftern Plätze im ersten Flug nach Helsinki, wo sich die finnischen Behörden gut um sie kümmerten. Helsinki wurde zu einer beliebten Anlaufstelle für schwedische Flüchtlinge, die Bar im Scandic Park Hotel zu einem regelmäßigen Treffpunkt. Die finnische Regierung beobachtete besorgt, wie sich Helsinki zur Hauptstadt der Exilschweden zu entwickeln schien. Man fürchtete, ihre Aufnahme könnte die Beziehungen zu Moskau beeinträchtigen, die derzeit so angespannt waren wie seit dem Ende des Kalten Kriegs nicht mehr.

Als Geste des guten Willens buchten die finnischen Behörden das gesamte Hotel einschließlich der Konferenzräume für die schwedischen Flüchtlinge. Verschiedene Gruppen der Schweden hielten dort praktisch rund um die Uhr Besprechungen ab, ohne zu ahnen, dass jedes Wort von der finnischen Sicherheitspolizei aufgezeichnet und analysiert wurde. Ebenso wenig wussten sie, dass Moskau umfangreiche Informationen darüber von bei ihnen eingeschleusten Spionen erhielt.

Schweden hatte keine Regierung, weil der Ministerpräsident sowie etliche Minister ermordet worden waren. Zwölf Schweden mit herausragenden Positionen in Politik, Gewerkschaften und Gesellschaft, acht schwedische Sozialdemokraten, bildeten in Helsinki eine Exilregierung, um das Land international zu vertreten. Die Entscheidung dafür wurde als unerlässlich betrachtet, wenn Schweden Unterstützung aus dem Ausland erhalten sollte. Sozialministerin Annika Strandberg, die einzige anwesende Ministerin, wurde von der Gruppe zur Ministerpräsidentin und Regierungschefin ernannt. Am 3. August, 17 Tage nach Kriegsausbruch, stellte sich die Exilregierung der Welt bei einer Pressekonferenz in der vor Helsinki gelegenen, historischen Festung Sveaborg aus dem 18. Jahrhundert vor, wohin man die Exilregierung aus Sicherheitsgründen verlagert hatte.

Sozialministerin Annika Strandberg sah mit zutiefst ernster Miene in die Fernsehkameras und bemühte sich, den Eindruck zu erwecken, sie wüsste, was sie tat. Ihr gehetzt wirkender Blick ließ das Gegenteil erahnen.

»Sie haben also eine Exilregierung gebildet«, sagte ein Reporter der führenden finnischen Tageszeitung *Hufvudstadsbladet*. »Und hier auf der Sveaborg hat sich Carl Olof Cronstedt 1808 kampflos Russland ergeben. Damals hat Schweden dadurch Finnland verloren. Womit legitimiert sich diese sogenannte Regierung? Und wer sind all die anderen Namen darin? Ich kenne keinen einzigen.«

»Wir sind zwölf Personen mit Führungserfahrung. Als einziges überlebendes Regierungsmitglied habe ich die Rolle der Ministerpräsidentin übernommen. Die anderen sind überwiegend Gewerkschaftsvertreter und leitende Gemeindebedienstete. Wir sind die derzeit einzige schwedische Regierung und deshalb legitim.«

Ein erfahrener Reporter der *Welt*, der über die nordischen Länder berichtete, stand mit erhobener Hand auf und ergriff unaufgefordert das Wort.

»Sie sind für ihre überaus aufgeschlossene Einstellung zur Islamisierung Schwedens bekannt, die man in Ihrem Land als ›multikulturelle Gesellschaft‹ bezeichnet hat. Sie sind verschleiert oft mit Muslimen aufgetreten und haben beispielsweise getwittert, der Islam wäre die Religion des Friedens und der Liebe. Wie stehen Sie jetzt zu solchen Aussagen?«

»Nun, vielleicht sollte man nicht immer alles so wörtlich interpretieren. Wir haben tatsächlich etliche Zusicherungen von Imamen und anderen muslimischen Anführern erhalten, dass sie in demokratischer Gesinnung für Frieden und Harmonie arbeiten. Gestärkt wurde die Kooperation durch enge Verbindungen der muslimischen Organisationen mit meiner Partei, den Sozialdemokraten. Meine Äußerungen muss man in ihrem Zusammenhang mit dem damals vorherrschenden Zeitgeist sehen.«

119

»Aber ist es nicht naiv zu glauben, dass sich die Muslime, die seit 1.400 Jahren eine Eroberungspolitik verfolgen, in unserer Zeit ändern würden?«

»Nein, das finde ich nicht. Was in Schweden passiert ist, geht auf die Politik einer extremen Organisation zurück, die leider unser Land getroffen hat. Die Mehrheit der Muslime ist anständig und friedlich.«

»Ist das nicht das eigentliche Problem?«, warf ein Reporter einer anderen finnischen Zeitung ein, der *Helsingin Sanomat*. »Woran erkennt man, welche Muslime gut und welche schlecht sind? Immerhin gibt es dabei alle möglichen Schattierungen von Grau. Das Sagen scheinen am Ende immer die militanten, aggressiven Muslime zu haben. Und im Kern besteht der Islam aus Krieg, Eroberung und Zwangskonvertierung oder Vernichtung Andersdenkender. Alles im Namen des Koran, der als Gottes Wort betrachtet wird. Der Islam ist wesentlich mehr als eine Religion. Er ist eine politische Ideologie der Gewalt und Extreme. Hat einer der schwedischen Politiker überhaupt je den Koran gelesen, bevor beschlossen wurde, Millionen Muslime ins Land zu lassen?«

»Das ist schwer zu sagen«, antwortete Strandberg und wischte sich Schweißperlen von der Stirn. »Man kann nur auf das Beste hoffen und die Arbeit in demokratischer Gesinnung fortsetzen. Ich persönlich habe den Koran nicht gelesen. Soweit ich weiß, ist er ziemlich dick und schwer zu verstehen. Mir ist auch nicht klar, welche Bedeutung diese alten Schriften heute haben sollen. Nimmt sie überhaupt noch jemand wirklich ernst?«

Die 20 anwesenden Reporter brachen in schallendes Gelächter aus, das jedoch bald zu einem leisen Gemurmel verkam.

»Aber Tatsache ist, dass sich Schweden jetzt im Krieg befindet«, warf schließlich ein Vertreter des lettischen Fernsehens ein. »Vielleicht bedarf es doch anderer Methoden als demokratischer Integrationsarbeit. Und die Frage der Gleichstellung sollte womöglich im Augenblick nicht höchste Priorität haben. Was meinen Sie dazu, Frau Premierministerin?«

»Vorerst können wir nur um internationale Hilfe ansuchen, da die Verteidigung im Land offensichtlich versagt, was eindeutig der inkompetenten militärischen Führung Schwedens anzulasten ist. Unlängst hat uns der russische Botschafter in Helsinki, Boris Tschigorin, hier auf der Sveaborg aufgesucht und Interesse daran geäußert, über militärische Unterstützung durch Russland zu diskutieren. Diese Gespräche setzen wir fort, zudem bin ich nächste Woche zu einem Treffen mit Präsident Putin in seiner Sommerresidenz in Jalta eingeladen.«

»Geht man mit militärischer Hilfe Russlands nicht ein beträchtliches Risiko ein?«, fragte der erneut aufgestandene Reporter von der *Welt*. »Und ein Treffen ausgerechnet auf der Krim vermittelt seltsame Signale, wenn man bedenkt, was dort in den Jahren 2014 und 2022 passiert ist. Wäre es nicht vernünftiger, sich an Deutschland oder Frankreich zu wenden?«

»Ja. Aber was sollen wir tun, wenn ganz Westeuropa in seinen Grundfesten erschüttert wird und niemand sonst Interesse daran bekundet, uns zu helfen?«, fragte Strandberg rhetorisch. »Die USA haben ihr gesamtes Militär abgezogen und erklärt, dass Europa allein dasteht. Deutschland und Frankreich scheinen ebenso genug mit eigenen Problemen zu tun zu haben wie Großbritannien. Wir müssen jede Hilfe annehmen, die wir bekommen können. Sonst verwandelt sich Schweden unweigerlich in ein muslimisches Land.«

»Aber haben Sie das nicht gewollt?«, fragte der Reporter der *Hufvudstadsbladet* provokant.

Wieder ging höhnisches Gelächter durch den Raum.

»Wir fordern die Welt auf, uns als legitime Regierung Schwedens anzuerkennen. Schreiben Sie das ruhig in Ihren Medien!«, gab Strandberg abschließend zurück.

Damit endete die Pressekonferenz.

Russische Fernsehsender strahlten am selben Abend ausgewählte Teile der Pressekonferenz aus. Herausgestrichen wurde dabei, dass Schweden um russische Militärhilfe ersuchte. Darauf folgte die Verlautbarung, dass Russland als erstes Land die neue schwedische Regierung anerkannte.

Im Anschluss daran brachte man ein Interview mit Boris Tschigorin, dem russischen Botschafter in Finnland. Darin äußerte er sich zur geänderten Sicherheitslage im Ostseeraum.

»Russland hat allen Grund, auf der Hut zu sein und seine legitimen Sicherheitsinteressen zu wahren«, erklärte Tschigorin. »Der in Schweden herrschende Krieg stellt das gesamte Sicherheitsgleichgewicht auf den Kopf. Wir dürfen nicht riskieren, dass Jahrhunderte russischer

Bemühungen im Ostseeraum umsonst gewesen sind. Unsere Regierung diskutiert derzeit geeignete Maßnahmen.«

Zwei Tage danach erkannten auch China und Nordkorea die schwedische Exilregierung an.

Kapitel 17

Rekrutierung neuer Selbstmordattentäter

10. August 2032

Das belebte Einkaufszentrum »Fiver« in Göteborg galt als Treffpunkt der örtlichen Marokkaner. Auch ein Großteil des Drogenhandels fand dort statt, überwiegend mit erstklassigem Cannabis aus ihrer Heimat, das unter dem Namen »Marokkaner« verkauft wurde. Braunes Heroin zum Rauchen, sogenannter »Brown Sugar« stammt hingegen ebenso wie das weiße, raffinierte Heroin aus Afghanistan und dem Iran. Letzteres sah wie gewöhnlicher Zucker aus. Braunes wirkte milder, weißes sorgte für einen stärkeren Kick.

Im »Fiver« war es warm und gemütlich. Für die meisten Marokkaner war das Einkaufszentrum wie ein zweites Zuhause, eine Konstante in ihrem Leben, ein Ort, an den sie immer zurückkehrten. Fast 800 betrachten Göteborg als ihre Heimat. Viele hatten den Großteil ihres Erwachsenenlebens auf den Straßen der Stadt verbracht, aber nur wenige waren bei der Ankunft noch Kinder gewesen. Ungeachtet dessen wurde die gesamte Gemeinschaft von den schwedischen Medien nach wie vor als »Kinder« bezeichnet.

Der Zustrom neuer Marokkaner hatte längst geendet, weil Schweden nicht mehr als attraktives Ziel galt. Während der Wirtschaftskrise im Land hatte man die Sozialleistungen erst gekürzt und schließlich gänzlich ausgesetzt. Privilegien waren zurückgezogen worden. Der gute Wille und die Großzügigkeit der Schweden hatten sich erschöpft. Man lebte in dem Land nicht mehr besser als irgendwo sonst in Europa. Außerdem waren die Winter lang und kalt, und gelegentlich musste man Nächte im Freien verbringen, da Marokkaner die öffentlichen Verkehrsmittel nicht länger kostenlos benutzen durften.

Seit mittlerweile mehreren Jahren mussten sie sich selbst versorgen. Einige hatten das Glück, Lustknaben älterer Frauen zu werden, die nicht mehr die nötige Anziehungskraft für unentgeltliche jüngere Liebhaber besaßen. Zwar finanzierte nicht länger der Steuerzahler das Liebesleben der sogenannten »batikhäxor«, aber die Marokkaner waren billig zu bekommen. In der Regel genügten eine Mahlzeit und ein Platz zum

Übernachten. Einige Frauen unterhielten mehrere solche Liebhaber. Die Marokkaner hatten damit kein Problem und standen gern für Dreier bereit, brachten kostenlos Gras mit oder erfüllten sonstige Wünsche ihrer jeweiligen »batikhäxa«.

Die meisten schlugen sich mit Blowjobs für schwule Göteborger um ein paar Hundert Kronen durch. Manche Marokkaner putzten sich als Frauen heraus und boten sich über verschiedene Foren als professionelle Masseusen an, spezialisiert auf Tantra, Nuru und Prostatastimulation. Damit erschlossen sie sich einen beträchtlich erweiterten Markt, da der Großteil der Massagekundschaft aus heterosexuellen Männern bestand, gelegentlich sogar Frauen. Liebesdienste waren sicherer als der Drogenhandel, bei dem Probleme sowohl mit der Polizei als auch mit gewalttätigen Konkurrenten drohten. Manchmal landeten marokkanische Sexarbeiter Volltreffer mit besonders wohlhabenden Freierinnen oder Freiern – dann fielen Geschenke und zusätzliches Geld ab, wenn sie ihre Leistung leidenschaftlich genug erbrachten.

Am bequemsten lebte man mit Stammkundinnen oder -kunden, vorzugsweise so vielen wie möglich. Allerdings neigten die Freierinnen und Freier dazu, ständig Neues auszuprobieren. Sie wurden unter den Marokkanern herumgereicht wie Kettenbriefe. Wer neue in das Netzwerk einbrachte, konnte im Gegenzug darauf hoffen, an andere weiterempfohlen zu werden. Manche hatten das Glück, Politiker oder hochrangige Vertreter der Polizei zu ihren Freiern zu zählen.

Der vereinzelte Diebstahl einer Geldbörse oder goldenen Halskette konnte erfreulich zum Lebensunterhalt der Marokkaner beitragen. Allerdings ergaben sich dafür nur selten Gelegenheiten. Die schwedischen Frauen hatten dazugelernt und trugen ihre Perlen und Diamanten kaum noch in der Öffentlichkeit – wenn sie sich überhaupt auf die Straßen wagten. Seit die Moralpolizei patrouillierte, durften Frauen nicht mehr ohne traditionelle muslimische Aufmachung aus dem Haus, die etwaigen Schmuck vollständig verbarg. Ähnlich traf man keine naiven Schweden mehr an Geldautomaten an wie früher an den Wochenenden, wenn sie betrunken Geld gebraucht hatten.

Sogar Wohnungseinbrüche schwanden, weil die Schweden kein Bargeld und keine Wertsachen mehr zu Hause herumliegen ließen. Seit

2014, als die ersten Marokkaner Göteborg für sich entdeckt hatten, war alles nur schlechter geworden.

Natürlich bevorzugten die meisten Marokkaner Frauen, kannten aber keine Hemmungen bei Sex mit Männern, weil nahezu alle homosexuelle Erfahrungen in ihrer Kindheit oder Jugend gemacht hatten. Vermutlich trug auch der ständige Drogenkonsum dazu bei. Zu Hause in Marokko bekam man unmöglich eine willige Frau ins Bett, ohne sie heiraten zu müssen – und welche Frau würde schon einen Kerl von der Straße wollen?

So verhielt es sich in allen muslimischen Länder, obwohl sie paradoxerweise offiziell immer homophob waren und auf Homosexualität langjährige Haftstrafen, Auspeitschungen oder sogar die Todesstrafe standen. In der Praxis wurde nichts davon bei gewöhnlichen Männern umgesetzt, nicht mal bei echten Schwulen, solange sie sich diskret verhielten.

In muslimischen Ländern wurden in der Regel die Transmenschen als Sündenböcke herangezogen und litten wie Jesus stellvertretend für andere. Sie stachen hervor und eigneten sich daher ideal als Opferlämmer für das verlogene, mörderische Spektakel, das man in muslimischen Ländern als Moral bezeichnete. In der Regel bestand es darin, Transsexuelle für gleichgeschlechtliche Handlungen entweder hinzurichten oder barbarisch zu bestrafen.

An diesem Tag jedoch verlief alles anders als sonst. Mit Überredung und Zwang versammelten die Heiligen Krieger vier- bis fünfhundert Marokkaner in einem großen Park namens Brunnsparken. Ihre muslimischen Brüder hatten sie mit der Hoffnung auf gut bezahlte Arbeit hingelockt.

Alle beäugten neugierig, allerdings auch etwas misstrauisch den eleganten, charismatischen Mann in Uniform, der sich ein Mikrofon griff und sie auf Arabisch begrüßte. Plötzlich vollzog sich ein Wandel, der etliche Münder vor Verblüffung aufklappen ließ.

Der Mann auf dem Podium, der sich als Oberbefehlshaber der muslimischen Invasion vorstellte, wechselte unerwartet von förmlichem Arabisch zu marokkanischem Gossenslang. Es wirkte magisch. Wie konnte ein so kultivierter, erhabener Mann plötzlich genau wie sie reden? Er musste ein Gesandter, ein direktes Sprachrohr Allahs sein. Hätten sie nicht alle gewusst, dass sich Mohammed zum endgültig letzten Propheten aller Zeiten erklärt hatte, hätten sie vielleicht vermutet, einen neuen vor sich zu haben.

Aber der Mann vor ihnen war kein Prophet. Ihm waren lediglich die Selbstmordattentäter ausgegangen, und er brauchte Nachschub.

»Deshalb seid ihr alle zum Kampf im *Dschihad* aufgerufen. Die Schweden sind ungläubige Hunde. Und ihr wisst ja, welches Los Allah durch den großen Propheten für sie verfügt hat. Wenn ihr im Paradies eintrefft, erwarten euch 72 Jungfrauen, die euch ewiges Glück und Vergnügen bereiten werden. Nichts ist dort verboten. In Allahs herrlichem Reich könnt ihr mit diesen göttlichen Jungfrauen anstellen, was ihr wollt. Erlesenes Essen, süße Früchte, die besten Getränke, alles in Hülle und Fülle. Als Märtyrer versorgt Allah euch für alle Zeit nur mit dem Besten. Es wird euch nie an etwas mangeln. Und schon hier auf Erden im sündigen Göteborg werdet ihr reich belohnt, bevor euch die Freude zuteilwird, als Märtyrer ins Paradies einzugehen. Ich weiß, dass ihr es tief in euren Herzen kaum erwarten könnt!«

Die Rekrutierungskampagne erbrachte 155 neue Selbstmordattentäter, die überall dort in Schweden eingesetzt werden sollten, wo sie den größten Schaden anrichten konnten. Bombengürtel ließen sich einfach herstellen. Manche Bewerber wurden abgelehnt, weil sie als unzuverlässig eingestuft wurden. Einige, die besonders gesund und stark wirkten, wurden stattdessen als Heilige Krieger rekrutiert.

Kaum etwas verbreitete so viel Beklommenheit wie Selbstmordattentäter. Das unterschwellige Gefühl, niemandem trauen zu können, und die Angst davor, die Welt könnte sich jeden Moment in ein höllengleiches Inferno mit unzähligen Toten verwandeln, konnten selbst die stabilste Psyche erschüttern.

Am effektivsten war der gekoppelte Einsatz von zwei oder mehr Selbstmordattentätern. Zuerst überzog man durch eine verheerende Explosion ein Gebiet mit Toten oder gellend schreienden Verstümmelten, die langsam in die ewige Dunkelheit glitten, während sie verbluten. Dann ließ man eine weitere Detonation folgen, wenn Rettungskräfte und Freiwillige zu Hilfe geeilt waren. Als Draufgabe konnte man es noch ein drittes Mal wiederholen, sobald neue Helfer eingetroffen waren. Niemand, der eine solche Hölle miterlebt hatte, wurde je wieder er selbst.

Heute ist ein guter Tag. Jetzt kröne ich ihn mit den größten Freuden, die Allah uns Menschen beschert hat, dachte Ahmed, als er in Begleitung der beiden attraktivsten Jungen, die er finden konnte, zum Hotel Europa schlenderte, wo ihn die Präsidentensuite erwartete.

Er würde erneut die seligen Augenblicke seiner Jugend erleben, wenn er als Knabe andere Knaben beglückt hatte. Die zu Hause in Casablanca hatten dabei meist die Augen geschlossen und sich vorgestellt, es wäre die kokette Cousine, in die sie heimlich verliebt waren, die sie mit ihren weichen Lippen verwöhnte. Oder vielleicht die Tante mit dem üppigen Busen. Ahmed nicht. Er schloss nie die Lider, sondern genoss es so, wie es war.

Er ahnte nicht, dass einer von Mahmouds Informanten unauffällig seinen kurzen Marsch mit den Jungen filmte. Seine rechte Hand hegte schon lange einen Verdacht über die Schwäche seines Vorgesetzten. Mahmoud hatte intuitiv gespürt, dass etwas Unangemessenes vor sich ging, wenn sich Ahmed unangekündigt von geheimen Treffen davonstahl.

Und Mahmoud war niemand, der sich eine solche Gelegenheit entgehen ließ. Ihn störte außerdem, dass Ahmed rauchte – immerhin hatten sie im Kalifat Schweden ein Tabakverbot verhängt. Und ein guter Muslim hielt sich an die Regeln. Wer predigte wie der Prophet, musste auch wahrhaftig nach dem Buch leben. *Sollen wir uns als Muslime von einem Mann anführen lassen, der die Kerne der Trauben ausspuckt, die er isst? Aw kayf, was für ein Mann tut das?*, dachte Mahmoud. Während er sich das kurze Video ansah, wollte er eine Packung Honigkekse öffnen. Den Blick auf das Geschehen gerichtet, kämpfte er mit der Plastikhülle.

»*Haiwan!* Müssen die wirklich einbruchsicher verpackt sein?«, fluchte er, bis es ihm gelang, mit den Zähnen ein Loch in den Kunststoff zu beißen. *Sharmoota!*«

Wenn er an den herrlich krossen Honigkeksen knabberte, konnte er klarer denken. Nein, es bestand kein Zweifel mehr. Ahmed beging *haram*. Der Prophet würde ein solches Verhalten niemals tolerieren. Und erst diese Musik, die er mit Kopfhörern und geschlossenen Augen hörte – anscheinend das *Mahavishnu Orchestra*. Polytheisten! Mahmoud musste nur den richtigen Moment abwarten, um das Fehlverhalten zu beenden – im Namen des Propheten. Und der Zeitpunkt *würde* kommen.

Kapitel 18

Treffen des muslimischen Stabs

7. August 2032

Der Stab feierte Ahmeds 45. Geburtstag mit einem außergewöhnlichen Essen aus marokkanischen Spezialitäten. Hassan und das Küchenpersonal hatten den ganzen Tag daran gearbeitet. Auf dem Tisch stand eine erlesene aromatische Tagine aus Fisch und Meeresfrüchten. Dazu gab es Couscous und Harissa. Als Bastilla wurde in Knoblauch geschmorte Kalbsleber serviert, überbacken mit einer Teigkruste nach Berberart samt gerösteten Mandeln. Nach alter Geburtstagstradition durften mit Koriander gewürzter Hariran, getrocknete Datteln und Feigen ebenfalls nicht fehlen.

»Unglaublich, Hassan«, lobte Ahmed. »Ich hätte nie damit gerechnet, mitten im Krieg eine echte Tagine mit Meeresfrüchten zu genießen, noch dazu im richtigen Geschirr serviert. Die Familie meiner Großmutter waren Berber, die bekannt für das beste Essen in Marokko sind. Zu Hause hatten wir Tagine mindestens zweimal die Woche, in zahlreichen Variationen.«

»Absolut köstlich«, pflichtete ihm der jordanische Oberst zu. »Fast die Hälfte der Bevölkerung in Jordanien sind Beduinen. Ihre Küche ähnelt eindeutig jener der Berber. Ich kann bestätigen, dass sie das beste Essen haben. Nichts geht über echten *Mansaf* aus Ziege, gekocht in einer Grube über glühenden Kohlen! *Wallah!*«

»Und doch liegen 800 Kilometer zwischen Jordanien und Marokko«, fuhr der Oberst fort. »Wirklich bemerkenswert, dass ihre Küche so viele Gemeinsamkeiten aufweist. Ich habe etliche Beduinen in der Familie, daher weiß ich, dass ein Großteil ihrer Kochkunst die der Araber übertrifft.«

»Ja, sehr richtig. *Mansaf* ist weltweit berühmt«, stimmte ihm der tschetschenische General zu.

Als nach dem Essen mit Zimt und einem Hauch Ingwer gewürzter Kaffee oder Apfel-Minze-Tee gereicht wurden, ergriff Hassan das Wort. Alle stimmten in ein Loblied auf ihren allseits bewunderten, beinah göttlich talentierten Anführer ein. »Mögest du ein gutes Jahr erleben, Erhabener, mögest du ein gutes Jahr erleben, Erhabener ...«

General Mohamed aus Damaskus besaß mit Abstand die meiste reale Gefechtserfahrung. Wenn er sprach, hörten stets alle aufmerksam zu. Sie wussten, dass er auf eigene Erlebnisse zurückgriff, nicht nur darauf, was er an der Militärakademie gelernt hatte.

Die Kämpfe in Syrien tobten seit über einem Jahrzehnt, und immer noch flammten vereinzelt Scharmützel auf. Es schien unmöglich zu sein, ISIS vollständig auszurotten. Mohamed wusste alles, was es über Kriegsführung in einem urbanen Umfeld zu wissen gab – und mehr.

»Ich finde, wir sollten heute nicht nur Ahmed feiern, sondern auch den ersten Monat seit unserem Einmarsch in Schweden. Ein Monat voller Erfolg! Wir haben allen Grund, zufrieden mit den bisherigen Fortschritten zu sein, obwohl die Schweden irgendwie mehr Ressourcen aufgetrieben haben, als wir uns hätten vorstellen können. Vielleicht sind sie doch nicht so dumm und feige, wie wir angenommen haben. Es reicht eben nicht, nur präsent zu sein. Wir müssen auch kämpfen! Überrascht hat mich die Plünderung der Waffendepots. Damit haben wir nicht gerechnet. Anscheinend kämpfen wir jetzt gegen mehrere Gruppen Freischärler, die nicht aus Zone 1 kontrolliert werden. Die Lage ähnelt allmählich der in Syrien in den schlimmsten Jahren. Man weiß nie, was einen erwartet, weil nichts von einer höheren Logik bestimmt wird. Aber ich bin an schnelle, improvisierte Kriegsführung gewöhnt, daher sehe ich darin kein Problem. Die Schweden haben einen Stützpunkt in Flottsbro errichtet, um einen Keil zwischen Skärholmen und Botkyrka zu treiben, wo die Bevölkerung seit Langem zu hundert Prozent aus Muslimen besteht.«

Der General vergrößerte die Karte und zeigte mit einem klobigen Finger auf Flottsbro am Ostufer des Albysjön, eines idyllischen Sees südlich von Stockholm.

»Nach Informationen unserer Spione wächst das Heer der Freischärler südlich von Stockholm ständig und zählt inzwischen vielleicht 10.000 leicht bewaffnete, unausgebildete Soldaten. Diese schwedische Laienarmee wird von Uno Svensson angeführt, angeblich Zimmermann. Darin sehe ich keinen großen Anlass zu Sorge, trotzdem sollten wir wachsam bleiben. Sie haben wahrscheinlich genug leichte Bewaffnung für ungefähr 20.000 Mann. Das dürfen wir nicht aus den

Augen verlieren. Vor allem, da sie wohl Verbindung mit unseren Erzfeinden aufnehmen werden, den christlichen Syrern in Södertälje. Die sind natürlich hochmotiviert, gegen uns zu kämpfen, haben aber kaum Waffen. Es ist davon auszugehen, dass die Schweden in Flottsbro sie damit versorgen werden, denn sie haben einen Überschuss und können logischerweise Verbündete gebrauchen. Glaubt mir, in Botkyrka werden wir bald sowohl gegen Syrer als auch gegen Schweden kämpfen. Der Ort ist strategisch wichtig für die Kontrolle über Stockholm. *Inschallah!* Ich werde in Kürze einen neuen Bericht über die Lage dort anfordern.«

Mohamed griff sich die Fernbedienung und vergrößerte die Ansicht auf die Küste von Norrbotten.

»Im Norden hat sich südlich des Lule eine Armee von Freischärlern in Unbyn versammelt, einem Dorf zwischen Luleå und Boden. Es sind wahrscheinlich drei- bis viertausend Amateure, die mit den schwedischen Infanteristen und Rangers nördlich von Luleå in Verbindung stehen.

Unseren Informationen zufolge haben sie drei große Waffendepots geleert. Waffen sollten sie demnach in Hülle und Fülle haben. Offen gestanden kann ich mir nicht vorstellen, dass wir Luleå und Boden halten können, vor allem bei den schweren Verlusten, die wir dort zu Beginn erlitten haben. Aber das dürfte keine große Rolle spielen. Wir sollten uns stattdessen auf unsere Kernbereiche konzentrieren.«

General Mohamed warf einen fragenden Blick zu Ahmed. Der nickte kommentarlos und bedeutete ihm, mit der Präsentation fortzufahren. Der General griff erneut zur Fernbedienung und vergrößerte die Westküste.

»Das Beste habe ich mir für den Schluss aufgehoben. Wir halten mittlerweile die gesamte Westküste von Trelleborg über Malmö – Landskrona – Helsingborg – Halmstad – Falkenberg – Varberg – Mölndal – Göteborg bis hin zu unserer Truppenkonzentration in Vänersborg – Trollhättan – Uddevalla. Was unverhofft einfach gewesen ist. Die Schweden haben dort kaum Gegenwehr geleistet. Ihre halbherzigen Versuche wurden schnell von unseren Heiligen Kriegern niedergeschlagen. Die Schweden wissen jetzt, dass jeder, der sich in irgendeiner Form widersetzt, umgehend zusammen mit seiner gesamten Familie hingerichtet wird. Die Leichen lassen wir an Laternenpfählen baumeln, bis sie verwesen. Damit die Schweden die Regeln nicht vergessen, bombardieren wir ihre Häuser und Wohnungen, wenn sich irgendwo Anzeichen von Widerstand zeigen. Das dient als Erinnerung für die Nachbarn. Die Westküste gehört uns, und ich sehe keine unmittelbare Bedrohung für unsere Kontrolle über das Gebiet. Damit treten wir in Phase zwei von Operation Jahrhundertsturm ein. Das bedeutet, wir schaffen einen Verbindungskorridor zwischen unseren Streitkräften an der Westküste und jenen, die von Örebro nach Westen vorrücken.«

General Mohamed zeigte auf die Karte auf der Leinwand und vergewisserte sich, dass ihm die allgemeine Aufmerksamkeit galt.

»Statt südwärts Zone 1 anzuvisieren, wie die Schweden es erwarten, überraschen wir sie, indem wir nördlich des Vänernsees vorrücken. Sollen Sie ruhig in Zone 1 hocken. Wozu Ressourcen für sie verschwenden? Sie können gern dortbleiben, während wir das Land besetzen. Sobald wir uns das gesamte Gebiet südlich der beiden großen Seen gesichert haben, werden sie freiwillig aufgeben. *Inschallah!* Wir folgen Europastraße 18 über Karlstad, das wir bereits vollständig kontrollieren. Dann setzen wir den Weg nach Süden über Åmål und Säffle fort, bis wir unsere Truppen an der Südspitze des Vänernsees vereinen. So teilen wir Schweden in zwei Hälften. Die südliche wird wie besprochen das Kalifat *Alzuwid*. Über das Schicksal des nördlichen Teils von Schweden wird die Zukunft entscheiden. Dort liegen überwiegend Wälder und Wildnis. Vielleicht hatte der Prophet nie vor, seine Herrschaft bis zum Nordpol auszudehnen. Was gibt es dort schon zu tun? Wenn wir die Ostsee blockieren, werden sich die Schweden am Ende allein aus wirtschaftlichen Gründen Alzuwid anschließen. Allah hat einen Plan für alles. Vielleicht gehört der Nordpol doch dazu – und in nicht allzu ferner Zukunft könnten auch der Mond und der Mars von Muslimen bewohnt sein«, fügte er philosophisch hinzu, wofür er ermutigenden Jubel und ein wenig Applaus erntete. »Das gesamte Sonnensystem!«, steuerte Ahmed bei.

»Sobald wir diesen durchgehenden Korridor eingerichtet und Schweden geteilt haben, wende ich mich an die Medien der Welt und rufe den muslimischen Staat Alzuwid mit *Makat Almukarama* als Hauptstadt aus. So bekommt Stockholm bei der Bekanntgabe gleich einen neuen Namen. Aber zuerst brauchen wir die volle Kontrolle über Stockholm! Natürlich werden uns sofort mindestens 20 bis 25 der Staaten anerkennen, in denen unsere muslimischen Brüder regieren. Wir gehen davon aus, dass Frankreich, Großbritannien und vermutlich Deutschland bald folgen werden. Dort wird man dem Druck der im Land geborenen Muslime nicht lange standhalten können. Danach dürften sich die restlichen Staaten Westeuropas und ein Dutzend afrikanischer Länder anschließen, zu denen wir gute Beziehungen unterhalten. Bis wir global als legitime Herrscher anerkennt werden, wird es wohl zwei bis drei Jahre dauern. Aber wir haben alle Zeit der Welt. Und wir wissen, dass am Ende immer die mit der militärischen Kontrolle als legitime Regierung angesehen werden. Langfristig wird es aufgehen.«

General Mohamed fuhr fort. »An der Ostfront sieht die Lage anders aus. Nördlich von Stockholm haben sich schwedische Militäreinheiten mit beachtlichen Ressourcen festgesetzt. Daher sollten wir uns Stockholm von Eskilstuna südlich des Mälarsees aus nähern. Dann folgen wir Europastraße 18 nach von Eskilstuna nach Osten. Ich gehe von keinen nennenswerten Schwierigkeiten aus, wenn wir von Strängnäs und Mariefred aus vorrücken, bis wir Södertälje erreichen. Allerdings kann es örtliche Widerstandsnester sowohl mit militärischen Truppen als auch mit Freischärlern geben. Sie müssen ausgeschaltet werden, was unseren Vormarsch verlangsamen dürfte. Ich schätze, dass wir Södertälje spätestens am 1. September erreichen. Vorgesehen ist, die Kampfhandlungen östlich von Södertälje einige Wochen lang einzustellen, weil unsere Truppen bis dahin Erholung brauchen werden. Außerdem verschafft es uns Zeit, uns für den Marsch nach Stockholm neu zu formieren und mit Kämpfern aus Norrköping zu verstärken, wo wir die volle Kontrolle haben.«

Kurz verstummte General Mohamed und blätterte in seinen Notizen, ehe er weitersprach.

»Wie erwähnt kehre ich in das strategisch wichtige Gebiet Botkyrka zwischen Södertälje und Stockholm zurück. Wir beobachten, dass die Schweden nicht untätig sind und mehr Ressourcen als vorhergesehen aufstellen. Von ihrem Stützpunkt in Flottsbro aus hatten die zivilen Streitkräfte Zeit, Widerstand zu organisieren, der sich leider auch auf Södertälje erstreckt. Dort erwartet uns heftige Gegenwehr. Ich denke, wir werden einige Wochen, vielleicht sogar Monate feststecken, bevor wir den südlichen Teil Stockholms erreichen, wo wir zu unseren eigenen Einheiten stoßen können. Meine Erfahrungen von Gefechten in Damaskus und Homs sagen mir, dass es eine harte Nuss wird. Kämpfe in einem städtischen Umfeld sind wirklich speziell. Aber das beherrschen wir besser als irgendjemand sonst. Die Lage im Zentrum ändert sich täglich. Was uns dort erwartet, lässt sich daher nicht vorhersagen. Etwas jedoch steht fest: Wir müssen uns die Kontrolle über Stockholm sichern, um den schwedischen Widerstand zu brechen.«

Ahmed meldete sich erneut zu Wort.

»Sobald uns Stockholm gehört, ist es an der Zeit für die Führungsriege, dauerhaft dorthin zu wechseln. Wie ihr wisst, haben wir uns vorerst in Göteborg niedergelassen, weil wir erwartet haben, dass es einfach sein würde, uns die Kontrolle über die Westküste zu sichern. Und wir hatten recht. Aber wir haben entschieden, unsere Zentrale letztlich im Königspalast der Hauptstadt einzurichten, schon allein der Symbolik wegen. Schweden wird seit tausend Jahren von diesem strategischen Standort aus regiert, der Verbindung zwischen dem inneren Mälarsee und der Ostsee. Außerdem ist unwahrscheinlich, dass die Schweden ihren Palast bombardieren würden, selbst wenn sie die nötigen Ressourcen dafür beschaffen könnten. Ihre Artillerie sitzt in Boden fest. Da fragt man sich, was sie sich dabei gedacht haben.«

Alle schüttelten den Kopf und lachten über die Idiotie der Schweden. »Warum haben sie die Artillerie nicht gleich auf dem Mond gelagert? Ha-ha-ha!«

»Woher weißt du so viel über die Schweden?«, fragte der tschetschenische Oberst. »Du scheinst jede Einzelheit ihrer Geschichte zu kennen.«

Ahmed bedachte den Mann mit einem herablassenden Lächeln, ehe er fortfuhr.

»Wir gehen davon aus, dass die Schweden nicht bereit sein werden, ihre geschichtsträchtigen, bedeutungsvollen Gebäude zu zerstören. Deshalb werden wir praktisch alles in die Luft jagen und beseitigen. Wir brechen ihren Widerstand und lösen ihre Identität auf, indem wir sie ihrer Nationalsymbole berauben. Viel langfristige Vorarbeit dabei hat bereits eine schwedische Immigrantin geleistet, die früher Kulturministerin war – möge sie in Frieden ruhen.«

»Wie um alles in der Welt hast du jemanden wie sie kennengelernt?«, fragte der tschetschenische Oberst fasziniert.

133

»Zum ersten Mal bin ich ihr 2019 begegnet, als die Muslimbruderschaft sie als Rednerin eingeladen hat. Wir haben uns gut verstanden, obwohl sie schwarz war. Eine starke, facettenreiche Persönlichkeit. Danach sind wir in Kontakt geblieben. Durch puren Zufall sind wir uns 2025 in Brüssel erneut über den Weg gelaufen. Die Schweden haben nie herausgefunden, dass sie seit 2019 auf unserer Gehaltsliste gestanden hat. Unglaublich, wie naiv die Schweden sind.«

»Was ist aus ihr geworden?«, fragte der Saudi.

»Ein paar Tage nach unserer Invasion ist sie von einem schwedischen Nationalisten ermordet worden – mehrere Schüsse in den Rücken aus nächster Nähe. Die schwedische Polizei hat den Schützen verhaftet. Sein Verbleib ist unklar. Vermutlich wird man ihn als Nationalhelden feiern.«

»Und wieso haben die Schweden ihre Kultur über so viele Jahre von ihr zerstören lassen?«

»Das werde auch ich nie verstehen«, erwiderte Ahmed. »In Schweden herrscht eine eigentümliche Atmosphäre. Politiker profitierten davon, sich von ihren Landsleuten und ihrer Kultur zu distanzieren. Viel schwedisches Geld ist ins Ausland geschickt worden, um dort Feinde zu unterstützen. Ist nicht einfach, das zu verstehen. Das Geld war oft heimlich an den Verkauf schwedischer Waffen gebunden. Die friedliebenden Schweden haben nämlich eine erstklassige Rüstungsindustrie aufgebaut und gewaltige Waffenmengen in unsere Länder exportiert. Pro Kopf der Bevölkerung ist Schweden der größte Waffenexporteur weltweit. Noch vor den Juden im besetzten Palästina. Ist das wirklich friedliebend oder Heuchelei?«

»Aber wie kann das sein?«, hakte der Saudi nach. »Wie? Ich begreife es nicht.«

»Aus irgendeinem Grund gelten in Schweden die Internationalisten mehr als die Nationalisten. Eine rein schwedische Einstellung betrachtet man als altmodisch und engstirnig. Vor allem bei den kosmopolitischen, fast schon liberalen Linken, merkwürdigerweise aber auch in bestimmten konservativen Kreisen. Ein konservativer Premierminister namens Fredrik Reinfeldt ist herumgereist und hat in seinen Reden die eigene Kultur verunglimpft. Im Wesentlichen hat er gesagt, dass er die Schweden für Barbaren hält! So unglaublich es erscheinen mag, es ist wahr. Die weiblichen Führungspersönlichkeiten in Schweden – dass es das überhaupt gibt! – geben sich oft als tugendhafte Musliminnen aus, indem sie im Hijab posieren. Jetzt können sie *echte* Musliminnen werden! Allerdings frage ich mich, ob sie zu Ende überlegt haben, was das für sie bedeutet. Sie sind es gewohnt, über Männer zu herrschen und einen bedeutenden Platz im öffentlichen Leben einzunehmen. So verhalten sich anständige muslimische Frauen nicht. Und wir wissen, dass Frauen die Sicherheit wollen, die es für sie verheißt, starke Männer für sie entscheiden zu lassen. Eine davon ist Mona Sahlin«, fuhr Ahmed fort. »Die Sozialistin wäre fast Ministerpräsidentin geworden. Sie ist früher regelmäßig im Hijab aufgetreten und hat gemeint, die schwedische Kultur wäre so unterirdisch, dass man sie kaum als Kultur bezeichnen könnte. Ist das zu fassen?«

»In unseren Ländern würden solche Politikerinnen vom Volk auf der Stelle umgebracht!«, merkte Mahmoud an.

»Ja, und nichts anderes verdienen sie«, steuerte der Tschetschene bei. »Das ist eklatanter Verrat. So jemand gehört bei lebendigem Leib gehäutet und anschließend in Feuer geworfen.«

»Es ist sehr schwierig, den Westen zu verstehen, vor allem Konzepte wie Liberalismus und Demokratie. Es ist viel von individueller Freiheit die Rede. Obwohl ich diese Gesinnung seit Jahren studiere, bin ich mir immer noch nicht sicher, ob ich den Kern wirklich verstanden habe. Es ist, als wollten sich die Menschen selbst bestrafen. Ich glaube, unter dem Strich läuft es auf Dekadenz und einen Mangel an Moral und Ethik hinaus. Deshalb brauchen sie so dringend unsere Führung. Um sich zu reinigen und fortan unter der Scharia zu leben«, sagte Ahmed.

»Ja. Wir helfen den Schweden, führen sie auf den rechten Weg«, pflichtete ihm der Saudi bei. »Es ist Allahs Wille, dass wir sie unsere Erkenntnisse lehren und ihnen beibringen, gute Muslime zu werden, wie wir es sind. Aber dorthin scheint es mir ein weiter Weg zu sein. Der sich über Generationen erstrecken könnte. Übrigens habe ich eine Frage«, fügte der Saudi hinzu. »Mir ist schleierhaft, wie du dich an alles erinnern kannst, was du über so viele Jahre gelesen hast«, sagte er.

»Ha, das habe ich doch schon erklärt. Bei mir ist es umgekehrt. Ich *kann* nichts vergessen, was ich einmal gesehen habe, selbst wenn ich es wollte. Die zig Tausend Seiten, die ich in Zeitungen, Büchern und

Berichten über Schweden gelesen habe, kann ich jederzeit abrufen. Auf Knopfdruck sozusagen. Ich weiß alles über die kurze Geschichte Schwedens. Zum Beispiel könnte ich die Namen aller Parlamentsabgeordneten der vergangenen 30 Jahre nennen«, sagte Ahmed.

»Danke, danke, nicht nötig. Du bist von Allah mit einer großen Gabe gesegnet worden – vielleicht mit derselben wie einst der Prophet. Allerdings war er der letzte Prophet, also bist du wahrscheinlich kein neuer«, meinte der Saudi. »Obwohl alles darauf hinweist!«

»Allah könnte es sich anders überlegt haben«, warf General Mohamed ein. »Immerhin war Mohammed nur ein Gesandter Allahs. Wir alle haben den Koran studiert und wissen, dass er Widersprüche enthält. Dennoch gibt es für alles eine logische Erklärung, weil Allah manchmal seine Meinung ändert. Und niemand kann Allahs Willen in Frage stellen! Vielleicht hat er doch beschlossen, einen neuen Gesandten auf die Erde zu schicken. Man kann nie wissen.«

»Richtig, kann man nicht«, erwiderte Ahmed. »Aber ich bin kein neuer Prophet. Nur jemand mit einem außergewöhnlichen Gehirn, das vielleicht dem des Propheten ähnelt. Auch Mohammed konnte sich an alles erinnern, was er je gesehen und gehört hatte, und seine Worte hat er direkt von Allah empfangen. Meine hingegen stammen lediglich von mir selbst, und ich habe Schwächen wie jeder andere. Oder was meinst du, Mahmoud? Du kennst mich so gut, bist seit vielen Jahren mein Vertrauter und Freund. Wir sind immer uneingeschränkt loyal zueinander, nicht wahr?«

Mahmoud zuckte innerlich zusammen. Einen Moment lang geriet er aus der Fassung und wusste nicht, was er erwidern sollte. Aus den Augenwinkeln bemerkte er, dass ihn Hassan, Ahmeds treuer Adjutant, aufmerksam musterte. *Das Video*, schoss es Mahmoud durch den Kopf. *Ahmed weiß, dass ich ihn beobachte. Ich bin erledigt! Verdammt. Hassan muss etwas ahnen.*

»Ich meine, dass du unser Anführer bist und dein fantastisches Gehirn für den Islam einsetzt«, brachte Mahmoud schließlich hervor.

»Danke, Mahmoud, mein Freund, *habibi*. Ich weiß, dass ich mich immer auf dich verlassen kann! Lasst uns jetzt weitermachen«, erwiderte Ahmed.

Mahmoud spürte, dass die anderen ihn beobachteten, ohne ihn direkt anzustarren. Unterschwellig bekamen sie mit, dass sich zwischen Ahmed und Mahmoud etwas Bedeutendes abspielte, das nichts Gutes verhieß, doch sie konnten sich nicht zusammenreimen, was.

Aus dem Augenwinkel nahm Mahmoud ein verhaltenes Lächeln in Hassans Gesicht wahr, bevor er sich abwandte und das Essen von sich schob. Dann kramte er nervös in der Tasche und holte einen Honigkeks mit Sesamsamen hervor, an dem er zu knabbern begann, um seine Nervosität zu überspielen.

Ahmed ergriff wieder das Wort.

»Die Altstadt von Stockholm und die Bereiche um Slussen und Norrström erhalten muslimische Architektur mit monumentalen Gebäuden, weitaus imposanter als die bestehenden. Der Sager-Palast, Sitz des Ministerpräsidenten, wird neben den Kirchen als Erstes abgerissen. Letztlich kommt auch der Königspalast an die Reihe, aber vorerst wird er uns als Hauptquartier dienen. Diese Pläne dafür habe ich zusammen mit unseren Architekten entworfen. Ich präsentiere sie nach unserem Umzug in den Palast. Wir haben alles akribisch vorbereitet und durchdacht.

Makat Almukarama wird die schönste Stadt der Welt werden! Niemand wird übersehen können, wie überaus großzügig Allah ist. Auch die herrliche, von Wasser geprägte Natur in dem Gebiet werden wir in vollem Umfang nutzen. *Inschallah!* Makat Almukarama wird eine Pilgerstätte für Muslime weltweit werden. Die Altstadt wird vollständig abgerissen. Dort errichten wir das größte Moscheenviertel der Welt, das an Mekkas Pracht heranreichen wird. Die Bauarbeiten beginnen nächstes Frühjahr dort, wo derzeit die Kathedrale steht. Die Pläne sind bereits fertig. Über den Namen entscheidet der Heilige Ausschuss der Muslimbruderschaft, dem ich angehöre. Die Insel Riddarholmen wird zu einem Handelszentrum und Treffpunkt für Muslime weltweit. Dort sind ein traditioneller Basar, arabische Restaurants und Teehäuser vorgesehen. Und in einem topmodernen Konferenzzentrum aus Glas und weißem Marmor wird ein riesiger *Hamam* untergebracht. Den Bereich für Herren besetzen wir mit ausgewählten, hellhäutigen, blonden Frauen. Dort werden hundert Séparées zur Entspannung und Besinnung in ihrer Gesellschaft zur Verfügung stehen.«

Die Zuschauer brachen in Gelächter aus und nickten enthusiastisch.

»*Jamil! Schukran!*«, rief der Tschetschene spontan.

»Wir können es kaum erwarten! Ha-ha-ha!« Er lachte, bis ihm die Luft ausging und sein Gesicht rot anlief.

»Schöne blonde Frauen haben wir schon jetzt reichlich, aber die Kunst der Massage muss ihnen erst beigebracht werden«, sagte der Jordanier. »Ideal wären schwedische Blondinen mit Fingern wie Thailänderinnen!«

»*Ha-ha-ha-ha-ha!*«, stimmte Mahmoud ein wenig übertrieben in das allgemeine Gelächter ein.

Allerdings klangen seine prustenden, grunzenden Laute mehr wie ein Schwein beim Werfen. Nach und nach verstummten alle und starrten ihn an, während er sich vornübergebeugt, das Gesicht beinah auf dem Tisch, vor Lachen schüttelte.

»*Wallah!*«, stieß Mahmoud abschließend hervor und versuchte, sich zusammenzureißen. Er setzte sich aufrecht hin, wischte sich mit den Knöcheln die Augen ab und kehrte in die Realität zurück.

Ahmed hatte als Einziger nicht gelacht.

»Die Insel Skeppsholmen verwandeln wir in ein Zentrum für islamische Kultur, das wir Gamal Abdel Nasser Institut nennen. Angelehnt an das Arabische Institut in Paris, aber größer. Die Attraktionen auf Djurgården verschwinden, nur der Vergnügungspark Gröna Lund bleibt, obwohl die Alkohol ausschenkenden Lokale natürlich geschlossen und in Gebetsräume umgewandelt werden. Im Freilichtmuseum Skansen haben wir die alten Holzgebäude bereits niedergebrannt, um Platz für eine Ausstellung muslimischer Artefakte und traditioneller muslimischer Kunst zu schaffen. Schwedischen Frauen bringen wird das Teppichweben bei, damit sie hochwertige Gebetsmatten anfertigen können. Skansen wird in *Dijlat al Khair* umbenannt. Dort können Besucher den Frauen bei der Arbeit zusehen und sich sogar selbst an dieser hehren Kunst versuchen. Das Nordische Museum wird von einer Militärakademie mit globaler muslimischer Geopolitik als Hauptthema abgelöst. Junibacken benennen wir in ›Tausendundeine Nacht‹ um. Dort stellen wir dementsprechend Figuren aus arabischen Märchen auf.«

Ahmed schwenkte die Hände und verstummte kurz, ehe er fortfuhr.

»Makat Almukarama wird zu einer Attraktion, die Muslime aus aller Welt anlocken wird. Wir rechnen mit Millionen Besuchern jährlich. Gute Muslime werden das Leben dort wahrlich genießen können. Aber alles irdische Leben endet irgendwann, bevor es für diejenigen, die ins Paradies aufgenommen werden, neu beginnt.

Deshalb haben wir bereits begonnen, den Waldfriedhof in eine muslimische Begräbnisstätte umzugestalten. Den jüdischen Abschnitt haben wir umgepflügt und mit gebranntem Kalk gereinigt. Zusätzlich haben wir die jüdisch verseuchte Erde ausgetauscht. Dasselbe wiederholen wir demnächst im christlichen Abschnitt. Der neue Friedhof wird *Jawad Kadhimain* heißen.«

Mittlerweile war es Mitternacht geworden und an der Zeit, das Treffen für dringend nötigen Schlaf zu vertagen.

»Morgen gibt es Mezze mit Einflüssen türkisch-griechischer Küche«, beschloss Hassan die Sitzung und verneigte sich leicht. Als er sich zum Gehen wandte, spürte er Mahmouds Blick im Rücken.

Kapitel 19

Prinz Carl Philip wird zum König gekrönt

9. September 2032, Zone 1

Die Neuigkeit von Königin Victorias Tod sorgte für bedrückte Stimmung in den unterirdischen Kammern von Zone 1. In der Pressemitteilung der malaysischen Regierung hieß es: »Königin Victoria Bernadotte von Schweden ist am 4. September 2032 unerwartet in ihrer Suite im Mandarin Oriental in Kuala Lumpur verstorben, wo sie sich seit dem Überfall auf Schweden am 17. Juli aufgehalten hat.«

Als Todesursache wurde Herzversagen infolge einer Depression und akuter Unterernährung genannt. Trotz des schnellen Eingreifens von Herzspezialisten konnte ihr Leben nicht gerettet werden. Die malaysische Regierung brachte in der Mitteilung ihr Mitgefühl zum Ausdruck und bedauerte, dass es die chaotische Lage in Schweden verhinderte, eine Beileidsbekundung direkt zu übermitteln.

Der Tod der Königin fiel mit einer ausgesprochen prekären Lage in Schweden zusammen, da Mahmouds Killerkommandos die Mehrheit der Führungspersönlichkeiten des Landes ermordet hatten. Schweden brauchte ein Oberhaupt, doch die Kinder der Königin waren alle noch minderjährig, wodurch Ungewissheit bei der Frage der Nachfolge aufkam.

Am Tag nach ihrem Tod beraumte Gyllenstierna eine Besprechung mit der neuen Ministerpräsidentin Anna-Lena Beckstedt an. Als vormalige Justizministerin wurde von ihr erwartet, für Klarheit zu sorgen.

»Ich habe über die Situation nachgedacht«, begann Beckstedt, »und mich mit Prinz Daniel in Verbindung gesetzt. Dazu gleich mehr. Seit 1980 besteht in Schweden die uneingeschränkte Primogenitur. Das bedeutet, die jeweils ältesten Nachkommen erben den Thron unabhängig vom Geschlecht.«

»Das ist mir bekannt und bewusst«, erwiderte Gyllenstierna.

»Im ersten Absatz der Erbfolgeordnung ist eindeutig festgelegt, dass ältere Geschwister und deren Nachkommen Vorrang gegenüber jüngeren Geschwistern und deren Nachkommen haben«, erklärte Beckstedt.

Gyllenstierna nickte zustimmend. *Demnach fällt der Thron wohl Prinzessin Estelle zu. Wie ich es vermutet habe,* dachte Gyllenstierna. »Also direkte Erbfolge«, sagte er.

»Genau«, bestätigte Beckstedt. »Estelle ist 20 Jahre alt und somit gesetzlich berechtigt, die Rolle des Staatsoberhaupts zu übernehmen. Allerdings ist eine 20-Jährige meiner Meinung nach ungeeignet in einer Zeit, in der Schweden eine starke, das Land einende Führung braucht. Eine Möglichkeit wäre, dass Prinz Daniel seine Kinder davon überzeugt, auf den Thronanspruch zu verzichten. Ich habe bereits mit ihm gesprochen. Er ist fest entschlossen, seine Kinder in der gegenwärtigen Lage vor der Verantwortung der Monarchie zu schützen. Er ist ein kluger Mann. Ihm ist klar, dass sie nicht die so dringend nötige starke Hand bieten können. Deshalb werden die Kinder auf ihre Ansprüche verzichten.«

»Wenn das so ist, liegt der Ball wohl bei Prinz Carl Philip«, folgerte Gyllenstierna. »Das klingt vielversprechend. Immerhin gilt er als wahrer Patriot und genießt beim Militär einen guten Ruf.«

»Richtig. Ich habe schon mit ihm über die Möglichkeit gesprochen. Er ist vorbehaltlos einverstanden«, verkündete Beckstedt.

»Großartige Arbeit, Frau Ministerpräsidentin!«, lobte Gyllenstierna.

Zwei Tage später gab Prinzessin Madeleine, Victorias jüngere Schwester, der *New York Times* ein Interview, das sich in den Medien weit verbreitete. Darin verzichtete sie sowohl für sich selbst als auch für ihre Kinder auf jegliche Thronansprüche. »Ich habe mein gesamtes Erwachsenenleben in New York verbracht und fühle mich mehr als Amerikanerin denn als Schwedin. Seit dem tragischen Tod meiner geliebten Schwester Victoria gibt es in der alten Heimat für mich nichts mehr. Victoria war ein herausragendes Vorbild, mit dem ich mich nicht messen kann. Ich möchte nur in Frieden mit meinem Mann und meinen Kindern leben und vielleicht irgendwann die Freude erfahren, Großmutter zu werden. Niemand hätte etwas davon, mir etwas anzutun. Deshalb ersuche ich darum, mich für den Rest meines Lebens in Ruhe zu lassen.«

Am ovalen Besprechungstisch in Zone 1 wurden Erbsensuppe und Pfannkuchen mit Marmelade serviert, dazu so steif geschlagene Sahne, dass sie an Butter grenzte. Die Sitzungsteilnehmer nahmen mit Tellern vor ihnen ihre Plätze ein.

Ringsum wurden unwillkürlich die Augenbrauen hochgezogen, als die Anwesenden erkannten, wen sie zu Gast hatten. Unbeeindruckt von den Blicken aller begann Prinz Carl Philip, mit herzhaftem Appetit die Erbsensuppe zu löffeln. Nachdem sich alle niedergelassen hatten, ergriff Gyllenstierna das Wort.

»Wie Sie wissen, ist unser Land seit der Vergiftung unserer geliebten Königin Victoria – denn das war es in Wirklichkeit – ohne Staatsoberhaupt. Da ihre Kinder, wie allseits bekannt, auf jegliche Ansprüche verzichtet haben, ist Prinz Carl Philip der Nächste in der Thronfolge. Heißen wir ihn mit herzlichem Applaus willkommen.«

Alle erhoben sich und applaudierten eine halbe Minute lang enthusiastisch, während der Prinz sitzen blieb. Danach übernahm Ministerpräsidentin Beckstedt das Wort.

»Im Namen aller begrüße ich Sie sehr herzlich, Prinz Carl Philip. Als schwedische Übergangsregierung stimmen wir nun darüber ab, ob Prinz Carl Philip Bernadotte zum König von Schweden gekrönt werden soll. Wer dem Vorschlag zustimmt, erhebe die Hand.«

Ohne jedes Zögern schossen sämtliche Hände hoch.

»Eine Stimmenzählung ist überflüssig, da alle Anwesenden den Antrag unterstützen. Damit ist Prinz Carl Philip Bernadotte offiziell zum König von Schweden gewählt. Hiermit ersuche ich den Prinzen – oder vielleicht sollte ich bereits König sagen –, sich zu erheben und den Amtseid abzulegen.«

Der 54-jährige Prinz stand mit dem Elan eines wesentlich jüngeren Mannes auf und schritt entschlossen nach vorn zum Podium. Die Anwesenden musterten ihren neuen König, der trotz des Graus im Haar und Bart noch in der Blüte seines Lebens war und sowohl erfahren als auch kompetent wirkte.

Prinz Carl Philip trat nicht ganz so elegant auf wie sein Vater Carl XVI. Gustaf, als er vor 59 Jahren den Amtseid im Ratssaal des Königspalasts abgelegt hatte. In Zone 1 stand kein Frack zur Verfügung. Aber man hatte dem Prinzen für den Anlass eine imposante weiße Galauniform geliehen. An der Brust baumelte keine einzige Medaille. Die Krönungszeremonie 80 Meter unter der Erde würde schlicht ausfallen und ohne Fernsehkameras erfolgen, dennoch wurde für die Nachwelt alles per Videoaufzeichnung dokumentiert.

»Geschätzte Anwesende, ich begrüße Sie. Es ist eine große Ehre, hier vor Ihnen zu stehen«, begann der Prinz in gedämpftem Ton. »Ich bin erst vor weniger als eine Stunde in Zone 1 eingetroffen. Daher hoffe ich, Sie entschuldigen, dass ich etwas hungrig war und mich gleich bedient habe. Die Anreise hat 38 Stunden gedauert, und wir sind mehrfach nur knapp einem Hinterhalt des Feinds entkommen. Man hat uns gejagt, aber es ist mir gelungen, die Verfolger abzuschütteln.«

Die Ministerpräsidentin reichte ihm ein Dokument. Der frischgebackene König begann, laut vorzulesen.

»Da meine geliebte Schwester Königin Victoria verstorben ist, folge ich ihr als König unseres Lands nach. Mein Name als Monarch soll Carl VII. Philipp lauten, mein Titel König von Schweden, mein Motto: Für ein freies Schweden – bis zum letzten Tropfen Blut.«

Wie sein Vater fühlte sich der neue König in seiner Rolle als offizieller Vertreter Schwedens nicht gänzlich wohl. Beide hatten des Öfteren gemeint, sie wären nicht für Büros und Prunksäle geschaffen. Der Prinz widmete sich lieber der Jagd, dem Motorsport und anderen Aktivitäten in der Natur, die ihm ein Gefühl von Freiheit von den anspruchsvollen, erdrückenden Pflichten vermittelte, die ihm das Schicksal mit seiner Geburt auferlegt hatte.

Durch Legasthenie war der Weg durch die Schulzeit beschwerlich gewesen, und manchmal blitzte unverkennbar durch, dass er keine Geistesgröße war. Aber wie sein Vater besaß er ein ausgeprägtes Pflichtbewusstsein und galt als belastbar und trotz seiner Position bescheiden. Hinzu kamen körperliche Fitness, tadellose Sozialkompetenz und die Fähigkeit, sich bei Bedarf zu behaupten. Zusammenfassend eine imposante, vertrauenserweckende Persönlichkeit.

»Kommen wir nun zum Eid. Bitte sprechen Sie mir Satz für Satz nach, was ich vorlese«, ergriff Ministerpräsidentin Beckstedt das Wort. »Wir werden dafür ungefähr vier Minuten brauchen.«

»Ich, Carl Philip ... gemäß Regierungsgesetz von 1809 ... und aktuell geltenden Gesetzen ... König von Schweden ... so wahr mir Gott helfe.«

Anschließend setzte sich der neue König von Schweden und unterzeichnete den soeben vorgetragenen Eid. Somit hatte in Schweden der neunte Bernadotte in 223 Jahren den Thron inne.

Während der Stift über das Papier kratzte, ertönte spontan die Königshymne, begleitet von stürmischem Beifall der Anwesenden. Das Lied schien noch nie so emotional und kraftvoll vorgetragen worden zu sein wie in jenem Augenblick. Danach brach lauter Jubel für den König aus, der ohrenbetäubend durch die unterirdische Kammer hallte.

»Danke, vielen Dank!«, sagte der König. »Da wir uns im Krieg befinden, möchte ich von vornherein etwas klarstellen. Ich will Carl oder Kalle genannt werden. Wir vergeuden keine Energie für hochtrabende Worte. Ich habe lange bei der Marine gedient und dabei keinerlei Sonderbehandlung erfahren, wie dort allgemein bekannt ist«, erklärte er und schaute dabei zu Marineleiter Fred Bergström.

»Das kann ich bestätigen«, kam von Bergström, »da ich damals sein Vorgesetzter war. Der König hat seine Ausbildung mit Auszeichnung bestanden. Und als Kapitän eines Patrouillenboots konnte er danach handfeste Führungserfahrung sammeln. Richtig, Majestät?«, fügte Bergström mit einem Zwinkern hinzu.

Der König nickte zustimmend, bevor er wieder das Wort ergriff.

»Im Moment interessieren mich vor allem die Pfannkuchen da. Mit Sahne und ... der Marmelade der Königin.«

Unverhofft traten ihm Tränen in die Augen.

»Arme Vickan. Sie war die beste große Schwester, die man sich wünschen konnte. Und sie hatte einen so wunderbaren Sinn für Humor.«

Gyllenstierna erhob sich und fasste die Sitzung zusammen.

»Ja, wir haben viel zu betrauern, nicht zuletzt das Ableben unserer allseits beliebten Königin Victoria. Dennoch freuen wir uns heute vor allem darüber, dass Schweden einen neuen König hat. Ein neues Staatsoberhaupt, um das Land zu einen und das schwedische Volk in eine Zukunft ohne ausländische Besatzer und Bürgerkrieg zu führen. Wir verkünden jetzt über alle verfügbaren Kanäle, dass Schweden mit Carl Philip VII. einen neuen König hat, der sich heute Abend um 20:00 Uhr in einer Radioansprache an das Volk wenden wird.«

»Hoffen wir, dass sich die sogenannte Exilregierung in Helsinki nicht an die Weltöffentlichkeit wendet und die Krönung in Abrede stellt«, merkte SÄPO-Chefin Bianca Popovic an. »Das würde die Botschaft an das schwedische Volk schwächen.«

»Diese Scherzbolde haben bald ausgedient«, erwiderte Gyllenstierna. »Außer Russland, China und Nordkorea hat sie niemand als legitime Regierung anerkannt. Die Finnen wissen nicht, was sie mit ihnen anfangen sollen, deshalb haben sie mit ihnen freiwilligen Hausarrest in der Sveaborg vereinbart. Dort können sie ruhig hocken und sich die Zeit vertreiben. Die Regierung sind wir, sonst niemand!«

Kapitel 20

König Carl Philip wendet sich an das schwedische Volk
9. September 2032, 20:00 Uhr

Als es 20:00 Uhr wurde, stieg die Spannung im Funkraum in Zone 1. Der frisch gebackene König lehnte sich auf dem Stuhl zurück und wappnete sich für seine wichtige Rede vor dem schwedischen Volk. Mit geschlossenen Augen schien er zu meditieren. Die Frage kam auf, wo das Mikrofon platziert werden sollte.

»Ich möchte während der Rede stehen«, erklärte König Carl Philip.

»Aber wäre es nicht einfacher, den Text sitzend zu verlesen?«, fragte Gyllenstierna.

»Nein. Ich bin nicht gut darin, gleichzeitig zu lesen und zu sprechen. Ich benutze meine eigenen Tricks, um mich an den Inhalt zu erinnern. Falls ich hänge, können Sie mir anzeigen, wo ich in der Rede bin, damit ich zurück in die Spur finde.«

Der König hatte darum ersucht, ohne Publikum zu sprechen. Anwesend waren nur Gyllenstierna, die Ministerpräsidentin und Marineleiter Bergström. Letzterer diente vor allem als moralische Stütze, da er eine beruhigende Wirkung auf den Regenten hatte. Gyllenstierna kündigte die Übertragung damit an, dass Prinz Carl Philip Bernadotte nach dem Tod von Königin Victoria zum König von Schweden gewählt worden war und sich nun zum ersten Mal an sein Volk wenden würde.

»Liebe Schwedinnen und Schweden jeglicher Herkunft, heute vor acht Stunden, bin ich, Carl Philip Bernadotte, von der legitimen Regierung unseres Lands einstimmig zum König gewählt worden. Als solcher nenne ich mich Carl Philip VII. Mein Motto lautet: Für Schweden – bis zum letzten Tropfen Blut. Es ist mir eine große Ehre, mich jetzt an die gesamte schwedische Bevölkerung zu wenden. Dabei befinde ich mich an einem geheimen Ort, aber ich versichere Ihnen, er liegt in unserer geliebten Heimat. Seit 17. Juli sind wir im Krieg. Wir sind einem feigen, unprovozierten Angriff ausländischer Invasoren zum Opfer gefallen. Dabei handelt es sich nicht um ein Land, sondern um eine Organisation namens Muslimbruderschaft.«

Carl Philip Bernadotte war nicht als begnadeter Redner bekannt. Anfangs klang er angespannt, etwas undeutlich und zögernd, traf nicht den richtigen Ton. Nach einigen Sätzen jedoch wurde seine Stimme fester, bestimmter. Der Regent schloss die Augen und schwenkte leicht den Kopf hin und her, während er in das vor ihm hängende Mikrofon sprach.

Die drei Zuhörer sahen sich gegenseitig an. Gyllenstierna zeigte auf den Text, von dem der König bereits nach den Eröffnungssätzen abwich. Die Ministerpräsidentin schüttelte den Kopf und verdrehte die Augen. Bergström wiederum musterte die Mimik und Bewegungen des Königs. Er erkannte darin wenig von dem jungen Carl Philip, den er vor 35 Jahren kennengelernt hatte. Der ehrgeizige, fleißige, aber unsichere Bursche von damals hatte sich in eine gereifte, selbstsichere Persönlichkeit verwandelt. Wie in Trance stand er vor ihnen, die Augen geschlossen, die rechte Faust erhoben wie zum Gruß der Bolschewiken aus einer anderen Ära.

»Ich stehe hier in der Einsatzuniform, die ich tragen werde, bis der Sieg errungen ist. Ich, König Carl Philip, werde an eurer Seite kämpfen – ganz gleich, was uns erwartet. Und ich weiß genau, dass ihr euererseits bis zum Ende an meiner Seite kämpfen werdet.«

Seine Stimme wurde rau, beinah zischend.

»Wir werden den Feind in unseren Städten besiegen. Wir vernichten diese unmenschlichen, feigen Mistkerle, tilgen sie aus jedem Dorf und jedem Winkel unseres Lands. Ihre Moscheen reißen wir ein und sprengen sie, bis davon nur Trümmerhaufen übrig sind! Wir zeigen ihnen, mit wem sie sich angelegt haben. Sie werden noch bereuen, je einen Fuß in unser Land gesetzt zu haben!«

Der König hatte sich in einen brüllenden Löwen verwandelt. An den vorgefassten Text hielt er sich längst nicht mehr.

Die Ministerpräsidentin bedeutete Gyllenstierna eindringlich, einzugreifen. Gyllenstierna trat vor und tippte dem König auf die Schulter. Der drehte den Kopf, sah ihn an und verstummte kurz, als kämpfte er sich aus einer Trance. Schließlich fuhr er deutlich leiser fort.

»Aber meine lieben Schwedinnen und Schweden jeder Herkunft und Religion, hört mir jetzt sehr aufmerksam zu. Feinde sind nur all jene, die auf der Seite der Invasoren kämpfen. Wir müssen uns vor Augen halten, dass Hunderttausende Muslime loyale Schweden wie wir selbst sind.

Daher fordere ich euch alle auf, unsere schwedischen Muslime nicht zu belästigen. Schützt sie vielmehr mit allen Mitteln gegen ungerechte Angriffe. Wir werden kämpfen, um den Feind zu besiegen – aber unsere Feinde sind nicht Zivilisten und Unbewaffnete. Lasst sie in Ruhe und bündelt eure Kräfte gegen den wahren Feind! Für Schweden – bis zum letzten Tropfen Blut. So lautet unser neues Motto. Für Schweden – bis zum letzten Tropfen Blut! Vergesst niemals, dass ich, König Carl Philip, jede Sekunde an eurer Seite kämpfe, bis der Sieg errungen ist! Jede Verlautbarung unserer Kapitulation ist falsch! Wir kämpfen zusammen, bis der Feind kapituliert oder wir den letzten Tropfen unseres Bluts vergossen haben. Aufzugeben, kommt nicht in Frage. Niemals! Schweden gehört uns. Schweden für die Schweden!«

Gyllenstierna schaltete die Übertragung ab, als der König erschöpft auf einen Stuhl sank. Die letzten Sätze waren in einem dröhnenden Ton ins Mikrofon geschmettert worden, den niemand Carl Philip zugetraut hätte. »Großartig. Absolut brillant!«, rief Bergström und schüttelte den Kopf, als könnte er nicht glauben, was er soeben bezeugt hatte.

»Ja«, pflichtete Gyllenstierna ihm bei. »Viel besser als unsere vorgefasste Ansprache. Fantastisch!« Die Ministerpräsidentin stand auf und verließ schweigend den Raum, während Gyllenstierna und Bergström den König umarmten.

Kapitel 21

Schweden unter Militärherrschaft

15. September 2032, Zone 1

Die Vertretung der Politik in Zone 1 – Ministerpräsidentin, Landwirtschaftsminister und Bildungsminister – saßen wartend auf einer Seite des Tischs, während Gyllenstierna freundlich lächelnd auf der anderen Platz nahm. Die drei ihm gegenüber behielten ernste Mienen bei, erwiderten sein Lächeln nicht. Mit einem Blick auf die vor der Brust verschränkten Arme der Ministerpräsidentin brach Gyllenstierna das Schweigen.

»Sie wollten mit mir ein dringendes Anliegen besprechen. Ich bin sicher, als umgängliche Regierungskollegen finden wir eine Lösung«, begann Gyllenstierna diplomatisch. »Also, worum geht es?«

»Ich komme direkt auf den Punkt«, erwiderte Ministerpräsidentin Beckstedt. »Wir sind zunehmend besorgter über die Legitimität unserer Handlungen hier in Zone 1. Vor allem, seit Außenministerin Margot Wallfors scheinbar von den Toten auferstanden ist und sich als neues Oberhaupt der Exilregierung in Helsinki hervortut.«

»Ja. Was für ein Glück, dass sie sich so schnell von ihren Verletzungen erholt hat. Aber stimmt, es war für uns alle eine Überraschung.«

»Tatsache ist, dass Außenministerin Wallfors an erster Stelle der Nachfolge unseres verstorbenen Ministerpräsidenten steht, mehrere Ränge vor mir. Das bedeutet, dass ich nicht Schwedens legitime Ministerpräsidentin bin, und alles, was wir bisher entschieden haben, rechtlich zweifelhaft ist. Ganz zu schweigen davon, dass es als Verrat angesehen werden könnte. Das beunruhigt mich zutiefst. Wir wissen nicht, welche Konsequenzen unsere gesamte sogenannte Regierung hier in Zone 1 nach Kriegsende erwarten könnten.«

»Richtig, bestimmte Faktoren müssen berücksichtigt werden«, antwortete Gyllenstierna.

»Ich habe Margot aufgefordert, herzukommen und die Rolle der Ministerpräsidentin und Regierungschefin zu übernehmen«, fuhr Beckstedt fort. »Allerdings hat sie den Vorschlag abgelehnt. Sie meint, es wäre zu gefährlich, weil die Islamisten täglich weiter vorrücken und sie als Märtyrerin nicht so nützlich wäre wie lebend. Kurzum, Margot kommt nicht her.«

»Verständlich, zumal wir sowohl Mariestad als auch Karlsborg verloren haben. Ich habe gestern Vorbereitungen zur Evakuierung von hier nach Zone 2 angeordnet. Vielleicht kommt Wallfors stattdessen dorthin. Brännström und Väster verlegen gerade 1.500 Soldaten der Eingreiftruppe per Boot über den Vätternsee von Motala nach Aspa Bruk, wo wir eine neue Verteidigungslinie errichten. Wenn Aspa Bruk fällt, weichen wir zu Zone 2 aus. Falls es dazu kommt, sollten wir meiner Einschätzung nach genug Zeit für eine geordnete Evakuierung haben. Wir nehmen dafür Helikopter, was wesentlich sicherer ist.«

»Gut, aber unabhängig davon, ob wir in Zone 1 bleiben oder nicht, bin ich nicht länger Ministerpräsidentin. Und das bedeutet, unsere Regierung hier ist nicht legitim. Allen bisher von uns getroffenen Entscheidungen fehlt die Grundlage. Schweden hat keinen König. Nur einen Prinzen, der behauptet, König zu sein. Legitim ist allein die Exilregierung in Helsinki mit Margot Wallfors als Premierministerin. Wir drei als politische Vertreter hier haben beschlossen, uns ihr anzuschließen. Deshalb ersuchen wir um den sicheren Transport nach Gävle. Die Stadt ist noch in unserer Hand.«

»Dann hätten wir zwei konkurrierende Regierungen, was denkbar schlecht für Schweden wäre. Der Exilregierung fehlen die Mittel, um irgendetwas durchzusetzen. Wir in Zone 1 haben sämtliche militärischen Ressourcen und wissen, wie man sie einsetzt. Ich fordere Sie dringend auf, Ihre Entscheidung zu überdenken und bei uns zu bleiben. Unserem Land zuliebe.«

»Das kommt nicht in Frage, da kein Zweifel daran besteht, dass Margot Wallfors unsere rechtmäßige Ministerpräsidentin ist«, warf der Landwirtschaftsminister ein.

»Margot Wallfors ist hauptverantwortlich dafür, dass wir uns überhaupt im Krieg befinden. Sie hat dafür gesorgt, dass Milliarden schwedischer Steuergelder auf Umwegen zur Muslimbruderschaft und mit ihr verwandten Terrororganisationen wie ISIS und Al-Kaida geflossen sind. Damit hat sie den Überfall auf uns praktisch mitfinanziert. Ganz zu schweigen von all der Unterstützung, die von Extremisten kontrollierte muslimische Organisationen hier in Schweden erhalten haben. Angeblich für Projekte zur Integration und Gleichstellung. Alles nur Fassade. Widerlich!«

»Wallfors ist eine integre Vertreterin der schwedischen Sozialdemokraten, meiner Partei. Eine vorbildliche Schwedin. Was ist eigentlich mit Ihnen, Gyllenstierna – oder soll ich Sie bei Ihrem richtigen Namen nennen, Öztürk? Haben Sie geglaubt, das wüssten wir nicht? Auf wessen Seite stehen Sie wirklich?«

»Ich habe Sie über Funk Arabisch reden gehört«, meldete sich der junge Bildungsminister zu Wort.

»Darf ich fragen, mit wem? Vielleicht mit dem islamistischen Anführer Ahmed Ben Barka?«

»Da ich Arabisch nicht mal beherrsche, sehe ich über die Frage hinweg«, gab Gyllenstierna zurück, der rot anlief. »Als Bildungsminister sollten Sie den Unterschied zwischen Türkisch und Arabisch erkennen können. Türkisch kann ich natürlich, die Muttersprache meiner Eltern, sogar ein wenig Kurdisch, weil wir kurdische Verwandte haben. Wahrscheinlich haben Sie mich neulich mit meinem Vater reden gehört. Er leidet an Diabetes und kommt nicht an Medikamente ran, deshalb wollte er wissen, ob ich ihm welche beschaffen könnte. Und ich konnte es nicht. Die Lage ist für uns alle verzweifelt.«

»Und was ist mit Ali Baksi?«, kam vom Landwirtschaftsminister. »Auch er redet viel Kauderwelsch über Funk und am Telefon. Gott weiß, mit wem. Ich fühle mich unwohl bei vielen Muslimen hier in Zone 1. Wer weiß, für wen sie wirklich arbeiten? Es ist bei allen Organisationen in Schweden dasselbe.«

»Vielleicht hören Sie dann mit Ihren erbärmlichen Verschwörungstheorien auf«, herrschte Gyllenstierna ihn an. »Ich bin im Land geboren und so schwedisch wie Sie! Und inzwischen stinksauer! Sie und andere Politiker haben das Land doch für die unkontrollierte Massenzuwanderung von Muslimen und Afrikanern geöffnet, nicht Ali und ich. Wir haben uns konsequent gegen diese völlig wahnsinnige Politik ausgesprochen.«

»Besonders schwedisch sehen Sie beide nicht aus«, konterte der Landwirtschaftsminister.

»Glauben Sie allen Ernstes, ich arbeite für die Muslimbruderschaft, nur weil ich schwarzes Haar habe und meine Eltern türkischer Abstammung sind? Zum einen sind sie seit 55 Jahren schwedische Staatsbürger, zum anderen sind sie säkulare Muslime und verabscheuen islamistischen Extremismus. Und das wesentlich vehementer als der geschätzte Herr Bildungsminister, der sich in seiner politischen Laufbahn vor allem dafür eingesetzt hat, einen schlechten Scherz von einer multikulturellen Gesellschaft zu erschaffen.«

»Ich bin immer für Multikulturalismus und internationale Solidarität eingetreten«, antwortete der Bildungsminister, »und dazu stehe ich nach wie vor.«

»Soll ich Ihnen was sagen?«, konterte Gyllenstierna. »Multikulturell ist bei Ihnen bloß eine Umschreibung für muslimisch. Sie alle drei haben während Ihrer gesamten Karriere auf ein muslimisches Schweden hingearbeitet. Sie sind lediglich gut darin, Ihre Absichten zu verschleiern. Oder sind Sie wirklich so begriffsstutzig, dass Sie nicht erkennen, was Sie bewirken, indem Sie muslimische Extremisten fördern, noch dazu mit Steuergeldern? Ich persönlich bin wie Alfred Baksi immer gegen die Islamisierung Schwedens gewesen. Weil wir wissen, was damit einhergeht und wie brandgefährlich der Islam sein kann, wenn er sich erst festgesetzt hat. Sehen Sie sich nur an, was im Libanon und jetzt in Schweden passiert ist!«

»Geben Sie nicht uns Politikern die Schuld an der Invasion«, zischte Beckstedt.

»In diesem Land gibt es keine einzige Politikerin und keinen einzigen Politiker, die etwas über Geschichte wissen oder daraus gelernt haben«, erwiderte Gyllenstierna. »Das Parlament ist voll von ungebildeten, ahnungslosen, prinzipienlos Kriechern. Politiker sind allesamt kurzfristig denkende Opportunisten, die das schwedische Volk blenden, gelenkt von den Medien, allen voran der staatliche Rundfunk und die Familie Bonnier. Sie haben Schweden verraten, nicht Ali und ich!«

»Ich wette, Sie feiern mit Ihren Familien *Ramadan* und *Eid*!«, sagte Beckstedt. »Wie schwedisch ist das? Unser Land ist multikulturell. Die Menschen haben mehrere Loyalitäten, die manchmal miteinander kollidieren. Man weiß nie, welche im Ernstfall die Oberhand behält.

Jedenfalls haben wir beschlossen, Zone 1 zu verlassen, und daran kann nichts etwas ändern.«

»Natürlich feiern wir *Ramadan* und *Eid*«, gab Gyllenstierna zurück. »Das sind unsere Traditionen, genauso wie Sie Weihnachten und Ostern feiern. Brännström bezichtigen Sie nicht des Verrats, weil er in Ihren Augen ein ›echter‹ Schwede ist. Obwohl er schwarzes Haar und dunkle Augen hat. Nur ist sein Haar glatt, Alis und meines gewellt. Deshalb steht er nicht im Verdacht, ein Muselmann zu sein, wir hingegen schon. Wie viele Generationen muss die Familie in Schweden gelebt haben, damit man als ›echter‹ Schwede gilt?«

»Dabei geht es nicht um die Dauer«, warf der Landwirtschaftsminister ein. »Sondern vielmehr darum, schwedische Traditionen anzunehmen.«

»Wer mit dem Finger auf andere zeigt und sie Nazis und Rassisten nennt, ist der wahre Rassist«, sagte Gyllenstierna. »Menschen mit Migrationshintergrund haben ein empfindliches Gespür dafür. Die Linken sehen nur Ethnien und Farben. Sie nennen das Identitätspolitik. Unserer Erfahrung nach sind diejenigen, die Sie als Nazis bezeichnen, oft überhaupt nicht rassistisch. Meistens sind sie anständige Menschen und sehen andere als das, was sie sind und tun – ohne marxistischen Filter vor den Augen.«

»Soll das heißen, *unsere* Parteien sind rassistisch?«, sagte der Bildungsminister. »Wirklich? Das kann nur ein Scherz sein!«

»Die Sozialdemokraten und die Zentrumspartei haben die dunkelste Geschichte überhaupt, in der sowohl Nationalsozialismus als auch Eugenik vorkommen. Schweden hat als erstes Land der Welt ein sogenanntes Institut für Rassenbiologie auf der Grundlage errichtet, dass Schweden an der Spitze der Evolutionsleiter stünden. Die Zentrumspartei war der Ansicht, das schwedische Volk sollte sich nach denselben Prinzipien fortpflanzen, die in der Tierzucht angewendet werden. Und trotzdem wagen Sie es, über echte Unterstützer Schwedens herzuziehen. Sie widern mich an!«

»Wir gehen«, beharrte Beckstedt. »Hier sind wir ohnehin nur Ihre Marionetten. Ali, Brännström und Sie treffen die Entscheidungen, wir drei fungieren lediglich als Ihre politischen Alibis. Und wir lehnen es rundweg ab, uns in einem Raum mit diesem Nazi Väster aufzuhalten!«

»Aus Rücksicht auf die Landessicherheit kann ich Ihnen weder beim Transport noch mit einer Eskorte helfen. Schweden muss verteidigt werden, und das kann nur Zone 1. Übrigens ist Väster ein herausragendes Organisationstalent und hat die Eingreiftruppe zu dem aufgebaut, was sie heute ist. Ohne seine Bemühungen hätte der Feind Zone 1 vielleicht bereits übernommen. Außerdem halte ich ihn für einen guten Demokraten. Was ich von Ihnen oder den Parteien, die Sie vertreten, leider nicht behaupten kann. All das Nazi-Gerede sind bloß Lügen, von den Medien erfunden, um die Wähler zu manipulieren, damit sie für Sie und Ihre Partei stimmen.«

»Dann reisen wir auf eigene Gefahr ab«, zischte Bildungsminister Gustav so hasserfüllt, dass er rot anlief.

»Das ist leider nicht möglich«, entgegnete Gyllenstierna. »Ich bin für Sie verantwortlich und kann nicht zulassen, dass Sie Zone 1 verlassen und womöglich dem Feind in die Hände fallen. Dabei geht es nicht nur um Ihre persönliche Sicherheit. Sie würden sofort einknicken, wenn Sie in Gefangenschaft geraten und verhört werden. Das können wir nicht riskieren. Bedaure, die Sicherheit unseres Territoriums hat Vorrang.«

»Also stehen wir jetzt in Zone 1 unter Hausarrest?«, fragte Beckstedt.

»Nein. Sie bleiben in Zone 1, um Ihre persönliche Sicherheit und die des Lands zu gewährleisten, für die ich verantwortlich bin.«

»Glauben Sie bloß nicht, dass wir weiterhin als Ihre Legitimation herhalten, Gyllenstierna! Was Sie gerade machen, kommt einem Staatsstreich und einer Militärherrschaft gleich. Sie scheinen sich für Axel Oxenstierna zu halten, der unser Land einst organisiert und modernisiert hat. Nur droht Ali, Brännström und Ihnen die Amtsenthebung unter Kriegsrecht. Sie riskieren die Hinrichtung, ist Ihnen das klar?«

»Darüber zerbrechen wir uns den Kopf nach dem Krieg. Ali, Brännström, ich und das gesamte Militärpersonal in Zone 1 folgen unserer Überzeugung davon, was richtig ist – nämlich Schweden zu verteidigen. Darauf müssen wir uns konzentrieren – und darauf, die vom Feind kontrollierten Gebiete zurückzuerobern.«

»Von Ihren muslimischen Freunden, meinen Sie wohl«, gab der Landwirtschaftsminister mit knurrendem Unterton zurück.

»Die Sitzung ist vertagt«, verkündete Gyllenstierna. »Sie entscheiden, ob Sie an der heute Abend oder künftigen teilnehmen oder nicht. Nur vergeuden Sie keine wertvolle Zeit mehr damit, Ihren Regierungskollegen völlig haltlose Vorwürfe von Verrat ins Gesicht zu schleudern.«

»Auf keinen Fall nehmen wir an weiteren Sitzungen teil!«, fauchte Beckstedt. »Aber es wird mir ein wahres Vergnügen sein, über diesen Putsch gegen Sie auszusagen und Sie mit Ihren Handlangern ins Gefängnis zu schicken!«

»Sie tragen ohnehin nichts bei«, sagte Gyllenstierna, der den Raum bereits verließ. An der Tür hielt er inne und drehte sich um.

»Zur Sicherheit der Nation stelle ich Sie hiermit rund um die Uhr unter Überwachung. Ihre Verbindung zur Außenwelt wird eingeschränkt. Ab sofort muss jede Kontaktaufnahme vorab genehmigt werden und erfolgt unter Aufsicht von Bianca Popovics Sicherheitspersonal. Gute Nacht.«

Damit knallte Gyllenstierna die Tür zu und eilte los zum nächsten Termin, einer Telefonkonferenz der militärischen Führung in Zone 1 mit einem Dutzend lokaler Truppenleiter im ganzen Land. Das Festnetz der Verteidigungszentrale galt als robusteste, zuverlässigste verfügbare Kommunikationsverbindung und praktisch unmöglich auszuschalten. Die 80 Jahre alte Anlage wurde laufend modernisiert. Das Grundgerüst bestand aus unterirdisch verlegten Kupferdrähten, die wie ein Fischernetz ganz Schweden durchzogen. Telefonie konnte über jeden Knotenpunkt erfolgen. Fiel einer aus, wählte das System automatisch einen anderen Pfad. Im Gegensatz zum Funkverkehr konnte der Feind das Telefonnetz zudem nicht abhören – so zumindest der Irrglaube der militärischen Führung Schwedens. Man wusste nicht, dass Muslime die FRA bereits vor Jahren infiltriert und mittlerweile uneingeschränkten Zugriff auf die Verschlüsselungscodes der Streitkräfte hatten. Muslimische Mathematiker zeichneten ihren gesamten Telefonverkehr auf und entschlüsselten ihn rasch. Dasselbe praktizierten seit Jahrzehnten russische Mathematiker. Mit Mini-U-Booten hatten die Russen bereits ein halbes Dutzend Abhörgeräte an auf dem Meeresboden verlegten Kabeln installiert, unter anderem in Horsfjärden in der Nähe des Marinestützpunkts in Berga.

Vielleicht bin ich ja so etwas wie der Axel Oxenstierna des 21. Jahrhunderts, dachte Gyllenstierna zufrieden, während er durch die Gänge eilte. Die Vorstellung, sein Name könnte in die Geschichtsbücher eingehen, gefiel ihm. Und wenn er ehrlich sein wollte, fand er es erfreulich, dass die Politiker abgesprungen waren. Ohne ihre Einmischung konnte er mit dem Führungsgremium effizienter arbeiten, egal ob es nun eine legitime Regierung darstellte oder nicht. Wer das Militär in der Hand hatte, besaß die wahre Macht – und das Militär befand sich in Gyllenstiernas Hand.

Kapitel 22

Stabsbesprechung im Herrenhaus Flottsbro

21. September 2032

Die Anlage in Flottsbro in der Gemeinde Botkyrka ähnelte einem improvisierten Flüchtlingslager, wie es Hunderte überall in Schweden gab. Wohnwagen und Zelte verschiedener Arten und Farben standen Seite an Seite, spontan auf jedem verfügbaren Fleckchen Rasen aufgestellt. Am größten waren ausgebleichte grüne Militärzelte aus den 1980er-Jahren für je rund 20 Personen. Viele mussten sich mit kleinen Nylonzelten von Diskontern begnügen, geplündert zur Unterstützung der Verteidiger Schwedens. Flottsbro jedoch unterschied sich dadurch, dass es ein Militärlager mit über 8.000 Freischärlern war.

Die billigen Nylonzelte boten wenig Schutz vor den schweren Herbstregenfällen und der bevorstehenden Winterkälte. In minderwertigen Schlafsäcken aus China frierende Soldaten beobachteten in den bereits frostigen Septembernächten neidisch, wie sich Rauch aus den Öfen der Militärzelte in den Himmel kräuselte.

In jenen Zelten schliefen die Soldaten in Unterwäsche. Stiefel waren dort nachts verboten. Wer damit versehentlich den heißen Ofen in der Mitte des Zelts berührte, spürte die Hitze erst zu spät. Ein brennender Stiefel mit schmelzender Gummisohle konnte schwere Verbrennungen verursachen. Ein Risiko, das die Soldaten in den benachteiligten Unterkünften mit Freuden eingegangen wären.

Einige Hundert Soldaten hatten das Glück, einen Platz in einer der 55 winterisolierten Hütten und Wohnwagen des Lagers ergattert zu haben. Dort wäre es gemütlich warm gewesen, hätte es Strom für die Radiatoren gegeben. Stattdessen wurden sie von den Körpern der darin Schlafenden und von provisorischen Feuerstellen mit Kerosinbrennstoff minimal erwärmt.

Das Lager Flottsbro lag östlich des schmalen Landstreifens zwischen dem Tullingesjön und dessen nördlicher Erweiterung, dem Albysjön, im Wesentlichen eine Bucht des Mälarsees. Das Lager hatte sich so weit ausgedehnt, dass es in dem hügeligen Terrain keine freie ebene Fläche mehr gab. Stattdessen setzte sich die Erweiterung in Häggsta fort, etwa anderthalb Kilometer nördlich am Ostufer des Albysjön, wo offenes Grasland Neuzugänge erwartete. Als attraktivster Platz galt der weitläufige muslimische Botvid-Friedhof mit seiner windgeschützten Lage.

In dessen Mitte zwischen Grabsteinen und Halterungen für Gießkannen und Pflanzspaten hatte Dragan sein Kommandozelt aufgeschlagen. Es diente als Hauptquartier für die »Jugos«, ein Spitzname für Schweden mit Wurzeln im ehemaligen Jugoslawien. Dass sein Zelt auf einem erst kürzlich angelegten Familiengrab stand, störte Dragan Milosevic nicht. Ihm kam nicht mal in den Sinn, dass er mit seinen Leuten nur wenige Meter über Leichen in unterschiedlichen Stadien der Verwesung schlief. Dafür hatte er schon zu viel gesehen und erlebt. »Die Erde gehört den Lebenden«, pflegte er zu sagen. »Alles dreht sich ums Gewinnen und Überleben!«

Das kleine Gebiet namens Häggsta war ungeplant zum sogenannten »Jugo-Lager« geworden, da der Großteil der Unterhaltungen dort auf Serbisch und Kroatisch geführt wurde. Allerdings hörte man auch viel Slowenisch und Mazedonisch. Etliche Jugoslawen verstanden Ausdrücke in den meisten Balkansprachen, dennoch wurde überwiegend Schwedisch benutzt, wenn verschiedene Ethnien in Häggsta aufeinandertrafen. Albanisch beschränkte sich auf den Winkel, in dem die Albaner einige Grabsteine entfernt und gestapelt hatten, um Platz für ihre Zelte zu schaffen.

Das Jugo-Lager in Häggsta beherbergte 1.800 kampfbereite Soldaten. Es wuchs täglich, wenn neue Freiwillige mit Autos eintrafen, die manchmal willkommene Wohnwagen zogen. Auf schwedischer Seite besaßen weder die regulären Truppen noch die Freischärler auch nur annähernd so viel Kampferfahrung wie die Männer in Häggsta, obwohl die Balkankriege 37 Jahre zurücklagen. So auch Dragan, mittlerweile 59 Jahre alt, aber nach wie vor hervorragend in Form. Den muskulösen Körper konnte er immer noch so tödlich einsetzen wie in seiner Jugend. Als auf dem Balkan 1995 der Frieden Einzug gehalten hatte, war Dragan 22 Jahre alt gewesen. Zu dem Zeitpunkt hatte er bereits fünf Jahre lang wacker gekämpft und war unter seinem berühmten Namensvetter Slobodan Milosevic zum Leutnant der serbischen Armee aufgestiegen.

Begonnen hatte Dragans militärische Laufbahn bei den Freischärlern im Balkankrieg. Damals war er aktives Mitglied des berüchtigten Fanclubs *Delije* der Fußballmannschaft Roter Stern Belgrad gewesen. Der Verein hatte dem serbischen Nationalisten Željko »Arkan« Ražnatović gehört. Für Dragan war es selbstverständlich gewesen, sich der *Srpska Dobrovoljačka Garda* anzuschließen, der serbischen Freiwilligengarde, bekannt als *Arkans Tiger*. Unter dem mächtigen, allseits verehrten Željko Ražnatović zu kämpfen, hatte reichlich Gelegenheiten für einen Vernichtungskrieg gegen Muslime geboten.

Dragan hatte zu den führenden Persönlichkeiten unter dem bosnisch-serbischen General Ratko Mladić beim Massaker an Muslimen in Srebrenica am 11. Juli 1995 gehört. Er war stolz darauf, eine treibende Kraft hinter dem größten Massenmord in Europa seit dem Zweiten Weltkrieg gewesen zu sein. Oft prahlte er damit, persönlich über 30 Muslime mit bloßen Händen getötet zu haben, zum Teil mit seinem Armeemesser. Zählte man die Überraschungsangriffe seiner Einheit auf kleine muslimische Dörfer im bosnischen Hinterland mit, fiel die Zahl erheblich höher aus. »Bestimmt um die tausend«, behauptete Dragan gern, obwohl er damit stark übertrieb.

Dragans Geschichten endeten in der Regel mit der Geste des quer über die Kehle gezogenen Fingers, um jegliche Missverständnisse auszuräumen. In Dragans Augen sollten alle Muslime in Europa vom Erdboden verschwinden, insbesondere jene, die es nach Schweden geschafft hatten. »Für sie ist hier kein Platz! Zuerst erledigen wir die Muslime in Schweden, dann die in Bosnien-Herzegowina!«

Auf dem Grasland des Freibads Stendalsbadet östlich des Tullingesjön hatten die Syrer aus Södertälje ein rasant wachsendes Lager mit 1.200 Soldaten errichtet. Die christlich-orthodoxen Syrer hegten einen historisch begründeten, tief empfundenen Groll gegen Muslime, unter deren Joch sie bereits litten, seit die Anhänger Mohammeds im siebten Jahrhundert ihr Land besetzt hatten. Der Drang der Jugos, die Muslime in Botkyrka anzugreifen, war nichts im Vergleich zum lodernden Hass, den die Syrer empfanden. »Kein einziges Moslemschwein darf überleben! Nicht ein einziges!«

Der Anführer der Syrer namens Jacob war ein jovialer, energiegeladener, ständig lächelnder Mann. Sein umgängliches, unbeschwertes Auftreten ließ einen leicht übersehen, dass er orthodoxer Christ und im Namen Jesu zu allem bereit war. Er hatte eine führende Rolle bei der Vertreibung von Muslimen aus Södertäljes von Immigranten beherrschten Vororten Ronna und Hovsjö vor 25 Jahren gespielt. Nicht zuletzt deshalb wurde er als einer der militärischen Anführer der Syrer akzeptiert. Ein weiterer Grund war, dass er jahrelang Priester der Sankt-Georgs-Kirche im Vorort Norsborg gewesen war, bevor Muslime die christliche Gemeinde vertrieben hatten.

Besonders die Kurden litten unter dem aktuellen Krieg in Schweden, gefangen zwischen anderen, mächtigeren Gruppen, wie schon immer im Verlauf der Geschichte. Einerseits wurden sie sowohl von Arabern als auch von Türken verachtet. Andererseits waren die meisten praktizierende Muslime, weshalb ihnen tiefes Misstrauen von den Schweden entgegengebracht wurde. Mit der zunehmenden Islamisierung Schwedens waren mehr und mehr Kurden in ihre Heimatländer zurückgekehrt und hatten für die Errichtung eines eigenen Kurdenstaats gekämpft.

Die in Schweden verbliebenen stellten sich überwiegend gegen ihre muslimischen Brüder auf die Seite der Einheimischen. Ein freies, unabhängiges Schweden war einem arabisch beherrschten, muslimischen Land vorzuziehen, und der Kampf gegen Araber wurde Kurden praktisch in die Wiege gelegt. Da kurdische Muslime weder für die Jugos noch für die Syrer kämpfen konnten, fielen sie unter schwedische Führung. Und die Schweden tolerierten traditionell so gut wie alles, solange sich jeder um seine eigenen Angelegenheiten kümmerte. Die Kurden erhielten die strikte Anweisung, diskret abseits schwedischer Augen zu beten.

Viele Kurden waren von Natur aus kriegerisch und kampferprobt von Konflikten in ihren Heimatländern, wodurch sie bei der schwedischen Führung als geschätzte Soldaten galten. Angeführt wurde ihr Kontingent von einem kleinen, stämmigen Mann namens Abdullah mit Stiernacken und dunklen, bartstoppeligen Zügen, der sich stets als Abbe vorstellte. Seine Wurzeln lagen in Halabja, wo er 1988 als Kind knapp dem berüchtigten Gasangriff von Saddam Hussein entronnen war, leider ohne seine Eltern und Geschwister.

Der Anführer der Schweden, Uno Svensson, hatte sein Hauptquartier im Herrenhaus Flottsbro eingerichtet, das zum Dreh- und Angelpunkt der Aktivitäten der freien Schweden südlich von Stockholm geworden war.

Es lag ideal, da die lang gezogenen Seen – Alby und Tullinge – als schützender Puffer im Westen dienten. Zwischen ihnen verlief der kurze Flottsbro-Kanal, der breit genug für Schutz vor einem Überraschungsangriff aus Botkyrka im Westen war. Die schmale Landenge zwischen den Seen ließ sich leicht mit nur wenigen Maschinengewehrmannschaften abdecken.

Die Schweden wussten, dass die Muslime keine nennenswerten militärischen Ressourcen für den Vorort Botkyrka abgestellt hatten. Dort hatten sie bereits Jahrzehnte vor dem Ausbruch des Kriegs unangefochten geherrscht. Von Schwedens 284 muslimischen Enklaven – oder Tabuzonen, wie sie oft genannt wurden – galt Botkyrka als die vielleicht am stärksten islamisierte. Die Einwohner lebten seit Langem unter den strengen Gesetzen der Scharia, die von skrupellosen Imamen strikt durchgesetzt wurden. Die letzten Syrer, Kurden und christlichen Jugos hatte man bereits 2023 aus Botkyrka vertrieben. Seither gab es dort keinerlei Opposition mehr.

Nördlich und südlich von Flottsbro am Ostufer der Seen befanden sich die Lager der Jugos und Syrer, die ebenfalls schützende Puffer bildeten. Aus dem Osten war kein Angriff zu befürchten, da für Schweden kämpfende Freischärler das riesige Gebiet südlich des Großraums Stockholm kontrollierten. Um die Erhebung des Tornberget im bewaldeten Hochland von Hanveden mitten in Södertörn war ein weiterer Stützpunkt der Freischärler entstanden. Vom 90 Meter hohen Tornberget aus konnte man ein ausreichend großflächiges Gebiet überblicken, um keinen Überraschungsangriffen zum Opfer zu fallen. Der Stützpunkt dort lag derart unzugänglich, dass selbst Kettenfahrzeuge ihn nicht erreichen konnten. Von Tornberget aus operierten die Soldaten ausschließlich zu Fuß und mit leichter, auf dem Rücken tragbarer Bewaffnung. Sie agierten unabhängig, stimmten sich jedoch bestmöglich mit den Truppen in Flottsbro ab und verständigten sich manchmal über Funk. Wenn der Feind die Signale blockierte, rannten Kuriere mit schriftlichen Nachrichten zwischen den nur etwa zehn Kilometer voneinander entfernten Stützpunkten hin und her.

Die dichten Nadelwälder, das zerklüftete Terrain, die Feuchtgebiete und unzähligen Wasserwege, Teiche und Seen von Södertörn boten das perfekte Umfeld für schwedische Guerillakämpfer, oftmals Hobbyjäger, die sich in dem Gebiet auskannten. Dorthin wagten sich die an trockene Wüstengebiete gewöhnten muslimischen Eindringlinge nicht.

Die Wälder fürchteten sie regelrecht. Wölfe und andere unbekannte Bestien heulten in deren Düsternis und lauerten darauf, die Zähne in sie zu schlagen. Zumindest wurden die dichten nördlichen Wälder so in arabischen Volksmärchen beschrieben, die sie als Kinder gehört hatten. Vermutlich gerieten die meisten muslimischen Kämpfer deshalb in Panik, sobald die Dunkelheit zwischen den Bäumen Einzug hielt. Die in Schweden geborenen Heiligen Krieger kannten das Gebiet ebenso wenig wie ihre Freunde aus Wüstenländern, da sie sich selten mehr als ein paar Hundert Meter von der nächsten U-Bahnstation entfernten. Die freie Natur des Nordens lag den Muslimen eindeutig nicht. Schwedens Wälder gehörten allein den Schweden.

Bevor man im Bereich der Landenge die erste Brücke bei Fittjanäset gebaut hatte, war die Straße zwischen Stockholm und Södertälje direkt durch das Lager Flottsbro verlaufen. Jene Brücke erstreckte sich zwischen zwei runden Halbinseln, die von Einheimischen den Spitznamen »Mohammeds Eier« erhalten hatten.

Der schwimmenden Pontonbrücke über den Fluss zwischen dem Albysjön und dem Tullingesjön verdankte Flottsbro seine Bezeichnung. Über sie waren die Überreste des heldenhaften Königs Gustav II. Adolf, der 1632 im Kampf gegen die Katholiken in Lützen gefallen war, nach Hause befördert worden. Als dessen Tochter, Königin Christina, ihr Land, ihren Vater und ihren gesamten Clan 20 Jahre danach durch die Konvertierung zum Katholizismus und die Auswanderung nach Rom verraten hatte, war ihr Weg über dieselbe Brücke in die andere Richtung verlaufen.

Vom Gipfel der 90 Meter hoch gelegenen Skipiste Flottsbrobacken unmittelbar neben dem Hauptquartier konnte man durch ein Fernglas perfekt die feindlichen Bewegungen in Botkyrka beobachten.

Die geografische Lage des Stützpunkts Flottsbro war sowohl aus verteidigungsstrategischer Sicht ideal als auch historisch bedeutsam. Im Verlauf der Jahre hatten sich dort etliche Schlachten und Scharmützel zugetragen. Die Geschichte schien sich zu wiederholen.

»Man kann sich vorstellen, was passieren wird, wenn wir die Jugos auf Botkyrka loslassen«, meinte Filip zu Uno Svensson, dem Anführer der Schweden. »Bin mir allerdings nicht sicher, ob wir dazu wirklich stehen können. Immerhin kommt auch eine Zeit nach dem Krieg. Die Anführer im Balkankrieg hat man gefasst, vor den Internationalen Gerichtshof in Den Haag gezerrt und zum Verrotten in den Knast gesteckt. Darauf bin ich nicht scharf. Abgesehen davon ist es eine Frage der Menschlichkeit.«

»Menschlichkeit – dass ich nicht lache!« Uno schnaubte. »Bist du mit dem Scheiß noch nicht durch? Wir brauchen die Kampferfahrung der Jugos. Sie sind unsere Besten, und das weißt du auch. Vor allem beim Kampf in Städten. Damit kennen wir uns praktisch überhaupt nicht aus. Ohne die Jugos gibt's keine Garantie, dass es uns gelingt, Botkyrka einzunehmen.«

»Das ist mir schon klar. Trotzdem. Und was ist mit den Syrern? Die Jugos können Muslime nicht ab, aber das ist noch harmlos im Vergleich zu den Syrern.«

»Weiß ich. Die ›Kebab-Krieger‹ auf Botkyrka loszulassen, ist so, als würde man ein Rudel Wölfe in einen Schafstall treiben. Die sind vollkommen irre! Aber sie kämpfen für Schweden, und dafür sollten wir dankbar sein. Ich würde sie nicht als Gegner haben wollen.«

»Ehrlich, du solltest aufhören, sie ›Kebab-Krieger‹ zu nennen. Das ist total abwertend. Wenn sie dich hören, kannst du ihre Loyalität vergessen. Außerdem solltest du allein dafür etwas Respekt vor ihnen haben, dass sie auf unserer Seite kämpfen.«

»Hast ja recht. Sie mögen's auch nicht, wenn man sie ›Dunkle‹ nennt – aber das sind sie nun mal. Echt gute Dunkle.«

Unos plumpe Ausdrucksweise war untypisch für den Mann, den Filip seit über 15 Jahren als Sommerhausnachbar kannte. Offenbar war er neben der Spur, vielleicht sogar kurz vor der Belastungsgrenze. Deshalb verzichtete Filip darauf, ihn weiter zurechtzuweisen. Stattdessen schüttelte er nur den Kopf über die Gedankenlosigkeit seines Kameraden und fuhr fort: »Wann hast du vor, den Angriff zu starten?«

»Zum richtigen Zeitpunkt. Vorher brauchen wir mehr Waffenübungen. Vergiss nicht, dass die meisten unserer Leute noch kaum je militärische Waffen in der Hand hatten. Die haben keine Ahnung, wie sie sich in einem Gefecht verhalten oder bewegen sollen. Und militärische Befehle? Vergiss es.«

»Was schätzt du, wann?«

»Vorläufig sind wir hier in einer guten Position. In Flottsbro sind wir sicher und haben alles, was wir brauchen, um den Angriff vorzubereiten. An der Front im Norden in den südlichen Vororten scheint sich die Lage vorübergehend beruhigt zu haben. Es besteht also kein Grund zur Eile. Außerdem beschäftigen die ständigen Vorstöße vom Stützpunkt Tornberget aus die Muslime. Botkyrka greifen wir besser erst dann an, wenn alle Vorzeichen günstig für uns sind. Ich denke, wir brauchen noch bis zu einen Monat.«

»Und wie willst du die Jugos und die Syrer einen vollen Monat lang ruhig halten?«

»Ich komme gut mit Dragan und Jacob aus und beziehe sie in die Stabsbesprechungen ein. Deshalb hoffe ich, sie fühlen sich als Teil der Führungsriege. Sie verstehen, wie wichtig es ist, unsere Ressourcen zu koordinieren, und akzeptieren zumindest vorerst, dass sie mir unterstellt sind. Aber wer weiß schon, ob ich sie wirklich kontrollieren kann? Falls sie es sich anders überlegen, kann ich herzlich wenig dagegen unternehmen.«

»Umso mehr Grund, ihnen keinen Anlass dafür zu liefern! Was hältst du eigentlich von Dragans neuestem Vorschlag?«, fragte Filip. »Er pocht sehr hartnäckig darauf. Und vielleicht wär's am besten, darauf einzusteigen und es zusammen zu machen, bevor er alleine loszieht.«

»Ich denke, wir sollten es tun. Wenn wir bis zur Europastraße 4 bei Vårby vorrücken und die Brücke sprengen, schneiden wir Botkyrka von Skärholmen ab. Botkyrka wäre in alle Richtungen isoliert und könnte keine Verstärkung erhalten, während wir in Ruhe unsere Kräfte mehren. Außerdem hungern wir sie so aus. Dann sind sie schon mürbe, wenn wir letztlich gegen sie losschlagen.«

»Der Plan ist gut, nur müssen wir damit rechnen, dass die Muslime von Skärholmen aus angreifen.«

»Gut möglich. Aber wenn wir sowohl die E4-Brücke bei Vårby als auch die der 259 bei Mohammeds Eiern sprengen, haben wir das Ziel erreicht und Botkyrka isoliert«, erwiderte Uno. »Ich habe ›den Russen‹ gebeten, den Vorstoß mit Dragan zu planen«, fügte er hinzu. »Die Grundidee ist, mit je einer Division Schweden und Jugos auszurücken, insgesamt 400 Mann. Die Schweden übernehmen Vårby, die Jugos

Mohammeds Eier. Die Syrer müssen warten, bis sie an der Reihe sind. Ist zu kompliziert, drei Einheiten für ein so kleines Ziel zu koordinieren. Vielleicht nehmen wir ein paar ihrer Sprengstoffexperten mit. Die kennen sich damit ziemlich gut aus und haben ihre eigene Ausrüstung.«

»Am wichtigsten ist es, den Feind zu überraschen«, meinte Filip.

»Genau! Deshalb kennen nur der Russe, Dragan, du und ich den Plan. Vier Leuten sollte es wohl gelingen, ihn geheim zu halten. Niemand sonst erfährt etwas, bis wir eine halbe Stunde vor Abmarsch die Anweisungen erteilen. Wir nehmen mit Autos und Bussen die 259. Damit sollten wir in 15 Minuten dort sein. Wenn wir die Brücken sprengen, bevor der Feind mitkriegt, was vor sich geht, haben wir unser Ziel erreicht. Dann entscheiden wir, ob wir die Stellungen halten oder uns zu den Stützpunkten zurückziehen. Ist nicht wirklich nötig, dortzubleiben, sobald die Brücken gesprengt sind. Unter Umständen schicken wir noch eine Einheit per Boot über den Albysjön, aber der Teil ist bisher nicht zu Ende ausgearbeitet«, erklärte Uno. »Vergiss nicht, wir Schweden sind seit der Antike Seefahrer«, fügte er hinzu und versuchte, dabei so überlegt und weise wie Filip zu klingen.

»Der Russe ... Manchmal frage ich mich, wer er in Wirklichkeit ist«, sagte Filip. »Irgendwas an ihm ist faul. Er behauptet, er wäre Russe und in Krasnodar am Schwarzen Meer aufgewachsen. Aber einer unserer Leute, dessen Mutter aus Krasnodar stammt, hat mir gestern erzählt, dass sein Dialekt nicht zu der Gegend passt. Er ist völlig sicher.«

»Merkwürdig. Wieso sollte er über seine Herkunft lügen? Er hat bewiesen, dass er ein guter Stratege und Anführer ist. Und kaum jemand hasst die Muslime so wie er.«

»Ich weiß, und grundsätzlich ist er mir auch sympathisch. Er ist echt gut. Aber unser Mann gestern spricht selbst fließend Russisch und ist überzeugt davon, dass der Russe längere Zeit in Moskau gelebt haben muss. Außerdem ist er sicher, bei ihm Spuren eines tschetschenischen Akzents zu hören, den er zu verbergen versucht. Anscheinend können Tschetschenen bestimmte russische Wörter nie richtig aussprechen, ganz gleich, wie lange sie in Russland leben.«

»Wenn er aus Tschetschenien stammt, ist er Muslim. Scheiße. Meinst du, wir haben einen Maulwurf in der Führungsriege?«

»Das hab ich nicht behauptet. Ich denke nur, wir sollten vorsichtig bei ihm sein. Könnte auch sein, dass er hundertprozentig loyal ist, aber seine tschetschenische Herkunft verschleiert, weil er glaubt, wir würden ihn sonst nicht akzeptieren.«

»Mir kommt dabei eher in den Sinn, dass er die Finger bei unseren gescheiterten Angriffen im Spiel gehabt haben könnte. Wir sind dabei jedes Mal in einen feindlichen Hinterhalt geraten. Könnte er für den Verlust von mehreren Hundert unserer Leute verantwortlich sein? Allein bei dem Gedanken läuft's mir eiskalt den Rücken runter. Du weißt, wovon ich rede – der Feind ist immer plötzlich aus dem Nichts aufgetaucht, mit Ressourcen, die er eigentlich gar nicht haben sollte. Wie zuletzt südlich von Huddinge. Dort sind aus heiterem Himmel Granaten auf uns eingeprasselt und haben uns die Rückzugsrouten abgeschnitten.«

»Ist mir auch schon durch den Kopf gegangen. Seit dem Huddinge-Debakel werde ich das Gefühl nicht los, der Feind könnte vorgewarnt gewesen sein. Was machen wir jetzt?«, fragte Filip.

»Ich schlage vor, wir stellen den Russen beim Einsatz mit den Brücken auf die Probe. Wir nennen ihm falsche Koordinaten und Zeiten. Mal sehen, ob der Feind darauf reagiert. Eine klassische Falle. Wenn der Feind dort und dann auftaucht, wissen wir, auf wessen Seite der Russe wirklich steht.«

»Klingt gut. Lass es uns machen. Übrigens fällt mir noch ein Sicherheitsrisiko ein – dieser schmierige Profitgeier, der sich Björne Kork nennt. Der fährt mit seinem Schweinelaster scheinbar unbehelligt nach Lust und Laune die Front entlang. Wie schafft er das?«

»Er behauptet, dass er die Muslime in dem Glauben lässt, für sie zu spionieren, in Wirklichkeit jedoch für uns arbeitet. Jedenfalls profitieren wir von seinen Lebensmittellieferungen«, erwiderte Uno. »Er lässt sich zwar im Voraus bezahlen, löst die Gutscheine aber immer ein. Und Schwein wollen die Muslime ohnehin nicht. So kann Kork behaupten, er würde sich bei uns mit etwas bereichern, das sonst verschwendet wäre.«

»Mag sein, nur verlangt er von uns und von Zivilisten auch wirklich exorbitante Preise. Der dreckige Aasgeier profitiert von der Verzweiflung hungernder Familien. Je verzweifelter sie sind, desto mehr knöpft er ihnen ab. Überleg mal, wie viel er mit einer einzigen Ladung verdient. Bei zwei Ebenen im Laster macht eine Fuhre wahrscheinlich 200 bis 300

Schweine aus. Und das ist noch gar nicht das Schlimmste«, fügte Filip hinzu. »Kork ist ein Plappermaul und redet mit jedem. Ich halte es für durchaus möglich, dass er vertrauliche Informationen weitergibt. Vor ein paar Wochen hab ich im Hauptquartier nach dem Russen gesucht. Ich hab ihn bei einem Gespräch unter vier Augen mit Kork erwischt. Als ich die Tür aufgemacht habt, hat Kork rasch einen Umschlag in der Tasche verschwinden lassen. Zu dem Zeitpunkt dachte ich, es wäre die Zahlung für seine Lieferung. Könnte aber auch was völlig anderes gewesen sein.«

»Du glaubst, Kork verkauft Informationen an die Muslime?«, fragte Uno.

»Würde mich jedenfalls nicht überraschen. Der Mann kennt keine Moral. Für den richtigen Preis würde er die eigene Mutter verhökern. Ich hab gehört, er lässt sich von notleidenden Zivilisten mit Autos, Uhren und Schmuck bezahlen. Und natürlich mit Sex. Am liebsten lässt er sich von Frauen einen blasen, während die Ehemänner dabei zusehen. Angeblich hat er bei der alten Mühle von Gladö einen ganzen Parkplatz voller Autos«, sagte Filip. »Und Tausende Armbanduhren. Will er alles nach dem Krieg verkaufen. Es heißt, mittlerweile hätte er zehn Kilo Goldschmuck angehäuft.«

»Schon richtig, er ist ziemlich schleimig und gierig. Aber wir sind auf seine Lieferungen angewiesen. Wir behalten ihn im Auge. Und ich schlage vor, wenn er das Lager das nächste Mal verlässt, durchsuchen wir ihn. Ist echt merkwürdig, dass er mit einem Laster voller Schweine durch muslimische Kontrollpunkte kommt. Ich würde das nicht.«

»Meiner Meinung nach steckt er den Muslimen genauso viel an Informationen über uns zu wie umgekehrt.«

Bevor Uno etwas erwidern konnte, klopfte es mit Nachdruck an der Tür. Unos Adjutant ging hin.

»Ein Neuankömmling. Du hast gesagt, du willst dir alle persönlich ansehen«, verkündete sein Helfer und deutete mit dem Kopf auf den blonden jungen Mann neben ihm, bevor er sich abwandte und verschwand.

Uno und Filip musterten den frisch Eingetroffenen von oben bis unten, ohne aufzustehen.

»Wer bist du?«, fragte Uno nüchtern. »Und warum bist du hier?«

»Ich heiße Max und bin hier, weil ich mich euch anschließen will.«

167

»Woher kommst du?«, wollte Filip wissen. »Hast du einen Ausweis dabei?«

Max holte einen Reisepass und einen Führerschein aus der Innentasche hervor und legte beides in Unos ausgestreckte Hand.

»Ich komme aus Djursholm bei Stockholm. Hab fast zwei Tage gebraucht, um es durch die feindlichen Linien hierher zu schaffen. Ich bin hungrig. Habt ihr was zu essen?«

»Maximilian Moritz Wilhelm Douglas Winston Adlerswärd«, las Uno verblüfft vor, ehe er in Gelächter ausbrach. »Ist das echt dein Name? Kann doch nur ein Scherz sein.« Er schmunzelte. »Also, ich bin Uno Greger Svensson. In der Kürze liegt die Würze!«

»Ja. Nennt mich einfach Max.«

»Wer verpasst seinem Sohn denn so 'nen Namen?«, hakte Uno nach und heftete einen scharfen Blick auf Max. »Ich wette, dein Vater ist irgendein Adliger.«

»Ja. Ein Graf. Beeindruckende Auffassungsgabe. Aber ich bin bloß Max und will mich den Freischärlern im Kampf für Schweden anschließen.«

»Was kannst du so?«, fragte Uno skeptisch. »Und ist dir klar, dass du hier draufgehen könntest?«

»Ich bin ausgebildeter Kampftaucher und Küstenranger. Vier Jahre Militärdienst. Beide Ausbildungen als Lehrgangsbester abgeschlossen. Aber ich will auf keinen Fall als Offizier eingesetzt werden. Ich will mein eigenes Ding durchziehen. Vielleicht sollte ich auch erwähnen, dass ich 2028 und 2029 den Ironman auf Hawaii und die Weltmeisterschaft im Triathlon gewonnen habe.«

Stille trat ein, bis Filip sie brach.

»Wow. Glückwunsch, Max. Leute wie dich brauchen wir. Bin froh, dass du's zu uns geschafft hast.«

»Kampftaucher«, wiederholte Uno nachdenklich, während er Max weiter aufmerksam musterte. »Setz dich. Könnte sein, dass wir schon bald Verwendung für dich für was Großes haben. Filip, kannst du uns für den hungrigen jungen Burschen was zu essen auftreiben? Max, kannst du unter Wasser Sprengstoff platzieren und Brückenpfeiler in die Luft jagen?«

»Dafür bin ich ausgebildet. Ist nicht mal besonders schwierig. Ich brauche nur eine Tauchausrüstung, Sprengstoff und ein Boot. Haben wir das?«

»Ja, haben wir uns alles aus Militärbeständen geholt. Und Boote haben wir haufenweise. Sogar ein paar dieser Tauchscooter. Gefehlt hat uns bisher nur jemand, der sich mit so was auskennt.«

»Mit einem Tauchscooter kann ich das Boot rund drei Kilometer entfernt zurücklassen. Wenn ich ihn mit Sprengstoff belade und einen zweiten mitnehme, kann ich mit jedem Tauchgang eine ziemliche Menge transportieren. Und wenn wir es nachts machen, dürfte niemand etwas mitbekommen.«

»Spitze, Max«, erwiderte Uno. »Du bleibst hier in Flottsbrogården bei uns in der Zentrale. Wir arbeiten einen gründlichen Plan aus, von dem niemand sonst erfährt, bis es losgeht. Sag niemandem, dass du Kampftaucher bist und wir was vorhaben. Offiziell bist du nur Küstenranger. Dieses Lager leckt wie ein Sieb. Geh davon aus, dass alles, was du sagst, den Feind erreicht. Verstanden? Nimm dich besonders vor einem großen Kerl mit Bart in Acht, der sich ›Der Russe‹ nennt, und vor einem dicken kleinen Krämer namens Kork.«

»Krämer«, wiederholte Max nachdenklich. »Klingt nach etwas wie aus alten Königszeiten«, meinte er, ohne zu merken, dass er dabei wie sein aristokratischer Vater klang. »Verstanden«, bestätigte er schließlich, bevor er sich einem Teller mit dampfendem Wursteintopf und Reis zuwandte, der inzwischen auf dem Tisch abgestellt worden war. »Habt ihr Ketchup?«

Kapitel 23

Wikinger-Bataillon – Lagerbäck-Bataillon

29. September 2032

Die Auflösung des Nordischen Rats im Jahr 2031 war die logische Konsequenz der trotz ihrer miteinander verflochtenen Geschichte auseinanderdriftenden Geopolitik der skandinavischen Länder. Dahinter standen unterschiedliche globale Strömungen, denen sich die einzelnen Nationen weder widersetzen konnten noch wollten.

Unmittelbarer Auslöser für die Auflösung war die Einführung der Visumpflicht für schwedische Staatsbürger in den Nachbarländern, nachdem 79 Jahre lang reisepassfreies Reisen möglich gewesen war. Sie hatten genug von muslimischen Terroranschlägen, die sich immer wieder nach Schweden zurückverfolgen ließen, und betrachteten strenge Grenzkontrollen als unabdinglich, um nicht dasselbe Schicksal wie Schweden zu erleiden.

Die Nachbarländer wollten nicht riskieren, dass der unkontrollierte Zustrom muslimischer Einwanderer in Schweden über ihre Grenzen schwappte. Tatsächlich gehörte das mit zur Strategie der Muslimbruderschaft. Über die vergangenen 50 Jahre hatte sich die Demografie Schwedens derart verändert, dass die nordischen Nachbarn keine ethnische oder sprachliche Verwandtschaft mehr mit dem Land empfanden. Darin bestand der wahre Grund für die Auflösung des Nordischen Rats.

Durch den demografischen Wandel gingen die Ähnlichkeiten der Schweden mit typischen Skandinaviern verloren. Es wurde zunehmend deutlicher, dass sie die Grundwerte der nordischen Identität nicht mehr mit den anderen teilten. Demokratie, Meinungsfreiheit, Gleichstellung der Geschlechter und Gleichheit vor dem Gesetz existierten in Schweden nur noch auf dem Papier. Der Aufstieg des Islam zur vorherrschenden Religion nach tausend Jahren Christentum trug ebenfalls zu dem Wunsch bei, auf den Nordischen Rat zu verzichten.

Auch die Änderung der schwedischen Flagge, als im Jahr 2030 das Kreuz durch drei vertikale Balken ersetzt worden war, hatte das Verbundenheitsgefühl der skandinavischen Nachbarn verringert.

Und sofern überhaupt noch so etwas wie eine nordische Identität existierte, erwies sie sich nach dem Kriegsausbruch am 17. Juli 2032 als wertlos. Drei Tage danach erklärte Norwegen als erstes Land, es würde strikt neutral bleiben und keinerlei Material- oder Personentransporte im Zusammenhang mit dem Konflikt durch sein Gebiet gestatten.

Zwei Tage später, am 22. Juli, schlossen sich Dänemark und Finnland mit eigenen Neutralitätsbekundungen an. Bei den Finnen schwang zumindest eine versöhnliche Note mit, da sie erklärten, sie würden dem schwedischen Volk humanitäre Hilfe leisten und schwedischen Flüchtlingen Asyl gewähren, ausgenommen Muslime.

Die Isländer mit ihrer unabhängigen Gesinnung schlugen wie üblich einen eigenen Weg ein und verkündeten der Welt, sie würden »auf jede erdenkliche Weise und mit allen verfügbaren Mitteln zum Kampf des schwedischen Volks für Freiheit und nationale Unabhängigkeit auf der Grundlage nordischer Werte beitragen«. Die älteste Demokratie der Welt hatte durch kluge Politik eine muslimische Unterwanderung des eigenen Lands verhindert und sich dieselben gesunden Werte bewahrt, die sie von jeher ausgezeichnet hatten. Die Isländer wollten ihre Freiheit um keinen Preis verkaufen, und ihre Politiker standen unerschütterlich zu der Überzeugung, dass der politische Islam in ihrem Land nichts zu suchen hatte.

Die große Kundgebung des isländischen Autors Skallagrim Sigurðsson in der Schlucht von Thingvellir unter dem Motto »Schwedens Sache ist auch unsere« wurde gleichsam zum Katalysator für das tiefreichende Engagement der Isländer im schwedischen Krieg. Den Ort dafür hatte er weise gewählt, da er als Geburtsstätte der modernen Demokratie galt. Die Isländer betrachteten den verzweifelten Kampf der Schweden dafür und für nationale Unabhängigkeit als ihren eigenen.

So wurde in Thingvellir die Saat für das »Wikinger-Bataillon« ausgebracht. Sigurðssons Kundgebung löste eine Rekrutierungskampagne für isländische Freiwillige aus, die an der Seite der Schweden kämpfen wollten. Noch vor Ort unterschrieben 34 Personen dafür, eine Zahl, die innerhalb weniger Monate auf fast 400 anstieg. Schon bald gab es in Island niemanden mehr, der das Motto »Schwedens Sache ist auch unsere« nicht kannte.

Insgesamt reisten 342 isländische Männer und Frauen nach Schweden, um dort zu kämpfen. Sie bildeten das Rückgrat des Wikinger-Bataillons, ergänzt durch Freiwillige aus Norwegen, Finnland und den baltischen Staaten. Auf seinem Höhepunkt umfasste das Wikinger-Bataillon – auch Lagerbäck-Bataillon genannt – 774 Kämpfer. Einige der isländischen und norwegischen Freiwilligen waren ehemalige Fußballspieler. Manche davon hatten sogar persönliche Erfahrungen mit dem legendären schwedischen Trainer Lars Lagerbäck, der die Nationalmannschaften von Island, Schweden und Norwegens betreut hatte.

»Lars hat uns beigebracht, dass eine starke, organisierte Verteidigung die Grundlage für jeden Sieg ist«, meinten sie scherzhaft. »Warum haben die Schweden bloß nicht auf ›Lasse‹ gehört? Aber mit guter Moral und Zusammenhalt kann man Spiele auch nach einem schlechten Beginn noch drehen!«

Das Wikinger-Bataillon galt als ungeeignet für Schwedens reguläre Armee, da deren Grundsätze sich nicht mit jenen der freiwilligen Kämpfer vereinbaren ließen. Das Bataillon wurde mit auf dem Weltmarkt gekauften Waffen ausgestattet, finanziert durch Spendensammlungen, Zuwendungen wohlhabender Isländer und der Hilfe des norwegischen Schwedenfreunds und Hotelmagnaten Petter Storfjord. Durch die unterschiedliche Bewaffnung des Bataillons und der regulären Truppen kamen Bedenken über mögliche logistische Probleme auf.

Am 29. September beschloss die Interimsregierung, die seit dem Ausscheiden der Politiker nur noch aus Gyllenstierna, Brännström und Baksi bestand, das Wikinger-Bataillon der von Björn Väster angeführten nationalen Eingreiftruppe zu unterstellen.

Deren Erfolge in den ersten Kriegsmonaten bewiesen, dass ihre Organisation effektiver und flexibler war als die des Militärs. General Väster widmete sich der neuen Aufgabe mit der üblichen Energie und drückte dem Wikinger-Bataillon bald seinen persönlichen Stempel auf. Das Bataillon wurde häufig zu »Sondereinsätzen« entsandt, eine Umschreibung für die wahre Mission – die präventive ethnische Säuberung ganzer Gemeinden und Kleinstädte, die der Krieg noch nicht erreicht hatte.

Da die Besatzer nahezu alle Großstädte übernommen hatten, erhoben es die Schweden zur höchsten Priorität, sich die Kontrolle über die ländlichen Gebiete zu sichern, um die Möglichkeit zu wahren, Gegenangriffe zu organisieren. General Väster agierte mit seiner Sondertruppe vollkommen autonom, während das herrschende Triumvirat dabei wegschaute.

Das Wikinger-Bataillon ergänzte die schwarzen Uniformen der nationalen Eingreiftruppe um Thors Hammer in Gold, aufgenäht oben am linken Ärmel. Die Legende der schwarz gekleideten Soldaten mit Thors Hammer verbreitete sich wie ein Lauffeuer im Land. Oft genügte allein ihr Anblick dafür, dass Muslime widerstandslos ihre Wohngebiete verließen.

Wer die Warnung nicht schnell genug beherzigte, wurde erbarmungslos niedergeschossen. Sobald das Bataillon seine Methoden perfektioniert hatte, bewältigte es die Säuberung eines großflächigen Areals in wenigen Stunden.

Wenige Tage vor einer solchen Operation wurden Informationsblätter in den relevanten Sprachen – zumeist Arabisch, Somali, Tigrinisch, Dari oder Paschtu – verteilt und ausgehängt. Den Bewohnern wurde darin mitgeteilt, dass sie das Gebiet innerhalb einer bestimmten Frist zu verlassen hatten. Wer sich nicht daran hielt, tat es auf eigene Gefahr, und jeder Widerstand wurde als Kriegshandlung gegen Schweden betrachtet.

Zum genannten Zeitpunkt umzingelten Schützen das Areal, und Busse rollten an. In sie stiegen diejenigen, die sich fügten, in der Regel an die 99 Prozent. Danach zogen Wikinger-Soldaten von Wohnung zu Wohnung und machten kurzen Prozess mit dem Rest. Die Busse brachten die Insassen in eine andere Wohngegend, die man mit Stacheldrahtzaun und Wachtürmen zu einem Internierungslager umgestaltet hatte.

Dort wurden die Evakuierten bestmöglich in spärlich beheizte Unterkünfte gepfercht. Solche Umwandlungen in Lager erfolgten ohne Vorwarnung, weil die Bewohner wie die Evakuierten hinter dem Stacheldraht bleiben sollten.

Die Internierungslager betrachtete man als vorübergehende Einrichtungen. Weil es schwierig wäre, so viele Menschen zu ernähren, wurden Massendeportationen mit zu schwimmenden Gefängnissen umgebauten Passagierfähren unmittelbar nach dem Sieg vorbereitet. So sah der geheime Nachkriegsplan des regierenden Triumvirats aus, und General Väster wurde mit der Organisation der Deportationen beauftragt.

In den meisten Kleinstädten musste das Wikinger-Bataillon gar nicht anrücken, weil sich spontan Hunderte lokale Milizen im ganzen Land bildeten und die nötigen ethnischen Säuberungen selbst vornahmen. Angeführt wurden sie in der Regel von pensionierten Militärangehörigen oder Polizisten, die sich bereits bei der örtlichen Bürgergarde hervorgetan hatten. Manchmal handelte es sich auch um einen jüngeren Anführer von der Heimwehr. In sehr kleinen Gemeinden übernahm nicht selten der angesehenste Jäger das Kommando.

Bewaffnung und Uniformen der Milizen variierten. Im Idealfall erbeuteten sie militärische Ausrüstung aus nahen Depots. Andere Male standen ihnen nur Jagdgewehre und einige automatische Waffen der Heimwehr zur Verfügung. Die 500.000 Jäger in Schweden spielten eine entscheidende Rolle beim Sichern der ländlichen Gebiete. Gelegentlich gerieten die Säuberungsaktionen außer Kontrolle, was systematische Hinrichtungen zur Folge hatte, vor allem dann, wenn örtliche Dschihadisten Widerstand leisteten und die Schweden verärgerten. Die schlimmsten solchen Vorfälle ereigneten sich am 2. Oktober 2032 in den Kleinstädten Vingåker und Katrineholm, wo nahezu alle Muslime getötet und in der alten Askö-Mine entsorgt wurden. Der Schacht dort wurde zum Massengrab für etwa tausend Leichen. Die genaue Zahl sollte nie eruiert werden.

Als sich die unabhängigen Milizen im Verlauf des Kriegs zunehmend besser organisierten, gewannen sie mehr und mehr an Bedeutung. Sie führten einen Guerillakrieg gegen die Besatzer, sabotierten sie und überfielen sie, wenn sie am wenigsten damit rechneten. Dank ihrer überlegenen Ortskenntnisse konnten die Milizen unerwartet zuschlagen, sich schnell zurückziehen und verschwinden, bevor der Feind einen Gegenangriff starten konnte. Die Besatzer entwickelten eine geradezu panische Angst davor, die Wälder zu betreten. Was den Milizen, die ihre Stützpunkte stets dort errichteten, das Leben erleichterte.

Immer öfter arbeiteten sie über Gemeindegrenzen hinweg zusammen. Gegen Ende 2032 zählten die größten Milizen mehrere

Tausend zwar leicht, aber ausreichend bewaffnete Kämpfer. Die meisten Milizen suchten spontan die Kooperation mit der Leitung der Verteidigungsstreitkräfte und waren bereit, sich ihr gegebenenfalls unterzuordnen.

Nach der Verlagerung des Generalstabs in Zone 2 arbeitete der Führungsstab aktiv und erfolgreich daran, die unabhängigen Milizen anzuleiten und zu organisieren. Einige jedoch verweigerten sich dem und entwickelten eigene Pläne, die nicht immer mit den Interessen Schwedens übereinstimmten. Einzelne Milizführer schienen die Herrschaft über kleine Fürstentümer anzustreben, um sich zu bereichern – ohne die Absicht, die Macht je wieder abzugeben. Leider schwächten interne Konflikte der Milizen und die Beseitigung andersdenkender Landsleute den Widerstand in einigen Gebieten und wirkten den Bemühungen Schwedens entgegen.

Im Herbst 2032 kam es landesweit zu mehreren Scharmützeln zwischen örtlichen Milizen, die gegen Ende des Jahres zu offenen Konflikten eskalierten. Dabei ging es nicht selten um das Recht, Steuern in ihren jeweiligen Gebieten zu erheben. Beanspruchten es zwei oder mehr Milizen für sich, begannen in der Regel Verhandlungen, bei denen der größte Trupp die anderen aufforderte, sich ihm anzuschließen und unterzuordnen. Erzielte man keine Einigung, folgten darauf rasch Kampfhandlungen.

Kapitel 24

Operation Eunuch

29. September 2032

Die Muslime rückten von ihrer Festung am Flughafen Bromma ungehindert über die Brücken von Nockeby und Drottningholm vor und übernahmen die Kontrolle über die strategisch wichtigen Inseln des Mälarsees: Lovön, Färingsö und Ekerö. Unterwegs zerstörten sie das Hauptgebäude von Schloss Drottningholm, bis vor Kurzem der Wohnsitz von Königin Victoria und deren Gemahl Prinz Daniel. Der imposante chinesische Pavillon wurde mit einigen schnellen Salven aus gepanzerten Fahrzeugen regelrecht dem Erdboden gleichgemacht.

Nach der Zerstörung dieser schwedischen Nationalschätze setzte die Hauptstreitmacht den Weg entlang der Ekerö-Straße fort. Eine Kompanie aus 120 Heiligen Kriegern, verstärkt mit 15 muslimischen Elitesoldaten und acht gepanzerten Fahrzeugen, scherte auf die Rörby-Straße aus, wo sich die FRA befand, die Funkeinrichtung für nationale Verteidigung.

Als die muslimische Truppe dort eintraf, stellte sie fest, dass man die gesamte Anlage wider Erwarten verlassen und völlig ungeschützt zurückgelassen hatte. Die Muslime mussten keinen einzigen Schuss abgeben, um das Herz der schwedischen Signalaufklärung in die Luft zu sprengen.

In der Praxis kontrollierten die Muslime lediglich die Hauptstraßen der Mälaren-Inseln, da sich in den Wäldern örtliche Milizeinheiten versteckten und die Besatzer unablässig mit Guerillataktiken bedrängten. Auf Ekerö herrschten sie nur über den Osten der Insel, ab der schmalen Mitte, die sich von Älvnäs nach Träkvista erstreckte. Den Westen sowie Munsö, einen nördlicheren Teil von Ekerö, hielt eine Milizgruppe namens »Berserker«.

Sie zählte rund 70 Männer und Frauen. Für eine Miliz waren sie schwer bewaffnet, weil es ihnen am zwölften Tag des Kriegs, dem 29. Juli, gelungen war, das Armeedepot bei Närsta aufzubrechen und zu plündern. Die Berserker hatten Zugriff auf alle möglichen Handfeuerwaffen und zwei von Bofors Pansarvärnsrobot 59. Die leistungsstarken Panzerabwehrlenkwaffen besaßen zwei Sprengköpfe und konnte von Spezialfahrzeugen aus abgefeuert werden.

Per Funk und über Kuriere, die nachts mit kleinen Booten reisten, stand das Hauptquartier in Flottsbro in engem Kontakt mit den Berserkern. Die Koordination ihrer Operationen erhöhte die Effektivität beträchtlich. Der Anführer der Berserker, Lars Söderström – oftmals »Lasse Söder« genannt –, besuchte Flottsbro fast wöchentlich persönlich. Mit Ortskenntnissen war es einfach, sich nachts unentdeckt mit einem kleinen Boot zwischen den Mälaren-Inseln fortzubewegen.

Nur gelegentlich wurden sie von Heiligen Kriegern entdeckt und beschossen, die mit Nachtsichtgeräten die Wasserstraßen überwachten. Allerdings galten die Krieger generell als schlechte Schützen, und erst recht in der Dunkelheit. Solange man sich einen halben Kilometer von den muslimisch kontrollierten Ufern fernhielt, blieb man hinlänglich in Sicherheit. Die Elektromotoren der Boote verursachten nur ein leises Brummen der Propeller. Schon eine leichte Brise genügte, um das Geräusch zu kaschieren.

Die Anführer der beiden unabhängigen Gruppen, Uno Svensson und Lasse Söder, arbeiteten unter strikter Geheimhaltung zusammen an einem verwegenen Plan, um die Verbindung zwischen den muslimischen Stellungen in Botkyrka und Skärholmen zu kappen. Dazu gehörte die Sprengung der Brücke der Europastraße 4 bei Vårby und die der Landstraße 259 bei Fittja über die als Mohammeds Eier bekannten Halbinseln. Die Operation wurde treffend als »Eunuch« bezeichnet, da besagte Eier abgeschnitten werden sollten.

Die Brücken wurden von einer Kompanie der Heiligen Krieger bewacht, auf beiden Seiten durch einige Einheiten von Elitesoldaten verstärkt. Die strategische Bedeutung der Verbindung zwischen Botkyrka und Skärholmen für die Muslime war unbestreitbar. Sie zu kappen, stellte für die Schweden einen entscheidenden Schritt der Vorbereitungen des Angriffs auf Botkyrka dar, weil er die Muslime von Verstärkung aus dem Norden abschneiden würde. Die Gruppenleiter Uno Svensson und Lasse Söder wussten, dass die Zerstörung der Brücken mit konventionellen Angriffen schwierig wäre. Die gut verschanzten Verteidiger würden zweifellos schwere Artillerie gegen sie einsetzen. Hohe Opferzahlen wären die Folge. Selbst wenn es ihnen gelänge, die Brücken zu erreichen, die Muslime hatten Landstraße 259 an der U-Bahn-Station Masmo mit Betonbarrieren und schwereren Geschützen blockiert. Der Zugang wäre nahezu unmöglich.

Die Lösung bestand in verdeckten Operationen und einem Überraschungsangriff vom See aus. Dank Kampftaucher Max wurden in mehreren langen, dunklen Nächten rund 300 Kilo Sprengstoff gut einen Meter unter der Wasseroberfläche an den sechs Brückenpfeilern bei Muhammads Eiern angebracht. Max arbeitete allein. Mit dem Tauchscooter beförderte er die schweren Ladungen von einem Boot zum Ziel, das sich einen Kilometer entfernt hinter einer kleinen Landzunge versteckte. Nachdem der Fernzünder installiert war, brauchte man nur noch zum richtigen Zeitpunkt den Knopf zu drücken.

Die Brückenverbindung auf der Europastraße 4 bei Vårby war ein zu großes Projekt und zu weit vom schwedischen Territorium bei Flottsbro entfernt, als dass es Max allein unter Wasser bewältigen konnte. Die Brücke umfasste zwei Fahrspuren in jede Richtung und besaß massive Pfeiler, die fünf- bis sechsmal mehr Sprengstoff erforderten als jene bei Mohammeds Eiern.

Auf die Lösung kam Lasse Söder. Von ihren Stellungen auf der Landzunge bei Träkvista konnten sie beobachteten, dass die Muslime gelegentlich eine Autofähre zwischen Ekerö und Slagsta betrieben. Sie beförderte Fahrzeuge, Truppen und Vorräte. Der Fähranleger in Slagsta lag nur einen halben Kilometer von der zu zerstörenden Brücke bei Vårby entfernt, was Lasse Söder zu seiner Idee inspirierte.

Er hatte zunächst den verwegenen Plan ersonnen, den Fähranleger auf Ekerö mit nur zehn bis fünfzehn Mann zu stürmen und die Fähre lahmzulegen. Allerdings musste er erst noch ausgeführt werden. Söder glaubte, dass ihnen die Muslime den Rückzugsweg abschneiden würden, wodurch daraus eine Selbstmordmission wurde. Sich im Schutz der Dunkelheit von Träkvista über die Nebenstraßen und durch dichten Wald zum Fähranleger zu schleichen, wäre eine Sache. Aber wie sollten sie es zurück in ihr Territorium im Westen von Ekerö schaffen, sobald die Muslime ihre Anwesenheit bemerkt hätten?

An der Stelle war ihm ein brillanter Gedanke gekommen. Indem sie die Fähre kaperten, statt sie zu zerstören, wäre ein Rückzug überflüssig. Also beschloss Söder eine Vorgehensweise, mit der die Besatzer nicht rechnen würden – am helllichten Tag von Träkvista über den Jungfrusundsvägen zum Fähranleger vorzurücken. Alle bisherigen Guerillaoperationen waren nachts durchgeführt worden. Ein Angriff bei Tag würde völlig unerwartet kommen.

Eine Aufklärung ergab, dass die Besatzer auf halbem Weg zum Fähranleger einen Kontrollpunkt eingerichtet hatten, wo sich der Jungfrusundsvägen und eine kleinere Nord-Süd-Straße kreuzten. Bewacht wurde er von einem halben Dutzend Heiliger Krieger hinter einem Maschinengewehr mitten auf der Straße mit einigen Steinblöcken als Deckung.

Um 03:25 Uhr am 29. September brachen 20 Berserker vom Stützpunkt in Träkvista auf und rückten vorsichtig in kleinen Gruppen über Nebenstraßen vor. Am Ende des Ledungsvägen, wo der Wald begann, wandten sich acht davon nach Norden in Richtung des Kontrollpunkts auf dem Jungfrusundsvägen. Der Marsch verlief nur einen halben Kilometer durch den Wald, in dem sie unter Tarnnetzen auf den richtigen Zeitpunkt warten würden.

Die restlichen zwölf Berserker, die Lasse Söder anführte, setzten den Weg durch Waldgebiet zum Fähranleger knapp einen Kilometer vor ihnen fort. Gegen 04:30 Uhr hielten sie in einer kleinen Vertiefung am Waldrand an, nur noch einen halben Kilometer von der Fähre entfernt. Sie zogen Tarnnetze über sich und versuchten vergeblich, ein wenig zu schlafen. Bei Sonnenaufgang konnten sie die Fähre von der Erhebung über ihrer Position aus sehen.

Kurz nach 11:00 Uhr kam Bewegung in die Heiligen Krieger am Kontrollpunkt auf dem Jungfrusundsvägen. Sie erblickten ein aus Westen nahendes Militärfahrzeug und hielten es für eines der ihren. Die versteckten Berserker im Wald hörten gebrüllte Befehle auf Arabisch und beobachteten, wie Heilige Krieger kampfbereit am Maschinengewehr in Stellung gingen. In dem Moment erhoben sich die acht Berserker aus ihren Verstecken und eilten tief geduckt und leise von hinten auf die Krieger zu. Da die sich auf das nahende Fahrzeug konzentrierten, bemerkten sie die Gefahr hinter ihnen erst zu spät. Mehr als ein paar gezielte Salven mit den automatischen Gewehren waren nicht nötig, um sie auszuschalten.

Rasch schoben die acht Berserker die Steine aus dem Weg, damit zwei Kettenfahrzeuge vorbeifahren konnten, jeweils mit einer Bofors-Panzerabwehreinheit bestückt. Kurz hielten sie an und ließen je vier Berserker aufsteigen, bevor sie den knappen Kilometer zum Fähranleger weiterfuhren. Als sie sich ihm näherten, hörten sie trotz des Lärms der Ketten die Schüsse der anderen Berserkergruppe, die ihren Angriff startete. Bei der Ankunft fanden die Fahrzeuge die Berserker in einem wilden Feuergefecht mit den Verteidigern vor, die sich in und vor einem kleinen, mit einem hüfthohen Wall aus Sandsäcken befestigten Haus verschanzt hatten. Das erste Kettenfahrzeug hielt 60 Meter von dem Gebäude entfernt an und feuerte nach wenigen Sekunden einen Schuss ab, der es in die Luft jagte und die Muslime tötete.

Sobald der Weg frei war, gingen sie rasch mit den Fahrzeugen, ihren Leuten und den Leichen von drei gefallenen Berserkern an Bord der Fähre. Innerhalb von zwei Minuten legten sie ab. Nach einer sechsminütigen Fahrt über das dunkle Wasser des Mälarsees näherte sich der Kahn dem Dock Slagsta Brygga. Alles schien normal zu sein. Ein paar Heilige Krieger saßen rauchend auf einer Bank, die Beine ausgestreckt, Sturmgewehre auf einem Tisch vor ihnen. Entlang des Ufers trieben sich einige Zivilisten ohne erkennbaren Stress herum. Besondere Bewachung gab es an dem Fähranleger mitten im muslimisch kontrollierten Gebiet zwischen Skärholmen und Botkyrka nicht. Und von ihren Kameraden auf Ekerö hatten sie keine Warnung erhalten.

Uno, Filip und Max beobachteten die Bewegungen der Fähre aufmerksam von der Kuppe des Hügels bei Flottsbro aus.

»Bereithalten, Max«, sagte Uno.

Als sich die Fähre dem Dock Slagsta Brygga näherte, drückte Max auf den Fernauslöser und entfesselte eine Explosion, die sämtliche Stützpfeiler bei Mohammeds Eiern in Schutt und Asche verwandelte und die Brücke ins Wasser stürzen ließ, vollkommen unbrauchbar.

Der Plan sah vor, dass die Verteidiger hinstürmen würden, weil sie einen Angriff der Schweden vermuteten. Es funktionierte. Viele der Muslime an den Brücken der E4 eilten in Richtung der vermeintlichen Angreifer los. Zur Verstärkung der Wirkung hatte Uno angeordnet, mehrere Granatwerfer auf den Hügel von Flottsbro zu bringen, die begannen, Geschosse auf die Verteidiger niedergehen zu lassen. Es schien sich um einen massiven Angriff zu handeln. Die Bewachung der Brücken der E4 lichtete sich, als immer mehr Krieger dort ihre Positionen aufgaben, um auf die Attacke einen halben Kilometer südlich unterhalb der U-Bahn-Station Masmo zu reagieren.

Anstatt bei Slagsta Brygga anzulegen, steuerte die Fähre unerwartet in die Bucht am Jachthafen. Bevor irgendjemand mitbekam, was vor sich ging, hatte sie 300 Meter zu dem schmalen Kanal zurückgelegt, der den Mälaren und den Albysjön an der Brücke der E4 miteinander verband.

Die ersten Bofors-Raketen wurden auf die in 150 Metern Entfernung sichtbaren Brückenpfeiler abgefeuert. 75 Meter vor der Brücke hielt die Fähre an, und ein Geschoss nach dem anderen wurde mit perfekter Präzision entfesselt.

Letztlich reagierten die an der Brücke verbliebenen Verteidiger und ließen Schüsse auf die Fähre einprasseln, doch das Dröhnen der Raketenstarts setzte sich unbeirrt fort. Das Bedienpersonal war in den Fahrzeugen geschützt, die weitaus mehr vertrugen als Beschuss durch Maschinen- und Sturmgewehre.

Als die Brücke vollständig zerstört war, verließ die Fähre langsam die Bucht und kehrte zu den bei Träkvista auf Ekerö wartenden Berserkern zurück. Als sie die Mündung der Bucht parallel zum Fähranleger erreichte, wurde sie plötzlich von zwei Granaten getroffen. Die Steuerung fiel aus, und sie drehte unkontrolliert nach Steuerbord. Die 17 überlebenden Berserker konnten nichts dagegen unternehmen, dass die Fähre abdriftete und schließlich wenige Meter vom Ufer entfernt unterhalb der U-Bahn-Station Vårby Gård auf Grund lief. Dort warteten 40 feindliche Soldaten, die sie von erhöhten Positionen aus mit schwerem Feuer unter Beschuss nahmen. Die Berserker kämpften verzweifelt gegen überwältigende Überzahl, bis ihre Sturmgewehre eines nach dem anderen verstummten. Nach zehn Minuten eines erbitterten Gefechts beendeten es sechs Granaten, und es kehrte wieder Stille ein. Als einer der letzten Berserker fiel ihr tapferer Anführer Lasse Söder.

Kapitel 25

Stockholm im Würgegriff

27. September 2032

Östermalm, die Innenstadt, Gamla Stan und Södermalm standen vom ersten Kriegstag an unter muslimischer Kontrolle und blieben es. Deshalb waren die Gebäude in jenen Stadtteilen relativ unversehrt. Hingegen verwandelten sich andere Bereiche wie Vasastan, Kungsholmen, Birkastan, Sundbyberg, Solna, Sollentuna, Kista, Husby, Bergshamra und die nahen nördlichen Vororte in Schlachtfelder, deren Infrastruktur weitgehend zerstört wurde.

In Södermalm und Enskede erhielten die Invasionsstreitkräfte erhebliche Unterstützung von Heiligen Kriegern und schwedischen Linksaktivisten, die in der Gegend wohnten. Viele der Letzteren arbeiteten bei Medien, wodurch sie zudem effektive Propaganda betreiben konnten. Hunderte dieser Meinungsführer erhielten Zahlungen von Organisationen aus dem Dunstkreis muslimischer Extremisten, obwohl es nur wenige zugaben. Diese »Nebengeschäfte« sorgten für eine angenehme Ergänzung ihrer in der Regel aus schwedischen Steuergeldern finanzierten Gehälter. So ermöglichten sich viele Journalisten einen komfortablen Lebensstil mit schicken Wohnungen, internationalen Reisen und regelmäßigen Besuchen der angesagtesten Restaurants und Bars in Södermalm. Luxusautos und Markenkleidung hingegen gehörten nicht zu ihrem Image. Stattdessen traten sie wie Proletarier auf und benutzten Fahrräder, um einen nachhaltigen Lebensstil nach außen zu kehren. Umweltverschmutzer wurden zutiefst verachtet. Das höchste Ansehen erlangte man, indem man einen Kinderwagen mit seinem Fahrrad verband.

Die meisten standen schon lange auf der Gehaltsliste der Muslime, manche seit bis zu 30 Jahren. Im Gegenzug bestand ihre Aufgabe darin, Gedankengut zur Rechtfertigung der Islamisierung Schwedens in die Köpfe der Menschen zu pflanzen und so den Weg für die letztliche Übernahme durch die Muslime zu ebnen.

Was ihnen weit über die Erwartungen ihrer Auftraggeber hinaus gelang. Das staatliche Fernsehen und der Medienkonzern Bonnier hatten die Gesinnung der Schweden fest im Griff. Die meisten Einwohner betrachteten Nachrichten im Staatsrundfunk als unbestreitbare Wahrheit. Darüber standen höchstens noch die Tageszeitungen *Dagens Nyheter, Svenska Dagbladet, Göteborgsposten* und *Sydsvenskan*.

Was die Linksaktivisten abgesehen von ihrem Zusatzverdienst, der Verbreitung marxistischer Ansichten und einer Verringerung der Kohlendioxidemissionen wollten, blieb unklar. Regelmäßige übertriebene Artikel über den sogenannten Treibhauseffekt schürten Klimaangst und lenkten von der Islamisierung Schwedens ab. Der angeblich rasant eskalierende Klimawandel wurde als Feind dargestellt, der Aufmerksamkeit von der wahren Bedrohung abzog, der Unterwanderung durch Muslime.

Vielleicht wussten die Linksaktivisten selbst nicht, was sie eigentlich wollten. Unabhängig davon setzten sie sich weiter beharrlich für eine multikulturelle Gesellschaft ein, was lediglich eine Umschreibung für die fortschreitende Islamisierung war. Je stärker sich der Islam in einem Gebiet etablierte, desto multikultureller wäre es, wurde behauptet. In der Praxis kam eine voll entwickelte Multikultur einer muslimischen Monokultur gleich. In einer muslimischen Gesellschaft gab es keinen Platz für freie Medien und unabhängigen Journalismus. Das schien dabei übersehen zu werden. Dasselbe galt für Feministinnen und die LGBTQ-Bewegung. Und wie rechtfertigte die jüdische Bevölkerung mit ihrem starken Einfluss auf die Medien die Unterstützung ihrer muslimischen Feinde?

Den Menschen, die in den besetzten Gebieten lebten, wurde letztlich klar, dass die Linksaktivisten ihr Land verraten hatten. Mitten auf dem Medborgarplatsen, wo einst ein ehemaliger Ministerpräsident verkündet hatte, Muslime aus aller Welt wären in Schweden willkommen, wurde ein Schafott errichtet, auf dem als Erstes die Köpfe der Linksaktivisten rollten. Die Leichen weiterer schaukelten im Wind an Laternenmasten.

2014 hatte der schwedische Ministerpräsident Stefan Löfven der Welt verkündet: »Mein Europa baut keine Mauern.« Im Nachhinein eine tragisch ironische Einstellung, wenn man betrachtete, wozu die naive, selbstzerstörerische Politik des Landes geführt hatte. Hätten die Linksaktivisten einen Funken Verstand besessen und sich mit Geschichte ausgekannt, sie hätten begriffen, dass sich wiederholte, was sich 1979 im

Iran abgespielt hatte. Dort hatten die Kommunisten den Muslimen zur Macht verholfen, indem sie den westlich orientieren Schah gestürzt hatten. Wie immer, wenn die Muslime die Macht übernahmen, sahen sie in Verbündeten eine potenzielle Bedrohung, die es zu beseitigen galt. Die tiefe Abneigung des Propheten gegen Verräter und Überläufer befeuerte die kompromisslose Brutalität der Muslime.

Obwohl die schwedischen Kollaborateure ihnen geholfen hatten, blieben sie in ihren Augen Verräter. Ungeziefer, das ausgerottet werden musste. Und genau das geschah auf dem Medborgarplatsen.

Geschichtlich betrachtet folgten muslimische Übernahmen in der Regel einem Muster. Im Gegensatz zur verbreiteten Meinung ging es dem Islam nicht darum, Andersdenkende auszulöschen, sondern sie Allahs Willen zu unterwerfen. Die erste Phase bestand darin, jeden erdenklichen Widerstand zu beseitigen und der Öffentlichkeit durch Angst uneingeschränkten Gehorsam und Schweigen aufzuzwingen. Danach folgte eine konstruktivere zweite Phase. Dabei wurde den Menschen eine versöhnliche Hand gereicht, indem man sie einlud, zu konvertieren und sich der muslimischen Gemeinschaft anzuschließen.

Dafür musste man lediglich das muslimische Glaubensbekenntnis dreimal wiederholen, einen einzigen kurzen Satz: »Es gibt keinen Gott außer Allah, und Mohammed ist sein Gesandter.«

Es gab kein Register für den Eintrag der Konvertierung, kein Dokument darüber. Sie musste nicht mal von einem Imam bezeugt oder bestätigt werden. Man musste lediglich wie ein guter Muslim leben und sich entsprechend kleiden. Den äußeren Attributen kam entscheidende Bedeutung bei. Männer mussten sich Bärte wachsen lassen und merkwürdige kleine Mützen tragen, Frauen mussten sich verhüllen. Alkohol und Schweinefleisch waren ebenso streng verboten wie Hunde als Haustiere. Die Teilnahme am Freitagsgebet in der Moschee sowie fünf Gebete täglich waren obligatorisch. Im Wesentlichen erfüllte man damit die Voraussetzungen, um als guter Muslim zu gelten. Obwohl Allah immer wusste, was den Menschen durch den Kopf ging, wurden sündige Gedanken nicht bestraft, solange die zahlreichen zeremoniellen und rituellen Aspekte des Islam geachtet wurden. Die praktischen Handlungen zählten, nicht das Gedankengut.

Im Gegensatz zum Christentum, das Aufrichtigkeit und innere Wahrheit verlangte, konzentrierte sich der Islam auf Äußerlichkeiten.

Deshalb kannten Muslime auch keinerlei Skrupel, Ungläubige zu hintergehen. Christen betrachteten sie als naiv. »Wenn Christen die andere Wange hinhalten, schlagen wir Muslime mit voller Wucht zu.« Einen Christen durch Lug und Trug zu täuschen, galt unter Muslimen als Sieg.

Wer sich darauf versteifte, nicht muslimisch zu leben, musste die *Dschizya* bezahlen, eine Sondersteuer für Ungläubige. Agnostiker wurden als Bürger zweiter Klasse angesehen und in jeder Hinsicht diskriminiert, sowohl rechtlich als auch im Alltag. Muslime hatten immer Vorrang. Vor Gericht wurde der Aussage eines muslimischen Mannes derselbe Wert beigemessen wie die von zwei nicht-muslimischen Männern und vier nicht-muslimischen Frauen. Begegneten sich ein Muslim und ein Christ auf dem Bürgersteig, hatte der Christ zur Seite zu treten. Wollten Muslime ein voll besetztes Restaurant besuchen, mussten nicht-muslimische Gäste umgehend ihre Tische räumen. Wurde nicht gehorcht, hatten Muslime das Recht, die Ungläubigen zu bestrafen, auch mit dem Tod, wenn ihnen danach war. Ein Muslim durfte einen Ungläubigen jederzeit töten, ohne sich dafür rechtfertigen zu müssen.

Langfristig zwang dieses ungerechte System nahezu jeden, zum Islam zu konvertieren, und genau darauf zielte es ab. Das ultimative Ziel des Islam bestand darin, alle Menschen zum wahren Glauben zu bekehren, bis die ganze Welt muslimisch wäre. Und alle hätten sich an die Gesetze der *Scharia* zu halten, verfügt von Allah und überliefert durch seinen unfehlbaren Gesandten Mohammed.

Um den Islam zu festigen und auszuweiten, durften muslimische Frauen ausschließlich muslimische Männer heiraten. Muslimische Männer hingegen wurden ermutigt, andersdenkende Frauen zu heiraten, sofern sie zum Islam konvertierten. So verschob sich das Verhältnis zu Gunsten der Muslime auf Kosten anderer Glaubensgemeinschaften.

In Södermalm mehrten sich die Anzeichen der zweiten, friedlicheren Phase. Immer mehr schwedische Männer und Frauen trugen muslimische Kleidung, die von den Besatzern kostenlos verteilt wurde. Viele Bewohner von Södermalm empfanden es geradezu als »Happening«, wie zum Karneval verkleidet durch die Straßen zu wandern, und grinsten sich gegenseitig verstohlen über die neue Aufmachung an. Es fühlte sich irgendwie cool und neu an, multikulturell, regelrecht inspirierend. Etwas zum Nachdenken für die Bourgeoisie. Zum Teufel mit den lahmen schwedischen Traditionen. Es gab so viel Neues und Aufregendes zu lernen und zu verinnerlichen.

Leider war Alkohol verboten, doch zum Ausgleich verkauften Muslime sowohl Haschisch als auch andere Drogen zu erschwinglichen Preisen. Als anspruchsvoll erwies sich, dass gute Muslime extrem auf persönliche Hygiene, saubere Kleidung und Ordnung zu Hause zu achten hatten, aber gut, daran musste man eben arbeiten.

Ein weiterer Punkt war, dass man das ehemalige Arbeiterviertel Södermalm und zuletzt auch Enskede stetig aufgewertet hatte. Seit der sexuellen Revolution der 1960er-Jahre hatten diese Viertel Homosexuelle aus ganz Nordeuropa angezogen, vor allem aus Finnland und den baltischen Staaten sowie natürlich aus Schweden selbst. In Södermalm und Enskede lebten Tausende. Für Muslime zählte jedoch in erster Linie, dass die sexuelle Orientierung unter ihrer traditionellen Aufmachung verborgen blieb. Mehrere Hundert bekennende Homosexuelle waren vom Dach des 26-stöckigen Wolkenkratzers namens »Skrapan« gestoßen worden, doch damit schienen Hinrichtungen vorbei zu sein. Solange man mit seiner Ausrichtung diskret umging, scherte sie niemanden. Was sich damit erklärte, dass gleichgeschlechtliche Beziehungen zwischen muslimischen Männern eine alte, verbreitete Tradition darstellten. Solche Handlungen an sich zählten nicht als besonders schwere Sünde, solange man nicht offen homosexuell lebte.

Lesben gab es offiziell nicht, da sich Frauen stets hinter weitem Stoff zu verbergen und in jeder Lebenslage ihren Platz zu kennen hatten. Zutiefst bedenklich fanden Frauen, dass ihre Mobilität und Freiheit zunehmend durch immer neue Regeln und Einschränkungen beschnitten wurden, verkündet von den Imamen in der Zayed-Moschee bei den Freitagsgebeten. Jede Frau unterstand der Kontrolle eines ihr zugeteilten Mannes. Gehorchte sie nicht, hatte er die Pflicht, sie zur Unterwerfung zu prügeln. Kam er dem nicht nach, drohte ihm selbst schwerste Bestrafung durch Stockschläge.

Die Zayed-Moschee, manchmal auch Große Stockholmer Moschee genannt, befand sich in günstiger Lage am Medborgarplatsen. Ihre Besucher konnten praktisch nicht vermeiden, die zumeist unmittelbar nach dem Freitagsgebet vollzogenen öffentlichen Bestrafungen zu bezeugen. Frauen, die das Gotteshaus durch die für sie vorgesehene Hintertür verließen, wurden immer auf den Platz getrieben, damit ihnen keine lehrreichen Enthauptungen und Auspeitschungen entgingen.

Auf dem Schafott hatte man unübersehbar ein großes Schild montiert, das auf Arabisch und Schwedisch verkündete: »Ergreift sie und tötet sie, wo immer ihr sie findet. Über jene haben wir euch deutliche Gewalt verliehen.« Koran 4:89/91.

Die Todesstrafe durch Steinigung für Frauen, die Ehebruch begingen, war unlängst eingeführt, aber bisher nicht vollzogen worden. Dafür wurde eine spezielle Grube unmittelbar vor der Eingangstreppe des Medborgarhuset vorbereitet. Die Besatzer hatten eindeutig vor, den Bewohnern von Södermalm eine neue, bis dato unvorstellbare Form der Unterhaltung zu liefern.

Auch der Östermalmstorg – der große Platz auf Östermalm – war in eine Stätte für öffentliche Hinrichtungen verwandelt worden. Neben dem häufig genutzten Schafott vor dem Eingang zur Markthalle hatte man in der Mitte des Platzes einen mittlerweile rußigen Käfig aus Metall aufgestellt. Darauf zeigte ein Schild sowohl auf Arabisch als auch auf Schwedisch den 56. Vers der vierten Sure des Korans an. »Diejenigen, die unsere Zeichen verleugnen, werden wir gewiss einem Feuer aussetzen. Jedes Mal, wenn ihre Haut verbrannt ist, tauschen wir sie ihnen gegen eine andere Haut aus, damit sie die Strafe kosten.« Den Boden bedeckte eine dicke Schicht aus Asche und verkohlten Knochenfragmenten. Neben dem Käfig stapelten sich Birkenholzscheite in acht Reihen, eine klare Botschaft an die Bewohner von Östermalm.

In anderen Teilen Stockholms wie der Innenstadt, Vasastan, Birkastan, Hagastan, Kungsholmen und den umliegenden Gebieten Bromma, Solna und Sundbyberg herrschten andere Bedingungen. Dort hatten wochenlang Straßenkämpfe gewütet und flammten immer noch gelegentlich auf, doch allmählich wurde klar, dass die Invasionsstreitkräfte kurz davorstanden, endgültig die Kontrolle zu erlangen. Besonders heftig fielen die wiederholten Gefechte um den Flughafen Bromma aus, die das Rollfeld in eine zerklüftete Mondlandschaft verwandelt hatten. Letztlich sicherten sich die Besatzer den Flughafen. Mittlerweile konnten die Schweden über Drohnen mit

Kameras beobachten, wie dort neu asphaltiert wurde, was die Besorgnis auslöste, muslimische Verstärkung könnte auf dem Luftweg eintreffen.

Nach zehn Wochen erbitterter Kämpfe schienen alle Parteien eine Erholungspause zu brauchen.

Nur gelegentlich hörte man Granatenexplosionen und sporadische Schüsse aus automatischen Waffen. Die Gebäude in den kriegsgebeutelten Gebieten wiesen schwere Schäden auf. Granatwerfer, Panzerabwehrwaffen und Selbstmordattentäter hatten etliche Dächer zum Einsturz gebracht. Beschuss durch Panzer und gepanzerte Fahrzeuge hatte viele Häuser in Schutt und Asche gelegt. Andere hatten die Besatzer mit Dynamit gesprengt, darunter sämtliche Kirchen, die in Trümmern lagen. An ihrer Stelle würden neue Moscheen errichtet werden.

Bekannte Sehenswürdigkeiten wie das Opernhaus, das Schauspielhaus, die Konzerthalle, der Hauptbahnhof, das Kongresszentrum Stockholmer Waterfront, die Polizeizentrale Kungsholmen, das Clarion Hotel am Norra Bantorget, das Wenner-Gren Center, die Wohntürme Norra Tornen, der Cedergrenska-Turm in Stocksund, der Victoria-Turm, der Kista Science Tower und ein brandneuer 110-stöckiger Wolkenkratzer, der noch nicht mal einen Namen hatte, wurden zerschossen, bis davon nur staubige Steinhaufen und kahle Stahlgerippe übrig waren.

Das Rathaus hingegen blieb weitgehend unversehrt. Die Muslime hatten vor, es zu einem späteren Zeitpunkt für bislang nicht bekanntgegebene Zwecke zu nutzen. Nur der Verputz der Fassaden war durch Beschuss teilweise abgebröckelt. Wo er gehalten hatte, prangten darin unzählige Einschusslöcher.

Die Frontlinie nördlich von Stockholm, die einen Bogen von Stäket über Rotebro nach Stocksundet bildete, hielten die Schweden nach wie vor. Entscheidend dafür war, dass der gemischte Gefechtsverband Gotland und das Gotland-Bataillon zur Überraschung der Muslime in Kapellskär gelandet und aus Norden mit Leopard-Panzern und mobilen Artilleriegeschützen angerückt waren. Zusätzlich verstärkten Teile der nationalen Eingreiftruppe die regulären Streitkräfte mit 850 Mann aus Linköping. So lieferten die Schweden den Invasoren einen weitaus heftigeren Kampf, als die Führungsriege der Muslime erwartet hatte. Die

Hauptstadt jedoch befand sich fest in islamischer Hand, und auch weiter westlich sah es düster für die Schweden aus.

Die Brücken bei Stäket und Stocksund wurden am vierten beziehungsweise fünften Tag des Kriegs von schwedischen Pionieren gesprengt. Als sich Letzteres vollzog, reisten gerade 260 muslimische Elitesoldaten auf der Roslagsvägen nach Norden. Als die bereits erschöpften Soldaten auf das ausgeruhte, bestens ausgerüstete Gotland-Bataillon stießen, wurden sie vernichtend geschlagen und dezimiert, bis die letzten 48 die weiße Flagge schwenkten und sich ergaben. Sie wurden vorübergehend auf der kleinen Festungsinsel vor Vaxholm untergebracht und gemäß der Dritten Genfer Konvention anständig behandelt.

Im Süden sprengten die Freischärler unter Uno Svensson die Brücken der E4 bei Vårby und der Landstraße 289 bei Fittja. Die Tranebergsbron, den westlichen Weg aus Stockholm, hatte Mörserbeschuss zerstört. Die Straße nach Norden entlang der E4 wurde von regulären schwedischen Truppen blockiert, die in Norrviken zwischen Rotebro und Sollentuna in Stellung gegangen waren.

Stockholm war in alle Richtungen abgeschnitten, außer zu Värmdö hin, einer Sackgasse, die mit der Ostsee endete. An den zerstörten Brücken standen die Schweden und die Muslime auf gegenüberliegenden Seiten. Eine Ausnahme bildete die Tranebergsbron, wo Letztere die Gebiete beidseits der Meerenge von Traneberg kontrollierten. Die militärische Lage um Stockholm herum hatte sich vorübergehend mit festgefahrenen Positionen stabilisiert.

Weiter westlich standen die Dinge für die Schweden schlechter. Muslimische Streitkräfte rückten entlang der Europastraße 18 nördlich des Vänernsees vor. Sie schienen die Absicht zu verfolgen, das Land mit einem Korridor von Södertälje westwärts durch Örebro und Karlstad bis hinunter nach Göteborg zu teilen. Die Abrams-Panzer der Muslime durchbrachen wiederholt die schwedischen Verteidigungsstellungen und hatten bereits Åmål erreicht. Es fehlten nur noch 80 Kilometer zum Erreichen des muslimischen Stützpunkts in Vänersborg. Der entscheidende Schlag, der Schweden in zwei Hälften spalten würde, stand kurz bevor.

Kapitel 26

Putins Rede

1. Oktober 2032

Wenn das russische Fernsehen eine Programmänderung für eine Ansprache von Präsident Putin ankündigte, wussten sowohl das russische Volk als auch Außenministerien weltweit, dass es sich um etwas Bedeutendes handeln musste. Putins Fernsehauftritte beschränkten sich in der Regel auf ungefähr dreimal jährlich, und viele Russen, Weißrussen, Ukrainer, Balten, Finnen, Georgier, Türken, Kasachen, Usbeken, Afghanen, Mongolen und Chinesen wussten, dass es klug wäre, dann einzuschalten. In Schweden herrschte normalerweise eher moderates Interesse an Putins Reden. Diesmal jedoch ging es darin um Schweden selbst.

Präsident Wladimir Putin begann mit einem historischen Überblick und einer kurzen Zusammenfassung der sicherheitspolitischen Lage im Ostseeraum. Geopolitik galt als Putins Lieblingsthema, von dem er außerordentlich viel verstand. Er hatte sich als geschickter Stratege und Verhandler erwiesen, ein typischer erfolgreicher, zynischer Machtmensch.

»Aufgrund des Kriegs in Schweden sind unsere Streitkräfte in höchste Alarmbereitschaft versetzt und bereit, jeden Angriff auf Russland abzuwehren. Wir sind stark und fürchten niemanden. Alle russischen Bürger können sich sicher fühlen und auf unsere militärischen Anführer vertrauen. Zusätzliche Einheiten der Marine wurden aus dem Mittelmeer und dem Schwarzen Meer in die Ostsee verlegt.

Diese bedeutende Konsolidierung von Streitkräften soll einerseits die Sicherheit Russlands gewährleisten und andererseits eine ausgleichende Präsenz in einer Region schaffen, in der unser Land seit Jahrhunderten operiert. Geschichtlich betrachtet ist Russland im Ostseeraum stets benachteiligt worden, obwohl unser Land das größte ist. Schweden hat sich traditionell so verhalten, als hätte es ein Alleinrecht auf die Ostsee. Seit ihrer demütigenden Niederlage 1709 in der Schlacht bei Poltawa mussten sich die Schweden dem Willen des russischen Bären anpassen. Die – legitime – schwedische Exilregierung in Helsinki unter

Leitung unserer alten Freundin Margot Wallfors als Ministerpräsidentin hat sich an uns um Hilfe gewandt.

Seit geraumer Zeit unterhalten wir freundschaftliche Beziehungen zu Schweden. Wir Russen sind loyal und zuverlässig. Wir lassen Freunde in Not nicht im Stich. Daher gebe ich als Russe voll Stolz bekannt, dass wir heute Nachmittag auf das Gesuch der Schweden reagiert haben, und zwar mit der Landung bedeutender Kampftruppen über den See- und Luftweg auf der Insel Gotland zum Schutz der Bevölkerung und der allgemeinen schwedischen Interessen. Russland hat Gotland als strategischen Standort zur Stabilisierung der Lage in Schweden und im Ostseeraum ausgewählt.

In Kürze beginnt dort der Bau des größten Marinestützpunkts der Ostsee. Weitere Infrastrukturen wie Flugplätze, Raketenstützpunkte und Häfen werden so bald wie möglich erweitert oder neu errichtet. Den fast sechzigtausend Bewohnern Gotlands wurde bedingungsloser Schutz durch das russische Militär angeboten, der dankend angenommen wurde. Sie werden auf Kosten des russischen Staats vorübergehend in sichere, moderne Unterkünfte in der Nähe von Gammalsvenskby beziehungsweise Staroschwedske umgesiedelt, das einstige Altschwedendorf. Dort hat Katharina die Große vor 241 Jahren großzügig jene Schweden aufgenommen, die davor unter härtesten Bedingungen auf der estnischen Insel Dagö gelebt hatten. Wenn die Lage es zulässt, können die Gotländer auf ihre Insel zurückkehren. Derzeit lässt sich nicht abschätzen, wann es so weit sein könnte. Falls sich die Rückführung auf unabsehbare Zeit hinauszögert, bieten wir ihnen in unserer bekannten Großzügigkeit die russische Staatsbürgerschaft mit allen Vorzügen wie Altersversorgung und kostenloser Gesundheitsversorgung an. Ich, Wladimir Putin, garantiere hiermit, dass wir uns gut um unsere schwedischen Freunde kümmern werden. Danke für Ihre Aufmerksamkeit. Guten Abend.«

Sichtlich zufrieden lächelte Putin in die Kamera, die Lippen wie immer eine schmale Linie, die Wolfsaugen so kalt wie eh und je. Für einen 84-Jährigen wirkte er überraschend fit. Nichts ließ darauf schließen, dass er in absehbarer Zeit als Russlands Präsident abdanken würde. Ebenso wenig deutete darauf hin, dass die Russen vorhatten, Gotland je an Schweden zurückzugeben oder die Gotländer in ihre Heimat zurückkehren zu lassen.

Nach jahrhundertelangen Machtkämpfen hatte sich das Kräfteverhältnis in der Ostsee innerhalb weniger Stunden zu Russlands Gunsten verschoben. Ab sofort würden schwedische, die Ostsee befahrende Schiffe auf die Gnade Russlands angewiesen sein.

Kapitel 27

Die Verteidigungszentrale wird evakuiert

1. Oktober 2032

Die Lage verschlimmerte sich rasant. Berichten zufolge hatten die entlang der Nordroute um den Vänernsee herum nach Westen vorrückenden Besatzungstruppen Vänersborg erreicht und sich den dort bereits stationierten muslimischen Streitkräften angeschlossen. Damit war Schweden praktisch zweigeteilt. Die von den Besatzern eingerichtete Kommandozentrale lag südlich des Korridors. Es schien nur eine Frage der Zeit zu sein, bis ihnen der gesamte Süden des Landes in die Hände fallen würde.

Gyllenstiernas ruhige Stimme hallte in jedem Winkel von Zone 1 aus Lautsprechern. »Um 16:00 Uhr beginnt die Evakuierung. Für persönliche Gegenstände ist lediglich eine kleine Tasche mit einem Gewicht von höchstens einem Kilo zulässig. Alles, was wir brauchen, wird bei der Ankunft in Zone 2 zur Verfügung stehen. Zusätzliches Gepäck wird separat befördert. Bleiben Sie in Ihren Unterkünften und halten Sie sich bereit. Sie werden dort abgeholt. Die Evakuierung der letzten Gruppe ist für 20:00 Uhr vorgesehen, es ist allerdings mit Unwägbarkeiten im zeitlichen Ablauf zu rechnen.«

Die drei Hubschrauber, die demnächst zwischen den beiden Zonen pendeln sollten, hatte man schon aus den Hangars geholt. Sie standen unter Tarnnetzen verborgen zum Abflug bereit. Im kleinen Dorf Grythyttan warteten sechs Busse darauf, 200 Personen von Zone 1 nach Zone 2 zu transportieren.

Der erste Helikopter, der pünktlich abhob, beförderte neben dem Führungstrio Gyllenstierna, Brännström, Baksi auch König Carl Philip, Björn Väster, die höchstrangigen Befehlshaber der Marine und Luftwaffe sowie die Leiter der Nachrichtendienste MUST, FRA und SÄPO. Die für die nationale Sicherheit entscheidendsten Personen wurden zuerst ausgeflogen. Mit den letzten Flügen würde das Küchen- und Servicepersonal evakuiert werden. Sobald sich der Hubschrauber in der Luft befand und alle ihre Headsets eingerichtet hatten, setzten Unterhaltungen ein.

»Ein ziemlich heftiger Tag«, meinte Luftwaffenoberst Wennergren. »Zum ersten Mal in der Geschichte sind die Russen auf Gotland. Wie zum Teufel sollen wir sie je wieder von der Insel wegbekommen?«

»Wir hätten den Gefechtsverband Gotland dort belassen sollen«, erwiderte Marineleiter Bergström. »Gott mag es uns verzeihen, aber das Volk von Gotland sicher nie! Wir haben die Insel genauso verloren wie damals Dagö.«

»Über Gotland können wir uns den Kopf zerbrechen, wenn der Krieg vorbei ist«, warf SÄPO-Chefin Bianca Popovic ein. »Wer weiß, wie die weltpolitische Lage dann aussieht? In ganz Westeuropa herrscht Chaos.«

»Vorerst sollten wir uns auf die Muslime konzentrieren, die Schweden im Würgegriff haben«, meldete sich Brännström zu Wort, der das Augenmerk immer auf das Wesentliche und Machbare richtete. »Die Russen können wir ohnehin nicht kontrollieren«, fuhr er fort. »Würde mich nicht überraschen, wenn sie mehr als Gotland im Visier hätten. Aber das werden wir schon bald herausfinden. Jedenfalls haben die Leute aus Gotland in Stockholm eine wesentliche Rolle gespielt. Ich würde wieder so entscheiden.«

»Ich bin derselben Meinung wie Brännström«, sagte Gyllenstierna. »Ein Vorteil der Evakuierung ist, dass die gesamte Schutztruppe aus Zone 1 für andere Missionen eingesetzt werden kann. Wir reden hier von immerhin 800 Mann auf dem Weg nach Norden, um die feindliche Linie zu durchbrechen.«

»Ja, und alles deutet darauf hin, dass es ihnen gelingen wird«, kam von Brännström. »Mir scheint die feindliche Verteidigungslinie zu lang und verteilt zu sein, um sie zusammenzuhalten. Im Idealfall hätte ich sie ja gern nach Süden geschickt, um Jönköping zurückzuerobern. Aber das ist im Augenblick zu riskant, weil sie dort zwischen dem Vätternsee und dem Vänernsee abgeschnitten werden könnten.«

»Über die Russen habe ich soeben die Information erhalten, dass die Amerikaner gestern ein Gespräch abgefangen haben. Daraus geht hervor, dass sie vorhaben, mit dem Bombardement der Besatzer zu beginnen«, schaltete sich Rudolf Enbom ein, Leiter der FRA.

»Das wäre mehr als begrüßenswert«, befand MUST-Chef Bertil Wiklund. »Vielleicht bewirken die verdammten Russen zum ersten Mal in der Geschichte ja etwas Gutes.«

»Ich kann's kaum erwarten, dass sie damit loslegen«, sagte Alfred Baksi. »Nach derzeitigem Stand brauchen wir externe Hilfe, wenn wir das Blatt wenden und den Krieg gewinnen wollen. Dafür sind sogar russische Bomben gute Bomben. Wann fangen sie an?«

»Das geht aus den Informationen nicht hervor«, antwortete Enbom. »Die Amerikaner interpretieren das Gespräch als Planungsphase. Wahrscheinlich wissen es die Russen selbst noch nicht.«

Der Hubschrauber setzte zur Landung am Busbahnhof in Grythyttan an.

»Übrigens«, ergriff Baksi das Wort, »habe ich heute Morgen die Information erhalten, dass uns die israelische Botschafterin Deborah Dayan 180 Militärberater und Ausbilder anbietet, Experten für urbane Kriegsführung. Ich habe unter Vorbehalt angenommen«, fügte er mit einem Blick zu Brännström hinzu.

»Interessant. Wir nehmen auf jeden Fall an. Ich möchte sie so schnell wie möglich hier haben«, erklärte Brännström und schaute seinerseits zu Gyllenstierna, der nickte. »So viele wie möglich, und mit so vielen Waffen wie möglich! Sagen Sie unseren israelischen Freunden, dass wir die eine Hälfte am Flughafen Arlanda wollen, die andere am Flughafen Växjö.«

Die Triebwerke wurden abgeschaltet, und die Rotorblätter verlangsamten sich, bevor sie zum Stillstand kamen.

»Wir brauchen dreieinhalb Stunden zum Ziel. Sie werden kaum merken, dass wir nicht mehr in Zone 1 sind«, kündigte Gyllenstierna an. »Die Zentrale in Noppikoski ist der anderen unglaublich ähnlich.«

Kapitel 28

Ausrufung des Kalifats Alzuwid

4. Oktober 2032

Für Ahmed Ben Barka und Muslime weltweit war es ein denkwürdiger Tag. Die Welt stand unmittelbar davor, ihren 26. muslimischen Staat zu erhalten, ein Ereignis, das in die 25 bereits bestehenden Länder live übertragen werden würde. Reporter zahlreicher muslimischer Nachrichtensender waren vor wenigen Tagen am Flughafen Bromma eingetroffen. Vertreter von rund zehn Zeitungen, etlichen digitalen Nachrichtenplattformen und Medien aus Frankreich, Belgien und Indien befanden sich vor Ort.

Die Pressekonferenz würde im Blauen Saal des Stockholmer Rathauses stattfinden, wo man traditionell das Bankett nach der Nobelpreisverleihung abgehalten hatte – was nie wieder vorkommen würde, denn es würden keine Nobelpreise mehr verliehen werden. Die Muslime betrachteten die Auszeichnung als postkoloniale Form der Unterdrückung, eine Verherrlichung der weißen Rasse und der Juden, denn aus ihren Rängen hatte es im Verlauf der Geschichte eine vernachlässigbare Anzahl von Preisträgern gegeben.

Damit der Blaue Saal nicht leer wirkte, hatte man 400 Heilige Krieger in traditioneller muslimischer Kluft als Publikum organisiert. Muhammed Badie, Oberhaupt der Muslimbruderschaft und Ahmeds Vorgesetzter, betrat die Bühne und verkündete auf Arabisch das Motto der Bruderschaft.

»Allah ist unser Ziel. Der Prophet ist unser Anführer. Der Koran ist unser Gesetz. Der *Dschihad* ist unser Weg, der Tod zum Ruhm Allahs unser höchstes Bestreben!«

Stürmischer, anhaltender Beifall dröhnte durch den Blauen Saal.

»Endlich haben die Lehren des Propheten die Barbaren im Norden erreicht. Die ungläubigen Schweden werden Erleuchtung und die Freuden von Allahs Weisheit und Barmherzigkeit erfahren.«

Auf dem großen Bildschirm erschien eine Karte. Sie zeigte Schwedens Süden ab einer geraden Linie von einem Punkt nördlich von Uppsala nach Westen zur norwegischen Grenze nördlich von Arvika.

»Hiermit verkünde ich den muslimischen Staat Alzuwid mit Makat Almukarama als Hauptstadt, vormals bekannt als Stockholm!«

Von der Galerie wurden über die Geländer Dutzende Flaggen ausgerollt. Die neue schwedische Nationalflagge wies eine Mondsichel und einen gelben Stern vor dem grünen Hintergrund des Islam auf.

Der Applaus und der Jubel schienen kein Ende zu nehmen. Schließlich jedoch verstummten sie, als das Oberhaupt der Bruderschaft wieder das Wort ergriff.

»Aus diplomatischen Kreisen wissen wir, dass die meisten Länder weltweit den neuen Staat Alzuwid und dessen legitimes Oberhaupt demnächst anerkennen werden. Für Europa bricht ein neues Zeitalter an. Die Lehren des Propheten werden sich von Alzuwid aus verbreiten, zunächst über Skandinavien, dann weiter nach Süden, bis ganz Europa unserer muslimischen Gemeinschaft angehört. Als Nächste werden die dekadenten Norweger erleuchtet, die unseres Geleits dringend bedürfen! Erster Präsident von Alzuwid ist Ahmed Ben Barka, der erfolgreich die Befreiung des Landes angeführt hat. Präsident Ben Barka wird nun seine Vision für Alzuwid und dafür erläutern, wie sich Makat Almukarama rasch aus einem derzeit primitiven Zustand zu einem strahlenden Juwel erheben wird, einer Pilgerstätte für Muslime, die sich mit Mekka messen können wird.«

***

Bereits bis zu jenem Abend erkannten alle 25 muslimischen sowie eine Handvoll afrikanischer Länder den neuen Staat offiziell als legitim an. In den folgenden Tagen schlossen sich dem Frankreich, Belgien, die Philippinen und mehrere kleine Nationen Ozeaniens an.

Die Großmächte USA, China, Russland und Indien hingegen verlautbarten, der Versuch, einen neuen Staat in Nordeuropa zu gründen, wäre unrechtmäßig. Sie erklärten, dass sie weder dessen Grenzen noch dessen Führung anerkennen würden. Zugleich jedoch stellten sowohl die USA als auch China klar, dass kein militärisches Eingreifen geplant wäre und Europa sein Schicksal selbst in die Hand nehmen müsste.

Kapitel 29

Nachtaufklärung

12. Oktober 2032

Aufklärungssoldaten gehörten zur Elite, zu den Besten der Besten. Sie wurden speziell dafür ausgebildet, hinter den feindlichen Linien Informationen über Einheiten und Aktivitäten zu beschaffen. Auf deren Grundlage wurden Entscheidungen darüber getroffen, wie die eigenen Truppen eingesetzt werden sollten.

Um Aufklärungssoldat in den Ranger-Bataillonen zu werden, musste man körperlich und geistig topfit sein, einen eisernen Willen besitzen und teilweise härter trainieren als Profisportler. Großes Augenmerk wurde dabei auf Ausdauer und Schnelligkeit gelegt, da man sich hinter den feindlichen Linien oftmals zu Fuß am effizientesten bewegte. Ein Aufklärungssoldat musste in der Lage sein, 50 Kilometer täglich durch unwegsames Gelände zu schaffen. Außerdem brauchte er außergewöhnliche Orientierungsfähigkeiten, eine Art natürlichen, inneren Kompasses, der einem instinktiv den richtigen Weg wies. Um optimale Mobilität zu gewährleisten, enthielten die Rucksäcke nur das Nötigste. Manchmal hatten Aufklärungssoldaten bei Einsätzen nicht mal ein Sturmgewehr dabei. Dafür gehörten ein leistungsstarkes Fernglas und eine Kamera mit Teleobjektiv in der Regel zur Grundausstattung. Die meisten dieser Elitesoldaten verfügten zusätzlich über eine Spezialausbildung als Fallschirmspringer, Taucher, Scharfschützen oder Funker.

Manchmal mussten Aufklärer länger als geplant hinter den feindlichen Linien ausharren. Daher erhielten sie auch ein Überlebenstraining. Sich in der Natur selbst zu versorgen, konnte im Winter in Nordschweden ziemlich anspruchsvoll sein. Aufklärungssoldaten jedoch hielten sogar unter solchen rauen Bedingungen über Wochen durch.

Die Mission, die Pelle Nyberg aus Kiruna und Carl-Johan Öving aus Småland vom Ranger-Bataillon der Armee in Arvidsjaur erwartete, schien relativ einfach zu sein. Zuerst sollten sie mit Einzelkajaks zwischen den kleinen Inseln Brändön und Granön anderthalb Kilometer weit paddeln, danach würde ein Aufklärungsmarsch über ungefähr 25 Kilometer durch vergleichsweise harmloses Terrain folgen. Das Gebiet bestand überwiegend aus Nadelwäldern, leicht hügeligem Gelände und einem Geflecht von Forststraßen, die wegen kürzlicher Abholzungsarbeiten nicht überwuchert waren.

»Das könnte jeder sechzehnjährige Pfadfinder«, meinte Nyberg, ganz der selbstbewusste Bergarbeitersohn. »Wird geradezu ein Vergnügen, die herrliche Küstenlandschaft, die Ruhe und die frische Luft zu genießen.«

»Außer die Muslime haben auf Granön Späher mit Nachtsichtgeräten, die uns beim Paddeln entdecken. Dann könnte es brenzlig werden. Abgesehen davon könnten die Küstenlinien nördlich und südlich des Hertsöträsket heikel sein, zumindest den Satellitenbildern nach. Aber wohl nicht allzu sehr«, erwiderte Öving, ganz der zurückhaltende, überlegte Bauernjunge aus Småland.

»Wir könnten ein wenig Draht für Fallen mitnehmen. Vielleicht fangen wir ja ein paar Birkhühner«, schlug der allzeit optimistische Nyberg vor, ohne mit einer Antwort zu rechnen. »Mir hängen die Armeerationen allmählich zum Hals raus.«

»Keine schlechte Idee«, befand Öving halbherzig, da er Essen primär als Brennstoff für den Körper betrachtete. In seiner Welt waren Energieriegel weitaus effizienter als gebratene Birkhuhnbrust.

Die Muslime hatten in Bensbyn einen Stützpunkt mit 200 Heiligen Kriegern errichtet. Die Zufahrt nach Luleå blockierten sie über den Bensbyvägen an der Brücke namens Sinksundsbron. Bevor angreifende Ranger-Einheiten den Widerstand überwinden könnten, würde den Muslimen genug Zeit bleiben, sie zu sprengen. Bewacht wurde sie von einer Kompanie der Heiligen Krieger mit Maschinengewehren und Panzerabwehrwaffen.

Die Kreuzung der Europastraße 4 mit dem Haparandavägen hatte man befestigt. Dort hatten sich mindestens 200 schwer bewaffnete muslimische Elitesoldaten mit doppelt so vielen Heiligen Kriegern, sechs Panzern, zwölf leichter gepanzerten Fahrzeugen und einer Handvoll Haubitzen verschanzt.

Die gesamte 97 zwischen Luleå und Boden befand sich fest in Händen der Muslime. Ähnlich hatten sie Gammelstad in eine Festung verwandelt, da die Schweden keinen Zugang zu Kampfflugzeugen oder schwerer Artillerie hatten. In Gammelstad hielten sich über 700 muslimische Soldaten auf.

Da die Ranger-Einheiten zahlenmäßig unterlegen waren und ihnen schwere Bewaffnung fehlte, blieb ihnen als einzige Möglichkeit Feldschlachten. Sie hatten ihren Hauptstützpunkt in Persön, ungefähr zehn Kilometer nördlich der muslimischen Hochburgen Rutvik und Bensbyn. Allerdings erforderten Feldschlachten auch Infanterie mit schwereren Waffen und zusätzliche Soldaten.

Um offene Gefechte zu vermeiden, wurde ein Nebenmanöver über das Wasser und durch den Wald geplant, von wo die Muslime keinen Angriff erwarten würden. Die Frage lautete, ob man sich Luleå südlich oder nördlich des Hertsöträsket nähern sollte, mit einer Kombination aus beidem oder auch auf keinem dieser Wege. Das herauszufinden, war eine Mission für die Aufklärungssoldaten Nyberg und Öving.

Nyberg würde die Südseite übernehmen, Öving den Norden. Sie würden den Fußweg zum Hertsöträsket einschlagen, einem drei Kilometer langen See, dessen Umriss an das Königreich Schweden erinnerte. Und wenn der Feind sie bemerkte, würden sie unweigerlich draufgehen.

Pelle Nyberg und Carl-Johan Öving verließen die Basis in Persön um vier Uhr morgens mit einem alten Audi. Solange es noch dunkel war, würden sie mit ausgeschalteten Scheinwerfern zur Brändö Lodge mit angeschlossenem Kajakverleih zu fahren. Der Plan sah vor, zwei Einzelkajaks für die Überfahrt nach Granön zu mieten, nur drei Kilometer südlich der Lodge.

Sie würden die Kajaks tagsüber zum südlichsten Punkt von Brändön tragen und in der nächsten Nacht um 02:00 nach Granön übersetzen. Alternativ würden sie dafür ein Ruderboot benutzen. Davon würde es in der Gegend vermutlich Dutzende geben.

Als sie bei der noch dunklen Lodge eintrafen, brach im Osten gerade die Morgendämmerung an. Ihnen fielen Feuerholzstapel an jeder einzelnen Campinghütte auf, die zu ihrer Überraschung bewohnt zu sein schienen. Auch um das große Hauptgebäude herum türmte sich Holz.

Wie sich herausstellte, hatte die Brändön Lodge 94 Bewohner von Luleå aufgenommen, denen die Flucht vor dem gnadenlosen Regime der muslimischen Besatzer in ihrer Stadt gelungen war. Da es keinen Strom gab, hatten sie aus dem Metall alter Benzinfässer Laternen gebastelt. Befeuert wurden sie mit Seehundöl, das durch Kochen der dicken Speckschicht der Tiere gewonnen wurde.

Die Betreiber und zugleich Eigentümer der Loge teilten bereitwillig, was sie hatten. Bislang konnten sich die Bewohner recht gut versorgen, indem sie angelten und Elche jagten. Ebenso aßen sie Rentiere, die sich gelegentlich an die Küste verirrten, Rehwild und Waldvögel, die sie neuerdings, da die Munition knapp wurde, mit Fallen und Blaubeeren als Köder zu fangen versucht hatten. Allerdings hatte unlängst eine Bärin ihre Fallen und die leichte Beute darin entdeckt, deshalb hatten sie damit wieder aufgehört.

Auf den nahen Feldern bauten sie Mandelkartoffeln an, die einen Teil ihres Eigenbedarfs deckten. Den Rest kauften sie von den Bauern in Persön und Börjelslandet. Einen recht neuen Volkswagen Transporter hatten sie bei einem Landwirt in Sundom gegen zwei Milchkühe eingetauscht. Somit konnten sie eigenen Käse herstellen, gewürzt mit Kümmel, der auf Brändön wild wuchs.

Mehl war Mangelware, aber von den Bauern in Persön bekamen sie ungemahlene Gerste und Hafer für Robbenfleisch und -öl.

Im Bauernmuseum des nahen Dorfs fanden sie eine antike Handmühle, die sie als Vorlage benutzten, um weitere anzufertigen.

Da sich das Mahlen von Hand jedoch anstrengend und zeitaufwändig gestaltete, planten sie den Bau einer kleinen Windmühle mit einem alten Mühlstein, der derzeit als Auftritt zum Eingang der traditionellen Backstube im Dorf diente. Sie zeigten den neuen Besuchern eine detaillierte Bleistiftzeichnung, angefertigt von einem Maschinenbauingenieur, der in einer der Campinghütten wohnte und alle beweglichen Teile konstruierte.

Zum Glück hatte die Robbenpopulation im Bottnischen Meerbusen in den vergangenen Jahren ein Rekordniveau erreicht. Sie bestand vorwiegend aus Ringelrobben, aber auch Kegelrobben, die sie in nahezu unbegrenzter Zahl erlegen konnten, wenn sie Treibstoff für die Bootsmotoren und Patronen für die Gewehre hatten. Und genau darin lag das Problem, erklärte der Besitzer der Lodge den beiden Aufklärungssoldaten.

»Wir wissen nicht, wie wir überleben sollen, wenn sich das über Jahre hinzieht«, sagte Östen Johansson besorgt. »Wir haben noch 26 Patronen übrig. Normalerweise braucht es drei bis vier Schuss pro Robbe. Weniger für Elche, aber deren Population hier auf Brändön werden wir bald erschöpft haben. Wir haben angefangen, Grubenfallen auszuheben. Die taugen allerdings höchstens für die wenigen Rentiere, die dumm genug sind, sich hineintreiben zu lassen. Hier auf Brändön entwickeln wir uns rasant zurück in die Steinzeit!«

»Leider können wir unsere persönlichen Waffen nicht hergeben, das verstehen Sie bestimmt. Aber sobald wir unsere Mission abgeschlossen haben, sehen wir zu, ob wir Ihnen irgendwie helfen können«, versprach Pelle Nyberg und schaute zu Öving, der zustimmend nickte.

»Die beste langfristige Hilfe, die wir bieten können, besteht darin, die Muslime zu besiegen und aus Norrbotten zu vertreiben«, sagte Öving. »Und damit rechnen wir schon bald.«

»Oh ja, bitte!«, rief Johansson aus. »Ihr könnt die Kajaks haben, so lange ihr sie braucht, nur bitte bringt sie zurück. Und vergesst uns nicht. Wir haben hier Dutzende Kinder durchzubringen. Und niemand tauscht seine Munition ein, ganz gleich, was wir dafür anbieten. Ich hab versucht, für eine große Robbe zehn Patronen oder zehn Liter Benzin zu kriegen – unmöglich. Niemand gibt her, was er noch an Sprit hat. Und Elektromotoren sind nutzlos. Unser nächstes Projekt besteht darin, uns irgendwie ein Pferd zu besorgen. Danach müssen wir anfangen, Schweine und Hühner zu züchten, wenn wir langfristig überleben wollen. Ein paar Ferkel bekomme ich vielleicht für Robbenfleisch.«

Zum Glück erwiesen sich die Kajaks als leicht. Sie trugen sie mühelos auf den Köpfen zu der drei Kilometer entfernten Meerenge, in die sie in dieser Nacht starten würden. Danach kehrten sie zur Brändön Lodge zurück, wo man sie auf ein schmackhaftes Robbenragout mit Mandelkartoffeln einlud. Als Vorspeise und Snack schöpften sie Rogen aus großen Schüsseln. Die Schwedische Forelle war in diesem Herbst millionenfach zurückgekehrt. Unter normalen Umständen wären die Eier der Fische in der Brändön Lodge als exklusiver Leckerbissen auf dem Tisch gelandet. Die Forellen selbst wurden gepökelt und in jeglichen verfügbaren Behältnissen gelagert. Allerdings wurde die Salzknappheit allmählich zu einem erheblichen Problem. Das Pökeln von zig

Kilogramm Forellen in diesem Jahr hatte die Hälfte ihres verbleibenden Vorrats aufgebraucht.

Um 01:30 Uhr stellten Nyberg und Öving eine Schachtel mit Schokoriegeln der Armee auf den Esstisch ihrer Gastgeber und machten sich in der Dunkelheit auf den Weg. Sie reisten mit leichtem Gepäck. Jeder hatte ein Doppelpaddel und einen kleinen Rucksack mit Proviant, Draht, einer Kamera, Messern, Pistolen und kleinen Ferngläsern in seitlichen Halterungen zwecks schnellem Zugriff. Ihre AK-5D-Gewehre trugen sie mit eingeklapptem Schaft über den Schultern. Mit Nachtsichtbrillen suchten sie aufmerksam das Ufer von Granön ab, entdeckten jedoch wie erwartet keinerlei Anzeichen von Aktivitäten. Es herrschte abnehmender Mond, dessen Licht größtenteils von der Wolkendecke blockiert wurde, wie sie dankbar feststellten.

Mit ihren dunklen Tarnuniformen, geschwärzten Gesichtern und Handschuhen waren sie nahezu unsichtbar. Die Kajaks bestanden zwar aus knallrotem Kunststoff, doch sie hatten Fichtenzweige an den Seiten angebracht, falls jemand das Wasser mit Nachtsichtgeräten im Auge behielt. Selbst gebastelte Tarnkajaks.

Das Wasser erstreckte sich fast spiegelglatt vor ihnen. Sie spürten eine leichte Brise aus dem Bottnischen Meerbusen. Der Wind würde reichen, um die leisen Geräusche ihrer Paddel zu tarnen.

Vorsichtig schoben sie die Kajaks ins Wasser und stiegen ein, bevor sie losfuhren, Nyberg voraus, Öving instinktiv mit etwas Abstand dahinter. Sie wählten den Weg zwischen den kleinen Inseln hindurch in der Mitte der Meerenge, weil er etwas Schutz bot, falls sie unter Beschuss gerieten.

Am anderen Ufer herrschte völlige Stille, als sie die Kajaks behutsam an Land zogen und im Schilf versteckten. Wortlos brachen sie mit leisen, federnden Schritten auf, wiederum mit Nyberg voraus und Öving in einigem Abstand dahinter. »Wie eine Samische Wanderung«, meinte Nyberg oft. Er betonte regelmäßig, dass sich auf diesem Terrain niemand, nicht mal er selbst, schneller fortbewegte als die Samen.

Nyberg glaubte gern, dass ihm der Krieg im Blut lag und er deshalb ein besonders guter Soldat wäre. Sein Großvater hatte im Zweiten Weltkrieg magnetische Bomben in einer kleinen Fabrik namens Nybergs Mekaniska Verkstad in Kiruna hergestellt. Sie waren an Schiffsrümpfen befestigt und an Widerstandsbewegungen in Norwegen und Dänemark geliefert worden. Mindestens zwei feindliche Schiffe waren im Hafen damit versenkt worden. Die Deutschen hatten sie *Nüberg-Bomben* genannt, eine versteckte Bedrohung, die sie zutiefst beunruhigt hatte. Ihr nie durchgeführter Plan hatte vorgesehen, Kiruna zu besetzen, Nybergs Mekaniska Verkstad zu sprengen und Opa Nyberg gefangen zu nehmen und hinzurichten. Nybergs Vater hatte 1961 als UN-Soldat im Kongo gekämpft. Dort wurde er bei einem Gefecht gegen die kongolesische Armee verwundet, die *Force Publique*, die gegen die Belgier rebelliert hatte. Nur knapp war sein Vater dem Schicksal entronnen, als 20. schwedischer Soldat bei dem Konflikt das Leben zu lassen.

Sie hatten eine Route durch die Mitte von Granön gewählt, weil sie das Risiko, dort auf Muslime zu treffen, gering einschätzten. Etwaige Späher würden eher an den Küstenstreifen patrouillieren. Nach fünf Kilometern auf Nebenstraßen und Forstwegen hielt Nyberg an, um seinen Standort über GPS zu überprüfen. Öving blieb etwa 100 Meter hinter ihm stehen und tat es ihm gleich.

Alles in Ordnung – sie befanden sich, wo sie sein sollten, am Übergang von Granön zu Mulön, einem Teil des Festlands. Dort mussten sie besondere Vorsicht walten lassen, da Mulön über die schmale Likskär-Brücke eine Verbindung zur Basis der Muslime in Bensbyn aufwies. Die Brücke würde mit ziemlicher Sicherheit bewacht sein, und sie vermuteten, es könnte auf Mulön einen Posten in ihrer Nähe oder möglicherweise weiter landeinwärts geben.

Wie geplant blieben sie im östlichen Bereich, einen halben Kilometer von der Küste entfernt, wodurch sie auch zur Brücke einen Abstand von einem halben Kilometer wahrten. In forschem Tempo überquerten sie tief geduckt mehrere Lichtungen. Der Mond verbarg sich nach wie vor hinter Wolken. Es würde etlicher Augen bedürfen, um die beiden schemenhaften Gestalten auszumachen, die sich, zumindest für menschliche Ohren, praktisch lautlos durch den Wald bewegten.

Als sie die Mitte erreichten, wo Mulön in Hertsön überging, ungefähr einen halben Kilometer östlich des kleinen Jachthafens in Hagaviken, ertönten plötzlichen Geräusche aus dem Unterholz. Sie hörten schwere, flüchtende Schritte. Instinktiv warfen sie sich 100 Meter voneinander entfernt zu Boden, die Finger auf den Abzügen. Adrenalin wurde jäh und heftig ausgeschüttet, versetzte sie schlagartig in höchste Alarmbereitschaft. Hatte man sie entdeckt? Waren sie auf einen muslimischen Posten gestoßen?

Zwei Minuten lang lagen sie still, suchten vom Boden aus in atemloser Anspannung die Umgebung ab, doch es tat sich nichts mehr. Langsam hob Nyberg den Kopf. Weitere zwei Minuten lang hielt er mit der Nachtsichtbrille aufmerksam Ausschau, bevor er sich allmählich in geduckte Haltung aufrichtete, den Finger nach wie vor am Abzug. Dann bewegte er sich auf die Stelle zu, von der die Geräusche ausgegangen waren. Öving blieb zurück, gab ihm Deckung, falls der Feind das Feuer eröffnete.

Als Nyberg die Stelle erreichte, entdeckte er nichts Ungewöhnliches. Er schaltete die Stirnlampe auf niedrigster Stufe ein und sank tiefer, nahm den Boden unter die Lupe. Dabei offenbarten sich drei Abdrücke im Gras, ein großer, zwei kleinere. Offenbar waren eine Elchkuh und zwei Kälber aus ihrer Nachtruhe aufgeschreckt worden.

Nyberg gab Öving ein Zeichen, und sie setzten den schnellen Marsch fort. Vorsichtig überquerten sie den Weg zum Strand namens Hagavikens Strandväg, der bewacht wurde, wie sie wussten, da er unweit des Zentrums von Hertsö verlief, wo die riesige al-Hakim-Moschee stand. Mittlerweile befanden sie sich nur noch einen knappen Kilometer vom nördlichen Ende des Hertsöträsket entfernt. Dort sollte Nyberg dem Ostufer nach Süden folgen, während Öving den nördlichen Bereich auskundschaften würde.

Als sie die Nordspitze erreichten, setzte Nyberg den Weg fort, ohne zurückzuschauen, während Öving anhielt und gründlich die Umgebung überprüfte. Nur 400 Meter entfernt verlief die Stromleitung ins Zentrum von Hertsö, die sie als mögliche Route für die Operation ins Auge gefasst hatten.

Öving näherte sich ihr vorsichtig. Es gelang ihm, den 150 Meter breiten sumpfigen Bereich, entstanden durch den beinah stagnierenden Zufluss zum See, zu überqueren, ohne dabei nass zu werden.

Die tiefen, weithin sichtbaren Fußabdrücke, die er hinterließ, bereitete ihm zwar Kopfzerbrechen, doch sie ließen sich nicht vermeiden. Bald befand er sich wieder auf trockenem, festem Untergrund.

Als er noch ungefähr 120 Meter zur Stromleitung vor sich hatte, flammte plötzlich einige Sekunden lang ein schwaches Licht auf, das von einer Stelle darunter auszugehen schien. Er beschloss, nachzusehen. Lautlos holte er die dicken Fleece-Socken hervor und stülpte sie über die Stiefel wie zu Hause in Småland beim Anpirschen an Rehwild auf steinigem Gelände. Nach mehreren Jahren hatte er eine Methode entwickelt, sich so leise fortzubewegen, dass selbst ihn sogar die schlauesten, erfahrensten alten Rehböcke erst bemerkten, wenn es zu spät war. Deshalb besaß er eine ausgesprochen beeindruckende Geweihsammlung, die zu Hause in Småland stolz an den Wänden der Hütte seiner Mutter hing.

Als er sich der Stromleitung vorsichtig näherte, roch er schwach Zigarettenrauch, womit er gerechnet hatte, doch er sah weit und breit niemanden. Er schlich sich auf den Weg unter der Stromleitung, ging zwischen den dicht wachsenden kleinen Birken in Deckung und hielt Ausschau nach dem rauchenden Wächter. Plötzlich tauchte das glühende Ende der Zigarette nur 60 Meter vor ihm auf. Zuvor schien es der Körper des Soldaten verdeckt zu haben.

Der einsame Wächter saß rauchend auf einem Hocker auf der gegenüberliegenden Seite des Wegs unter der Stromleitung. Aber warum allein? In der Regel wurden Wächter mindestens zu zweit postiert. *Allerdings verstößt er schon durchs Rauchen gegen die Regeln. Von den Heiligen Kriegern ist wohl kein normales Verhalten zu erwarten*, dachte Öving bei sich. *Wenn wir den Angriff starten, muss ich mich an ihn anpirschen und ihn ausschalten, bevor er Alarm schlagen kann.*

Plötzlich hörte er ein Husten und Räuspern. Dann putzte sich jemand laut die Nase, nur wenige Meter von dem Gebüsch entfernt, in dem er sich versteckte. Prompt schüttete Övings Körper weiteres Adrenalin aus und versetzte ihn in einen beinah rauschähnlichen Zustand. Offenbar hatte er sich an einem zweiten Wächter zehn Meter hinter ihm vorbeigeschlichen, ohne es zu bemerken. Wahrscheinlich hatte der Mann auf seinem Posten geschlafen, bis er gehustet hatte.

Ohne Vorwarnung teilten sich die Wolken, und das Mondlicht erhellte den Weg unter der Stromleitung. So laut, wie sich der Mann die Nase geputzt hatte, war Öving überzeugt davon, dass man ihn noch nicht entdeckt hatte. Nur wie sollte er es nun über den offenen Bereich zurück zum Waldrand schaffen? Ihm blieb keine andere Wahl, als regungslos flach auf dem Boden im Gebüsch auszuharren und darauf zu hoffen, dass sich wieder Wolken vor den Mond schoben, obwohl er es für unwahrscheinlich hielt. Zumindest konnte er den Wächter im hellen Mondlicht beobachten.

Nach wenigen Minuten lehnte sich der Mann auf dem Hocker nach vorn, stützte den Kopf auf die Hände und döste wieder ein. Öving wartete noch zwei Minuten, bevor er vorsichtig die Drahtschlinge hervorholte und hoffte, er würde sie nicht verwenden müssen. Sicherheitshalber öffnete er zudem die Sicherung des Holsters seiner Pistole und vergewisserte sich, dass sich sein Armeemesser dort befand, wo es sein sollte. Tief geduckt und leise schlich er über das offene Gelände zurück zum Waldrand. Als ihn nur noch sechs Meter von dem Wächter trennten, hob der plötzlich den Kopf und drehte sich in Övings Richtung.

Nach ein paar schnellen Schritten sprang Öving den schläfrigen Wächter an wie ein Panther. Dem Mann blieb keine Zeit, zu reagieren und sich zu verteidigen. Der Hocker kippte nach hinten. Öving landete auf dem Mann, stülpte die Schlinge um seinen Hals und zog sie fest, bis seine Knöchel weiß hervortraten. Aus der Kehle des Wächters drang nur ein ersticktes Röcheln, das sein 60 Meter entfernter Kollege nicht hörte. Dann kappte der Draht die Luftzufuhr vollständig. Der Wächter strampelte und zappelte eine gefühlte Ewigkeit, bevor sein Körper erschlaffte. Öving fixierte den Würgedraht so, dass er die Luftröhre weiterhin abdrückte.

Dann hob er den Leichnam leicht an. Dabei stellte er fest, dass er erheblich schwerer war als sein eigener schlanker, nur 70 Kilo schwerer Körper. Aufklärungssoldaten waren generell eher klein und leicht, da Agilität eine entscheidende Eigenschaft für sie darstellte. Öving bildete keine Ausnahme.

Um das Gewicht zu verringern, nahm er dem Toten die schwere, mit Magazinen gefüllte Jacke, die Stiefel und den Gürtel mit weiterer Ausrüstung ab. Trotz seines zierlichen Körperbaus war Öving durch regelmäßiges Training überraschend stark. Er kniete sich hin, hievte sich den Leichnam mit etwas Anstrengung über die Schulter und wankte in den Wald. Er wusste, dass er es so höchstens ein paar Hundert Schritte weit schaffen würde. Ihm fiel ein kleiner Teich oder eher ein großes Wasserloch ein, an dem er vorhin vorbeigekommen war.

Leise fluchte er vor sich hin, während er sich mit dem sicher mindestens 90 Kilo schweren Toten abmühte. Der Mann war zwar nicht größer als er, aber eindeutig übergewichtig. An der rechten Schulter spürte er den aufgeblähten, fetten Wanst. Gegenüber der al-Hakim-Moschee gab es ein beliebtes Max Hamburgerrestaurant, das Burger ohne Speck anbot. Der Kerl war dort vermutlich Stammgast gewesen, dachte Öving. Er ertappte sich bei einem Grinsen, als er sich fragte, wie jemand in einer solchen Situation so unvorsichtig sein und einfach eindösen konnte.

Sobald er mit brennenden Beinmuskeln den Rand des kleinen Teichs erreichte, ließ er den Körper ins Wasser fallen. Dann schlich er sofort dorthin zurück, wo der er den Wächter erdrosselt hatte. Es konnte jede Minute eine Wachablöse stattfinden, deshalb hatte er keine Zeit zu verlieren. Rasch sammelte er die gesamte Ausrüstung ein, schlang sich das AK-47 des Wächters über die Schulter und stopfte die Magazine in seine Taschen. Anschließend kehrte er zu dem Teich zurück, in den er die Leiche abgeladen hatte.

Die Ausrüstung des Kriegers abzüglich des Sturmgewehrs, der Magazine und einer halb vollen Feldflasche landeten ein paar Meter entfernt im Wasser. Da Öving mehrere Steine in die Taschen der Kleidung gesteckt hatte, sank auch sie wie erwartet. Nur das Kopftuch hatte er behalten und eingesteckt. Er zog die mehrere Nummern zu großen Stiefel des Toten an. Die eigenen band er zusammen und hängte sie sich um den Hals.

Schließlich bedeckte er den nur halb versunkenen Leichnam mit Moos und Fichtenzweigen, bis man ihn mit freiem Auge nicht mehr ausmachen konnte. Zum Glück setzten Muslime selten Hunde ein, da sie wie Schweine als *haram* galten.

Somit hatte Öving getan, was er konnte, um seine Spuren zu löschen, und trat den Rückweg nach Brändön an. Als er zum sumpfigen Bereich gelangte, stellte er die Feldflasche des Wächters sichtbar auf einem Baumstumpf ab. Er achtete darauf, in die eigenen Fußabdrücke von zuvor zu treten, folgte ihnen in die umgekehrte Richtung und hinterließ die Spuren der Stiefel des Kriegers.

Nach 30 Metern klemmte er das Kopftuch des Toten zwischen die Zweige eines kleinen Wacholderstrauchs. Falls jemand bei Tageslicht der

Fährte folgte, würde er unweigerlich auf die Feldflasche und das Tuch stoßen.

Die Muslime würden bald bemerken, dass ein Wächter fehlte. Welche Schlüsse sie daraus ziehen würden, vermochte Öving nicht zu sagen. Vielleicht würden sie glauben, der Krieger wäre desertiert oder in den Wald gegangen, um sich zu erschießen. Selbstmord kam unter traumatisierten, nervlich fertigen Soldaten durchaus vor. Die Angst der Muslime vor dem Wald würde sie wahrscheinlich daran hindern, allzu gründlich nach ihm zu suchen. Aber falls doch, würden sie zweifellos den Sumpf erreichen und die Spuren finden, die darauf hinwiesen, dass der Krieger freiwillig gegangen und im Wald auf der anderen Seite verschwunden war. *Sollte klappen*, dachte Öving und beschleunigte die Schritte, sobald er festen Boden erreichte.

Nach einem halben Kilometer wechselte er zurück zu den eigenen Stiefeln. Die des muslimischen Kriegers schob er tief in eine Dachshöhle. Eine Stunde später befand er sich wieder an der Meerenge zwischen Granön und Brändön, wo sie die Kajaks im Schilf versteckt hatten. Bald tauchte Nyberg aus seinem Versteck auf und zeigte fragend auf Övings Kalaschnikow, der darauf mit einem verhaltenen Lächeln reagierte.

Sie schoben die Kajaks ins Wasser. In Kürze würden sie wieder auf Brändön sein. Sie hatten kein Wort gewechselt, seit sie die Lodge dort vor drei Stunden verlassen hatten, aber sie wussten, dass sie demnächst genug Zeit haben würden, sich über ihre Beobachtungen auszutauschen.

Das Besitzerpaar der Lodge nahm die 80 Patronen und das AK-47 des muslimischen Kriegers zutiefst dankbar entgegen. Wenige Wochen später sollte eine Bärin, die zwei spielende Achtjährige angreifen wollte, kurzerhand mit einer Salve aus dem Sturmgewehr erlegt werden. Keiner der beiden Soldaten sollte lang genug leben, um die Geschichte je zu hören zu bekommen.

Kapitel 30

Die Schlacht von Luleå

15. Oktober 2032

Hugos 3.500 »Freischärler« stellten zahlenmäßig eine beeindruckende Armee dar. Allerdings gestaltete sich die Koordination durch mangelnde militärische Kenntnisse und Kommunikationsausrüstung schwierig. Die meisten Einsätze mussten vor Ort improvisiert werden.

In gewisser Weise ließen sich die Freischärler mit den Heiligen Kriegern des Feinds vergleichen, galten jedoch als bessere Schützen, weil die meisten Schweden Hobbyjäger waren.

Die Kampfkraft der 3.500 Mann reichte nicht annähernd an die der 850 Ranger heran, die über Nacht per Fähre von Brändön nach Granön übergesetzt hatten, um den zehn Kilometer langen Marsch durch den Wald in Richtung Hertsön anzutreten. Von dort würden sie aus Osten ins Zentrum von Luleå vorrücken. Die Ranger ähnelten den ins Land geholten Elitesoldaten der Muslime, waren jedoch noch besser ausgebildet und hochmotiviert, angetrieben vom brennenden Verlangen, Schweden zu verteidigen und die Eindringlinge zu vernichten. Die muslimischen Elitesoldaten hingegen kämpften als Söldner allein für Geld. Der Gegner spielte für sie dabei keine große Rolle.

Für die Freischärler stellte die Breite des Luleälven eine schwierige Hürde dar, denn die Muslime hatten sowohl die alte als auch die neue Brücke bei Gäddvik zerstört. Die bei Bergnäset hatten sie bereits am dritten Kriegstag gesprengt, dem 20. Juli.

Mit dem Boot über das Gewässer südwärts nach Luleå zu fahren, kam nicht in Frage, da Hugos Aufklärer bestätigt hatten, dass die Muslime auf der Insel Granden einen schwer bewaffneten Posten eingerichtet hatten. An der Engstelle dort betrug die Breite des Luleälven nur etwa 120 Meter. Egal, ob ein Boot den Posten links oder rechts zu passieren versuchte, es würde in Stücke geschossen werden, bevor es ihn hinter sich lassen könnte. Hugos Soldaten hatten ihre Stützpunkte in den kleinen Dörfern Unbyn und Avan, wo sie wie schon während beider Weltkriege auf ihren Bauernhöfen festsaßen. Somit befanden sich die

Freischärler auf der Südseite des Gewässers und könnten es nur mit Booten überqueren.

»Wir Schweden sind seit Tausenden Jahren Seefahrer«, verkündete Hugo, als er die Soldaten versammelte. Sie würden die Überfahrt bei Lövudden versuchen, wo sie 76 kleine Boote geschart hatten. Laut Hugos Berechnungen würden sie viermal pendeln müssen, um die gesamte Armee auf die andere Seite zu befördern. »Ziehen wir wie unsere Vorfahren, die Wikinger, so mutig, entschlossen und wild in den Kampf, dass der Feind vor blanker Angst kapitulieren wird!«

Zwar herrschte ständig Treibstoffmangel, aber Hugos Soldaten hatten vereinzelte, in Scheunen versteckte Benzinfässer und in einigen Garagen mehrere Kanister gefunden. Der Sprit wurde gegen handschriftliche Quittungen beschlagnahmt, unterzeichnet vom jeweils ranghöchsten Offizier vor Ort. Den Besitzern wurde versichert, dass sie die entsprechenden Mengen nach dem Krieg zurückbekommen würden. Allerdings würden sie dann vermutlich nur noch einen Bruchteil des aktuellen Werts aufweisen. Die Betroffenen verzogen zwar die Gesichter, hatten jedoch keine andere Wahl, als sich zu fügen und gute Miene zum bösen Spiel zu machen. Viele bewahrten die Quittungen nicht mal auf.

Hugo und sein Stab hatten beschlossen, dass die Hälfte der Truppe in Storsand bei Gammelstad an Bord gehen sollte, wo es lange Sandstrände gab. Sie ähnelten jenen, an denen die Alliierten bei Operation Dragoon im Jahr 1944 vor Saint-Tropez gelandet waren. Diese Verbindung war der Grund, warum die Operation bei der Planung letztlich den Codenamen Dragoon erhielt. Anfangs wollte man sie Operation Overlord nennen. Davon war man abgekommen, weil die Bezeichnung zu verräterisch über das Ziel gewesen wäre, wenn sie die falschen Ohren erreichte, was oft auf die eine oder andere Weise eintrat.

Der Plan sah vor, von Storsand aus das Gewerbegebiet Storheden zu durchqueren und anschließend die restlichen gut sechs Kilometer ins Zentrum der 97 zu folgen, dem Bodenvägen. Die Idee dahinter war, einen Keil zwischen die muslimischen Truppen in Gammelstad und in Luleå zu treiben. Der Kommandostab ging davon aus, dass sich die feindlichen Truppen in Gammelstad nach Luleå verlagern würden, sobald sie erkannten, dass es sich um einen Großangriff handelte. Die in Storsand landenden Soldaten würden den Feind auf der 97 aufhalten und so die aus

Osten auf Luleå vorrückenden Ranger entlasten. In der Zwischenzeit würde die andere Hälfte der Freischärler bei Furunäsudden nördlich von Gäddvik landen und hätte freie Bahn nach Luleå, indem sie der Europastraße 4 anderthalb Kilometer nach Norden folgten, bevor sie nach Osten abbiegen und die Küste entlang vorbei an Notviken und Mjölkudden vorrücken würden.

Operation Dragoon mochte ein großartiger Plan sein, doch im Krieg liefen Pläne oft aufgrund unvorhergesehener Ereignisse schief. Zum Stolperstein an jenem Tag wurde, dass Hugos Aufklärungssoldaten an der Landestelle blieben, statt landeinwärts weitere Informationen über die Aktivitäten des Feinds zu sammeln. Vermutlich spielte die unzulängliche Kommunikationsausrüstung eine Rolle bei dem unnötigen und verheerenden Schnitzer, denn die bei der Elchjagd benutzten Funkgeräte funktionierten nicht über solche Entfernungen.

Sobald sich die 76 Boote aus Lövudden noch einen halben Kilometer vom Ufer entfernt befanden, wurden sie von muslimischen Spähern in Gammelstad entdeckt, die mit Nachtsichtgeräten das Wasser im Auge behielten. Diese schlugen Alarm im Stützpunkt, wovon die Schweden nichts mitbekamen. Innerhalb von zehn Minuten wurden fast 750 muslimische Soldaten mobilisiert. 400 davon wurden in Lastwagen und Busse beordert, die restlichen 350 wurden als Reserve zurückgehalten.

In der Zwischenzeit hatten die Boote ihre Ziele in Storsand und Furunäsudden erreicht und kehrten nach Lövudden zurück, um weitere Soldaten abzuholen.

Die muslimischen Fahrzeuge steuerten auf Storsand zu und bemerkten die Landung, die nur anderthalb Kilometer von ihrem Stützpunkt in Gammelstad entfernt erfolgte. Sie stellten keine Soldaten dafür ab, bei Furunäsudden dazwischenzufunken, da sie den Ort als weit genug weg von ihrer Basis und Luleå erachteten.

Darum würden sie sich später kümmern müssen, eventuell durch die Reserve, je nachdem, wie sich die Dinge entwickelten.

Bevor die Boote mit der zweiten Welle der Freischärler Storsand erreichten, gingen die Muslime im Wald über dem Strand in Stellung. Sie warteten auf das Eintreffen des Nachschubs, ohne die bereits gelandeten Soldaten anzugreifen, die den Befehl hatten, am Strand zu bleiben, bis alle übergesetzt hätten. Als das letzte der 38 Boote an den Sandstrand trieb und die Soldaten mit dem Aussteigen begannen, brach die Hölle los. Wilder Beschuss und Granaten prasselten auf die Neuankömmlinge ein. Operation Dragoon wandte sich unerwartet in Operation Overlord, Storsand in einen blutigen Omaha Beach. Freischärler fielen wie Dominosteine, während der Feind von seinen Stellungen im kargen Kiefernwald über der sandigen Küstenlinie feuerte.

Nach zehn verheerenden Minuten lagen 393 schwedische Kämpfer tot oder verwundet da. Den restlichen 480 war es gelungen, ein Stück in den Wald vorzurücken, wo sie Deckung fanden und dem Feind mehr entgegensetzen konnten. Die Schlacht tobte den gesamten Tag. Die Granatwerfer der Muslime verringerte die Anzahl der sich wehrenden Schweden kontinuierlich. Am Nachmittag wollten sich die bis dahin überlebenden 59 Freischärler ergeben, aber die Muslime hatten strikten Befehl, keine Gefangenen zu machen. Die Stätte sollte später ein wunderschöner Gedenkhain für die schwedischen Freischärler werden, die ihr Leben für ihr Land gaben.

Bei Furunäsudden lief es besser, und die Landung verlief wie geplant, ohne auf Widerstand zu stoßen. Folglich wurden alle Boote dorthin umgeleitet, nachdem das Gefecht bei Storsand ausgebrochen war. Bei Furunäsudden landeten 2.600 Soldaten, die in Gruppen entlang Europastraße 4 vorrückten.

In der Nähe von Karlshäll, wo der freundliche, allseits beliebte Oberleutnant Walter Sindel im Zweiten Weltkrieg das große deutsche Lagerhaus beaufsichtigt hatte – ein bekanntes, vor einem Jahr niedergebranntes Wahrzeichen –, stieß die erste Gruppe auf Widerstand von etwa 50 muslimischen Elitesoldaten und Heiligen Kriegern. Sie waren zu beiden Seiten der Europastraße in Stellung gegangen. Weitere Gruppen der schwedischen Soldaten näherten sich ihnen von den Flanken und ließen ihnen keine Chance. Nach 25 Minuten war der Feind besiegt, und die Schweden setzten den Marsch in Richtung Luleå fort. Einige Einheiten, die das Schlachtfeld umgangen hatten, befanden sich ein gutes Stück voraus.

Indes hielten 850 Ranger nach einem Zehn-Kilometer-Marsch durch den Wald von Granön, wo sie in der Nacht gelandet waren, an der Nordspitze des Hertsöträsk an. Die Aufklärungssoldaten Carl-Johan Öving und Pelle Nyberg, die das Gelände von ihrer Mission vor drei

Tagen kannten, kundschafteten einen halben Kilometer voraus, um sicherzustellen, dass die nachrückenden Truppen keine Überraschungen erwarteten.

Vom Meer wehte eine stetige Brise landeinwärts und brachte die Äste der Bäume zum Schwanken. Diesmal ersparte sich Öving die Fleece-Socken über den Stiefeln. Im Vergleich zum extrem empfindlichen Gehör von Rehen, die beim geringsten Anzeichen von Gefahr aufhorchten, waren menschliche Ohren regelrecht taub. Ähnlich hoffnungslos unzulänglich war der menschliche Geruchssinn. Ihn konnte Öving getrost vernachlässigen, obwohl er instinktiv auf die Windrichtung und seine Position dazu achtete.

Langsam kroch er durch den Wald dorthin, wo er bei seiner nächtlichen Mission auf die zwei Wächter gestoßen war und einen davon getötet und versteckt hatte. Nyberg folgte 50 Meter hinter ihm, bereit, seinem Kameraden bei Bedarf Deckung zu geben.

Etwa 100 Meter von der Stromleitung entfernt passierte Öving den kleinen Teich, in dem er die Ausrüstung des toten Wächters versenkt und dessen Leichnam mit Moos und Zweigen bedeckt hatte. Der Tote lag unverändert dort. Demnach hatten die Muslime ihn noch nicht gefunden.

Öving hatte vor, die beiden Wächter, die vermutlich Dienst haben würden, schnell genug auszuschalten, dass sie keinen Alarm schlagen könnten. So könnte die Hauptstreitkraft die Stromleitung entlang zügig zum Zentrum von Hertsö marschieren. Von dort hätte sie freie Bahn nach Luleå. In der rechten Hand hielt Öving seine Lieblingswaffe, ein kompaktes Langgewehr Kaliber .22, während er vorsichtig zum Rand des Wegs unter der Stromleitung vorrückte, bis er die Wächter sehen könnte, sofern sie sich an derselben Stelle befänden.

Mit seinem alten, abgenutzten Husqvarna 1640 mit Rotpunktvisier von Aimpoint und Schalldämpfer des Typs Stalon Whisper W110 hatte er zu Hause in Småland in den vergangenen Jahren nahezu sein gesamtes »Großwild« erlegt.

Idealerweise traf man in den Schädel – selbst für einen Meisterschützen nicht einfach, aber Öving mochte Herausforderungen. Und es wurde auch nichts an der Beute vergeudet – Öving war ein waschechter sparsamer Småländer.

Volltreffer. Die Wächter saßen an denselben Stellen wie zuvor auf Hockern. Er befand sich in der Mitte ihrer Positionen, nur 30 Meter von jedem entfernt. Im Gebüsch versteckt kniete sich Öving hin und stützte das Gewehr am Stamm einer Birke ab. Er zielte mit dem roten Punkt auf die Schläfe des rechten Wächters. Der Schuss ertönte nicht lauter als der eines Luftgewehrs. Der Kopf des Wächters sackte nach vorn, der Körper rutschte vom Hocker.

Rasch schwang Öving das Gewehr nach links und stellte fest, dass sich der andere Wächter seinem Kameraden zugedreht hatte. Da der Wind in seine Richtung wehte, hatte er das leise Geräusch des Gewehrs wahrscheinlich aufgeschnappt, ohne es als Schuss erkannt zu haben. Man konnte es leicht mit einem menschlichen Niesen verwechseln. Vermutlich dachte der Wächter, sein Kamerad hätte sich erkältet. Öving richtete den roten Punkt auf die Nase des Wächters und feuerte einen weiteren Schuss ab. Der Mann klappte zusammen, als er sich gerade erheben wollte, um nach dem anderen zu sehen.

Nyberg hatte das Geschehen auf einer kleinen Anhöhe hinter Öving beobachtet und drückte den Knopf seines Funkgeräts. »Weg geräumt. Vorrücken.«

»Verstanden. Rücken weiter vor. Kommen.«

»Verstanden. Ende.«

Öving eilte den Weg unter der Stromleitung entlang, gefolgt zunächst von Nyberg, bald auch von 850 Rangern. Vier Minuten später erreichten Öving und Nyberg den Hertsövägen. Von dort konnten sie die nördlichste Moschee der Welt sehen, die mächtige al-Hakim-Moschee mit ihren raketenähnlichen Minaretten, die hoch aus dem Zentrum von Hertsö aufragten. Drei Minuten danach trafen die ersten Ranger unter der Leitung ihrer Zugführer ein. In Gruppen setzten sie den Weg auf den Hertsövägen fort, ohne anzuhalten. Öving und Nyberg hatten ihre Erkundungsmission somit beendet und schlossen sich dem letzten Zug als gewöhnliche Infanteristen an.

Der Hertsövägen erwies sich als frei. Die Haupttruppen marschierten rasch auf Örnäset zu, ohne auf Widerstand zu stoßen, während drei Züge, darunter ein Sprengkommando, zur al-Hakim-Moschee ausscherten. Unterwegs begegneten sie sechs leicht bewaffneten Heiligen Kriegern, mit denen sie kurzen Prozess machten. Ein Ranger wurde dabei jedoch von einer Salve in beide Oberschenkel getroffen. Innerhalb von Minuten verblutete er.

Die Oktogen-Bomben wurden binnen kürzester Zeit an strategischen Punkten innerhalb und außerhalb der Moschee und um die Minarette herum auf Hüfthöhe platziert. Die gewaltige Detonation brachte die meisten Mauern zum Einsturz. Die große Kuppel verwandelte sich in eine Wolke aus Staub und herabprasselnden Trümmern. Was von den vier Minaretten übrig blieb, erinnerte an niedrige Stümpfe umgestürzter Bäume.

In der Zwischenzeit erreichten die ersten Ranger-Züge den Kreisverkehr bei Svartövägen. Ein Zug löste sich vom Rest, um das Gebäude der Islamischen Vereinigung in Krongårdsringen zu sichern und auf die Ankunft des Sprengkommandos zu warten. Zwar stießen die Männer auf keinen Widerstand, dennoch erschossen sie im Vorbeigehen die ungefähr zehn Muslime, die sich eindeutig zum falschen Zeitpunkt im Gebäude der Vereinigung aufhielten. Die restlichen Ranger rückten ungehindert entlang des Hertsövägen nach Malmudden vor, von wo sie das Zentrum von Luleå sehen konnten.

Während die Ranger eine unerwartet ruhige Lage vorfanden, traf bei den Freischärlern, die sich Luleå von Westen entlang der 97 näherten, eher das Gegenteil zu. Wie vorhergesehen, entsandten die Muslime ihre verbliebenen Reserven aus dem Stützpunkt in Gammelstad zur Verteidigung Luleås. Eine gemischte Streitkraft aus 400 Heiligen Kriegern und 100 Elitesoldaten griff die Schweden von hinten an und löste damit ein erbittertes Gefecht aus. Die Schweden behaupteten sich auf beiden Seiten der Straße mit leichten Panzerabwehrwaffen und Maschinengewehren. Für die gepanzerten Fahrzeuge der Muslime gab es kein Durchkommen.

Die 700 schwedischen Soldaten, die entlang der Küste vorrückten, hatten Mjölkudden bereits erreicht. Von dort konnten sie den Nordhafen und das hangarähnliche, »Haus der Kultur« genannte Gebäude sehen, das als Hauptquartier der Muslime diente.

Gleichzeitig erlebten die Muslime in Gammelstad eine unangenehme Überraschung. 250 Rangern war es gelungen, von ihrem Stützpunkt in Persön 20 Kilometer durch den Wald westlich der Europastraße 4 vorzustoßen. Die Muslime hatten nur 40 Heilige Krieger zur Bewachung der Basis zurückgelassen.

Die Ranger verteilten sich in einem Halbkreis um sie herum, entfesselten heftigen Beschuss mit Maschinengewehren, Granatwerfern und automatischen Gewehren und rückten dabei Stück für Stück vor, bis sie sich innerhalb der Basis befanden. 16 Heilige Krieger blieben übrig, ergaben sich und wurden gefangen genommen.

200 Ranger traten danach den Weg die 97 entlang nach Notviken an, wo die Freischärler gegen die Muslime kämpften. Nach etwa einer Stunde erreichten sie das Schlachtfeld, und die Muslime wurden mit einem Flankenmanöver, dem sie nicht entkommen konnten, in die Zange genommen. Nach vier Stunden kapitulierten die restlichen 150 Muslime.

Die aus Hertsön vorrückenden Ranger hatten einen einfachen Marsch ohne Widerstand. Das lag daran, dass sich 90 Prozent der muslimischen Streitkräfte in ihren Stützpunkten in Rutvik, Bensbyn und Gammelstad aufhielten. Dort glaubten sie, mit der Sprengung der Brücken über den Lule alle Wege nach Luleå unterbunden zu haben.

Die restlichen zehn Prozent, bestehend aus 300 Heiligen Kriegern, befanden sich als Reserve in Gültzau-Kapp. Sie rechneten mit einem Angriff per Boot aus Bergnäset, der nie stattfand.

Im Stadtzentrum auf der Hauptinsel verließen sich die Muslime ausschließlich auf die ständig patrouillierende, mit AK-47 bewaffnete Moralpolizei. Mittlerweile befanden sich die Ranger in der Innenstadt von Luleå und bewegten sich die Storgatan und Sandviksgatan entlang nach Westen. Sie begegneten sporadischen, ungezielten Schüssen der Moralpolizei, die sich zurückzog, während sie feuerte. Gruppen der Freischärler, die von Storheden aus der Küste folgten, trafen gleichzeitig zu einem zwar ungeordneten, aber auch unkomplizierten Vormarsch über den Dammweg von Mjölkudden ins Zentrum von Luleå ein.

Ungefähr 100 Soldaten griffen die Zentrale der Muslime im Kulturens Hus an. Sie trafen auf wenig Gegenwehr. Die Wächter mähten sie mühelos nieder, betraten das Gebäude und erschossen gnadenlos alle 24 Personen im Inneren. Im Nordhafen stießen die vorrückenden Schweden auf mehrere Hundert Heilige Krieger vom Stützpunkt Gültzauudden. Sie waren in Stellung gegangen und schossen wild um sich, ohne damit viel zu erreichen.

217

Gleichzeitig strömten große Gruppen der Ranger durch den Hermelinsparken in die Stadt, griffen die muslimischen Verteidiger von den Flanken an und schnitten ihnen jeden Fluchtweg ab. Nach einem halbstündigen Schusswechsel ergaben sich die noch lebenden 120 Krieger und wurden gefangen genommen. Die letzten muslimischen Besatzer zogen sich bis zum Ende des Gültzau-Kapps zurück und kämpften bis zum letzten Mann. Die Ranger metzelten sie systematisch einen nach dem anderen hin.

Um 14:15 Uhr am 15. Oktober 2032 wurde der letzte fliehende Muslim von einem gezielten Schuss in den Rücken über 150 Meter aus Pelle Nybergs AK-5 getötet. Damit war Luleå befreit, ohne dass die Stadt in Schutt und Asche lag. Allerdings hatten die muslimischen Besatzer Hunderte Bewohner von Luleå hingerichtet. Wie viele genau, wusste niemand. Nach einem dreimonatigen muslimischen Albtraum konnten die Menschen erleichtert aufatmen und wieder Hoffnung für die Zukunft schöpfen. Zu dem Zeitpunkt konnten sie nicht ahnen, dass ihnen nur 19 Tage nach der Befreiung eine noch weitaus schlimmere Katastrophe bevorstehen würde.

Kapitel 31

Dilemma eines Wurstherstellers

15. Oktober 2032

Benno Ronkanen hätte nie gedacht, dass er einst Wurstverkäufer werden würde. Doch genau so war es gekommen. Fast ein Jahrzehnt lang war er einer der bekanntesten, renommiertesten Zeitungskolumnisten Schwedens gewesen. Auch einer der bestbezahlten, der alle mit dem Job verbundenen Vorzüge genossen hatte. Bennos scharfe, zutreffende Kommentare hatten zahlreiche mächtige Persönlichkeiten und noch mehr weniger bedeutende Emporkömmlinge zu Fall gebracht. In Bennos Freitagskolumne erwähnt zu werden, verhieß nichts Gutes für denjenigen, den er mit seiner zynischen Feder ins Visier nahm.

Die größten Triumphe feierte er, wenn die Opfer in die klassische Falle tappten, sich in Lügen zu verstricken, ahnungslos, dass Benno weitere belastende Informationen hatte. Er hatte die Angewohnheit, sie nach und nach zu veröffentlichen. Gerissen, wie er war, deckte er sein Blatt nie auf, bis es an der Zeit für den »Todesstoß« war. Der erfolgte immer mit einfallsreichen Schmähungen und originellen Spitzen, die als Bennos Markenzeichen galten. Der »Todesstoß« führte in der Regel zur Entlassung oder Absetzung der Zielperson, weil kein Arbeitgeber oder Kunde durch »Mittäterschaft« in Verruf geraten wollte. Benno empfand seine Arbeit ebenso wie die begeisterten Leser als Unterhaltung auf hohem Niveau.

Eines Tages jedoch wurde ihm plötzlich der Boden unter den Füßen weggerissen, und er bekam die eigene bittere Medizin zu schmecken. Mehrere Frauen aus Medien- und Kulturkreisen beschuldigten Benno gleichzeitig auf sozialen Medien sexueller Nötigung während seiner wilden Partyjahre. Der Shitstorm, Bennos ursprüngliche Bezeichnung dafür, nahm ungeahnte Dimensionen an. Die Lage eskalierte zur Mutter aller Hetzjagden. Wochenlang erschien eine schockierende Anschuldigung nach der anderen gegen Benno Ronkanen auf den Titelseiten. Seine Kollegen mischten munter mit, walzten genüsslich die pikanten Details aus Bennos Privatleben preis, gestützt auf die Aussagen anonymer Frauen. *Alles frei erfunden*, dachte Benno. *Aus Neid. Kleinlichkeit. Schierer Bösartigkeit.* Es war schlichtweg ein Albtraum.

Praktisch über Nacht wurde er nicht mehr veröffentlicht, und seine Kollegen distanzierten sich von ihm. Niemand, den er einst für einen Freund gehalten hatte, wollte ihn bei einer Begegnung auf der Straße noch grüßen. In den Kneipen von Södermalm musste er allein trinken. Sogar deren Besitzer, die über die Jahre prächtig an Benno und seinen durstigen Kollegen verdient hatten, empfingen ihn nur noch frostig, als verpestete er mit seiner Anwesenheit die Luft in ihrem Lokal.

Benno fand das unglaublich unfair. In den vergangenen sieben oder acht Jahren hatte er als verantwortungsbewusster, überwiegend monogamer Familienvater gelebt. Warum machte man ihn für etwas aus seiner fernen Vergangenheit derart fertig? In der Regel brachte Benno die Kinder in die Kindertagesstätte und die Schule. Wie viele Elternsprechtage hatte er besucht? Wie viele Veranstaltungen hatte er im Karate-Club seiner Jungs organisiert? Seit sein erster Sohn zur Welt gekommen war, hatte er keine Suchtmittel mehr angerührt, außer Alkohol. Gut, er trank ein wenig, aber nicht mehr als die meisten Menschen.

Benno versuchte, sich die alte, vielleicht ein halbes Jahrzehnt umspannende Partyphase aus dem Gedächtnis zu kramen und sein Verhalten zu analysieren. Mit wie vielen Frauen hatte er damals tatsächlich geschlafen? Hundert? Fünfundsiebzig? Er hatte keine Ahnung.

An zwei der fünf unbedeutenden Frauen, die sein Leben ruiniert hatten, konnte er sich nicht mal erinnern. Die Namen sagten ihm nichts. Vermutlich hatte er kaum mit ihnen geredet, bevor sie im Bett gelandet waren. Frauen der Art, die sich mühelos vom großen Ronkanen abschleppen ließen. In manchen Nächten hatte er reichlich Auswahl in Warteschlagen vor Taxiständen gefunden. Solche Begegnungen waren ihm natürlich nicht im Gedächtnis geblieben. Gut, mit den anderen drei hatte er mindestens einmal geschlafen, aber dass sie ihn als Vergewaltiger hinstellten, entsprach definitiv nicht der Wahrheit. Außerdem war er ihnen danach im Journalistenclub, auf der Göteborger Buchmesse und bei einigen Filmpremieren begegnet. Dort hatten sich alle normal verhalten, ihn zurückgegrüßt. Wenn sie sich damals von ihm genötigt gefühlt hatten, warum hatten sie es nicht gleich der Polizei gemeldet? Vage

Anschuldigungen ein Jahrzehnt später hätten nicht ausreichen sollen, um ihn zu Fall zu bringen. Und doch passierte genau das.

Im Wort Vergewaltigung, das mehrfach fiel, schwang Gewalt mit. Und soweit er sich erinnern konnte, war er nie gewalttätig geworden. Das entsprach nicht seiner Art. Tatsächlich betrachtete er sich eher als ein wenig devot. Es gefiel ihm, wenn Frauen die Initiative ergriffen. Schön, vielleicht war er mit einigen unerfahrenen jungen Dingern, die nicht zu verstehen schienen, warum sie in Bennos berühmtem Schlafzimmer gelandet waren, ein bisschen gröber umgesprungen. Es waren fast immer junge Frauen gewesen, 20 bis 25 Jahre alt, erfüllt vom Traum, Journalistin, Musikerin oder Schauspielerin zu werden. Frauen mit geringem Selbstwertgefühl, die prominente Männer anbeteten. Vor allem fuhren sie auf Musiker ab, wie Benno festgestellt hatte. Wenn es ihm gelungen war, dass sich in einer Bar ein berühmter Musiker zu ihm gesetzt hatte, waren seine eigenen Chancen sprunghaft gestiegen. Auch Eishockey- und Fußballprofis waren bei den Frauen angesagt, nicht zuletzt wegen ihrer kraftvollen, ästhetischen Körper. Eishockeyspieler standen im Ruf, die besten »Fickmaschinen« zu sein, Benno hingegen bemühte sich, den Ruf des »Kultivierten« zu pflegen. Allzu oft trieben sich aktuelle Sportasse nicht in Bars herum, deshalb musste sich Benno oft damit begnügen, den Frauen ältere Ex-Sportler vorzustellen, die er kannte.

Benno hielt die fünf hinterhältigen Weiber, die diese geplante Verleumdungskampagne gegen ihn inszeniert hatten, für Groupies, die ihren Körper benutzt hatten, um Promis in der Erwartung kennenzulernen, dass sie ihnen die richtigen Türen öffneten. Immerhin war er selbst eine begehrte Trophäe gewesen, jemand, mit dem sich solche Frauen bei ihren Freundinnen brüsten konnten. Sollte er dafür zur Rechenschaft gezogen werden, dass viele Frauen den Weg zum Erfolg über Sex suchten? Seiner Ansicht nach ganz und gar nicht. Alle Beteiligten kannten die Spielregeln. Man flirtete in Bars, genehmigte sich ein, zwei Lines Kokain und lachte mit Gleichgesinnten, bis es an der Zeit war, zu zweit oder zu dritt nach Hause zu gehen und es bis in die frühen Morgenstunden miteinander zu treiben. Unter dem Strich ging es immer um Sex. Wenn Benno vollkommen ehrlich zu sich sein wollte, hatte er drei- oder viermal Amphetamine in Drinks gemischt. In der Regel bekamen die Frauen gar nicht mit, dass sie unter Drogeneinfluss standen, was er besonders cool daran fand. Sie fühlten sich nur ungewöhnlich befreit, hemmungslos und bereit zu Dingen, die sie sonst nicht getan hätten. Vielleicht hatte er es bei einer oder mehrerer der fünf gemacht, die ihn zu Fall gebracht hatten, und sie waren erst später dahintergekommen. Aber Vergewaltigung war nie im Spiel gewesen. Ein Vergewaltiger war er mit Sicherheit nicht. Er bedauerte nur, oft so betrunken und high gewesen zu sein, dass ihm die feineren Nuancen des Liebesspiels entgangen waren, die er erst später zu schätzen gelernt hatte. Nicht mal durchgehende Erinnerungen waren ihm davon geblieben, nur vage Bruchstücke.

Bennos Leben als Journalist war unwiderruflich vorbei. Für öffentlich beschuldigte Sexualstraftäter gab es kein Pardon – zumindest nicht, wenn sie Männer waren. Mittlerweile drehte sich für Benno alles um Wurst – um deren Hüllen, deren Füllung und ums Räuchern. Wurst, Wurst und noch mehr Wurst. Produktion, Verpackung, Vermarktung, Verkauf. Genauso wenig, wie er sich je hätte vorstellen können, Wurstverkäufer zu werden, hätte er je gedacht, dass er tatsächlich Gefallen daran finden könnte.

Ihn störte nur, dass unternehmerische Unterfangen in seinen Kreisen so geringgeschätzt wurden. In seinem gesellschaftlichen Umfeld galt es als bewundernswert und angesehen, mit Musik, Malerei, Filmen oder Büchern reich zu werden. Wer es hingegen durch den Verkauf von Wurst zu Wohlstand brachte, wurde bloß als gieriger Kapitalist wahrgenommen. Wesentlich höher im Prestigekurs stand man als erfolgreicher Betreiber von Restaurants, Weinbars oder Bäckereien. Kneipen und Pizzerien stellten Grenzfälle dar. Die Abstufungen waren subtil und für Außenstehende nicht immer einfach nachvollziehbar.

Vereinzelt war Benno schon früher der Gedanke gekommen, er könnte geeigneter für einen Unternehmer als für einen Journalisten sein. Ein erfahrener, erfolgreicher Geschäftsmann, der sein Mentor geworden war, meinte oft, Benno hätte alle nötigen Eigenschaften dafür – einen wachen Verstand, unerschöpfliche Energie, eine positive Einstellung, persönliche Integrität und kaum Hemmungen. *Von wegen kaum – keine*, dachte Benno selbstironisch. Zumindest hatten das die Medien über ihn behauptet. Und doch hatte er sich selbst während des Höhepunkts der Hetzkampagne jeden Morgen aufgerafft und dem Tag gestellt. Beinah so, als wäre er mental unverwundbar. Er hatte in jeder Lage weitergemacht, sich bei Bedarf angepasst, ohne groß darüber nachzudenken. *Bin ich vielleicht ein Psychopath?*, fragte er sich manchmal mit einem Anflug von Verunsicherung.

Jedenfalls hatte sich das Geschäft in nur zwei Jahren von vielversprechend zu großartig entwickelt. Ronkanens Södermalm-Wurst wurde rasant zu einer zunehmend bekannteren Marke, und das Sortiment wurde laufend ausgeweitet. Bennos Mentor, der sich mit 25 Prozent am Unternehmen beteiligt hatte, drängte ständig darauf, das Geschäft zu diversifizieren.

Um den Würsten den Anstrich zu verleihen, aus traditioneller, handwerklicher Herstellung zu stammen, diente als Hintergrund des Firmenlogos eine stilisierte Darstellung der Häuser aus dem 18. Jahrhundert im Vitabergsparken. Unter dem blutroten Firmennamen stand in kursiver, umweltfreundlich-grüner Schrift die jeweilige Wurstsorte.

Am besten verkaufte sich die Wildschweinwurst, die dank frischer, kurz vor dem Räuchern hinzugefügter Chilischoten eine wunderbar pikante Note besaß. Wenn sich das rote Chili mit dem etwas herben Wildschweinfett vermischte, vollzog sich etwas Sensationelles. Die Kombination dieser Zutaten brachte die Geschmacksknospen so zum Kribbeln, dass es sich bis zu den Ohren ausbreitete. Manche Kunden behaupteten sogar, sie würden es durch den Nacken bis in den Rücken spüren. Ronkanens Wildschweinwurst galt als perfekter Snack in den Kneipen von Södermalm, die sich stolz lokaler Produkte rühmten.

Die Einnahmen sprudelten schneller und schneller. Benno investierte praktisch alles in Maschinen und Automatisierung. Innerhalb weniger Jahre wandelte sich die Wurstherstellung von handwerklich zu kleinindustriell mit drei Vollzeitbeschäftigten. Aus Imagegründen befand sich die Fabrik in der alten Schlachthausgegend unweit der Globe Arena südlich von Södermalm, mittlerweile überwiegend ein Wohngebiet. Der Geschmack litt nicht unter dem Übergang zur industriellen Fertigung. Man musste nur das beste Fleisch und frische Gewürze verwenden, auch wenn sie teuer waren.

Bennos Lieblingszutaten, Schalotten und Knoblauch, wurden in solchen Mengen verbraucht, dass er mit dem Gedanken spielte, ins Anbaugeschäft einzusteigen, statt sie aus den Niederlanden und

Südeuropa zu beziehen. Vielleicht würde sich sein Betrieb ja zu einem ganzen Konglomerat mausern, aus dem das Geld üppig auf die Konten des Mehrheitsbesitzers Benno Ronkanen fließen würde. Am 17. Juli 2032 wurde ihm der Boden abrupt ein zweites Mal unter den Füßen weggerissen.

Durch den Ausbruch des Kriegs brach Bennos Geschäft rasant ein. Praktisch über Nacht. Das Zahlungssystem funktionierte nicht mehr. Und selbst wenn, die meisten seiner gewerblichen Kunden bestellten aus anderen Gründen keine Würste mehr. Wenige Monate nach Kriegsausbruch war Ronkanens Södermalm-Wurst insolvent und wäre bankrottgegangen, hätten normale wirtschaftliche Abläufe noch funktioniert. Was nicht der Fall war. Benno passte sich an, indem er die Zahlungen an Kreditgläubiger und Lieferanten einstellte, die er nicht mehr brauchte. Sein Betrieb wurde wieder so lokal, wie er es zu Beginn gewesen war. Kunden und Lieferanten beschränkten sich auf die unmittelbare Umgebung. So kratzte Benno die Kurve, aber er führte keine Buchhaltung mehr, da solche Dinge niemanden interessierten. Erlöse gingen direkt in seine Brieftasche. In drastisch geringerem Umfang zwar, doch es genügte, um seine Familie zu ernähren.

Benno hatte bereits in den ersten Kriegstagen im Juli erkannt, woher der Wind wehte. Prompt entfernte er jegliche Hinweise auf Schweinefleisch aus der Vermarktung. Ebenso die Angabe der Inhaltsstoffe, weil 80 Prozent des Sortiments auf Schweinefleisch basierten. Benno wusste genug über den Islam, um zu wissen, dass es nicht klug wäre, den Willen der neuen Herrscher auf die Probe zu stellen.

Und als am 4. Oktober das Kalifat Alzuwid im Rathaus ausgerufen wurde, traf Benno die schmerzliche Entscheidung, gänzlich auf Schweinefleisch zu verzichten. Am schwersten fiel es ihm, die beliebte Wildschweinwurst aus dem Programm zu nehmen, mit der er den Löwenanteil des Profits erwirtschaftet hatte. Bennos Mentor hatte stets auf der 80:20-Regel herumgeritten, was bedeutete, dass 20 Prozent des Sortiments 80 Prozent des Umsatzes generierten. Im Wesentlichen hatte nur die Wildschweinwurst Gewinn abgeworfen und für seinen Lebensunterhalt gesorgt. Sie war so beliebt gewesen, dass er den Kilopreis im Vergleich zu anderen Würsten fast verdoppeln hatte können.

Der Rest des Angebots hatte hauptsächlich dazu gedient, dem Unternehmen einen seriösen Anstrich zu verleihen. Aber Benno hatte gesehen, wie Menschen wegen geringerer Vergehen als dem Umgang mit Schweinefleisch enthauptet worden waren. Also biss er in den sauren Apfel und entwickelte neue Produkte wie Truthahn, Huhn und Straußenfleisch. Langfristig strebte er die Halal-Zertifizierung für das gesamte Sortiment an, was jedoch bedingte, dass auch seine Fleischlieferanten sie besaßen. Das Ziel bestand darin, seine Produkte in spezielle Läden zu bringen, in denen die muslimischen Anführer einkauften. So würde er Nähe zu den Machthabern erlangen, was ihm auf lange Sicht hilfreiche Vorteile einbringen könnte.

Benno trug im Alltag längst einen langen Kaftan und ein kleines weißes Häkelkäppi auf dem Kopf. Einen buschigen Bart hatte er bereits vor der Besatzung besessen. Mittlerweile glaubte er, dass er ihm in den ersten Wochen den Hals gerettet haben könnte, als er das Schweinefleisch noch nicht aus der Fabrik beseitigt hatte. Bennos Aussehen schien bei den neuen Herrschern Anklang zu finden. Und anpassungsfähig, wie er war, lieferte er ihnen keinen Grund, ihn zu bestrafen. Er arbeitete einfach weiter und bemühte sich, bestmöglich unter dem Radar der Muslime zu bleiben.

Wenige Wochen später stellte Benno fest, dass sein alter Kundenstamm nicht besonders auf Würste aus Truthahn-, Hühner- und Straußenfleisch ansprach. Die Bestellungen waren praktisch versiegt. In seiner Verzweiflung gebar Benno eine Idee. *Not macht erfinderisch*, dachte er, als er seine Entscheidung traf. Die Wildschweinwurst mit rotem Chili musste zurück ins Sortiment – allerdings diskret. Benno erkannte, dass ihm früher gar nicht klar gewesen war, was für einen Glückstreffer er mit dem köstlichen Verkaufshit gelandet hatte. Nur dadurch hatte sein Unternehmen floriert. Seine Kunden hatten oft gemeint, die Wurst wäre so gut, dass sie nicht aufhören konnten, davon zu essen. Benno teilte ihre Meinung. Die Wildschweinwurst war die beste Wurst, die er je probiert hatte. Der Geschmack war sensationell.

Nur würde er sie von nun an Wildwurst nennen und seinen Kunden mit einem Augenzwinkern liefern. Da sie durch den Konsum von Schweinefleisch gleichsam Mittäter wären, brauchte er sich nicht darum zu sorgen, von ihnen gemeldet zu werden. *Außerdem ist Wildschwein wahrscheinlich nicht so schlimm wie Hausschwein*, dachte sich Benno. Vielleicht wäre es sogar völlig akzeptabel. Allerdings hatte er nicht vor, sich zu erkundigen.

Mittlerweile arbeitete Benno allein in der kleinen Fabrik in der Schlachthofgegend. An einem Donnerstagnachmittag, als er gerade den Wurstfüller reinigte, erhielt er Besuch von zwei Eintreibern der neu gegründeten muslimischen Steuerbehörde. Sie kamen mehrmals im Monat vorbei, um die *Dschizya* abzuholen. Benno hatte bereits einen weißen Umschlag mit dem Geld parat. Er verneigte sich demütig und überreichte ihn dem Rädelsführer der Eintreiber, der sich als Muhammad vorstellte. Der Mann sah aus, als stammte er aus Ostafrika, sprach jedoch so fließend Schwedisch, dass er wohl im Land geboren worden war.

»Bitte nimm meine *Dschizya* entgegen«, sagte Benno.

»Danke. Wie schön, dass du dich fügst«, erwiderte Muhammad. »Übrigens, wir sind heute ein wenig hungrig und haben uns gefragt, ob du vielleicht etwas Wurst für uns hast, die *halal* ist.«

»Natürlich, gern«, antwortete Benno. Dabei fiel ihm auf, dass der andere bereits begonnen hatte, sich in den stromlosen Kühlschränken umzusehen, ohne seine Antwort abzuwarten.

Die beiden ließen sich Zeit, probierten gemächlich die verschiedenen Würste.

»Das hier ist besonders gut«, befand Muhammad. »Was ist da drin?«

»Es ist eine geräucherte Wurst aus Wild, rotem Chili, Knoblauch und Essig«, erklärte Benno. »Ich verkaufe sie unter dem Namen Wildwurst.«

»Ist sie als *halal* zertifiziert?«, hakte der Eintreiber nach, während er einen weiteren Bissen kaute.

»Das Wild wird *halal* geschlachtet, aber ein Zertifikat habe ich bisher nicht«, antwortete Benno. »Alles ist *halal*. Ich muss nur noch die Formalitäten regeln, bevor ich die Produkte so bewerben kann.«

»Sie sieht verdächtig wie die Wildschweinwurst aus, die du früher verkauft hast. Wir haben uns deine alte Website angesehen. Es ist doch kein Wildschweinfleisch drin, oder? Denn falls ja, bist du tot.«

»Nein, nein, nein, auf keinen Fall! Ich bin konvertiert und esse nur noch *halal*. Alle Teile der Maschinen, die mit Wurst in Berührung kommen, sind ersetzt worden. Sie haben nie etwas verarbeitet, das nicht *halal* war. Nehmt so viel Wurst mit nach Hause, wie ihr wollt. Für eure Familien und Freunde.«

»In Ordnung, danke. Sicherheitshalber schicke ich eine Wildwurst für einen Labortest ein. Es wird ein paar Wochen dauern, bis die Ergebnisse vorliegen.«

»Nur zu. Du kannst dich hundertprozentig darauf verlassen, dass meine Würste *halal* sind.«

»Hoffen wir es. Kann ich auch ein paar Tüten dieser unheimlich köstlichen Wildwurst mitnehmen? Ich würde gern dem Imam und dem höchsten muslimischen Rat einige schenken. Es kann nie schaden, bei den Machthabern gut angeschrieben zu sein. Du weißt schon, Gefälligkeiten und Gegenleistungen.«

»Natürlich, natürlich«, stimmte Benno zu und spürte, wie sich Schweißperlen auf seiner Stirn bildeten. »So viel du willst!«

»Übrigens solltest du auch dein Logo ändern«, riet Muhammad. »Die alten Holzhäuser im Vitabergsparken werden in wenigen Tagen niedergebrannt. Bestimmt hast du gehört, wie der Imam es beim Freitagsgebet angekündigt hat. Alles, was an das alte Schweden erinnert, muss verschwinden. Somit auch dein Logo.«

»Ja, ich hatte nur noch keine Zeit dafür. Meinst du, es ist in Ordnung, wenn ich stattdessen die Zayed-Moschee als Hintergrund verwende?«

»Ist es, sobald du die Halal-Zertifizierung hast. Bis dahin verzichtest du lieber auf ein Logo, verstanden?«

»Sicher, sicher!«

Benno winkte den Steuereintreibern mit seinem freundlichsten Lächeln hinterher. Sobald sie die Tür hinter sich geschlossen hatten, sackte er auf einen Stuhl, beugte sich vor und vergrub das Gesicht in den Händen.

»Verdammt!«, dröhnte seine Stimme durch die kleine Fabrikhalle. »Scheiße, Scheiße, Scheiße!«

Benno wurde klar, dass er so am Ende war wie seine Würste. Es war an der Zeit, die Beine in die Hand zu nehmen und schleunigst aus der Besatzungszone zu flüchten. Er verließ die Fabrik, ohne aufzuräumen, und überquerte im Laufschritt die Skansbron-Brücke zu seinem Haus am Nytorget-Platz. Unterwegs fiel ihm ein, dass er das versteckte

Wildschweinfett hätte entsorgen sollen. Allerdings graute ihm zu sehr vor dem Gedanken, auf dem Schafott am Medborgarplatsen zu enden, um das Risiko einzugehen, zurückzukehren. Er hatte beschlossen, zu verschwinden, und würde keine Minute länger als nötig bleiben.

Kapitel 32

Diskussionen im Flottsbrogården

15. Oktober 2032

Uno sah auf die Datumsanzeige seiner alten, zerkratzten Certina-Uhr. Sein Handy war wegen der vielen zerstörten Funkmasten nutzlos. Es war Filips 65. Geburtstag. Uno überlegte, ob es unter den derzeitigen Umständen angebracht wäre, ihm überhaupt Glückwünsche zu unterbreiten.

Das bedeutet, es ist genau zehn Jahre her, dass ich Filip beim Treffen im Ferienhausverein auf Värmdö kennengelernt habe, erinnerte sich Uno. Damals hatten alle den Fünfundfünfzigjährigen hochleben lassen. Der hatte einen Strohhut wie aus dem 19. Jahrhundert zu Strindbergs Zeiten getragen. Mit der Kopfbedeckung ließ sich Filips Ähnlichkeit mit dem bedeutenden Nationaldichter nicht übersehen, nur war Filip 20 Zentimeter größer, als es Strindberg gewesen war. Uno erinnerte sich gern daran, wie sie stundenlang bei ein paar Gläsern Wein beisammengesessen hatten. Trotz ihrer so verschiedenen Leben kristallisierte sich dabei bald eine Seelenverwandtschaft heraus. Gerade die Unterschiede verliehen ihrer Beziehung eine gewisse Würze. Filip war 24 Jahre älter, trotzdem hatte Uno schon damals seit acht Jahren ein eigenes Bauunternehmen geleitet. In der Woche danach hatte er in anderthalb Tagen Filips neues kleines Fertighaus zusammenzunageln. Filip war so verblüfft darüber gewesen, wie schnell es gegangen war. In seiner Welt hätte das Projekt mehrere Wochen in Anspruch genommen.

Manchmal dachte Uno an die Einweihungsfeier in Filips neuer Sechs-Zimmer-Wohnung am Mosebacke auf Södermalm in Stockholm zurück. Sie hatten mit Champagner auf der Terrasse angestoßen, die eine fantastische Aussicht auf die Altstadt und Östermalm bot. Die intellektuellen Gäste diskutierten dabei über ihre neuesten Buchprojekte, Filme, Theateraufführungen und dergleichen. Themen, von denen Uno nichts verstand und die ihn nicht interessierten. Alle schienen so weltgewandt und weit gereist zu sein. Sie unterhielten sich über Restaurants und Hotels in New York und Paris, als wären sie gleich um die Ecke. Seine eigenen Charterreisen nach Thailand und Teneriffa würden in diesem Kreis niemanden beeindrucken, deshalb hörte er an dem Abend ausschließlich zu.

Während er seinen besten Blazer und eine ordentlich gebundene Krawatte trug, waren Filips andere Gäste in schlichter, legerer Aufmachung erschienen. Auf den ersten Blick hätte man meinen können, sie wären arm. Dennoch spürte Uno intuitiv, dass die anderen Gäste wesentlich mehr Zeit und Geld in ihre Outfits investierten als er. Das Wort »schick« kam ihm in den Sinn. Dessen Bedeutung war ihm immer ein Rätsel gewesen. Kleidete man sich vielleicht so schick? Oder entsprach es einfach ihrem Stil?

Besonders extravagant erschien ihm das allwissende, allgegenwärtige sogenannte »Nationalorakel«. Der Mann traf in voller Jagdaufmachung samt schlammverkrusteten Stiefeln und getrocknetem Blut an der Weste ein. Äußerst seltsam daran fand Uno, selbst begeisterter Jäger, dass der Mann unter der verdreckten Kluft eindeutig frisch geduscht war. Er war definitiv nicht direkt von der Jagd zu der Feier gekommen.

Der originelle, unterhaltsame Mann – das »Orakel« – laberte den gesamten Abend und wurde mit der Zeit geradezu erschreckend betrunken. Aber er besaß eine gewisse Ausstrahlung. Trotz des zunehmend unzusammenhängenderen Gebrabbels umgab ihn ständig eine Schar von Bewunderern, die ihm höflich aushalfen, wenn er sich mit den Worten verhaspelte. Uno, der kaum je ein Buch las, fühlte sich in dieser hehren intellektuellen Welt ziemlich verloren. Einige der Gäste erkannte er aus dem Fernsehen und aus Artikeln in Boulevardblättern. Menschen aus Sphären so weit entfernt von seiner Realität, dass sie ihm unwirklich vorkamen. Auch dieser bekannte, kleine, linke Kolumnist hielt selbstgefällig Hof vor einigen Bewunderern. Ebenfalls ein Großwildjäger. Allerdings ein Widerlicher, der gern auf Elefanten und Giraffen posierte, die Jagdführer für ihn aufgespürt hatten. Anscheinend drückte er nur den Abzug selbst.

Eine große, dünne Frau mit runder Brille, die schon zahlreiche Bücher verfasst hatte, erkundigte sich bei Uno nach seinem Beruf. Als er antwortete, er wäre Bauunternehmer, reagierte sie, als hätte er sie beleidigt. Prompt wandte sie sich ab und entzog ihm ihre

Aufmerksamkeit. Uno überraschte es nicht wirklich. Er wusste, dass er nicht bemerkenswert war.

Am eigenartigsten jedoch fand er den Kerl mit dem seltsamen Vornamen. Er lief mit einem weißen Jackett, einer dunklen Sonnenbrille und einem Seidenschal um den Hals herum. Uno erkannte ihn als einen der Verleiher des Literaturnobelpreises. Der Mann war offensichtlich befreundet mit dem extravaganten Franzosen, der schamlos die anwesenden Frauen begrapschte, woran sich niemand zu stören schien, nicht mal deren Ehemänner.

Eine weitere eigenwillige Persönlichkeit war Benno Ronkanen, Kulturkolumnist der Boulevardzeitung *Aftonposten*. Er war eindeutig zugedröhnt bis obenhin und grinste nur dämlich, als Uno mit ihm zu reden versuchte.

Eine wesentlich stärkere Reaktion entlockte Uno der extrem arrogante TV-Star Robert, den man als »Ass« kannte. Der Mann hatte ein Vermögen damit gemacht, gute, anständige Schweden zu schikanieren und strafrechtlich zu verfolgen. Uno spürte, wie sein Adrenalinpegel stieg, während er Roberts Stimme in provokantem Ton aus dem schwabbeligen Gesicht dringen hörte, das ihn an das eines Ebers erinnerte. Er musste aller Selbstbeherrschung aufbieten, um dem »Ass« nicht einen kräftigen Bauunternehmerschlag auf den Schweinsrüssel zu verpassen.

Nein, in diese Welt gehörte er nicht. Dennoch stieg seine bereits hohe Meinung von Filip weiter, als er sah, welches Ansehen der Mann in dieser Uno so fernen, elitären Welt genoss. Seine Bewunderung für Filips Intelligenz und umfassendes Wissen wurde beinah grenzenlos. Er hatte nie zuvor jemanden wie ihn kennengelernt und schätzte sich glücklich, ihn als Freund bezeichnen zu dürfen.

Filip glich einem unerschöpflichen Quell von Weisheit und Fakten. Deshalb hatte Uno ihn als persönlichen Berater im Krieg gegen die Muslime engagiert. Ein Berater, der etwas von Politik und Gesellschaft verstand und das Geschehen in einem größeren Rahmen erklären und interpretieren konnte. Dabei stellte er fest, dass Filip die geradezu unheimliche Gabe besaß, politische Ereignisse weit im Voraus vorherzusehen, sogar auf internationaler Ebene. Der Mann behauptete, er hätte eine Kristallkugel, in der er die Zukunft sehen könnte, und es schien tatsächlich so zu sein. Allerdings hatte er Uno die Kugel nie gezeigt.

Am eigenartigsten und vielleicht ansprechendsten an Filip fand er, dass er oft meinte, Uno wäre der Klügere von ihnen. Und er schien es obendrein ernst zu meinen.

»Ich kann dir versichern, bei einem IQ-Test würdest du besser abschneiden als ich«, hatte Filip schon mehrfach gesagt. »*Deutlich* besser. Ich bin bloß das Produkt der Erziehung in einer Akademikerfamilie mit entsprechenden Schulen und gesellschaftlichen Kreisen. Weißt du, meine Eltern haben beide recht erfolgreich Bücher geschrieben. Daraus haben sich Vorteile ergeben.«

Wenn sich Filip im Spiegel betrachtete, sah er nur einen etwas zerstreuten Akademiker, der sich am besten über das Leben und die Welt äußern konnte, wenn er an seinem Computer tippte. Praktische Aufgaben wie ein Upgrade seines Smartphones empfand er als entmutigend, während Uno mühelos mit neuen Geräten jeder Art zurechtkam. Filip sah in dem jüngeren Mann das Talent, Fakten schneller zu verarbeiten als irgendjemand sonst, den er kannte, und außerordentliches Organisationsgeschick. Jemanden, der Häuser bauen konnte. Jemanden, der im Krieg gegen die Muslime sowohl die Schweden als auch die Jugos und die Syrer zu kontrollieren verstand. Ein Mann der Tat mit angeborener, unerschöpflicher Kreativität als Grundlage für die Operationen ihrer Truppe. Ein natürlicher Anführer, der die Führungsrolle nie aktiv für sich beansprucht hatte. Nur bei den Partys mit Intellektuellen in Södermalm hatte er im Abseits gestanden.

Nach den Glückwünschen zum Geburtstag setzten sie sich, kippten ein paar Gläschen selbstgebrannten Schnaps – etwas anderes gab es nicht – und philosophierten wie schon so oft über das Leben. Ein »Flottsbro Special« mit lauwarmer Cola mochte nicht der beste Drink aller Zeiten sein, erfüllte aber den Zweck. Wie immer befeuerten Filips Gedanken die Unterhaltung, während Uno die Weisheit daraus fasziniert aufsaugte.

»Im Nachhinein ist mir unbegreiflich, wie wir uns verhalten haben. Jahrzehntelang sind wir nützliche Idioten für die Muslime gewesen, ohne es zu merken. Erst 2028 oder 2029, so um den Dreh, habe ich angefangen zu erkennen, was vor sich ging. Viele meiner Freunde haben wohl bis zum Kriegsausbruch weitergeschlafen.«

»Wenn sie überhaupt jetzt aufgewacht sind«, merkte Uno an.

»Ob ja oder nein ist wahrscheinlich egal, wenn ihre Köpfe am Schafott rollen. Ich denke, es war diese naive, heimtückische Vorstellung von einer multikulturellen Gesellschaft, wegen der alle, äh ... kopflos geworden sind. Entschuldige den schwarzen Humor. Grundsätzlich klingt es ja harmonisch – Vielfalt und Toleranz. Allerdings funktioniert es nur, wenn sich alle gegenseitig respektieren. Besonders gut hört es sich an, wenn man antirassistisch, homosexuell oder feministisch ist. Oder alles zusammen, was nicht selten vorkommt. Wie du weißt, bin ich selbst schwul. Und natürlich gegen Rassismus. Kein Wunder, dass die LGBTQ-Gemeinschaft von einer Gesellschaft träumt, in der man nicht als andersartig angesehen wird und jeder jeden respektiert.«

»Was Muslime nicht tun«, erwiderte Uno.

»Muslime haben Andersdenkende nie respektiert und werden es nie. Ganz zu schweigen von Schwulen. Im Islam gelten Muslime als auserwählte Elite mit der göttlichen Pflicht, alle anderen entweder zu bekehren oder zu eliminieren. Allah hat ihnen den Auftrag dazu erteilt und gleichzeitig die Befugnis, jederzeit jemanden dafür umzubringen. Muslime betrachten das nicht als Recht, sondern als Pflicht! Genau wie muslimische Männer die Pflicht haben, Frauen zu diskriminieren und zu unterjochen.«

»In gewisser Weise ähneln die Muslime stark den Juden«, meinte Uno.

»Ja. Sie weisen zahlreiche Gemeinsamkeiten auf. Aber auch entscheidende Unterschiede. Obwohl sich Juden ebenfalls als auserwähltes Volk betrachten, ist ihnen nicht der göttliche Auftrag erteilt worden, alle anderen auszulöschen.«

»Richtig. Das haben die Juden hinter sich gelassen, genau wie wir Christen«, erwiderte Uno. »Sowohl die einen als auch die anderen haben vor langer Zeit aufgehört, die heiligen Schriften wörtlich zu nehmen.«

»Der Islam hingegen kann gar nie reformiert werden«, sagte Filip. »Da sich Mohammed zum letzten Propheten erklärt hat, kann der Koran niemals in Frage gestellt werden. Wer es versucht, ist auf der Stelle hinzurichten, weil es per Definition die Handlung eines falschen Propheten wäre. Eines Ketzers. Der Koran ist Gottes an die Muslime gerichtetes Wort, ohne Wenn und Aber.«

233

»Ich hab gehört, im Koran wird dazu aufgerufen, Ungläubige umzubringen«, sagte Uno.

»Ja. Das kann ich bestätigen. Wie du weißt, habe ich ihn sehr sorgfältig gelesen. Sicherheitshalber zweimal. Er ist ja nicht besonders lang. Abgesehen davon, dass er langweilig ist, weil sich ständig derselbe Quatsch darüber wiederholt, dass Gott die Sonne, den Mond und die Sterne erschaffen hat, strotzte er vor Aufforderungen, Ungläubige hinzumetzeln und den Dschihad zu führen, um den Islam zu verbreiten. Und nicht nur, sie zu töten, sondern auch, sie zu foltern.«

»Wie? Steht darüber etwas Bestimmtes drin?«, fragte Uno.

»Ja, in der Tat. Ungläubigen sollen Hände und Füße abgeschnitten werden. Sie sollen gekreuzigt, in Ketten gelegt, in Feuer geröstet und enthauptet werden, wo immer man sie antrifft. Wer flieht, soll erbarmungslos gejagt werden.«

»Da scheint nicht viel Raum für Inklusion zu sein, was?«

»Leider beträgt die Toleranz gegenüber Andersdenkenden mathematisch ausgedrückt exakt null. Der Islam ist schlichtweg mit keiner anderen Ideologie vereinbar.«

»Das erklärt, warum Muslime nicht in die westliche Gesellschaft passen«, meinte Uno.

»Haargenau. Auch nicht in die östliche, noch sonst irgendwo. Es heißt sie oder wir – ein ewiger Kampf. Koexistenz ist nicht möglich.«

»Da fragt man sich, was sich unsere idiotischen Politiker gedacht haben, als beschlossen wurde, die Masseneinwanderung von Muslimen wäre eine Bereicherung für Schweden.«

»Ein historischer Fehler. Wir waren wie ein geschlossener kleiner Klub, haben in unserer eigenen Blase gelebt. Sowohl wir Medienvertreter als auch sämtliche Politiker. Abgesehen von den Nationalisten. Die haben mitbekommen, was vor sich ging. Die von uns als Nazis und Faschisten Bezeichneten haben es als Einzige wirklich verstanden. Wir anderen haben uns eingeredet, die Muslime würden nach 1.400 Jahren Krieg gegen uns endlich erkennen, wie großartig wir Schweden sind, sich ändern und anfangen, uns zu lieben. Noch in unserer Generation.«

»Ziemlich spekulativ, bei so geringen Erfolgsaussichten alles auf eine Karte zu setzen«, befand Uno.

»Spekulativ, naiv, kurzsichtig, opportunistisch und vollkommen realitätsfremd. Und ich war dabei einer der größten Sünder«, gestand Filip. »Keine Ahnung, wie viele Kolumnen ich darüber geschrieben habe, dass der Islam missverstanden wird und eigentlich eine gute Ideologie ist. Ich kann nicht mal zählen, wie viele Andersdenkende ich öffentlich als Nazis oder zumindest als Rechtsextremisten gebrandmarkt habe.«

»Nur weil Sie für Schweden eingetreten sind?«

»Ja. Nur weil sie für unsere Freiheit, Demokratie und nicht zuletzt Gleichheit eingetreten sind. Dafür werde ich mich bis zum letzten Atemzug schämen. Aber jetzt muss ich damit leben.«

»Was habt ihr euch nur alle gedacht? Die Diskussionen auf Baustellen, wo ich den Großteil meines Lebens verbracht habe, waren nicht unbedingt intellektuell. Trotzdem war allen sonnenklar, was abgelaufen ist. Wie kann es sein, dass Leute, die nicht mal Zeitung lesen, schlauer waren als du und deinesgleichen mit all eurem Wissen, die ihr Zeitungen geschrieben habt?«

»Gute Frage. Aber wie du weißt, hat man früher Frauen als Hexen auf dem Scheiterhaufen verbrannt. Genau wie Astronomen, die erkannt haben, dass die Erde nicht das Zentrum des Universums ist. Im Wesentlichen sind es dieselben Ideologien. Massenhysterie scheint Menschen umso härter zu treffen, je mehr Bücher sie gelesen haben. Sieh dir als Beispiel den Kommunismus an. Die Kommunisten haben mit rationalen Argumenten Hunderte Millionen Menschen umgebracht. Und immer angeführt von pseudointellektuellen Irren, die es geschafft haben, die Massen mit ihrer sogenannten Weisheit zu beeindrucken. Ein paar dicke Wälzer, die von den meisten Leuten nicht mal gelesen werden, scheinen zu reichen, um alle zu täuschen. Schau dir die Bibel und den Koran an – die wenigsten Gläubigen haben sie wirklich gelesen.«

»Auf solche Weisheit können wir getrost verzichten. Aber morgen ist ein neuer Tag. Noch mal alles Gute zum 65. Geburtstag. Und gute Nacht.«

»Dir auch eine gute Nacht.«

Kapitel 33

Der Russe wird zur Rechenschaft gezogen

23. Oktober 2032

Die Beweise waren unwiderlegbar. Als Unos Sicherheitsleiter das Zimmer des Russen gründlich durchsucht hatte, war er auf detaillierte Skizzen der Verteidigungspositionen der Schweden, der Jugos und der Syrer gestoßen. Außerdem hatte er handgezeichnete Karten mit Pfeilen und Notizen zu möglichen Marschrouten, Angriffen und kleineren Operationen gefunden, die geplant und besprochen worden waren. Hinzu kamen Aufstellungen über die Anzahl und Art ihrer Bewaffnung.

Das gesamte Material hatte sich in einem Umschlag befunden. Und Uno hatte schon einmal beobachtet, wie der Russe einen ähnlichen an den skrupellosen Geschäftemacher Björne Kork übergeben hatte, von dem seither jede Spur fehlte. Allerdings hatte Kork den Leuten noch zehn Gutscheine für Speck gegen Vorauszahlung verschiedenster Form angedreht, bevor er sich aus dem Staub gemacht hatte. Es ließ sich unmöglich abschätzen, ob er je wieder auftauchen oder irgendwie davon erfahren würde, dass der Russe aufgeflogen und gefangen genommen worden war.

»Nicht auszudenken, wie viele gute Soldaten wir wegen einem verdammten Spion verloren haben«, sagte Uno verbittert. »Es müssen um die fünfzig gewesen sein. Anständige Männer und Frauen. Jung. Schweden. Und die Verantwortung liegt allein bei mir. Ich bin nur dankbar, dass ich ihren Eltern nicht in die Augen sehen muss. Wie konnte ich so naiv sein, jemandem zu vertrauen, über den wir praktisch nichts gewusst haben? Und ich war derjenige, der ihn in den Kommandostab geholt hat.«

»Ja, es ist fürchterlich. So tragisch. Und es wirft die Frage auf, wie viele Spione wir noch im Lager haben«, erwiderte Filip. »Wir müssen davon ausgehen, dass wir ständig infiltriert werden.«

»Die Information muss in unserer kleinen Gruppe bleiben – zwischen dir, Max und mir. Und Schlüsselpersonal weihen wir künftig so spät wie irgend möglich ein, bevor wir handeln.«

»Ja, das wäre wohl am besten. Leider schließt das Jacob und Dragan mit ein. Bei den beiden bin ich zwar von ihrer Loyalität überzeugt, nur müssen wir davon ausgehen, dass auch ihre Leute infiltriert sind«, folgerte Filip.

»Natürlich. Unter ihren Landsleuten ist eine wilde Mischung aus Christen, säkularen Christen, säkularen Halb- und Viertel-Muslimen und so weiter. Wie können wir also irgendjemandem uneingeschränkt vertrauen?«

»Du hast die allgemeine Versammlung für 14:00 Uhr anberaumt, oder? Wir haben jetzt 13:50 Uhr.«

»Richtig! Kommst du auch?«

»Nein, lieber nicht. Tu, was du musst, aber ich will es nicht sehen. Musst du's wirklich selbst machen?«

»Wäre zwar bequem, es jemand anderem zu überlassen, aber ich denke, es ist ein wichtiges Zeichen, die Drecksarbeit nicht abzuwälzen. Schon gar nicht, wenn es mein Fehler war. Die Truppen müssen sehen, dass die Anführer bereit sind, die Konsequenzen ihrer Entscheidungen zu tragen. Hoffentlich steigert sich dadurch ihr Vertrauen in uns.«

»Mir ist das zu viel. Aber viel Glück damit ... oder was auch immer man dazu wünschen sollte ...«

Über 1.200 Soldaten trotzten dem eiskalten Nieselregen und versammelten sich auf dem Feld. Alle drei Lager hatten die Anweisung erhalten, für jeden Zug einen Soldaten, einen Offizier und einen Befehlshaber zu schicken. So sollte sichergestellt werden, dass jeder Einzelne in den Lagern erfahren würde, was sich an diesem Tag ereignete.

Der Russe stand mit hängendem Glatzkopf da, die Hände hinter dem Rücken mit schwarzen Kabelbindern gefesselt. Zu beiden Seiten stützte ihn ein Jugo fest unter dem Arm. Ohne sie wäre der Russe zusammengebrochen, völlig ausgelaugt nach drei Tagen ohne Nahrung, dafür mit ständigen Verhören und Schlägen. Das hatte Uno den Experten der Jugos überlassen. Wie erwartet, hatten sie alles an Informationen aus dem Russen herausgeholt.

Uno erklärte in einer kurzen Ansprache den Grund für die Versammlung im Regen.

»Jeder soll erfahren, was mit Verrätern passiert. Spione, Doppelagenten und Deserteure bekommen, was sie verdienen. Ohne

Gnade. Lasst es euch eine Warnung und Erinnerung daran sein, eure Kameraden wachsam im Auge zu behalten. Traut niemals irgendjemandem. Behaltet Informationen für euch, gebt niemals etwas unnötig preis, nicht mal bei eurem besten Freund. Das hier passiert mit Verrätern!«, brüllte Uno und zog seine Glock 88d vom Gürtel.

Der Schuss schlug aus fünf Zentimeter Entfernung ins entblößte Genick des mittlerweile knienden Russen ein. Uno steckte die Pistole zurück an den Gürtel und verließ den Schauplatz langsam.

Im Flottsbrogården erwartete ihn Filip mit einer Flasche Flottsbro Special.

»Hier. Nimm ein paar kräftige Schlucke.«

Dankbar nahm Uno die Flasche entgegen und trank ausgiebig.

»Jetzt weiß ich, wie sich Henker fühlen«, sagte er nachdenklich. »Ist nicht angenehm. Aber es war notwendig. Im Krieg darf nichts dem Sieg im Weg stehen. Schon gar nicht Sentimentalität von Anführern.«

Kapitel 34

Der Beginn des Kebab-Kriegs

19. Oktober 2032

Im vom Krieg gezeichneten Herbst 2032 brach der Winter ungewöhnlich früh an. Das Wetter schrammte nur knapp an Rekordwerten vorbei. Es schien beinah eine Regel zu sein, dass jeder Kriegswinter außergewöhnlich kalt ausfiel. Als wollte die Natur die sündhaften Menschen dafür bestrafen und ihr Dasein noch unerträglicher gestalten. Im Zweiten Weltkrieg waren die bitteren Winter ein entscheidender Faktor gewesen. Im Gegensatz zu den Sowjets waren die Deutschen nicht dafür ausgerüstet gewesen.

Obwohl es erst Oktober war, bedeckte den gefrorenen Boden bereits eine fünf Zentimeter dicke Neuschneeschicht, die langsam weiter anschwoll, da der Niederschlag anhielt. Die Temperatur lag mehrere Grade unter dem Gefrierpunkt, und es herrschte Finsternis. Nichts davon beeinträchtigte die von Adrenalin befeuerten Soldaten. Eigentlich hätten ihre Füße in den Stiefeln frieren müssen, doch sie nahmen es nicht wahr.

Spannung lag spürbar in der Luft. Die versammelten Soldaten wussten, dass es sich um keine der üblichen, nervigen, nächtlichen Übungen handelte. Auch nicht um einen falschen Alarm, weil die Muslime einen Angriff vortäuschten, um sie im Schlaf zu stören und zu zermürben. Etwas Bedeutendes stand bevor, doch aus Sicherheitsgründen wurden die Soldaten erst fünf Minuten vor Aufbruch über den Einsatz informiert. Nach wochenlangen Gerüchten war es endlich an der Zeit für einen Angriff auf die Stellungen der Muslime in Botkyrka südlich von Stockholm.

Um 03:30 Uhr gab Uno Svensson den ersten 200 der 600 schwedischen Soldaten, die seit fast einer Stunde im Lager Flottsbro in Formation gestanden hatten, das Zeichen zum Abmarsch, begleitet vom Befehl, unterwegs weder zu reden noch zu rauchen. In angespannter Stille begaben sie sich zum Ostufer des Albysjön, wo 20 zivile Boote unterschiedlicher Größe und Art auf sie warteten. Die jeweiligen Befehlshaber führten die Gruppen zu den ihnen zugewiesenen Kähnen.

Die knapp einen Kilometer lange Fahrt über den See für die erste Gruppe wurde auf ungefähr vier Minuten geschätzt. Die Boote würden die Geschwindigkeit so drosseln, dass alle gleichzeitig am Westufer eintreffen würden. Das Übersetzen würde in drei Wellen erfolgen, da die 20 Boote nur 200 Soldaten auf einmal befördern konnten. Sobald die erste Gruppe gelandet wäre, würden die Boote mit Volldampf zurückkehren und rasch die Verstärkung abholen. Der gesamte Vorgang sollte in etwa 20 Minuten abgeschlossen sein, sofern keine Boote unter Beschuss gerieten. Es galt als unwahrscheinlich, dass die erste Gruppe unbemerkt das feindliche Territorium erreichen würde. Aber durch Abstände von 100 Metern zwischen den Booten würde der Feind kaum mehr als ein paar beschießen können, bevor die anderen landeten und den Brückenkopf für die anderen 400 Soldaten sicherten.

Vorausgesetzt, die Muslime waren nicht über den bevorstehenden Angriff vorgewarnt worden. Die Wahrscheinlichkeit dafür ließ sich schwer bestimmen. Es könnte in Flottsbro neben dem Russen weitere Spitzel geben.

Als sich die verteilte Armada kleiner Boote noch ungefähr 150 Meter vom Ufer entfernt befand, brach die Hölle in Form von Maschinengewehrfeuer los. Der Beschuss wurde sofort von den Booten aus erwidert. Der Angriff stammte von einem kleinen Hügel am Westufer, wo die Muslime mehrere Maschinengewehre aufgestellt hatten, die ihre tödlichen Salven über das Wasser des gesamten Sees schwenkten. Durch die pechschwarze Finsternis der Umgebung hatten die Schützen erhebliche Mühe, Ziele auszumachen. Wenige Sekunden später landeten die Boote. Die Soldaten stiegen hastig aus und verschwanden in der Dunkelheit.

Das Maschinengewehrfeuer vom Hügel sorgte für verheerende Verluste an Bord von vier Booten in der Mitte. Auf ihnen überlebte niemand. Die anderen 16 scherten nach links und rechts zu den Enden des Sees aus, um dem Beschuss bestmöglich zu entgehen.

Die 80 Soldaten an der Nordspitze landeten bei Mohammads Eiern und griffen sofort die kleine Gruppe der Heiligen Krieger an, die dort die schmale Eisenbahnbrücke bewachte. Sie hatte man absichtlich intakt gelassen, nachdem Max die großen Straßenbrücken gesprengt hatte.

Angesichts der schwachen Verteidigung rechnete eindeutig niemand mit einem Angriff über die Eisenbahnbrücke.

Auf deren anderer Seite erteilte Dragan Milosevic den Truppen der Jugos letzte Anweisungen und spornte seine ohnehin schon aufgestachelten Männer zusätzlich an.

»Wir alle wissen, was 1389 bei *Kosovo Polje* passiert ist, auf dem Amselfeld. Die Zeit der Rache ist gekommen! Tod den Muslimen!«

Als das Maschinengewehrfeuer auf die Boote begann, sprinteten die ersten Jugo-Soldaten, die aus ihrem Lager in Häggsta hergeschlichen waren, die 150 Meter über die Eisenbahnbrücke. Rasch füllte sie sich mit immer mehr der 800, die an dem Angriff teilnahmen.

Allerdings fanden auf der eingleisigen Brücke nur zwei Mann nebeneinander Platz. Dadurch waren die Jugos gezwungen, Fittja als lange Kolonne zu überfallen – mit verheerenden Folgen. Viele wurden von feindlichen Stellungen niedergemäht, die überraschend schnell reagierten. Als die ersten Jugos von der Eisenbahnbrücke zu schießen begannen, dauerte es nicht lange, bis die Waffen der Verteidiger verstummten und die Jugos Fittja überrennen konnten. Aber wertvolle Minuten waren verloren gegangen.

Als sich das Chaos legte, hatten nur 470 der 800 Mann den kurzen Weg über die Brücke überlebt. 330 trieben im blutigen Wasser darunter. Ein katastrophaler Beginn des Angriffs mit zehnmal höheren Verlusten als erwartet.

Gleichzeitig griffen die 80 an der Südspitze gelandeten schwedischen Soldaten die Verteidiger an, die den schmalen Flottsbro-Kanal zwischen Albysjön und Tullingesjön bewachten. Verschanzte Kämpfer da wie dort bekriegten einander erbittert. Auch die Schweden von der anderen Seite des Kanals feuerten wild auf die Verteidiger.

Von den Soldaten, die ihn in kleinen Booten südlich der Verbreiterung namens Katthavet überquerten, wurde ungefähr die Hälfte dahingerafft, bevor sie die Überfahrt schafften. Trotz der anhaltend hohen Verluste pendelten die Boote hartnäckig weiter.

Als die zweite Gruppe mit den 16 verbliebenen Booten von Uno zur Südspitze des Albysjön geleitet wurde, hielten die Muslime dort der Übermacht nicht mehr stand. Die restlichen 43 Verteidiger ergaben sich

241

den Schweden trotz der verlockenden Jungfrauen, die sie im Paradies erwarteten.

Von da an wurden die Soldaten der Schweden ohne feindlichen Beschuss über den schmalen Kanal befördert, und nach wenigen Stunden befanden sich 5.000 auf feindlichem Territorium, wo sie langsam nach Norden in Richtung Alby vorrückten. Auch für sie waren die Anfangsverluste wesentlich schwerer als befürchtet gewesen. 269 waren bereits um den Flottsbro-Kanal herum und auf den Booten gefallen. Doch mit dem Übersetzen von 5.000 Soldaten war die Schlacht praktisch schon vorbei, bevor sie überhaupt begann.

Aus Süden näherten sich 700 Syrer. 350 marschierten die Europastraße 4 entlang nach Norden. Die andere Hälfte folgte dem Sankt Botvids Väg über den schmalen Landstreifen zwischen dem Aspen und dem Bornsjön, um Norsborg und Alby von Westen her anzugreifen.

Die Gruppe wurde auf dem knapp 100 Meter breiten Gelände zwischen dem nördlichen und südlichen Aspen aufgehalten und verblieb dort während der gesamten Schlacht von Botkyrka. Es erwies sich als unmöglich, die stark befestigten muslimischen Stellungen zu durchbrechen.

Die Syrer auf dem Sankt Botvids Väg hatten mehr Erfolg. Nach vier Stunden intensiver Kampfhandlungen knackten sie die muslimische Verteidigung mit einem Flankenmanöver, das sie überraschte. Damit war der Weg aus Westen nach Norsborg frei, dort jedoch warteten Hunderte gut verschanzte Heilige Krieger, ergänzt um kleinere Einheiten von Elitesoldaten, die bis zum letzten Atemzug kämpfen würden. Sie wussten, was ihnen blühte, wenn sie in Gefangenschaft der Syrer gerieten.

Mittlerweile war es 10:00 Uhr. Das Tageslicht hatte die Dunkelheit längst abgelöst. Die Kämpfe hatten sich vorübergehend gelegt. Botkyrka war ringsum von der Außenwelt abgeschnitten. Es schien nur eine Frage der Zeit zu sein, bis die restlichen muslimischen Kämpfer, die man auf weniger als 1.000 schätzte, besiegt würden oder kapitulierten.

Uno befahl Dragan und Jacob über Funk, ihre Truppen anzuhalten und ausruhen zu lassen. Danach sollten sie sich zum endgültigen Angriff neu formieren. Der keine Eile hatte. Der umzingelte Feind hatte keine Möglichkeit, Verstärkung zu bekommen. Die Zeit lief gegen die Verteidiger von Botkyrka, unerbittlich wie die feinen Körnchen in einer

Sanduhr. Die erschöpften Schweden, Jugos und Syrer schlugen ein Lager auf, um Kräfte zu sammeln, während die Verteidiger ihre Stellungen verstärkten. Nur sporadisch fielen Schüsse oder dröhnten Explosionen.

»Vielleicht sollten wir versuchen, die Muslime ohne unnötigen Verlust von Menschenleben zur Kapitulation zu bewegen«, meinte Uno, während er mit Filip, Max und einigen Offizieren aus dem jugoslawischen und syrischen Stab auf dem Hügel von Flottsbro stand und angespannt das Geschehen beobachtete. Es war nach wie vor kalt, aber zumindest schneite es nicht mehr, und der bereits gefallene Schnee würde sich vermutlich nicht lange auf dem Boden halten.

»Die Frage ist, ob wir uns die Zeit nehmen sollen, sie einfach auszuhungern«, sagt Filip. »Wir haben bisher entsetzliche Verluste erlitten, vor allem die Jugos. Es wäre wohl am besten, kühlen Kopf zu bewahren und den nächsten Schritt sorgfältig abzuwägen. Die Verluste der Muslime sind mir längst egal. Die verdienen nichts anderes als den Tod!«

»Richtig. Wen kümmern die schon?«, erwiderte Uno. »Aber ich habe tatsächlich über unblutige Lösungen nachgedacht. Wir sollten versuchen, mit ihrem Anführer in Botkyrka zu verhandeln. Angeblich heißt er Zulema.«

»Gute Idee«, befand Filip. »Falls heute Nachmittag nicht gekämpft wird, sollten wir mit einer Übertragung über Funk anfangen. Ihre Frequenzen kennen wir ja. Wir haben schon Zulemas arabisches Gelaber abgehört. Wenn sie darauf ansprechen, können wir einen Verhandlungsführer mit einer weißen Fahne losschicken. Oder sie können jemanden zu uns entsenden.«

»Sie zu uns. Wir geben hier die Bedingungen vor. Darüber sollten wir keinen Zweifel aufkommen lassen. Wenn man Muslimen den kleinen Finger gibt, nehmen sie sich die ganze Hand.«

»Ich schlage vor, wir stellen ihnen ein Ultimatum von 48 Stunden«, sagte Filip. »Entweder ergeben sie sich bedingungslos, oder wir löschen sie gnadenlos aus.«

»Klingt vernünftig.« Plötzlich lächelte Uno. »Aber was ist aus deinen humanitären Grundsätzen geworden, mein Lieber?«

Filip erstarrte, als hätte Uno mit der Frage einen empfindlichen Punkt getroffen. Er lag oft nachts wach und grübelte darüber, was der

Krieg in den Köpfen der Menschen allgemein und insbesondere in seinem bewirkt hatte. »Gnadenlos auslöschen« – viel weiter konnte er sich kaum von seinen früheren humanitären Grundsätzen entfernen. Wie konnte er etwas Derartiges so beiläufig aussprechen, als redete er davon, ein paar Liter Milch zu kaufen?

Der Krieg schien den Geist langsam, Stück für Stück, Minute für Minute zu vergiften, ohne dass sie es mitbekamen. Wie Bauern, die den von ihnen ausgehenden Mief von Dung nicht wahrnahmen, während alle anderen angewidert die Nase rümpften. *Wird es nach dem Krieg so sein? Werden diejenigen, die nicht daran teilgenommen haben und nicht von Hass verseucht sind, mit Abscheu darauf reagieren, was wir getan haben? Werden sie uns, mich verachten? Alle, die gekämpft und andere verteidigt haben?*

Er hatte miterlebt, wie sich zu viele anständige Schweden in nur wenigen Wochen in zynische, hasserfüllte Mörder verwandelt hatten. Die Erkenntnis, welche Instinkte und zerstörerischen Kräfte in praktisch jedem Menschen, auch in ihm, unter der dünnen zivilisierten Fassade schlummerten, hatte ihn entsetzt. Waren Menschen überhaupt besser als einander bekriegende Affenstämme? Oder bedienten sie sich lediglich fortschrittlicherer Methoden? Unter dem Strich schien es immer darauf hinauszulaufen, dass Gruppen ums Überleben kämpften und ihre Territorien verteidigten. Frieden trat nur gelegentlich ein, wenn gerade ein Verband ausgelöscht oder vorübergehend zerschlagen worden war. Wie könnte es auch anders sein?

Offenbar wäre alles andere ein naiver Traum, wenn er danach ging, was sich vor seinen Augen abspielte. Er hätte so etwas in einem Land wie Schweden nie für möglich gehalten, seit Jahrhunderten eine der homogensten, stabilsten Nationen der Welt – bis ein minderbemittelter Ministerpräsident der muslimischen Masseneinwanderung Tür und Tor geöffnet hatte. Die Menschen schienen von Instinkten und Kräften getrieben zu werden, die sich ihrer bewussten Kontrolle entzogen. Nicht zuletzt der Sexualtrieb ging oft siegreich aus inneren Konflikten hervor.

Filip hatte aufmerksam beobachtet, wie sich Respekt vor menschlichem Leben und Mitgefühl für das Leid anderer in dem Moment verflüchtigte, wenn man selbst in einen Überlebenskampf geriet.

Wie können normale, emphatische schwedische Männer muslimische Frauen vergewaltigen, misshandeln und sogar umbringen, ohne irgendetwas dabei zu empfinden?, fragte er sich. *Vielleicht genießen sie deren Leid während der abscheulichen Taten regelrecht. Ist das der wahre Zustand der Menschheit? Haben wir nur kurz in einer unbedeutenden Blase des Friedens und der Demokratie einen Blick aufs Paradies erhascht?*

War das schöne Leben in Södermalm, Stockholm, nur ein Traum gewesen, eine eitle Illusion? Manchmal fragte er sich ernsthaft, ob er im Begriff war, den Verstand zu verlieren. Seit Wochen suchten ihn seltsame, furchterregende Gedanken und Träume heim. Alles schien sich seiner Kontrolle zu entziehen wie ein selbstfahrendes Auto mit durchgeschmortem Computer, und er hatte zunehmend das Gefühl, einen Fremden vor sich zu haben, wenn er sich im Spiegel betrachtete. Einen zweifelhaften Fremden. Wer war dieser große, schlanke, leicht gebeugte Mann mit dem stechenden Blick im unrasierten, zerfurchten Gesicht, der glaubte, er hätte die Antworten auf alle existenziellen Fragen?

Am seltsamsten fand er, dass er einen wachsenden Hass auf all die Regenbogenmenschen in Söder entwickelte, obwohl er selbst schwul war. Wie würde Freud das erklären? Selbstverachtung?

Auch das verbotene Gefühl von Judenhass vergiftete seine Gedanken. Woher kam das? Immerhin hatte er viele gute, wunderbare jüdische Freunde in der Kulturszene gehabt. Die meisten davon hatten die Muslime ermordet. Dabei bewunderte er die intellektuelle, weltoffene jüdische Kultur. Seine vehemente Unterstützung Israels kam bei den anderen Kulturmarxisten in Södermalm nicht gut an, nicht mal bei den Juden unter ihnen. Gerade sie äußerten sich oft am kritischsten über Israel. Ihr ideologischer Hohepriester war dabei der als Spion verurteilte Elitemarxist und Großwildjäger, der in seinen populären, weithin gelesenen Kolumnen kaum seinen Judenhass verhehlte. Letztendlich kam Filip zu dem Schluss, dass er selbst tief in seinem Inneren alles und jeden hasste, eine Folge seiner zunehmenden Abscheu gegen das Leben oder zumindest die Menschheit.

Nur Uno hasste er aus irgendeinem Grund nicht. Ihn schien der Krieg nicht verändert zu haben. Für Uno schien kein großer Unterschied darin zu bestehen, ob er Elchjäger oder Soldaten anführte, solange sie konzentriert, effizient und kompetent am Erreichen des Ziels arbeiteten. Für Uno zählte nur, den Ball ins Tor zu bekommen, unabhängig davon, gegen welchen Gegner. Er wollte bei allem Erfolg, was er anpackte, und vergeudete keine Energie für Grübeleien über moralische oder philosophische Dilemmas. Filip wünschte, er hätte selbst eine so unbekümmerte Einstellung. Aber er war anders gestrickt.

Zunehmend häufiger spielte er mit dem Gedanken, sich Unos Pistole zu leihen und seinem Leben mit einer Kugel ein Ende zu setzen. Das Gefühl der Hoffnungslosigkeit und Bedeutungslosigkeit, das er so gut aus seinen turbulenten Teenagerjahren kannte – die er als großer, aber schwacher, unsicherer, ungeouteter Homosexueller mit dem Spitznamen »Giraffe« verbracht hatte – war unverhofft zurückgekehrt, stärker als je zuvor. Zu seinem Entsetzen war die Giraffe in einer unerwünschten Reinkarnation von den Toten auferstanden, streunte herum und fraß Blätter von den Baumwipfeln. Er hasste jeden Aspekt dieser hässlichen Ausgeburt.

Wenigstens gibt es die Gebäude und gemütlichen Plätze in Södermalm noch, dachte er in einem versöhnlichen Moment. *Aber auch die Menschen? Oder haben sie sich alle in psychotische Monster verwandelt? Werde ich je wieder bei einem Bier in Cafés sitzen und die Atmosphäre genießen können, den Anblick der lächelnden Leute, der unterwürfigen, Latte trinkenden Väter, die von ihrer mentalen Unterdrückung nicht mal etwas mitbekommen und freudig lächelnd lesbischen Müttern mit ihren Kinderwagen die Treppe hinaufhelfen? Vielleicht schreibe ich ein Buch darüber, wenn wieder Frieden herrscht. Wäre ein interessantes Thema. Nur wie soll Schweden je wieder ein friedlicher, von Nächstenliebe geprägter Ort werden?*

»Und was ist mit dem drohenden Kriegsverbrechertribunal in Den Haag?«, fragte Uno, nicht ahnend, wie tief sich seine Worte in Filip gebohrt hatten.

»Ach weißt du, im Augenblick sind mir meine früheren Prinzipien ziemlich egal«, erwiderte Filip. »Den Haag ist seit Monaten unter muslimischer Kontrolle. Die Möglichkeit, dort verurteilt zu werden, fühlt sich gerade sehr weit weg an. Mehr Kopfzerbrechen bereiten mir die Frauen, die man als Sexsklavinnen ins muslimische Bordell in Hallunda gesteckt hat. Wenn wir angreifen, bringen sie die wahrscheinlich um, bevor wir sie erreichen können. Und wir reden hier von 30 bis 40 unschuldigen Frauen.«

»Wir könnten ja vor dem Angriff eine Rettungsaktion versuchen«, schlug Uno vor. »Die zwei Frauen unter den Rangern – Jolanta Grembowska und Ina Sjöstrand – drängen ohnehin drauf, die Versklavten zu retten. Sie haben mit Max einen Plan ausgearbeitet.«

»Wir können nicht gut eine Rettungsaktion durchführen, während wir über eine Kapitulation verhandeln. Also werden die Verhandlungen warten müssen«, sagte Filip.

»Reden wir heute Abend mit Max und den Frauen«, erwiderte Uno und hob das Fernglas an, als neue Explosionen aus der Richtung von Alby ertönten. »Mal sehen, wie es läuft. Max, passt es dir um 20:00 Uhr in der Zentrale?«

»Klar. Ich kümmere mich darum, dass Jolanta und Ina ebenfalls kommen«, antwortete Max.

Pünktlich um 20:00 Uhr versammelte sich die kleine Gruppe: Uno, Filip, Max, Jolanta und Ina. Normalerweise wären auch Dragan und Jacob dabei gewesen, doch sie erholten sich mit ihren Soldaten von einem anstrengenden Tag auf dem Schlachtfeld.

»Ich weiß, ihr wärt alle lieber draußen im Kampfgeschehen«, begann Uno. »Aber ich kann meine besten Leute nicht für Routineeinsätze riskieren. Die brauchen wir für besondere Missionen. Fasst es also als Kompliment auf, dass ihr hier seid.«

»Schon gut«, kam von Jolanta. »Hoffentlich reden wir jetzt über die Rettung der Sexsklavinnen!«

»Ja«, erwiderte Uno. »Allerdings nicht so, wie ihr drei es geplant habt. Zu riskant. Unwahrscheinlich, dass ihr lebend zurückkommen würdet. Aber ich denke, mein Plan könnte während der Wirren unseres Hauptangriffs funktionieren.«

»Interessant«, meldete sich Max zu Wort.

»Einer unserer Soldaten, ehemaliger Servicetechniker beim Übertragungsnetzbetreiber Svenska Kraftnät, hat mich auf eine andere Idee gebracht. Es gibt nämlich einen Leitungstunnel, von dem die Muslime wahrscheinlich nichts wissen. Er verläuft parallel zum U-Bahn-Tunnel, den sie blockiert haben.«

»Cool«, warf Jolanta ein.

Ina schwieg wie üblich und hörte nur zu. Sie verlor kaum je ein Wort mehr als nötig.

»Ich möchte, dass ihr drei den Leitungstunnel benutzt. Ein Trupp aus sechs Soldaten begleitet euch, sobald wir die U-Bahn-Station Alby eingenommen haben. Wir haben vor, in einer frühen Phase mit unseren Leuten zur Haltestelle Alby Centrum vorzurücken. Ihr folgt dem Tunnel fast bis zur Station Hallunda. Dann zweigt er in Richtung Hallunda-Platz ab. Dort ist in der südwestlichen Ecke ein Ausstieg, nur ungefähr 100 Meter von dem Gemeindezentrum entfernt, in dem sie die Frauen festhalten. Es wird dunkel sein, also solltet ihr euch unbemerkt hinschleichen können. Es liegt tief in ihrem Territorium. Von daher gibt's keinen Grund zu der Annahme, dass es von mehr als ein paar Kämpfern bewacht wird. Mir schwebt vor, dass zwei von euch die Frauen rausholen, während einer oder eine den Rückzug deckt«, erklärte Uno. »Die eigentliche Herausforderung besteht darin, 30 Frauen eine sechs Meter lange Leiter hinunter in den Leitungstunnel zu schaffen. Das dürfte mindestens drei bis vier Minuten dauern. Aber dem Trupp sollte es gelingen, etwaige Angreifer in Schach zu halten. Zum Sichern des Rückzugs schicken wir 80 Mann über den Tre Källors Väg zum Hallunda-Platz, bevor ihr mit den Frauen eintrefft«, fuhr Uno fort.

»Klingt nach einem guten Plan«, befand Max.

»Entscheidend ist, die Frauen zu befreien, bevor die Soldaten über den Tre Källors Väg vorrücken«, betonte Uno. »Wir müssen davon ausgehen, dass die Muslime sie umbringen, sobald sie fürchten, die Kontrolle über Hallunda zu verlieren.«

»Wann legen wir los?«, fragte Jolanta voll Tatendrang.

»Wenn wir den Angriff auf Botkyrka starten. Die Soldaten erholen sich gerade. Ich denke, sie werden ein paar Tage dafür brauchen.«

Die Ruhezeit währte drei Tage. Dann fühlten sich die Angreifer bereit für ihre Offensive gegen die Verteidiger in Botkyrka.

Kapitel 35

Benno Ronkanen schließt sich den Freischärlern an

19. Oktober 2032

Seit dem erschreckenden Vorfall vor vier Tagen mit den muslimischen Steuereintreibern in seiner kleinen Wurstfabrik hatte sich Benno Ronkanen die meiste Zeit in seiner Wohnung am Nytorget-Platz versteckt. Das Wissen, dass der gefürchtete Imam und sein gesamter Rat Wildschweinwurst gegessen hatten, ließ Benno zittern. Die Laborergebnisse konnten mittlerweile jeden Tag eintreffen. Er wagte nicht mal, sich auszumalen, was man mit ihm anstellen würde, wenn herauskam, dass die muslimischen Oberhäupter Schweinefleisch gegessen hatten.

Mit einer schnellen Enthauptung oder dem Strick würden sie ihn nicht davonkommen lassen. Höchstwahrscheinlich würde man ihn langsam zu Tode peitschen. Diese Form der Bestrafung wurde bei besonders schweren Vergehen oft lange hingezogen, indem es täglich nur eine begrenzte Zahl von Hieben abgab. Im schlimmsten Fall würde er monatelang täglich die Peitsche zu spüren bekommen, bis er irgendwann das Leben aushauchte.

Derzeit wartete Benno auf den richtigen Moment. Er beobachtete die Straße von seinem Fenster im dritten Stock aus. In den vergangenen Tagen hatte aus unbekannten Gründen ungewöhnlich viel Aktivität geherrscht. Vielleicht war es einem schwedischen Freiheitskämpfer gelungen, einen der Anführer der Muslime zu töten. Das war schon einige Male vorgekommen und hatte als Vergeltung jedes Mal die Enthauptung von 50 Schweden nach sich gezogen. Benno beobachtete durch das Fenster, dass die Moralpolizei ungewöhnlich viele Menschen durchsuchte und schikanierte. Deshalb beschloss er, in der Wohnung zu bleiben, bis sich die Lage beruhigte. Mittlerweile jedoch war es an der Zeit.

Vorsichtig öffnete Benno die Tür zur Nytorgsgatan und spähte hinaus. Obwohl es früher Nachmittag war, lag die Straße überwiegend verlassen da. Mit dem langen Kaftan und dem Häkelkäppi erregte er keine Aufmerksamkeit, während er mit seiner kleinen braunen Burberry-Aktentasche über der Schulter nach Süden schlenderte. Den Bart und die

Augenbrauen hatte er mit Schuhcreme schwarz gefärbt. Benno entschied sich für die Renstiernas Gata und anschließend die Katarina Bangata, weil er wusste, dass es dort keine permanenten Straßenposten gab. Er nahm einen kleinen Weg durch den großen Park von Stora Blecktornsparken und folgte dem Kai zur Brücke namens Skansbron, über die er ins Viertel Hammarby gelangen würde.

Als er die Treppe zur Skansbron erreichte, entdeckte er einen Kontrollpunkt mit vier Heiligen Kriegern, bewaffnet mit Kalaschnikows. Um keinen Verdacht zu erregen, steuerte er unbekümmert darauf zu. Er wurde auf Arabisch angesprochen und näher gewunken.

»Ich spreche kein Arabisch«, sagte Benno und holte einen Umschlag hervor, den er dem vordersten Krieger zusammen mit seinem Führerschein reichte.

»Schon gut, wir können auch Schwedisch«, antwortete der Mann. »Ich bin aus Fisksätra«, fügte er hinzu.

Dann überprüfte er gewissenhaft den Führerschein, während Benno genauso aufmerksam die Züge des Kriegers musterte. Vermutlich hatte er Wurzeln in Syrien oder im Irak, denn er beherrschte fließend Arabisch und sah nahöstlich aus. Benno beobachtete, wie sich das Augenmerk des Kriegers auf den steifen Umschlag richtete. Neugierig öffnete er ihn und begutachtete den Inhalt.

Es handelte sich um einen Brief, gedruckt auf hochwertigem Designerpapier mit eingeprägten muslimischen Symbolen, Goldstempeln und einem kurzen Text sowohl auf Arabisch als auch auf Schwedisch. Als ehemaliger Journalist und PR-Berater besaß Benno die Fähigkeiten und Kontakte, um jegliche Drucksachen innerhalb einer Stunde anzufertigen. Das Schreiben und den Umschlag hatte er auf dem Computer entworfen, den arabischen Text hatte ihm ein alter Freund mit einem Doktortitel in Arabisch von der Universität Stockholm geliefert. Den Druck hatte eine kleine, in einem Keller an der Skånegatan angesiedelte Werbeagentur übernommen, mit der er viele Jahre zusammengearbeitet hatte.

Der Krieger las den Text laut auf Schwedisch vor.

»Benno Ronkanen ist im Auftrag des höchsten muslimischen Rats der Zayed-Moschee unterwegs. Er soll sich in unserer Zentrale im schwedischen Messe- und Kongresszentrum melden, um sich dort in geheimer, dringender Angelegenheit mit dem Feind in Verbindung zu setzen. Ronkanen ist bei dieser Mission in jeder Hinsicht zu unterstützen. Wer ihn bei der Ausführung behindert, wird gnadenlos bestraft.«

Nach dem Text in beiden Sprachen folgte die Unterschrift des höchsten Imams der Zayed-Moschee, datiert mit 19. Oktober 2032.

Der Krieger zeigte den Brief seinen Kameraden, die nachdenklich nickten.

»Na schön, du kannst passieren. Brauchst du eine Eskorte zum Messezentrum?«

»Ja, das wäre vielleicht hilfreich, falls unterwegs weitere Kontrollpunkte sind«, antwortete Benno.

»Leider haben wir kein Fahrzeug zur Verfügung.«

»Macht nichts. Es sind ja nur vier oder fünf Kilometer.«

Der befehlshabende Krieger bedeutete einem anderen, Benno zu begleiten.

Ungefähr eine Stunde später und nach zwei weiteren Kontrollpunkten, um die sich der Arabisch sprechende Begleitkrieger effizient gekümmert hatte, standen sie am Tor zu Parkplatz D des schwedischen Messe- und Kongresszentrums. Der Krieger an Bennos Seite lieferte dem Wächter dort eine kurze Erklärung auf Arabisch, bevor er Benno aufforderte, den Brief vorzuzeigen. Der tat es und hielt dem Wächter das Schreiben hin, damit er einen Blick darauf werfen konnte. Dann zeigte der Mann zu einem der anderen Krieger bei ihm. »Du begleitest diesen Mann zum Hauptquartier des Kommandanten und gibst dort Bescheid, dass er im Auftrag des höchsten muslimischen Rats hier ist, verstanden?«

Benno winkte seinem Begleitsoldaten freundlich zum Abschied. Wenig später saß er auf einem Ledersessel vor dem Büro des Kommandanten. Nach einigen Minuten tauchte eine uniformierte Sekretärin auf und führte ihn hinein. Der Kommandant hatte das Auftragsschreiben bereits gelesen und kopiert.

»Wie hast du vor, Verbindung mit dem Feind aufzunehmen?«, fragte der Mann und musterte Benno dabei misstrauisch.

»Sofern du keinen besseren Vorschlag hast, dachte ich mir, ich gehe am helllichten Tag langsam mit einer weißen Fahne die Front entlang, gedeckt von deinen Soldaten. Ich glaube nicht, dass die Schweden auf mich schießen, wenn sie mich unbewaffnet mit einer weißen Fahne sehen.«

»Erst möchte ich ein paar Dinge überprüfen. Ich schicke einen Kurier mit Fragen zur Zayed-Moschee los. Telefonverbindungen haben wir nicht, und das Funksignal ist blockiert. Also geht es nicht anders.«

»Oh. Wie lange wird das dauern?«, erkundigte sich Benno.

»Der Kurier nimmt ein Motorrad. Damit wird er in wenigen Minuten dort eintreffen. Die Frage ist nur, wie lang es dauert, bis der Rat reagiert. Mit etwas Glück haben wir die Antworten in einer Stunde.«

Benno spürte, wie sich Schweiß auf seiner Stirn bildete.

»Das geht auf keinen Fall«, sagte Benno. »Jede Minute ist kostbar.«

»Wenn es so dringend ist, warum hat der Rat dann keinen Transport und keine Eskorte für dich arrangiert?«, fragte der Kommandant.

»Ich hatte eine Eskorte«, gab Benno zurück. »Ein Fahrzeug war nicht verfügbar. Wie du weißt, ist Treibstoff Mangelware. Jedenfalls kann ich hier keine Stunde rumsitzen«, fügte er hinzu und gab sich aufgebracht. »Wenn die Mission deinetwegen fehlschlägt, wirst du die Konsequenzen tragen müssen.«

»Worin besteht die Mission?«, verlangte der Kommandant in scharfem Ton zu erfahren.

»Tut mir leid, aber das darf ich nicht preisgeben. Wie aus dem Schreiben hervorgeht, ist die Mission geheim. Allein durch die Frage begehst du eine Pflichtverletzung. In Kriegszeiten werden Informationen nie unnötig weitergegeben, das solltest du eigentlich wissen!«

Der Kommandant musterte Benno mit missbilligender Miene. »Warum hast du dir den Bart gefärbt?«, fragte er und betrachtete erneut den Führerschein. »Man sieht die auf deiner Haut verschmierte Farbe.«

Benno erwiderte ruhig seinen Blick und ließ sich mit der Antwort einige Sekunden Zeit. Er ergriff den kunstvoll gestalteten Brief und tippte mit dem Finger auf das steife, pergamentartige Papier, während er sprach.

»Ich mache dich hiermit darauf aufmerksam, dass du eine persönliche Entscheidung treffen musst. Entweder vergeudest du meine Zeit mit Kleinlichkeit, oder du erfüllst deine Pflicht und unterstützt mich bei meinem Auftrag. So oder so werde ich dem Rat umfassend Bericht darüber erstatten. Du wirst entweder mit einem goldenen Stern belohnt oder wegen Ungehorsam und Sabotage einer Mission des Rats hingerichtet. Entscheide dich, aber mach damit schnell!«

Benno beendete die Tirade, indem er die Faust wuchtig auf den Schreibtisch niedersausen ließ, während er einen finsteren Blick auf den Kommandanten heftete.

Nach kurzem Zögern öffnete der Mann die Tür zum Nebenraum, in dem seine Sekretärin saß. Benno hörte, wie er auf Arabisch Anweisungen erteilte, wohl wissend, dass sich gerade sein Schicksal entschied, aber außerstande, die Worte zu verstehen.

Der Kommandant kehrte in Begleitung der uniformierten Sekretärin mit neutraler Miene zurück.

»Fatima begleitet dich zum Befehlshaber an der Front, der sich um dich kümmern wird. Melde dich, falls du etwas brauchst. Du musst den Brief nicht mehr vorzeigen. Viel Glück!«

Auf dem Weg nach draußen bemerkte Benno, dass sich in den Hallen A und B des Messegeländes Hunderte Soldaten aufhielten. Halle C hingegen enthielt Ausrüstung und Kisten. Man hatte das Messe- und Kongresszentrum von Stockholm in einen bedeutenden Militärstützpunkt umgebaut. Benno fragte sich, warum noch keine schwedischen Kampfjets die Basis angegriffen hatten. Ein paar Raketen würden verheerenden Schaden daran anrichten.

Draußen fielen Benno ungefähr 40 Kampffahrzeuge auf dem Parkplatz auf, die man offenbar mit möglichst großen Abständen zueinander abgestellt hatte.

Abgesehen von gelegentlichem Granatfeuer und Scharfschützenschüssen herrschte auf beiden Seiten Ruhe. Der Älvsjövägen galt als Niemandsland. Ungefähr 100 Meter entfernt auf der anderen Seite der Straße befanden sich die schwedischen Stellungen, verteidigt von Freischärlern unter dem Befehl des Kommandostabs in Flottsbro.

Benno stand im Graben und hielt die weiße Fahne hoch, damit man sie gegenüber sehen konnte. Sicherheitshalber schwenkte er sie noch eine Weile, um die Aufmerksamkeit der schwedischen Soldaten darauf zu lenken. Schließlich erklomm er mit langsamen, bedächtigen Schritten die Böschung, bis er sich vollständig auf der Straße befand. *Vorerst mal keine Schüsse*, dachte Benno. Er setzte sich in Bewegung und überquerte die verwaiste Straße in Richtung der schwedischen Stellungen. Als er die Mitte erreichte, dröhnte plötzlich eine Stimme durch ein Megafon.

»Bleib, wo du bist, oder wir knallen dich ab!«

Benno hielt an, ließ die weiße Fahne auf den Asphalt fallen und legte die Hände an den Mund. »Ich bin Schwede! Nicht schießen!«

»Was willst du?«

Benno schwenkte beide Armen über dem Kopf, um zu verdeutlichen, dass er unbewaffnet war. Sein gesamter Körper spannte sich an, während er damit rechnete, jeden Moment von Projektilen zerfetzt zu werden.

»Ich habe eine wichtige Botschaft für euch!«

»Wer bist du und warum trägst du diese lächerlichen Fetzen?«

Die Stimme aus dem Megafon hatte einen unverwechselbaren Dialekt aus einem der südlichen Vororte Stockholms und sprach unbekümmert, vermittelte trotz der Situation keine Dringlichkeit. Was Benno beunruhigte, der gerade um sein Leben kämpfte.

»Ich bin Benno Ronkanen!«

»Und weiter?«

»Benno Ronkanen, der ehemalige Journalist der *Aftonposten*, der so viele Frauen vergewaltigt hat!«, schrie er, ohne sich darum zu schweren, wie absurd es war.

»Ach, dieser Drecksack!«, kam durch das Megafon zurück.

Mehrere Sekunden lang trat Schweigen ein. Plötzlich wurde Benno klar, dass er sich vielleicht nicht ideal vorgestellt hatte. Er begann zu befürchten, dass er auf der schwedischen Seite nicht willkommen sein würde.

»Zieh das Clownskostüm bis auf die Unterwäsche aus. Wir haben genug von Selbstmordattentätern. Und irgendwas sagt mir, dass du nicht aus freien Stücken hier bist.« Benno entledigte sich des weißen Kaftans und ließ ihn demonstrativ mit ausgestrecktem Arm auf die Straße fallen. Darunter trug er einen Fleecepullover, den er ebenfalls von sich warf. Schließlich schlüpfte er aus der weiten weißen Hose und stand in Unterwäsche mitten auf der Straße still.

»In Ordnung, Ronkanen oder Wankanen oder wie auch immer du heißt. Sobald du die Schuhe ausgezogen und die schicke Aktentasche fallen gelassen hast, kannst du rüberkommen. Und diese Fetzen bleiben dort drüben!«, tönte die träge Stimme aus dem Megafon. »Irgendwas sagt mir, dass du gleich ein paar Schüsse in den Rücken abbekommen könntest!«

Entschlossen überquerte Benno den Rest der Straße und stieg die Böschung auf der anderen Seite hinunter, bis man ihn von der muslimischen Stellung aus nicht mehr sehen konnte. Barfuß setzte er den Weg das eisige, schlammige Feld fort, bis er einen Schützengraben erreichte, in dem sich zwei Soldaten hinter einem kleinen Wall aus Sandsäcken verschanzt hatten.

»Hallo, ich bin Benno Ronkanen!«, rief er beinah hysterisch und streckte die Hand aus.

Bennos Körper hatte so viel Adrenalin ausgeschüttet, dass er Kleinigkeiten wie den frostigen Wind auf der Haut nicht mehr wahrnahm. Nicht mal seine Füße schmerzten. Es fühlte sich an, als könnte er stundenlang nackt herumlaufen, ohne zu frieren.

Einer der Soldaten richtete sich auf und reichte Benno eine grüne Armeejacke. »Hätte nicht gedacht, dass du lebend hier ankommst«, sagte der junge Soldat. »Hast Glück gehabt. Komm mit zum Leutnant. Mal sehen, ob es anhält.«

Nach einer kurzen Fahrt wurde er in Flottsbro von einem weiteren Kommandanten unter die Lupe genommen. Der Mann hieß Uno Svensson. Sein Blick wanderte über Bennos durch die kargen Kriegsrationen erschlankten Körper, der dadurch einigermaßen fit wirkte.

»Du bist also dieser Journalist«, merkte Uno nachdenklich ein. »Hast du irgendeine militärische Ausbildung?«

»Ob du's glaubst oder nicht, ja«, antwortete Benno. »Mein autoritärer Vater wollte seinem Hasch rauchenden, faulpelzigen Sohn Disziplin beibringen. Deshalb hat er mich zum Militärdienst in Finnland gezwungen, wo wir herkommen. Und dort geht's ein wenig anders zu als in Schweden.«

»Na schön, welcher Rang in welcher Streitkraft?«

»Feldwebel beim legendären 12. Infanterieregiment, auch bekannt als IR12. Und ausgebildeter Panzerabwehrsoldat. Ich sollte zeit meines Lebens so viele russische Panzer wie möglich zerstören.«

»Das kann manchmal kurz sein«, gab Uno nachdenklich zurück. »Vor allem für Panzerabwehrsoldaten.«

»Die Offiziere haben uns geschunden, bis viele an Selbstmord gedacht haben. Mich haben sie immer *Ruotsin homo* genannt – die schwedische Schwuchtel. Zumindest, wenn sie mich angebrüllt haben, was meistens der Fall war. Was ich dort durchmachen musste, habe ich meinem Vater nie verziehen.«

»Ja, die Finnen springen hart mit ihren Wehrpflichtigen um.«

»Unmenschlich hart! Mir wurde sehr deutlich vermittelt, dass man mich für eine Selbstmordmission ausgebildet hat, weil sowieso niemand eine verfluchte schwedische Schwuchtel vermissen würde.«

»Und jetzt bist du hier, um für Schweden zu kämpfen?«

»Ja. Uneingeschränkt. Bis zum Tod! Seltsamerweise liebe ich dieses Land trotz allem, was mir die Öffentlichkeit angetan hat. Obwohl sich Schweden seit der Einwanderung unserer Familie in ein von Verbrechen gezeichnetes Armenhaus verwandelt hat, ist es immer noch besser als die Alternative, die ich ein paar Monate lang in Södermalm erlebt habe. Verdammt!«

»Du bist ein wenig alt zum Kämpfen. Könntest du Panzerabwehreinheiten organisieren und ausbilden?«

»Ja, ich denke schon. Auch wenn es eine Weile her ist, dass ich in Finnland war. Welche Ausrüstung habt ihr?«, fragte Benno.

»Wir haben mehrere Robot 56 Bill, bemannt mit einem Kanonier, einem Lader und einem Gruppenleiter. Und jede Menge moderne, tragbare Robot 57, die du wahrscheinlich kennst. Finnland hat sie haufenweise gekauft.«

»Das 56er-System ist stärker«, erwiderte Benno. »Der Vorteil beim 57er ist die einfache Handhabung und die Möglichkeit, es auch in Gebäuden abzufeuern.«

»Du scheinst dich wirklich auszukennen«, lobte Uno.

Ein Klopfen an der Tür unterbrach sie. Als sie sich öffnete, stand Filip da und musterte den Neuzugang der Freischärler.

»Na, wenn das nicht Filip ist!«, entfuhr es Benno verblüfft. Prompt erhob er sich.

»Benno Ronkanen höchstpersönlich!«, sagte Filip mit strahlender Miene.

Die beiden umarmten sich wie die guten Freunde, die sie waren. Filip hatte zu den wenigen Journalisten gehört, die den Medienrummel um Benno und die Stichhaltigkeit der Vergewaltigungsvorwürfe gegen ihn in Frage gestellt hatten, wie Benno damals dankbar aufgefallen war.

»Du siehst ja aus wie ein waschechter Muslim«, stellte Filip fest. »Bist du konvertiert?«

»Nicht mehr lange«, antwortete Benno. »Aber für ein paar Monate musste ich so tun, als wäre ich's, um am Leben zu bleiben. Kann mir jemand einen Rasierer besorgen? Ich bin bereit für die Rückkehr zum Christentum!«

»Vergiss nicht, das lächerliche Käppi loszuwerden«, riet Filip grinsend.

Als Benno bemerkte, dass er es noch trug, riss er es sich vom Kopf, warf es zu Boden und stampfte wütend mit dem Fuß darauf.

Kapitel 36

Krisensitzung in der Schatzkammer

20. Oktober 2032

Seit dem Umzug aus Göteborg hielt die muslimische Führung ihre Sitzungen in der Schatzkammer des Stockholmer Schlosses ab. Sie galt als der sicherste Platz, da sie sich im Untergeschoss befand und von dicken Steinmauern geschützt wurde.

Nur sah sie nicht mehr wie eine Schatzkammer aus. Die Schätze hatte man entfernt, das Gold eingeschmolzen, die Juwelen verkauft. Schwedens Nationalschätze wurden ein für alle Mal entsorgt. Die Schatzkammer war nur noch ein Besprechungsraum mit einem ovalen Tisch für 18 Personen in der Mitte. An die Vergangenheit erinnerte nur der große, wunderschön vergoldete, an der Wand befestigte Spiegel, der sich vom Boden bis zur Decke erstreckte.

»*Iinahum sakhif qurun*, verdammte Mistkerle!«, stieß Mahmoud irritiert hervor und ließ die Faust auf den Tisch niedersausen. »Wir liefern ihnen einen Kampf, wie sie ihn noch nie erlebt haben!«

»Keine Gefangenen«, sagte der tschetschenische Oberst. »Wir stechen jedem ungläubigen Hund, den wir fangen, die Augen aus. Wie wir es schon immer mit den Russen gemacht haben, schneiden wir ihnen die Schwänze ab und stopfen sie ihnen in die Mäuler. Das hat Jahrhunderte die russischen Soldaten im Kaukasus in Angst und Schrecken versetzt und in jüngerer Zeit in Afghanistan und Tschetschenien. Die sollen wissen, dass sie gegen einen grenzenlos brutalen Feind kämpfen und Albträume davon haben, in Gefangenschaft zu geraten!«

»Ja. Sie werden einen hohen Preis für Botkyrka zahlen«, pflichtete ihm der syrische General bei, verantwortlich für die Verteidigung von Botkyrka. »Aber da es den Schweden gelungen ist, Tausende Soldaten auf unsere Seite des Flottsbro-Kanals zu schicken, müssen wir uns eingestehen, dass Botkyrka verloren ist. Die Frage ist, welche Befehle wir unseren Kriegern für das Ende erteilen.«

»Deren Jugos und Syrer sind ähnlich opferbereit wie unsere Leute. Sie rücken immer weiter vor und nehmen die Verluste in Kauf«, fuhr der

Oberst fort. »Harte Gegner, auch wenn sie sich nicht wie kompetente, erfahrene Berufssoldaten verhalten.«

Ahmed lauschte mit einem belustigten Lächeln, trotz der kritischen Situation für ihre umzingelten Truppen, die keine Chance hatten, sich zu befreien.

»Stattdessen richten wir unsere Verteidigung in Vårby und Skärholmen ein«, sagte er. »Huddinge kontrollieren wir schon lange, es besteht daher keine Gefahr, dass wir Stockholm nicht gegen Angriffe aus dem Süden verteidigen können. Verstärkung ist bereits unterwegs nach Vårby. Wir geben unseren Kriegern die Chance, Märtyrer zu werden, Allah zu begegnen und sich an einem ewigen seligen Dasein im Paradies zu erfreuen. Mein Befehl lautet, bis zum letzten Mann zu kämpfen und so viele Ungläubige wie möglich zu beseitigen. Das ist auch eine Form der psychologischen Kriegsführung, um den Schweden aufzuzeigen, welche enormen Opfer noch vor ihnen liegen. Es wird ihren Kampfwillen schwächen und sie erkennen lassen, dass bedingungslose Kapitulation ihre beste Möglichkeit ist.«

Der syrische General überlegte kurz, bevor er sich an Ahmed wandte.

»Wir haben noch ungefähr 900 Heilige Krieger als Verteidiger übrig, davon 50 Elitesoldaten. Wir sollten dem Feind angesichts seiner zahlenmäßigen Überlegenheit nicht auf dem Boden begegnen. Ich befehle unseren *Kriegern*, sich bestmöglich zu verteilen und in den oberen Stockwerken von Hochhäusern überall in Botkyrka in Stellung zu gehen. So haben sie einen Überblick und gute Schusswinkel, um dem Feind das Vorrücken zu erschweren. Zusätzlich verwandeln wir jeden Keller mit Sandsäcken vor den Fenstern in Bunker. So können wir auch auf Bodenhöhe auf den Feind schießen. Wenn die Schweden Botkyrka erobern wollen, werden sie fast jedes Gebäude bombardieren müssen. Und da sie weder eine Luftwaffe noch Artillerie haben, wird es eine nahezu unmögliche Aufgabe, die sie wochenlang beschäftigen wird. Bleibt die Frage, was wir mit unseren restlichen Leuten machen, die nicht kämpfen.

Die Senioren, die Frauen, die Kinder«, fügte er hinzu.

»Sie werden unsere menschlichen Schutzschilde«, antwortete Ahmed. »Die Schweden werden zögern, wenn sie Tausende Zivilisten im

Umfeld der Gebäude sehen, in denen sich unsere Krieger verschanzen. Wir reden von vielleicht 50.000 Zivilisten. Und wie ich die Schweden kenne, werden sie die verschonen.

Sie nennen das Menschlichkeit.«

»Das stimmt wahrscheinlich«, meldete sich Mahmoud zu Wort. »Die Frage ist nur, wie die Syrer und Jugos darauf reagieren. Geschichtlich betrachtet, würde ich zumindest bei den Syrern vermuten, dass sie trotzdem die Maschinengewehre sprechen lassen. Sie dürften mehrere jesidische Soldaten haben, die auf Rache dafür brennen, was ISIS ihnen in Syrien angetan hat.«

»Sollen sie die Maschinengewehre sprechen lassen«, meinte Ahmed unbekümmert und breitete die Arme aus. »Sogar Massaker an Muslimen schwächen den Kampfwillen der Schweden, so seltsam es ist und obwohl es umgekehrt sein sollte. Ich kenne deren eigenartige Gedankengänge und weiß, wie deren schwacher Verstand funktioniert. Unsere Zivilisten werden wie die Krieger auf ihre Weise ihr Leben für den Dschihad des Propheten geben und Märtyrer werden. Nur Allah weiß, wie es ausgehen wird, *inschallah!*«

Ahmed stand auf.

»Lasst uns heute gemeinsam bei der *Salāt* zu Allah beten, dass unsere Leute in Botkyrka zu Märtyrern werden. Es ist Zeit für das abendliche *Maghrib*. Ich habe Hassan ersucht, den Waschraum vorzubereiten, damit wir die Waschungen ordentlich durchführen können, wie es sich für gute Muslime gehört. Lasst uns beim *Wudu* heute besonders sorgfältig sein, damit wir Allah mit noch reinerem Geist und Körper als sonst begegnen. Danach begeben wir uns in den heute speziell dekorierten Gebetsraum. Unser Imam wird besonders ausgewählte *Hadithe* verlesen und uns zum gemeinsamen Gebet führen. *Bismillahi ar-Rahman ar-Rahim*, im Namen Gottes, des Gnädigen, des Barmherzigen!«

»*Bismillahi ar-Rahman ar-Rahim*«, stimmten alle mit ein und erhoben sich.

Kapitel 37

Das düstere Ende des Kebab-Kriegs

23. Oktober 2032

Die umzingelten Muslime im Norden von Botkyrka bereiteten sich auf das letzte Gefecht vor und befolgten dabei die Befehle ihrer Anführer. Die fünf Gebete an jenem Tag dauerten länger als sonst. Allah erhielt wesentlich mehr Gesuche als üblich, doch zum Glück waren seine Möglichkeiten und Weisheit grenzenlos. Viele Wünsche galten der Wiedervereinigung mit Angehörigen im Paradies, vor allem mit verlorenen Kindern – oder Eltern, wenn die Bittsteller selbst noch Kinder waren.

Die inbrünstigen, kläglich klingenden, tief empfundenen Aufrufe zum Gebet mit rauen, vom Leben gezeichneten Stimmen aus den Minaretten wurden zu einem ständigen Hintergrundgeräusch. Sie vermittelten Verse aus dem Koran über den Dschihad, den heiligen Krieg und die Belohnungen, die Märtyrer im Paradies erwarten. In andere Rufe wurden Passagen aus den militantesten Hadithen eingebaut, aber auch aus solchen über Liebe, Güte und Seelenfrieden.

Der Islam lieferte auf alle Fragen der Menschheit einfachere, leicht verständliche Antworten als das Christentum, das viel Freiraum für Interpretation ließ.

Als Gottes auserwählte Krieger wurde ihnen das Privileg zuteil, Märtyrer im Dschihad zu werden. Die meisten fanden sich klaglos mit ihrem Schicksal ab. Viele freuten sich sogar darüber, dafür auserkoren zu sein. Je mehr Ungläubige sie in die Hölle verbannten, desto größer würde der Lohn in Allahs Paradies ausfallen. Die Vorstellung, den Unbilden und dem Krieg auf Erden zu entkommen und stattdessen von 72 Jungfrauen an einem Ort mit stets grünem Gras und blauen Himmel empfangen zu werden, war verlockend. Sie würden ewiges Glück im Paradies genießen, wo Bäche reinsten Wassers flossen. Viele der Heiligen Krieger konnten es kaum erwarten, auf den Feind zu treffen. Freudig und lächelnd würden sie tun, was Allah von ihnen erwartete – so viele Ungläubige wie möglich töten, bevor sie selbst als Märtyrer aus dem irdischen Leben scheiden würden.

Es herrschte kein Mangel an Opferbereitschaft unter den Heiligen Kriegern, wie die Geschichte bewies. Das konnte jeden Gegner dazu bringen, zu zaudern, das Selbstvertrauen zu verlieren und sich früher oder sogar unnötig einem eigentlich unterlegenen Feind zu ergeben. Vielleicht würde in Botkyrka trotz eines Feindes mit überlegenen Ressourcen und Zahlen ein Wunder geschehen. Wie in den Tagen der Kalifen, den Nachfolgern des Propheten. Mit ihren Eroberungen durch Heilige Krieger hatten sie den Islam schneller verbreitet, als es irgendjemand für möglich gehalten hätte. Historiker hatten nach wie vor Mühe, es zu erklären.

Die fast 900 muslimischen Krieger verteilten sich auf Hochhäuser in Alby, Fittja und Hallunda-Norsborg. An Kellerfenstern hinter Wällen aus Sandsäcken wurden Maschinengewehre aufgestellt. In den obersten Stockwerken gingen Schützen mit weiteren Maschinengewehren, AK-47 und Granaten in Stellung, um den Beschuss von oben auf den Feind einprasseln zu lassen. Die ungläubigen Hunde würde eine Hölle aus Projektilen und Explosionen erwarten. Ohne Opfer würden sie keinen Quadratzentimeter Boden gewinnen.

Frauen, Kinder und Senioren mussten sich bestmöglich allein durchschlagen. Die meisten kauerten bang in ihren Wohnungen und harrten des Unvermeidlichen. Anspannung und Frustration verschlimmerten sich bei jenen, die sich auf die Bemühungen anderer verlassen mussten. Nur Allah wusste, was geschehen würde. Alles stand im großen Buch geschrieben und war vorherbestimmt. Jeder musste sein Schicksal akzeptieren. Vielleicht würde es ein Morgen geben, *inschallah*. Vielleicht auch nicht. Es oblag allein Allah, der für alles einen Plan hatte. Man musste auf seine unendliche Weisheit vertrauen. Fürchten musste man sich nicht.

Die Schweden, Jugos und Syrer, die sich zum Entscheidungsangriff versammelten, beteten einen anderen Gott an, wenn sie überhaupt gläubig waren. Nur wenige hofften, jemand anders als sie selbst würde den Feind besiegen, dennoch wurde in den Lagern der Syrer und Jugos wiederholt »Te Deum« gesungen. Man konnte nicht ausschließen, dass göttliches Eingreifen den Kampf zu ihren Gunsten entscheiden würde.

Nur das kurdische Kontingent, ein Teil der schwedischen Armee, bereitete sich ähnlich wie der Feind vor, mit vielen langen Gebetsstunden – Stirn zum Teufel, Arsch zu Gott, wie die schwedischen Soldaten abfällig kommentierten. Aber die Kurden verrichteten ihre Gebete diskret, abseits der Schweden. Trotz der Abscheu Letzterer gegen alles, was mit dem Islam zu tun hatte, respektierten sie ihre kurdischen Kameraden für deren Hingabe und eine Kampferfahrung, die ihnen selbst fehlte. Die Kurden galten als kompetente, effektive Krieger. Sie wussten, wie man dem Feind maximal schadete, ohne selbst unnötige Risiken einzugehen. Das eigene Leben zu schützen, ging bei ihnen nicht auf Feigheit zurück. Aus bitterer Erfahrung in Syrien und im Irak gegen Araber und Türken wussten sie, dass tote Soldaten nutzlos waren. Damit unterschieden sie sich deutlich von ihren allzu opferbereiten Glaubensgenossen in Botkyrka, die derzeit den militärischen Sturmangriff der Ungläubigen erwarteten.

»Wir gehen mit aller Kraft und Entschlossenheit gegen die mordlüsternen Dreckskerle vor, aber auch mit Geduld«, predigte der mächtige Kurdenführer Abdullah seinen Soldaten und ließ seinen stechenden Blick über sie wandern. »Es ist wichtig, nichts zu überstürzen. Wir haben alle Zeit der Welt und sollten unser Leben nicht unnötig opfern. Für jeden im Kampf fallenden Kurden müssen mindestens 20 Araber und Türken sterben!«

Seit die Schlacht von Botkyrka – von den Schweden *Kebab-Krieg* genannt – vor vier Tagen mit heftigen Zusammenstößen und zahlreichen Verlusten begonnen hatte, herrschte relative Ruhe. Die Verwundeten wurden mit den spärlichen vorhandenen Möglichkeiten versorgt. Die Leichen der Gefallenen wurden eingesammelt und begraben, um Seuchen zu verhindern. Es schien, als sammelten die Kämpfer allesamt Kraft für die von allen erwartete Entscheidungsschlacht. Die vergangenen vier Tage hatte es sporadisch Schüsse und kurze Bombardements gegeben, wenn jemand Mörser abfeuerte, worauf stets prompt von der Gegenseite reagiert wurde.

Im Morgengrauen am Samstag, dem 23. Oktober, endete die Ruhe, als Uno Svensson den schwedischen Einheiten den Vormarsch nach Norden befahl, um Alby einzunehmen. Die dortige Moschee stellte das erste strategische Ziel dar, da man glaubte, ihre Zerstörung würde demoralisierend auf die Verteidiger wirken. Im Endeffekt sollte der Feind ein für alle Mal vernichtet werden, um Botkyrka bis zum Ende des Tags wieder unter schwedische Kontrolle zu bringen. Gleichzeitig erhielten

350 Syrer auf dem Sankt Botvids Väg und westlich von Norsborg-Hallunda ihre Marschbefehle. Aber Uno Svensson konnte sich nicht recht erklären, warum die Syrer an ihren Positionen blieben. Die anderen, die Hälfte der Streitkraft, saßen auf Europastraße 4 fest, wo es ihnen nicht gelang, die Muslime an der Landenge zwischen dem nördlichen und südlichen Aspen zu überwinden. 200 verließen die Pattstellung und schlossen sich der Truppe westlich von Norsborg-Hallunda an. Sie galten als entbehrlich, da man für unwahrscheinlich hielt, dass die Muslime auf Europastraße 4 einen Angriff starten würden.

Den Jugos wurde befohlen, die Position westlich von Mohammads Eiern an einer engen, unter der Eisenbahnbrücke gelegenen Stelle zu halten. Sie hatten beim Überqueren der Brücke vier Tage horrende Verluste erlitten. Weder Uno Svensson noch Dragan Milosevic, der Anführer der Jugos, der das Los seiner Soldaten auf dem Feld ohne Privilegien teilte, hielten es für klug, sie das stark verteidigte Fittja angreifen zu lassen. Es wäre einer Selbstmordmission gleichgekommen. Uno und Dragan verständigten sich darauf, dass erheblich dezimierte Jugo-Bataillon warten zu lassen, bis sich die Schweden den Albysjön entlang aus Süden näherten. Auch sie hatten herbe Verluste erlitten, dennoch nicht annähernd so viel wie ihre jugoslawischen Verbündeten. Vor allem hatten die Schweden eine überragende Anzahl frischer, ausgeruhter Soldaten – 5.000 Mann.

Auf der Kuppe des Hügels von Flottsbro verfolgten die Einsatzleitung und ein paar Leute der Jugos aus Häggsta das Geschehen durch Ferngläser. Aus irgendeinem Grund tauchten die Vertreter der Syrer nicht auf, doch es dachte sich niemand viel dabei. Vermutlich waren sie gezwungen, andere Prioritäten zu setzen. Die ersten schwedischen Einheiten hatten bereits Subtopia erreicht, eine hangarähnliche Mehrzweckhalle, nachdem sie dem Ufer des Albysjön über die offenen Felder westlich des Sees gefolgt waren.

Andere schwedische Einheiten, darunter ein Zug mit Sprengmeistern, rückten parallel dazu durch die Wohngebiete nördlich der Moschee von Alby vor. Von hinten rückten Tausende Schweden nach. Die große Armee der Freischärler in Flottsbro bot einen beeindruckenden Anblick.

»So weit, so gut«, merkte Filip an. »Der Widerstand scheint überraschend schwach zu sein.«

»Wie nach unseren Informationen zu erwarten«, erwiderte Uno. »Unsere Kundschafter haben keine Befestigungen entlang des Albysjön entdeckt. Die sind in den Hochhäusern in Stellung gegangen. Das wird für uns eine schwer zu knackende Nuss und dürfte herbe Verluste fordern.«

»Eine kluge Taktik. So vergeuden sie ihre Ressourcen nicht für einen sinnlosen Kampf gegen einen überlegenen Feind auf offenem Feld«, meinte Filip. »Sie haben jedes Hochhaus in eine Festung verwandelt. Eine Möglichkeit wäre, sie zu belagern und auszuhungern wie im Mittelalter, als sich Verteidiger in uneinnehmbaren Burgen verschanzt haben.«

»Aber warum rücken die Kebab-Krieger nicht vor? Jacob, was soll das werden?«, murmelte Uno frustriert bei sich.

In der Moschee von Alby war ein heftiges Feuergefecht ausgebrochen. Anscheinend hatten rund 50 Heilige Krieger darin gelauert, waren ohne Rücksicht auf das eigene Leben angestürmt und hatten die Schweden damit überrumpelt, bevor sie in Deckung gehen konnten.

»Was für ein Zirkus da unten«, meinte Filip.

Uno rang sich trotz der zahlreichen vor seinen Augen fallenden Schweden ein Lächeln ab. Er wusste, dass Filip auf den Cirkus Cirkör anspielte, Schwedens einzigen Zirkus gleich neben der Moschee. Manchmal konnte er Filips unterschwelligen Anspielungen nicht folgen, diesmal jedoch schon.

»Was ist das?«, fragte Filip und zeigte auf einen Hubschrauber, der aus Süden auf das Schlachtfeld zusteuerte. Unten an der Maschine baumelte etwas. Der Helikopter befand sich noch weit entfernt, näherte sich allerdings rasant. Uno nahm ihn mit dem Fernglas ins Visier.

»Unter dem Hubschrauber hängt etwas in einem Netz. Sieht nach Fässern aus. Merkwürdig, mitten in der Schlacht einen Transporthubschrauber zu sehen. Sind das Munitions- oder Waffenlieferungen für den Feind?«

Als der Helikopter weiter heranflog, wurde klar, dass er in dem Netz darunter tatsächlich drei Fässer beförderte. Dann tauchte ein weiterer auf, ebenfalls mit einem Netz voller Fässer.

»Was zum Teufel soll das?«, entfuhr es Uno.

Die Antwort lieferte ihm gleich darauf ein greller Blitz. Der erste Hubschrauber schwebte mittlerweile ungefähr 100 Meter über Norsborg-Hallunda. Dann öffnete sich das Netz, und die drei Fässer stürzten auf eines der Hochhäuser. Das gesamte Dach und eine der Außenmauern wurden von einem gewaltigen Feuerball umhüllt.

Atemlos standen sie da und starrten hin. Der Helikopter drehte zurück nach Süden ab, während der zweite das Bombardement wiederholte und ein anderes Hochhaus in Brand steckte.

»Ich werd diesen verdammten Trottel Jacob eigenhändig erwürgen!«, brüllte Uno wütend.

»Zu spät. Für genau so etwas landet man erst vor dem Internationalen Strafgerichtshof in Den Haag und danach für den Rest des Lebens hinter Gittern. Der Verantwortung dafür werden wir uns nicht entziehen können. Dabei gehen hauptsächlich Zivilisten drauf«, sagte Filip.

»Dann hoffen wir mal, dass die Muslime weiterhin Den Haag halten, bis wir tot sind«, gab Uno mit einem sarkastischen Lächeln zurück.

Zu ihrer Rechten nahmen sie den Lichtblitz einer Explosion wahr, durch die sich die Moschee von Alby in einen Trümmerhaufen verwandelte. Der leiernde Aufruf zum Gebet von dort wurde abrupt zum Schweigen gebracht. Das dumpfe Grollen erreichte sie unmittelbar nach dem Aufflammen. Einen Moment danach vermeinten sie, die Schockwelle zu spüren. Vielleicht handelte es sich aber auch nur um einen Windstoß. Die ersten schwedischen Soldaten näherten sich den Stellungen der Jugos, die diese verließen und in forschem Tempo die Fittja-Moschee ansteuerten. Zweifellos wollten sie als Erste dort eintreffen.

Fast gleichzeitig kehrten die beiden Helikopter mit neuen Fässern zurück.

Weiter entfernt beobachteten Uno und Filip vom Hügel aus, wie die Syrer langsam ihre Positionen verließen und sich zum Vormarsch formierten. Sie begegneten keinem Beschuss. Die Muslime erwarteten sie in ihren befestigten Wolkenkratzern.

Diesmal warfen die Hubschrauber ihre tödlichen Benzinbomben über Fittja ab und verwandelten dort ein weiteres Hochhaus in eine riesige Fackel. Die zweite Ladung verfehlte ihr Ziel und landete auf dem

Boden. Zwei Meter hohe Flammen züngelten auf und erfassten etwa zehn Menschen, die aus dem Gebäude flohen, weil sie erkannt hatten, dass es vom Helikopter anvisiert worden war.

In der Fittja-Moschee wurden die jugoslawischen Bombenexperten von einem Zug Heiliger Krieger überrumpelt, versteckt im Frauenraum, wo sich normalerweise Menstruierende aufhielten, während die anderen auf allen vieren in *Qibla*-Richtung beteten. Die Überraschung war umso größer, weil alle dachten, die Moschee wäre gesichert, nachdem sie die Verteidiger um das Gebäude herum und im Inneren einen nach dem anderen niedergemäht hatten. Während die fünf Sprengstoffexperten ihre Ladungen anbrachten, sahen sie sich plötzlich den AK-47 der Muslime gegenüber und wurden als Geiseln genommen.

Die Heiligen Krieger in der Moschee erwiesen sich als Schweden bosnischer Abstammung mit tief verwurzeltem Hass auf christliche Jugos, insbesondere auf Serben und noch spezieller auf bosnische Serben, denn sie hatten im Balkankrieg vor über 30 Jahren Zehntausende unschuldige Muslime abgeschlachtet. Ganz zu schweigen von den Jahrtausenden wahrgenommenen Unrechts davor.

Es folgte eine hitzige Diskussion darüber, wie mit den wehrlosen Sprengstoffexperten verfahren werden sollte, die mit schwarzen Kabelbindern gefesselt und dem Gesicht nach unten hinten in der Moschee bei der Kanzel auf dem Boden lagen. Mehr als einen der fünf Gefangenen hatten die Muslime als bosnische Serben erkannt, denn sie hatten den charakteristischen Akzent aus Banja Luka aufgeschnappt, als die Männer miteinander geredet hatten.

In der Zwischenzeit hatten andere Jugos die Situation mitbekommen und drängten trotz schwerem Beschuss durch die Bosniaken in der Moschee in das Gebäude.

Ihr von Narben gezeichneter Offizier war 1993 als Mudschaheddin-Kämpfer aus Maschhad im Iran nach Bosnien gekommen. Dort hatte er sich in der muslimischen Ortschaft Jajce niedergelassen. Erst 2031 war er nach Alby gezogen, um beim Überfall auf Schweden für die Muslimbruderschaft zu kämpfen. Ohne eine Einigung der anderen abzuwarten, traf er eine Entscheidung. Er zog seine Pistole aus der Fabrik von Crvena Zastava und näherte sich dem vordersten der liegenden Gefangenen. Endlich eröffnete sich ihm Chance auf Vergeltung für die

Massaker an Bosniaken im Balkankrieg. Er richtete die Waffe auf den Hinterkopf des Gefangenen und drückte ab.

»Für *Srebrenica!*«

Er trat hinter den nächsten Mann in der Reihe.

»Für *Ahmići!*«

Ein weiterer Schritt.

»Für *Stupni Do!*«

Beim vierten der fünf Gefangenen zögerte er plötzlich. Mit der freien linken Hand strich er sich über den beeindruckenden Bart und wirkte verwirrt, als wüsste er nicht, wie er weitermachen sollte.

»Verpass ihnen je eine für *Sarajevo* und *Vukovar!*«, schlug ein Montenegriner vor, dessen Eltern der bosnisch-muslimischen Minderheit in Montenegro angehört hatten.

»Für *Sarajevo!*«, stieß der Offizier mit seinem unverkennbar persischen Akzent hervor und feuerte.

Als er sich zum fünften und letzten Gefangenen bewegte, hob der den Kopf und sagte: »Wir waren nicht mal in Vukovar!«

»Für *Vukovar!*«, verkündete der Offizier und beendete das Leben des Mannes mit einem Schuss in den Schädel.

Als er nach Abschluss der Hinrichtungen erkannte, dass keine Chance gegen die anrückenden Jugos bestand, setzte er die Pistole an der eigenen Schläfe an. »Für *Alija Izetbegović!*«, brüllte er. Doch bevor er den Abzug drücken konnte, wurde er von den hereinstürmenden Kämpfern der Jugos niedergemäht.

Zum Glück hatten sie weitere Sprengstoffspezialisten dabei. 20 Minuten später konnten sie sich doch noch am Anblick der einstürzenden Moschee ergötzen, als die zuvor gelegten Ladungen detonierten.

Die Helikopterpiloten setzten ihre Bemühungen fort, flogen hin und her. Mittlerweile standen nicht weniger als 20 Hochhäuser in Flammen – zehn in Alby, acht in Fittja, zwei in Hallunda.

»Wie Kerzen einer Geburtstagstorte«, meinte Uno.

»Ja, stimmt«, antwortete Filip, als er die Ähnlichkeit erkannte.

Aus der Ferne bildeten die Flammen einen imposanten Kontrast mit dem schneebedeckten Boden, was den Eindruck einer riesigen Sahnetorte erweckt.

»Eigentlich wunderschön«, befand Uno.

»Nur dass keine freudigen Kinder darauf warten, die Kerzen auszupusten«, gab Filip zurück.

Hunderte muslimische Soldaten und Bewohner strömten sowohl aus den bereits brennenden als auch aus den noch zu bombardierenden Gebäuden, was für ein heilloses Chaos auf den Straßen sorgte. Niemand wusste, wohin. Schutz gab es weit und breit nicht. Die Menschen rannten panisch wie kopflose Hühner herum, während die automatischen Waffen der Angreifer unaufhörlich ratterten und Zivilisten, Heilige Krieger und Elitesoldaten gleichermaßen niedermähten.

»Was für ein Gemetzel!«, meinte Uno zu Filip, während sie das Geschehen von der Kuppe des Hügels von Flottsbro aus beobachteten. »Das schlimmste, das ich je gesehen habe. Ich habe auch noch nie von etwas Vergleichbarem gehört.«

»Vielleicht Dresden oder Tokio im Frühjahr 1945«, erwiderte Filip. »Damals hat man Phosphorbomben in großem Stil eingesetzt und Feuerstürme entfacht, die den Sauerstoff regelrecht aufgesaugt haben. Die Menschen sind zu Zehntausenden erstickt und verbrannt. Die Alliierten haben den Krieg auf die schmutzigste erdenkliche Weise beendet. Das war kontraproduktiv. Die Bombenangriffe auf deutsche Städte haben nur die Entschlossenheit der Deutschen gestärkt und den Krieg in die Länge gezogen. Und dann die Atombomben, nur um Stalin zu zeigen, was sie hatten ...«

»Ich hab gewusst, dass die Syrer und die Jugos skrupellos sein würden. Und natürlich die Kurden. Aber ich hätte nie gedacht, dass unsere schwedischen Männer und Frauen bei der regelrechten Hinrichtung von Wehrlosen mitmachen würden«, sagte Uno.

»Mental können wir uns schon mal für Den Haag wappnen«, erwiderte Filip niedergeschlagen. »Das wird uns niemals jemand verzeihen. Für den Rest unseres Lebens wird man uns als massenmordende Monster ansehen.«

»Aber der Engländer Harris, der gegen Ende des Zweiten Weltkriegs für die gewissenlose Bombardierung der deutschen Zivilbevölkerung verantwortlich war, hat nie im Gefängnis gesessen«, merkte Uno an.

»Richtig. Obwohl er zehnmal mehr Zivilisten als Milosevic und Mladic zusammen auf dem Gewissen hatte. Srebrenica und Vukovar waren nichts im Vergleich zu Dresden. Und kein Amerikaner ist je wegen

269

Hiroshima und Nagasaki verurteilt worden, die größten je begangenen Verbrechen gegen die Menschlichkeit.«

»Also müssen wir den Krieg gewinnen und sicherstellen, dass andere zur Rechenschaft gezogen werden!«

»Ja. Das ist die einzige Möglichkeit. Der Sieger schreibt die Geschichte. Also konzentrieren wir uns darauf, zu gewinnen und auf sonst nichts.«

»Hast recht. Ist besser, so was wie die Nürnberger Prozesse für andere zu organisieren, als selbst vor Gericht gestellt zu werden. Dabei hätte es für die alliierten Kriegsverbrecher genauso Prozesse geben sollen. Denk nur daran, was die Russen gemacht haben, als sie nach Deutschland geströmt sind. Das lässt sich mit Worten nicht mal beschreiben!«

»Über das Leid der Deutschen im Zweiten Weltkrieg ist nicht viel geschrieben worden, obwohl es sich nur mit dem Grauen vergleichen lässt, das die Russen und die Ukrainer durchmachen mussten. Die Sieger schreiben die Geschichte immer so, wie es ihnen passt«, schloss Filip.

Die Syrer rückten im Westen von Norsborg gegen das Zentrum von Hallunda vor, wo Hunderte Muslimen verzweifelt aus ihren brennenden Häusern flohen. Die Syrer zeigten keine Gnade und massakrierten, wen auch immer sie konnten, ob Kämpfer oder Zivilisten.

Aus einem Kellerfenster tauchte eine improvisierte weiße Fahne aus Tuch an einem Besenstiel auf. Die Offizierin der Syrer winkte der Frau mit der Fahne, zeigte ihr den Daumen hoch und gab ihr zu verstehen, dass die Muslime ihre Waffen aufgeben sollten. Wenige Sekunden danach wurden automatische Gewehre aus dem Kellerfenster geworfen. Die Offizierin zählte sieben, bevor er die kurze Betontreppe hinunterstieg und die Tür zum Keller öffnete. Dahinter kamen sieben erschöpfte Kämpfer mit den Händen auf dem Kopf zum Vorschein. Ihre Augen wurden groß, als sie erkannten, dass die Syrer von einer Frau befehligt wurden. Mit dem AK-5 bedeutete sie der Gruppe, sich umzudrehen und die Handflächen an die Wand zu legen.

Weitere syrische Soldaten, darunter noch eine Frau, traten ein und fesselten die Kapitulierenden mit mehreren Schichten Panzerklebeband. Dann drehten sie die Kämpfer wieder der Offizierin zu, die zu sprechen begann. Mit von intensivem, loderndem Hass erfüllter Miene sah sie allen nacheinander in die Augen.

»Ich bin Jesidin«, verkündete sie laut und deutlich. »Aus Sindschar. Wo ihr meine gesamte Verwandtschaft ermordet habt. Jesidin. Wie meine Kameradin hier.« Sie zeigte auf die andere Soldatin. »Wir sind die Menschen, die ihr Muslime seit Jahrhunderten wie Tiere behandelt, obwohl auch wir an einen Gott glauben. Ihr wisst, was ihr unserem Volk und unseren Frauen in Syrien angetan hast. Jetzt bezahlt ihr dafür!«

»Knallen wir sie einfach ab«, schlug einer der syrischen Soldaten vor. »Das reicht doch.«

»Nein, so leicht kommen sie uns nicht davon!«

Die Muslime hatten die Augen vor Angst weit aufgerissen. Einige wimmerten. Sie ahnten, was gleich passieren würde.

»Lasst uns Frauen mit diesem widerlichen muslimischen Abschaum«, befahl die Offizierin und bedeutete den syrischen Männern, zu gehen. Sie zog ihr Armeemesser und klemmte es sich zwischen die Zähne.

Die andere Syrerin tat es ihr gleich. Als die Männer gingen, sahen sie, wie sich die beiden Frauen vor einen der feindlichen Kämpfer knieten, seinen Gürtel öffneten und begannen, ihm die Hose runterzuziehen. Als sie die Treppe hinaufstiegen, ertönten so gequälte, durchdringende und verstörende Schreie, dass sie die Schritte beschleunigten und sich die Ohren zuhielten.

Ohne zu ahnen, was oben vor sich ging, näherte sich ein kleines Team aus neun Personen durch den Leitungstunnel des schwedischen Stromnetzbetreibers dem Hallunda-Platz. Neben den dicken, gut isolierten, in Aluminiumablagen verlegten Kabeln konnte man sich problemlos fortbewegen.

Als sie den Ausstieg erreichten, kletterte Jolanta als Erste die sechs Meter über in die Wand eingelassene Sprossen hinauf. Die anderen warteten unten. Sie drehte den schweren Arm zum Öffnen der Stahlluke, spähte vorsichtig hinaus und sah sich auf dem Platz um. Verwaist lag er da. Offenbar wollte sich niemand auf der offenen Fläche der Gefahr von Scharfschützen aussetzen. Sowohl die Kämpfer als auch die Zivilisten schienen sich in den Wohnungen verschanzt zu haben.

Sie schob die Luke auf und stieg tief geduckt hinaus auf den Platz. Wie die anderen trug sie einen schwarzen Overall und eine Mütze. Kurz darauf folgten ihr Ina und Max. Beide hatten sich zur Tarnung die Haare schwarz gefärbt und eine Sonnenbrille auf, um die blauen Augen zu kaschieren. Die sechs Schützen ihrer Gruppe waren nach ihrem Aussehen ausgewählt worden. Fünf wiesen Züge und einen Teint auf, die als nahöstlich durchgehen konnten, beim sechsten handelte es sich um einen jungen Schweden nigerianischer Abstammung. Zwei sprachen passables Arabisch und würden sich gegebenenfalls als Offiziere ausgeben. Sie hielten es für unwahrscheinlich, dass sie als gegnerische Soldaten auffliegen würden, solange sie sich auf keine langen Fragen einließen. Sollten sie von nur einem oder wenigen Feinden zur Rede gestellt werden, hatten sie vor, sie still und leise mit Messern zu eliminieren.

Tatsächlich rechneten sie damit, auf dem kurzen Weg zum Gemeindezentrum niemandem zu begegnen. Falls doch, waren sie zuversichtlich, damit zurechtzukommen. Von dem Gebäude mit den versklavten Frauen trennten sie nur rund 100 Meter. Als sich die Neunergruppe in Bewegung setzte, bemerkten sie am Himmel einen Helikopter, der ein neues Ziel anvisierte, um es in Brand zu setzen.

Am Eingang zum Gemeindezentrum entdeckten sie keinen einzigen Wächter. Jolanta übernahm die Führung. Sie öffnete die Tür und trat ein, dicht gefolgt von Ina und Max. Die sechs Schützen ließen sich draußen auf den Bänken nieder und taten so, als warteten sie auf Anweisungen.

In der Eingangshalle saß ein einzelner Kämpfer auf einem Stuhl. Auf einem Tisch vor ihm lag sein AK-47. Gelangweilt schaute er auf. *Wohl ein Besucher, der Druck abbauen will*, dachte er. *Wie kann jemand noch Zeit dafür finden, während wir angegriffen werden?* Derzeit befand sich sonst kein Besucher im Bordell. *Tja, dafür nehmen sich Männer anscheinend unter allen Umständen die Zeit*, sinnierte er. Und dieser Gast würde bestimmt Spaß haben, denn er hatte uneingeschränkte Auswahl unter den Frauen.

»*Nadil, kayf alhal.* Hallo, wie geht's?«, grüßte Jolanta in frisch erworbenem Arabisch und schritt forsch auf den Kämpfer zu. Überrascht weiteten sich seine Augen, dass es sich bei der stämmigen, sich ihm nähernden Gestalt um eine Frau handelte. *Was will ein Weib hier?*, ging ihm als Letztes durch den Kopf, ehe Ina ihm hinter Jolantas breitem Rücken hervor aus rund einem Meter mit der schallgedämpften Glock zweimal in den Kehlkopf schoss.

Die beiden Frauen sprinteten die Treppe hinauf, während Max zurückblieb und die Eingangshalle bewachte. Durch das Fenster konnte er die Schützen ungestört auf ihren Bänken sitzen sehen. Es wäre schon eine ziemlich wache und starke Truppe nötig, um siegreich aus einem Feuergefecht gegen diese Gruppe aus neun der besten Soldaten der Schweden hervorzugehen.

Laut Informationen ihres Nachrichtendiensts wurden die Frauen in einem großen Besprechungsraum am Ende des Korridors festgehalten. An der Tür klebte ein A4-Blatt, auf dem mit dickem Filzstift »Harem« stand. Dort suchten sich Gäste ihre Gesellschaft aus, bevor sie sich mit ihr in eines der kleineren, mit Betten ausgestatteten Zimmer verlagerten.

Jolanta öffnete die Tür und trat ein. In dem Raum befanden sich 20 bis 25 junge, ordentlich gekleidete Frauen aus aller Welt. Ungefähr zehn sahen typisch schwedisch aus. Sie saßen in Gruppen beisammen, unterhielten sich miteinander und wirkten zutiefst überrascht, als sie die ungewöhnlichen Besucher erblickten. Einige standen am Fenster, beobachteten die draußen andauernden Kampfhandlungen und bemerkten nicht mal, dass sich die Tür geöffnet hatte.

»Ihr seid frei!«, rief Jolanta. »Kommt schnell mit. Lasst euer Zeug einfach hier. Lauft, lauft, lauft! Sofort!«

Erst zögerten die Frauen, doch als Jolanta und Ina einige packten und zur Tür schoben, setzten sich auch die anderen rasch in Bewegung und eilten den Korridor und die Treppe in die Eingangshalle hinunter.

»Es sind noch zehn Frauen im VIP-Raum!«, rief eine der Schwedinnen und zeigte auf eine Tür im Flur.

»Okay, ich hole sie«, sagte Jolanta. »Ina, geh du mit dieser Gruppe voraus. Sonst staut es sich beim Einstieg in den Tunnel!«

Ina führte die Flüchtenden an. Eine Minute später befanden sie sich an der Luke auf dem Hallunda-Platz, begleitet von drei Schützen. Die anderen drei waren am Eingang des Gemeindezentrums geblieben, um Jolanta Rückendeckung zu geben.

Die jungen, agilen Frauen kletterten flink die Leiter runter. Die Evakuierung ging schneller als erwartet vonstatten. Jede Frau erhielt beim Abstieg eine kleine Taschenlampe von Ina und wurde in den Tunnel losgeschickt, damit der Weg für die Nachkommenden frei blieb. Alles lief perfekt. Mittlerweile kam auch Jolanta mit zehn weiteren Frauen aus dem

Gemeindezentrum gerannt. Als Erstes bemerkte sie die drei Schützen, die mit offenen Mündern in den Himmel starrten. Als Jolanta aufschaute, sah sie etwas herabfallen – dann wurde sie ebenso wie die Schützen und die zehn Frauen von einer heftigen Explosion zerfetzt und in Flammen gehüllt.

Die drei Schützen, die den Tunneleingang am Hallunda-Platz bewachten, wurden von der Schockwelle der gleichzeitig explodierenden Benzinfässer und des abgestürzten Helikopters beinah von den Beinen gerissen. Sie wussten auf Anhieb, dass sie nichts für die am Eingang Getroffenen tun konnten. Der letzte der drei nahm sich die Zeit, die Luke von innen zu schließen, bevor sie durch den Leitungsschacht in die Richtung zurückkehrten, aus der sie gekommen waren.

»Hast du das gesehen? Der Hubschrauber ist direkt auf das Gemeindezentrum gestürzt!«, entfuhr es Filip auf dem Flottsbro-Hügel.

»Verdammt, was für ein Pech«, erwiderte Uno. »Die gerade herauskommende Gruppe hat es voll erwischt. Das waren wahrscheinlich unsere Leute.«

»Die Explosion und die Flammen kann auf keinen Fall jemand überlebt haben«, pflichtete Filip ihm bei.

»Aber die erste Gruppe hat es ohne Probleme in den Tunnel geschafft, das habe ich gesehen. Hoffen wir das Beste. Ich will Ina, Jolanta und Max zurück. Sie sind unsere Besten für Sondereinsätze.«

Das vor ihren Augen anhaltende Inferno wurde vom Rattern automatischer Waffen und gelegentlichen Explosionen untermalt. Vereinzelt senkten sie die Ferngläser, ließen sie um den Hals baumeln, weil sie keine Gewalt mehr sehen konnten.

Rauch von lodernden Gebäuden und explodierenden Bomben schwärzte den Himmel. Am Nachmittag endete der Abwurf von Benzinbomben. Es liefen weniger Menschen panisch umher, was sich durch die zahlreichen Toten und dadurch erklärte, dass sich die noch Lebenden in Deckung geflüchtet hatten.

Gegen Abend, als die Dämmerung anbrach, wurden die Schüsse sporadischer, bis sie endgültig verstummten, als Dunkelheit die Ruinen von Botkyrka verhüllte. In der Nacht fielen die Temperaturen unter den Gefrierpunkt. Die meisten verstreut liegenden Verwundeten überlebten die Kälte und den Blutverlust nicht.

Am nächsten Morgen herrschte gespenstische Stille im nördlichen Botkyrka. Auch der Tag blieb so kalt, dass sich beim Atmen kleine Dampfwölkchen bildeten. Nicht mal Vögel schienen unterwegs zu sein. Vermutlich waren sie vor dem Chaos der Kampfhandlungen geflüchtet. Am nächsten Tag nahmen nahezu alle überlebenden Muslime das Angebot an, sich mit den Händen auf dem Kopf zu ergeben. Das Angebot galt für Krieger und Zivilisten gleichermaßen. Die Kälte hatte die in ihren frostigen Wohnungen hockenden Muslime ihres Kampfgeists beraubt. Die erste Aufgabe der Kriegsgefangenen bestand darin, Leichen auf dafür hergeholte Lastwagen zu hieven, und sie hatten reichlich zu tun. Die Schlacht von Botkyrka, die als Kebab-Krieg bekannt werden sollte, hatte rund 23.000 Menschenleben gefordert. Die genaue Zahl sollte nie ermittelt werden. Die Toten wurden in tiefe, schlammige Massengräber abgeladen, ausgehoben von Baggern auf den nahen Feldern. Muslime und Freischärler vermischten sich in ihnen.

Nach zwei Tagen harter Arbeit waren sowohl die Straßen als auch Wohnungen von Leichen geräumt. Den überlebenden Zivilisten wurde befohlen, sich bis zur Deportation in die unbeschädigten Häuser in Norsborg–Hallunda zu pferchen, um die man einen niedrigen Stacheldrahtzaun anbrachte und alle hundert Meter Wächter postierte.

Die 241 überlebenden Kämpfer wurden ins Gefängnis von Hall gesperrt, das sich halb leerte, als Uno Svensson den Häftlingen im Rahmen einer angeblich von der Regierung beschlossenen Generalamnestie die Freiheit anbot.

Allerdings knüpfte er daran eine Bedingung. Die Insassen mussten sich den Freischärlern als Kampfsoldaten anschließen. Die Alternative bestand darin, mit neuen Zellengenossen – den gefangen genommenen Kämpfern – hinter Gittern zu bleiben. Dafür entschieden sich die Muslime, die ungefähr die Hälfte der 450 Häftlinge des überfüllten Gefängnisses ausmachten. Sie hätten ohnehin keine andere Wahl gehabt, da es für sie nicht in Frage gekommen wäre, schwedische Soldaten zu werden. Kein einziger sonstiger Insasse entschied, in Haft zu bleiben, weil es einem Todesurteil gleichgekommen wäre.

Die Gesamtverluste der Freischärler im Kebab-Krieg beliefen sich auf 794 Tote und mehrere Hundert aufgrund verschiedener Verletzungen Kampfunfähige. Die sich lichtenden Reihen mussten aufgefüllt werden, was mit den aus dem Gefängnis geholten 235 frischen Soldaten erfolgte. Darunter befanden sich überproportional viele Kurden, Jugos und Syrer. Etliche der Neuen verstanden sich bereits auf den Umgang mit automatischen Waffen. Auch den Insassen der Haftanstalt Asptuna, nur anderthalb Kilometer von Norsborg entfernt, wurde von Uno eine Amnestie angeboten, was ihnen zusätzliche 73 Soldaten bescherte.

Kapitel 38

Operation Sintflut

31. Oktober 2032

»Das nördliche Kalifat ist verloren«, verkündete Ahmed mit tonloser Stimme. »Luleå ist wieder in der Hand der Ungläubigen. Die neue al-Hakim-Moschee, die nördlichste der Welt, wurde in Stücke gesprengt!«

»Sehr bedauerlich. Aber wir halten noch teilweise Boden, das Gebiet nördlich des Lule und Landstraße 97 bis nach Gammelstad«, gab Mahmoud zurück. »Ich werde dir einen Plan vorlegen, um Luleå zurückzuerobern. Wer sich hat gefangen nehmen lassen, verdient keinen Platz in Gottes Königreich. Nur die Hinrichtung. Und im Namen des Propheten werden wir die Ungläubigen abschlachten, die unsere wunderschöne Moschee zerstört haben.«

Mahmoud zeigte auf den Bildschirm mit einer Karte von Luleå und Umgebung. Ahmed sah desinteressiert zu. Er hatte die Karte im Kopf, das genügte ihm.

Mahmoud hatte eine kahle Stelle, die sich im Verlauf der Zeit ausgeweitet hatte. Mittlerweile ähnelte er täglich mehr Mussolini. Die langjährige Gewohnheit, Honigkekse zu knabbern, hatte seine schiefen Vorderzähne bräunlich verfärbt. Sein Bauch schien konstant anzuschwellen. Nicht weiter verwunderlich bei den Fressorgien des Kommandostabs, bei denen sich vor allem Mahmoud und Ahmed hervortaten. Beiden waren begeisterte Esser und ließen sich täglich von einem der besten Köche der arabischen Welt verwöhnen. Dennoch bewahrte sich Ahmed seinen ranken, schlanken Körper. *Müssen die Honigkekse sein*, dachte Ahmed. *Wenn der Krieg vorbei ist, schicke ich ihn zum Zahnarzt, damit ich nicht länger seinen üblen Atem ertragen muss.*

»Wie viele Kämpfer haben wir übrig?«, fragte Ahmed.

»550 bis 600, ich bin mir nicht sicher«, antwortete Mahmoud. »Jedenfalls genug für einen Versuch. Wir haben ungefähr 30 gepanzerte Fahrzeuge, die wir als Rammböcke benutzen können. Wir können die Ungläubigen mit einem Flankenmanöver durch Rutvik überraschen und uns Luleå von Norden nähern. Dort ist keine Verteidigung, und wir könnten Porsön in einer Stunde erreichen. Von da geht es geradewegs ins Zentrum von Luleå.«

»Was soll das bringen? Die Ungläubigen haben rund 4.000 Soldaten in der Region mobilisiert. Um die 1.500 davon sind gut ausgebildete Ranger und Infanteristen, leider deutlich effektiver als unsere Heiligen Krieger. Der Rest sind Freischärler mit Fähigkeiten, die mit unseren vergleichbar sind. Ihre Ranger halten sich überwiegend nördlich des Lule auf, der Rest auf der Südseite. Wir bräuchten unsere erfahrenen Elitesoldaten, die an den Kais im Hafen von Luleå gestorben sind. Opferbereitschaft und Enthusiasmus sind ja schön und gut, aber Kompetenz und Ausbildung zählen viel. Wir müssen realistisch sein. Die Ranger der Ungläubigen sind erstklassig. Es ist nur eine Frage der Zeit, bis sie ihr gesamtes Territorium in diesem kalten, gottverlassenen Teil der Welt zurückerobern. Wir Muslime haben ohnehin Mühe, hier zu leben. Sollen sie doch ihr wertloses Land zurückhaben. Wir haben getan, was nötig war. Wir haben den Luftwaffenstützpunkt F21 und die Artillerie von A9 ausgeschaltet, auch wenn es uns nicht gelungen ist, die Artillerie vollständig außer Gefecht zu setzen. Jetzt sind nur noch die Kraftwerke übrig.«

Mahmoud nickte und lauschte aufmerksam dem kleinen Vortrag seines Vorgesetzten, während er sein frisch gebackenes *Aish* in den köstlichen ägyptischen *Fuul* tauchte, den Hassan als Snack serviert hatte.

»Wie von Mutter, so lecker, das müsst ihr probieren! Ja. Ja, du hast recht. Das nördliche Kalifat ist verloren. Damit haben wir gerechnet, allerdings nicht so bald. Wir dachten, es würde Jahre dauern, nicht Monate. Und nur, weil es uns nicht gelungen ist, diese verdammten JAS-Jets aus Vidsel zu zerstören.«

»Nun gut. Ich beschließe hiermit, Operation Sintflut einzuleiten«, sagte Ahmed.

»Was ist mit unseren Männern? Sollten sie nicht die Gelegenheit erhalten, Märtyrer zu werden? Ist es nicht zu früh für Operation Sintflut?«

»Sie bekommen ihre Gelegenheit. Sie werden die Linie bei Gammelstad halten und die Europastraße 4 bei Rutvik blockieren. Wie du weißt, ist die Brücke bei Bergnäs gesprengt. Die Menschen in Luleå haben also keine Möglichkeit, den Fluss nach Süden zu überqueren. Die Straße nach Norden über Sinksundet wird überschwemmt sein, bevor jemand mitbekommt, was vor sich geht. Bei einer Evakuierung darüber wird sie im Nu verstopft sein. Es gibt keinen Ausweg. Die Ungläubigen sitzen in Luleå fest und werden wie Ratten ersaufen!«

»Ja, du hast recht. Wenn wir warten, evakuieren Sie über die Europastraße 4 nach Norden. Das wäre unnötig. Ich ordne umgehend an, dass unser Befehlshaber in Jokkmokk sofort mit Operation Sintflut beginnen soll!«

»Gut. Aber wie du weißt, geht es bei Operation Sintflut nicht wirklich darum, die Ungläubigen zu ertränken. Das ist lediglich ein erfreulicher Nebeneffekt«, sagte Ahmed. »Das Hauptziel besteht darin, alle 15 Kraftwerke entlang der Lule auszuschalten, die zusammen fast die Hälfte der schwedischen Wasserkraft liefern. In weiten Teilen Schwedens wird es ein finsterer, kalter Winter werden, vor allem in der Hauptstadt!«

Einige Monate vor Beginn der Invasion hatten muslimische Pioniere den Suorva-Staudamm zur Sprengung vorbereitet, indem sie fast eine Tonne Sprengstoff in die Mitte der 60 Meter hohen, anderthalb Kilometer breiten Böschung aus gesprengtem Gestein angebracht hatten. Ergänzend hatten Taucher weitere beträchtliche Mengen unter der Wasserlinie platziert, um eine maximale Wirkung zu erzielen. Niemand hatte sie dabei gestört, da die so tief in der Wildnis gelegene Anlage, dass man sie gerade noch mit einem Fahrzeug erreichen konnte, völlig unbewacht gewesen war.

Um keine Aufmerksamkeit der wenigen Samen und Wanderer zu erregen, hatten die Soldaten Servicefahrzeuge des staatlichen Energieversorgungsunternehmens benutzt und Overalls mit dem Firmenlogo auf dem Rücken getragen. Etwaige Beobachter würden davon ausgegangen sein, dass sie routinemäßige Wartungsarbeiten oder Reparaturen durchführten. Wasseraustritt stellte ein ständiges, besorgniserregendes Problem dar, das vom Betreiber und den Behörden heruntergespielt wurde, um Panik unter den Bewohnern des Lule-Tals zu verhindern. Die einheimischen Samen wussten dennoch davon, vor allem, da einige bei dem Energiekonzern im weiter talabwärts gelegenen Großkraftwerk in Porjus arbeiteten.

Für die Fahrt von dort zum Damm mit einem Firmenfahrzeug brauchte man ungefähr eine Stunde. Etliche muslimische Agenten hatten das Unternehmen infiltriert, teilweise in hohen Führungspositionen, die

Zugang zur Ausrüstung und den Ressourcen des Konzerns ermöglichten. Die beiden, die nun die gewaltige Felsböschung betrachteten, die das Wasser zurückhielt, waren sich der Tragweite ihrer bevorstehenden Handlungen vollauf bewusst.

Im Vergleich zu dem kolossalen Wall vor ihnen nahmen sich die berühmten Pyramiden von Gizeh wie Spielzeuge aus, dachte Ali, der aus Kairo stammte. In seiner Jugend hatte Ali als selbsternannter Reiseleiter für Touristen gearbeitet, die so dumm waren, für sein nicht vorhandenes Wissen und sein rudimentäres, von einem starken arabischen Akzent gezeichnetes Englisch zu bezahlen.

Viele davon waren Schweden gewesen, leichtgläubiger als andere. Sie hatten ihm wirklich alles abgekauft. Sowohl jene von damals als auch die in Norrbotten, wo er mittlerweile arbeitete, schienen seltsam ehrlich zu sein, außer bei der Größe der Fische, die sie fingen. Aber warum kamen keine schwedischen Touristen an diesen Ort, an dem es etwas wahrhaft Großartiges zu sehen gab, obwohl sie bis nach Kairo reisten, um dort die kümmerlichen Pyramiden zu bestaunen?

»*Allahu Akbar*«, sagten beide unisono und schlossen die Augen, als Ali den Knopf des Fernzünders drückte.

Mit einem dumpfen Knall detonierten die Sprengladungen und schleuderten Steine, Kies und Erdreich Hunderte Meter weit. Gleichzeitig spritzte eine Unterwasserexplosion gewaltige Wassermassen auf, die beiden Agenten den Rücken durchnässten, als sie hinter einem Felsblock in Deckung hechteten. Nachdem das Echo der Explosionen verhallt war, folgte gespenstische Stille. Zuerst dachten die Agenten, sie hätten versagt – nur ein kleines, etwa einen Meter breites Loch klaffte in der Mitte des Damms. Hatten sich ihre Sprengstoffexperten verrechnet?

Dann jedoch breitete sich das anschwellende Tosen von rauschenden Fluten aus, und sie beobachteten, wie die Steine vom gigantischen Wasserdruck wie schwerelose Strandbälle herumgeworfen wurden. Das Loch weitete sich vor ihren Augen rasant aus, als die 60 Meter hohe Wasserwand an Schwung gewann. Der Lärm verdichtete sich zu einem tiefen, donnerähnlichen Grollen. Der Boden unter ihnen erzitterte. In 30 Stunden würden sechs Milliarden Kubikmeter Wasser in den Bottnischen Meerbusen fließen. Auf dem Weg dorthin würden sie jede Gemeinde, jedes Kraftwerk und jede Brücke fluten und zerstören.

»Verschwinden wir!«, rief der junge Mann, der noch den Fernzünder hielt. Kurz starrte er darauf, bevor er ihn mit einer Bewegung aus dem Handgelenk wegwarf. »Sonst kriegen wir eine Freifahrt bis nach Luleå!«, fügte er hinzu, als sie ins Auto sprangen, obwohl sein Begleiter ihn über das donnernde Tosen ohnehin nicht hören konnte.

90 Sekunden später stand die einzige Straße von Suorva weg bereits anderthalb Meter hoch unter Wasser.

Verfolgt von den brandenden Massen rasten sie in Richtung Porjus und fuhren weiter in Sicherheit in Arvidsjaur, weit weg vom demnächst völlig verwüsteten Tal des Lule. Nichts auf der Welt könnte diese Fluten aufhalten.

Acht Stunden später spielte sich Ähnliches am dreieinhalb Kilometer langen, 120 Meter hohen Seitevare-Staudamm des 24 Kilometer langen Sees Tjaktjajaure ab.

Anfang der 1960er-Jahre war das Gebiet der Traum eines jeden Kraftwerksplaners gewesen. Selbst in ihren kühnsten Fantasien hätten sie sich kaum einen günstigeren Standort ausmalen können. Der Schwarze Fluss, der vor dem Bau den Tjaktjajaure entwässert hatte, fiel auf einer kurzen Strecke über 200 Meter tief ab. Kinetische Energie in Hülle und Fülle, konzentriert auf ein kleines, leicht erschließbares Gebiet. Man brauchte sie nur zu nutzen. Während gewöhnliche Menschen ehrfürchtig und dankbar die Pracht der Natur wahrnahmen, sahen die Manager und Techniker des Energieversorgers nur fließendes Gold.

Die Samen des Lule-Tals hatten unwissentlich auf immensem Reichtum gesessen, der von anderen ausgebeutet wurde. Ähnlich wie Ausländer sich am Öl der Arabischen Halbinsel bereicherten. Die Samen und die Araber waren Nomaden, die den Lebensunterhalt mit Rentieren beziehungsweise mit Kamelen bestritten. Jeder Teil der wertvollen Tiere wurde verwertet – Fleisch, Haut, Knochen, alles erfüllte einen Zweck. Trotz des Temperaturunterschieds ihres Lebensraums ließen sich die Ähnlichkeiten zwischen ihren Kulturen nicht verleugnen.

Die Ausbeutung Lapplands und Arabiens widerspiegelte die Kolonisierung Nordamerikas und Australiens, nur einige Jahrhunderte später. Die Nomadenvölker Lapplands und Arabiens waren ausländischen, in ihr Land eindringenden Ausbeutern ebenso ausgeliefert wie die Indigenen in Nordamerika und Australien. Sie hatten keine

Anwälte oder PR-Berater, die sich für sie einsetzten, und ihnen fehlten die militärischen Ressourcen, um sich zu verteidigen.

Allerdings bestand ein erheblicher Unterschied im Verhalten der Ausbeuter. In Arabien wurde die einheimische Bevölkerung durch sie unvorstellbar wohlhabend. Die Samen hingegen hatte man unter Zwang für ein Butterbrot aus ihren Gebieten vertrieben. Es glich einem gewaltigen, von der Regierung gestützten Raubüberfall. Dabei wehrte der Reichtum fließenden Wassers ewig, während Öl und Gas endlich waren. Die wenigen Hundert Samen von Lule hätten für alle Zeiten unermesslich reich werden können. Nur war es nicht so gekommen. Schon ein Bruchteil, ein Zehntausendstel der Einnahmen durch die Turbinen, die sich wie gigantische Registrierkassen drehten, hätte sie in betuchte Wasserscheichs verwandelt.

Bevor das Wasser durch Tunnel geleitet worden war, um die riesigen Turbinen anzutreiben, hatte eine Reihe spektakulärer Wasserfälle die heilige Stätte Passekårtje gebildet, an der sich die Samen von Lule von jeher versammelt hatten, um ihre Feste zu feiern. Seit 70 Jahren jedoch bestand von Passekårtjes einst so majestätischem Naturwunder nur noch ein schmales Rinnsal, der örtlichen Legende nach die Tränen der Samen. Der Schwarze Fluss mündete nach einem kurzen Abstieg aus den Bergen in den kleinen Lule, der sich bei Vuollerim in den großen Lule ergoss.

Die donnernde Explosion erschreckte die beiden Männer aus dem Samen-Dorf Jåhågasska, die gerade ihren Morgenkaffee beendeten. Erschrocken sprangen sie auf. Was mochte nur vor sich gehen? Soweit sie wussten, waren keine Sprengungen geplant. Und das Energieversorgungsunternehmen wusste, dass man besser kein Chaos unter den Rentierherden durch unangekündigte Explosionen auslöste.

Von ihrem kleinen Lager ein Stück den Hang zum Westufer des Tjaktjajaure hinauf sahen sie ein Loch in der gigantischen Steinmauer klaffen, die den See unter ihnen aufstaute. Atemlos und mit weit aufgerissenen Augen beobachteten sie schweigend, wie das Wasser die Freiheit zurückerlangte und den ursprünglichen Kanal des Schwarzen Flusses zu füllen begann. Der Druck von Milliarden Tonnen zerbröckelte die Barriere, als sich die Geschwindigkeit der Wassermassen steigerte.

Sie schienen sich wie ein zu lebenslänglicher Haft Verurteilter nach einem Ausbruch gesehnt zu haben. Die Fluten schossen durch das in die

Gefängnismauer gesprengte Loch, bildeten einen riesigen Whirlpool und feierten die neu erlangte Freiheit mit wilden Wasserstrahlen und -fällen.

»Sieh nur, Mihkkel – Passekårtje lebt wieder! Und das wie nie zuvor. Wenn nur Mutter Biret es sehen könnte. Sie hat immer gesagt, Passekårtje würde wiederauferstehen!«

»Ja, ich erinnere mich. Sie hat auch stets gesagt, dass die für die Zerstörung Verantwortlichen irgendwann ihre Strafe erhalten. Jetzt ist es so weit! Aber viele erinnern sich noch an Passekårtje, wie der Ort gewesen ist – sie werden sich so freuen, wenn sie davon erfahren!«

»Die Menschen in Luleå werden bald schwimmen müssen. Mir tun sie leid. Jetzt werden ihre Tränen fließen.«

»Ich weiß nicht recht. Hast du auch bedacht, dass Vattenfalls Regionalbüro in Luleå untergehen wird?«

»Ja, natürlich. Trotzdem ... mir tun die dort lebenden Menschen leid. Und wir werden keinen Strom mehr haben. Aber wir werden einfach wieder wie früher leben. Das hat damals funktioniert, also wird es das auch jetzt.«

»Richtig. Wir Samen überleben in jeder Lage. Seit Jahrtausenden. Wir haben unsere Rentiere und unsere Häuser. Ab sofort müssen wir einfach Holz zum Heizen verwenden. Die Muslime kommen nicht hierher. Darüber mache ich mir keine Sorgen.«

Sie stiegen in den Helikopter und setzten die Headsets auf. Sie schwiegen, während die Rotorblätter über ihren Köpfen beschleunigten, bis sie abhoben. Erst in der Luft setzten sie ihr Gespräch fort.

»Wir müssen nach Jokkmokk und die anderen warnen. Die Telefone funktionieren nicht mehr! Aber zuerst werfen wir einen Blick auf Passekårtje – mit mehr Wasser, als der Ort je zuvor hatte und je wieder haben wird. Sieh nur, das gesamte Tal ist überschwemmt!«

»Glaubst du, man wird den Damm wiederaufbauen?«

»Die nächsten hundert Jahre wohl eher nicht. Überall im Land herrscht Krieg, und die Schweden sind am Verlieren. Und was verstehen die Araber schon von Wasserkraft?«

Kapitel 39

Die Sintflut

1. – 2. November 2032

In Vuollerim vereinen sich der große und kleine Lule bei Näset, ungefähr anderthalb Kilometer nördlich der Gemeinde. Vuollerim war einst eine schwedische Version von Koblenz in Deutschland, wo der mächtige Rhein und die Mosel am imposanten Denkmal des Deutschen Ecks zusammentreffen, weit draußen auf der spitzen, von den beiden berühmten Flüssen flankierten Landzunge.

In Norrbotten konnte man die majestätische Vereinigung der zwei Flüsse seit 70 Jahren nicht mehr sehen, weil die Dämme und Kraftwerke entlang des kleinen Lule den Fluss so sehr gezähmt hatten, dass sein breiter Kanal regelmäßig austrocknete.

Die erschreckende Neuigkeit erreichte die 692 Einwohner von Vuollerim per Radio gerade noch rechtzeitig für eine Evakuierung. Das Undenkbare war geschehen. Im örtlichen Radio wurde berichtet, der Suorva-Staudamm wäre gebrochen, und unter dem Druck von Milliarden Tonnen rauschenden Wassers hätte auch der gewaltige Porjus-Staudamm nachgegeben. Die bangen Bewohner von Vuollerim folgerten richtigerweise, dass die Staudämme der Kraftwerke in Ligga und Kuouka zwischen Porjus und Vuollerim dasselbe Schicksal erleiden würden.

Erschwerend kam hinzu, dass die Stauseen vor dem bevorstehenden Winter randvoll waren. Der Zeitpunkt hätte nicht schlimmer sein können. Durch jeden gebrochenen Damm kam mehr Wasser hinzu und ergänzte die der Küste entgegenrasenden Massen. Die Behörden hatten zwar den Katastrophenfall eines Bruchs des Suorva-Staudamms berechnet, dennoch hatte niemand vorhergesehen, dass die weiteren Staudämme flussabwärts wie Dominosteine fallen würden.

Den Einheimischen kannten die Informationen und Berechnungen der Behörden. Sie wussten, dass der Pegel in ihrem Dorf durch das Wasser aus dem Suorva-Staudamm um zehn Meter steigen würde, hoch genug, um fast das gesamte Dorf zu überfluten. Was würde nun erst auf sie zukommen, da die Wassermassen aus vier gebrochenen Dämmen auf sie zusteuerten?

Nervös standen sie auf kleinen Hügeln rund um das Dorf, zig Meter über dem erwarteten Überschwemmungsgebiet. Die Behörden hatten wiederholt versichert, dass sich keine Flutwelle bilden würde. Das Wasser würde zwar schnell ansteigen, aber nicht so rasant, dass die Menschen nicht in höhere Lagen flüchten könnten. Autos und Schneemobile hatte man bereits in hohes Gelände verbracht, beladen mit so vielen Haushaltsgegenständen, Kleidung und Lebensmitteln, wie man in sie stopfen konnte. Im Notfall konnten Menschen in wenigen Stunden mehr vollbringen, als man für möglich hielt.

Hätten die Bewohner von Vuollerim das volle Ausmaß der Katastrophe gekannt, wären sie noch höher in die Hügel geflohen. Die meisten jedoch wollten sehen, wie ihre Häuser demnächst überflutet oder weggespült werden würden. So schmerzhaft es sein würde, sie wollten es miterleben und für die Nachwelt mit ihren Handys aufzeichnen. Man konnte zwar nicht mehr telefonieren oder im Internet surfen, aber als Kameras funktionierten die Geräte noch.

Die meisten Männer und Frauen hatten angesichts der drohenden Gefahr instinktiv zu ihren Gewehren und Schrotflinten gegriffen. Die Waffen lehnten in langen Reihen an den kleinen, spindeldürren Kiefern. Neben den Schneemobilen stellten sie den kostbarsten Besitz der Menschen dar. Schwere Munitionsschachteln oder lose klimpernde Patronen bauschten die großen Seitentaschen ihrer dicken, knielangen Parkas. Nur was nutzten Schusswaffen gegen Hochwasser? An ihren Gürteln hingen allzeit griffbereit Messer, viele in kunstvoll geschnitzten Scheiden aus Rentierhorn von ihren eigenen Tieren. Auf den Köpfen trugen sie die allgegenwärtigen Mützen in überwiegend dunklen Farben. Darunter befanden sich jedoch auch welche in knalligem Gelb oder Orange, unerlässlich, um in der Elchjagdsaison sichtbar für andere Jäger zu sein.

Es blieben nur noch Minuten, bis die Fluten das Dorf überschwemmen würden. Beim Ertönen des Alarms hatten die Vorsichtigsten rasch das Wichtigste zusammengepackt und waren die Waldstraßen hinaufgefahren, um dort der Katastrophe zu harren. In den Autos konnten sie die Nacht verbringen, mit dem Motor im Leerlauf die Heizung eingeschaltet lassen und sich die nächsten Schritte überlegen. Die nächtlichen Temperaturen lagen bei etwa minus zehn Grad, typisch für den Spätherbst im Polarkreis. Auch wenn es nicht ideal wäre, könnte es jeder überstehen, bei Bedarf unter freiem Himmel zu schlafen.

Die Behörden hatten versichert, das Wasser würde innerhalb von 24 Stunden zurückgehen. Daher erschien es vernünftig, in der Nähe zu bleiben und zu prüfen, was danach von ihren Häusern übrig sein würde und geborgen werden könnte.

»Da kommt es!«, rief eine kräftige Frau, offenbar mit den schärfsten Augen ausgestattet. »Gott steh uns bei«, fügte sie in schrillerem Ton hinzu. Beim letzten Wort kippte ihre Stimme.

Leises Gemurmel breitete sich aus. Viele sanken auf die Knie, falteten die Hände und schauten gen Himmel, bewegten die Lippen mit stillen Gebeten um Hilfe, Gnade, Vergebung – wenigstens für die Kinder.

»Die haben gesagt, es würde keine Flutwelle geben. Sieht aber verdammt nach einer aus!«

Die Flutwelle an der Spitze der Wassermassen war mindestens zwei Meter hoch, obwohl es sich durch den weißen Schaum schwer abschätzen ließ. Mittlerweile hatte sie Näset passiert. Die Dorfbewohner beobachteten, wie ein Teil des Wassers den kleinen Lule gegen seine natürliche Richtung hinauffloss.

Aus der erhöhten Lage konnten sie den Porsi-Staudamm und das Kraftwerk sehen, wo viele von ihnen arbeiteten. Der Damm lag direkt unterhalb des Dorfs und füllte sich schnell bis zum Rand. Dann strömte das Wasser über die Mauer hinweg und stürzte ins Tal hinunter. Der Pegel stieg rasant an. Vorerst hielt die hohe Betonmauer des Staudamms. Sehen konnte man sie nicht mehr, und die Menschen wussten, dass es nur eine Frage der Zeit war, bis sie unter dem immensen Druck nachgeben würde. Niemand könnte etwas konstruieren, das den überwältigenden, von dem tosenden Spektakel vor ihren Augen entfesselten Kräften standhalten würde.

Das Wasser stieg kontinuierlich an, nach vier bangen Stunden jedoch deutlich langsamer. Der Pegel schien sich seinem Höhepunkt zu nähern. Letztlich würde er wieder sinken.

Das gesamte Dorf war überschwemmt. Einige Häuser waren eingestürzt und weggefegt worden, die meisten jedoch standen noch, was den verzweifelten Besitzern einen Hoffnungsschimmer bescherte. Vielleicht könnte die Ortschaft doch wiederaufgebaut werden.

Als die Bewohner von Vuollerim schon erleichtert darüber aufatmen wollten, dass sie das Undenkbare überlebt hatten, ereilte sie ein weiterer Schock.

»Seht, da kommt auch der kleine Fluss!«

»Verdammt, verdammt, verdammt! Das muss vom Seitevare-Staudamm sein!«

»Das ist ja noch schlimmer. Jetzt bekommen wir den gesamten Tjaktjajaure ab. Für Seitevare haben die Behörden einen Anstieg auf 15 Meter geschätzt. Mit Suorva ergibt das in Summe über 25 Meter. Das ist wahrscheinlich höher als der Hügel, auf dem wir sind.«

»So kann man das nicht rechnen. Sobald das Wasser eine bestimmte Höhe erreicht, verteilt es sich über das Sumpfland, und davon haben wir hier etliche Quadratkilometer. Man kann die Pegel nicht einfach addieren.«

»Wahrscheinlich hast du recht. Aber einen Moment lang dachte ich, unser letztes Stündchen hätte geschlagen.«

Nun wurde das schwedische Koblenz seinem Vergleich mit der berühmten deutschen Stadt gerecht. Zum ersten Mal seit 70 Jahren trafen die Wasser beider Flüsse in einem unvergesslichen – wenn auch furchterregenden – Schauspiel aufeinander. Schwalle der aufeinanderprallenden Ströme schossen 20 Meter hoch in die Luft und bildeten einen dichten Sprühnebel, der die Kleidung der Menschen auf den Hügeln durchnässte, als würde es regnen. Das Wasser stieg wieder an, schneller als zuvor, doch wie erwartet breitete es sich über das Sumpfland aus und schuf in alle Richtungen fließende Bäche. Näset verwandelte sich vor ihren Augen in eine Insel, als der kleine Lule eine Abkürzung zu seinem größeren Bruder nahm, indem er auf einem neuen Weg direkt durch das Dorf pflügte und ein Haus nach dem anderen mitriss.

Bald überstieg der Pegel die vorherige Höhe. Schornsteine gingen unter. Auf der anderen Seite des Hügels, auf dem die Bewohner standen, bildete sich ein mehrere Meter tiefer See, und sie erkannten, dass sie auf einer Insel gestrandet waren – ohne Ausweg.

Nach drei Stunden endete der Anstieg des Wassers. Das Sumpfland auf der anderen Seite des Flusses hatte sich in ein riesiges Gewässer verwandelt. Durch Ferngläser sahen sie Elche und Bären durch höhere

Lagen streifen. Am Himmel kreisten Bussarde, Raben und Eulen in freudiger Erwartung eines Festmahls aus Zehntausenden toten Lemmingen und Wühlmäusen im Wasser unter ihnen. Falls ihnen die Kost zu eintönig wurde, konnten sie sich stattdessen an den leblos mit den Bäuchen nach oben treibenden Fischen gütlich tun.

Viele Dorfbewohner setzten sich auf den Boden und weinten mit in den Händen vergrabenen Gesichtern. Andere fluchten vor sich hin, während sie Äste und Holz für Lagerfeuer einsammelten. Sie mussten dringend die nasse Kleidung trocknen, bevor die Kälte der Nacht anbrechen würde.

Zum Glück fanden sich in den Taschen der üppigen Jacken in weiser Vorausschau immer Feuerzeuge, Streichhölzer und Proviant. Auch auf anderen Hügeln der Umgebung flammten bereits Lagerfeuer auf. Sie würden die Nacht überleben, und falls nötig mehrere weitere. Nur was sollten sie danach tun?

»Was machen wir, wenn das Wasser zurückgeht? Der Winter naht, und wir haben keine Häuser mehr.«

»Hätten wir mehr Treibstoff für die Autos, könnten wir in andere Flusstäler fahren. Aber ich hab nur noch knapp 40 Liter, die muss ich aufsparen.«

»Geht mir genauso. Der Sprit ist für Notfälle. Nachschub werden wir lange Zeit nicht bekommen. Aber einige der höchsten Häuser stehen noch. Die Jagdhütten und Tipis sind auch unversehrt. Dort ist es warm, und Brennholz gibt es reichlich. In einigen sind sogar Saunen.«

»Wir sind Hunderte. Wie sollen wir da alle reinpassen? Und wie sollen wir so viele ernähren?«

»Wir haben auch noch die Scheunen an der Weide. Die können wir mit Moos und Torf isolieren. Feuerstellen aus Steinen sind einfach zu bauen, dann ist es dort warm genug. Als Nahrung können wir Rentiere jagen, ganz gleich, wem sie gehören. Immerhin ist es ein Notfall. Elche und Birkhühner gibt es auch. Zum Überleben bis zum Sommer reicht das.«

»Ja, das schaffen wir schon irgendwie. Haben wir immer.«

Keinen Tag später erreichten die Fluten die Küste und ergossen sich in den Bottnischen Meerbusen südlich des Stadtzentrums von Luleå. Je weiter stromabwärts die Gemeinden lagen, desto mehr Wasser überschwemmte sie, da alle 15 Staudämme brachen. Zum Ausgleich jedoch hatten sie auch eine längere Vorwarnzeit.

Den Bewohnern von Luleå blieb ein ganzer Tag zum Reagieren, den sie nicht vergeudeten. Mehrere Tausend wurden in Booten evakuiert und setzten auf die Südseite des Flusses über, wo sie zu Fuß entlang der Europastraße 4 weiterflüchteten und hofften, in Piteå trotz der ungewöhnlich abweisenden Einheimischen Hilfe zu finden.

Wer es auf der Europastraße 4 nach Norden versuchte, wurde von den Heiligen Kriegern in Gammelstad und Rutvik aufgehalten. In Rutvik wären gar keine Krieger nötig gewesen. Dort hatte sich das Hochwasser durch die Gletscherspalte über Smedsbyn und Persön einen eiszeitlichen Zugang zum Meer gesucht und sämtliche Wege nach Norden gekappt. Luleå hatte sich für mindestens ein, zwei Tage in eine Insel verwandelt.

Das Hochwasser stellte auch die alte Verbindung über Gammelstadsviken unmittelbar unter dem Kirchdorf wieder her, wo man den Hafen und den alten Handelsposten aus der Vendel-Zeit vor 379 Jahren aufgrund der Landanhebung aufgegeben hatte. Stattdessen hatte man den neuen Posten Luleå Sjöstad auf einer Halbinsel weiter draußen auf dem Festland errichtet.

Gammelstadsviken, ein flacher, schlammiger See, wurde wieder zu einer schiffbaren Bucht, da Süßwasser durch den Engpass von Sinksundet in den Bottnischen Meerbusen floss.

Ein kleinerer Zustrom ins Meer über den normalerweise trägen Lulsund-Kanal trat über die Ufer und wurde zu einem reißenden Strom, der die Bucht von Skurholmsfjärden flutete. Große Teile von Skurholmen, Malmudden und der Südhafen wurden überschwemmt. Der Lule besaß somit vier Abflüsse in den Bottnischen Meerbusen, was den Hauptkanal entlastete und die Auswirkungen der Katastrophe verringerte.

Mehrere Tausend pragmatische Bewohner von Luleå begaben sich in die Jachthäfen zu ihren aufgebockten, unter Planen für den Winter eingelagerten Booten. Mit ihren Habseligkeiten setzten sie sich hinein und warteten, bis die Fluten die Gefährte erfassten und anhoben. Sobald sie schwammen, retteten Hunderte Boote etliche durch das steigende Wasser Gestrandete. Einige landeten auf der Insel Altappen. An dem Ufer, von dem ihre Vorfahren beim großen Sägewerksbrand 1908 ins Wasser geflohen waren, wateten nun ihre Nachkommen in die entgegengesetzte

Richtung und suchten Zuflucht an Land. Es hieß ja, die Geschichte schwänge wie ein Pendel, und dies schien ein bestechend konkretes Beispiel dafür zu sein. In der alten Baumeistervilla, die den Sägewerkbrand überlebt hatte, war es bereits angenehm warm, da einige Bewohner Luleås schon vor Monaten vor den Gotteskriegern geflohen und sich darin eingenistet hatten.

Andere Boote fuhren Gråsjälören an, nah genug am Südhafen, um den Heiligen Kriegern zu winken. Die kleine Insel beherbergte Flüchtlinge, die dem muslimischen Terror entkommen waren und auf ihr in Zelten lebten. Nun halfen sie den mit Booten Eintreffenden. Auch Hindersön, Junkön und die äußeren Teile von Brändön wurden von Hunderten geflohenen Einwohnern Luleås bevölkert. Sie suchten Zuflucht in jeglichen verfügbaren Sommerhäusern, unabhängig davon, wem sie gehörten.

Die meisten Luleåner versammelten sich auf den nahen Hügeln Mjölkuddsberget, Skurholmsberget und Ormberget. Aus der Höhenlage konnten sie gefahrlos die gewaltige, sich langsam verschlimmernde Katastrophe beobachten. Laut Dammbruchbroschüre der Behörden durften Evakuierte ihre Haustiere mitnehmen. Die Bewohner von Luleå hatten sich das eindeutig zu Herzen genommen. Hunderte bellende Hunde, Käfigreihen mit Katzen, Meerschweinchen, Sittichen und sogar ein paar kleinen Aquarien mit bunten Fischen hatten sie die Hügel hinauf begleitet.

Nach 16 Stunden erreichte das Wasser seinen Höchststand, sechs Meter über dem Normalpegel. Fast ganz Luleå und Umgebung waren überschwemmt. Sogar der Meeresspiegel an der Küste stieg vorübergehend um mehrere Zentimeter. Nur die höchstgelegenen Teile des Stadtzentrums von Luleå auf der Insel blieben trocken. Tausende Augen auf den nahen Hügeln stellten fest, dass die Ruinen der bombardierten Kathedrale nie vom Wasser verschlungen wurden. Nur 312 Luleåner kamen in den Fluten ums Leben, sehr zu Ahmeds Enttäuschung, der auf hundertmal so viele gehofft hatte. Durch die drei uralten Flussmündungen ins Meer und die tiefe Lage der Umgebung von Luleå, die gewaltige Wassermengen absorbierte, blieb der Anstieg des Wasserspiegels unter den theoretischen Schätzungen. Geschichtlich war Luleå ganze viermal durch Brände zerstört worden und war wie

Jerusalem nach jeder Verwüstung wiederauferstanden. So sollte es auch diesmal sein.

Schlechter sah es flussaufwärts aus, wo das Wasser im schmaleren Tal deutlich höher anstieg. Die Gemeinden Edefors, Harads und Bodträskfors wurden fast vollständig weggespült, doch nahezu alle Bewohner konnten sich in höhere Lagen retten.

Boden wurde mit einer besonders tristen Situation konfrontiert. Laut Behörde würde der Wasserstand bei einem Bruch des Suorva-Staudamms um sechs Meter steigen. Das entsprach dem vierten Stock im Rathaus im Stadtzentrum. Durch das geballte Volumen von 15 gebrochenen Dämmen jedoch erreichte es stattdessen den sechsten Stock. Die Heiligen Krieger, die Boden nach wie vor kontrollierten, erlaubten keine Evakuierung und erschossen jeden, der sich den Ausgängen der Stadt näherte. Infolgedessen kamen 5.258 Einwohner von Boden ums Leben.

Die Krieger in Boden, Gammelstad und Rutvik mussten sich letztlich selbst in höhere Gefilde retten. Dabei zersplitterten sie in kleinere Gruppen und wurden zu leichten Zielen für die durch die Wälder patrouillierenden Jägereinheiten.

Jene, die auf die Südseite des Flusses übersetzten, wurden von Hugos Freischärlern rasch aufgespürt und gnadenlos eliminiert. Gemäß einem unausgesprochenen Befehl wurden keine Gefangenen gemacht. Wer trotzdem von humaneren Soldaten am Leben gelassen wurde, fand wenig später den Tod durch andere, die kein Mitleid mit den Mördern so vieler unschuldiger Schweden kannten.

Den Menschen von Norrbotten stand ein harter Winter bevor. Aber es nahte großzügige, effiziente, von Helsinki aus koordinierte finnische Hilfe in Form von langen Konvois Hunderter Lastwagen, beladen mit Lebensmitteln, Medikamenten, Zelten, Heizgeräten und Dieselgeneratoren.

In Finnland, Estland und Lettland öffneten hilfsbereite Familien Tür und Tor für Tausende schwedische Kriegskinder, die auf unbestimmte Zeit bleiben würden.

Die Befreiung Norrbottens am 2. November 2032 sollte fortan als »Norrbottens Nationalfeiertag« gefeiert werden.

Kapitel 40

Das unbekannte Schicksal eines schamlosen Profitgeiers

18. November 2032

»Na, wenn das nicht der berüchtigte Schweinehändler und Spion Björne Kork höchstpersönlich ist«, sagte Ernst Höök, Leiter der Nationalgarde. Mit ausgestreckten Beinen lehnte er sich auf dem Stuhl zurück, kratzte sich am Kinn und kniff nachdenklich die Augen zusammen. »Was macht man mit so einem kleinen Ferkel?«, fragte Höök rhetorisch und mit lauter Stimme, während er den nervösen, schwitzenden Mann musterte, der mit geschwollenen Lippen und einem blauen Auge vor ihm stand.

Wer auch immer Kork erwischt haben mochte, hatte offensichtlich die Gelegenheit genutzt, um ihm vor der Auslieferung an die Nationalgarde eine wohlverdiente Abreibung zu verpassen. Erkannt hatte man ihn anhand einer verbreiteten Beschreibung: *»Kork ähnelt dem ehemaligen Ministerpräsidenten Fredrik Reinfeldt, nur deutlich kleiner.«*

»Ich kann dir Millionen bieten«, gab Kork angespannt zurück. »In Dollar, meine ich! Du kriegst zehn Kilo Gold und Goldschmuck mit Edelsteinen. Ohne dass jemand davon erfährt! Ich schwör's bei meiner Ehre«, sagte Kork mit flehentlicher Stimme. Er wusste, dass sein Leben an einem seidenen Faden hing, den der phlegmatische Mann auf dem Stuhl vor ihm jederzeit kappen konnte. Kork beunruhigte, dass der scheinbar entspannte, freundliche Mann jeden Moment explodieren konnte. Sowohl in den Medien als auch in Gerüchten wurde Höök oft genau so beschrieben – cholerisch.

»Interessant«, meinte Höök und bohrte abwesend in der Nase. »Aber weißt du, Sehen heißt Glauben. Wo ist deine kleine Schatzkammer?«

»In Gladö Kvarn. In einem Haus, das ich seit vielen Jahren vom Gladö Reitverein gemietet habe.«

»Gladö Kvarn? Ist das nicht ein bisschen nah am Territorium der Muslime?«

»Schon, aber ich gehe davon aus, dass niemand die Sachen findet. Außerdem habe ich jederzeit freies Geleit ins Gebiet der Muslime.«

»Ganz recht. Und genau deshalb bist du jetzt hier!«, brüllte Höök unerwartet, stand auf, ragte über Kork auf und packte ihn mit einer Pranke am Oberarm. »Wir statten dem Gladö Reitverein einen Besuch ab. Wenn's da keinen Schatz gibt, knalle ich dich an Ort und Stelle ab.«

»Die Sachen sind dort! Nur versprich mir, dass ich die Hälfte behalten darf. Später beschaffe ich dir noch viel mehr. Ich schwöre, du wirst davon profitieren, wenn du mich gehen lässt.«

20 Minuten danach hielten zwei SUV von Mercedes auf dem Schotterplatz vor dem Reitverein. Höök achtete sorgfältig auf persönliche Sicherheit und reiste nie ohne Leibwächter, acht stämmige Kerle Mitte 30, alle blond und blauäugig wie junge Klone von Dolph Lundgren. Die Fahrzeuge waren kugelsicher und hatten verstärkte Unterböden als Schutz gegen Sprengfallen auf Straßen.

»Das sind meine Autos.« Kork deutete auf eine Reihe von etwa fünfzig verschiedener Marken, akribisch mit einheitlichem Abstand zueinander abgestellt.

»Okay«, sagte Höök. »Aber mit so vielen kannst du doch nicht gleichzeitig fahren. Wofür brauchst du sie?«

»Das Haus da hab ich gemietet.« Kork zeigte auf ein kleineres Gebäude, ein Stück abseits der anderen. »Ihr bleibt hier«, befahl Höök den fünf blonden Leibwächtern im zweiten SUV.

Als sie das bunkerartige Häuschen erreichten, erwartete sie eine Stahltür mit einem Zahlenschloss so groß wie Hööks Hand. Noch niemand von ihnen hatte je zuvor ein so massives Vorhängeschloss gesehen. Kork gab die sechsstellige Kombination ein, hob das einen Kilo schwere Schloss an und öffnete die Tür.

»Die Bude ist ja leer, verdammt«, zischte Höök. »Ich habe dich davor gewarnt, mich hinters Licht zu führen! Wenn du jetzt noch anfängst, zu labern, jemand hätte das Haus ausgeräumt, dann ...«

»Warte«, fiel Kork ihm ins Wort und ging voraus hinein.

Der spärlich möblierte Raum enthielt einen zerkratzten, schmutzigen Tisch, zwei grob gearbeitete Stühle und ein altes IKEA-Regal an einer Wand. Letzteres schob Kork beiseite. Dahinter kam eine weitere, niedrige Stahltür zum Vorschein. Kork hob eine lose Bodenplatte an, auf der das Regal gestanden hatte, holte einen versteckten Schlüssel hervor, entriegelte die Tür und schaltete das Licht ein.

293

»Weg da. Ich gehe zuerst rein«, sagte Höök und stieß Kork weg, der um ein Haar das Gleichgewicht verloren hätte.

Höök duckte sich durch die niedrige Tür und die zehn Stufen hinunter, danach jedoch wies der Raum normale Deckenhöhe auf. Die Fläche unten war mit ungefähr 20 Quadratmetern doppelt so groß wie oben. Höök erwartete ein surrealer Anblick.

Das Regalsystem aus Metall ähnelte dem einer Autowerkstatt. Nur enthielten die Ablagen statt Werkzeug und Kisten mit Schrauben und Muttern graue Plastikbehälter voller Armbanduhren und Dutzende Umzugskartons, die das Gewicht Tausender Goldschmuckstücke nach außen beulte. Höök wurde unangenehm an Auschwitz-Birkenau erinnert. Seit er dort gewesen war, bereute er, den Ort je besucht zu haben, da ihn immer noch Albträume über die Haufen Tausender Schuhe und Brillen heimsuchten, die von den stattgefundenen Gräueltaten zeugten.

An der Wand hingen Autoschlüssel an kleinen Nägeln in einer langen, geraden Reihe, versehen mit weißen, fein säuberlich in schwarzer Tinte beschrifteten, identischen Kunststoffetiketten. Letztere wiesen alle mit der Beschriftung nach außen. Kein einziges wich von dem Muster ab. An diesem Ort herrschte präzise Ordnung.

In der Ecke eines Regals stapelten sich kleine Goldbarren. Auf der obersten Ablage befand sich ein rosa Plastikbehälter, der Hööks Aufmerksamkeit erregte. Als er ihn herunterhob, stellte er fest, dass er verschiedenstes Sexspielzeug enthielt. Wahllos nahm er einen beigen Dildo und drückte einen Knopf daran, wodurch er mit einem nervigen Brummen zu vibrieren begann.

»Das ist so verdammt krank«, raunte Höök irritiert. Dann ergriff er nacheinander mehrere Goldbarren und betrachtete sie eingehend. »Valcambi Schweiz, 50 Gramm Feingold 999,9«, las er die Prägung an einem, bevor er ihn zurückwarf. »Boliden, Rönnskär, 100 Gramm Feingold«, stand auf dem nächsten.

»Was hab ich dir gesagt?«, fragte Kork rhetorisch. »Und die Hälfte davon gehört dir!«

»Halt's Maul, verdammtes Schwein!«, gab Höök barsch zurück. »Es juckt mich ja in den Fingern, dich hier und jetzt alle zu machen. Aber so leicht kommst du mir nicht davon. Ist es wahr, dass du Frauen gezwungen hast, dir einen zu blasen, während du ihnen den Schmuck abgenommen hast?«

»Äh, nicht ganz. Aber einige mussten sich sozusagen den Lebensunterhalt verdienen. Vielleicht möchtest du das auch. Das lässt sich einrichten, wenn es dich interessiert. Feine, frische, wunderschöne Frauen. Und willig, die machen keine Probleme. Welche Haarfarbe bevorzugst du? Wenn du möchtest, kannst du mehrere gleichzeitig haben. Ich kenne ein paar, die bisexuell sind.«

Höök versetzte Kork einen so wuchtigen Schlag gegen den Kopf, dass er zu Boden stürzte, wo er regungslos verharrte.

»Du hast es versprochen!« Kork schluchzte verzweifelt. »Wir haben darauf eingeschlagen.«

Als Höök nach draußen trat, gab er der Gruppe der blonden Dolph-Lundgren-Doppelgänger mit einer knappen Handbewegung ein Zeichen.

»Holt den Krempel von unten! Das Gold und der Schmuck wandern in mein Auto, die Uhren in das andere. Ich denke, es sollte alles reinpassen. Dann fahren wir zurück zum Hauptquartier. Ihr könnt euch jeder eine Uhr aussuchen – aber jeder nur eine! Sind mehrere goldene Rolex und diamantenbesetzte Hublot dabei. Eleganter, als ich sie je auf Fotos gesehen habe. Und noch mal – eine Uhr pro Person. Wer mit mehr erwischt wird, fasst eine Strafe aus. Nur, damit ihr Bescheid wisst, es gibt später eine Inspektion. Die Autoschlüssel können vorerst bleiben, bis wir die Besitzer finden. Benzin ist ohnehin nicht zu bekommen, solange Krieg herrscht.«

40 Minuten später hielten Hööks Fahrzeuge vor den Steinstufen zum Hauptquartier, allzeit bewacht von vier Soldaten in gelben Westen mit automatischen Gewehren über den Schultern.

»Bringt das Gold und den Schmuck rein«, befahl Höök. »Damit vergrößern wir unser Arsenal. Verstreut die Uhren über den Asphalt vor dem Eingang. Ola, du holst die Planierraupe aus der Busgarage. Die Schlüssel sind drin.«

Der sechs Tonnen schwere Caterpillar tuckerte quietschend in Richtung der kleinen Gruppe vor dem Eingang. Höök hielt Kork mit einer mächtigen Pranke am Genick.

»Bedenk doch nur, wie viel Geld da liegt«, jammerte Kork. »Tu das nicht! Es ist so unnötig. Verkauf die Uhren und behalte den Erlös. Ich kann dir dabei helfen.«

»Sieh jetzt genau zu, du widerliches, gieriges Schwein.«

Langsam näherte sich der Caterpillar dem zehn Quadratmeter großen Bereich mit exklusiven Armbanduhren aus Gold, Weißgold und Platin. Kork glaubte nach wie vor, dass es sich um einen Bluff handelte. Niemand wäre so dumm, dermaßen viel Geld zu vernichten.

Allerdings steuerte die Planierraupe unerbittlich auf den Haufen der Uhren zu. Mittlerweile befand sie sich nur noch einen Meter entfernt. Die Leibwächter starrten wie gebannt hin. Einige schüttelten kaum merklich den Kopf.

»Nein, nein!«, brüllte Kork. »Das sind Millionen! In Dollar! Halt, sofort aufhören!«

Langsam zermalmte der Caterpillar die Uhren unter seinen mächtigen Ketten mit einem Knirschen, das durch den Boden vibrierte. Um die vollständige Zerstörung zu gewährleisten, bewegte sich die tonnenschwere Maschine mehrfach in verschiedene Richtungen hin und her. Zurück blieben verbogene Metallreste, Glasscherben und verstreute Diamanten. Höök hielt Kork immer noch fest am Genick. Als er ihn losließ, sah er Tränen auf den Wangen des Mannes.

»Hast du gedacht, du könntest sie ins Jenseits mitnehmen, du Idiot? Lass dir gesagt sein, Leichenhemden haben keine Taschen. Vielleicht schiebt dir der Bestatter ein paar goldene Rolex in den Arsch, wenn's Zeit fürs Krematorium ist.«

Der Caterpillar hielt an und verstummte ebenso wie die Zuschauer, die das Ereignis bezeugten. Höök zeigte auf die Wächter in gelben Westen.

»Räumt das Chaos hier auf und werft alles in den Magelungen. Jeder Splitter hat im Wasser zu verschwinden, verstanden? Ich will, dass es hier makellos sauber ist, wenn ich zurückkomme!«

»Geht klar, Boss. Wir kümmern uns drum. Wir spritzen den Bereich zusätzlich mit dem Schlauch ab, damit niemand einen platten Reifen kriegt. Vom Entsorgen zeichnen wir dir ein Video auf.«

»Gut. Kork und ich fahren jetzt für ein wenig Spaß nach Farsta.«

Der Händler schaute Höök fragend an, der jedoch nicht darauf reagierte. *Vielleicht habe ich ihn mit den Frauen in Versuchung geführt,* dachte Kork mit aufflackernder Hoffnung. Sogar die härtesten Männer hatten Schwächen. Dazu gehörten oft Frauen. *Das ist meine Chance.*

Bald rollten die beiden Mercedes aus dem Hauptquartier und in Richtung Farsta, das von den Freischärlern des Stützpunkts Tornberg kontrolliert wurde.

Als sie ankamen, versuchte es Kork mit: »Ich kenne ein paar langbeinige Russinnen.« Wieder erzielte er keine Reaktion. »Und vollbusige Schwarze aus der Karibik. Die sind wirklich gut. Du solltest unbedingt ihre Lippen spüren. Ganz ohne Silikon, ha!«

»Dein nervöses Lachen geht mir auf die Nerven«, sagte Höök. »Halt einfach die Klappe!«

In Farsta hatten die Kämpfe vor mehreren Wochen geendet. Die Front war in der Lage erstarrt, die sie beim letzten, mühelos abgewehrten Angriff der Heiligen Krieger gehabt hatte. Nur sporadisch fielen Schüsse, wenn Scharfschützen eine unglückselige, unachtsame Seele ins Visier bekamen. Die besten trafen bei Windstille auf einen halben Kilometer mit jedem zweiten Schuss tödlich.

Ein Teil der Front verlief entlang der Straße namens Molkomsbacken, 400 Meter nordwestlich des Zentrums von Farsta. Die deprimierend hässlichen, heruntergekommenen, für ihre zwielichtigen Bewohner berüchtigten Mietskasernen östlich der Molkomsbacken befanden sich in der Hand der Soldaten von Tornberg. Die Muslime kontrollierten die neueren, schöneren, renovierten Hochhäuser auf der anderen Seite der Straße.

Die SUV verlangsamten die Fahrt auf dem Farstaplan und bogen in die geschützte Gasse hinter den langen Mietskasernen ab. Da es sich um kugelsichere Fahrzeuge handelte, sorgten sich die Insassen trotz des helllichten Tags nicht sonderlich wegen Scharfschützen.

Im Erdgeschoss von Molkomsbacken 21 hatten die Tornberg-Streitkräfte ihren der Front nächstgelegenen Vorposten. Auf der anderen Seite hatten die Muslime in Molkomsbacken 24 den ihren eingerichtet. Stahlplatten und aufeinandergestapelte Sandsäcke schützten da wie dort die Fenster im Erdgeschoss. Der Abstand zwischen den Posten betrug nur etwa 30 Meter. Manchmal winkten die Soldaten einander vergnügt durch eine Lücke in den Bollwerken zu. Gelegentlich wurden auch Mittelfinger gezeigt und Fäuste geschüttelt. Aber man beschoss einander nicht mehr. Vorerst schienen alle mit dem Status quo zufrieden zu sein.

Ernst Höök stellte sich längst nicht mehr vor. Seine markanten Züge waren über so viele Jahre durch die Medien gegeistert, dass es mittlerweile niemanden mehr gab, der ihn nicht erkannte. Als Anführer der Nationalgarde, der Gelbwesten, genoss er allseits größten Respekt. Niemand wagte es, sich mit ihm anzulegen, zumal man wusste, dass er nur zu gern seine Fähigkeiten als ehemaliger Schwergewichtsboxer auspackte.

Unbekümmert grüßte Höök den Türwächter. »Hallo. Wir bieten heute eine besondere Unterhaltung.«

Der Mann erwiderte den Gruß verhalten und neigte respektvoll den Kopf, während er die Tür für Höök und sein Gefolge aufhielt, das aus dem leichenblassen Kork und drei Leibwächtern bestand. Die anderen blieben bei den Autos.

»Ausziehen, du perverser Arsch«, befahl Höök und starrte dabei Kork an, der zögerlich seine Daunenjacke aufknöpfte. »Ist eigentlich entschieden zu entgegenkommend von mir, dir 'ne Chance zu geben.«

Hoffnungsvoll klammerte sich Kork an die Worte und entkleidete sich gehorsam, bis er nur noch in Unterwäsche vor Höök stand.

»Runter mit dem Rest und auf alle viere wie ein Schwein«, verlangte Höök.

Kork erinnerte tatsächlich an eines, als er sich nackt auf die Hände und Knie senkte und seine gerötete, schwabbelige Wampe über dem Boden baumelte wie bei einem Hängebauchschwein.

»Grunz. Und gib dir dabei Mühe, sonst mache ich dich alle!«, brüllte Höök.

»Oink, oink, oink«, machte Kork und schnaubte dabei durch die Nase, so gut er konnte.

»Jetzt kriechst du über die Straße zu deinen muslimischen Freunden. Und wenn wir dich nicht den ganzen Weg grunzen hören, knalle ich dich ab. Das ist deine einzige und letzte Chance, also leg dich besser ins Zeug.«

Höök öffnete die Tür.

»Vergiss nicht, dass wir dich bis zur anderen Seite sehen und hören können. Vermassle es lieber nicht!«

Kork kroch auf die Tür – und die Erlösung – zu. Dabei grunzte und oinkte er, so laut er konnte.

»Warte, nimm ein Geschenk für die Muselmänner mit«, sagte Höök und holte den Dildo hervor, den er aus Korks Schatzkammer mitgenommen hatte.

Er drückte den Knopf zum Starten der Vibrationen, bevor er Kork das Sexspielzeug wuchtig in den Hintern rammte. Der schrie vor Schmerz kurz auf, ehe er sich zusammenriss und laut weitergrunzte.

»Jetzt kriech zu deinen Freunden.« Höök versetzte Kork einen leichten Tritt in den fetten Allerwertesten und setzte ihn damit wieder in Bewegung.

Langsam krabbelte Kork auf allen vieren über den eisigen Asphalt. Die Zuschauer hörten leise das konstante Brummen des Vibrators, gelegentlich übertönt von Grunzlauten.

Kork spielte die Rolle mit so viel Überzeugung, wie er aufbringen konnte, obwohl er sicher war, Höök würde ihn erschießen. Aber es ertönte kein Knall, während er sich allmählich Molkomsbacken 24 näherte, wo sich die Muslime befanden. Vielleicht bestand doch eine Chance. Er setzte den Weg die Hausmauer entlang fort und bog um die Ecke, wodurch er zumindest vor Hööks Schüssen geschützt war. Nur was würde weiter mit ihm passieren?

Plötzlich hörten die Schweden aufgebrachte Stimmen, die Arabisch sprachen.

»*Ya nabi alkariam, ma hdha lashay'an?* Heiliger Prophet, was ist das?«

»*Laqad 'ursil hwla' ghyr almuminin khnizirihim al'akthar 'iitharatan lilaishmizaz!* Die Ungläubigen haben ihr dreckigstes Schwein geschickt!«

»*'Iinaha aldiynamiat ladayh fi alhimar?* Ist das Dynamit in seinem Arsch?«

Zuletzt sahen die Schweden, wie ein Militärstiefel wuchtig von unten in Korks hängenden Wanst trat, wodurch er zusammenbrach und still lag. Dann tauchten um die Ecke zwei Hände auf, packten Korks Arme und schleiften ihn außer Sicht der Schweden.

»Schönen Tag noch, Kork«, sagte Höök grinsend. »Wahrscheinlich hast du deinen muslimischen Freunden eine Menge zu erklären.«

Kapitel 41

Die russische Marine erleidet Verluste

2. Dezember 2032

Die 26 Besatzungsmitglieder an Bord der *HMS Västerbotten*, dem neuesten U-Boot des Typs A20, lagen schweigend in ihren Kojen, wo sie bereits über einen Tag verbracht hatten. Die meisten versuchten zu schlafen, um sich die Zeit zu vertreiben. Die schwache Beleuchtung war auf Nachtmodus geschaltet, um Batterieleistung zu sparen. Aus demselben Grund hatte man die Klimaanlage auf den Notfallmodus gesetzt, wodurch sich die stickige Luft kaum atmen ließ. Obwohl mittlerweile alle sehr hungrig waren, mussten sie aufs Essen warten.

Vorläufig durften sie ihre Kojen nicht verlassen. Zum Glück gab es in jeder Koje ein Fach mit Notrationen für solche Situationen. Im schlimmsten Fall würden sie bis zu drei Wochen still auf dem Meeresboden ausharren, bevor sie auszubrechen versuchen würden, falls die Suche nach ihnen bis dahin nicht beendet wäre. Kein Wunder, dass die Marine bei der Rekrutierung umfangreiche psychologische Tests durchführte.

An der Wasseroberfläche kroch das russische U-Jagdboot *Amiral Tjabanenko* mit vier Knoten dahin, steuerte kaum und zog die Horchgeräte und aktiven Sonare durch verschiedene Tiefen. Schon eine an Bord des U-Boots fallen gelassene Dose Schnupftabak konnte ausreichen, um aufgespürt und durch Unterwasserbomben zerstört zu werden. Die Besatzung in den Tiefen hatte nicht vor, das zuzulassen. Bis auf Weiteres waren jegliche Gespräche verboten. Nicht mal Flüstern war erlaubt. Mucksmäuschenstill warteten und warteten sie in der Hoffnung, die Tarnfähigkeiten des Rumpfs würden sie vor der wiederholten Abtastung und den aufmerksam mit Kopfhörern lauschenden russischen Ohren schützen.

Eine prekäre Situation. Die *HMS Västerbotten* lag in einer natürlichen Spalte auf dem Meeresboden gegenüber dem Hafen von Slite, 200 Meter westlich der Insel Asunden vor der Ostküste Gotlands. Die Spalte schirmte sie vor den aktiven Sonarimpulsen ab, die ständig durch das Wasser über ihnen ausgesandt wurden. Sofern die *Amiral Tjabanenko* nicht direkt über ihnen hinwegkreuzte, was ausgesprochen unwahrscheinlich war, würden sie für das Schiff unsichtbar sein. Und selbst in dem Fall hätten sie dank der Beschichtung des Rumpfs, die hervorragende Tarneigenschaften besaß, gute Chancen, unentdeckt zu bleiben.

Die Besatzung fürchtete nicht, dass die Russen ihr Versteck finden könnten. Schwedische U-Boote hatten sich bei aufwändigen, von den Amerikanern gut bezahlten Übungen jahrelang jeglichen Versuchen entzogen, aufgespürt zu werden. Selbst in Bewegung verursachten die luftunabhängigen Stirling-Antriebe so geringe Geräuschemissionen, dass sie unter normalen Umständen nicht erfasst werden konnten.

Die Amerikaner versuchten schon lange, die Sicherheitslücke zu schließen, die schwedische U-Boote für sie darstellten. Bisher war es ihnen nicht gelungen. Die Besatzung hoffte, dass es auch die Russen nicht geschafft hatten. Allerdings konnte man das bei ihnen nie wissen. Manchmal gelangen ihnen bahnbrechende Entdeckungen. Russische Mathematiker und Physiker hatten etwas Besonderes an sich. Sie schienen in der Lage zu sein, unkonventionell zu denken, obwohl es hieß, das wäre durch die zentrale Kontrolle aus Moskau nicht möglich.

Es war eindeutig unterschätzt worden, wie schnell die Russen zur Tat schreiten würden. Erst vor wenigen Monaten waren sie in Gotland einmarschiert, und schon hatten sie mit dem Bau eines Marinestützpunkts in Slite begonnen, den die *HMS Västerbotten* ausspionieren sollte. Ein solches Tempo ließ sich nur dadurch erklären, dass Pläne für eine Invasion lange davor bereitgelegen hatten.

Später sollte sich herausstellen, dass die Russen den Marinestützpunkt bereits 2010 in Verbindung mit dem Bau der Gaspipeline Nord Stream 1 einplanten, bei der sie Slite als Stützpunkt genutzt hatten. Die Pipeline wurde 2022 von den Amerikanern gesprengt. Der Traum der Russen von Gotland war uralt und kein Geheimnis, was die Politiker zum Nachdenken hätte bringen sollen. Aber sie hatten sich bei den Russen genauso naiv verhalten wie bei den Muslimen und allem anderen auf internationaler Ebene. Wie immer ließen sie sich von kurzsichtigem Opportunismus leiten. Es gab keine Politiker, die über die nächsten Wahlen hinausdachten, jedenfalls nicht in echten Demokratien.

Schlimmer noch, die Russen hatten bereits beträchtliche Fortschritte mit einer Blockade erzielt, die sich von Mojner auf dem Festland von Gotland über die Inseln Enholmen und Grunnet bis nach Asunden erstreckte, wobei Asunden keine echte Insel darstellte, weil sie eine schmale Verbindung nach Gotland aufwies.

In der Festung Enholmen hatten die Russen bereits den stillgelegten, in den Fels eingebauten Containerstützpunkt wiederbelebt und ersetzten die veraltete schwedische Einrichtung durch ihre eigene. Sobald die Russen ihre Horchgeräte, Magnetometer und Minen installiert hatten, würde niemand mehr den Marinestützpunkt Slite vom Meer aus bedrohen können. Die Lage war schlichtweg perfekt. Vorerst jedoch war die Basis noch anfällig für ein U-Boot mit Tarntechnologie.

Auf der Insel Grunnet hatten die Schweden über das optronische Mastsystem der *HMS Västerbotten* Hunderte Rollen U-Boot-Netze fotografiert. Daraus folgerten sie, dass die Russen beabsichtigten, sowohl die Meerenge zwischen Asunden und Grunnet als auch jene zwischen Grunnet und Enholmen vollständig zu blockieren und nur die Passage westlich von Enholmen schiffbar zu belassen, durch die sich das U-Boot in die Bucht geschlichen hatte. Womöglich hatten die Russen bereits eine der Durchfahrten zwischen den Inseln gesperrt. Aber das wusste die schwedische Besatzung nicht, weil ihr keine Zeit geblieben war, es zu überprüfen, bevor man ihre Anwesenheit durch die fest installierten Horchgeräte bemerkt hatte, mit denen die Russen sie überrascht hatten.

Von Zeit zu Zeit hob die *HMS Västerbotten* den optronischen Mast über den Rand der Spalte, wo er sich nach wie vor 24 Meter unter der Oberfläche befand, um die *Amiral Tjabanenko* zu orten, die derzeit tiefer in der Bucht nach ihnen suchte. Plötzlich entdeckte das System etwas Erschreckendes.

»U-Boot voraus, kommt direkt auf uns zu, Peilung 38 Grad, Geschwindigkeit fünf Knoten! Entfernung 30 Seemeilen. Es erreicht uns in weniger als drei Minuten!«

Kommandant Fridolf Palmquist wurde mit der wichtigsten Entscheidung seines Lebens konfrontiert. Er zögerte nicht, versetzte das U-Boot sofort in maximale Kampf- und Verteidigungsbereitschaft und mobilisierte die Besatzung.

»Gefechtsstationen! Gefechtsstationen!«

Solche Situationen hatten sie jahrelang unzählige Male in Simulatoren trainiert. Nun hatten sie es mit dem Ernstfall zu tun und mussten kühlen Kopf bewahren. Fridolf schloss die Augen und presste die Handflächen gegen die Lider, schottete sich von der Welt von ihm herum ab, um sich bestmöglich zu konzentrieren.

Marineleiter Fred Bergström hatte angeordnet, russischen Einheiten aus dem Weg zu gehen, auch in schwedischen Hoheitsgewässern – obwohl sie Gotland besetzt hatten. Ein Krieg gegen Russland war das Letzte, was Schweden im Augenblick gebrauchen konnte.

Es wies alles darauf hin, dass es sich um ein U-Boot russischer Herkunft handelte, das sich an der Suche nach ihnen beteiligte. Allerdings könnte es auch einer anderen Nation angehören, wenn man bedachte, wie viele sich für die Aktivitäten der Russen in Slite interessierten. Nur schwedisch war es mit Sicherheit nicht, davon hätte Fridolf gewusst.

Auszuharren und sich weiterhin zu verstecken, wäre zu riskant. Bei Entdeckung würde die *HMS Västerbotten* in ernsten Schwierigkeiten stecken. Es handelte sich um einen Notfall. Das U-Boot und die Besatzung mussten um jeden Preis gerettet werden, ein Auftrag, den jeder Marinekapitän weltweit hatte.

Fridolf brauchte sieben Sekunden für seine Entscheidung. Es ging um Schnelligkeit und darum, das Überraschungselement zu nutzen.

»Schneller Aufstieg, zehn Meter, Peilung 18 Grad. Alle Torpedos feuerbereit machen!«

Sofort stieß das Druckluftsystem Wasser aus den Ballasttanks aus. Das U-Boot erhob sich vom Meeresgrund, zuerst langsam und majestätisch, dann zunehmend schneller.

Durch die technische Entwicklung von Torpedos war die U-Boot-Kriegsführung mittlerweile zu etwas geworden, das man mit Schießereien im Wilden Westen vergleichen konnte. Wer zuerst einen einigermaßen gezielten Schuss abgab, gewann in der Regel, da moderne Geschosse mit Zielerfassung selten danebengingen.

Fridolfs Plan sah vor, den Gegner zu überrumpeln und im Aufsteigen mehrere Torpedos abzufeuern, sobald sie die Kante der Spalte erreichten und bevor das andere U-Boot die Bedrohung wahrnehmen konnte. Die Kanoniere visierten es an.

»Eins und zwei, FEUER!«

Gleichzeitig heftete sich die Zielvorrichtung der hinteren Torpedos auf die *Amiral Tjabanenko*, die tiefer in der Bucht vergeblich nach ihnen suchte.

»Sieben und acht, FEUER!«

Die Detonationen, die das sich nähernde U-Boot in einer Entfernung von nur 150 Metern zerfetzten, fielen so kraftvoll aus, dass die *HMS Västerbotten* heftig durchgeschüttelt wurde und die Besatzung gezwungen war, sich auf den Boden zu pressen. Allerdings bestand durch die Konstruktion und Materialstärke des Rumpfs keine Gefahr ernster Schäden. Ein U-Boot der Gotland-Klasse aus dem 20. Jahrhundert, nach wie vor der verbreitetste Typ bei der schwedischen Marine, hätte unter der Schockwelle zerbrechen können.

Für das U-Jagdboot *Amiral Tjabanenko* standen die Chancen schlecht, sobald die Torpedos abgefeuert waren. Selbst mit modernsten elektronischen Gegenmaßnahmen ließen sich ultraschnelle Lenktorpedos kaum aufhalten. Zudem handelte es sich bei der *Amiral Tjabanenko* um ein recht altes Schiff ohne die Torpedoabwehrausrüstung neuerer russischer Kriegsschiffe. Dennoch gab es eine primitive, aber effektive Möglichkeit, sich zu schützen. Durch eine Barriere aus detonierenden Unterwasserbomben konnten angreifende Torpedos beschädigt oder vom Kurs abgebracht werden.

Die heftigen Explosionen schreckten den Ersten Offizier der *Amiral Tjabanenko* auf, Boris Dmitrijewitsch Pankin. Im Augenblick hatte er das Kommando. Der Kapitän, Kommandant Gurin, hatte sich zu viel Stolichnaya Gold gegönnt und schlief gerade seinen Rausch aus.

Das Gefecht hatte in der Nähe der Insel Asunden begonnen, so viel war offensichtlich, aber was genau ging vor sich?

Pankin wusste, dass ihm nur Sekunden blieben, wenn ultraschnelle Torpedos auf sie zurasten. »Wasserbomben aus allen Startrohren steuerbord! 76 Meter, Detonationstiefe fünf Meter. Dauerfeuer alle fünf Sekunden!«

Nach dem Abschuss der Torpedos auf die *Amiral Tjabanenko* setzte sich die *HMS Västerbotten* unter Wasser in Bewegung und steuerte jene Meerenge an, durch die sie in die Bucht gelangt war. In ihrer Nähe, knapp östlich von Enholmen, lag der schwer bewaffnete Zerstörer *Wolgograd* der Klasse Projekt 956 Saritsch, im Westen bekannt als Sowremenny-

Klasse, und versperrte ihnen den Fluchtweg. Befehlshaber Fridolf Palmquist hatte keine Lust, sich mit einem solchen Gegner auseinanderzusetzen.

»Drei und vier, Feuer!«

Als die Besatzung der *Wolgograd* die Explosion des getroffenen U-Boots mitbekam, begriff sie sofort, dass sie das nächste Ziel sein könnte. Also wurde volle Fahrt voraus angeordnet, und das bedeutete durch die Meerenge, durch die auch die *HMS Västerbotten* flüchten wollte. Kapitän Petrows improvisierter Plan bestand darin, Enholmen zu umkreisen, um aus dem Visier der Torpedos zu verschwinden. Bei Bedarf würde er weiter in voller Fahrt um Enholmen herumfahren und gleichzeitig Täuschkörper aus dem Heck abfeuern, um der Zielerfassung der Geschosse zu entgehen. Obwohl die Höchstgeschwindigkeit der *Wolgograd* beeindruckende 38 Knoten betrug, wusste Petrow, dass sie bei Weitem nicht reichen würde, um Torpedos zu entkommen.

Als der Zerstörer beschleunigte, detonierte einer der Torpedos, die das Sperrfeuer durchbrochen hatten, vor dem U-Jagdboot *Amiral Tjabanenko*. Die neuesten schwedischen Torpedos waren so intelligent, nicht direkt auf das Ziel zuzusteuern, wenn mehrere gleichzeitig abgefeuert wurden. Durch ein Kurvenmanöver umging das siebte Geschoss das Sperrfeuer und traf die *Amiral Tjabanenko* knapp hinter dem Bug auf der Steuerbordseite, zwei Meter unter der Wasserlinie. 15 Minuten später sollte das U-Jagdboot *Amiral Tjabanenko* auf dem Grund der Ostsee zum Ruhen kommen, nachdem sich zuerst das Heck wie ein letzter stolzer Gruß als Abschied von einem halben Jahrhundert Dienst in der russischen Marine gen Himmel gehoben hatte.

Palmquist befahl, nach Backbord beizudrehen, und wählte die Route zwischen Grunnen und Asunden, um dem tödlichen Zerstörer auszuweichen. Als sie die Durchfahrt erreichten, spürten sie die Schockwelle des dritten Torpedos, der den fliehenden Zerstörer eingeholt hatte und dessen Heck zerfetzte.

»Hoffen wir, dass sie die U-Boot-Fangnetze noch nicht platziert haben. Sonst erwartet uns ein unsanfter Stopp«, murmelte Palmquist bei sich, bevor er laut befahl: »Weiter nach Süden, Tauchtiefe beibehalten! Auf nach Karlskrona.«

Kapitel 42

Besprechung in Zone 2

4. Dezember 2032

Wie Gyllenstierna angekündigt hatte, sah die Zone 2 der Zone 1 täuschend ähnlich. Raumaufteilung, Einrichtung, Farbschema, alles war nach derselben Vorlage entstanden.

Ein Unterschied bestand jedoch darin, dass ihnen die hässlichen gelben Plastikteller aus Zone 1 erspart blieben. In Zone 2 waren sie stattdessen hellgrün, was sich wie ein Schritt in die richtige Richtung anfühlte, obwohl sich die gebratenen – oder eher verbrannten – Kartoffeln als Beilage zum klassischen schwedischen Gericht Biff à la Lindström als kaum lauwarm herausstellten. Der wässrige Preiselbeersaft schmeckte wie üblich.

Zwölf besorgte Personen saßen um den ovalen Tisch und stärkten sich vor dem offiziellen Beginn der Besprechung. Man konnte unmöglich behaupten, das Essen wäre mehr als ein Energiespender.

»Ein Krieg gegen Russland ist nicht, was Schweden gerade braucht«, erklärte Marineleiter Fred Bergström schließlich. »Trotzdem bin ich stolz. Welche anderen Möglichkeiten hätte Palmquist schon gehabt?«

»Er hat getan, was er musste, und das brillant«, befand Gyllenstierna.

»Die Ostsee scheint sich in einen russischen See zu verwandeln. Im Wesentlichen zumindest«, sagte Bertil Wiklund. »Informationen von MUST über direkten Kontakt mit militärischen Führungspersönlichkeiten deuten darauf hin, dass weder Finnland noch Dänemark trotz der Besatzung ihrer Inseln Russland den Krieg erklären werden. Die Politiker haben entschieden, so zu tun, als würden sie die offizielle Verlautbarung der Russen glauben, dass es sich nur um vorübergehende Operationen zur Unterstützung Schwedens im Krieg gegen die Muslime handelt.«

»Weil es so einfacher ist. Ihnen fehlen definitiv die Ressourcen für einen Krieg gegen Russland«, warf FRA-Chef Rudolf Enbom ein. »Abgesehen davon wissen sie, dass die Russen ihre 8.000 Atombomben aktiviert haben. Im Übrigen haben wir Funkverkehr über der Ostsee und

Telefonate in Moskau abgefangen. Daraus geht hervor, dass die gesamte Bevölkerung der Inseln Åland und Bornholm in Kürze evakuiert und durch Russen ersetzt werden soll. Für beide Inseln zusammen ergibt sich ungefähr dieselbe Zahl wie für Gotland. Die Åländer bringt man mit der Fähre nach Turku, ab da liegt es an den Finnen, sich um sie zu kümmern. Die Bornholmer werden nach Kopenhagen transportiert. Anscheinend hat man die nach Russland evakuierten Gotländer über das Land und auf die Häuser der abgereisten Russen verteilt«, fuhr Enbom fort. »Ein glatter Austausch. Sehr zur Freude der Russen, deren Lebensstandard sich dadurch drastisch verbessert. Weniger erfreulich für die Gotländer. Noch erschreckender ist, dass wir die kursierenden Gerüchte bestätigt haben«, fügte Enbom hinzu. »Sie werden auch Öland einnehmen, allerdings wissen wir nicht genau, wann. Eine Verteidigung gibt es dort nicht, und uns fehlen die Ressourcen, um schnell eine aufzubauen.«

»Wie viele Menschen leben auf Öland?«, fragte Baksi.

»Knapp 30.000«, antwortete Enbom. »Auch die Öländer werden im riesigen, weiten Russland genug Platz finden«, ergänzte er mit einem resignierten Kopfschütteln. »Verdammt, das wird allmählich eine noch schlimmere Katastrophe als damals der Verlust von Finnland! Damit ist Schwedens Zeit als führende Macht der Ostsee endgültig Geschichte!«

»Ja. Falls Mutter Svea überhaupt bestehen bleibt, wird sie erheblich schrumpfen. Vielleicht endet es damit, dass Schweden nur noch aus dem Mälar-Tal, Dalarna und dem Norden bis hinauf zur finnischen Grenze bestehen wird. Dann wären wir eine Nation von drei bis vier Millionen Menschen, das kleinste der nordischen Länder, abgesehen von Island. Immer diese verdammten Russen«, schimpfte Wiklund.

»Aber vielleicht können uns die Russen helfen, die Muslime zu besiegen«, meinte Brännström. »Darauf sollten wir uns konzentrieren. Der Rest ist eine Sache für nach dem Krieg. Der tobt in ganz Westeuropa. Wenn er endet, wird die Landkarte Europas völlig neu gezeichnet werden. Wie nach den Verträgen von Versailles und Westfalen. Und nicht die Schweden werden die neuen Grenzen ziehen.«

»Hoffen wir, dass nicht nur die Russen und Muslime die Stifte in den Händen halten werden. Hätte die verdammte Idiotin Wallfors in der sogenannten Exilregierung auf der Sveaborg nur den Mund gehalten. Dann stünden wir viel besser da«, sagte Bergström.

»Auch die Deutschen werden an den Hebeln sitzen, wenn sich der Staub legt. Vielleicht sogar die Amerikaner«, kam von Gyllenstierna.

»Ich denke, Schweden wird in der einen oder anderen Form weiterbestehen«, verkündete Luftwaffenleiter Wennergren optimistisch. »Gehen wir davon aus, dass es vielleicht sechs bis sieben Millionen Menschen gibt, die sich als ethnische Schweden betrachten und weiterhin Schwedisch sprechen wollen. Nehmen wir außerdem an, dass eine Million Schweden im Krieg sterben. Dann bleiben fünf bis sechs Millionen ethnische Schweden übrig. Bevölkerungen dieser Größe bekommen in der Regel eigene Nationen, wenn Karten neu gezeichnet werden. Deshalb bin ich zuversichtlich, dass Mutter Svea in irgendeiner Form überleben wird. Natürlich könnten wir auch eine Republik der Russischen Föderation werden. Aber da würde ich lieber ein deutsches Bundesland, wenn ich die Wahl hätte.«

»Dann ist da noch die Frage, was man unter einem ethnischen Schweden versteht«, warf Baksi ein. »Ich zum Beispiel ...«

Plötzlich öffnete sich die Tür. Die Sekretärin des FRA-Leiters steckte den Kopf herein. Sie wirkte aufgewühlt.

»Entschuldigen Sie die Störung, aber ich habe für Herrn Enbom Informationen, die ich nicht warten können.«

Wenige Minuten später kehrte Enbom sichtlich erschüttert zurück.

»Folgende kritische Auskunft haben uns unsere amerikanischen Freunde bei der NSA streng vertraulich mitgeteilt.«

Alle warteten schweigend, während Enbom tief durchatmete und sich sammelte. Er sah regelrecht aufgelöst. Seine Stimme klang brüchig, als er das Wort ergriff.

»Das von Palmquist versenkte U-Boot war aus den USA! 38 amerikanische Besatzungsmitglieder sind ums Leben gekommen.«

»Oh mein Gott!«, entfuhr es Gyllenstierna. »Befinden wir uns jetzt auch noch im Krieg gegen die USA?«

»Wäre besser gewesen, die Amerikaner einfach in Ruhe zu lassen, wie es Palme 1982 in der Bucht von Horsfjärden getan hat«, sagte Bergström.

»Ja. Nur damals *wusste* er, dass es Amerikaner waren«, merkte SÄPO-Chefin Popovic an. »Natürlich hätten wir uns wie damals verhalten, wenn wir das geahnt hätten. Die USA sind seit 1945 der einzige Freund, auf den sich Schweden immer verlassen konnte.«

Eine laute Diskussion brach aus. Würden die USA in den Krieg eintreten? Und falls ja, was würde das bedeuten?

»Das tapfere kleine Schweden gegen den Rest der Welt«, meinte Baksi ironisch. »Wir müssen uns der Realität stellen. Und man kann ohne Übertreibung sagen, dass die Lage ziemlich besorgniserregend ist. Nicht mal Hitler ist es gelungen, gegen die ganze Welt zu bestehen.«

»Putin hat es tatsächlich geschafft, die Stellung recht gut zu halten. Was für alle eine bittere Überraschung war«, sagte Gyllenstierna.

Die Sitzung mit den Experten für Muslime und den schwedischen Patrioten, die man eingeladen hatte, um neue Erkenntnisse über die möglichen langfristigen Pläne des Feinds zu erlangen, wurde hastig auf den nächsten Tag verschoben. Angesichts der soeben verkündeten Neuigkeit konnte keiner der Anwesenden an etwas anderes als Schwedens kritische Lage denken. War damit der endgültige Untergang Schwedens als Nation angebrochen? Jedenfalls war schwer vorstellbar, wie das Königreich Schweden wiederhergestellt werden könnte.

Kapitel 43

Putin erklärt dem nordischen Kalifat Alzuwid den Krieg

5. Dezember 2032

Präsident Wladimir Putin wirkte so kalt und gefasst wie immer, als er mit entschlossenen Schritten zum Podium trat. Er starrte direkt in die Kamera, bevor er das Wort ergriff und für ihn untypisch von einem Teleprompter ablas.

»Russen und Russinnen! Ukrainer und Ukrainerinnen, Weißrussen und Weißrussinnen, Litauer und Litauerinnen und alle anderen Bürger unserer geliebten Russischen Föderation. Ich wende mich an Sie alle, die Sie auf Fernsehern und Computern zuschauen, ob dem Kreml nah oder fern. Die meisten von Ihnen werden bereits von dem abscheulichen Angriff auf unsere friedlich patrouillierenden Kriegsschiffe in der Ostsee vor drei Tagen gehört haben, obwohl sie sich in internationalen Gewässern befunden haben. Sie hatten jedes Recht, sich dort aufzuhalten, mehrere Kilometer außerhalb von Schwedens Hoheitsgrenze. Wir lassen uns nicht von dreisten Schurken einschüchtern, die glauben, sie könnten sich über internationales Recht hinwegsetzen. Als Russen haben wir uns schon immer gegen jede Ungerechtigkeit gestellt. Wir haben zahlreiche Kriege durchlebt und den Feind stets besiegt, unabhängig von seiner militärischen Stärke. Das wissen die Deutschen, die Franzosen, die Schweden, die Finnen, die Polen, die Türken, die Tschetschenen, die Syrer, die Georgier und viele andere, die den Fehler begangen haben, uns anzugreifen.«

Putin hob den Finger zu einer warnenden Geste. »Man sollte niemals – *niemals* – den russischen Bären provozieren! Wenn er brüllt und mit den mächtigen Tatzen zuschlägt, zermalmt er den Feind.«

Es kam selten vor, dass Putin etwas anderes als eine emotionslose, versteinerte Miene zur Schau stellte. Diesmal jedoch sah man ihm deutlich eine Gefühlsregung an, und es bestand kein Zweifel daran, dass er vom vorbereiteten Text abwich.

»Wer also sind diese unverfrorenen Schurken, die glauben, sie könnten ungeschoren damit davonkommen, uns zu provozieren? Die niederträchtigen Muslime sind wie eine Flutwelle über Westeuropa geschwappt, und jetzt haben sie sich mit dem russischen Bären angelegt. Sie werden noch bereuen, je hergekommen zu sein. Wir werden sie endgültig aus Europa vertreiben!«

Putin starrte in die Kamera und legte eine dramatische Pause ein.

»Liebe russische Mitbürger und Mitbürgerinnen, uns bleibt keine andere Wahl, als auf diese Kriegshandlung zu reagieren. In enger Zusammenarbeit mit Schwedens legitimer Regierung und Ministerpräsidentin Margot Wallfors auf der Sveaborg vor Helsinki – der Festung, die sich vor über 200 Jahren russischen Streitkräften ergeben hat –, beginnen wir ab sofort mit Einsätzen auf dem schwedischen Festland. Unsere Streitkräfte sind stolz darauf, dem Ruf unserer schwedischen Freunde nach russischer Hilfe in dieser schwierigen Lage zu antworten. Liebe russische Patrioten und Patriotinnen, Russland befindet sich nunmehr im Krieg gegen das sogenannte muslimische Kalifat Alzuwid, das feige und ungerecht unter der Führung eines selbsternannten Propheten namens Ahmed Ben Barka den Süden Schwedens besetzt hat. Dank unserer Nachrichtendienste wissen wir mittlerweile, dass dieser Ben Barka nichts weiter als einem Treffen von marokkanischem Straßengesindel entspringt, was seine dreiste Gesetzlosigkeit erklärt. Dieser aufgeblasene Abschaum wird schon bald gefasst sein und sich vor der russischen Justiz für die Auslöschung des Lebens von 103 heldenhaften russischen Seeleuten verantworten müssen.

Ich habe unsere Streitkräfte von der Ostsee bis zum Pazifik in höchste Einsatzbereitschaft versetzt. Der Flugzeugträger *Admiral Kusnezow* wird vom Mittelmeer in die Ostsee verlegt, um unsere Kampfkraft weiter zu stärken. Unsere Luftwaffe startet von der unlängst befreiten schwedischen Insel Gotland aus die ersten Bombenangriffe auf das sogenannte Kalifat Alzuwid, um das schwedische Volk von seinen muslimischen Peinigern zu erlösen. Sie alle werden laufend über unser Vorgehen bei der Unterstützung unserer schwedischen Freunde informiert. Alles andere als ein bedingungsloser Sieg ist undenkbar. In wenigen Wochen werden wir triumphieren. Lang lebe Russland. Für immer!«

Damit wandte sich Putin ab und verließ das Studio. Russland befand sich im Krieg. Aber gegen wen?

Kapitel 44

Das russische Bombardement beginnt

6. Dezember 2032

Die Russen hatten bei den Tarneigenschaften ihres neuen Suchoi Su-57 der fünften Generation ganze Arbeit geleistet. Das wurde den Schweden verdeutlicht, als am Morgen des 6. Dezember sechs davon den Marinestützpunkt Berga südlich von Stockholm angriffen.

Die 24 aus 130 Kilometern Entfernung abgefeuerten K-77M-Raketen verwandelten einen beträchtlichen Teil von Schwedens größtem Marinestützpunkt in weniger als zehn Minuten in Trümmerhaufen, Betonbrocken und verbogene Stahlskelette.

Darauf folgte ein Bombardement mit 18 Kalibr-Marschflugkörpern des Raketenkreuzers Pjotr Weliki, entfesselt aus 160 Kilometern Entfernung.

So veraltet das vor 15 Jahren mit erheblichen Ausgaben angeschaffte, technologisch in die 1980er-Jahre zurückreichende Patriot-System sein mochte, es erwies sich als wirksam, sobald es den Feind identifiziert hatte. Was überwiegend seinen Hochleistungsraketen aus Israel zu verdanken war. Eine Suchoi Su-57 und 13 der 18 Marschflugkörper wurden über der Ostsee abgeschossen.

Die Achillesferse des Patriot-Systems bestand in seiner begrenzten Abdeckung von nur 120 Grad des Horizonts in Richtung des Feinds – damit war es anfällig für Angriffe von hinten. Die Russen nutzten diese Schwäche aus, indem sie Suchoi Su-24-Kampfjets einsetzten, um sämtliche Patriot-Abschussvorrichtungen in weniger als einer halben Stunde zu zerstören, nachdem sie ihre Positionen durch Starts offenbart hatten.

Ähnliche Szenen spielten sich auf dem Marinestützpunkt Karlskrona ab, wenngleich die Kalibr-Raketen dort von zwei russischen U-Booten der Akula-Klasse abgefeuert wurden. Schwedens einziges Luftverteidigungsregiment, das LV6 in Halmstad, befand sich in den Händen der Muslime, und die drei JAS Gripen E, die einzigen kampfbereiten Jets, die Schweden noch hatte, parkten im finnischen Kuopio, wo sie bis zum Ende des Kriegs bleiben sollten. Die Finnen trauten sich nicht, ihre Neutralität aufs Spiel zu setzen, indem sie schwedischen Kampfflugzeugen eine Starterlaubnis von ihren Flugplätzen erteilten.

Als alle sechs Patriot-Trägerraketen von Kampfflugzeugen durch Angriffe von hinten ausgeschaltet waren, hatten die strategischen Bomber der Russen am Himmel freie Bahn. Sie konnten in beliebigen Höhen und mit optimalen Geschwindigkeiten anfliegen und gewährleisteten unabhängig vom Wetter fast hundertprozentige Präzision.

Die schweren Bomben der TU-22M Backfire und TU-160 Blackjack, die über Berga und Karlskrona abgeworfen wurden, pulverisierten ganze Gebiete um die Stützpunkte herum. Sie verwandelte Zufahrtsstraßen, Masten, vergrabene Kommunikationsverbindungen, Hafenanlagen und Kais in unkenntliche Steinhaufen, Schotter, Betonbrocken und verbogenen Stahl. Die Russen gingen gründlich bei ihrer Mission vor, die gesamte schwedische Marine mit einem einzigen entscheidenden Schlag gegen ihre beiden Hauptstützpunkte außer Gefecht zu setzen.

Obwohl Teile der atombombensicheren Bunker in Berga und Karlskrona intakt blieben, verringerte sich die Kapazität der Stützpunkte auf etwa ein Zehntel. In den nächsten Wochen liefen vier Fünftel der auf See befindlichen schwedischen Marine in finnischen Häfen, wo sie bis zum Kriegsende bleiben sollten. Der Rest strandete in Kopenhagen und Oslo und wurde dort vorübergehend vom jeweiligen Landesmilitär beschlagnahmt. Wie die Finnen wollten die Dänen und Norweger nicht für den nutzlosen Versuch, Schweden zu helfen, in einen Krieg gegen Russland hineingezogen werden.

Aber nicht nur die schwedischen Marinestützpunkte wurden bombardiert. Die Russen zielten auch darauf ab, sich ein für alle Mal die Lufthoheit über der Ostsee zu sichern. Sie wussten über jedes Detail von »STRIL«, dem schwedischen Luftverteidigungssystem, bestens Bescheid. Als Schweden nach der Zerstörung der Patriot-Systeme wehrlos war, vernichteten die Russen mit ihren TU-22M Backfire auch StriC Grizzly, die Kommando- und Steuerzentrale der Streitkräfte außerhalb von Bålsta nordwestlich von Stockholm. Zumindest sämtliche Oberflächenanlagen, und den Großteil der unterirdischen Elektronik schmorten die elektromagnetischen Impulse des Bombardements durch. In StriC Grizzly wurden Daten aus allen militärischen Radaranlagen in Schweden konsolidiert und zum Identifizieren und Verfolgen feindlicher Fluggeräte genutzt. Außerdem leiteten Kampffluglotsen aus der atombombensicheren Zentrale von StriC Grizzly schwedische Kampfjets zu ihren Zielen. Allerdings war diese Aufgabe mit der Auslöschung der schwedischen Luftwaffe ohnehin nicht mehr relevant.

Da die Muslime einige Monate davor die über sechs unterirdische Ebenen verfügende STRIL-Anlage in Hästveda außerhalb von Hässleholm zerstört hatten, besaß Schweden keinerlei Luftraumüberwachung mehr. Die allsehenden Augen des Landes waren erblindet.

Kapitel 45

Ethnische Säuberung in Vivalla

7. Dezember 2032

Am Tag nach den russischen Bombenangriffen auf die schwedischen Marinestützpunkte in Berga und Karlskrona ging es für die nationale Eingreiftruppe wie gewohnt weiter. Sie hatte sich in den vergangenen Tagen in Örebro versammelt, um einen besonders heiklen Einsatz in Angriff zu nehmen. Aus der muslimischen Enklave Vivalla, die als eine der ersten die Unabhängigkeit von Schweden erlangt hatte, sollte die Muslime entfernt werden, also sämtliche Bewohner. Man konnte es auch als ethnische Säuberung bezeichnen.

Trotz des Kriegs hatte in Örebro lange Zeit eine trügerische Ruhe geherrscht. Die Muslime befanden sich in Vivalla, die Schweden im Rest der Stadt. Beide Seiten schienen kein Interesse daran zu haben, den Frieden zu stören. Die mit ihren Abrams-Panzern über die Europastraße 18 nach Westen vorrückenden muslimischen Truppen hielten sich von Örebro fern. Die Stadt blieb weitgehend wie vor dem Ausbruch des Kriegs.

Vivalla hatte man 1970 als typisches Wohnsiedlungsgebiet errichtet, abgesehen davon, dass es keine Hochhäuser umfasste, sondern 2.400 Wohnungen in regelmäßig angeordneten, konzentrationslagerähnlichen Flachbauten, ursprünglich für ungefähr 7.000 Einwohner vorgesehen. Am Ende beherbergten sie jedoch dreimal so viele, unter Umständen sogar bis zu 30.000. Die genaue Zahl kannte niemand, da es sich bei den Menschen in Vivalla überwiegend um illegale Einwanderer handelte, die in der Schattengesellschaft lebten. 2020 wurden die letzten Nicht-Muslime aus dem Areal vertrieben. Seither herrschte dort eine muslimische Monokultur unter der Scharia.

Höchstens 30 Prozent der in Vivalla aufwachsenden Kinder schlossen die Grundschule ab. Damit rangierte das Viertel zusammen mit anderen bekannten sozioökonomischen Extremen wie den Vororten Norsborg, Alby, Tensta, Rosengård und Hammarkullen am untersten Ende des Bildungsniveaus.

In Vivalla geboren zu werden, verhieß, gelinde gesagt, für schwedische Verhältnisse keinen guten Start ins Leben. Kaum jemand schaffte von dort den langen Bildungsweg zu gut bezahlten Jobs, sofern sich das überhaupt jemand erträumte. Entscheidungen über die Zukunft wurden überwiegend von Verachtung für Wissen und Hass auf die schwedische Mehrheitsgesellschaft geleitet. Wer sich an die schwedische Kultur anpasste, wurden mit Argwohn betrachtet und von der muslimischen Mehrheit gemobbt, die unter der Scharia ihre Parallelgesellschaft bildete. Der Grat zwischen einem verachteten Konformisten und einem zu eliminierenden Verräter, einem sogenannten »Hausmuslim«, konnte sehr schmal sein.

Sich vom Islam oder den Traditionen der Heimat abzuwenden, galt als lebensgefährlich. Überläufer konnten sich glücklich schätzen, wenn sie nur unter sozialer Ächtung litten. Frauen kannten ihren Platz und brachten – zumindest oberflächlich – ihre uneingeschränkte Unterstützung der repressiven Regeln, Einschränkungen und Traditionen zum Ausdruck.

Besser, man kuschte hinter dem Niqab oder Schleier, als zum legitimen Vergewaltigungsopfer erklärt, zu Brei geprügelt oder einer Kombination aus schwerer sexueller und körperlicher Misshandlung ausgesetzt zu werden. Wenn Mütter ihre Töchter unter strenger Kontrolle nach muslimischen Traditionen erzogen, dann in erster Linie aus Sorge um ihre künftige Gesundheit und Sicherheit. Frauen, die ihren Platz kannten und nie in Frage stellten, lebten gefahrlos und wurden ständig beschützt.

Knaben und Jugendliche gingen nicht zur Schule und machten Hausaufgaben, sondern wurden von älteren Bewohnern Vivallas darin ausgebildet, Autos in Brand zu stecken, Rettungskräfte anzugreifen, Drogen zu verkaufen und zu schmuggeln, Raubüberfälle und Einbrüche zu begehen, mit Waffen umzugehen und sich aggressiv gegenüber den minderen, unreinen, unmoralischen Schweden zu verhalten.

Auf den Ruinen der 2017 von einem verwirrten Muslimen niedergebrannten Vivalla-Moschee wurde mit Geld aus den reichen Golfstaaten eine neue, größere, prunkvollere gebaut. Sie war 2021 eröffnet worden – und sollte demnächst ebenfalls niedergebrannt werden.

Zumindest, wenn es nach dem Leiter der Nationalgarde ging, Ernst Höök, ehemaliger Schwergewichtsboxer und Präsident eines Motorradklubs.

Bei größeren Einsätzen unterstützte die Nationalgarde in der Regel die nationale Eingreiftruppe. Die Nationalgarde konnte deutlich mehr Helfer mit Schlagstöcken aufbringen, die längeren Baseballschlägern ähnelten und von den Gelbwesten mit einer Wucht geschwungen wurden, die Arme, Beine und Kniescheiben brach – oder was auch immer sie trafen.

Vivalla gehörte zu einem der größeren Operationen der nationalen Eingreiftruppe. Einfacher wäre es gewesen, die Muslime mit Stacheldraht einzuzäunen und das gesamte Viertel in ein Gefangenenlager zu verwandeln, bis die Bewohner deportiert werden könnten. Aber Björn Väster, Leiter der nationalen Eingreiftruppe, hielt nichts davon, es sich leicht zu machen. Die Aufgabe bestand in einer gründlichen ethnischen Säuberung des von Schweden kontrollierten Territoriums.

»Gerade weil Vivalla eine muslimische Hochburg ist, muss das Viertel gesäubert werden«, betonte Väster, der größere Einsätze stets persönlich leitete. »Wir machen es uns nicht leicht, sondern tun, was getan werden muss. Diese illegale Enklave muss vollständig geräumt und den Schweden übergeben werden, die daraus vertrieben worden sind. Heute bekommen sie Vivalla zurück«, verkündete Höök. »Das bodenlose Übel des Islam wird in Vivalla ein für alle Mal ausgerottet. Das schwedische Banner – die echte Flagge mit dem Kreuz – wird noch vor dem Abend stolz über dem Viertel wehen. Die Moschee, diese Teufelshöhle, brennen wir nieder, wie sie es 2017 selbst gemacht haben. Anscheinend wollen sie es nicht anders«, fügte er mit einem schiefen Lächeln hinzu.

Niemand glaubte, dass die Muslime Vivalla kampflos verlassen würden. Allerdings bestand die Hoffnung, den Widerstand schnell niederzuschlagen. Denn diesmal würde die nationale Eingreiftruppe die Muslime überraschen und den Einsatz mit größter Geschwindigkeit und äußerster Brutalität durchziehen. In der Regel bekamen die Bewohner mehrere Tage im Voraus Bescheid, damit sie ihre Sachen packen und sich freiwillig ergeben konnten.

Um Vivalla herum fanden sich die 1.200 verfügbaren Soldaten der nationalen Eingreiftruppe ohne Vorwarnung aus dem Nichts ein. Zuvor hatten sie sich über Örebro verteilt und die Anweisung gehabt, sich nicht in ihren Uniformen zu zeigen, bevor es so weit wäre. Gleichzeitig marschierten mehrere Tausend Straßenkämpfer der Nationalgarde auf und holten bei der Ankunft ihre gelben Westen hervor. Die örtliche Polizei von Örebro steuerte auf besondere Einladung von Björn Väster 40 Beamte in Streifenwagen bei.

Busse rollten an und wurden abgestellt, als das Viertel von Gelbwesten und mit AK5-Gewehren bewaffneten Soldaten der nationalen Eingreiftruppe umstellt wurde.

Zuletzt trafen 300 Soldaten des Wikinger-Bataillons Lagerbäck in dunkelgrünen Truppentransportern ein. Als die Lagerbäck-Krieger in ihren maßgeschneiderten, schwarzen, glänzenden Uniformen ausstiegen und Thors goldener Hammer in der Sonne glänzte, brach unter den Bewohnern von Örebro, die sich versammelt hatten, um das Spektakel zu bezeugen, spontan Jubel und Beifall aus. Sogar die Straßenkämpfer der Nationalgarde und die Polizei applaudierten. Die Lagerbäck-Krieger hatten mittlerweile Kultstatus erlangt und genossen ihn.

Den Soldaten des Wikinger-Bataillons fiel die gefährlichste Aufgabe zu – von Wohnung zu Wohnung zu gehen und diejenigen nach draußen prügeln oder erschießen, die sich zu verstecken versuchten. Es war weithin bekannt, dass Frauen und Schwule die Soldaten des Wikinger-Bataillons geradezu vergötterten. Sie fanden die jungen, adretten Soldaten in ihren engen schwarzen Uniformen, die einen Kontrast zur hellen Haut und dem blonden Haar bildeten, schlichtweg attraktiv und sexy. Typische Nordmänner wie sie verzauberten Frauen oft mit einem fesselnden Lächeln und langen, verführerischen Blicken. Sie schienen geradewegs deutschen Märchen aus dem 19. Jahrhundert über heldenhafte, edle, arische Superkrieger zu entstammen. Oder amerikanischen Comics über Superhelden.

Soldaten des Wikinger-Bataillons betraten Wohnungen immer in Vierergruppen, trugen kugelsichere Westen und Kevlar-Helme mit ebenfalls kugelsicheren Visieren – schwierige Ziele für schießwütige, kampffreudige Muslime. Zwei Soldaten brachen die Tür auf, die beiden anderen gaben ihnen Deckung für den Fall einer Konfrontation. Sobald sie in die Wohnung vorgerückt waren, teilten sie sich je nach Anzahl der Zimmer auf. Begleitet wurde die Viergruppe von zehn Soldaten der

Eingreiftruppe, die sich am Eingang postierte, um bei Bedarf Unterstützung zu leisten. Die 300 Lagerbäck-Krieger bildeten 75 Teams, die 2.400 Wohnungen räumten. Somit fielen für jede Vierergruppe 32 an. Wenn sie es alle in durchschnittlich fünf Minuten pro Wohnung schafften, würde die gesamte Operation in vier Stunden abgeschlossen sein. Das Wikinger-Bataillon nahm es mit Zeitvorgaben genau.

Die Rolle der Gelbwesten bestand darin, den Ablauf zu beschleunigen, indem sie auf die nach draußen Strömenden einprügelten, sie anbrüllten und bedrängten, bis sie in den Bussen saßen. Psychologische Einschüchterung trug entscheidend dazu bei, die in der Regel kämpferischen Muslime zur kampflosen Kapitulation zu bewegen.

Die Polizei verlieh dem Einsatz durch ihre passive Anwesenheit einen offiziellen Anstrich. Die blinkenden Blaulichter ihrer Fahrzeuge sorgten für eine irgendwie passende Kulisse des mittlerweile voll angelaufenen Spektakels. Die Muslime marschierten in Scharen, eskortiert von Gelbwesten, die sie mit Schlagstöcken antrieben und in schroffem Ton Anweisungen brüllten.

»*Jalla, jalla, jalla!* Beeilung, bevor wir euch die Schädel einschlagen!«

»Ab in den Bus, verfluchte muslimische Hexe!«

»Wenn du nicht spurst, gibt's was in die hässliche Fresse!«

Auf einige Muslime wurde so wild eingeprügelt, dass sie es nicht aus eigener Kraft in die Busse schafften. Wer nicht mehr gehen konnte, wurden entweder hineingeworfen oder auf dem Boden erschossen und liegen gelassen. Ernst Höök, Leiter der Nationalgarde, schien sich an dem Schauspiel zu erfreuen. Er stand mit seinem schwarzen Ledermantel da, die Arme vor der Brust verschränkt, im Gesicht ein bösartiges Grinsen und einen pervers erwartungsvollen Ausdruck. Für ihn kam es Weihnachten gleich. Gelegentlich legte er selbst Hand an, ließ die granitharten Fäuste sprechen, drosch damit auf Körper ein, die sofort mit gebrochenen Rippen oder inneren Verletzungen zusammenbrachen.

Neben Höök stand der deutlich kleinere Björn Väster in seiner knalligen Uniform mit einer großen Schirmmütze auf dem Kopf. Aufmerksam beobachtete er das Geschehen mit neutraler Miene, allzeit bereit, bei Bedarf Befehle zu erteilen. Er dachte stets rational, war auf Effizienz bedacht und überlegte ständig, was verbessert werden könnte.

Oft ließ er Einsätze filmen und benutzte das Material bei seinen detaillierten Nachbesprechungen wie Fußballtrainer bei ihren Mannschaften.

Aus den Wohnblöcken ertönten sporadische Schüsse, wenn die Anweisungen der Lagerbäck-Krieger nicht schnell genug befolgt wurden. Tausende Muslime verließen sie freiwillig, um kein unnötiges Risiko in den beengten Räumen einzugehen. Kaum draußen, wurden sie von Gelbwesten zu den Bussen eskortiert, die abfuhren, sobald sie für voll befunden wurden, nicht selten mit über hundert hineingepferchten Passagieren.

Vereinzelt durch das Viertel dröhnende Salven wiesen sowohl die Zuschauer als auch die Beteiligten darauf hin, dass ein Muslim entschieden hatte, zu kämpfen, statt sich zu fügen. In der Regel endete es mit einigen dumpfen Explosionen, wenn Granaten in die Wohnung geworfen wurden, in der sich der Schütze verschanzt hatte.

Operation Vivalla wurde ein durchschlagender Erfolg und sollte zur Vorlage für künftige Säuberungen muslimischer Enklaven werden. Das gesamte Viertel mit bis 30.000 Muslimen wurde nach Västers Stoppuhr in drei Stunden, 53 Minuten und 12 Sekunden geräumt. Eine Rekordzeit, und sie hatten nur drei tote Gelbwesten sowie ein paar Leichtverletzte bei der nationalen Eingreiftruppe und beim Wikinger-Bataillon zu verzeichnen.

Die umgekommenen Muslime wurden auf 30 bis 50 geschätzt. Niemand machte sich die Mühe, sie genau zu zählen.

Nach Abschluss der Operation legte Ernst Höök den dicken rechten Arm um Västers Schultern und zog ihn in eine freundliche Umarmung von echtem Mann zu echtem Mann. Auch wenn Väster im Vergleich zu Hööks imposanter Gestalt wie ein kleiner Teddybär wirkte.

»Tja, Björn, so geht das, nicht wahr?«

»Ganz genau«, erwiderte Väster und befreite sich aus Hööks Umklammerung. »Jetzt haben wir die fast perfekte Blaupause für künftige Einsätze. Ich überlege schon, ob wir das nicht demnächst im muslimischen Ghetto Gottsunda in Uppsala wiederholen sollten.«

»Geniale Idee, Bruder! Nenn mir nur ein Datum, und ich verspreche dir, die Nationalgarde wird dort sein, um auf jede erdenkliche Weise mitzuhelfen.«

»Spitze, Ernst. Ich weiß ja, dass ich immer auf dich zählen kann. Uppsala ist für mich etwas Besonderes. Dort habe ich Kulturgeografie und Politikwissenschaften studiert. Komm, gehen wir auf Kosten der Eingreiftruppe im Schlossrestaurant essen!«

»Danke, danke. Verdient haben wir es uns nach einem solchen Tag auf jeden Fall«, befand Höök.

Kapitel 46

Lucia-Fest in der Verteidigungszentrale

13. Dezember 2032

Die Küche in Zone 2 legte sich an diesem kalten Wintertag ins Zeug und buk traditionelle schwedische Safranbrötchen. Sie wurden mit dem obligatorischen wässrigen Kaffee in den üblichen hellgrünen Plastikbechern serviert, allerdings ohne Safran, den man nicht mehr bekam. Damit sie trotzdem authentisch aussahen, wurde Lebensmittelfarbe verwendet. Zumindest enthielten sie dennoch weiche, köstliche Rosinen.

Einige Frauen in Zone 2 organisierten einen improvisierten Lucia-Umzug, indem sie weiße Laken und Kerzen als Requisiten benutzten. Sänger bekamen sie keine. Alle möglichen Anwärter scheuten sich davor mit der Begründung, sie würden in den weißen Laken und mit Papierkegeln auf dem Kopf wie Mitglieder des Ku-Klux-Klans aussehen. Ohne goldene Sterne auf den Mützen, so meinten sie, wären sie ohnehin keine echten Sternsänger und lehnten die Beteiligung mit grimmiger Entschlossenheit rundheraus ab.

Die tröstlichen Gesänge der süßen Frauenstimmen waren Balsam für die gequälten Seelen der Zuhörer, die jede Sekunde davon genossen. Bald jedoch kehrte die triste Realität zurück, als Lucia und ihr Gefolge mit langsamen Schritten weiter durch die Korridore zogen, um im nächsten Besprechungsraum ein wenig Freude zu verbreiten.

Alfred Baksi stand danach als Erster auf und schaltete die Neonlampen ein, die den unterirdischen Raum mit kaltem, harschem Industrielicht erhellten. Gemütliche Beleuchtung war beim Bau von Zone 1 und Zone 2 nicht berücksichtigt worden.

»Wie wir vermutet haben, waren die russischen Bombenangriffe auf Berga und Karlskrona erst der Anfang. Mittlerweile sehen wir, dass sie tatsächlich den Feind ins Visier nehmen, dem Putin den Krieg erklärt hat. Nicht Schweden, sondern das Kalifat Alzuwid«, begann Baksi.

»Putin ist bekannt islamophob. Er will die Muslime nicht als Nachbarn in Nordeuropa«, meldete sich SÄPO-Chefin Bianca Popovic zu

Wort. »Er hat uns tatsächlich wieder seine schwedischen Freunde genannt. Das könnte etwas bedeuten.«

»Wer braucht bei Freunden wie Putin noch Feinde? Die Bombardierung unserer Marinestützpunkte muss man im Kontext der Besetzung Ölands und der mittlerweile auf dem Festland begonnenen Operationen sehen. Die Russen haben anscheinend beschlossen, ein für alle Mal die uneingeschränkte Kontrolle über die Ostsee zu übernehmen«, sagte Armeeleiter Brännström. »Und ich möchte daran erinnern, dass sie bisher kein einziges Gramm Schießpulver gegen Muslime eingesetzt haben. Dafür tonnenweise gegen uns!«

»Das ist ein noch größeres Desaster als die Katastrophe von Horsfjärd 1941 bei der Insel Märsgarn«, meinte Marineleiter Fred Bergström, der kompetenteste Militärhistoriker unter ihnen. »Damals haben wir drei kleinere Schiffe verloren. Jetzt sind sowohl Berga als auch Karlskrona zerstört. Wahrscheinlich wird der Vorfall als Marinestützpunktdebakel in die Geschichte eingehen.«

»Schon möglich. Nur mittlerweile geht es um wesentlich mehr als ein paar Marinestützpunkte«, warf Gyllenstierna gereizt ein.

Die anderen stellten besorgt fest, dass der Mann zum ersten Mal Anzeichen von Erschöpfung und Unausgeglichenheit erkennen ließ. Unter dem Strich bestand eben auch der allzeit zuversichtliche, besonnene Oberbefehlshaber nur aus Fleisch und Blut.

»Jetzt geht es um das Überleben der schwedischen Nation«, fuhr Gyllenstierna mit schriller Stimme fort.

»Das Marinestützpunktdebakel wird nur eine Randnotiz sein, wenn die Geschichte dieses Kriegs geschrieben wird. Die Russen landen in großem Stil entlang der gesamten Ostküste südlich von Stockholm – in Oxelösund, Waldemarsvik, Västervik, Kalmar, Karlshamn und Ystad. Sie sind so selbstsicher, dass sie sogar reguläre Passagierfähren benutzen, zumindest die von Klaipeda«, fuhr Baksi fort. »Wozu sie allen Grund haben. Immerhin hat uns Josef Wissarionowitsch, ihr widerlicher Botschafter in Schweden, unmissverständlich mit Atomschlägen gegen Stockholm, Göteborg, Malmö und Luleå gedroht, wenn wir uns ihren Schiffen auch nur nähern.«

»Das stimmt leider«, pflichtete ihm MUSS-Chef Bertil Wiklund bei. »Ob die Drohung von Putin genehmigt ist oder Wissarionowitsch nur große Töne spuckt, lässt sich nicht überprüfen. Aber ich würde empfehlen, kein Risiko einzugehen. Seit Palmquist ihre Kriegsschiffe versenkt hat, scheinen sie vollkommen verrückt geworden zu sein. Wahrscheinlich ist es am besten, sie in Ruhe zu lassen, auch wenn es verlockend ist, etwas zu unternehmen. Aus Sicherheitsgründen haben sie uns jetzt die genauen Routen und Zeiten genannt, damit wir nicht behaupten können, wir hätten etwas zerstört, weil wir dachten, es wäre jemand anders.«

»Hoffen wir mal, dass wir unsere Marineeinheiten im Griff haben«, warf Luftwaffenleiter Wennergren ein und sah dabei Bergström an. »Und dass niemand beschließt, auf eigene Faust zu handeln. Marinehelden können wir im Augenblick nicht gebrauchen.«

»Ich denke, wir haben alles unter Kontrolle«, sagte Bergström. »Im Gegensatz zur Situation an Land«, fuhr er fort und sah seinerseits Brännström an. »Aber den Russen dürfte bewusst sein, dass blankes Chaos herrscht und es unabhängige Kampfverbände geben kann, die wir nicht kontrollieren können, auch wenn wir es möchten.«

»Unsere Operationen an Land hat Wissarionowitsch mit keinem Wort erwähnt. Vielleicht wird der Widerstand als harmlos betrachtet«, meinte Baksi. »Es hat Versuche gegeben, die Häfen in kleineren Küstenstädten wie Oxelösund, Västervik an der Ostküste und Ystad in Skåne zu verteidigen, aber damit haben ihre Kampfhubschrauber kurzen Prozess gemacht. Mit deren neuen Mi28N Nighthunter der fünften Generation ist nicht zu spaßen!«

»Ohne Luftabwehr ist das für Bodentruppen ein aussichtsloses Unterfangen. Solchen Widerstand fegen Helikopter weg wie eine lästige Fliege. Ein Nighthunter besitzt mehr Feuerkraft als eine ganze Infanteriekompanie zusammen«, merkte Wennergren an. »Und es ist praktisch unmöglich, einen Nighthunter mit Maschinengewehren abzuschießen – zu gut gepanzert.«

»Ein Treffer mit einer Panzerabwehrwaffe würde reichen«, sagte Brännström. »Nur sind die Helikopter zu schnell und fliegen zu hoch, um sie vernünftig ins Visier zu nehmen. Wir könnten zwar einen mit einem Glückstreffer erwischen, obwohl sie mit effektiven Abwehrmitteln ausgestattet sind. Nur scheinen die Russen einen endlosen Vorrat der Maschinen zu haben. Es würde also nichts bringen.«

»Das ist nur logisch«, meinte Wiklund. »Ich weiß noch, dass sie 2014 die Entscheidung für 1.000 neue Helikopter getroffen haben, und die erleben wir soeben. Laut unseren Nachrichtendiensten ist die letzte Teillieferung erst vergangenes Jahr erfolgt. Wir haben für unsere Verteidigung gerade mal 18 Maschinen vom Typ 14s bestellt. Bestimmt erinnern Sie sich an die endlosen Lieferprobleme. Das allein sagt eine Menge über das Ungleichgewicht zwischen unseren Streitkräften aus. Wir haben es schlicht und einfach mit einem überwältigenden Feind zu tun, gegen den wir uns höchstens mit intakter Luftwaffe hätten wehren können.«

»Unsere Luftwaffe war so stark, dass wir kaum eine Luftabwehr gebraucht haben. Dachten wir damals zumindest«, sagte Baksi.

»Wir hätten nie diesen Patriot-Schrott kaufen sollen, obwohl es zum halben Preis bessere europäische Alternativen mit Rundumabdeckung gegeben hätte«, fügte Gyllenstierna hinzu. »Aber die Regierung hat sich mit der Entscheidung über das Militär hinweggesetzt, um sich die Unterstützung der USA für einen Krisenfall zu sichern. Mal sehen, was das wert sein wird, nachdem wir eines ihrer U-Boote versenkt haben.« Damit stand Gyllenstierna auf, um die Gastrednerin des Tages vorzustellen, die Baksis Adjutant gerade hereingeführt hatte.

»Begrüßen wir Katerina Kutepowa-Andersson, die in Schweden und vielleicht weltweit führende Analystin russischer Geopolitik und renommierte Kremlforscherin. Ich glaube, Sie alle kennen sie von Kursen und Kriegsübungen in Karlberg oder haben allenfalls durch die Medien von ihr gehört. Katerina hat die Ereignisse in der Ukraine schon Jahre vorher detailliert vorhergesagt, was beeindruckend ist. Krieg liegt ihr im Blut«, sagte Gyllenstierna zur Einleitung. »Ihr Großvater war der Schlacht von Kursk 1943 Inspekteur und ist als Held der Sowjetunion ausgezeichnet worden, damals die höchste militärische Ehre.«

»Wow. Kursk war die bedeutendste Panzerschlacht der Geschichte«, kam vom Militärhistoriker Bergström. »Dort wurde Adolf besiegt. Mittlerweile sehen viele Militärhistoriker in Kursk einen wichtigeren Wendepunkt als in Stalingrad. Damals haben die Deutschen zum ersten Mal ihre fantastischen Tiger-Panzer eingesetzt. Keine Waffe in der Geschichte ist ihrer Zeit je so weit voraus gewesen. Nur waren es zu wenige. Sie sind von den Tausenden sowjetischen T-34 schlichtweg überrannt worden, obwohl die kleiner und primitiver waren, und ...«

»Danke, Fred, aber vielleicht ein andermal«, würgte Gyllenstierna ihn ab. »Hinzu kommt«, fuhr er fort, »dass Katerinas Großmutter eine der sogenannten ›Nachthexen‹ war. Vielleicht erinnern sich einige von Ihnen an den Militärgeschichtskurs an der Karlberg Militärakademie.«

»Das 588. Nachtbomberregiment«, rief Bergström begeistert. »Die Pilotinnen damals ...«

Abrupt verstummte Bergström, als er Gyllenstiernas scharfen Blick bemerkte, der gleichzeitig einladend auf die Gastrednerin deutete.

»Danke. Wie Sie sich vorstellen können, ist mein Haus voller Medaillen und Orden meiner heldenhaften Vorfahren, die für die Sowjetunion gekämpft und die Deutschen letztlich besiegt haben«, begann Kutepowa-Andersson. »Ich weiß gar nicht, was ich damit machen soll. Als ich festgestellt habe, wie niedrig meine Rente hier in Schweden sein würde, habe ich mit dem Gedanken gespielt, sie im Alibaba-Webshop zu verkaufen. Es gibt genug reiche chinesische Sammler, die dafür gut bezahlen würden!«

Obwohl Katerina Kutepowa-Andersson ihre Heimatstadt Woronesch in Südrussland bereits vor 30 Jahren verlassen hatte, besaß sie immer noch einen so starken Akzent, dass einige Anwesende an sich halten mussten, um nicht über die Vortragende zu schmunzeln.

»Alle Welt glaubt, Russland würde gerade einen Angriff auf die Muslime im Kalifat Alzuwid starten, um Schweden zu retten und den Islam aus Skandinavien zu vertreiben. Aber ... es tut mir sehr, sehr leid. Das eigentliche Ziel ist Schweden. Nicht ganz Schweden, weil der nördliche Teil Moskau nicht interessiert. Es geht um die Kontrolle über die Verbindung zwischen Ostsee und Atlantik, ein russischer Traum seit der Zeit von Peter dem Großen. Die russischen Elitetruppen – die Sie als Speznas und WDW kennen – sind bereits gelandet. Sie werden schnell nach Westen entlang der aktuellen Waffenstillstandslinie zwischen den Schweden und den Muslimen vorstoßen, die ungefähr der Europastraße 4 entspricht. Allerdings nicht weiter.«

Kutepowa-Andersson verstummte kurz und ließ den Blick über das gebannt lauschende Publikum wandern, um zu sehen, ob irgendjemand Einwände hatte. Schließlich fuhr sie fort.

»Und nicht, weil Wladimir Putin daran zweifelt, dass sie die Muslime mühelos besiegen könnten. Sogar jeder ohne besonderes Wissen über militärische Kompetenz könnte sich das zusammenreimen. Auch dass die Muslime Verstärkung über die Häfen in Göteborg bekommen, ändert daran nichts Wesentliches. Putin ist vielmehr ein durchtriebener Teufel und weiß, dass auf Krieg immer Frieden folgt. Die Welt würde niemals eine totale Besetzung Schwedens durch Russland akzeptieren. Sowohl die Chinesen als auch die Amerikaner und die Inder würden sich vehement dagegen aussprechen. Russland würde in schwere politische und wirtschaftliche Bedrängnis geraten. Vielleicht würde sogar zumindest von den USA oder China eine militärische Intervention erfolgen. Übrigens haben die Chinesen bereits eine kleine Flotte in Richtung der Ostsee entsandt, darunter ein Flugzeugträger. Aber wahrscheinlich wissen Sie das längst.«

»Ja. Darüber haben uns unsere amerikanischen Freunde informiert«, kam von MUST-Chef Wiklund.

»Was Ihre amerikanischen Freunde wert sind, werden wir bald sehen«, erwiderte Kutepowa-Andersson. »Es wäre vielleicht besser gewesen, russische Freunde zu haben«, fügte sie mit einem rätselhaften Lächeln hinzu.

Kutepowa-Andersson nippte an ihrem kalten Kaffee, ehe sie weitersprach.

»Russland will nicht allein und isoliert gegen eine Front der drei Supermächte der Welt dastehen. Putin will die Kontrolle über die Verbindung zum Atlantik zu möglichst geringen politischen, militärischen und wirtschaftlichen Kosten. All das erreicht er ohne Vergeudung militärischer Ressourcen, indem er den Muslimen erlaubt, in einem besetzten schwedischen Gebiet zu bleiben. Damit rechtfertigt er eine langfristige russische Präsenz in Schweden. Um ein Gleichgewicht und einen Waffenstillstand zu gewährleisten. Indem die Muslime bleiben dürfen, erreichen die Russen, was sie wollen, zum geringsten Preis. Sehr wahrscheinlich haben sie Ahmed Ben Barka und sein Team bereits über ihre Pläne informiert. Und die Muslime sind nicht so dumm, feindliche Handlungen gegen Russland zu lancieren. Was ich nicht mit Sicherheit weiß, ist, wie die Russen über den Westen der Provinz Skåne denken. Er ist strategisch wichtig für die Kontrolle über Öresund und gehört zu der von den Muslimen besetzten Zone. Kommen wir jetzt zu Fragen und Diskussionen.«

Im Raum herrschte Stille, während die Anwesenden ihre Worte verarbeiteten. Damit hatten die Besprechungsteilnehmer nicht gerechnet. Und was gab es überhaupt noch zu besprechen, wenn das Spiel bereits verloren war? Zum ersten Mal kam einigen Kapitulation in den Sinn. Die Stimmung besserte sich leicht, als Kutepowa-Andersson erneut das Wort ergriff.

»Vielleicht hätte ich erwähnen sollen, dass Moskau definitiv einen schwedischen Staat in der Region beibehalten will. Mich würde nicht wundern, wenn die Russen Stockholm für Sie befreien. Da Moskau jetzt die bedeutendsten Inseln der Ostsee kontrolliert, besteht kein Interesse mehr an Ihrer Hauptstadt. Wenn ich mir einen Rat gestatten darf, ich würde direkte Verhandlungen mit Moskau um Hilfe bei der Befreiung Stockholms aufnehmen. Putin würde das die Glaubwürdigkeit verleihen, die er braucht. Es wäre etwas Beeindruckendes, womit er sowohl in der Heimat als auch auf der internationalen Bühne protzen und gleichzeitig die wahren Absichten Russlands verschleiern kann. Aber versprechen Sie mir davor etwas. Würgen Sie diese lächerliche sogenannte Exilregierung in Helsinki ab, die Putin ständig benutzt, um auf globaler Ebene für Verwirrung und Unsicherheit zu sorgen. Diese Margot Wallfors muss so bald wie möglich beseitigt werden!«

Kapitel 47

Operation Ayatollah

22. Dezember 2032

Am 22. Dezember 2032 war die Wintersonnenwende, der kürzeste Tag des Jahres.

»Sieht wirklich gut aus«, befand Ina Sjöstrand. »Leichter Westwind, zwei bis drei Kilometer pro Stunde. Ich springe aus 600 Metern ab. Ist ganz einfach, runter aufs Dach zu schweben. Heute ist es so weit!«

»Die Wettergötter scheinen es gut mit uns zu meinen«, merkte Filip an. »Was denkst du, Max?«

»Für mich ist jeder Tag gut, solange es dunkel ist – und das wird es sein. Außerdem wird kein allzu rauer Seegang herrschen. Kann losgehen!«

»Es ist alles vorbereitet. Die Cessna hebt um 19:15 Uhr ab«, sagte Uno. »Sobald wir das Signal bekommen, dass die Sitzung begonnen hat. Sofern sie nicht abgesagt wird, deutet alles darauf hin, dass sie wie geplant um 18:00 Uhr beginnt. Unser Spitzel hat berichtet, dass deren Chefkoch Hassan ein aufwendiges Essen für 15 Personen zubereitet. Das werden sich diese Vielfraße sicher nicht entgehen lassen wollen. Die Zahl der Gedecke lässt auf ein größeres Meeting als sonst schließen – umso besser!«

»Sorgen wir dafür, dass es ihr letztes Abendmahl auf Erden wird«, kam von Filip. »Sie werden begeistert über all die Jungfrauen sein, die im Paradies auf sie warten!«

»Wir verlassen Smådalarö um 15:00 Uhr mit dem Schlauchboot«, sagte Max mit einem Blick auf die Armbanduhr. »Es ist zwar verlockend, die Abkürzung durch die Meerenge von Skurusundet zu nehmen, aber das hieße, das Schicksal herauszufordern. Wir folgen stattdessen dem langen Weg um die Värmdön herum auf der Hauptschifffahrtsstraße in Richtung der Stadt. Die Elektromotoren sind praktisch lautlos. Ihr leises Brummen werden der Wind und die Wellen übertönen. Das niedrige Boot reicht gerade mal einen Meter über die Wasseroberfläche. Mit Radar werden sie uns nicht wahrnehmen, falls sie überhaupt ein Gerät haben. Meine persönliche Tarnkappenvariante.« Zufrieden schmunzelte er. »Dann ankern wir in der Bucht von Waldemarsviken zwischen Beckholmen und Waldemars Udde. In Stockholm wird völlige Finsternis herrschen. In der Dunkelheit wird uns niemand bemerken. Das Boot, der Motor, die gesamte Ausrüstung, alles ist schwarz. Außerdem wird Winternebel über dem Wasser treiben, weil wir Temperaturen unter null haben. Wir selbst tragen ebenfalls Schwarz, haben schwarze Mützen auf und schwärzen uns die Gesichter. Die Sichtweite wird gering sein. Man müsste schon einen Suchscheinwerfer direkt auf uns richten, um uns zu entdecken. Und selbst dann würde vielleicht nicht darauf reagiert, weil man auf den ersten Blick nur ein scheinbar leeres kleines Schlauchboot wahrnehmen würde. Falls es dazu kommt, brechen wir ab und fahren nach Vaxholm, wo uns unsere regulären Truppen wahrscheinlich mit Kaffee erwarten werden«, fuhr Max lächelnd fort. »Dann versuchen wir es an einem anderen Tag mit einem geänderten Plan. Aber dieser ist unglaublich gut und muss versucht werden!«

»Ich springe erst, wenn ich das Signal bekomme, dass du mit dem Tauchscooter vor Ort bist«, sagte Ina und sah Max an. »Sonst habe ich keinen Fluchtweg. Der Ausweichplan durch die geheimen mittelalterlichen Tunnel ist riskant, aber besser als nichts. Falls was schiefgeht, bekomme ich wenigstens die Gelegenheit zu einem Museumsbesuch.«

Als sich die Cessna der Bucht von Riddarfjärden im Zentrum Stockholms näherte, sahen sie Explosionen in der Stadt aufflammen. Die Truppen im benachbarten Stocksund hielten sich an die Anweisung, genau fünf Minuten lang Granaten abzufeuern, um das Brummen des Propellers der elektrischen Cessna zu kaschieren.

Bald sahen sie die Flammen aus den Mörsern der Besatzer, die den Beschuss routinemäßig erwiderten. Wenn der Schusswechsel endete, würde die Cessna zur Basis auf dem stillgelegten Militärflugplatz in Tullinge zurückkehren, der einst Flugregiment F18 beherbergt hatte.

Um 18:32 Uhr nickte der Pilot Ina zu und zeigte den Daumen hoch.

»Max ist in Position. Wir sind es auch. Viel Glück!«

»Danke. Bis morgen«, antwortete Ina, sprang hinaus in die Dunkelheit und zog sofort die Reißleine des Fallschirms.

Die Granatexplosionen verstummten, und sie hörte nur noch den Wind, der sich im Fallschirm fing. In der Altstadt und in der Innenstadt herrschte Dunkelheit. Nur in Teilen von Södermalm und Östermalm brannten einige Lichter.

Dank ihrer Nachtsichtbrille konnte sie das Dach des Königspalasts deutlich erkennen. Dort würde sie bald landen.

Auf dem Weg nach unten konzentrierte sie sich bestmöglich auf den Kai bei Logårdstrappan. Dort wartete Max unter Wasser. Natürlich konnte man keine Spur von ihm sehen.

Ihr fiel auf, dass der traditionelle Weihnachtsbaum, den der Wirtschaftsmagnat Jan Stenbeck sonst immer am Kai von Skeppsbrokajen in Max' Nähe aufstellen ließ, auffallend fehlte. Seit ihrer Kindheit hatte er dort jedes Jahr zu Weihnachten gestanden. Dass dem diesmal nicht so war, fühlte sich für sie wie ein schwerer persönlicher Verlust an.

Die Landung verlief reibungslos. Während sie den Fallschirm zusammenfaltete, damit er nicht weggeweht wurde, sah sie sich um. Keinerlei Anzeichen darauf, dass man sie bemerkt hatte. Dank der aus großer Höhe mit Drohnen aufgenommenen Fotos wusste sie, dass sich auf dem Dach keine Wächter aufhielten – ein Hinweis auf übersteigerte Selbstsicherheit. Die Führung der Muslime fühlte sich im Untergeschoss der Burg, fernab der Frontlinien und unter dicken Steingewölben, vollkommen geschützt. Wäre Ina für die Sicherheit zuständig gewesen, sie hätte rund um die Uhr Späher mit Nachtsichtgeräten und Scharfschützen auf dem Dach postiert. Besser als die meisten Menschen wusste sie, dass unter den richtigen Umständen – wie in dieser Nacht – durchaus möglich war, was alle für unmöglich hielten.

Vorsichtig linste sie über die Dachkante hinab und bemerkte das Glühen von Zigaretten zweier Wächtergruppen in schräg gegenüberliegenden Ecken des Innenhofs. Durch die Akustik des umschlossenen Areals konnte sie leise Unterhaltungen auf Arabisch hören. Ein Mann schien etwas Lustiges zu erzählen, denn die anderen sahen ihn an und schmunzelten dabei.

Als sie über die Kante in Richtung Logården und Skeppsbron blickte, stellte sie fest, dass sie sich direkt über einer Gruppe von acht Soldaten befand, die an der Mauer zitterten. Unten legte man sehr wohl Wert auf Sicherheit. *Zu meinem Glück gibt's unter ihnen einen geheimen Tunnel, durch den ich fliehen werde,* dachte sie.

Wie erwartet, wies der Dachzugang kein Schloss auf. Durch ihn gelangte sie auf eine schmale Wendeltreppe, die sich bis hinunter zu den Kellergewölben erstreckte, eine Verbindung zu den geheimen unterirdischen Gängen, die es seit dem Mittelalter und dem früheren königlichen Schloss namens Drei Kronen gab.

Die Besatzer würden sich vermutlich nicht die Mühe gemacht haben, die geheimen Korridore zu erkunden. Womöglich wussten sie nicht mal, dass alle Schlösser solche Gänge und versteckte Räume besaßen. Dass die Wendeltreppe lange Zeit nicht mehr benutzt worden, erkannte man an der dicken Staubschicht, in der ihre Fußabdrücke zurückblieben. Dank dieses unterhaltsamen Geschichtsprofessors vom Heimatkundemuseum hatten sie das Schloss auf dem Bildschirm in allen Einzelheiten erkunden können. Jeder Winkel war mit einer 360-Grad-Kamera gefilmt und im 3D-Format gespeichert worden. So hatte Ina sowohl den Angriff als auch die anschließende Flucht zigmal mit einer VR-Brille üben können. Bisher entsprach alles der VR-Umgebung, abgesehen davon, dass sich durch die Nachtsichtbrille alles grünstichig präsentierte. Falls sie sich verliefe, könnte sie auf ihrem tragbaren Gerät 3D-Bilder aufrufen, um sich zu orientieren. Sie fühlte sich überhaupt nicht nervös, eher aufgeregt wie eine Zehnjährige beim Erkunden eines Dachbodens für ein Geheimklubtreffen.

Am Ende der Wendeltreppe gelangte sie in ein unterirdisches Gewölbe mit zwei schlichten, sehr alt aussehenden Türen aus Holz. Ihr fiel auf, dass die überdimensionierten Angeln handgeschmiedet zu sein schienen. Ina wusste, dass sich hinter der rechten ein langer Gang befand, der im Mittelaltermuseum auf der kleinen Insel Helgeandsholmen mündete.

Fast tausend Jahre lang hatten ihn Generationen wunderschöner junger Frauen durchquert, dachte sie lächelnd, als sie sich die lebhaften Geschichten des Professors über das Privatleben der Könige ins Gedächtnis rief. Und auch etliche gutaussehende Jungen, vor allem zur Zeit Gustavs V. Er war der Ururgroßvater des derzeitigen Königs Carl Philip gewesen, verbreitet »V-Gurra« genannt und oft mit seinem Tennisschläger dargestellt. Abgesehen von seiner Leidenschaft für diesen Sport war er homosexuell gewesen, weshalb befürchtet worden war, die ununterbrochene Linie der Bernadottes könnte mit ihm abreißen, wie Ina vom Professor erfahren hatte.

Bald würde sie die Tür zum Helgeand-Gang öffnen, nach 60 Metern links abbiegen und dem Korridor hinter dem großen Wandspiegel in der Schatzkammer folgen. Jenen raffiniert montierten, bis zum Boden reichenden Spiegel konnte man mit minimalem Kraftaufwand aufschieben. Dahinter befanden sich Inas Zielpersonen bei einer nächtlichen Sitzung. *Denen steht eine Überraschung bevor. Sie werden an ihren arabischen Köstlichkeiten ersticken, ehe sie in der Hölle landen,* dachte Ina. Aber zuerst würde sie sich vergewissern, dass der Gang unter Skeppsbron hindurch nach Logårdstrappan, wo Max wartete, unversehrt war und sich die Luke am Ende öffnen ließ. Als sie vorsichtig die Tür öffnete, brach Chaos aus. Sie brauchte einige Sekunden, bis sie begriff, was vor sich ging.

Die Bestie stürmte aus dem Nichts mit einem tiefen, löwenähnlichen Knurren an. Bevor Ina reagieren konnte, lag sie auf dem Rücken und hatte einen muskelbepackten, rasenden Rottweiler auf sich. Da das Tier mit Sicherheit mehr auf die Waage brachte als sie, war es ein ungleicher Kampf. Der Kopf des Hunds schien beinah doppelt so groß wie ihrer zu sein. Die kräftigen Kiefer zerrten wild an ihrem linken Unterarm, mit dem sie sich verzweifelt zu schützen versuchte. Sie wusste instinktiv, dass der Köter sie umbringen wollte. Flüchtig ging ihr durch den Kopf, was für ein trauriges Ende das wäre. Irgendwo hatte sie gelesen, dass Muslime nie Hunde hielten. Anscheinend stimmte nicht alles, was irgendwo geschrieben stand.

Mit der freien Hand gelang es ihr mühsam, das Messer zu erreichen, das sie immer hinter der rechten Wade bei sich trug. Das Tier zerrte so wild an ihrem linken Arm, dass es sich anfühlte, als könnte er sich jeden Moment vom Körper lösen. Sie schwang das Messer mit aller Kraft. Einem Menschen hätte der Hieb die Kehle aufgeschlitzt, bei dem Hund hingegen verursachte die rasiermesserscharfe Klinge durch das Fell und die dicken Muskelstränge am Hals nur oberflächliche Wunden.

Allerdings zuckte das Tier durch den Treffer heftig zusammen, nach wie vor mit Inas Arm zwischen den Kiefern. Dank ihrer Beweglichkeit und natürlichen Koordination gelang es ihr, sich auf die Knie zu rappeln. Verzweifelt stach sie wieder und wieder auf den Hals des Hunds ein, bis er sie endlich losließ. Dabei entfesselte er noch einmal ein bedrohliches Knurren, bevor sich seiner Kehle ein Gurgeln wie aus einem verstopften Abfluss entrang, während überallhin Blut spritzte. Ina blieb auf den Knien, bis der Hund nach einigen Sekunden auf die Seite zusammenbrach und die Laute allmählich verstummten.

Ina stand unter Schock und verharrte mit ausdrucksloser Miene, während ihr Herz raste. Nach und nach kam sie vollständig zur Besinnung. Mit der Nachtsichtbrille warf sie einen Blick auf ihren linken Arm. Das Tier hatte ihn so übel zugerichtet, dass er wohl nie wieder wie davor werden würde. Das widerstandsfähige, leicht gepanzerte Nylongewebe der Jacke hatte die Haut weitgehend geschützt. Die Blutung beschränkte sich auf die Stellen, an der die vier Reißzähne des Tiers den Stoff durchbohrt hatten. Schlimmer war die Schädigung des Skeletts. Der Unterarm war zweifach gebrochen. Später sollte sich herausstellen, dass die Knochen durch den immensen Druck der Kiefer des Hunds schwere Quetschverletzungen aufwiesen. Inas Blutbahnen strotzten so vor Adrenalin, dass sie vorerst keine Schmerzen verspürte, doch sie wusste, dass sie bald einsetzen und schier unerträglich sein würden. Sie holte ihr speziell präpariertes Pillenetui hervor und schluckte zwei Tabletten. Damit verwendete sie es zum ersten Mal.

Erst dann fragte sie sich, ob irgendwelche Wächter etwas mitbekommen haben könnten und gleich angerannt kommen würden, um sie abzuknallen oder gefangen zu nehmen. In ihrem derzeitigen Zustand könnte sie sich nicht zur Wehr setzen. Aber es blieb totenstill. Das letzte Schnaufen des Hunds war verstummt. Ina hörte nur noch die eigenen Atemzüge und das wilde Pochen ihres Herzens, das sich allmählich beruhigte.

Langsam stand sie auf und betrachtete den linken Arm, der nutzlos an der Seite baumelte. Es schien an der Zeit zu sein, die Mission abzubrechen und durch den Tunnel zu Max mit dem wartenden Tauchscooter zu flüchten. Sosehr sie es wollte, mit nur einem funktionierenden Arm könnte sie die Aufgabe nicht erfüllen. Zudem hatte sie einen Bruch in der rechten Schulter, durch den sie auch den anderen kaum bewegen konnte. Es war vorbei. All die Arbeit und Planung umsonst.

Nach wenigen Minuten erreichte sie die Stahlluke, die sich wie erwartet von innen mit einem robusten, an Luftschutzbunkertüren erinnernden Mechanismus als verriegelt erwies. Mit der eingeschränkt funktionierenden rechten Hand gelang es ihr, den langen Griff gegen den Uhrzeigersinn zu drehen. Vorsichtig öffnete sie die Luke und kroch hinaus in die Dunkelheit am Kai. Sofort tauchte Max' Kopf aus dem Wasser auf, gefolgt von seinem Oberkörper. Er reichte ihr Gurtzeug zum Sichern am Tauchscooter, während er ihr mit der anderen Hand das Sauerstoffmundstück gab.

Da sich am Kai weit und breit niemand aufhielt, konnten sie leise miteinander flüstern. Max befestigte Ina am Scooter und brachte das Mundstück einen Zentimeter vor den Lippen an. Sie brauchte nur noch den Kopf nach vorn zu neigen und es zwischen die Zähne zu klemmen.

»Ich gehe statt dir rein«, kündigte Max leise an. »Ich kenne den Weg so gut wie du. Warte einfach hier.«

Im Tunnel schaltete er die Stirnlampe ein. Auf die Nachtsichtbrille verzichtete er, denn er fühlte sich mit normalem Licht wohler. Alles sah genau wie in der VR-Umgebung aus. Er setzte den Weg wie während der Übungssimulationen fort.

Nach kurzer Zeit erreichte er die Stelle, an der Ina gegen den riesigen Rottweiler gekämpft hatte. Einen Moment lang hielt er inne, verblüfft von der schier unglaublichen Größe des Tiers. Blut bedeckte den Boden, zum Glück jedoch nicht das von Ina. *Gott, was für ein Monster. Wie hat sie das nur überlebt?*, dachte er erstaunt, bevor er den Weg durch die Tür weiter zum Gang nach Helgeand fortsetzte.

Nach 60 Metern nahm er eine weitere Tür nach links, genau wie beim VR-Training. Es fehlten nur noch die erste Tür rechts und der Gang zu dem Wandspiegel in der geräumten königlichen Schatzkammer. Als er sich der Rückseite des Spiegels näherte, konnte er die Unterhaltung in dem Raum deutlich hören. Jemand schien anderen etwas zu präsentieren, die jeweils nur kurz zustimmende Wortmeldungen einwarfen. In der Luft hing das verlockende Aroma des arabischen Festmahls, das in der Schatzkammer serviert worden war. Max stellte dabei fest, dass er Hunger verspürte. Allerdings würde er bei dem Essen wohl kaum willkommen sein.

Er legte die linke Hand auf den Griff. Die rechte brauchte er, um schnell die beiden M60/B-Splittergranaten zu werfen. Jede enthielt knapp ein halbes Kilo verdichtetes TNT – mehr als doppelt so viel wie das Standardmodell M56/B der Armee. Nach dem Entsichern blieben ihm exakt fünf Sekunden, länger als bei herkömmlichen Granaten.

Er holte tief Luft. Würde sich der Spiegel so reibungslos wie beim VR-Training nach links ziehen lassen? Die Sicherungsstifte der Granate würde er erst entfernen, wenn er sicher wäre, dass er den Spiegel öffnen konnte. Falls er klemmte, sah der Notfallplan so aus, dass er die Holzplatte des Spiegels mit dem Karabiner auf seinem Rücken herausschießen, die Trümmer beiseitetreten und die Granaten durch die Öffnung werfen würde.

Als er abermals tief Luft holte, hörte er von der anderen Seite vergnügtes Gelächter. Dafür, dass die kleine Schiene über 300 Jahre alt war, bewegte sich der schwere, sperrige Spiegel überraschend leicht zur Seite. *Gute alte Handwerkskunst,* dachte er, als er mit den Zähnen den Stift aus der ersten Granate zog und sie kraftvoll auf die rechte Seite der Schatzkammer warf. Mit einer fließenden Bewegung entfernte er den Stift der zweiten Granate und ließ sie nach links folgen, bevor er den Korridor entlang zurücksprintete.

Kaum war Max um die Ecke geboten, hechtete er zu Boden und hielt sich die Ohren zu, als beide Granaten mit einem gewaltigen Dröhnen explodierten, verstärkt von der Enge der uralten Gewölbe aus Stein. Obwohl er 30 Meter von der Schatzkammer entfernt und hinter einer massiven Steinmauer lag, erfasste ihn die Schockwelle wie eine riesige Faust und schleuderte ihn anderthalb Meter vorwärts. Knapp zehn Sekunden lang verharrte er benommen auf dem Steinboden und fragte sich, ob er überlebt hatte oder schwer verletzt war. Dann jedoch rappelte er sich auf die Beine. Weniger als eine Minute später befand er sich beim Tauchscooter und setzte sich damit unter der Wasseroberfläche in Bewegung.

Max hatte sich so auf das Werfen der Granaten konzentriert, dass er nicht mal einen Blick auf die um den langen Tisch versammelte Gruppe geworfen hatte. Dennoch hatte er aus dem Augenwinkel mitbekommen, wie Panik unter den Anwesenden um sich gegriffen hatte. Sie waren aufgesprungen und hatten auf Arabisch gebrüllt, wahrscheinlich

Warnungen oder Aufrufe dazu, in Deckung zu gehen. In den beengten Verhältnissen der Kammer würde die Schockwelle mühelos ausgereicht haben, um alle im Raum zu töten, und durch die Engstelle der Tür würden es unmöglich alle rechtzeitig nach draußen geschafft haben. Allerdings ließ sich nicht ausschließen, dass ein bis zwei Leute auf die andere Seite der dicken Steinmauer geflüchtet sein könnten. Hoffentlich nicht ausgerechnet Ahmed, Mahmoud oder der syrische Oberst Mohammed, ihr gefürchtetster Gegner.

Max hatte nur noch eine relativ bequeme, einstündige Unterwasserreise zum Ergänzungsboot in Waldemarsviken vor sich. Die Navigation und Geschwindigkeitssteuerung erfolgten vollautomatisch. Er musste sich lediglich am Scooter festhalten und durch das Mundstück atmen. Sollte unerwartet der Kiel eines Boots auf ihrer Route auftauchen, würde das System selbsttätig ein elegantes Ausweichmanöver auf die geeignetere Seite einleiten.

Als er schließlich Ina einholte und sie zusammen auftauchten, sah sie ihn fragend an. Er zeigte ihr den Daumen hoch. Sofort hellten sich ihre Züge mit einem breiten Lächeln auf.

»Ina ist verletzt. Hebt sie vorsichtig raus, aber berührt nicht ihre Arme. Fasst sie am Gurtzeug an.«

Sobald sie sich an Bord befanden, nahm das Schlauchboot mit vergleichsweise gemächlichen 40 Knoten Kurs auf Vaxholm, wo die Sanitäter mit Ina in der längsten Nacht des Jahres beschäftigt sein würden.

Mission erfüllt.

Kapitel 48

Die Befreiung Stockholms

24. Dezember 2032

Katerina Kutepowa-Anderssons Analyse des langfristigen strategischen Plans der Russen für den Ostseeraum erwies sich als richtig. Die russischen Elitetruppen rückten rasch zu den Linien der Muslime vor, die sich von Jönköping an der Südspitze des Vätternsees bis nach Ystad erstreckten. Aber sie griffen nicht an, sondern blieben dort lediglich.

Auch in Hinblick auf Stockholm erwies sich Kutepowa-Anderssons Einschätzung als zutreffend. Noch bevor sich der schwedische Verteidigungsstab um Hilfe bei der Befreiung der Hauptstadt an Russland wandte, meldete sich Botschafter Josef Wissarionowitsch von sich aus.

Er unterbreitete ein nicht verhandelbares Angebot der Russen. Die Befreiung Stockholms würde ausschließlich durch russische Truppen und ohne schwedische Beteiligung erfolgen, um sich eine komplizierte Koordination der Einheiten beider Länder zu ersparen. Wissarionowitsch ließ es sich nicht nehmen, mit kaum verhohlener Häme anzumerken, dass die Schweden zudem unzulänglich bewaffnet wären und somit eher hinderlich für die russischen Elitekämpfer sein würden. Es würde geschätzt höchstens drei Tage dauern, sich die vollständige Kontrolle über Stockholm zu sichern. Danach würde die Stadt an die Schweden übergeben werden. Sobald ihre Leute anrückten, würden die Russen abziehen. Die Entscheidung, ob die Hauptstadt zu diesen Bedingungen befreit werden sollte, lag bei den Schweden. Wissarionowitsch räumte Gyllenstierna 24 Stunden für eine Antwort ein und betonte, dass es kein weiteres solches Angebot geben würde.

Die Befreiung Stockholms begann um 09:00 Uhr am Heiligabendmorgen, indem eine Kolonne gepanzerter russischer Fahrzeuge von den schwedischen Stellungen in Rotebro aus über die Europastraße von Norden her auf Stockholm vorrückte. Über der Stadt und den Randbezirken schwebten einige russischer Helikopter, aber es fielen keine Schüsse. Die schwedischen Beobachter überraschte, wie wenige Ressourcen die selbstbewussten Russen einsetzten. Gerade mal 500 Soldaten wurden für die Operation abgestellt.

Die Kolonne der gepanzerten Fahrzeuge bewegte sich langsam vorwärts, ohne beschossen zu werden. Sie schienen es nicht eilig zu haben. Gelegentlich legten sie für eine Stunde eine Pause ein, während sich die muslimischen Streitkräfte zurückzogen. Am ersten Weihnachtsfeiertag konnten die Schweden über ihre Drohnen beobachten, wie die Kolonne den alten Zollbahnhof Norrtull im Norden von Stockholm erreichte und sich gemächlich über den langen Sveavägen in die Innenstadt wälzte. Kleinere Teile des Trosses scherten auf den Valhallavägen und die Sankt Eriksgatan aus.

Am zweiten Weihnachtsfeiertag bestiegen die muslimischen Truppen die großen Kreuzfahrtschiffe *Silja Serenade* und *Silja Esplanade* im Hafen von Värtahamnen. Die mit Elitesoldaten, Heiligen Kriegern und Fahrzeugen beladenen Fähren brachen nach Göteborg auf. Von Stadsgårdskajen aus setzten sich die Kreuzfahrtschiffe *Viking Cinderella* und *Viking Grace* in dieselbe Richtung in Bewegung.

Von ihren Stellungen auf Tynningö, Rindö und Värmdö beobachteten die Schweden, wie die vier riesigen Schiffe Stockholm verließen. Sie zu versenken, wäre überall im Kanal einfach gewesen, vor allem an der Schmalstelle namens Oxdjupet zwischen Rindö und Värmdö. Aber die Schweden hielten sich strikt an das Waffenstillstandsabkommen mit den Russen.

Am Montagmorgen, dem 27. Dezember, erhielten die Schweden von Botschafter Wissarionowitsch die Meldung, sie könnten Stockholm vorbehaltlos betreten. Nach 159 Tagen Besatzung war die Hauptstadt befreit. Schweden – oder was von dem alten, seit 1660 ständig schrumpfenden Königreich übrig war – schien wieder eine Zukunft als freie, unabhängige Nation zu haben.

Die Feindseligkeiten ließen nach und endeten ohne ein formelles Waffenstillstandsabkommen schließlich vollständig an allen Fronten. Sporadische Scharmützel ähnelten eher unfreiwilligen Zusammenstößen, die sich jedes Mal rasch auflösten.

Putins Propagandamaschinerie lief an und verkündete der Welt, die hehren Russen hätten die Schweden gerettet und ihre Hauptstadt von den muslimischen Besatzern erlöst.

Nach der erfolgreichen Befreiung Stockholms setzte sich Botschafter Wissarionowitsch mit dem Kommandostab der schwedischen

Verteidigung in Verbindung. Anscheinend hatten die Russen keine Verwendung mehr für die Exilregierung auf der Sveaborg. Der Botschafter unterbreitete einen überraschenden, ansprechenden Vorschlag. Die Russen würden ungefähr 95 Prozent der von ihnen besetzten Zone zurückgeben, wenn Schweden ein Friedensabkommen unterzeichnete, das ihnen die restlichen fünf Prozent als Dank für die Befreiung Stockholms zugestand.

»Wir haben kein Interesse am schwedischen Territorium an sich«, erklärte Wissarionowitsch. »Und wir wollen Schweden als stabilisierenden Faktor in Skandinavien. Wir brauchen nur die Inseln in der Ostsee und einen schmalen Streifen der schwedischen Ostseeküste von Karlskrona bis Ystad, um unsere legitimen Sicherheitsinteressen in der Region zu wahren. Und ein kleines Gebiet im südlichen Halland an der Grenze zur Region Skåne, 200 Quadratkilometer. Dort bauen wir einen kombinierten Marine-, Luftwaffen- und Raketenstützpunkt. Die Gegend ist dünn besiedelt und macht nur 3,7 Prozent der Fläche von Halland aus. Die schwedische Bevölkerung dort muss für die patriotischen Russen weichen, die hinziehen werden.«

Wissarionowitsch versüßte das Angebot damit, dass er russische Unterstützung versprach, wann immer die Schweden bereit wären, die muslimisch besetzte Zone anzugreifen und zurückzuerobern. Damit ließ er den Führungsstab der Verteidigung trotz allem auf eine strahlende Zukunft für das Land hoffen. Der Botschafter erklärte, Russland würde unter keinen Umständen einen muslimischen Staat in Skandinavien anerkennen und Schweden als künftigen Verbündeten betrachten.

»Wir können einfache Tickets nach Sibirien anbieten, falls Schweden die Abschiebung der Muslime finanzieren will«, fügte Wissarionowitsch mit einem volltönenden Lachen hinzu.

Die schwedische Exilregierung in Helsinki dankte der russischen Führung durch Ministerpräsidentin Margot Wallfors für die Befreiung Stockholms und betonte die Bedeutung der Aufrechterhaltung guter bilateraler Beziehungen zwischen ihren beiden Ländern.

Kurz danach wurde Margot Wallfors von einem Unbekannten überrascht, der sie und ihre Begleiterin Annika Strandberg bei ihrem täglichen Spaziergang zum Nachmittagskaffee im Café Valimo auf der Brücke zwischen Vargön und Sveaborg erschoss. Der Attentäter lief

seelenruhig die 150 Meter zu seinem am Vormittag unter dem Café
Valimo festgemachten Boot und verließ die Insel ohne Spuren, abgesehen
von einem Dutzend Patronenhülsen, die auf der Brücke zurückgeblieben
waren.

Man fand nie heraus, wer der Täter war oder in wessen Auftrag er
gehandelt hatte. Zwei Zeugen – ein älteres finnisch-schwedisches Paar,
das zuvor in Schweden gelebt hatte – gaben an, an jenem Vormittag
Schwedisch mit einer mysteriösen Person gesprochen zu haben, die
eindeutig wie ein Gotländer geklungen hatte. Im Café Valimo wiederum
behauptete die Kassiererin, sie hätte zu Mittag jemanden bedient, der sich
russisch angehört hatte. Der Mann hatte sich nach der schwedischen
Exilregierung erkundigt, und sie hatte ihm arglos erzählt, Wallfors und
Strandberg wären tägliche Stammgäste und würden in Kürze kommen.
Die Kassiererin war überzeugt davon, dass jener Russe der Attentäter
gewesen sein musste, da es um diese Jahreszeit keine Touristen in der
Gegend gab. Andere Gerüchte sprachen von einem kleinen, schlanken,
von mehreren Personen beobachteten Mann, der über ein Funkgerät auf
Arabisch gesprochen und dabei das Gesicht unter der Kapuze seiner Jacke
verborgen hatte.

Die finnische Sicherheitspolizei gelangte zu dem Schluss, dass die
beiden Schwedinnen von einer professionell geführten Organisation
ermordet worden waren, die verschiedene falsche Zeugenaussagen
generiert hatte, um die Ermittlungen zu erschweren. Eine erfolgreiche
Strategie, da alle Aussagen als überaus glaubwürdig eingestuft wurden.
Mit unumstößlicher Sicherheit ließ sich nur sagen, dass die beiden Frauen
auf der Brücke zwischen Vargön und Sveaborg erschossen worden waren
und der unbekannte Attentäter hatte entkommen können.

Kapitel 49

Silvester in der Verteidigungszentrale

31. Dezember 2032

Alfred Baksi fuhr mit dem Laserpointer über die von der Decke abgehängte, 75 Jahre alte Karte von Schweden.

»Die UN-Vermittlungskommission schlägt einen Waffenstillstand und ein Einfrieren der Lage in drei Zonen vor. Praktisch besteht ein solcher Waffenstillstand bereits seit der Befreiung von Stockholm. Es ist zu keinen Kampfhandlungen zwischen Russen und Muslimen gekommen. Das spricht für Kutepowa-Anderssons Theorie, dass die Russen den Muslimen zugesichert haben, sie würden sie nicht angreifen, wenn sie Stockholm kampflos verlassen. Die schwedische Zone umfasst das gesamte Gebiet nördlich des Göta-Kanals«, sagte Baksi und fuhr mit dem Laserpointer von Söderköping nach Motala. »Das bedeutet, sämtliche russischen Truppen nördlich des Kanals werden abrücken, was die Russen selbst vorgeschlagen haben. Wir haben versucht, die Zone bis nach Linköping auszuweiten. Darauf haben sie sich nicht eingelassen. Offenbar wollen sie sicherstellen, dass wir unsere Luftwaffe nicht wiederaufbauen können. Aber zum Glück befinden sich 80 Prozent unserer Waffenfabriken in der schwedischen Zone. Sie haben gesagt, in fünf bis zehn Jahren bekommen wir die gesamte Landschaft von Östergötland zurück. Ich denke, sie wollen gewährleisten, dass wir keine Kampfflugzeuge bauen können, bevor sie Linköping verlassen. Für den Rest von Östergötland haben sie keine echte Verwendung. Ich glaube daher, wir können die gesamte Provinz und somit ein paar Hunderttausend weitere Einwohner zurückbekommen.«

»Ich vermute, wir werden nie wieder in der Lage sein, Kampfflugzeuge zu bauen«, meinte Luftwaffenleiter Wennergren betrübt. »Wir müssen wie alle anderen kleinen Nationen auf dem Weltmarkt kaufen.«

Baksi reagierte mit einem kaum hörbaren Seufzen. »Das stimmt wahrscheinlich. Und trotzdem können wir eine starke Luftwaffe aufbauen«, sagte er, bevor er die Präsentation fortsetzte.

»Zwischen dem Vätternsee und dem Vänernsee gilt ebenfalls der Göta-Kanal. Das bedeutet, Zone 1 fällt unserer Seite zu, was im ursprünglichen Vorschlag nicht der Fall war. Hierbei können wir uns zu unserem Verhandlungsgeschick beglückwünschen. Westlich von Vänern wird die Europastraße 18 zur Waffenstillstandslinie, was der aktuellen Lage entspricht. Es werden nur kleinere Verlagerungen sowohl schwedischer als auch muslimischer Streitkräfte nötig sein. Weiter südlich bildet Europastraße 4 von Jönköping nach Östra Ljungby die Waffenstillstandslinie zwischen der russischen und der muslimischen Besatzungszone. Von Östra Ljungby verläuft die 13 bis hinunter nach Ystad, das zur russischen Zone gehört.«

Während die 20 Besprechungsteilnehmer den Vorschlag der Vermittlungskommission zu verstehen versuchten, kamen etliche Fragen auf.

»Wie langfristig ist diese Aufteilung vorgesehen? Und wie wird sie nach einem zukünftigen Friedensvertrag aussehen?« Das wollten die meisten Anwesenden wissen.

Gyllenstierna fasste die Lage zusammen, um weiteren Fragen zuvorzukommen.

»Ich bin zuversichtlich, dass Schweden eine Zukunft als unabhängige Nation hat, wenn auch in einer kleineren Form. Die Befreiung Stockholms war notwendig, um überhaupt von einem verbliebenen Schweden reden zu können. Für mich fühlt es sich nicht so an, als müssten wir den Russen dankbar für irgendetwas sein, aber wir müssen anerkennen, dass die Kampfhandlungen durch sie geendet haben. Obwohl sich schwer vorhersagen lässt, was langfristig passieren wird, können wir wohl davon ausgehen, dass letztlich Friedensverhandlungen über Westeuropa stattfinden werden. Was wir erreicht haben, ist wahrscheinlich in der aktuellen Lage das Optimum. Wir beenden das Töten und die Zerstörung. Dann können wir mit dem Wiederaufbau der Überreste von Schweden beginnen. Die Infrastruktur und die Industrie sind relativ intakt, ausgenommen Stockholm und Luleå-Boden. In der Hauptstadt sind nördlich von Slussen nicht viele Gebäude unversehrt geblieben, außer Östermalm und die nördlichen Randbezirke.«

Gyllenstierna schenkte sich aus dem Krug auf dem Tisch ein Glas Wasser ein und wandte sich an Björn Väster. »Björn, könnten Sie als unser Energiefachmann ein paar Worte zur aktuellen Lage sagen?«

»Natürlich«, antwortete Väster und stand auf. »Obwohl es eine Weile her ist, dass ich Energieminister war. Die Stromversorgung wird ein bedeutendes langfristiges Problem«, begann er. »Es wird mindestens ein Jahrzehnt dauern, die 15 Kraftwerke entlang der Lules wiederaufzubauen. Allerdings können mit internationaler Hilfe innerhalb weniger Monate neue Gas- und Kohlekraftwerke errichtet werden. China hat uns zehn Kohlekraftwerke in weniger als drei Monaten versprochen – als Gegenleistung will man Konzessionen für den Betrieb unserer sechs größten Häfen für 99 Jahre. Das schwedische Volk friert und kocht mit offener Flamme. Ich denke, wir müssen das Angebot annehmen. Hohe Priorität hat die Aufgabe, Hunderte zerstörte Schaltwerke wiederherzustellen.«

»Man könnte anmerken, dass die Katastrophenschutzbehörde mal lieber die Schaltanlagen hätte schützen sollen, statt verfassungswidrig Patrioten auf Facebook zu zensieren und zu verfolgen«, warf Baksi ein. »Schaltwerke, die ganze Städte mit Strom versorgen, sind unüberdacht und nur mit zwei Meter hohen Zäunen geschützt. Nicht mal mit Stacheldraht. Wenn man weiß, was man tut, genügt eine Granate, ein Molotow-Cocktail oder nur ein Schraubenschlüssel, um sie zu sabotieren.«

»Das stimmt. Tatsächlich ist es sogar noch einfacher«, pflichtete Väster ihm bei. »Ein paar Salven aus einer Automatikwaffe können Isolatoren in tausend Stücke sprengen. Derzeit dauert es Monate, Ersatzteile zu beschaffen, weil niemand damit gerechnet hat, dass so viele Schaltwerke in so kurzer Zeit ausfallen könnten. Die Kernkraftwerke in Forsmark könnte man wahrscheinlich wieder in Betrieb nehmen, nur wird das noch länger dauern.«

»Die Energieversorgung ist wohl unser größtes Problem«, merkte Gyllenstierna an. »Wir müssen eine spezielle Gruppe oder einen Ausschuss eigens dafür einsetzen. Es ist wichtig, uns ein klareres Bild vom neuen Schweden zu schaffen, über das unser neu gegründeter ›Zukunftsrat‹ mehr weiß. Daher übergebe ich das Wort an Lilian Ceder vom Industrieministerium. Sie wird die Arbeit des Zukunftsrats leiten.«

Lilian Ceder stellte sich neben das alte Flipchart, ergriff einen dicken schwarzen Stift und zeichnete eine rasche Skizze von Schweden, unterteilt in drei Zonen.

»Wie Sie wissen, beginnen wir erst und haben vorerst nur eine grobe Analyse. Aber wir arbeiten rund um die Uhr mit 15 ambitionierten Leuten, daher sollte es uns gelingen, in ein bis zwei Wochen einen umfassenderen Überblick über das verbliebene Schweden präsentieren zu können.«

Sie zeigte mit dem Stift auf die schwedische Zone.

»Das übrig gebliebene Schweden ist eindeutig verstümmelt, aber immer noch bedeutsam. Unser neues Territorium besteht überwiegend aus ganz Svealand und Norrland sowie den nördlichen Teilen von Östergötland und Västergötland. Vor dem Krieg hatten wir in diesem Gebiet eine Bevölkerung von 6,24 Millionen Menschen. Wir wissen nicht genau, wie viele dort umgekommen sind, schätzen die Zahl aber auf knapp eine halbe Million. Somit verbleiben rund 5,8 Millionen. Grob ist das neue Schweden mit unserem Nachbarland Finnland vergleichbar. Allerdings haben wir ein höheres Bruttoinlandsprodukt, eine größere Bevölkerung und mehr Fläche als die Finnen. Wir verfügen wie sie über eine bedeutende Forstwirtschaft, eine erstklassige Maschinenbauindustrie und zeichnen uns in der IT aus, insbesondere in Sachen Internet. Das neue Schweden bleibt in jeder Hinsicht die größte Nation in der nordischen Region. Man könnte jedoch sagen, die besteht jetzt aus vier gleichwertigen Ländern – natürlich zuzüglich der Besatzungszonen.«

Ceder legte eine dramatische Pause ein und tippte mit der Rückseite des Stifts mehrfach auf das Flipchart, um zu betonen, dass ein besonders wichtiger Teil folgen würde.

»Als Nächstes müssen wir eine sehr heikle Frage ansprechen. Aus natürlichen Gründen ist die Zusammensetzung der Bevölkerung eine große Herausforderung. Scheuen wir uns nicht davor, die Dinge beim Namen zu nennen, ohne sie schönzureden. Was machen wir mit den 1,2 Millionen überlebenden Muslimen im neuen Schweden? Sie machen rund 22 Prozent der Bevölkerung aus. In Anbetracht der Ereignisse erscheint mir schwer vorstellbar, wie es gelingen soll, Frieden und Stabilität zwischen Schweden und Muslimen zu schaffen. Ich würde gern hören, wie die hier versammelte schwedische Führung darüber denkt.«

Brännström meldete sich als Erster zu Wort. Wie üblich sprach er rundheraus, direkt aus dem Herzen.

»Ich halte eine muslimische Bevölkerung in Schweden für unmöglich. Die 1.400-jährige Geschichte des Islam zeigt deutlich, dass überall dort, wo Muslime leben, früher oder später Krieg ausbricht. Es endet immer mit einer Verschwörung der Muslime, die gewaltsam die Macht an sich reißen wollen. Zumindest das sollten wir aus dem grauenhaften, eben erst überstandenen Krieg gelernt haben.«

»Ich stimme Brännström zu«, kam von Bianca Popovic. »Die SÄPO rät entschieden von einer muslimischen Präsenz ab. Wir wissen zu viel über diesen Menschenschlag, um für die Zukunft etwas anderes empfehlen zu können. Es heißt, ein Land wird auf Gesetzen errichtet, und Muslime halten sich nur an ihre eigenen. Dadurch ist jede Form der Kooperation unmöglich.«

»Der Islam ist mit keiner anderen Ideologie vereinbar«, sagte Wennergren. »Es heißt wir oder sie.«

»Definitiv eine Deportation der gesamten muslimischen Bevölkerungsgruppe«, äußerte Bergström. »Sämtliche Moscheen auf schwedischem Territorium haben wir bereits – mit großer Freude – gesprengt. Sie dürfen verdammt noch mal nicht wiederaufgebaut werden! Wir haben genug von Hasspredigern und geheimen muslimischen Waffenlagern.«

»Raus mit ihnen allen!«, steuerte Wiklund bei. »Einfach weg mit ihnen! Mir ist egal, wie, solange sie nur für immer aus unserem Land verschwinden. Es muss eine endgültige Lösung sein!«

Gyllenstierna hob die Hand, um Wiklund zu bremsen.

»Ganz so eindeutig ist die Sache nicht«, sagte er. »Menschen wie Baksi und ich gelten in vielen Augen als Muslime. Dabei sind wir eingefleischtere schwedische Nationalisten als die meisten Schweden selbst. Sollen wir auch abgeschoben werden?«

»Nein, natürlich nicht«, wurde am Tisch gemurmelt. »So haben wir das nicht gemeint. Alle guten Schweden sollen bleiben.«

Lilian Ceder erhob sich wieder und kehrte zum Flipchart zurück.

»Ich wollte diese spontane Diskussion, um die Komplexität des Problems zu verdeutlichen. Unser Zukunftsrat hat natürlich bereits begonnen, sich mit dem Thema zu befassen. Bisher sind wir dabei auf

Folgendes gekommen. Grundprämisse ist, dass Schweden eine Vielvölkergesellschaft sein sollte, basierend auf westlichen Werten, christlichen Grundlagen und unserem nordischen Kulturerbe. Wir wollen Schweden als westliches Land, in dem die Bürger das Recht der freien Meinungsäußerung, der Bildung politischer Parteien und auf alles haben, was sie gewohnt sind. Allerdings mit einer klaren, sehr wichtigen Ausnahme: Der Islam muss verboten und als Terrorismus eingestuft werden. Das bedeutet, er darf in keiner Weise praktiziert werden. Moscheen müssen ebenso untersagt sein wie jegliche Formen muslimischer Vereinigungen, der Besitz des Koran – im Wesentlichen alle islamischen Symbole und Attribute. Natürlich auch traditionelle muslimische Kleidung, Schleier und dergleichen. Aus meinen Einzelgesprächen mit Ihnen allen hat sich mir der Eindruck aufgedrängt, dass darüber ein Konsens herrscht.«

Wieder ergriff Brännström die Initiative.

»Ja, der liegt zweifellos uneingeschränkt vor. Die Frage läuft darauf hinaus, was wir mit den geschätzt 700.000 bis 800.000 Muslimen innerhalb der neuen Grenzen machen sollen, die Schweden feindlich gesinnt sind?«

»Richtig«, erwiderte Ceder. »Allerdings ist wichtig zu beachten, dass nicht alle Muslime feindselig eingestellt sind. Viele fürchten sich zu sehr davor, als andersdenkend angesehen zu werden, weil es praktisch einem Todesurteil gleichkommt. Mit ausreichendem Schutz hätten wir unter ihnen etliche Freunde. Der Zukunftsrat schlägt vor, Muslime einen Vertrag mit dem schwedischen Staat unterzeichnen zu lassen. Darin müssen sie sich verpflichten, jeglicher Form des Islam zu entsagen. Wer unterschreibt, darf bleiben und sich in die Gesellschaft integrieren. Der Vertrag gilt lebenslang. Wer dagegen verstößt, indem er beispielsweise traditionelle muslimische Kleidung trägt oder mit Halal-Waren handelt, verliert umgehend die Staatsbürgerschaft und wird dauerhaft abgeschoben. In jeder Gemeinde wird ein Sondergericht mit Sachverständigen für die Vorschriften eingerichtet. Noch einfacher könnte die gesetzliche Regelung sein, dass alle schwedischen Bürger an diesen sogenannten Gesellschaftsvertrag gebunden sind. Damit müsste nicht umständlich bestimmt werden, wer als Muslim gilt und wer nicht. Ein

Problem, das die Fälle Gyllenstierna und Baksi gut veranschaulichen. Der Rechtsrat befasst sich derzeit damit.«

»Was passiert mit den Muslimen, die sich weigern, ihren Glauben aufzugeben?«, fragte Wennergren.

»Der Zukunftsrat schlägt vor, sie so bald wie möglich abzuschieben«, antwortete Ceder. »Fast alle Muslime sind dank der vorbildlichen Bemühungen der nationalen Eingreiftruppe und der Helden des Wikinger-Bataillons bereits interniert. Und das bleiben sie, bis von Fall zu Fall über Integration oder Abschiebung entschieden wird. Die Muslime haben Glück, dass sie interniert sind. So können wir sie schützen. Sonst würden sie wahrscheinlich von wutentbrannten Schweden massakriert. Wir haben bereits Tausende Fälle, in denen Muslime von schwedischen Mobs totgeprügelt wurden. Daher denke ich, die meisten Muslime ziehen es vor, einstweilen in den Lagern unter dem Schutz der nationalen Eingreiftruppe und des Wikinger-Bataillons zu bleiben.«

»Noch mehr Schweden sind von muslimischen Mobs gelyncht worden. Das sollte in dem Zusammenhang nicht unerwähnt bleiben«, merkte Popovic an. »Und das hat bereits mehrere Jahre vor Ausbruch des Kriegs begonnen.«

Gyllenstierna ging mit einer Wortmeldung dazwischen.

»Ein mögliches Szenario wäre ein Bevölkerungsaustausch zwischen Schweden und der muslimischen Zone. Wir schicken die abzuschiebenden Muslime zu ihnen, im Gegenzug schicken sie dieselbe Anzahl Schweden zu uns. Das würde das Unterbringungsproblem reibungslos lösen.«

»Wie der Bevölkerungsaustausch zwischen Griechenland und der Türkei 1926«, kam von Bergström, der immer einen historischen Bezug auf Lager hatte. »Christen und Muslime sind so unvereinbar wie Wasser und Feuer, daher haben beide Seiten daran mitgewirkt.«

»Genau dieses Beispiel haben wir im Zukunftsrat untersucht«, bestätigte Ceder. »Es war ein seltener erfolgreicher Bevölkerungsaustausch ähnlicher Größe. Allerdings geht damit das Risiko einher, die muslimische Besatzungszone dauerhaft zu zementieren, wenn wir sie mit vielleicht einer halben Million Muslime füllen.«

»Ein dramatischerer, blutigerer Austausch hat zwischen Indien und Pakistan nach dem Rückzug der Briten in den späten 1940er-Jahren stattgefunden«, sagte Bergström. »Damals ging es um Millionen Muslimen und Hindus. Jetzt haben wir es mit schwedischen Muslimen und Christen zu tun. Immer die verdammten Muslime! Zwangsumsiedlungen und Deportationen treten wesentlich häufiger als ein organisierter Bevölkerungsaustausch auf. Es gibt sie schon, seit Menschen auf der Erde wandeln«, fuhr er fort. »Europas größte Bevölkerungsverlagerung, von der die meisten Menschen nicht mal wissen, hat sich nach dem Zweiten Weltkrieg ereignet. Damals sind zwölf Millionen Vertreter deutschsprachiger Minderheiten aus Ländern wie Polen, der Tschechoslowakei, Ungarn und Rumänien vertrieben worden. Darunter auch die Wolgadeutschen in Russland. Gleichzeitig ist es zu einem spontanen Bevölkerungsaustausch zwischen Polen und der Ukraine gekommen.«

»In jüngerer Zeit hatten wir die ethnischen Säuberungen auf dem Balkan in den 1990er-Jahren, die recht erfolgreich waren, obwohl sie ein paar Hunderttausend Menschenleben gekostet haben«, ergänzte Brännström. »Jugoslawien war wie eine entsicherte Granate, die früher oder später hochgehen musste. Der Balkankrieg war so unvermeidlich wie unser eigener Krieg. Im Grunde war es also gut, dass es dazu gekommen ist. Nur wurde damit nie alles gelöst, es dürfte daher ein Nachschlag bevorstehen. Genau wie hier in Schweden, fürchte ich.«

»Der Zukunftsrat hält den Ansatz eines Bevölkerungsaustauschs für besser, aber wenn sich die Muslime weigern, dann kommt es zur Abschiebung«, sagte Ceder.

»Das Wichtigste ist, eine endgültige Lösung für ein dauerhaft muslimfreies Schweden zu erreichen«, kam von Brännström.

»Ja. Eine Gesellschaft, in der es nicht tagtäglich zu Schießereien und Bombenanschlägen kommt. Schweden, wie wir es hatten, bevor die Muslime zu Millionen ins Land geflutet sind!«, pflichtete Popovic ihm bei.

»Eine Gesellschaft, in der unsere Kinder sicher aufwachsen können«, fügte Wiklund hinzu. »Alle Schweden haben das Recht auf eine muslimfreie Gesellschaft. Und unsere Pflicht besteht darin, es umzusetzen.«

Baksi fasste die Lage zusammen. »Wir sind uns alle einig über die Richtung für das neue Schweden. Unsere Verhandlungsgruppe wird den

Bevölkerungsaustausch umgehend der UN-Vermittlungskommission vortragen. Aber wenn die Muslime ihn wollen, führen wir ihn unabhängig von der Haltung der UNO durch. Seit sich die USA daraus zurückgezogen haben, sind sie ohnehin nur noch ein Witz, warum also sollten wir uns groß um sie scheren?«

»Damit vertagen wir die Sitzung«, übernahm Gyllenstierna das Wort. »Wir begehen das neue Jahr zumindest mit einem Waffenstillstand. Falls Sie etwas knallen hören, stellen Sie sich vor, es wären Feuerwerke.«

Gyllenstierna stand auf und gab das Zeichen für Ruhe. Langsam ließ er den Blick in die Runde wandern und stellte kurz Blickkontakt mit allen 19 anderen Anwesenden her.

»Seit über fünf Monaten verstecken wir uns tief in schwedischem Muttergestein, zuerst in Zone 1, dann in Zone 2. Da der Krieg vorbei ist oder zumindest ein Waffenstillstand herrscht, können wir uns endlich wieder ins Tageslicht wagen. Die nächste Sitzung findet übermorgen, am Sonntag, dem 2. Januar, im Stockholmer Rathaus statt, einem der wenigen großen, unbeschädigten Gebäude. Ich habe dort die Unterbringung aller 198 Personen arrangiert, die wir derzeit hier haben. Wir dürfen nicht vergessen, dass noch lange keine vernünftige Kommunikation möglich sein wird und Straßen nur teilweise passierbar sind. Brücken, U-Bahnen, S-Bahnen – alles ist zerstört. Daher wird das Rathaus zu einer Zone 3, in der wir die nächsten Monate verbringen werden. Es wäre vielleicht einfacher, die Regierung in einer Stadt einzurichten, die nicht in Trümmern liegt, aber die Symbolwirkung überwiegt das. Uns in der Hauptstadt niederzulassen, verleiht uns Legitimität.«

»Legitimität, richtig«, sagte Wennergren. »Die Frage sollten wir uns noch stellen. Wie lange sollen wir die Kontrolle behalten? Im Wesentlichen haben wir eine Militärherrschaft. Sollen wir die Demokratie wiederherstellen und Wahlen einberufen?«

»Der Zukunftsrat ist der Ansicht, es käme Wahnsinn gleich, eine solche Idee zumindest im nächsten Jahr – und wahrscheinlich deutlich länger – auch nur in Erwägung zu ziehen«, erklärte Lilian Ceder und sah dabei Gyllenstierna an. »Die Lage ist instabil. Es gibt überall bewaffnete Milizen, und wir wissen nicht, wie sie sich jetzt, da ein offizieller Waffenstillstand vorliegt, verhalten werden. Einige kämpfen noch. Und es lässt sich nicht abschätzen, wann der Krieg gegen die Muslime erneut aufflammen könnte. Ganz zu schweigen von den Launen der Russen.«

»Wer die militärischen Ressourcen kontrolliert, hat die Macht, und das sind wir«, befand Brännström. »Wir müssen unbedingt die Kontrolle über das Land bewahren und vor allem die Milizen in den Griff bekommen. Man wird sehen, wie sich die Dinge im Verlauf der Zeit entwickeln.«

»Oberste Priorität muss der Aufbau einer starken Verteidigung haben«, sagte Baksi. »Viele wollen ein stabiles Schweden in Skandinavien, nicht zuletzt China und Russland. Wir verhandeln bereits über bedeutende Waffenkäufe auf Kredit. Übrigens verlangt China das Recht, die Häfen zu schützen, wenn wir ihnen die Betriebskonzession erteilen. Und das ist vielleicht gar keine schlechte Idee. Ein militärisches Engagement von China könnte die von den USA hinterlassene Lücke füllen und abschreckend gegen eine weitere Invasion wirken. Nicht mal die Russen würden es wagen, sich mit den Chinesen anzulegen.«

»Brasilien möchte deren aufgerüstete Version des JAS Gripen F zu uns exportieren«, fügte Wennergren hinzu. »Man bietet uns überaus attraktive Preisnachlässe und Darlehen an. Auch die Inder möchten ihre Kampfjets bei uns anbringen. Die Zeiten ändern sich.«

»Der Bevölkerungsaustausch und die Deportation von Muslimen müssen sofort beginnen«, forderte Björn Väster. »Die internierten Muslime verhungern, weil wir Schwierigkeiten haben, sie zu versorgen. Also sollten wir helfen und sie aus dem Land werfen, solange sie noch am Leben sind«, fuhr Väster mit einem schiefen Lächeln fort. »Ich betrachte das als notwendige Hilfsaktion. ›Generalissimo‹ Väster wird das persönlich mit der nationalen Eingreiftruppe und Unterstützung der Wikinger-Brigade beaufsichtigen. Wir führen eine landesweite, gründliche ethnische Säuberung durch.«

»Ja. Es ist von entscheidender Bedeutung, mit der Säuberung rasch zu beginnen«, sagte Popovic. »Und das lässt sich in einem demokratischen Rahmen nicht bewerkstelligen.«

»Dem stimme ich zu«, pflichtete Baksi ihr bei. »Die ethnische Säuberung ist dringend. Und wir dürfen nie vergessen, wie und von wem der Verrat an unserem Land begangen worden ist. Es waren demokratisch gewählte Politiker. Demokratie ist gefährlich. Wir dürfen ihr keine weitere Chance geben.«

»Landesverräter müssen gefasst und vor Gericht gestellt werden«, tat Väster seine Meinung kund. »Das wird eine der Hauptprioritäten der nationalen Eingreiftruppe. Wir reden hier von bis zu 50.000 Menschen, die sich unterschiedlicher Abstufungen von Verrat schuldig gemacht haben. Den meisten sollte man der Einfachheit halber die Staatsbürgerschaft entziehen und sie auf Lebenszeit ins Exil verbannen. Am wichtigsten ist, sie loszuwerden, statt auf Rache zu sinnen. Außer vielleicht bei ein paar Tausend, die schwer bestraft werden sollten.«

»Wer an der Zerstörung und Verstümmelung Schwedens mitgewirkt hat, muss natürlich vor Gericht gestellt und angemessen bestraft werden«, sagte Gyllenstierna und nickte Väster zu. »Aber das wird Sache des sogenannten Nationalrats, der mit mir als Vorsitzendem künftig Schweden regieren wird. Ob wir darin Zivilisten einbeziehen, wird sich noch weisen. Jedenfalls hat der Nationalrat eine Herkulesaufgabe vor sich. Die erste Frage lautet, wer ihm angehören wird. Bevor wir getrennte Wege gehen, sollten wir mit dem Champagner anstoßen, der praktischerweise nebenan in den Lagerräumen war«, fügte Gyllenstierna hinzu.

»Evakuierung und Umzug beginnen morgen um 06:00 Uhr. Packen Sie alles, denn hierher werden Sie nie zurückkehren. Wir treffen uns am Sonntag im Rathaus. Prost!«

»Prost!«, erwiderte die Gruppe unisono und erhob die Gläser.

»Auf Frieden und das neue Schweden!«

»Auf den Nationalrat!«

Plötzlich öffnete sich die Tür. Baksis vertrautester Nachrichtendienstoffizier trat ein und flüsterte ihm etwas ins Ohr. Beide kehrten der Gruppe den Rücken zu und unterhielten sich unter den neugierigen Blicken der anderen eine Minute lang leise. Schließlich drehte sich Baksi um, ergriff einen Teelöffel und klopfte damit klirrend an sein Champagnerglas, bis Ruhe einkehrte.

»Leider muss ich die gute Stimmung mit schlechten Neuigkeiten dämpfen.« Auf einmal wirkte Baksi müde. »Ich habe gerade die Information erhalten, dass der geniale Anschlag der Gruppe in Flottsbro auf die muslimische Führung im Schloss nicht so erfolgreich war, wie alle dachten. Korrekt an der ursprünglichen Information war, dass niemand der 15 in der Schatzkammer Anwesenden die Explosion überlebt hat. Allerdings waren die führenden Köpfe, Ahmed Ben Barka und seine rechte Hand Mahmoud, zu dem Zeitpunkt in einem anderen Teil des Gebäudes und haben mit ihren Vorgesetzten in Kairo telefoniert. Unser Agent berichtet, dass sie sich gerade quicklebendig, kerngesund und ohne Kratzer durch das Schloss bewegen.«

»Na großartig!«, entfuhr es Väster frustriert. »Die beiden scheinen mindestens neun Leben zu haben, und wir haben ihnen noch keines genommen.«

»Außerdem hat Chefkoch Hassan überlebt, falls das eine Rolle spielt«, fügte Baksi fort. »Anscheinend war er zum Zeitpunkt der Explosion in der Küche.«

Missmutiges Gemurmel breitete sich im Raum aus. Die Champagnergläser wurden geleert und auf den Tisch gestellt. Danach gingen die Anwesenden, um sich für den Aufbruch am nächsten Morgen zu packen.

Kapitel 50

Die erste Sitzung des Nationalrats

2. Januar 2033

Das Rathaus strotzte vor Menschen, die sich hinter Vorhängen und auf Matratzen im Blauen Saal, im Goldenen Saal, im Saal der Drei Kronen und sogar im Gewölbe der Hundert häuslich eingerichtet hatten. Dank Luftwärmepumpen, die mit der ersten Lieferung von 1.000 als indische Katastrophenhilfe zugesagten Dieselgeneratoren betrieben wurden, herrschte im Gebäude wohlige Wärme. Sie stellte eine einladende Abwechslung zu den eisigen, von Bomben beschädigten Häusern dar, vor allem an Tagen wie diesem mit Temperaturen von höchstens zehn Grad.

Hunderte Stockholmer saßen um die breiten Treppen herum und warteten auf die nächste Verteilung aus der Suppenküche. Wärme und regelmäßige Mahlzeiten fühlten sich nach den belastenden, von Hunger geprägten Kriegsmonaten wie purer Luxus an. Viele Menschen jedoch zitterten immer noch und bekamen Angstschweißausbrüche, weil sie Albträume von ins Rathaus eindringenden Selbstmordattentätern heimsuchten. Die fünf dort eingesetzten Psychologen hatten alle Hände voll zu tun. Ohne angstlösende Medikamente mussten sie sich bestmöglich auf Gesprächstherapien beschränken. In Extremfall waren Fesseln und Verbannung in die Kellergewölbe nötig, damit die bangen Schreie andere nicht störten.

Seit der Befreiung Stockholms am 26. Dezember hatte es keine Selbstmordanschläge mehr gegeben. Die nervösen Sicherheitskräfte hofften, dass alle Attentäter die Stadt endgültig verlassen hatten. Im schwer bewachten Ratssaal waren keine Außenstehenden erlaubt. Er war dem Nationalrat vorbehalten, der darin seine Tätigkeit aufgenommen hatte. Die Kammer selbst bot Platz für etwa 100 Personen, die Galerien konnten doppelt so viele unterbringen. Der früher vom Stockholmer Stadtrat genutzte Raum eignete sich perfekt für ein verkleinertes Parlament samt Zuschauerrängen.

Keiner der vier Männer, die Schweden nunmehr regierten, hatte die Absicht, irgendeine Form von Demokratie einzuführen. Immerhin hatte degenerierte Demokratie zur Zerstörung Schwedens und zum Tod von geschätzt 750.000 Bürgern innerhalb der alten Landesgrenzen geführt. Demokratie wurde von den Menschen verbreitet auch als widerliche, von schwedenfeindlichen Kräften kontrollierte Farce angesehen. Die Hauptverantwortung für ihren Zusammenbruch schrieb man den Medien zu, verursacht durch irreführende Manipulation der Öffentlichkeit auf Betreiben der Medienmagnaten, die immer die Auflösung europäischer Nationalstaaten anzustreben schienen.

Wie die meisten Schweden erachteten die Männer des Nationalrats die Regierungsformen in Ländern wie China, Russland und Singapur als ideal. Niemand konnte leugnen, dass sogenannte wohlmeinende Diktaturen ihren Bürgern im vergangenen halben Jahrhundert am meisten Frieden, Recht und Ordnung und Wohlbefinden geboten hatten. Niemand konnte leugnen, dass wohlmeinende Diktaturen ihre Positionen in der internationalen Geopolitik durch rasches Füllen der von einstürzenden westlichen Demokratien hinterlassenen Lücken gefestigt hatten.

Die Männer im Nationalrat waren sich einig, dass Länder wie Unternehmen geführt werden sollten. Es war kein Zufall, dass Demokratie in der Wirtschaft nicht funktionierte. Man musste schnell und entschlossen Entscheidungen treffen und sicherstellen können, dass Untergebene sich daran hielten und Quertreiber schnellstmöglich aussortiert wurden.

Die Männer des Nationalrats verstanden sich als Vorstand der Schweden AG. Wie alle Unternehmensvorstände sahen sie ihre Aufgabe darin, die Weichen für die Zukunft zu stellen und den stärksten, besten Führungskräften genug Spielraum dafür zu geben, das Unternehmen zu seinen Zielen zu steuern. Es bestand kein Zweifel daran, dass es einer festen Hand bedurfte, um Schweden wieder auf die Beine zu bringen. Dafür wollte der Nationalrat jedes Mittel einsetzen, das die Situation erforderte. Grundvoraussetzung war das schnelle Erlangen eines vollständigen Gewaltmonopols durch den Rat. Dazu gehörten die Kontrolle über die Freischärler und eine umfassende Beseitigung von Linksaktivisten aus den Reihen der Behörden.

Obwohl der Nationalrat nicht vorhatte, den Anschein einer demokratischen Führung der Schweden AG zu erwecken, befand man die Ratskammer als perfekt geeignet. Mit einem Fassungsvermögen von über

400 Personen bei Nutzung der Galerien war sie groß genug für erweiterte Informations- und Motivationsveranstaltungen. Und da das Parlamentsgebäude in Trümmern lag, gab es keine bessere Alternative. Dass der Vorstand der Schweden AG seinen Sitz im Stockholmer Rathaus hatte, das man durch den Nobelpreis auch im Ausland kannte, hatte beträchtliche Symbolwirkung.

Die »Viererbande«, wie man sie später nennen sollte, bestand aus dem bisherigen Führungstrio Gyllenstierna, Brännström und Baksi, ergänzt um Björn Väster. Ihn hatte man wegen seiner operativen Fähigkeiten, beeindruckenden Entschlossenheit und unerschöpflichen Energie in den inneren Kreis der Macht eingeladen. Der wichtigste Grund jedoch war, dass Väster zuständig dafür sein würde, schwedische muslimische Kollaborateure zu beseitigen und nicht die Aufenthaltsvoraussetzungen erfüllende Muslime zu deportieren.

Dafür erhielt Väster die Kontrolle über die Polizei, nationale Eingreiftruppe Force und das Wikinger-Bataillon, auch bekannt als Lagerbäck-Bataillon, wie die nordischen Soldaten ihre Einheit bevorzugt nannten. Offiziell bestand der Nationalrat aus acht gleichberechtigten Mitgliedern unter dem Vorsitz Gyllenstiernas. Tatsächlich jedoch traf die Viererbande sämtliche Entscheidungen im kleineren Rahmen und setzte sie immer durch. Die anderen Ratsmitglieder wagten selten, einen der vier zu hinterfragen. Wenn doch, wurde der Druck durch Argumente aller vier schnell zu viel, und die Gegenstimme knickte ein. Jeder wusste, dass er kurzerhand ausgetauscht würde, wenn er sich den wahren Anführern widersetzte. Schon bei ihrer Ernennung hatte Gyllenstierna ihnen mitgeteilt, dass es sich um vorübergehende Positionen handelte, die je nach Umständen angepasst werden konnten.

Der Nationalrat bestand also aus acht Personen, wobei Schweden in der Praxis von nur vier davon regiert wurde. Die anderen vier fungierten überwiegend als Informationsbeschaffer und Berater für die wahren Machthaber. Zu ihnen gehörten die Leiter der drei Sicherheitsdienste sowie Fregattenkapitän Fridolf Palmquist, der zum Oberbefehlshaber der Marine befördert worden war. Den weniger kompetenten Fred Bergström hatte Gyllenstierna abgesetzt, da ihm zugetragen worden war, dass Bergström für die Russen spionieren könnte. Auch Luftwaffenleiter Stig

Wennergren wurde abgesetzt, da Schweden keine zu leitende Luftwaffe mehr besaß.

Armeeleiter Anton Brännström wurde bei der ersten Sitzung des Nationalrats zum Oberbefehlshaber befördert. Gleichzeitig trat Gyllenstierna als selbiger zurück und übernahm stattdessen das Amt des Kanzlers und Vorsitzenden des Nationalrats. Brännström kündigte an, dass ihm Major Gunhild Svartenbrandt, der davor die Operationen der schwedischen Truppen in Stockholm geleitet hatte, mit sofortiger Wirkung als Armeechefin nachfolgen würde.

Somit lief alle Macht bei Gyllenstierna zusammen. Dessen Freund und Vertrauter Anton Brännström kontrollierte vollständig das Militär. Die Leiter der drei Sicherheitsdienste waren Alfred Baksi unterstellt, Gyllenstiernas rechter Hand. Björn Väster erhielt mit der Polizei, der nationalen Eingreiftruppe und dem Wikinger-Bataillon unter sich den Titel Ordnungsrat und war selbstverständlich direkt Gyllenstierna unterstellt.

Allerdings gab sich Kanzler Gyllenstierna damit allein nicht zufrieden. Zur Stärkung seiner Position setzte er einen weiteren Schritt.

»Neben den drei bestehenden Sicherheitsdiensten braucht der Nationalrat eine davon unabhängige spezielle Wach- und Sicherheitseinheit. Deshalb bilden wir den Sondersicherheitsdienst des Nationalrats, kurz SSDNR, der für unsere Sicherheit zuständig ist und die anderen Dienste beaufsichtigt. Der Leiter des SSDNR wird direkt dem Kanzler unterstellt, also mir. Wer das wird, gebe ich in Kürze bekannt.«

Die erste Sitzung des Nationalrats dauerte elf Stunden und ergab eine gemischte Liste strategischer Vorgaben und dringender Operationen. Wie so oft in der Wirtschaft erhielt Geschwindigkeit Vorrang gegenüber Formalitäten. Die meisten Punkte konzentrierten sich auf Recht und Ordnung und das Erlangen der vollständigen Kontrolle über das Land.

• Ultimatum an die Anführer aller Freischärler, sich innerhalb von 48 Stunden dem Oberbefehlshaber unterzuordnen, andernfalls Einstufung als Landesverräter mit anschließendem Gerichtsverfahren. Zuständig: Brännström.

• Programm zur Beseitigung von Linksaktivisten aus Behörden und Kommunalverwaltungen. Zuständig: Väster.

• Programm zur Abschiebung unerwünschter Muslime. Zuständig:
Väster.

• Ultimatum an die Anführer freier Bürgermilizen, sich innerhalb
von 48 Stunden der Polizei unterzuordnen, andernfalls Verhaftung als
Verräter und anschließendes Gerichtsverfahren. Zuständig: Väster.

• Einrichten eines Sondertribunals für Verräter. Zuständig: Baksi.

• Erarbeiten eines Gesetzespakets zu unterschiedlichen Abstufungen
von Landesverrat. Zuständig: Baksi.

• Verbot des Betriebs unabhängiger Medien. Säuberung sämtlicher
Medien von Linksaktivisten. Staatliche Enteignung aller Medien im
Dunstkreis von Bonnier und Schibstedt. Zuständig: Baksi.

• Vollkommene Neuordnung des Militärs. Zuständig: Brännström.

• Aufnahme von Verhandlungen mit den Russen über ihren
Vorschlag, den Großteil des besetzten Gebiets gegen einen von Schweden
akzeptierten Friedensvertrag zurückzugeben. Zuständig: Gyllenstierna.

• Verhandlungen mit den Chinesen über Betriebskonzessionen für
Häfen gegen Hilfe beim Wiederaufbau der Energieversorgung. Zuständig:
Gyllenstierna.

• Einleiten von Anpassungen und Ergänzungen der Verfassung.
Zuständig: Lilian Ceder.

• Schaffung einer landesweiten Budget- und Finanzverwaltung.
Zuständig: Lilian Ceder.

Gegen Mitternacht waren alle Teilnehmer hungrig und erschöpft.
Kanzler Gyllenstierna erhob sich und beendete die Sitzung.

»Schweden ist jetzt eine konstitutionelle Monarchie. König Carl
Philip verkörpert das Staatsoberhaupt, der Nationalrat stellt die Regierung
dar. Eine neue Verfassung wird derzeit erarbeitet. Niemand kann unsere
Herrschaft nachdrücklicher legitimieren als der König. Vergessen wir
nicht, dass wir der Öffentlichkeit unbekannt sind, während der König als
Anführer und Kriegsheld gefeiert wird, vor allem unter den Freischärlern,
aber auch international. Er hat zugesagt, uns Türen zu öffnen und uns bei
internationalen Kontakten und Verhandlungen zu Katastrophenhilfe zu
unterstützen, die wir dringend brauchen und zweifellos erhalten werden.
Am Mittwoch, dem 5. Januar, wird König Carl Philip hier im Ratssaal
eine Pressekonferenz abhalten. Die meisten großen Medien der Welt

werden sie live übertragen. Dabei erhält auch der Nationalrat die Gelegenheit, sich zu präsentieren. Die Pressekonferenz wird uns zu einem guten Start verhelfen. Danach liegt alles an uns.«

Das Schicksal des neuen Lands schien in den Händen des Kanzlers und des Nationalrats zu liegen. Allerdings sollte sich schon bald zeigen, dass stärkere Kräfte jenseits der Kontrolle Schwedens die Zukunft gestalten würden. Der große europäische Krieg um Freiheit war in vollem Umfang entfacht, und ganz Westeuropa stand in Flammen.

Nachwort

Während ich das Nachwort zur deutschen Ausgabe von Jahrhundertsturm schreibe, wird mir klar, dass sich in Schweden in den sieben Jahren seit der Erstveröffentlichung des Buches auf Schwedisch im Jahr 2018 viel verändert hat. Damals wurde die öffentliche Debatte streng kontrolliert. Wer es gewagt hat, die irrsinnige Einwanderungspolitik des Landes zu kritisieren, wurde systematisch von den Mainstream-Medien und der schwedenfeindlichen Organisation Expo schikaniert und diskreditiert. Kritiker und Diskussionsteilnehmer verstummten aus Angst, einen Stempel aufgedrückt zu bekommen und geächtet zu werden, was zu sozialer Ausgrenzung und im schlimmsten Fall zum Verlust der Existenzgrundlage führen konnte. Hunderte Menschen haben ihre Jobs und Positionen verloren, weil sie sich nicht an die vorgeschriebenen Werte angleichen wollten. Dieses Vorgehen schien direkt von den kommunistischen Regimen kopiert zu sein, die in Osteuropa bis zum Fall der Berliner Mauer 1989 geherrscht haben. Mittlerweile hat der Druck etwas nachgelassen. Klügere und mutigere Personen melden sich zu Wort, unterstützt von einer rasant wachsenden Zahl unabhängiger Medien.

Dennoch ist die Verfolgung Andersdenkender nach wie vor im Gang. Ein deutliches Warnsignal für alle Verfechter von Demokratie und Meinungsfreiheit ist, dass acht erfolgreiche, schwedische, regimekritische Autoren vor Gericht gestellt wurden, darunter auch ich. Der schwedische Schriftstellerverband PEN, der Publizistenclub, der Presseclub, der Zeitungsverlegerverband, der Journalistenclub und die Journalistenvereinigung sowie unsere Kulturministerin, die im Iran geborene Parisa Liljestrand, die glaubt, dass es keine schwedische Kultur gibt, schweigen indes. Die freie Meinungsäußerung wird von jenen erstickt, die ihre Bedeutung am lautesten proklamieren. Die gedankenlose Masseneinwanderung in unser Land setzt sich unvermindert fort. Gleichzeitig behaupten Politiker und Medien, Schweden hätte die restriktivste Einwanderungspolitik der EU.

Als ich beschlossen habe, diesen meinen ersten Roman zu verfassen, wusste ich von Anfang an, dass es eine Dystopie werden sollte, laut

Wörterbüchern in etwa eine düstere Darstellung einer zukünftigen, unmenschlichen Gesellschaft.

Jahrhundertsturm ist eine Geschichte über Schweden im Jahr 2032, die man als reine Fiktion über eine imaginäre Situation lesen kann, die niemals eintreten wird. Ebenso gut jedoch als Warnung vor einem Problem, das tatsächlich schlagend werden könnte. Die Wahrscheinlichkeit dafür hat sich leider seit der Entstehung des vorliegenden Romans erhöht. Einige Abschnitte von *Jahrhundertsturm* sind so überzeichnet, dass sie zu drastisch erscheinen mögen, um realistisch zu sein. Allerdings übertrifft die Realität oft die Fiktion.

Einen herzlichen Dank möchte ich meinem Mentor aussprechen, der aus Angst vor persönlicher Verfolgung anonym bleiben möchte.

Abschließend danke ich außerdem meiner lieben Frau Sorina dafür, dass sie einen Mann toleriert, der manchmal in einer Traumwelt lebt, statt ein gegenwärtiger und aufmerksamer Partner zu sein.

Nichts in dieser Geschichte ist autobiografisch.

Djursholm, Schweden, 4. Juni 2025

Arne Weinz

www.ingramcontent.com/pod-product-compliance
Lightning Source LLC
Chambersburg PA
CBHW051059030726
47504CB00006B/1696

9 781966 625452